BASTEI
LÜBBE
TASCHENBUCH

Luca Di Fulvio

Als das Leben unsere Träume fand

Roman

Aus dem Italienischen von
Katharina Schmidt und Barbara Neeb

BASTEI
LÜBBE
TASCHENBUCH

BASTEI LÜBBE TASCHENBUCH
Band 17600

MIX
Papier aus verantwortungsvollen Quellen
FSC® C083411

Dieser Titel ist auch als Hörbuch und E-Book erschienen

Originalausgabe

Titelillustration: © Sandra Cunningham / Trevillion Images;
© Svetoslava Madarova / Trevillion Images;
© picture alliance / Frank May; © FinePic /shutterstock
Umschlaggestaltung: ZERO Werbeagentur, München
Satz: hanseatenSatz-bremen, Bremen
Gesetzt aus der Adobe Garamond Pro
Druck und Verarbeitung: CPI books GmbH, Leck – Germany
ISBN 978-3-404-17600-1

2 4 5 3 1

Sie finden uns im Internet unter
www.luebbe.de
Bitte beachten Sie auch: www.lesejury.de

Dieses Buch ist ein Werk der Fantasie. Jede Ähnlichkeit mit Tatsachen sowie lebenden oder verstorbenen Personen ist rein zufällig. Mit Ausnahme der *Sociedad Israelita de Socorros Mutuos Varsovia*, seit 1929 bekannt als *Zwi Migdal*. Aber sie hat schon lange vorher existiert. Und zwar vor den Augen der ganzen Welt.

Für meine Frau Elisa

Descendemos de los barcos.
Wir kommen von den Schiffen.

Redewendung aus Argentinien

Eine neue Chance beginnt immer mit der vollständigen Vernichtung der Vergangenheit.

Jean-Christophe Grangé, *Purpurne Rache*

Erster Teil

Drei Reisen

1912

1

Alcamo, Sizilien

»*Bottana!*«, zischte jemand.

Doch Rosetta Tricarico setzte ihren Weg durch die staubigen Gassen von Alcamo fort, ohne sich nach der Frau umzudrehen, die sie als Hure beschimpft hatte.

»*Bottana svergognata!*«, rief eine andere, von Kopf bis Fuß in Schwarz gekleidete alte Frau, deren Gesicht mit zahllosen Falten übersät und von der unbarmherzigen Sonne Siziliens gebräunt war.

Schamlose Hure, so hatte sie sie genannt. Aber auch das konnte Rosetta nichts anhaben, sie hastete unbeirrt weiter, barfuß, in ihrem luftigen mohnroten Kleid, dessen Saum um ihre Beine flatterte.

An einem Tisch unter dem schilfgedeckten Vorbau der Osteria saßen ein paar Männer, in Hemden mit speckigen Kragenrändern und dunklen Westen mit ausgebeulten Taschen, die *coppola* tief in die Stirn gezogen, und mit Bartstoppeln am Kinn. Sie alle verschlangen Rosetta wie eine Jagdbeute mit geradezu gierigen Blicken. Einer spuckte einen zähen Klumpen Schleim aus, dunkel vom Tabak.

»Wo willst du denn so eilig hin?«, höhnte der Wirt, während er sich die Hände an seiner Schürze abwischte.

Die Männer lachten spöttisch, doch Rosetta ging wortlos und mit erhobenem Haupt an ihnen vorbei.

Einer der Männer trank einen großen Schluck süßen Passito. »Ich hab gehört, heut Nacht sind die Wölfe aus den Bergen gekommen«, sagte er, und wieder lachten alle. »Zum Glück haben sie meine Herde verschont«, fuhr der Mann fort.

»Wölfe suchen halt nur Huren heim, brave Christenmenschen lassen sie in Ruhe«, warf der Wirt ein, und alle Männer nickten.

Rosetta blieb abrupt stehen. Sie ballte die Hände zu Fäusten, hielt den Männern aber den Rücken zugewandt.

»Hast du uns was zu sagen?«, fragte einer herausfordernd.

Rosetta zitterte vor Wut, antwortete aber nicht. Schließlich riss sie sich zusammen und setzte ihren Weg zur Kirche San Francesco d'Assisi fort. Dort stürmte sie wie eine Furie in das Pfarrhaus und baute sich vor dem Pfarrer auf.

»Wie könnt Ihr so etwas zulassen, Pater?«, brüllte sie. Ihr Gesicht war weiß vor Wut, ihre Haare, schwarz und glänzend wie das Gefieder eines Raben, fielen offen über ihre Schultern, ihre dunklen Augen, von dichten Wimpern umrahmt, glühten im Zorn wie zwei brennende Kohlestücke. »Wie kann ein Mann Gottes wie Ihr nur so tun, als wäre nichts geschehen?«

»Was meinst du?«, fragte Pater Cecè sichtlich verlegen.

»Das wisst Ihr sehr genau!«

»Beruhige dich …«

»Heute Nacht haben sie zehn meiner Schafe getötet!«

»Ach so … das … natürlich«, stammelte der Pfarrer. »Man sagt, das waren die Wölfe …«

»Wölfe schneiden Schafen nicht die Kehle durch!«

»Aber mein Kind … wie kannst du das sagen …«

»Wölfe fressen Schafe auf«, fuhr Rosetta fort. In ihrem Blick lag jetzt neben Wut auch Verzweiflung. »Sie fressen sie! Sie lassen sie nicht einfach liegen!« Wieder ballte Rosetta die Hände zu Fäusten, so fest, dass ihre Fingerknöchel weiß hervortraten. »Aber das wisst Ihr sicher«, fügte sie hinzu. »Wie könnt Ihr, wie könnt Ihr nur …?«

Pater Cecè seufzte, er fühlte sich sichtlich unwohl unter

Rosettas Blick. Als er sich abwandte, bemerkte er, dass die Haushälterin sie belauschte. »Verschwinde!«, fuhr er sie an und schloss die Tür. Dann holte er aus dem hinteren Teil des Raumes zwei Stühle, die er einander gegenüber aufstellte. Einen davon wies er Rosetta zu.

Rosetta trat auf ihn zu und sah ihn lange an, ehe sie sich schließlich setzte. »Wie könnt Ihr das nur zulassen?«, fragte sie noch einmal.

»Ich habe dich lange nicht mehr in der Kirche gesehen«, entgegnete der Pfarrer.

Rosetta lächelte bitter. »Na und? Wenn ich in die Kirche komme, helft Ihr mir dann?«

»Unser Herr wird dir helfen.«

»Und wie?«

»Er wird zu deinem Herzen sprechen und dir raten, was du tun sollst.«

Rosetta sprang auf. »Ihr seid doch auch bloß ein Knecht des Barons«, rief sie verächtlich.

Der Pfarrer stieß noch einmal einen tiefen Seufzer aus. Dann beugte er sich vor und nahm Rosettas Hand, doch sie schüttelte ihn ab.

»Setz dich wieder hin«, forderte Pater Cecè sie sanft auf.

Und Rosetta setzte sich.

»Du kämpfst jetzt schon über ein Jahr, meine Tochter. Seit dem Tod deines Vaters«, begann der Pfarrer. »Es ist an der Zeit, aufzugeben.«

»Niemals!«

»Aber sieh doch: Niemand kauft mehr von deiner Ernte, sie verfault auf dem Feld. Vor zwei Monaten ist gar die Hälfte davon verbrannt …«

Rosetta ließ den Blick zu ihrem rechten Unterarm wandern, der von einer Brandnarbe gezeichnet war.

»Und je länger dieser Streit zwischen dir und dem Baron

dauert, desto seltsamer und trotziger wirst du.« Pater Cecè deutete auf ihr Kleid. »Sieh dich doch bloß an, sieh doch, was für ein Kleid du trägst …«

»Was ist daran auszusetzen?« Rosetta blickte den Pfarrer an. »Ich bin keine Witwe, also muss ich auch nicht Schwarz tragen. Der Rock reicht bis zu den Knöcheln, und die Brüste sind bedeckt.«

»Hör dir doch zu, wie du redest«, seufzte der Pfarrer.

»Wie eine *bottana*«, höhnte Rosetta und sah ihm fest in die Augen. »Aber ich bin keine Hure. Und das wisst Ihr.«

»Ja, das weiß ich.«

»Alle schimpfen mich eine Hure, nur weil ich mich nicht beuge …«

»Das verstehst du nicht!«

»O doch, ich verstehe sehr gut, um was es geht!« Wieder sprang Rosetta auf. »Der Baron besitzt Hunderte Hektar Land, aber er hat sich in den Kopf gesetzt, auch noch meine vier Hektar zu bekommen, weil dort der Bach verläuft. Dann würde ihm alles Wasser gehören. Aber dieses Land gehört mir! Meine Familie schuftet dort seit drei Generationen, und genau das will ich auch, das ist alles. Die Leute aus dem Dorf sollten mir helfen, aber alle haben Angst vor dem Baron. Sie sind allesamt Feiglinge, elende Feiglinge.«

»Du verstehst es nicht«, sagte Pater Cecè. »Natürlich fürchten die Leute den Baron, aber glaubst du wirklich, dass das der Grund ist, weshalb sie auf dich losgehen? Du irrst dich, du hast nichts verstanden. Für sie bist du noch viel gefährlicher als der Baron … Und in mancherlei Hinsicht muss ich ihnen sogar recht geben. Du bist eine Frau, Rosetta.«

»Ja und?«

»Was wäre, wenn andere Frauen sich auch so benehmen würden wie du?«, ereiferte sich Pater Cecè. »Das ist gegen die Natur! Gott selbst verdammt es!«

»Ich bin genauso viel wert wie ein Mann!«

»Genau das verdammt Gott!« Der Pfarrer packte sie bei den Schultern. »Eine Frau muss …«

»Diese Leier kenne ich«, unterbrach Rosetta ihn und schüttelte seine Hände ab. »Eine Frau muss heiraten, Kinder kriegen und die Schläge ihres Ehemannes ohne Gegenwehr hinnehmen, ganz wie eine brave Magd.«

»Wie kannst du das heilige Sakrament der Ehe so in den Schmutz ziehen?«

»Mein Großvater hat seine Frau geschlagen. Bis aufs Blut!« Rosettas Nasenlöcher bebten vor Wut. »Und mein Vater ebenso meine Mutter. Er hat ihr das ganze Leben lang vorgeworfen, ihm nur eine Tochter geboren zu haben. Wenn er betrunken war, schlug er sie mit dem Gürtel. Und dann schlug er auch mich und sagte, ich wäre nur für eine Sache gut: für einen Mann die Beine breitzumachen.« Rosetta ballte die Fäuste, die Erinnerung an diese Zeit füllte ihre Augen mit Tränen der Wut und des Schmerzes. »Ist das Eure von Gott geheiligte Ehe? Dann hört mir genau zu: Ich werde niemandem erlauben, mich zu schlagen wie ein Stück Vieh!«

»Dann verkaufe.«

»Nein.«

»Ich mache mir Sorgen um dich …«

»Macht Euch lieber Sorgen um Eure Seele, wenn Ihr den Bauern Absolution erteilt, die meine Schafe umgebracht haben.« Rosetta starrte den Pfarrer wütend an. »Ihr habt meinen Vater doch von seinen Sünden losgesprochen, oder? Hat er Euch gesagt, dass er mir mit dem Gürtel die Haut vom Rücken geprügelt hat? Dass er mir mit den Fäusten ins Gesicht geschlagen hat? Habt Ihr die Blutergüsse in meinem Gesicht nicht gesehen? Nicht die im Gesicht meiner Mutter? Habt Ihr unsere aufgeplatzten Lippen nicht gesehen, die selbst beim Beten des Ave Maria bluteten? Sie ist aus Angst, Leid und Trauer gestorben.« Rosetta hielt kurz inne. »Und Ihr habt ihn losgesprochen«, zischte sie schließlich voller Hass. »Behaltet Euren Gott, wenn das alles ist, was er Euch rät.«

»Versündige dich nicht! Er ist auch dein Gott!«

»Nein!«, rief Rosetta. »Mein Gott will Gerechtigkeit!« Sie lief zur Tür und riss sie auf. Und sah sich der Haushälterin gegenüber, die am Schlüsselloch gelauscht hatte. Rosetta stieß sie beiseite und verließ das Pfarrhaus.

Die Haushälterin bekreuzigte sich dreimal, als wäre sie dem Teufel höchstpersönlich begegnet, und murmelte: »*Bottana.*«

Rosetta trat ins Freie und wurde sogleich vom grellen Schein der Sonne geblendet. Vor der Kirche hatte sich eine kleine Gruppe Neugieriger versammelt, die sie schweigend anstarrten und ihr den Weg in die Gasse versperrten.

Rosetta lief mit klopfendem Herzen auf die bedrohliche Menge zu, obwohl sie am liebsten geflohen wäre. Ihr Atem ging schnell, das Blut hämmerte in ihren Schläfen, während ein leichter Windhauch ihre offenen schwarzen Haare zerzauste. Einen Schritt von dem ersten Dorfbewohner entfernt blieb sie stehen. Sie presste ihre Lippen zusammen und fixierte ihn mit dem Blick.

Der Mann zögerte kurz und trat dann beiseite.

Rosetta trat langsam einen Schritt und dann weitere vorwärts, während die Leute nach und nach zur Seite wichen.

Als Rosetta den letzten Mann passiert hatte, war sie am Ende ihrer Kraft. Dennoch zwang sie sich, so aufrecht wie möglich weiterzugehen und auch das Tempo nicht zu erhöhen. Doch kaum hatte sie die Ecke erreicht, an der sie zu ihrem Hof abbiegen musste, war es mit ihrer Selbstbeherrschung vorbei, und sie rannte los, als wären hundert Ungeheuer hinter ihr her.

Sie überquerte das Feld, auf dem die getöteten Schafe lagen, zwang sich, nicht hinzusehen, und rannte in das weißgetünchte

Haus, in dem sie schon geboren worden war. Sie verriegelte die Tür von innen und lehnte sich keuchend dagegen. Plötzlich überkam sie ein Würgereiz, und sie fiel zusammengekrümmt auf die Knie. Sie stützte sich mit den Armen auf den sonnengetrockneten Backsteinfliesen ab und rang nach Luft.

Alle Dorfbewohner glaubten, sie würde nichts und niemanden fürchten. Doch innerlich wurde Rosettas Seele von Angst fast zerfressen, seit sie ein kleines Mädchen war. Und jede einzelne Nacht kehrten die Albträume zurück, um sie zu quälen.

Rosetta versuchte vergeblich, die Schluchzer zu unterdrücken, die sie schüttelten, und brach schließlich in Tränen aus. Immer und immer wieder murmelte sie die Worte, die sie als kleines Mädchen vor sich hin gesagt hatte, wenn ihr Vater sie bis aufs Blut schlug: »Es tut nicht weh … Es tut nicht weh …«

2

Sorotschinzy, Gouvernement Poltawa, Russisches Zarenreich

Mit dreizehn Jahren – selbst wenn man in einem *schtetl* in der Nähe von Sorotschinzy aufwuchs, das so armselig und gottverlassen war, dass es nicht einmal einen Namen hatte, selbst wenn man sich an die ständigen Pogrome von Polizisten und Bauern gewöhnt hatte, die in den Juden das Böse auf der Welt sahen, selbst wenn man zwanzig Grad unter null mit Holzpantinen an den Füßen und einem Stoffkleidchen voller Löcher überstand, selbst wenn man mit einer einzigen halbverfaulten Rübe im Bauch drei Tage überleben konnte –, mit dreizehn Jahren sollte niemand erfahren müssen, wie das Leben wirklich war. Und wie grausam es sein konnte.

Doch das Leben hatte beschlossen, Raechel Bücherbaum nicht das Geringste zu ersparen.

Es begann an einem Morgen, der so dunkel war, dass er unter den dichten, undurchdringlichen Wolken eher wirkte wie eine milchig trübe Nacht.

Wie an jedem *schabbat* begleitete Raechel ihren Vater zu dem ehemaligen Stall, den die Gemeinde zu ihrer Synagoge umgebaut hatte. An der Tür der *schul*, vor der man den ersten Schnee des Jahres zur Seite geschippt hatte, blieb sie stehen und verabschiedete sich vom Vater, um zur Außentreppe zu gehen, die auf den Heuboden führte. Dort hatte man die Empore eingerichtet, von der aus die Frauen getrennt von den Männern den Gebeten folgten. Doch dann bemerkte sie in dem den Männern vorbehaltenen Teil ein gelbliches Blatt Papier an der Wand. Neugierig reckte sie den Hals in dem Versuch, etwas von dessen Inhalt zu erhaschen, und setzte einen Fuß in den Raum.

»Halt, Raechel«, mahnte der Vater, den die Unbotmäßigkeit seiner Tochter keineswegs überraschte.

»Was steht dort?«, fragte Raechel, ohne den Blick von dem Blatt zu wenden.

»Geh weg!« Der Vater wedelte mit einer Hand in der Luft herum, wie er es tat, wenn er die Hühner scheuchte.

»Ich will nur wissen, was dort steht«, beharrte Raechel.

»Wenn es die Gemeinde betrifft, wird der Rabbi es nach dem *schiur* verlesen«, antwortete der Vater mit einem geduldigen Lächeln, bevor er sie mit einer Kopfbewegung des Raumes verwies, die auch seinen gewellten, in einer gepflegten Spitze auslaufenden Bart in Bewegung brachte. Er hob mahnend den Finger: »Beherrsch dich bitte und sing nicht wieder wie sonst lauter als alle anderen.« Dann verschwand er in der *schul*.

Raechel schnaubte und wandte sich der Treppe zur Frauenempore zu, blieb jedoch stehen, als sie Elias erblickte, einen mageren, pickligen Jungen in ihrem Alter.

»Guten Morgen, Elias«, begrüßte sie ihn mit einem übertrieben freundlichen Lächeln.

»Guten Morgen, Raechel«, brummte der Junge, ohne seine Schritte zu verlangsamen.

»Warte. Du musst mir einen Gefallen tun«, bat Raechel.

»Welchen?« Elias schien misstrauisch.

»Siehst du das Blatt da an der Wand?«, fragte Raechel immer noch lächelnd. »Ich will wissen, was darauf steht.«

Elias blickte zu dem Blatt, dann wieder zu Raechel. »Ich kann nicht lesen«, sagte er schulterzuckend.

»Das weiß ich. Du sollst es ja nur holen und mir geben, dann lese ich es dir vor.«

Doch Elias verharrte unschlüssig auf der Stelle und kratzte mit einem Fingernagel einen Pickel an seiner Wange auf.

In diesem Moment trat Tamar zu ihnen, das schönste Mädchen des ganzen Dorfes. Sie bedachte Raechel mit einem abfälligen Grinsen. »Grüß dich, Stachelschwein«, sagte sie und stieg die Stufen hinauf.

Elias' Augen funkelten anzüglich. »Wenn die da mich um was bitten würde, dann würde ich es sofort tun«, sagte er und ließ ein dümmliches Kichern folgen.

»Und damit einen Riesenfehler machen«, antwortete Raechel schlagfertig. »Weil Tamar dir nie erlauben würde, ihre Brüste anzufassen, wie du es dir erhoffst.«

Elias' Gesichtsfarbe wechselte zu knallrot.

»Außerdem kann auch sie nicht lesen. Also tu es für mich.«

Elias starrte ungeniert auf Raechels Brust. Die flach wie ein Brett war. Dann blickte er ihr ins Gesicht, in dem eine schmale lange Nase thronte. Und dazu hatte sie noch diese schrecklichen Haare, die sie nicht, wie all die anderen Mädchen, ordentlich zu Zöpfen geflochten trug, sondern offen und wirr abstehend wie Gestrüpp. Oder laut Tamar wie bei einem Stachelschwein. Aber zu guter Letzt war sie doch immerhin ein Mädchen. »Was krieg ich dafür, wenn ich es tue?«, fragte er grinsend.

»Dass ich dir keinen auf die Nase gebe, du pickliges Ferkel«, antwortete Raechel.

Das dumme Grinsen verschwand aus Elias' Gesicht.

»Los, mach schon«, drängte Raechel.

Der Junge zögerte kurz, trat dann aber langsam zu dem Blatt, um es herunterzunehmen.

»Was machst du da, Elias?«, fragte ein Mann.

»Sie ist schuld«, rief Elias und deutete anklagend auf Raechel.

»Feigling!«, stieß Raechel voller Verachtung hervor.

»Was ist hier los?« Raechels Vater erschien jetzt ebenfalls in der Tür.

»Deine Tochter wollte offenbar, dass Elias ihr dieses Blatt

gibt, und der Trottel hat ihr gehorcht.« Der Mann versetzte Elias einen Klaps. »Die Männer sagen den Frauen, was sie zu tun haben, und nicht umgekehrt, du Dummkopf.«

»Raechel, du bist störrisch wie ein Maulesel.« Der Vater schüttelte den Kopf, lächelte ihr dabei aber gutmütig zu. »Jetzt geh endlich hinauf.«

»Mach schon, du unverschämtes Ding«, befahl die zweite Ehefrau ihres Vaters, ein dürres Weib mit verhärmtem Gesicht, die hinzugetreten war, und packte sie grob am Arm.

Raechel versuchte, sich loszureißen.

»Sie hat nichts Unrechtes getan«, verteidigte der Vater seine einzige Tochter, die er nach dem Tod seiner ersten Frau allein aufgezogen hatte und über alles liebte.

»Genau, ich habe nichts Unrechtes getan«, wiederholte sie grinsend.

»Nein, natürlich nicht. Aber nur, weil du vorher erwischt wurdest«, erklärte ihr die Stiefmutter bissig und zog sie am Arm mit sich.

»Was steht da?«, beharrte Raechel.

»Hinauf mit dir«, befahl der Vater lachend.

Raechel ließ sich von ihrer Stiefmutter auf die Empore schleifen, wobei ihre Pantinen lauter als nötig auf den Stufen aufknallten. Du läufst wie ein Mann, dachte sie und begann sogleich, innerlich bis drei zu zählen.

»Du läufst wie ein Mann«, sagte ihre Stiefmutter sodann wie erwartet, und Raechel konnte sich ein zufriedenes Grinsen nicht verkneifen. Es verging kein Tag, an dem die zweite Frau ihres Vaters ihr nicht vorhielt, hässlich und unscheinbar zu sein, unweiblich und gänzlich ohne Anmut, eben wie ein Junge. Und um sie zu ärgern, änderte Raechel ihr Verhalten nicht etwa, sondern verstärkte das Männliche darin eher noch. Außerdem weigerte sie sich standhaft, ihre störrische Haarmähne mit Bändern und Nadeln zu bändigen.

Oben auf der Empore drängelte sie sich unter Einsatz ihrer Ellenbogen bis in die erste Reihe durch und beugte sich vor, um ihren Vater zu beobachten. Er war der *chasan*, der Vorbeter der Gemeinde, der nun mit seiner Tenorstimme die Melodie des *schiur* anstimmte und die ungeübteren Stimmen der Gläubigen meisterhaft leitete, damit sie die Gebete richtig sangen. Mein Vater ist der beste Vorbeter, den ich je gehört habe, dachte Raechel stolz. Sie selbst sang auch gut, aber Frauen durften nicht *chasan* werden. Überhaupt konnten Frauen all die Dinge nicht tun, die Spaß machten und die Männer taten. Raechels wahre Leidenschaften waren das Lesen und das Schreiben. Sie konnte von rechts nach links schreiben, und zwar alle Lettern ihrer Sprache. Und sie konnte sogar von links nach rechts schreiben, sowohl diese seltsamen kyrillischen Buchstaben des Russischen als auch die der westlichen Welt. Sie hatte alles gelesen, was sie in die Finger bekommen hatte, selbst wenn ihr das als Mädchen eigentlich verboten war. Allerdings waren das immer nur heilige Schriften gewesen, und sie träumte davon, einen Roman zu lesen. Doch das war strengstens verboten, die Lektüre eine *schanda*, eine Sünde, und so hatte niemand in ihrem *schtetl* je einen Roman zu Gesicht bekommen. In Raechels Augen war das nicht richtig. Es gab überhaupt viel zu viele ungerechte Vorschriften, die eine Frau dazu zwangen, nicht so frei leben zu können wie ein Mann.

»*Baruch atta Adonai, elohenu melech ha-olam* …«, sang Raechel mit dem Chor.

»Nicht so laut!«, mahnte die Stiefmutter verärgert.

Normalerweise hätte Raechel nun erst recht lauter gesungen, aber heute kreisten ihre Gedanken um das Blatt, das unten an der Wand hing. Es musste sich auf etwas beziehen, das nichts mit ihrem *schtetl* zu tun hatte, da Gemeindeangelegenheiten auf den Versammlungen besprochen wurden. Mündlich, denn schließlich konnten nur der Rabbi, sein Sohn, Raechels

Vater und sie selbst lesen, alle anderen konnten nicht mehr als ihren Namen schreiben. Das ganze *schiur* über kreisten Raechels Gedanken um den geheimnisvollen Aushang.

Als der Rabbi endlich das Blatt nahm und sich mit einem Räuspern über den langen weißen Bart strich, wurde es totenstill im Raum. Alle lauschten gespannt den Worten des Rabbi, der sie quälend langsam und genauso salbungsvoll vorlas, als würde er die heiligen Worte der Torah verkünden. Raechels Geduld wurde auf eine harte Probe gestellt, doch als er geendet hatte, ließ das Mädchen ihrer Begeisterung freien Lauf und sprang aufgeregt auf der Empore auf und ab.

Nur fünf Personen ihrer kleinen Gemeinde erfüllten die auf dem Papier geforderten Eigenschaften. Und eine davon war sie selbst.

Auf dem Heimweg hakte sich Raechel bei ihrem Vater unter. Sie musterte ihn schweigend, in der Hoffnung, er würde etwas sagen. Doch einzig und allein das Knirschen ihrer Schritte auf dem gefrorenen Schnee war zu hören.

Offensichtlich in Gedanken über das Gehörte vertieft, schwieg ihr Vater den ganzen Weg über, und seine Miene war finster. »Nein, du bist zu jung«, sagte er schließlich, als sie zu Hause ankamen.

»Aber Vater!«, protestierte Raechel.

»Geh und sammle die Eier ein«, befahl er.

»Warum darf ich nicht mit?«, fragte Raechel aufgebracht.

»Weil du zu jung bist«, wiederholte der Vater.

Die Stiefmutter packte sie am Arm und schob sie auf den Hühnerstall zu. »Nun sammle schon die Eier ein, dumme Gans«, rief sie mit gewohnt hasserfüllter Miene.

»Lass mich los!« Raechel befreite sich aus ihrem Griff und rannte davon. Erst zum Sonnenuntergang kam sie wieder nach Hause.

Die Mutter empfing sie mit einem herausfordernden Grinsen. »Ohne Abendessen ins Bett mit dir, du unverschämtes Ding.«

»Nein«, ging der Vater dazwischen. »Bei dem Wenigen, das wir haben, kann sich keiner leisten, das Abendessen auszulassen.« Er sah seine Frau streng an. »Für meine Tochter würde ich mir jeden Bissen vom Munde absparen.«

»Sie war ungehorsam«, wandte die Frau ein.

»Und dafür wird sie um Entschuldigung bitten«, erwiderte der Vater mit einer harschen Geste in Richtung seiner Tochter.

»Entschuldige«, flüsterte Raechel, ohne die Frau anzusehen.

»Glaubst du etwa, damit kommst du durch?«, beharrte ihre Stiefmutter.

»Das reicht!« Der Vater schlug gebieterisch mit der Hand auf den Tisch, und seine zweite Frau schwieg, mit vor Wut zusammengepressten Lippen.

Raechels Vater forderte seine Tochter auf, sich neben ihn zu setzen. Er schnitt das altbackene Brot und tauchte es zum Aufweichen in eine Tasse Brühe, gekocht aus einer alten Henne, deren Fleisch sie schon vor einer Woche gegessen hatten. Auch eine halbe Rote Bete legte er vor Raechel. »Iss jetzt, wir reden später.«

»Du musst dich so einem verzogenen Balg gegenüber überhaupt nicht rechtfertigen«, protestierte die Stiefmutter. »Sie muss dir bedingungslos gehorchen. In diesem Haus befiehlst du.«

Der Vater wandte sich mit einem strengen Blick an seine Frau. »Du hast recht, hier befehle ich. Auch über dich.« Seine Stimme war eisig. »Und ich habe gesagt, dass die Sache damit erledigt ist.« Er starrte sie an, bis die Frau den Blick senkte. Gebieterisch und kalt fügte er hinzu: »Lass uns allein. Meine Tochter und ich müssen reden.«

Als sie allein waren, forderte er Raechel auf zu essen. Raechel verschlang das Brot und die Rote Bete und wartete gespannt, was ihr Vater ihr zu sagen hatte.

»Wissen wir, wer die Leute sind, die die Nachricht hinterlassen haben?«, fragte ihr Vater.

»Aber …«

»Ja oder nein?«

»Nein.«

»Gut, also fangen wir damit an«, meinte er. »Die oberste Pflicht eines guten Vaters ist es, Sorgfalt walten zu lassen.«

Raechel biss sich auf die Zunge, um sich zurückzuhalten. Dieses Blatt Papier hatte in ihr eine Welt voller abenteuerlicher Vorstellungen erweckt, die weit aus diesem erbärmlichen *schtetl* hinausführten, in dem sie zu ersticken glaubte.

»Und die zweite, aber nicht minder wichtige Pflicht eines guten Vaters ist es, das Beste für sein Kind zu wollen …« Sein Blick trübte sich kurz. »Selbst wenn man sich von ihm trennen muss.«

Raechel fühlte einen Schauer der Aufregung über ihren Rücken laufen. Was bedeutete diese letzte Bemerkung? Hatte ihr Vater seine Meinung geändert? War er bereit, sie ziehen zu lassen?

»Wenn du drei oder auch nur zwei Jahre älter wärst, hätte ich die Sache in Betracht gezogen«, fuhr er fort. »Aber du bist noch ein Mädchen.«

»Ich bin dreizehn!«, protestierte Raechel. »Auf dem Papier stand: alle Mädchen im Alter von dreizehn bis siebzehn Jahren!«

Der Vater sah sie voller Liebe an. »Ich frage mich schon den ganzen Tag, ob ich mich nur aus Egoismus gegen den Gedanken sträube, mich von dir zu trennen. Du bist schließlich meine größte Freude.«

Raechel senkte den Blick und spürte, wie sie errötete. Sie hatte nicht einen Gedanken an die Trennung von ihrem Vater verschwendet, hatte überhaupt kein Problem darin gesehen. Das bereitete ihr nun ein schlechtes Gewissen.

Ihr Vater kannte sie gut und wusste, was in ihr vorging. »Das ist nicht schlimm«, sagte er gütig. »Ich weiß, dass du mich liebst.« Zärtlich strich er ihr durch die schwarzen Haare, deren ungezügelte Wildheit im Dorf so viel Spott und Missbilligung hervorrief. Er dagegen legte keinen Wert auf solche Äußerlichkeiten. »Wenn man jung ist, kann man nicht alles gleichzeitig bedenken. Es ist ein Vorrecht der Erwachsenen, den Berg einmal ganz zu umrunden, bevor man zu der Entscheidung gelangt, von welcher Seite man ihn besteigen will.« Er stieß einen tiefen Seufzer aus und beugte sich vor, um seiner Tochter nahe zu sein. »Du weißt doch, dass dein Name in unserer Sprache ›unschuldiges Lamm‹ bedeutet.«

»Ja, natürlich.« Raechel war ungeduldig.

»Und der Hirte muss über seine Herde wachen. Ganz besonders über die Lämmer, selbst wenn er sie in einen Pferch einsperren muss, damit sie durch ihr Ungestüm nicht in eine Felsspalte fallen«, sagte der Vater ruhig und zog sie zu einer liebevollen Umarmung an sich.

Raechel lehnte den Kopf an seine Schulter und genoss für einen Moment das Gefühl tiefer Geborgenheit. Es gab keinen anderen Menschen, bei dem sie sich so geliebt und beschützt fühlte wie bei ihm. Wie so oft wanderten ihre Gedanken zu ihrer Mutter, die gestorben war, als sie selbst noch ein kleines Mädchen gewesen war. Raechel erinnerte sich kaum an sie, und doch war sie sicher, dass ihre Mutter ganz anders gewesen sein musste als die zweite Ehefrau ihres Vaters. »War Mama eine gute Frau?«, fragte sie vorsichtig.

Der Vater schwieg einen Moment, dann strich er ihr erneut über das Haar. »Ja, sie war eine gute Frau«, sagte er ruhig, und seine Stimme klang zutiefst traurig.

Raechel umarmte ihn fest. »Konnte sie auch lesen?«, fragte sie schließlich und hob den Kopf von seiner Schulter.

»Willst du wissen, ob sie dich hätte gehen lassen?«

»Ja … Nein … Es ist bloß …«

»Sie war, was das Lesen betraf, wie alle Frauen hier im Dorf«, antwortete der Vater. Dann breitete sich ein verschmitztes Lächeln auf seinem Gesicht aus. »Aber ich habe es ihr heimlich beigebracht.«

Raechel traute ihren Ohren nicht. »Du hast es ihr beigebracht?«

»Ja. Weil nicht alle Vorschriften gerecht sind.«

In Raechel breitete sich ein Gefühl des Stolzes aus. Ihr Vater war wirklich ein besonderer Mensch. In der Gemeinde gab es keinen zweiten Mann wie ihn. Dann kam ihr ein Gedanke. »Und … die?«, fragte sie mit einem Nicken in Richtung Nebenraum, in dem ihre Stiefmutter war. »Warum hast du die da geheiratet?«

Der Vater ließ die Schultern hängen. »Weil du langsam älter wurdest und ich glaubte, wenn du allmählich zur Frau würdest, Unterstützung bei gewissen Dingen zu brauchen. Und … vielleicht auch, weil ich mich allein fühlte … Als Mann, meine ich.«

»Sie hasst mich«, sagte Raechel hart.

»Sie ist nur eifersüchtig.«

»Sie hasst mich!«

»Ich habe es nie geschafft, ihr auch nur einen Bruchteil der Zuwendung zu geben, die ich dir schenke. Ihr Verhalten dir gegenüber ist ihre Art, mich dafür zu bestrafen.« Der Vater sah Raechel liebevoll an. »Sie kann nicht hinnehmen, dass eine zweite Frau weniger wichtig ist als eine Tochter. Aber mach dir darüber keine Gedanken. Ich werde immer für dich da sein, und dir wird nichts geschehen.« Er strich ihr zärtlich über die Wange. Dann holte er tief Luft. »Also: Auf dem Blatt steht, dass eine Gesellschaft namens *Sociedad Israelita de Socorros Mutuos Varsovia* Mädchen sucht, die sie ihrem erbärmlichen Leben entreißen will, um ihnen stattdessen respektable Ehen und gute Stellungen als Dienstmädchen in den Haushalten reicher Juden in Buenos Aires in Argentinien zu vermitteln …« Er streifte seine Tochter mit kummervollem Blick. »Auf der anderen Seite der Welt.«

»Aber ich werde dir schreiben! Ich werde dir all das Geld schicken, das ich verdiene, damit du zu mir kommen kannst!«, rief Raechel.

Der Vater schüttelte den Kopf. »Ich werde nicht dort sein können, um dich zu beschützen«, sagte er und stand auf. »Und du bist noch zu jung, um auf dich selbst aufzupassen.« Erneut strich er ihr zärtlich über den Kopf. »Reden wir nicht mehr darüber. Und jetzt geh schlafen.«

Am nächsten Tag beobachtete Raechel, wie vier Mädchen aus dem Dorf, unter ihnen auch Tamar, miteinander tuschelten. Ihren strahlenden Blicken entnahm sie, dass sie abreisen würden.

»Und was ist mit dir, Stachelschwein? Kommst du nicht mit?«, höhnte Tamar.

»Nein, ich habe keine Lust.« Raechel ging mit schnellen Schritten die schlammige Straße im *schtetl* entlang, verfolgt vom Gelächter der Mädchen. Niemand sollte sehen, dass sich ihre dunklen Augen mit Tränen der Enttäuschung füllten. Irgendwann versteckte sie sich hinter einem Schuppen und trat wütend auf einen Hackklotz ein, bis eine ihrer Holzpantinen einen Sprung bekam. Sie erhob drohend die Fäuste gegen einen kleinen Jungen, der sie verwundert beobachtete und sogleich ängstlich davonrannte. Schließlich zerrte sie eine alte Axt aus dem Klotz, ging damit an den Waldrand und spaltete dort Holz, bis sie erschöpft auf einem Baumstamm niedersank. In ihrem Kopf war nur ein Gedanke: Tamar und die anderen Mädchen würden morgen nach Buenos Aires aufbrechen, wo auch immer das lag, und ein wunderbares Abenteuer erleben, das wie Manna vom Himmel gefallen war – wie ein echtes Wunder.

»Und ich werde hierbleiben und altes Brot mit Rote Bete essen«, schimpfte sie neidisch, »und die Hühnerkacke von den Eiern waschen.« Sie stand auf und richtete den Blick zum Himmel: »*Adonai*«, sagte sie ernst, »ich weiß nicht, ob du dieses Gebot geschrieben hast oder die Rabbis. Aber mein Vater hat recht, wenn er sagt, dass nicht alle Regeln gerecht sind. Und auch wenn es eine Sünde ist, gelobe ich hiermit, dass ich dafür kämpfen werde, einmal genauso frei zu sein wie die Männer.« Die Dreizehnjährige richtete den Finger zum Himmel, auf den sie immer noch starrte, und bewegte die Hand beinahe drohend hin und her. »Und das meine ich ernst«, fügte sie hinzu.

Im gleichen Moment waren Lärm und laute Rufe zu vernehmen. Ein Blick in Richtung *schtetl* zeigte ihr, dass dort etwa fünfzig Bauern und Soldaten, allesamt Männer des Zaren, die Gemeinde angriffen. Ohne zu zögern rannte sie auf das Getümmel zu. Beim Laufen zerbrach die Holzpantine, die durch ihre Fußtritte einen Riss bekommen hatte, doch Raechel lief unbeirrt weiter, mit einem nackten Fuß, der immer wieder im Schnee versank. Eine Art Vorahnung schnürte ihr die Brust zu.

Je näher sie dem Tumult kam, desto deutlicher hörte sie die Beschuldigungen der Bauern und Soldaten: Die Juden vergifteten die Brunnen, schrien sie, die Juden verhexten die Ernte, damit sie schlecht wurde, sie zögen Gottes Zorn auf Mütterchen Russland herab, und sie hätten Christus' Mörder beherbergt. Für Raechel war das nicht ungewöhnlich, denn wenn der Schrecken sich mit entwaffnender Regelmäßigkeit wiederholt, fürchtet man ihn zwar weiterhin, aber er überrascht einen nicht mehr.

Nach dem Angriff lagen viele Männer und Frauen des Dorfes am Boden, mit zerschlagenen, blutenden Gesichtern, mit gebrochenen Knochen und mit Wunden, deren Narben sie für den Rest ihres Lebens entstellen würden. Als Erster fiel Raechel der Rabbi ins Auge. Er hob kniend die Hände zum Himmel. Etwas an ihm war anders, auch wenn Raechel nicht gleich wusste, was. Bis sie bemerkte, dass sein langer, weißer Bart fehlte. Der war ihm mitsamt einem Stück seines Kinns abgeschnitten worden, von dem nun reichlich Blut herunterfloss. Und der alte Mann flehte den Herrn von Davids Volk mit zum Himmel erhobenen Händen an, er möge ihm verzeihen, dass er mit dieser Blöße vor sein Angesicht trat.

Erst dann bemerkte Raechel ihren Vater, der ganz in der Nähe des Rabbi reglos auf dem Boden lag. Sie schrie auf und rannte zu ihm.

Der Vater atmete rasselnd. In der Mitte seiner Brust senkte sich eine tiefe, unnatürliche Delle. Raechel wusste sofort, was das bedeutete, so etwas sah man auf dem Land häufiger, wo es nicht ungewöhnlich war, dass man von den Hufen eines Pferdes oder eines Stiers getroffen wurde. Oder mit Fußtritten misshandelt. Letzteres musste ihrem Vater widerfahren sein. Und Raechel wusste nur zu gut, dass solche Wunden tödlich waren, da das Blut nicht abfließen konnte, sondern im Inneren blieb. Manche Leute hielten eine Woche durch, andere hatten das Glück, sofort zu sterben.

»Vater …« Raechel begann zu weinen und beobachtete entsetzt, wie seine Augen, die sonst so lebendig funkelten, sich jetzt trübten.

Der Vater bewegte die Lippen in dem Versuch, etwas zu sagen, aber aus seinem Mund kam nur ein kleiner Blutklumpen.

Raechel wischte ihm sanft die Lippen ab.

Mit letzter Kraft nahm der Vater ihre Hand in seine. Dann versuchte er es noch einmal, doch er brachte nur ein unverständliches Gurgeln heraus.

»Streng dich nicht an, Vater«, sagte Raechel.

Doch er gab nicht auf, er hatte ihr etwas Wichtiges zu sagen, und ihm blieb nur noch wenig Zeit, das wusste er. Er bedeutete ihr, sich zu ihm vorzubeugen.

Gehorsam legte Raechel ihr Ohr an die Lippen des Vaters.

»Geh … fort …«, flüsterte er mit übermenschlicher Anstrengung.

Raechel wich zurück, überrascht und verwirrt zugleich.

Der Vater nickte, zum Zeichen, dass sie richtig gehört hatte. Er wiederholte mit einer Stimme, die nichts mehr mit der Klarheit des Vorbeters der Gemeinde gemein hatte: »Geh … fort … mei…ne … Toch…ter …« Dann verharrte er mit offenem Mund, während der Tod ihm den letzten Atemzug raubte.

3

Palermo, Viertel Mondello, Sizilien

»Rocco … Rocco …« Don Mimì Zappacosta betonte jede Silbe einzeln. Der Boss saß auf einem Korbstuhl unter dem Vordach seines Sommerhauses am Meer in Mondello und trank einen Schluck kalte Limonade, bevor er missbilligend den Kopf schüttelte. »Rocco«, begann er von neuem, »stimmt es, was man mir über dich erzählt?«

Rocco Bonfiglio, zwanzig Jahre alt und mit blondem Haar, das er von irgendeinem normannischen Vorfahren geerbt hatte, stand aufrecht vor Don Mimì und hielt dessen Blick stand. Hinter ihm warteten mit umgehängten Gewehren die beiden Männer, die ihn hergebracht hatten.

»Was erzählt man denn?«, fragte Rocco.

Don Mimì seufzte. »Wie lange kenne ich dich jetzt schon, Rocco?« Er trank noch einen Schluck und stellte dann das Glas auf dem Korbtisch neben seinem Sessel ab. Richtete eine schlichte Goldnadel am Aufschlag seines weißen Leinenjacketts und stand auf. »Ich kenne dich seit deiner Geburt!«, sagte er wohlwollend, während er lächelnd zu Rocco trat und sich bei ihm unterhakte. »Lass uns ein paar Schritte am Strand entlanggehen. Der Arzt sagt, Spazierengehen sei gut für meine Gelenke.« Er stützte sich auf Rocco, umklammerte aber dessen Unterarm mit seiner mageren Hand sehr fest, als wolle er ihn spüren lassen, wie stark er war.

Wortlos stiegen sie die fünf Stufen hinab und durchquerten den Garten voller Kaktusfeigenbäume und hoher Bougainvilleabüsche, deren violette Blüten aussahen, als wären sie aus Papier. Am Ende des Gartens öffnete einer der Männer mit Gewehr ihnen diensteifrig das Tor zum Strand. Die Sonne stand schon hoch am Himmel, und die Wasseroberfläche kräuselte sich leicht im Maestrale. Kleine Wellen schwappten träge an den Strand.

Rocco war angespannt. Es war niemals ein gutes Zeichen, wenn Don Mimì Zappacosta, der Boss der Stadtviertel Brancaccio und Boccadifalco in Palermo, zum Gespräch bat.

Der Tod seiner Mutter lag jetzt ein Jahr zurück, und noch auf dem Sterbebett hatte sie ihm eingeschärft, jeden Befehl von Don Mimì zu befolgen.

Wie alle hier es taten. Wie sein Vater es getan hatte.

Er selbst aber hatte sich dagegen entschieden. Er wollte ein anderes Leben als das, welches ihm vorbestimmt, zu dem er verdammt war.

An der Wasserlinie blieb Don Mimì stehen und ließ seinen Blick über das Meer und den verlassenen unberührten Strand wandern. Seine Hand umklammerte immer noch Roccos Unterarm. »Ein Paradies, nicht wahr?« Mit der freien Hand nahm er ein paar Stücke Brot aus seiner Jackentasche und warf sie von sich. Sofort stürzten sich einige Möwen darauf und zankten sich darum. Don Mimì lachte. »Und jeder muss sich sein Paradies selbst erobern.« Er warf den Möwen zwei weitere Brotkrumen hin. »Und jeder kann Stückchen für Stückchen das Paradies ergattern, das er verdient.« Er deutete auf die Möwen. »Schau sie dir genau an, Rocco. Sieht es so aus, als verschmähten sie mein Brot?«

Rocco schwieg.

»Hat man dir etwa die Zunge rausgeschnitten?«, scherzte Don Mimì. Und doch klang seine Stimme nicht so, als meinte er es lustig.

»Nein.«

»Auf welche der beiden Fragen ist das die Antwort?«

»Auf beide.«

»Sie haben dir die Zunge nicht rausgeschnitten, und die Möwen verschmähen mein Brot nicht, richtig?«

»Ja.«

»Ja.« Don Mimì nickte nachdenklich und lief weiter. Die beiden Leibwächter folgten ihnen in geringem Abstand. »Also stimmt es, was man mir über dich erzählt, Rocco?«

»Was erzählt man denn über mich?«, hakte Rocco noch einmal nach, obwohl er die Antwort kannte.

Don Mimì stieß einen tiefen Seufzer aus. »*Minchia*«, fluchte er, »du würdest selbst einen Heiligen zur Verzweiflung treiben!« Mit einem dröhnenden Lachen blieb er stehen, ließ Roccos Arm los und sah ihm fest in die Augen. Dann gab er ihm einen Klaps auf die Wange. »Man erzählt, dass du, anders als die Möwen hier, mein Brot durchaus verschmähst.«

Rocco wandte sich ab.

»Du verschmähst mein Brot also wirklich, Rocco?« Don Mimìs Stimme klang nun nicht mehr wohlwollend.

»Worüber genau beschwert Ihr Euch, Don Mimì?«, fragte Rocco.

»Das kann ich dir sagen: Nardu Impellizzeri, mein Statthalter in Boccadifalco, hat mir berichtet, dass du kein Ehrenmann werden willst«, erwiderte Don Mimì hart.

»Don Mimì …«, begann Rocco. Er mühte sich, mutig zu wirken, doch seine Anspannung stieg zunehmend, insbesondere, als sein Blick die goldene Nadel an Don Mimìs Jackenaufschlag streifte. »Ich will …«

»Ja – du willst was??«

»Ich will nicht zur Cosa Nostra gehören«, stieß Rocco in einem Atemzug hervor. »Nichts für ungut.«

»Nichts für ungut?«, rief Don Mimì laut und schlug Rocco hart ins Gesicht.

Dieser ballte die Fäuste und spannte die Muskeln an.

Die beiden Männer hinter ihnen traten einen Schritt vor, doch Don Mimì hielt sie mit einer knappen Handbewegung zurück. »Du gehörst längst zur *famiglia*, genau wie dein Vater«, sagte er.

»Mein Vater wurde umgebracht, als ich dreizehn Jahre alt war«, erklärte Rocco. Noch heute träumte er in manchen Nächten davon. In seinen Träumen sah er ihn auf dem Straßenpflaster vor der Kirche *San Giovanni dei Lebbrosi* liegen, die Augen weit aufgerissen und die Brust von einer Gewehrsalve zerfleischt, die Don Mimì gegolten hatte.

»Er starb ehrenvoll, indem er mir das Leben gerettet hat«, sagte Don Mimì. »Und seit dem Tag hat die *famiglia* für dich gesorgt. Ist es nicht so? Habe ich es dir je an etwas fehlen lassen?«

»Ich habe mir den Buckel krumm geschuftet in Eurem Weinberg«, antwortete Rocco. »Ich habe Euch alles mit meinem Schweiß zurückgezahlt.«

»Du hast mein Brot gegessen«, beharrte Don Mimì und bohrte einen Finger gegen Roccos Brust. »Ich hätte dich auf die Straße werfen können. Aber aus Respekt gegenüber deinem Vater habe ich dich bei mir behalten.«

»Eure Statthalter haben mir befohlen, arme Tagelöhner zu verprügeln, die ihr Land nicht verlassen wollten«, sagte Rocco. Das Blut pulsierte heftig in seinen Adern. »Und letzten Winter ist eins ihrer Kinder verhungert. Ihr habt sie zugrunde gerichtet.«

»Das haben sie schon selbst getan!«, erwiderte Don Mimì ohne jede Spur von Mitleid. »Ich habe ihnen ein großzügiges Angebot gemacht. Ich hätte es ihnen abgekauft, das Land. Aber die … dumme unwissende Bauern. Sie mussten ja zu diesen Sozialistenschweinen laufen. Sie haben diesen Jungen getötet.«

»Nein! Ich war es!«, brüllte Rocco. »Ich habe ihn auf dem Gewissen!«

»Red keinen Unsinn!« Don Mimì wurde wütend. »Wenn nicht du, dann hätte ein anderer diesen Job erledigt.«

»Aber ich war es«, sagte Rocco traurig. »Und deshalb werde ich nie zu Eurer *famiglia* gehören – oder zu irgendeiner anderen.« Er sah den Boss herausfordernd an, bevor er hinzufügte: »Ich bin nicht wie mein Vater.«

»Nein, das bist du nicht«, sagte Don Mimì voller Bitterkeit. Er musterte Rocco eine Weile schweigend, dann wandte er ihm den Rücken zu, warf den Möwen weitere Brotkrumen hin und beobachtete, wie sie sie verschlangen. »Das Leben ist eine schwierige Angelegenheit, Rocco«, sagte er langsam. »Viel komplizierter, als ein junger Mann wie du es erkennen kann.« Er entfernte sich ein paar Schritte, trat dann aber wieder zu Rocco und sah ihm fest in die Augen. »Und was willst du stattdessen werden?«

»Automechaniker in Palermo«, antwortete Rocco.

»Du kannst gut mit Maschinen umgehen, das stimmt. Das hat mir Firmino erzählt, der dir all das beigebracht hat, was er selbst wusste.«

»Der wurde auch umgebracht«, murmelte Rocco.

»Jeder stirbt früher oder später. Und in Sizilien ist Blei eine Krankheit wie jede andere«, sagte Don Mimì beiläufig, als wäre es belanglos. »Man tötet oder man wird getötet. Das Leben ist Krieg.«

»Aber dies ist nicht mein Krieg.«

»Ein Soldat kämpft den Krieg des Generals. Er hat nichts zu entscheiden.«

»Aber ich will entscheiden!« Rocco bereute den Satz sofort, aber es war zu spät.

Don Mimì wandte sich den beiden Leibwächtern zu. »Habt ihr gehört, was für einen Blödsinn er erzählt?« Und mit diesen Worten schlug er ihm mit dem Handrücken ins Gesicht.

»Macht das nicht noch einmal, Don Mimì!«, knurrte Rocco,

dem es zunehmend schwerfiel, nicht die Beherrschung zu verlieren. Seine dunklen Augen schienen zu glühen.

Doch Don Mimì schlug ihn noch einmal.

Rocco ballte die Fäuste, tat aber nichts.

»Glaubst du etwa, du kannst einfach so nach Palermo verschwinden und dort ungestraft Arbeit finden?« Don Mimì wirkte beängstigend ruhig. »Wie würde ich denn dann dastehen? He? Sag es mir!« Der Boss trat noch näher und flüsterte ihm ins Ohr: »So wahr mir Gott helfe: Dir wird niemand Arbeit geben.«

Rocco hielt seinem Blick stand, die Wangen gerötet von Ohrfeigen und Wut.

»Wie würde ich dastehen, wenn du nicht als Ehrenmann in meine *famiglia* eintrittst?«, fuhr Don Mimì fort. »Alle werden glauben, dass ich schwach bin. Und irgendjemand wird dann denken, dass man Don Mimì Zappacosta wirklich etwas abschlagen kann und damit einfach so davonkommt. Glaubst du etwa, das könnte ich mir erlauben?« Don Mimì legte Rocco eine Hand auf die Schulter, die Geste eines gütigen Vaters. »Das tut mir weh, Rocco. Es schmerzt mich sehr nach allem, was ich für dich und deine Mutter getan habe, Friede ihrer armen Seele.« Dann nahm er Roccos Gesicht in beide Hände. »*Pe' mia sei come un figghiu, picciottu.* Du bist wie ein Sohn für mich. Was soll ich jetzt tun? Ein anderer an deiner Stelle wäre schon tot, begreifst du das? Dass du noch am Leben bist, hast du nur deinem Vater zu verdanken.«

Zum ersten Mal seit Beginn ihres Gesprächs verspürte Rocco Angst. Er kannte die Methoden der Cosa Nostra, schließlich war er im Umfeld dieser Leute groß geworden. Und hatte sich mit der Zeit an ihr System gewöhnt, so wie jemand, der neben einer Müllhalde wohnt, irgendwann den Gestank nicht mehr riecht. Er hatte noch nie jemanden getötet oder sich an Schutzgelderpressungen beteiligt, und er hatte auch noch nie den Laden eines Kaufmanns angezündet, der kein Schutzgeld zahlen wollte. Er hatte sich aus allem rausgehalten. Doch im vergangenen Jahr war er zu einem so genannten *avvicinato* geworden. Das war so beschlossen worden, er hatte keine Wahl gehabt. Eines Nachts hatte man ihn betrunken gemacht und dann mitgenommen, um die Familie eines Tagelöhners zu verprügeln. Die Tat war seine Initiation gewesen, der erste Schritt zur Aufnahme in die *famiglia*. Rocco hatte daran nur unzusammenhängende Erinnerungen. Doch als er die armen Kerle zwei Wochen später im Stadtteil Boccadifalco auf der Straße getroffen hatte, waren sie zusammengezuckt und hatten ihn ängstlich gegrüßt. Rocco hatte sich schmutzig gefühlt und feige noch dazu. Später im Winter hatte ihm einer von Don Mimìs Soldaten grinsend erzählt, dass der Jüngste der Familie verhungert war. An diesem Tag hatte Rocco sich verändert. Und er hatte sich geschworen, niemandem jemals mehr etwas anzutun.

»Was soll ich nur mit dir machen, Rocco?«, fuhr Don Mimì fort, in diesem ruhigen Ton, der weitaus bedrohlicher war als lautes Gebrüll. »Soll ich mich von dir verabschieden, deinen Vater um Verzeihung bitten, mich wieder zu meiner Limonade setzen und dich denen da überlassen?« Er deutete auf die beiden Leibwächter, die jetzt Klappmesser in der Hand hielten.

Roccos Herz schlug schneller. Plötzlich war der Mut verschwunden, den er gestern noch bei Nardu Impellizzeri, dem Statthalter von Boccadifalco, an den Tag gelegt hatte.

»Hilf mir, Rocco.« Ein Lächeln des Bedauerns umspielte Don Mimìs Lippen. »Stell mich nicht mit dem Rücken zur Wand. Ein Mann, der mit dem Rücken zur Wand steht, hat keine Wahl. Zwing mich nicht, diese unglückselige Entscheidung zu treffen.«

»Was wollt Ihr von mir?« Rocco gelang es kaum, seine Stimme zu kontrollieren.

»Ich will nur einen Job als Automechaniker in Palermo für dich finden.« Don Mimì kniff ihn in die Wange. »Was ist denn so schlimm daran? Was? Sag es mir!«

Rocco sah ihn an, und mit einem Mal wich alle Kraft aus ihm. Entweder er beugte sich jetzt, oder er starb. So waren die Regeln der Mafia.

»Tritt in die *famiglia* ein. Mach mich stolz. Leg den Eid ab«, sagte Don Mimì wohlwollend. »Spiel nicht den toten Helden.«

Rocco senkte den Kopf, zum ersten Mal. Er war besiegt. Und zu jung, um zu sterben.

»So gefällst du mir, *picciottu*.« Don Mimì lachte. Er legte ihm eine Hand auf die Schulter und drückte ihn nach unten. »Knie dich hin, mein Junge.«

Roccos Knie versanken im Sand.

Don Mimì zog die goldene Nadel aus dem Revers, nahm Roccos rechte Hand und stieß die Nadel ohne das geringste Zögern tief in den Zeigefinger. Wartete, bis sich ein Blutstropfen bildete, und zog dann ein Heiligenbildchen aus der Tasche, auf das er den Tropfen fallen ließ. »Nimm es in beide Hände«, sagte er zu Rocco.

Das Blut befleckte das auf dem Bild abgebildete Gesicht, und so konnte Rocco nicht erkennen, um welchen Heiligen es sich handelte.

Don Mimì hielt ein brennendes Streichholz an das Bild und zündete es an.

»Sprich mir nach: Ich schwöre, dass ich der Cosa Nostra treu sein werde …«

»Ich schwöre … dass ich der … Cosa Nostra treu sein werde«, brachte Rocco stockend hervor, während das Heiligenbildchen Feuer fing und sich zusammenrollte.

»Wenn ich sie je verraten sollte …«

»Wenn ich sie je verraten sollte …«

»… soll mein Körper brennen wie dieses Bild.«

»… soll mein Körper brennen wie dieses Bild«, wiederholte Rocco, während die Flamme an seine Fingerkuppen züngelte.

»Bravo, *picciottu*«, sagte Don Mimì. »Jetzt bist du ein Ehrenmann.«

Rocco streckte die Finger, und das verkohlte Heiligenbildchen glitt wie ein schwarzer Schmetterling in der leichten Brise davon.

Don Mimìs Miene wurde mit einem Mal hart. »Von jetzt an bist du in meinem Haus nicht mehr willkommen«, stieß er hervor. »Du wirst meinem Statthalter gehorchen und ihm ein Zehntel deines Mechaniker-Lohns geben. Dein Leben gehört jetzt der *famiglia*, vergiss das nie.« Damit ging er, begleitet von den beiden Leibwächtern, zu seiner Villa, ohne sich noch einmal umzudrehen.

Rocco kniete wie erstarrt im Sand und betrachtete mit gesenktem Kopf die Sandkörner vor sich, bis er schließlich langsam den Blick zum Meer wandte.

Ich lebe, dachte er, ohne dabei jedoch Erleichterung zu verspüren.

Denn innerlich war ihm, als wäre er schon gestorben.

4

Alcamo, Sizilien

Am Morgen stand Rosetta mit schwerem Herzen auf, doch sie konnte die Sache nicht länger hinauszögern.

Sie trat vor die Tür, holte einen Spaten aus dem Werkzeugschuppen und machte sich auf zu dem Feld, auf dem noch immer die abgeschlachteten Schafe lagen. Die heiße Luft war angefüllt vom Geruch nach Blut und Verwesung, Wolken von Fliegen umschwirrten die rot gefärbten Fellbündel.

Rosetta schlug einen Knoten in ihren Rock, sodass die Beine frei waren, und löste die obersten drei Knöpfe ihres Kleides bis zum Dekolleté. Dann schwang sie den Spaten hoch in die Luft und ließ ihn auf die harte, vertrocknete Erde niedersausen.

Sie brauchte beinahe eine Stunde, um das erste Loch auszuheben. Ihr Haar klebte nass an ihrer Stirn, der Schweiß brannte in ihren Augen, als sie ein Schaf bei den Hinterläufen packte, zu der Grube schleifte und es hineinwarf, bemüht, das Tier so wenig wie möglich anzusehen. Anschließend zerrte sie ein weiteres Schaf zu dem Loch, doch als sie es hineinwarf, landete der steife Körper des Tieres mit den Beinen nach oben. Rosetta blieb nichts anderes übrig, als sich in das Loch hinabzulassen und das Tier auf die Seite zu drehen. Dabei bemerkte sie, dass die Raben ihm die Augen ausgepickt hatten. Die Augenhöhlen waren nun leer, umsprenkelt von schwarzen Flecken, Wachstränen gleich. Rosetta wandte den Blick ab, kletterte aus dem Loch und bedeckte es mit Erde. Ein paar Meter weiter grub sie ein zweites Loch, tiefer und breiter als das erste, und warf drei

Schafe hinein. Als sie auch dieses Loch wieder mit Erde aufgefüllt hatte, hielt sie keuchend inne. Die Sonne stand schon hoch am Himmel. Der Gestank war inzwischen kaum noch zu ertragen, die Fliegen schwirrten laut summend um sie herum, und ihr schweißnasses Kleid war voller dunkelroter Flecken. Hände und Schultern schmerzten. Erschöpft ließ sie sich zu Boden sinken.

»Weiber sind halt nicht so stark wie wir Männer«, hörte sie in diesem Moment eine Stimme hinter sich.

Rosetta fuhr herum und erblickte auf dem Zaun des Gatters fünf junge Burschen aus dem Dorf, die sie beobachteten.

Sofort breitete sich die vertraute Angst vor Männern in ihr aus, die sie in deren Gegenwart stets befiel. Sie sprang auf. »Verschwindet!«, schrie sie. »Das hier ist mein Land!«

Die Burschen sahen sie an und grinsten höhnisch, rührten sich jedoch nicht von der Stelle. »Und wenn nicht – was machst du dann?«, fragte einer.

»Verschwindet, oder ich hol die Gendarmen!«

»Wen meinst du?«, höhnte ein anderer. »Meinen Vater?«

»Oder meinen Vetter?«, setzte ein Rothaariger namens Saro nach.

Als hätte sie nicht schon vorher gewusst, dass die Gendarmen ihr nicht helfen würden. Ein feindseliges Schweigen breitete sich aus, während dessen die Burschen sie unentwegt anstarrten.

»Hübsche Beine hast du!«, sagte schließlich einer.

Erst in dem Moment wurde Rosetta bewusst, dass sie halbnackt dastand. Sie wäre am liebsten vor Scham im Boden versunken und löste hastig den Knoten des Rocks und knöpfte das Kleid zu.

Die Burschen lachten.

Wütend zeigte Rosetta mit dem Finger auf Saro. »Mit denen zusammen fühlst du dich stark, was?« Ihre Nasenflügel bebten vor Zorn. »Hast du etwa vergessen, wie du mir hinterhergelaufen bist und mich angebettelt hast? Hm? Hast du das auch deinen Freunden erzählt?«

Saro errötete heftig und spuckte in ihre Richtung aus. »Eine *bottana* wie dich fass' ich doch nicht mal mit der Zange an.«

»Verschwindet«, wiederholte Rosetta.

»Du kannst mich mal!« Saro verschränkte trotzig die Arme vor der Brust, und die anderen taten es ihm gleich.

»Wir sehen dich halt gern an!«, sagte ein anderer.

Rosetta fühlte sich hilflos, in ihrem Hals bildete sich ein Kloß. Die Leute aus dem Dorf hatten unrecht, wenn sie dachten, sie hätte vor nichts und niemandem Angst. Jetzt zum Beispiel hatte sie Angst. Und manchmal seit dem Tod ihres Vaters hatte sie Angst, allein im Haus zu sein, schließlich war die Tür leicht aufzubrechen. Aber in einem hatten die Leute aus dem Dorf recht: Sie war stark. Und stur wie ein Maulesel. Also wandte Rosetta den jungen Burschen entschlossen den Rücken zu und begann, ein weiteres Loch zu graben. Sie ließ all ihre Wut am Boden aus und grub weiter, der Hitze und Erschöpfung zum Trotz.

»Du bist härter als Stein«, beschwor sie leise.

Erst als sie die letzten fünf Schafe begraben hatte, drehte sie sich mit herausforderndem Blick wieder zum Zaun um. Sie war vollkommen außer Atem, ihre Hände waren mit Blasen übersät, ihr Herz schlug heftig in ihrer Brust, und ihre Beine zitterten.

Aber die jungen Burschen saßen nicht mehr dort. Rosetta war darüber nicht etwa erleichtert, sondern beunruhigt. Sie hatte sie nicht weggehen hören und lauschte nun angespannt. Nichts. Nur das Summen der Fliegen und das Zirpen der Zikaden in der sengenden Sonne des Südens.

»Ich mache mir Sorgen um dich«, hatte Pater Cecè gesagt.

Rosetta entschied, sich heute nicht im Bach zu waschen,

sie wollte sich nicht ausziehen. Stattdessen lief sie zum Haus zurück, wobei sie immer wieder misstrauische Blicke über die Schulter warf. Im Haus verriegelte sie hastig die Tür hinter sich.

Sie aß einen Rest *pane cunzato* und trank ein halbes Glas Rotwein. Dann trat sie ans Fenster und sah hinaus auf die Felder. Niemand war zu sehen. Erschöpft sank sie auf ihr Bett und fiel sogleich in einen unruhigen Schlaf. Als sie zwei Stunden später aufwachte, war ihr Mund trocken und schmeckte nach den getrockneten Tomaten und Kapern des *pane cunzato*. Sie hatte Durst.

Rosetta schob den Riegel zurück und trat ins Freie. Die untergehende Sonne berührte bereits den Gipfel des Monte Bonifato, und die Natur kam allmählich zur Ruhe. Sie ging zum Brunnen, zog den Eimer hoch und trank einen tiefen Zug aus der hölzernen Schöpfkelle. Dann tauchte sie die Hände in den Eimer und wusch sich das Gesicht. Sie schloss die Augen und fuhr sich mit den nassen Händen über den Nacken. Sofort fühlte sie sich besser. Ich werde mich nicht geschlagen geben, dachte sie, während sie die obersten Knöpfe des Kleides öffnete, um auch den Oberkörper mit dem kühlen Wasser zu erfrischen. Denn mein Kampf ist gerecht. Und bei diesem Gedanken fühlte sie sich gleich stärker.

In diesem Moment warf ihr jemand eine Kapuze über den Kopf und packte sie bei den Schultern. Dann schlossen sich Hände um ihre Arme und hielten sie fest.

Rosetta schrie. Als sie versuchte, sich zu befreien, hörte sie, wie der Eimer zurück in den Brunnen fiel.

»Schrei, *bottana*, schrei. Hier hört dich niemand«, flüsterte jemand mit verstellter Stimme.

Rosetta hatte Todesangst. Bei jedem Atemzug legte sich der Stoff vor ihren Mund und ihre Nase. »Wer seid Ihr?«, schrie sie.

»Wir sind niemand.«

Dann wurde sie auf den Boden geworfen, eine Hand packte ihr Kleid, wo sie begonnen hatte, es aufzuknöpfen, riss es entzwei und entblößte ihre Brüste. Rosetta schrie unaufhörlich und versuchte, sich zu wehren. Sie stieß die Hand in Richtung des Angreifers vor, um ihn wegzustoßen, und als ihre Fingerkuppen den Hals des Mannes berührten, grub sie sofort ihre Nägel hinein. Der Mann stöhnte auf und schlug sie mit der Faust. Dann packten andere Hände erneut ihre Arme und hielten sie fest, weit auseinander wie bei Christus am Kreuz. Jemand schob ihren Rock hoch.

»Nein!«, schrie Rosetta und versuchte, sich loszureißen.

Ein schwerer Körper warf sich auf sie und spreizte ihre Beine.

Rosetta hörte, wie jemand ausspuckte, bevor eine speichelnasse Hand sie zwischen den Beinen befeuchtete. »Nein!«, rief sie noch einmal verzweifelt, in vollem Bewusstsein dessen, was nun geschehen würde. »Nein!«

Einen Moment später stieß jemand heftig in sie. Etwas in ihr riss, und sie war sogleich von Schmerz erfüllt, der ihr den Atem raubte und die Tränen in die Augen trieb.

Der Körper auf ihr begann, sich schnell auf und ab zu bewegen.

Rosettas Augen unter der Kapuze waren weit aufgerissen, ihr Mund zu einem Schrei verzerrt, doch kein Laut drang mehr über ihre Lippen. In ihren Ohren dröhnte nichts als das bestialische Keuchen des Mannes, der sie zu Boden drückte und von ihr Besitz ergriff.

Dann bäumte der Körper über ihr sich auf und bohrte sich ein letztes Mal tief in sie.

Rosetta hörte eine Art Grunzen und fühlte, wie sich eine lauwarme Flüssigkeit in sie ergoss.

Der Körper zog sich zurück. »Die *bottana* war noch Jungfrau«, sagte jemand mit höhnischem Lachen.

Doch es war noch nicht vorbei. Ein anderer Körper warf sich auf sie und machte dasselbe mit ihr wie der erste.

»Es tut nicht weh … es tut nicht weh …«, murmelte Rosetta nun vor sich hin.

»Nein, das tut nicht weh«, lachte jemand. »Das gefällt dir, was, *bottana*?«

Nach einer Weile grunzte auch dieser Körper, erstarrte kurz und füllte sie mit Flüssigkeit.

Dann kam der dritte an die Reihe, und schließlich sagte die Stimme, die als erste zu ihr gesprochen hatte: »Wag es ja nicht, die Kapuze abzunehmen, sonst schneid' ich dir die Kehle durch.«

Rosetta blieb reglos liegen, während sie den sich schnell entfernenden Schritten lauschte. Sie war unfähig, sich zu bewegen, zu denken. Unfähig, das schreckliche Leid vollends zu empfinden, welches ihr zugefügt worden war. Unfähig, die Hölle wahrzunehmen, die in ihr tobte, und die tiefe Demütigung zu ermessen. Sie blieb einfach liegen, bis sie vor Kälte anfing zu zittern. Eine Kälte, die aus ihrem Inneren kam, von dort, wo sie an Leib und Seele verletzt worden war.

Erst da zog sie sich mit bebenden Fingern die Kapuze vom Kopf. Als es ihr endlich gelang sich aufzurichten, ließ das Licht der untergehenden Sonne das Blut, das an ihren Schenkeln entlanglief, tiefrot erscheinen. Rosetta stand mit weit aufgerissenen Augen und Mund da. Sie blickte zum Haus. Und dann hinüber zu dem Feld, auf dem sie die Schafe begraben hatte. Und weiter dorthin, wo die verkohlten Olivenbäume ihre verkrüppelten Äste in den Himmel streckten und die Erde noch schwarz war nach dem Brand vor zwei Monaten.

Sie bewegte die Lippen, als wollte sie um Hilfe rufen, aber kein Laut entwand sich ihrer Kehle. Sie spürte nicht einmal, dass sie atmete. Oder ob ihr Herz noch schlug. Sie war wie tot.

Nur eins hörte sie in der Ferne: die Glocke der Kirche San Francesco d'Assisi.

Und da lief sie los, den steinigen Weg entlang, mechanisch, ohne es überhaupt zu merken. Mit langsamen, unsicheren Schritten. Wie im Traum. Als sei es gar nicht sie, die lief.

In Alcamo angekommen, spürte sie weder, dass die Dorfbewohner sie anstarrten, noch bemerkte sie, dass alle hinter ihr herliefen.

Sie ließ sich allein von dem Nachklang der inzwischen verstummten Glocke leiten, dem einzigen Geräusch, das zu ihr durchgedrungen war.

So gelangte sie zur Kirche San Francesco d'Assisi, stieg die Eingangsstufen hinauf und öffnete die Tür.

»*Gloria Patri et Filio et Spiritui Sancto*«, sprach Pater Cecè gerade das abendliche Rosenkranzgebet.

Rosetta machte einen Schritt in die Kirche hinein.

»*Sicut erat in principio et nunc et semper et in sæcula sæculorum*«, erwiderten die alten Frauen im Chor.

Rosetta, deren Beine nachzugeben drohten, stützte sich auf eine Bank, die daraufhin ein lautes Ächzen von sich gab.

Die Frauen und Pater Cecè drehten sich um und verstummten.

Rosetta bot einen erbarmungswürdigen Anblick. Das zerrissene Kleid gab den Blick auf ihre Brüste frei, und durch den langen Riss an den Beinen entlang war das Blut zu sehen, das die Schenkel heruntergelaufen war. In ihren Augen stand ein Schmerz, der im dämmrigen Licht der Kirche mitleiderregend aufleuchtete.

Hinter ihr drängten wie bei einer düsteren Prozession die Dorfbewohner in die Kirche, die ihr gefolgt waren.

Da breitete Rosetta, so zugerichtet und voll der Schande wie eine Maria Magdalena, mit erhobenen Handflächen die Arme aus, als wolle sie sich der Gemeinde überliefern, und sagte mit gebrochener Stimme in die Stille hinein: »Ihr habt gewonnen.«

»Amen«, murmelte eine Frau und bekreuzigte sich.

5

Sorotschinzy, Gouvernement Poltawa, Russisches Zarenreich

Raechels Vater wurde auf dem Friedhof des *schtetl* begraben.

Der alte Rabbi, dessen Kinn mit immer noch rot verfärbten Tüchern verbunden war und der aus Scham ob dieser Schande den Kopf gesenkt hielt, stimmte mit so schwacher Stimme das *kaddisch* an, dass es kaum zu hören war.

Raechels Augen waren vom Weinen geschwollen, doch als ihre Stimme sich zu der leisen des Rabbi gesellte und sie kraftvoll übertönte, klang sie so rein und dabei so voller Schmerz, dass niemand es wagte, sie zu unterbrechen oder zu tadeln, weil eine Frau das Totengebet eigentlich nicht anführen durfte.

Als die letzten Töne des *kaddisch* verklungen waren, schloss der Rabbi in der bewegten Stille mit den Worten: »*Schma Jisrael, Adonai elohenu, Adonai echad.*«

Höre Israel, der Ewige, unser Gott, der Ewige, ist einzig.

Da kniete Raechel behutsam neben dem Grab nieder und legte, wie das Begräbnisritual es vorsah, einen Stein auf die frisch aufgeschüttete Erde, *evèn*, der in ihrer alten Sprache den Stamm der Worte von Vater und Sohn in einem einzigen Wort vereinte. Und mit jedem weiteren Moment wuchs das Gefühl, alle Kraft würde sie verlassen, so wie ihr Vater sie verlassen hatte. Als sie ihre Finger in die Erde des Grabes krallte, glaubte sie dieselbe Eiseskälte zu spüren, die den Leichnam ihres Vaters umfing. Plötzlich erschien ihr die Zukunft wie ein unbezwingbarer Berg. Und in dieser Unsicherheit, in dieser Verlorenheit, war sie auf einen Schlag wieder nur ein dreizehnjähriges Mädchen, das nicht wusste, wie es sich dem Leben stellen sollte.

Kaum eine Stunde später trafen vier geschlossene Kutschen, jede von vier Pferden gezogen, im *schtetl* ein. Der ersten entstiegen drei Männer in langen schwarzen Kaftanen aus dicker Wolle mit Pelzkragen. Entschlossenen Schrittes traten sie auf den Rabbi zu.

»*Schalom Aleichem*«, grüßten sie respektvoll.

»*Aleichem Schalom*«, erwiderte der Rabbi mit gesenktem Kopf.

Raechel betrachtete das Geschehen mit einem mulmigen Gefühl. Das, was sie sich noch bis zum Vortag von ganzem Herzen gewünscht hatte und ihr als einmalige Chance erschienen war, flößte ihr nun Furcht ein. »Geh fort«, hatte ihr Vater kurz vor seinem Tod gesagt. Doch Raechel hatte der Mut verlassen, sie hatte keine Kraft mehr, weder um fortzugehen noch um zu bleiben. In diesem Augenblick verspürte sie nur den einen Wunsch: zu verschwinden, weg von diesem schrecklichen Schmerz und der nicht zu schließenden Lücke in ihrem Inneren. Sie musste nachdenken und eine Entscheidung treffen.

Bald war die gesamte Gemeinde versammelt. Die drei Männer aus der Kutsche schüttelten den Kopf angesichts der Wunden auf den Gesichtern und Körpern der Menschen. Dann gab der größte von ihnen, ein feister Mann mit geröteten Wangen, ein Handzeichen, und gleich darauf erschienen zwei weitere Männer, ebenfalls in bodenlange Kaftane gehüllt, die ein vier Fuß hohes Fass vor dem Rabbi abstellten.

»Darin ist nach dem Ritual geschächtetes und gepökeltes Fleisch«, sagte der feiste Mann. »Nimm es für deine Leute entgegen.«

»*Baruch Schem Kawod, Malkhuto leOlam waEt*«, sprach der Rabbi, und aus der Gemeinde waren gemurmelte Dankesworte zu hören.

»Ja, Rabbi. Gelobt sei der Name voll Ehre, seine Herrschaft sei für immer und ewig!«, nahm der feiste Mann die Worte des Rabbi auf. »Ich heiße Amos Fein. Habt Ihr die Nachricht gelesen, die wir Euch gesandt haben?«

»Ja«, erwiderte der Rabbi.

»Gut«, sagte Amos. »Und was habt Ihr beschlossen?«

»Werdet Ihr Euch um unsere Töchter kümmern?«

Amos drehte sich zu den beiden Männern um, die das Fass mit dem Pökelfleisch gebracht hatten. Er gab ihnen erneut ein Zeichen, woraufhin sie die Türen der Kutschen öffneten, aus denen sogleich etwa zwanzig lachende, fröhliche Mädchen ausstiegen.

»Sieh sie dir an, sie sind jetzt unsere Töchter«, verkündete Amos feierlich. »Die *Sociedad Israelita de Socorros Mutuos Varsovia* bietet ihnen die Möglichkeit, nicht an den Folgen von Not oder Verfolgung zu sterben. Frag sie doch einfach selbst, wenn du mir nicht glaubst.«

Der Rabbi musterte die Mädchen lange und blickte dann zu den Eltern der vier Mädchen aus seiner Gemeinde, die schweigend nickten. »Vier unserer geliebten Töchter werden mit Euch kommen«, verkündete er schließlich.

»Fünf«, meldete sich Raechel mit zitternder Stimme zu Wort.

»Nein, Rabbi«, rief die Stiefmutter und wandte sich mit schroffer Stimme an Raechel: »Dein Vater wollte nicht, dass du fährst. Ehre die Erinnerung an ihn, indem du seinen letzten Willen respektierst.«

»Mein Vater hat mir im Sterben gesagt, dass ich fahren soll«, protestierte Raechel schwach. »Das waren seine letzten Worte.«

»Lügnerin«, stieß die Stiefmutter voller Verachtung hervor.

Raechel sah sie mit leerem Blick an. Gestern noch hätte sie sich heftig widersetzt, doch nun fehlte ihr die Kraft dazu.

»Gut, entschuldige, Rabbi«, ging nun Amos dazwischen, der sich noch nicht von der Enttäuschung erholt hatte, die ihn beim ersten Anblick Raechels überkommen hatte. Dieses Mädchen hatte ganz und gar nichts Weibliches an sich. Ihr Gesicht war nicht gerade hübsch mit den hervorstehenden Wangenknochen, der langen Nase, den schmalen Lippen und den wirren Haaren einer Wilden. Und der magere Körper, der fast hölzern wirkte, mit den knochigen Schultern und ohne den geringsten Ansatz eines Busens, ließ sie mehr wie einen Knaben aussehen. »Ich will keinen Ärger. Wenn sie bleiben soll … dann soll sie bleiben«, sagte er.

»Gebt uns kurz Zeit, diese Frage zu klären«, erwiderte der Rabbi. »Folgt mir«, befahl er Raechel und ihrer Stiefmutter.

Vor dem Eingang zur *schul* blieb er stehen und bedachte beide mit einem strengen Blick. »Nun, wie stellt sich die Sache dar?«, fragte er schließlich Raechel.

»Wie ich es Euch gesagt habe«, antwortete Raechel. Ihr Herz schlug so heftig in ihrer Brust, als stünde sie an einem Abgrund.

»Das ist nicht wahr«, widersprach die Stiefmutter sofort. »Mein geliebter Mann wollte nicht, dass sie fährt, Rabbi. Er sagte zu ihr, sie sei zu jung und könne nicht für sich selbst sorgen.«

Raechel kam der Gedanke, dass der Vater recht gehabt und sie in ihrer Überheblichkeit nur nicht verstanden hatte, dass sie ohne ihn schutzlos war.

»Ist das so?«, fragte der Rabbi Raechel.

»Ja, aber dann«, begann Raechel mit leiser Stimme, »kurz bevor er starb … hat er mir gesagt, dass ich fortgehen soll.« Bei der Erinnerung brach ihr die Stimme vor Schmerz, und ihre Augen füllten sich mit Tränen. »Wir waren nur wenige Schritte von Euch entfernt …«

»Ich habe seine Worte aber nicht gehört«, sagte der Rabbi.

»Er sprach ganz leise«, setzte Raechel erneut an.

»Hast du es gehört?«, fragte der Rabbi die Stiefmutter.

»Nein«, erwiderte diese.

»Wie hättest du ihn auch hören können?«, stieß Raechel voller Verachtung hervor. »Du bist ja davongelaufen. Du hast ihn allein sterben lassen …«

Die Stiefmutter errötete, sagte aber nichts.

Der Rabbi ließ seinen Blick von einer zur anderen wandern. »Hier steht ein Wort gegen das andere. Ich werde nach dem Gesetz entscheiden.« Er hob die Hand an sein Gesicht, hielt aber mitten in der Bewegung inne. Der Bart, über den er wie so oft hatte streichen wollen, war weg. Er seufzte. »Ich habe die Art und Weise, in der dein Vater dich erzogen hat, immer missbilligt. Und ihm das stets gesagt«, begann er. »Er jedoch hat stets geantwortet, du seist mit mehr Intelligenz gesegnet als die anderen. Es sei eine Sünde gegen den Ewigen, diese zu beschneiden, sagte er.«

Raechels Herz zog sich zusammen. Wie sehr ihr Vater sie doch beschützt und geliebt hatte! In diesem Moment wurden ihr die vielen Freiheiten bewusst, die er ihr zugestanden hatte. Sie hatte ihnen wenig Bedeutung beigemessen, obwohl deren Durchsetzung den Vater wahrscheinlich tagtäglich Kämpfe gekostet hatte. Ohne ihn war sie nichts.

»Und nun sieh nur, was das Ergebnis seiner Erziehung ist«, fuhr der Rabbi streng fort. »Hochmut!«

Auf dem Gesicht der Stiefmutter breitete sich ein zufriedenes Lächeln aus.

»Du bist noch nicht volljährig«, sprach der Rabbi sein Urteil. »Und ich bestimme, dass die Frau deines Vaters deine Mutter wird.«

Raechel war wie gelähmt vor Entsetzen »Nein …«, hauchte sie. »Sie will nur …«

»Und wenn sie meint, es sei für dich das Beste, nicht zu fahren, dann sei es so«, fuhr der Rabbi unbeirrbar fort. »Du wirst ihr eine Stütze sein. Amen.«

»Nein«, wiederholte Raechel mit Tränen in den Augen. »Ich bedeute ihr nichts. Sie braucht nur eine Sklavin.«

Doch den Rabbi kümmerten ihre Worte nicht. »Frau«, sagte er zur Stiefmutter, »führe deine Tochter fort. Schließe sie, wenn nötig, zu Hause ein.« Er wandte sich an Raechel. »Ich hätte niemals gewünscht, dass dein Vater umkommt«, sagte er ernst. »Aber da es nun passiert ist, machen wir das Beste aus diesem Unglück und bringen dich auf den rechten Weg, den zu zeigen er dir nicht vermochte.«

Raechel starrte ihn an. »Wie könnt Ihr nur so von meinem Vater sprechen? Er war besser als ihr alle zusammen. Heuchler!«, stieß sie empört hervor.

Der Rabbi riss die Augen auf. »Der Teufel selbst spricht aus deinem Mund«, rief er. »Schaff sie fort, Frau!«

Die Stiefmutter packte sie sogleich mit festem Griff an einem Arm und zerrte sie mit sich.

Raechel wehrte sich nicht, sie war wie erstarrt. »Wie könnt Ihr so von meinem Vater sprechen …«, wiederholte sie fassungslos.

Als die Stiefmutter sie Minuten später ins Haus schob und die Tür hinter ihnen mit dem Holzriegel verschloss, war von draußen noch immer das muntere Geplapper der Mädchen zu hören. Kurz darauf war zu vernehmen, wie die Türen der Kutschen zugeschlagen wurden, Peitschen knallten, Pferde wieherten, und dann ertönte ein Knirschen, das Raechel verriet, dass die Kutschen in Gang gezogen wurden und die Räder die dünne Eisschicht aufbrachen, die wie Zuckerguss auf den Straßen des *schtetl* lag. Sie lief zum einzigen Fenster des Hauses und sah den schwarzen Kutschen hinterher, die sich im Schritttempo entfernten.

»Mach mir etwas zu essen«, befahl die Stiefmutter.

Raechel drehte sich um und bemerkte im Gesicht der verhassten Frau ein bösartiges, triumphierendes Lächeln. »Von nun an herrscht hier ein anderer Ton. Finde dich damit ab.«

Raechel wandte sich wortlos wieder zum Fenster und sah, dass die Kutschen schon weit weg waren. Mit jedem Meter, den sie zurücklegten, lastete die Bürde ihres zukünftigen Lebens schwerer auf ihr. Sie hatte nicht nur ihren Vater verloren, man hatte ihr auch noch jede hoffnungsvolle Aussicht genommen. Sie fühlte sich, als würde sie in eine undurchdringliche Dunkelheit versenkt, aus der es kein Zurück gab. Hier erwartete sie ein lebenslängliches Gefängnis. Ein kleiner Tod.

»Beeil dich«, drängte die Stiefmutter.

Raechel schlurfte mit hängenden Schultern zur Feuerstelle. Sie verrät Euch, Vater, dachte sie. Und sie verrät mich. Mechanisch rührte sie in der Suppe.

Wenig später klopfte es an der Tür.

»Übergib mir alle Bücher«, befahl der Rabbi. »Ich werde sie aufbewahren. In diesem Haus wird keine Frau mehr lesen.«

»Das ist alles, was mir von meinem Vater bleibt … Ich bitte Euch … nein«, rief Raechel, und ihre Augen füllten sich mit Tränen.

Doch weder die Stiefmutter noch der Rabbi schenkten ihr Beachtung. Raechel sah zu, wie die Frau die Bücher zu zwei hohen Stapeln auftürmte, fand aber nicht die Kraft, sich zu widersetzen.

»Hilf mir, sie fortzutragen«, bat der Rabbi die Stiefmutter. »Allein schaffe ich das nicht.«

»Was ist mit ihr?« Die Stiefmutter deutete auf Raechel.

»Wohin soll sie schon gehen?«, fragte der Rabbi fast verächtlich. »Schließ die Tür von außen ab.«

Die beiden verließen mit den Büchern das Haus, und Raechel hörte, wie der Riegel von außen vorgeschoben wurde.

Sie trat ans Fenster. Die Kutschen waren nicht mehr zu

sehen, aber sie konnte sich ungefähr vorstellen, wo sie jetzt waren. Dem Städtchen war ein kleiner Berg vorgelagert, um den die Straße, welche die Kutschen genommen hatten, herumführte. Diese in einer Art Halbkreis geführte Strecke war zwar deutlich länger als der direkte Weg über den Hügel, hatte aber den Vorteil, dass die – oft von schwachen oder alten Tieren gezogenen – Wagen nicht die Steigung hinaufmussten. Raechel dachte daran, wie sie als kleines Mädchen die Abkürzung über den Hügel genommen hatte, um ihren Vater auf seinem Weg zur Arbeit beobachten zu können. Dank ihrer schnellen Beine hätte sie den Vater stets einholen können, bevor er den Halbkreis der Straße hinter sich gebracht hatte. Sie hatte sich zuvor nur immer durch das Fenster zwängen müssen, das kaum größer war als eine Schießscharte, aber dazu war sie stets klein genug gewesen.

Und mit diesem Gedanken zerriss mit einem Mal der Nebelschleier, der sie seit dem Tod ihres Vaters umfangen hielt. Sie starrte auf das Fenster. Wie oft hatte ihr Vater, dem gottergebenen Lebensstil der Gemeinde zum Trotz, nicht betont, jeder Mensch sei das Ergebnis seiner eigenen Entscheidungen und jeder habe die Pflicht, sein Schicksal selbst in die Hand zu nehmen! In diesem Moment fasste Raechel einen Entschluss: Sie würde fliehen. Eilig trat sie zu ihrem Bett und zog unter ihrer Decke das einzige Buch hervor, das dem Rabbi und der Stiefmutter entgangen war. Das Gebetbuch ihres Vaters. Ein ganz besonderes Buch, mit einem abgenutzten Einband, das sie am Vorabend mit ins Bett genommen hatte, um sich dem Vater nahe zu fühlen. Raechel holte ein altes Leibchen hervor und wickelte das Buch darin ein, bevor sie zum Fenster zurückkehrte. Was sie vorhatte, war vollkommen verrückt. Aber sie hatte keine Wahl. Wenn sie hier blieb, würde sie zugrunde gehen.

Sie öffnete vorsichtig das Fenster und warf das Buch hinaus. Dann schob sie einen Hocker unter das Fenster, stellte sich darauf und steckte den Kopf durch die Öffnung. Ihr war sofort klar, dass ihre Schultern so niemals hindurchpassen würden, also zog sie den Kopf zurück und streckte erst die Arme hinaus. Dann schob sie den Kopf hindurch und schließlich mit großer Mühe auch die Schultern. Sie atmete tief aus und schob sich weiter vor, suchte mit den Fingern Halt an den Tannenstämmen, aus denen die Außenwand des Hauses gebaut war. Als sie sich bis zur Hüfte vorgearbeitet hatte, steckte sie fest. Nach mehreren erfolglosen Versuchen musste sie sich voller Entsetzen eingestehen, dass ihr die Kraft fehlte, sich vollends mit den Armen nach außen zu schieben.

Und genau in diesem Moment kam der picklige Elias vorbei. Der Junge starrte sie überrascht an und warf dann einen Blick über die Schulter zu den anderen Häusern.

Raechel wusste sofort, was er dachte. »Wenn du petzen gehst, bring ich dich um«, drohte sie ihm.

Elias tat dennoch einen Schritt in Richtung Dorf.

»Elias, ich bitte dich«, flehte Raechel ihn an.

Der Junge blieb stehen.

»Bitte … verrat mich nicht«, stöhnte Raechel. »Hilf mir …«

Elias kam langsam heran. »Was hast du vor?«, fragte er, als er nur noch einen Schritt von Raechels Armen entfernt war. »Willst du auch weggehen?«

»Hilf mir …«

»Alle geht ihr weg«, sagte Elias traurig.

»Hilf mir …«

»Wenn du jetzt auch noch gehst, bleibe ich ganz allein hier.«

»Bitte …«

Nach einem kurzen Zögern packte Elias sie an den Armen und zog, doch nichts geschah. Er versuchte es erneut, mit demselben Ergebnis, gab aber nicht auf. Immer wieder rutschte er aus, zog aber keuchend weiter.

Plötzlich spürte Raechel, wie etwas an den Beinen kratzte,

und dann glitt sie durch die Öffnung und fiel in den Straßendreck. Sie rappelte sich auf und hob das Gebetbuch des Vaters auf. »Danke, du bist ein Freund«, sagte sie zu Elias.

Der Junge lächelte schüchtern. »Wirklich?«

»Ja, du hast mir das Leben gerettet.« Raechel gab ihm einen flüchtigen Kuss auf den Mund. Dann lief sie los, so schnell sie ihre Beine trugen.

Elias fuhr sich mit den Fingern über den Mund, als wolle er den ersten Kuss seines Lebens berühren.

Doch das sah Raechel nicht mehr. Sie rannte so schnell sie konnte zum Hügel und hinauf. Erst an seiner Kuppe blieb sie vollkommen außer Atem stehen. Sie blickte zum Friedhof hinüber. Aus dieser Entfernung wirkte das Grab des Vaters wie ein Häuflein aufgeschütteter Erde, ein unbedeutender dunkler Fleck auf der weißen Schneedecke. Raechel blickte in die entgegengesetzte Richtung und bemerkte beunruhigt, dass die Kutschen schon weit entfernt waren. Trotzdem entschied sie, einen Versuch zu wagen und ihnen hinterherzulaufen. Mit fliegenden Beinen rannte sie den Hügel hinab, doch als sie die Straße erreichte, waren die Kutschen nicht mehr zu sehen.

Das schaffe ich nie, dachte sie. Sie verlangsamte ihre Schritte, bis sie schließlich ganz stehen blieb. Ihr war zum Weinen zumute, und in ihrem Kopf war nichts als dieser eine Satz: Das schaffe ich nie.

Doch dann vernahm sie in der Stille dieses eisigen, gottverlassen Stückchens Erde auf einmal eine Stimme, die direkt aus ihrem Herzen zu kommen schien. »Doch, du schaffst das, meine geliebte Tochter«, hörte sie sich selbst sagen. Die Stimme ihres toten Vaters.

»Du hast mich nicht verlassen«, flüsterte sie gerührt und ließ ihren Tränen freien Lauf.

»Ich werde dich nie verlassen, meine Tochter«, sprach sie weiter, mit dem Gefühl, ihr Vater stünde an ihrer Seite.

Blind vor Tränen umklammerte sie das Buch.

»Nun, mein Kind, hör auf zu weinen«, sagte ihr Vater.

Aber Raechel konnte nicht aufhören. Die Tränen strömten aus ihr wie aus einem Fass ohne Boden.

»Hör auf zu weinen!«, befahl da ihr Vater energisch. Und kaum, dass das letzte seiner Worte in der Eiseskälte verklungen war, hörte Raechel ihren Vater sagen: »Lebe dein Leben. Voll und ganz.«

Raechel nickte und wischte sich die Tränen vom Gesicht. Dann lief sie los. Und jedes Mal, wenn sie das Gefühl hatte, sie könne nicht mehr weiterlaufen, dachte sie an ihren Vater und hörte ihn sagen: »Lauf, mein Kind, lauf. Du schaffst das.«

Und so folgte sie Schritt für Schritt weiter der Straße, die sie endgültig aus ihrem alten Leben in ein neues führte, von dem sie nicht wusste, wie es aussehen und ob sie es überhaupt je finden würde.

Einige Mal näherten sich von hinten Bauern mit ihren Karren.

»Versteck dich«, riet der Vater ihr dann, woraufhin Raechel sich sofort in die Felder schlug und sich auf die eiskalte, nasse Erde in den Ackerfurchen kauerte.

Als die Sonne langsam unterging, sagte sie: »Ich habe Angst, Vater.«

»Ich bin hier, um dich zu beschützen«, antwortete er. »Gib nicht auf.«

»Gleich wird es dunkel …«

»Ich werde dir den Weg leuchten.«

»Die Wölfe gehen auf die Jagd.«

»Ich werde dich für deine Feinde unsichtbar machen.«

»Verlasst mich nicht, Vater …«

»Ich werde dich nie verlassen, geliebte Tochter.«

Und so lief Rachael durch die hereinbrechende Dunkelheit, wobei sie bei jedem Geräusch ängstlich zusammenzuckte.

»Sagt es mir noch einmal«, flüsterte sie ein ums andere Mal, wenn die Furcht sie zu überwältigen drohte.

Und der Vater wiederholte mit warmer, beruhigender Stimme: »Ich werde dich nie verlassen, geliebte Tochter.«

Mit jeder Stunde, die verstrich, schwanden Raechels Kräfte. Sie fror entsetzlich und hatte Hunger, und irgendwann hatte sie keine Kraft mehr in den Beinen. Sie spürte ihre Füße nicht mehr und konnte die Finger nicht mehr bewegen. Ihre Ohren und ihre Nase schienen wie zu Eis gefroren. Ihr Blick trübte sich, die Schatten der von einem schwächlichen Dämmerschein beleuchteten Bäume um sie herum wogten bedrohlich, und Raechels Schritte kamen am Rand der Straße zum Stehen.

»Es tut mir leid, Vater«, sagte sie, während sie zu Boden fiel.

»Steh auf«, sagte der Vater.

»Nur ganz kurz«, antwortete Raechel leise. »Nur ganz kurz …« Sie schloss die Augen und ergab sich einem Schlaf, dem nur noch der Tod folgen würde.

»Tochter!«, rief der Vater mit einer Stimme wie aus weiter Ferne. »Tochter …«

Aber Raechel hörte ihn nicht mehr.

Sie spürte auch die Kälte und die Erschöpfung nicht mehr. Hatte keine Wünsche oder Ängste mehr.

Ein tröstlicher Frieden legte sich über sie. Dann erlosch jeder Gedanke in ihr.

6

Palermo, Viertel Boccadifalco, Sizilien

Zwei Tage schuftete Rocco im Weinberg von Don Mimì wie ein Besessener. Während er die Erde umgrub, haftete das Gefühl, innerlich gestorben zu sein, wie klebriger Leim an ihm. Sein Kopf war leer, ganz so, als verweigere er jeden Gedanken. Es war, als hätte sein Herz aufgehört zu schlagen, um sich der Niederlage nicht stellen zu müssen. Der Kapitulation. Wie hochmütig war doch die Annahme gewesen, er würde nicht in diesem Morast versinken! Im Gegenteil! Nun war er langsam, aber unerbittlich in ein Schicksal gesogen worden, das vom kriminellen Leben seines Vaters vorgezeichnet war und ihm damit die Möglichkeit verwehrte, es selbst in die Hand zu nehmen. Er war verdammt. Er war kein freier Mensch, er war nicht mehr als der Schatten seines Vaters. Und nun war er besiegt und der Kraft beraubt, sich dagegen aufzulehnen.

Die beiden Tage zogen vorüber wie im Nebel.

Am dritten Tag schließlich klopfte Nardu Impellizzeri an seine Tür. »Und – ist dein Kamm abgeschwollen, Göckelchen?«, fragte er mit einem höhnischen Grinsen.

Rocco nickte erschöpft.

»Don Mimì lässt dir ausrichten, dass du dich in der Werkstatt von Balistreri vorstellen sollst, mit einem Gruß von ihm«, sagte Nardu. »Sasà Balistreri ist ein Freund. Er wird dich als Lehrling nehmen.«

»Lehrling?«

»*Minchia*, was dachtest du denn, etwa gleich als Chefmechaniker?«

»Und wo ist diese Werkstatt?«

»An der Cala, im Viertel Castellammare.«

»Wann soll ich da sein?«

»Du kannst gleich loslaufen. Oder erwartest du, dass man dich mit einer Kutsche abholt?«

Rocco seufzte und machte sich auf den Weg.

Er durchquerte den Boccadifalco, das von den Einheimischen *Vuccheifaiccu* genannte Vorstadtviertel, das an der Grenze dessen entstanden war, was vom ehemaligen königlichen Jagdrevier, der Riserva Reale Borbonica, übrig geblieben war. Er lief an den alten Metzgereien, den Tavernen und armseligen Behausungen der Arbeiter vorbei und bog im Zentrum in den Borgo Vecchio ein, bevor er den *Cassaro* betrat, die älteste Straße Palermos, die kein Mensch beim offiziellen Namen Corso Vittorio Emanuele nannte. Rocco passierte die hochherrschaftlichen Palazzi. Als ihm schließlich ein stechender Fischgeruch in die Nase stieg, bog er links in eine Gasse ein, die ihn zum *Vuccirìa* führte, dem alten Markt. Ungeachtet der Rufe der Händler ließ er die Stände hinter sich und erreichte schließlich die Cala, den ersten Hafen von Palermo. Hier endete die Stadt am Meer.

Er wandte sich an einen alten Fischer, der ein Netz flickte. »Wo ist die Werkstatt von Balistreri?«

Der Mann deutete schweigend nach rechts.

»Danke.« Rocco ging auf das Gebäude zu, dessen Fassade mit drei großen Bögen zum Hafen ausgerichtet war und das er auf den ersten Blick für einen Bootsschuppen gehalten hatte.

»Ich suche Sasà Balistreri«, sagte er zu einem korpulenten Mann, der an einer Kasse vor dem Gebäude saß und eine Zigarre rauchte.

»Und wer sucht ihn?«, fragte der Mann, ohne den Blick von dem trüben Hafenwasser abzuwenden.

»Don Mimì Zappacosta schickt mich. Ich soll mich hier vorstellen«, erwiderte Rocco.

Der Mann wandte sich zu ihm um. »Dann bist du also der Sohn von Carmine Bonfiglio.« Er musterte ihn gründlich, bevor er hinzufügte: »Du siehst ihm gar nicht ähnlich.«

»Nein. Ich komme auf meine Mutter.«

»Was zählt, ist das Blut«, gab der Mann zurück. Dann packte er Roccos Hand und überprüfte die Fingerkuppe des Zeigefingers. »Hat dich eine Mücke gestochen?«

Rocco schwieg.

Der Mann lachte. »Sasà Balistreri sitzt vor dir, *picciottu*«, sagte er und klopfte sich mit der Hand auf den ausladenden Bauch.

»Was soll ich tun?«, fragte Rocco.

»*Minchia*, eine Plaudertasche bist du nicht gerade, oder?«

Rocco starrte ihn schweigend an.

»Besser zu wenige als zu viele Worte.« Balistreri erhob sich mühsam. »Das sage ich meiner Frau auch immer. Die hat ein loses Mundwerk, aber ihre Ohren sind immer fest verschlossen.« Rocco stimmte nicht ein in sein Lachen über den abgedroschenen Witz. Er folgte Balistreri in die Werkstatt und dort zu einem Holzverschlag mit Glasscheibe, wo sein Lehrmeister hinter einem mit Werkzeug zugestellten Schreibtisch Platz nahm. »Mach die Tür zu«, befahl er Rocco. Danach deutete er mit seinem fettigen Zeigefinger auf ihn. »Ich brauchte dich eigentlich nicht«, erklärte er. »Aber wenn Don Mimì mich ruft, sage ich sofort: Hier bin ich! Jederzeit und überall.«

Sie sagten alle das Gleiche. Wie eine Schallplatte, die einen Sprung hatte. Die Gesichter änderten sich, die Worte aber blieben immer dieselben. Und vielleicht würde er sie eines Tages selbst auch sagen.

»Don Mimì meinte, dass du ganz gut mit Motoren umgehen kannst«, fuhr Balistreri fort.

»Dann lasst mich als Mechaniker arbeiten, nicht als Lehrling«, sagte Rocco.

»Du wirst wirklich als Mechaniker arbeiten.« Balistreri lächelte ihm bedeutungsvoll zu. »Aber in der Nacht.«

»Ich verstehe nicht …«

»Dann werde ich es dir erklären. Wie viele Autos und Lieferwagen gibt es in Palermo? Hundert? Vielleicht auch zweihundert.« Er beugte sich zu Rocco vor. »Und wie soll ein Ehrenmann wie ich davon leben?« Er sah ihn lächelnd an. »Hast du jetzt verstanden?«

»Nein«, erwiderte Rocco.

»Deren Motoren müssen kaputtgehen, *picciottu*! Denk doch mal nach.« Balistreri legte einen Finger an die Schläfe. »Du machst nachts diese verdammten Motoren kaputt … und dann werden wir sie reparieren.«

»Ich will Motoren reparieren, nicht kaputt machen«, sagte Rocco.

»Du wirst das tun, was ich dir sage. Ich bin der Statthalter von Castellammare.« Er starrte Rocco an, sein vorgereckter dreckiger Zeigefinger wedelte in der Luft. »Don Mimì hat mir versichert, dass er dir den Kopf zurechtrückt«, fuhr er drohend fort. »Und ich will wirklich nicht zu einem großen Boss wie ihm gehen und mich beklagen müssen. Haben wir uns verstanden?«

Rocco senkte schweigend den Blick.

»Haben wir uns verstanden?«, wiederholte Balistreri lauter.

Rocco nickte.

»Sehr gut.« Balistreri lehnte sich zurück. »In deinem Alter hatte dein Vater bereits große Dinge vollbracht«, sagte er kopfschüttelnd. »Offenbar hast du nicht nur die Haare von deiner Mutter geerbt.«

Rocco zeigte keinerlei Reaktion.

»Du fängst heute Nacht an«, fuhr Balistreri fort. »Minicuzzu wird dich begleiten. Er wird dir alles beibringen, was du wissen musst, und dir den Rücken freihalten.« Dann zündete er die Zigarre an, die inzwischen ausgegangen war, und sagte, ohne den Blick davon abzuwenden: »Bring mir einen Kaffee mit Schuss.«

Rocco verließ den Verschlag. In der Werkstatt hielten sich vier Leute auf. Drei von ihnen waren ölverschmiert und arbeiteten an dem Motor eines Fischerbootes, das an einer Winde befestigt war. Der vierte stand etwas abseits, hatte saubere Kleider und Hände. Er war klein und wirkte nervös.

»*Salutiamo*«, sagte er zu Rocco.

»*Salutiamo*«, grüßte Rocco zurück. »Wo hole ich den Kaffee für Signor Balistreri?«

»In der Cafeteria«, meinte der Mann.

Die drei Mechaniker lachten.

»Und wo ist die Cafeteria?«

»Da, wo sie immer ist«, antwortete der Mann.

»Danke«, brummte Rocco und wandte sich zum Ausgang.

Die drei Mechaniker lachten immer noch. »Minicuzzu, du solltest Komiker werden«, sagte einer von ihnen.

»*Picciottu*«, rief Minicuzzu.

Rocco blieb stehen.

»Verstehst du keinen Spaß?« Minicuzzu grinste über das ganze Gesicht.

Rocco starrte ihn an, verzog aber keine Miene.

»Wisst ihr, wessen Sohn dieser *picciottu* hier ist?«, fragte Minicuzzu die Mechaniker. »Der von Carmine Bonfiglio.«

»Von *dem* Carmine Bonfiglio?«

»Genau der.« Minicuzzu nickte.

Sofort war Rocco von den drei Mechanikern umringt, die sich die Hände an ihren Overalls abwischten und ihm respektvoll die Hand schüttelten. »Es ist eine Ehre«, sagten sie. »Dein Vater war ein großer Mann.«

»Die *Caffetteria degli Aranci* liegt zwanzig Schritte weiter rechts. Nicht zahlen, lass anschreiben«, sagte Minicuzzu. »Und wenn du schon mal da bist, bring mir auch einen Kaffee mit. Aber beeil dich, ich trinke ihn am liebsten heiß.«

Den ganzen Tag über lief Rocco immer wieder zwischen der *Caffetteria degli Aranci* und der Werkstatt hin und her. Doch jedes Mal, wenn er sich dem Motor des Fischerbootes nähern wollte, schickten die Männer ihn wieder fort. Sie ließen ihn nur das Werkzeug wegräumen, das er mit alten Zeitungen und einem Lösungsmittel, das noch schmutziger wirkte als die Arbeitsgeräte, von Dreck und Öl befreit hatte.

Gegen fünf Uhr nachmittags, als die anderen sich auf den Feierabend vorbereiteten, nahm Minicuzzu ihn beiseite. »Ruh dich jetzt aus, heute Nacht musst du hellwach sein. Um elf Uhr hole ich dich ab. Wir arbeiten bei dir um die Ecke.«

Doch Rocco blieb wach. Er aß nichts und starrte ins Leere, erfüllt von jener tiefen Einsamkeit, die seit langem sein engster Begleiter war. Und die niemand je zu durchdringen vermocht hatte.

Punkt elf Uhr hörte er, wie ein Wagen vor seiner Hütte vorfuhr. Daraus stiegen Minicuzzu und ein Junge, der vermutlich noch keine zwölf Jahre alt war.

»Wir gehen zu Fuß«, sagte Minicuzzu und trat zu ihm. Er trug nun eine schwarze Hose und einen schwarzen Pullover.

Der Junge war barfuß und hatte eine kurze Hose an, aus der dürre, zerkratzte Beine hervorragten. Er holte eine Ledertasche aus der Kalesche und verlor fast das Gleichgewicht, als er sich das schwere Gewicht quer über die Schulter hängte.

»Gib sie mir«, sagte Rocco.

»Nein«, sagte der Junge und ging stolz an ihm vorbei.

»Totò trägt die Tasche«, bestimmte Minicuzzu. »Denn

wenn er das nicht tut, kann er gleich zu Hause bleiben, dann nützt er uns hier einen Scheißdreck. Richtig, Totò?«

»Ich schaff das schon«, presste Totò angestrengt hervor.

»Warum kommt der Junge mit?«, wollte Rocco wissen.

»Weil ich ihn großziehe«, erwiderte Minicuzzu.

»Ist er dein Sohn?«

»Vielleicht. Wer weiß das schon?« Minicuzzu lachte. »Sag selbst, womit deine Mutter ihr Geld verdient, Totò.«

»Als *bottana.*« Totò errötete.

Minicuzzu lachte wieder. »Aber er wird mal ein tapferer *picciottu*, nicht wahr, Totò?«

»Sagt mir, wem ich die Kehle aufschlitzen soll, und ich tu's«, gab Totò mit feierlichem Ernst zurück.

Der Junge ist noch nicht mal im Stimmbruch, dachte Rocco. Totò war fast noch ein Kind und plapperte prahlerische Sprüche nach, ohne zu verstehen, wovon er redete. Aber wenn er diese Sprüche ständig wiederholte, würde er sie eines Tages selbst glauben. Früher oder später würde Minicuzzu ihm ein Klappmesser oder eine Lupara in die Hand drücken. Und Totò würde zum Tier werden, wie alle Ehrenmänner. Sie werden ihm dasselbe antun wie mir, dachte Rocco. Sie werden ihn schon kleinkriegen, auf die sanfte oder auf die harte Tour.

»Ruhe jetzt, wir sind gleich da«, flüsterte Minicuzzu.

»Das ist doch das Grundstück von Vicenzo Calò«, sagte Rocco.

»Schnauze.«

»Aber das ist das Grundstück von Vicenzo Calò«, wiederholte Rocco.

Minicuzzu wedelte drohend mit der Faust vor Rocco. »Nein, das ist ein Ort, an dem ein Laster steht, der repariert werden muss. Kümmert mich einen Scheißdreck, wem der gehört.«

»Der Fiat 15 von Vincenzo ist nicht kaputt. Ich habe ihn selbst repariert«, sagte Rocco.

Minicuzzu ließ sein Klappmesser aufschnappen und hielt es Rocco drohend vor die Brust. »Und man kann sehr genau sehen, dass du ihn schlecht repariert hast. Der muss in eine Spezialwerkstatt«, knurrte er ihn an. »Jetzt setz dich endlich in Bewegung. Sonst stech ich dich ab und lass dich hier verrecken, so wahr Gott mein Zeuge ist«, sagte er und drückte das Messer gegen Roccos Rippen.

Rocco seufzte und lief los.

Als sie beim Lieferwagen angekommen waren, winkte Minicuzzo den Jungen heran. »Totò, bring uns die Tasche.« Er flüsterte Rocco zu: »Was brauchst du?«

»Minicuzzu, bitte. Vincenzo muss zwei Familien ernähren«, sagte Rocco. »Er hat all seine Ersparnisse zusammengekratzt, um auf einer Versteigerung diesen Militärlaster zu kaufen. Der ist alt, Baujahr 1909, und war da schon reichlich ramponiert. Er hat ihn mit Mühe wiederhergerichtet, und ich habe ihm mit dem Motor geholfen.«

»Ja und?«

»Ruiniert ihn nicht …«

»Soll ich dir mal zeigen, welchen Scheiß mich das interessiert?« Minicuzzu stieß Rocco beiseite und bohrte die Klinge seines Klappmessers tief in einen Hinterreifen, der mit einem Zischen erschlaffte. »Das werden wir in der Werkstatt schon wieder hinbekommen.«

»Nein … ich bitte Euch …«, murmelte Rocco.

Minicuzzu lachte.

Vor Roccos Augen tauchten die Gesichter der Tagelöhner auf, die er selbst, wenn auch betrunken, verprügelt hatte. Er sah deren erschrockene Blicke bei der Begegnung im Ort wieder vor sich. Ihnen war klar, dass er ein Ehrenmann war und deshalb mit ihrem Leben machen konnte, was er wollte, ein gedungener Mörder, der ihnen noch mehr Schaden zufügen konnte, nachdem er ihnen schon ungestraft das Land, das sie ernährte, unter dem Hintern weggezogen hatte. Er sah das kleine Kind vor sich, das im folgenden Winter verhungert war, betrauert von seinen Eltern und verlacht von Don Mimìs Soldaten. Und in diesem Moment stellte er sich auch das Leben von Vincenzo Calò vor, das gerade zugrunde gerichtet wurde. Aber vor allem sah er noch einmal sich selbst, wie er vor drei Tagen besiegt worden war, wie er voller Angst am Strand von Mondello kniete, wie er mit einem blutbeschmierten Heiligenbildchen, das zwischen seinen Fingern brannte, schwor, ein Ehrenmann zu werden. Ein beschissener Ehrenmann. Der lachend andere Leute in die Armut oder in den Tod schickte. Und mit einem Schlag fiel die Betäubung der letzten Tage von ihm ab, er war vielmehr wie geblendet, als ob jemand ihm mit einer Taschenlampe direkt in die Augen leuchtete.

»Nein!«, schrie er.

Und während Minicuzzu lächelnd und voller Hohn sein Klappmesser auch in einen Vorderreifen des Transporters bohrte, vollzog sich in Roccos Innerem eine Wandlung, und er verlor die Beherrschung. Er sprang Minicuzzu an die Kehle und schlug dessen Kopf gegen ein Seitenfenster, das in der Stille der Nacht klirrend zerbrach.

»Wer ist da?«, ertönte eine Stimme aus dem Haus.

Minicuzzu schwang sein Messer und traf den Arm seines Widersachers.

Rocco sprang sogleich zurück. Er war auf der Straße aufgewachsen und viel stärker als Minicuzzu. Und er wollte kein Schatten mehr sein. Um keinen Preis. Er trat Minicuzzu zwischen die Beine und schlug mit den Fäusten auf ihn ein.

»Lass ihn«, schrie Totò und stürzte sich auf ihn.

»Wer ist da?«, wiederholte die Stimme, dann wurde die Tür

des Hauses geöffnet, und im Schein einer Gaslampe erschien ein Mann mit einer doppelläufigen Schrotflinte. »Diebe!«, schrie er und richtete sein Gewehr auf sie.

»Nichts wie weg!«, rief Minicuzzu.

Totò ergriff die schwere Tasche und lief los, so schnell er konnte.

Ein Schuss hallte durch die Nacht.

Minicuzzu schloss zu Totò auf, packte ihn am Oberkörper und setzte den Jungen als Schutzschild ein.

Rocco lief geduckt hinter ihnen her.

Beim zweiten Schuss aus der Schrotflinte meinte Rocco einen Blitz zu sehen, dann war ein Stöhnen zu hören.

Minicuzzu ließ Totò fallen und lief weiter.

»Ich bring' euch um!«, schrie der Mann aus dem Haus, während er sein Gewehr nachlud.

Rocco erreichte Totò, der sich stöhnend am Boden krümmte. Mit einem Satz sprang er über ihn hinweg, das Herz schlug ihm bis zum Halse, er konnte an nichts anderes denken, als sich zu retten, sich aus der Schussweite der Flinte zu bringen. Doch nach wenigen Schritten blieb er stehen. Dort auf dem Boden lag Totò und jammerte mit seiner Kinderstimme, Rocco konnte ihn nicht einfach dort liegen lassen. Also drehte er um und lud sich den Jungen auf die Schulter. Noch ehe der dritte Schuss durch die Nacht hallte, war er in der Dunkelheit verschwunden. Die schwere Tasche ließ er zurück.

Als er seine Hütte erreichte, war Minicuzzu bereits in den Wagen gestiegen und wollte gerade das Pferd antreiben. Rocco legte Totò auf dem Boden ab, packte Minicuzzu am Kragen und zerrte ihn hinunter in den Straßenschmutz, immer noch voller Wut. »Du Feigling!«, schrie er und versetzte ihm einen Fausthieb. Er warf sich auf ihn und schlug wild auf ihn ein. »Ich bring dich um!«, schrie er, von unkontrollierbarer Wut erfasst.

»Lass ihn los, Dreckskerl!«, schrie Totò.

Rocco ließ von Minicuzzu ab und kehrte langsam in die Wirklichkeit zurück. Sein Herz klopfte, als wollte es seine Brust sprengen, und seine Lungen brannten bei jedem Atemzug.

Totò weinte.

Rocco trat zu ihm und bemerkte, dass der rechte Oberschenkel des Jungen von einer Schrotladung getroffen war.

»Das tut so weh«, jammerte Totò. »Das tut weh …«

Minicuzzu erhob sich mit blutendem Gesicht aus dem Staub. »Du elender Feigling«, schrie Rocco ihn an, »erst benutzt du den Jungen als Deckung, und dann lässt du ihn einfach liegen!«

»Du bist ein toter Mann!«, knurrte Minicuzzu, während er mühsam auf den Kutschbock kletterte. »Totò, beweg dich!«

Totò schleppte sich, immer noch heulend, zum Wagen. »Wohin gehst du?«, fragte Rocco. »Der da wollte dich gerade umbringen lassen.«

»Nein, das ist nicht wahr!«, schrie Totò mit Tränen in den Augen.

»Totò …« Rocco packte ihn am Arm, um ihn aufzuhalten.

»Lass mich!«

Rocco starrte ihn überrascht an. »Er hätte zugesehen, wie du erschossen wirst!«

»Nein! Er hat mich gern!«

Rocco fehlten die Worte. Er sah ihm hinterher, wie er sich mit seinem blutenden Bein zur Kalesche schleppte.

Minicuzzu packte den Jungen und zog ihn zu sich auf den Kutschbock. Dann gab er dem Pferd die Peitsche. »Wo ist die Tasche?«, fragte er, während der Wagen losfuhr.

»Die habe ich fallen lassen. Wegen dem da …«

Minicuzzu versetzte dem Jungen eine Ohrfeige. »Du warst für die Tasche verantwortlich.« Dann drehte er sich noch mal zu Rocco um, und während er in Boccadifalco verschwand, wo am nächsten Morgen niemand behaupten würde, etwas gehört oder gesehen zu haben, schrie er noch einmal: »Du bist ein toter Mann!«

Rocco fühlte sich vollkommen leer. Was Totò getan hatte, war bezeichnend. Man konnte nicht gewinnen. Niemand konnte es. Es war Wahnsinn. Ein Fluch. Ein wilder, schmerzhafter Zorn wogte durch Rocco. Und es blieb ein unangenehmer Nachgeschmack wegen der ungebremsten Wut, mit der er sich auf Minicuzzu gestürzt hatte. Rocco musste sich bestürzt eingestehen, dass er den Mann umgebracht hätte, wenn Totòs Bitten ihn nicht aufgehalten und in die Wirklichkeit zurückgebracht hätten. Er wollte sich auf den Weg ins Haus machen, hielt dann aber inne und wandte sich um. Und in der sternklaren Nacht ließ er seinen Blick auf die bröckelnde Mauer des kleinen Friedhofs von Boccadifalco gleiten.

Mit schweren Schritten setzte er sich in Bewegung, lief darauf zu. Als folgte er einem Ruf.

Schließlich kletterte er über die Mauer.

Um ihn herum standen nur kleine verwitterte Kreuze – abgesehen von einem Grabstein aus weißem Marmor, der auf einem normalen Friedhof nicht weiter aufgefallen wäre, hier jedoch hervorstach, als stünde er auf einer Familiengruft. Diesen Grabstein hatte Don Mimì Zappacosta bezahlt.

Rocco stellte sich genau davor und betrachtete ihn.

In der Mitte des Grabsteins war das inzwischen von der Sonne ausgeblichene Foto eines Mannes mit einem schmalen Schnurrbart zu sehen. Darunter stand, wie Rocco wusste, obwohl es jetzt kaum mehr zu lesen war: »Carmelo Bonfiglio, in Ehre gestorben«. Und dann die Daten des kurzen Lebens: »12. April 1871 – 23. September 1905«.

Gleich darunter war auf einem neueren Foto eine Frau mit blonden, zu einem Dutt zusammengefassten Haaren zu sehen, deren Leben laut Inschrift ebenfalls viel zu kurz gewesen war. »Domenica Chinnici, verheiratete Bonfiglio – 3. Januar 1876 – 9. Dezember 1912«

Rocco betrachtete das Unkraut, das um den Grabstein wucherte. Doch er riss es nicht aus, er war nicht gekommen, um das Grab zu pflegen oder ein Gebet zu sprechen.

»Ich habe ja versucht, das zu tun, was Ihr wolltet, Mutter«, begann er verbittert. »Ich habe Don Mimì doch zugesagt.« Er ließ den Kopf hängen. »Aber nur, weil ich ein Feigling bin.« Seine vollen Lippen verzogen sich zu einem traurigen Lächeln, dann suchte sein Blick wieder das Foto der Mutter. »Vielleicht solltet Ihr Euch jetzt besser die Ohren verstopfen, denn ich muss ein paar Dinge loswerden, die Euch nicht gefallen werden«, sagte er mit einer Stimme, deren Sanftheit erahnen ließ, wie sehr er die Frau liebte, die ihn zur Welt gebracht hatte. Nur langsam glitt sein Blick hinüber zu dem Mann auf dem Foto. »Vater, ich wusste, dass Ihr Euch meinetwegen geschämt habt«, begann er. Er atmete einmal tief durch, denn das, was er nun sagen wollte, lastete schon lange wie ein Felsbrocken auf seinem Herzen. Doch nun war der Moment gekommen, sich von dieser Last zu befreien. »Aber auch ich schäme mich für Euch.« Seine Stimme brach, und die Worte hallten wie Donnerschläge in seinen Ohren nach. »Es heißt, Ihr habt mehr Menschen die Kehle durchgeschnitten als Zicklein.« Er schluckte schwer. Sein Mund war wie ausgedörrt, in seinem Inneren tobten Wut und Schmerz. »Und ich schäme mich für unsere Leute, die … die mich nur respektieren, weil ich der Sohn …«, hier zögerte er kurz und ballte die Fäuste, bevor er fortfuhr, »der Sohn … eines Mörders bin.« Rocco atmete noch einmal tief durch und versuchte mit aller Kraft, das Gefühl zurückzuhalten, das nach draußen drängte. Er presste die Zähne so fest zusammen, bis sie knirschten, doch als er spürte, dass die Tränen wie Gift in seinen Augen brannten, schrie er: »Ich hasse Euch, Vater! Und ich schwöre hier auf Eurem Grab, dass ich niemals ein Mafioso sein werde!« Dann fiel er auf die Knie, niedergedrückt von dieser Ungeheuerlichkeit. Er legte eine Hand auf die Wunde an seinem Arm, bohrte einen Finger hinein und schmierte das Blut auf das Foto des Vaters. »Ihr wolltet mein Blut?«, fragte er mit rauer Stimme. »Hier habt Ihr es. Es gehört Euch.« Dann legte er die Hände auf die Erde, in der seine Eltern begraben waren, und verharrte schweigend, überwältigt von dem Sturm der Gefühle. Als er wieder zur Ruhe gekommen war, rieb er sich die in Strömen fließenden Tränen von den Wangen und fuhr mit der dreckigen Hand über seine Hose, bevor er die Finger erneut in die Wunde tauchte. Dann legte er sie abermals auf das Foto seines Vaters und beschmierte es wieder mit Blut, dieses Mal in einer fast sanften Geste. In ihm war kein Zorn mehr, nur Schmerz. »Als ich klein war, dachte ich, Ihr wärt ein Held«, flüsterte er. Er hielt inne, denn das, was er jetzt sagen würde, war eine schreckliche Wahrheit. »Ich liebte Euch von ganzem Herzen, Vater«, flüsterte er, zerrissen vor Schmerz.

Zu Hause angekommen, warf er sich in seiner Kleidung aufs Bett und blieb wie gelähmt liegen. Sein Kopf war leer, die Augen in der Dunkelheit weit aufgerissen, wartete er auf den Beginn der Dämmerung. Er rührte sich auch nicht, als die Glocke der Kapelle zusammen mit den zirpenden Zikaden zur Mittagsmesse rief. Und er lag immer noch dort, als die Zikaden am Spätnachmittag verstummten.

Da hörte er, wie ein Wagen vor seinem Haus hielt.

Sie kommen, dachte er kurz, und in ihm breitete sich Erleichterung aus, weil bald alles zu Ende sein würde.

Kurz darauf wurde die Tür eingetreten. Zwei Männer mit abgesägter Schrotflinte stürmten das Haus und traten an sein Bett.

Rocco starrte sie wortlos an.

Dann schwang einer der Männer seine Waffe und schlug ihm den Lauf des Gewehrs gegen die Stirn.

Rocco fühlte, wie Knochen brachen, und danach einen brennenden Schmerz.

Als alles um ihn herum dunkel wurde, kam ihm der Gedanke, dass niemand ein Foto von ihm aufgenommen hatte, das man in den Grabstein einfügen konnte. Neben dem von seinem Vater und dem seiner Mutter.

7

Gouvernement Poltawa, Russisches Zarenreich – Polen

Raechel befand sich auf einer kleinen Lichtung inmitten einer üppigen Wiese, die von leuchtenden Mohnblumen durchsetzt war. Sie war von einem sanften Frieden und Glück erfüllt, und die Sonne am wolkenlosen Himmel spendete ihr angenehme Wärme. Obwohl sie barfuß war, fror sie nicht, und die Berührung mit dem saftigen weichen Gras bereitete ihr Wohlbehagen. Sie lächelte.

Mit einem Mal bemerkte sie, dass die Mohnblumen nicht überall wuchsen, sondern vielmehr eine fließende, wellenartige Linie bildeten, die zum Wald führte. Raechel kam sich in diesem Paradies wie ein Eindringling vor, wenngleich sie nicht verstand, aus welchem Grund.

Sie lief auf dieses Meer aus roten Blüten zu, die ihr den Weg deuteten, während der innere Frieden, den sie gerade eben noch empfunden hatte, langsam dem Gefühl von drohender Gefahr wich. Trotzdem ging Raechel weiter. Sie erreichte die erste Mohnblüte und strich zärtlich darüber. Doch bei der ersten Berührung löste die Blüte sich auf und befleckte ihre Finger mit einer roten klebrigen Flüssigkeit. Raechel versuchte, sie am Kleid abzuwischen, doch die Flüssigkeit blieb an ihren Fingerkuppen haften.

Ihre Unruhe wuchs, aber sie lief weiter. Und bemerkte, dass das, was sie für Mohnblüten gehalten hatte, eigentlich Flecken der gleichen roten Flüssigkeit waren, die ihre Finger beschmutzt hatte. Ich trampele hier durch Blutspuren, dachte sie, und ihr Magen krampfte sich zusammen. Sie sah an sich herunter: Ihre Beine und ihr Kleid trieften vor Blut.

Doch es gelang ihr nicht, sich abzuwenden und zu fliehen. Irgendetwas zwang sie, dieser roten Spur zu folgen, zog sie an wie ein mächtiger, wenngleich stummer Ruf. Mit einem Vorgefühl des Todes sah sie auf zum Wald, dorthin, wo die blutige Spur endete.

Und entdeckte dort den Vater, der sich an einen Baumstamm klammerte, um sich auf den Beinen zu halten.

Raechel lief schneller. »Vater!«

Das Gesicht des Vaters war blutüberströmt. Er öffnete den Mund, doch kein Wort entwich seinen Lippen.

Als sie ihn endlich erreichte, ging Raechel auf, dass er blutige Tränen weinte. Es zerriss ihr das Herz. »Vater …«, flüsterte sie.

Aber der Vater wandte sich ab und wankte weiter in den Wald hinein.

Raechel folgte ihm, und kaum war sie in den Wald eingedrungen, verschwand das wohlige Gefühl von Wärme. Die Nadeln der Kiefern und Tannen bohrten sich schmerzhaft in ihre bloßen Füße. Sie zitterte vor Kälte, und bemerkte, dass sie über Schnee ging.

»Vater … wartet auf mich …«, stammelte sie.

Doch der Vater drehte sich nicht um, sondern schritt taumelnd weiter, hinterließ eine Spur roter Flecken, die jetzt den Schnee färbten wie zuvor die Wiese.

Raechel bemühte sich, ihm zu folgen, versank aber beständig im Schnee, geriet aus dem Gleichgewicht und suchte an Baumstämmen Halt, wobei sie sich die Hände an den trockenen Zweigen aufschürfte.

Dann trat ihr Vater aus dem Wald und blieb mitten auf einer Straße stehen. Er deutete auf etwas, das am Wegesrand auf dem Boden lag und wie ein Lumpenbündel aussah.

Kaum hatte Raechel einen Blick darauf geworfen, wich sie erschrocken zurück.

Das zusammengekrümmte Etwas dort auf der Straße war sie selbst.

Ihr Gesicht war zu einer Leidensmiene verzerrt. Es war so blass, dass es sich kaum noch vom Schnee abhob. Ihre Haare und Augenbrauen waren schneeverkrustet, die zu Fäusten verkrampften Hände blau gefroren. Aus den Nasenlöchern entwich ein dünner, immer schwächer werdender Atemhauch.

Raechel blickte zum Vater.

Der sah sie schmerzerfüllt an. »Weck sie auf, meine Tochter …«, sagte er. Er heftete seinen Blick wieder auf die Raechel, die zusammengekauert auf dem Boden lag. »Weck sie auf …« Raechel widerstand dem Impuls, zurück auf die angenehm warme Lichtung zu fliehen und dem Gefühl des inneren Friedens dort. Sie sank neben sich selbst auf die Knie, strich über das gefrorene Gesicht, legte sich auf sich selbst, um ihre Wärme auf den anderen Körper zu übertragen. Und plötzlich durchdrang sie eine Eiseskälte, die sich schmerzhaft und heftig wie ein Dolchstoß in ihren Körper bohrte.

Raechel erwachte mit einem Schrei. Ihre vereisten Lippen platzten, und als sie die Augen aufriss, spürte sie das Knirschen ihrer festgefrorenen Wimpern. Ein eisiger Luftzug erfüllte ihre Lungen, und ihr gesamter Körper bog sich unter Krämpfen.

Sie sah sich um – offenbar hatte sie nur geträumt. Sie lag noch immer auf der Straße, dort, wo sie erschöpft zusammengesunken war. Es war Nacht, am Himmel funkelten einzelne Sterne.

Es war eisig kalt. Sie war allein.

Aber sie wusste, was sie zu tun hatte.

Obwohl sie immer wieder von heftigen Frostschauern geschüttelt wurde, während derer sie das Gleichgewicht verlor, gelang es Raechel, mit schier übermenschlicher Anstrengung aufzustehen. Sie presste das Buch ihres Vaters fest an die Brust und tat einen Schritt. Sie spürte ihre Füße nicht, trotzdem tat sie noch einen Schritt, und noch einen, bis sie sicher war, dass sie vorwärtslief.

»Du hast mich gerettet, Vater«, hauchte sie.

Raechel lief durch die dunkle Nacht. Der bleiche Streifen Straße gab ihr die Richtung vor. Sie hatte kein Gefühl für die Zeit, war von Muskelkrämpfen gebeutelt und folgte nur einem Gedanken: »Ich muss vorwärtsgehen.«

Nach einer Weile wollte ihr Körper erneut der Kälte und der Müdigkeit nachgeben.

Ich kann nicht mehr, dachte sie erschöpft.

Sie hatte nicht einmal mehr die Kraft, ihrem Vater eine Stimme zu verleihen.

Ihre Finger, die immer noch das Buch umklammerten, waren daran festgefroren. Ihre Füße zwei gefühllose Stecken, die nicht mehr zu ihr gehörten.

Doch als sie schon aufgeben wollte, sah sie in der Dunkelheit ein flackerndes Licht.

»Ein Feuer …«

Das ferne, unbeständige Licht erweckte ihre letzten Kräfte. Sie meinte zu rennen, während sie in Wirklichkeit nur langsam vorwärtstaumelte. Als sie noch etwa zwanzig Meter von dem Feuer entfernt war, versagten ihr die Beine. Sie fiel auf die Knie. Versuchte aufzustehen. Fiel wieder hin. Stand auf. Setzte schleppend einen Fuß vor den anderen.

»Hilfe …«, rief sie in Richtung des Feuers, während ihr Blick sich trübte und die Kälte den Sieg davontrug, ein paar Schritte von der Rettung entfernt. Um nicht zu fallen, versuchte sie sich an einem Baum festzuhalten, dabei brach raschelnd ein vertrockneter Zweig ab.

»Wer ist da?«, hörte sie einen Mann rufen.

»Ich bin … hier …«, antwortete Raechel. Doch niemand schien sie hören. Wie verrückt es doch ist, dachte sie, dass ich nur einen Schritt von der Rettung entfernt sterben muss.

»Wer ist da?«, rief der Mann wieder.

Raechel füllte ihre Lungen noch einmal mit Luft. »Hilfe …«, rief sie, so laut sie vermochte.

Dann hörte sie Schritte im Schnee und sah verschwommen eine Gestalt mit einer Laterne auf sich zukommen. Kurz darauf wurde sie hochgehoben.

Raechel spürte, wie jemand sie wegtrug, doch sie empfand keine Erleichterung. Ihr Kopf war leer.

»Wer ist das?«, hörte sie jemanden sagen.

»Ich weiß es nicht«, antwortete der Mann, der sie trug, und legte sie nahe am Feuer ab. Die plötzliche Wärme brannte wie Nadeln auf ihrer Haut.

»Das ist doch Stachelschwein!«, rief eine weibliche Stimme.

»Wer?«

»Raechel Bücherbaum, das Mädchen aus unserem Dorf, das mitkommen wollte.«

»Tamar«, murmelte Raechel. »Danke … Vater … ohne Euch hätte ich es niemals geschafft.«

»Was hat sie gesagt?«, fragte der Mann.

»Das Stachelschwein spricht zu ihrem Vater«, sagte Tamar mit ihrer schrillen Stimme. »Aber der Vater ist tot.«

Nein, er ist hier bei mir, dachte Raechel. Und dann schwanden ihr die Sinne.

Es gab nur noch die Dunkelheit, den schwarzen Strudel, der sie einsog.

Als sie erwachte, lag sie in zwei dicke Decken gehüllt im Innenraum einer Kutsche. Das Erste, was sie fühlte, waren stechende Schmerzen. Ihre Hände und Füße waren geschwollen, das Blut pulsierte heftig in ihren Adern.

»Trink«, sagte ein Mädchen und hielt ihr einen Becher Brühe hin.

Raechel nahm einen Schluck, und sofort brannten ihre von der Kälte aufgesprungenen Lippen. Aber die Brühe wärmte sie innerlich.

»Du hast furchtbare Frostbeulen. Hoffentlich verlierst du nicht die Finger«, sagte ein anderes Mädchen. »Du solltest dir auf die Füße und die Hände pinkeln.«

Raechel nickte wortlos. Sie kannte dieses altbewährte Heilmittel.

Dann wurde die Wagentür geöffnet, und Amos, der Leiter der Gesellschaft, sah Raechel genauso zweifelnd an wie schon im Dorf. »Was willst du hier?«, fragte er von draußen.

»Ich komme mit euch«, antwortete Raechel schwach.

»Du bist fortgelaufen«, entgegnete Amos.

»Nein, Herr …«, stammelte Raechel. »Schließlich … hat man es … mir doch … erlaubt …«

Amos sah sie an. »Ich weiß nicht, was ich mit dir anfangen soll«, sagte er hart und erbarmungslos.

Die Mädchen in der Kutsche verfolgten gebannt das Geschehen. »Ich werde alles tun, was Ihr mir sagt. Ich werde Tag und Nacht arbeiten und mich nie beschweren. Bitte, Herr«, flehte Raechel.

Amos sah zu den Mädchen hinüber, die jetzt ihre Blicke auf ihn gerichtet hatten.

Er musste Wohlwollen zeigen, damit auf der Reise Ruhe herrschte. Deshalb konnte er diese hässliche kleine Vogelscheuche nicht einfach wegjagen, wie er es am liebsten getan hätte. »Na gut, du kannst bleiben«, sagte er schließlich. Dann deutete er auf das Buch in ihrem Arm. »Was willst du denn damit?«

»Es hat meinem Vater gehört.« Raechel presste das Buch an ihre Brust. »Mit diesem Buch hat er mir das Lesen beigebracht.«

»Du kannst lesen?«, fragte Amos überrascht.

»Ja, Herr.«

Amos schüttelte missmutig den Kopf. »Ich mag keine Frauen, die lesen können«, brummte er. »Das ist nur etwas für Männer.« Er hob drohend einen Finger: »Wenn ich merke, dass du einer von denen da das Lesen beibringst, werfe ich dich auf die Straße wie einen räudigen Hund.«

Raechel hielt Amos' Blick stand, doch mit einem Mal beschlich sie kurz ein seltsames Gefühl. So als drohe Gefahr. »Ja, Herr«, erklärte sie gehorsam.

Amos blickte sie noch einmal eindringlich an und verkündete dann: »Wir brechen auf.«

Als sich die Kutschentür schloss, fiel Raechel ein Stein vom Herzen. Während in ihrem Kopf die Gedanken wild durcheinanderwirbelten, betrachtete sie die anderen glücklichen Mädchen, die mit ihr in dieses neue Gelobte Land reisen würden. Ich bin dabei, dachte sie mit Stolz und in dem Bewusstsein, das sie mehr als jede andere hier dafür getan hatte. Sie hatte sich ihre Zukunft erkämpft.

»Ich müsste lügen, wenn ich behaupten würde, dass du mir gefehlt hast, Stachelschwein«, sagte Tamar verächtlich, als die Kutsche sich mit einem heftigen Rütteln in Bewegung setzte.

Doch in diesem Moment hätte nichts und niemand Raechel verletzen können. Sie hatte gewonnen. »Und ich müsste lügen, wenn ich sagen würde, dass mir deine Beleidigungen gefehlt haben«, erwiderte sie und hielt Tamars Blick stand. »Aber jetzt bin ich eine von euch. Finde dich damit ab.«

Als sie abends zum Übernachten anhielten, konnte Raechel die Kutsche wegen der Schmerzen an ihren Füßen nicht verlassen und hatte Mühe, den Löffel in der Hand zu halten, den ihr ein Mädchen mit der Suppe brachte. Doch am nächsten Abend hatte sich ihr Zustand gebessert. Und am dritten konnte sie sich zu den anderen Mädchen um ein großes Feuer setzen.

Die Stimmung war heiter, während die Mädchen sich laut die eigene Zukunft ausmalten. Raechel erkannte sich selbst in den Ausschmückungen wieder. Jetzt begann ihr neues Leben. Voller neuer, unerwarteter Träume, die sie nie zu denken gewagt hätten. Träume, die aufgrund der hoffnungslosen Härte des armseligen Lebens im *schtetl* nie aufgekommen waren. Und diese Gelegenheit, die der Allmächtige ihnen geschenkt hatte, ließ jene Träume wie in einem Gewächshaus sprießen. Als wären sie schon vor Jahren in die Herzen jeder Einzelnen eingepflanzt worden.

In den folgenden Tagen kam Raechel langsam wieder zu Kräften, auch dank der regelmäßigen und nahrhaften Mahlzeiten, die sie aus ihrem früheren Leben nicht kannte. Die Frostbeulen bildeten sich allmählich zurück, und der Schmerz in den Fingern, der sie vom Schlaf abhielt, ebbte ab.

Eines Nachts verspürte sie ein außergewöhnliches Hochgefühl. Ihre Gedanken wanderten zu jenem seltsamen Traum zurück, in dem der Vater sie zu sich selbst geführt hatte, die sich schon dem Tod ergeben wollte. Sie erinnerte sich an den Frieden, der sie erfüllt hatte, als sie aufgegeben hatte. Sie war auf dem Weg ins Jenseits gewesen. Doch ihr Vater hatte sie zurückgeholt und dafür gesorgt, dass sie lebte, hatte ihr die Kraft gegeben zu kämpfen. Wie sehr er sie geliebt haben musste! Ich habe es auch für dich getan, Vater, dachte sie und presste das Gebetbuch an die Brust. Du hast mir dein Leben gewidmet. Und jetzt werde ich dafür sorgen, dass du stolz auf mich bist. Und zum ersten Mal, seit sie aus ihrem *schtetl* fortgelaufen war, weinte sie Freudentränen.

Eines Tages verkündete Amos, sie hätten Polen erreicht, und sieben neue Mädchen gesellten sich zu der Gruppe.

In ihren Blicken lagen zunächst Furcht und Aufregung, doch schon nach wenigen Stunden hatte die heitere Stimmung um sie herum die Angst verscheucht.

Am Abend saßen Amos und die anderen Männer um das Lagerfeuer und erzählten den neuen Mädchen, was die anderen schon auswendig kannten, aber nicht oft genug hören konnten. Sie sprachen von einer wunderbaren Welt, in der es nie kalt war und in der es so viel Fleisch gab, dass auch die Armen jeden Tag davon essen konnten. Sie beschrieben Häuser so groß wie Paläste, mit Teppichen, die so weich waren, dass man glaubte, auf Wolken zu wandeln. Und immer versprachen sie märchenhafte Ehen mit schönen, reichen jungen Männern.

Doch auch wenn Amos und seine Männer die Mädchen respektvoll und höflich behandelten, wollte gerade Amos Raechel nicht gefallen. Seine Erzählungen und sein Lächeln wirkten falsch auf sie.

Raechel hielt sich ein wenig abseits von der Gruppe und tat doch meist das Gleiche wie alle Mädchen dort, sie träumte von nichts anderem als von ihrem neuen Leben. Und wenn sie sicher war, dass niemand sie hören konnte, hielt sie flüsternd Zwiesprache mit dem Vater, das Gebetbuch fest an die Brust gedrückt. Sie erzählte ihm jeden ihrer Gedanken, jeden ihrer Träume.

Eines Abends, als die Männer sich schon in ihren Wagen zurückgezogen hatten, fragte eines der neuen Mädchen sie: »Und was wirst du tun, wenn wir nach Buenos Aires kommen?«

Darüber hatte Raechel bereits gründlich nachgedacht. »Sobald ich genug Geld gespart habe, werde ich eine Buchhandlung aufmachen«, erklärte sie begeistert. Immer wenn sie ihren Vater beim Verkauf seiner Erzeugnisse in die Stadt begleitet hatte, hatte sie nicht etwa wie all die anderen Mädchen mit sehnsüchtigem Blick vor den Stoffgeschäften gestanden, sondern nur Augen für einen kleinen verstaubten Laden gehabt. Eine Buchhandlung. In der es diese Romane gab, die sie nicht lesen durfte.

»Eine Buchhandlung?«, sprachen mehrere Mädchen überrascht im Chor.

»Ja.« Raechel fühlte sich bereits bei dem Gedanken wie ein kleines Mädchen, das das schönste Geschenk auf der Welt vor sich sieht. »Und ich werde kein einziges Buch verkaufen, bevor ich es nicht selbst gelesen habe. Ich will alle Romane auf der ganzen Welt lesen.« Sie lachte glücklich.

»Was für ein dummer Traum«, ließ sich Tamar sofort beißend vernehmen.

Raechel blickte sie an. Auch im Dorf hatte Tamar schon immer eine Bosheit auf den Lippen gehabt. Sie war dumm und unerträglich, da konnten ihre schönen Locken noch so hübsch mit Bändern geschmückt sein. »Sollte ich lieber ein Kurzwarengeschäft mit Bändern und Spitzen in allen Farben kaufen?«, gab Raechel zur Antwort.

Tamar, der die Ironie entgangen war, wirkte zufrieden. »Genau, das ist doch mal ein schöner Traum!«

»Ja, ein wahrhaft edler Traum.« Raechel lachte.

»Machst du dich etwa über mich lustig?«, fragte Tamar misstrauisch. »Du wirst niemals ein Kurzwarengeschäft aufmachen, oder?«

»Nein, das glaube ich kaum«, erwiderte Raechel lächelnd.

»Glaubst du etwa, du bist etwas Besseres als ich?« Jetzt war Tamar wirklich verärgert.

»Nein, nein.« Raechel beschloss, sich nicht mit ihr zu streiten.

»Doch, so ist es sehr wohl.«

»Wir sind einfach … verschieden«, sagte Raechel beschwichtigend.

»Das heißt?«, bedrängte Tamar sie.

Raechel wollte das Gespräch gern beenden. »Du bist schön, ich nicht. Können wir es nicht dabei belassen?«, fragte sie versöhnlich.

Tamar lief rot an. »Das sieht doch jeder, Stachelschwein«,

erwiderte sie bissig. »Ich werde einen sehr reichen Mann heiraten und ein schönes Leben haben. Du dagegen wirst auf allen vieren Fußböden scheuern, bis deine Knie so geschwollen sind, dass du sie nicht einmal mehr beugen kannst.«

Raechel spürte, wie ihr das Blut zu Kopf stieg. Tamars Dummheit und Bissigkeit waren einfach unerträglich. »Macht es dir eigentlich Spaß, immer so boshaft zu sein?«, herrschte sie Tamar schneidend an.

Viele Mädchen lachten laut los, keines von ihnen mochte Tamar.

»Was lacht ihr denn, ihr blöden Gänse?« Tamar stand wütend auf und entfernte sich.

Einen Moment lang herrschte Schweigen, dann sagte eines der Mädchen zu Raechel: »Du redest wie ein Mann.«

»Aber es stimmt … Tamar ist wirklich boshaft«, sagte ein anderes und kicherte vor Aufregung, weil sie Tamar in den Rücken gefallen war.

Wieder lachten alle.

Dann sagte ein Mädchen: »Ich werde Schneiderin und nähe die schönsten Kleider.«

Und ein anderes: »Ich möchte viele Kinder haben.«

Und schon schwelgten die Mädchen wieder in ihren Träumen. Raechel blickte zu Tamar, die sich gerade mit einem lauten Türenknallen in die Kutsche zurückzog. Dumme Gans!, dachte Raechel wütend. Ich werde niemanden mehr von meinen Träumen erzählen, dann kann sich auch keiner über mich lustig machen.

Eines der neuen Mädchen setzte sich neben sie und berührte sie am Arm. Raechel fuhr zu ihr herum.

»Das stimmt doch gar nicht, dass du häss…«, begann das Mädchen sanft, »also … dass du nicht so hübsch bist …«

Raechel entzog sich brüsk der Berührung. »Ich weiß genau, wie ich bin«, sagte sie kalt und verließ die Runde.

Doch als sie die Kutsche erreichte, blieb sie stehen. Sie hatte nicht die geringste Lust, dort allein mit Tamar zu sein, und lief um die Wagen herum. Sie würde einfach warten, bis ein anderes Mädchen schlafen ging.

Aus dem Wagen der Männer ertönte Gelächter. Neugierig bezog Raechel Position unter einem der kleinen Fenster, durch das der dichte und würzige Rauch von Zigarren herausquoll, und lauschte.

»Noch ein paar Dörfer, dann ist unsere Ladung voll«, hörte sie jemanden sagen.

»Da sind einige Schätzchen darunter«, meinte ein anderer.

»Ja. Die werden wir gut auf den Markt bringen.«

»Eine ist was ganz Besonderes«, sagte Amos. »Das nenn ich mal eine Schönheit!«

Die Männer machten Geräusche, die offenbar Zustimmung ausdrücken sollten, Raechel aber wie Schweinegrunzen vorkam.

»Ich glaube, ich werde während der Reise genug Zeit haben, sie abzurichten«, sagte Amos mit einem hämischen Lachen.

Die anderen Männer stimmten in sein Lachen ein, und wieder hörte Raechel dieses merkwürdige Grunzen.

Sie wusste nicht, was Amos meinte, aber ihr gefiel das alles nicht. Ein Schauer lief ihr den Rücken hinunter.

»Insgesamt gute Ware«, sagte einer.

»Bis auf eine.«

Amos und die Männer lachten aus vollem Hals.

»Die bringst du nicht mal in Rosario unter!«

Wieder Gelächter.

»Nicht mal draußen in der Pampa!«

Lachen.

Raechel verstand nichts.

»Die hättest du besser erfrieren lassen, Amos«, rief einer.

»Du Dummkopf«, antwortete Amos. »Ich musste sie mitnehmen, sonst wären die anderen misstrauisch geworden.«

Raechel zuckte zusammen. Die Männer sprachen über sie!

»Wir können sie immer noch ins Meer werfen.«

Eine Welle der Panik durchfuhr Raechel.

»Wir werden sehen«, sagte Amos. »Das hat Zeit. Aber eine Magd mehr kann man im Chorizo bestimmt immer gebrauchen.« Wieder lachten die Männer, dann fügte Amos hinzu: »Ich muss pissen.«

Raechel machte sich eilig auf Zehenspitzen davon, ihr Herz raste vor Angst. Hastig schlüpfte sie in ihre Kutsche und versteckte sich zitternd unter den Decken ihres Lagers.

»Wir können sie immer noch ins Meer werfen«, hatten die Männer gesagt.

Raechel klammerte sich an das Gebetbuch des Vaters wie an einen Rettungsanker. »Ich will nicht sterben, Vater«, flüsterte sie.

»Was hast du gesagt?«, fragte Tamar schlaftrunken.

»Nichts …«

»Dann halt den Mund, Stachelschwein.«

Raechel rollte sich zusammen und regte sich nicht, bis Tamar gleichmäßig und schwer atmete, dann wiederholte sie, diesmal leiser: »Ich will nicht sterben, Vater.« Und als dieser schreckliche Satz in ihrem Kopf verklungen und nur die Angst in ihr allgegenwärtig war, musste sie sich unglaublich anstrengen, nicht zu weinen, wie es jedes gewöhnliche Mädchen von dreizehn Jahren getan hätte.

8

Alcamo, Sizilien

Drei Tage nach der Vergewaltigung lief Rosetta zum ersten Mal wieder durch Alcamo.

In den vergangenen Tagen hatte sie sich zu Hause verkrochen wie ein waidwundes Tier.

Sie fühlte sich schmutzig. Verletzlich. Und sie hatte Angst.

Weil sie besiegt und gedemütigt worden war.

Weil sie sich schämte.

Weil sie nun wusste, dass sie immer recht damit gehabt hatte, sich vor Männern zu fürchten.

Nur am ersten Morgen hatte sie das Haus verlassen. Sie war zu dem Feld gelaufen, das schon vor einigen Monaten niedergebrannt worden war, und hatte dort ihr zerrissenes und blutbeflecktes rotes Kleid verbrannt. Asche zu Asche. Doch ein simples Feuer hatte nicht auslöschen können, was ihr angetan worden war. Die Flammen konnten nichts ausrichten gegen diesen Schmutz, die Angst und die Demütigung, die sich wie ein Krebs in ihr festgebissen hatten.

In ihrem Haus hatte sie die Türen des großen wurmstichigen Schranks geöffnet und sich zwei Tage lang darin verkrochen, wie sie es als Kind getan hatte, wenn sie sich vor dem betrunkenen Vater versteckte. Sie hatte an ihren Vater gedacht, der sie mit dem Gürtel verprügelt und dabei geschrien hatte: »Du bist nur gut dazu, für einen Mann die Beine breitzumachen!« Er war der Erste gewesen, der ihr die Seele und alle Kraft geraubt hatte. Es hatte vieler Jahre und großer Anstrengung bedurft, bis sie sich innerlich wieder aufzurichten vermochte. Aber sie hatte das ganz allein geschafft, gab es doch niemanden, auf den sie hätte zählen können, schon gar nicht ihre Mutter, die immer gefügig und mit ihrem eigenen Leid befasst gewesen war.

Und nun war ihr erneut die Seele geraubt und all ihre Kraft genommen worden.

Ihre Schritte, mit denen sie jetzt unter der gleißenden Sonne, die Ende September noch so heiß brannte wie im Juli, durch die Gassen von Alcamo lief, hatten nicht mehr die Sicherheit von früher. Sie bewegte sich langsam und nur mit Mühe vorwärts. Hielt den Kopf nicht erhoben, und auch ihr Blick war nicht mehr trotzig herausfordernd, sondern auf den Boden gerichtet. Das Kleid, das sie trug, war ihr einziges und schwarz, als wäre sie in Trauer. Ihre sonst stets nackten Füße steckten in einem Paar alter Schuhe mit abgenutzten Sohlen, und ihre Beine hatte sie in Strümpfen versteckt, die ihr unter dem langen Rock knapp über die Knie reichten. Die Haare hatte sie wie eine alte Bäuerin in einem strengen Knoten zusammengenommen, sodass sie nicht mehr vom Wind gestreichelt und skandalös ungebändigt wie ein Banner der Freiheit herumflattern konnten. In der Hand trug Rosetta ein Bündel, das sie aus einem Betttuch geknüpft hatte, darin ihre einzigen Habseligkeiten: einige Dutzend Lire, eingenäht in ein Jutesäckchen, und ein Dokument, das bewies, wer sie war, obwohl Rosetta das tief in ihrem Inneren eigentlich nicht mehr wusste.

Die Dorfbewohner verfolgten schweigend das Geschehen, verlegen, als empfänden sie einen Anflug von Gewissensbissen in dieser Angelegenheit, die zu weit getrieben worden war. Die sonst so unverschämt starrenden Männer, die wie immer an den Tischen der Osteria saßen, standen auf und nahmen die Mützen vom Kopf. Die Klatschweiber hielten sich zurück mit den Beleidigungen, mit denen sie Rosetta sonst immer bedacht hatten.

Der Schweiß lief über Rosettas Stirn, und die Sonne brannte auf ihrem Rücken, doch Rosetta lief voran, Schritt für Schritt durch diese unnatürliche Stille, mühsam wie Christus auf dem Kreuzweg beim jährlichen Passionsspiel der Dorfbewohner am Karfreitag. Und jeder der Anwesenden wusste sehr wohl, welch schlimmes Kreuz Rosetta zu tragen hatte.

Vor der Kirche San Francesco d'Assisi blieb Rosetta stehen und hob den Blick.

Auf den Stufen stand mit angespannten Gesichtszügen Pater Cecè. Doch nicht einmal an diesem Sonntag hatte er von der Kanzel gegen die Gewalttäter gepredigt, weil in diesem Teil der Erde sogar Gottes Diener gelernt hatten zu schweigen.

»Erwartet er dich?«, fragte Pater Cecè, obwohl er die Antwort kannte.

Rosetta nickte kaum merklich.

Pater Cecè schwieg, doch als Rosetta ihren Weg fortsetzte, fügte er hinzu: »So hätte es nicht enden müssen.«

»Nein«, flüsterte Rosetta mit gesenktem Kopf.

Sie erreichte den Palazzo des Barons Rivalta di Neroli, einen gelben Steinbau, dessen Balkone miteinander ringende Engel und Ungeheuer zierten, in Stein gehauene Symbole für den ewigen Kampf zwischen Gut und Böse. Auf dem kleinen Vorplatz blieb sie in der erdrückenden Hitze auf dem weichen hellen Stein des Pflasters stehen.

»Gleich ist alles vorbei«, sprach sie sich selbst Mut zu.

In diesem Moment nahm sie hinter sich das Klappern von Hufen und Holzpantinen wahr. Langsam wandte sie sich um.

Direkt vor ihr stand Saro. Er hielt seine schwarze Eselin am Zügel, deren Maul vom Alter weiß gefärbt war.

Eine Welle der Panik durchfuhr Rosetta, denn sie war fest

davon überzeugt, dass Saro einer der drei Vergewaltiger gewesen war. Ihr Blick glitt zum Hals des Jungen, doch dort waren keine Kratzspuren zu sehen. Die hatte sie also einem der anderen beigebracht. Schamerfüllt senkte sie den Kopf.

Der rothaarige Junge nahm verlegen die Mütze ab.

»Das waren wir nicht«, sagte er kaum hörbar. »Das war keiner von uns …«

Rosetta hob den Blick und musterte den Jungen, während ihre Augen sich mit Tränen füllten. »Was ändert das schon?«, stieß sie hervor. »Du hast gesagt, eine *bottana* wie mich fasst du nicht mal mit der Zange an.«

Saro errötete. »Das war gelogen«, murmelte er.

Rosetta lächelte wie aus einer weit entfernten Welt. »Es ist zu spät«, sagte sie. »Jetzt bin ich wirklich eine *bottana*.«

Saro blickte sie verlegen an. Dann machte er mit den Händen eine abwehrende Geste und sagte schüchtern: »*Per mia no*. Für mich nicht.«

Rosetta schüttelte den Kopf. »Es ist zu spät«, wiederholte sie voller Wehmut. Sie wandte sich um und sah mit wegen der blendenden Sonne leicht zusammengekniffenen Augen zum Palazzo des Barons.

Im Schatten des Portals stand ein Diener, der der Hitze zum Trotz die Livree bis zum Hals zugeknöpft hatte und sie nun heranwinkte.

Rosetta lief langsam los, und obwohl Saro sie mit seiner Eselin begleitete, fühlte sie sich allein.

Der Diener empfing sie mit einem anzüglichen Grinsen, als wollte er sie verhöhnen.

Alle wissen Bescheid, dachte Rosetta beschämt, während sie zum ersten Mal den prunkvollen Wohnsitz des Herrn über dieses Stück Erde betrat.

Sie stieg eine Treppe hinauf, deren Marmorstufen seit drei Jahrhunderten von Schuhsohlen glänzend geschliffen worden waren und die so breit war, dass darauf auch eine Kutsche Platz gefunden hätte.

Der Diener führte sie in einen großen, kühlen Saal mit alten Gemälden an den Wänden und einer mit Stuck und Fresken geschmückten Decke. Doch Rosetta hatte keinen Blick für die Kostbarkeiten des Raumes, aus dem Licht und Hitze von schweren Damastvorhängen ausgeschlossen wurden.

Hinter einem Schreibtisch mit Marmorplatte saß Baron Rivalta de Neroli. Er knabberte träge an einem Stückchen Schokolade aus Modica, einer beliebten Festtagsnascherei des Adels.

»Lass uns allein«, befahl er seinem Diener mit hoher und schriller Stimme, beinahe wie die eines Kastraten. Die Haut seines teigigen Gesichts ähnelte weißem Marmor, abgesehen von dem violetten Spinnennetz aus geplatzten Äderchen auf seinen Wangen und der fleischig roten Nase. Die spärlichen Haare auf seinem Kopf zeugten davon, dass er einmal blond gewesen sein musste, und verliehen ihm nunmehr das Aussehen eines abstoßenden Riesenkükens, kurz nachdem es aus dem Ei geschlüpft war.

Rosetta schätzte sein Alter auf ungefähr fünfzig Jahre. Sie hatte ihn noch nie aus der Nähe gesehen und verspürte instinktiv Abneigung.

»Du hast dich also endlich entschieden«, sagte der Baron, kaum dass der Diener die Tür geschlossen hatte.

Rosetta verharrte schweigend vor seinem Tisch.

Der Baron musterte sie aus winzigen Augen, die in seinem fetten Gesicht zu versinken schienen. »Ich habe von dem Vorfall gehört«, sagte er anzüglich.

»Das war kein Vorfall«, widersprach Rosetta leise.

Der Baron verzog den Mund zu einem Grinsen und entblößte dabei kleine Zähne und ungesund blässliches Zahnfleisch. »Stimmt, das war kein zufälliges Geschehnis. Das hast du dir selbst zuzuschreiben«, fügte er bösartig hinzu. »Es lag in der Natur der Dinge, so etwas musste früher oder später passieren.« Er strich abwesend mit seinem Daumen über einen schweren Briefbeschwerer aus Bronze, der ein sterbendes, am Hals von einem Pfeil durchbohrtes Wildschwein darstellte, welches an den Flanken von zwei Jagdhunden zerfleischt wurde. »Du bist nichts als eine überhebliche Bäuerin, die wie ein Mann spricht, sobald sie den Mund aufmacht.«

Rosetta senkte den Kopf. Der Baron wollte ihr einreden, als richtig und gerecht hinzunehmen, was diese Männer ihr angetan hatten. Und sie hatte keine Kraft, sich zu widersetzen. Gleich ist alles vorbei, dachte sie wieder. Sie würde ihr Land verkaufen, das Geld nehmen und versuchen, ein neues Leben zu beginnen.

Ein langes Schweigen breitete sich aus. »Gut«, sagte der Baron schließlich. »Weißt du schon, was du tun wirst?«

»Ich werde mir ein Stück Land suchen, das niemand will, und es bebauen«, antwortete Rosetta.

»Nicht hier«, erklärte der Baron.

»Nein. Nicht hier.«

»Ausgezeichnet.« Der Baron nickte beifällig, erhob sich und ging zu einem schweren Geldschrank mit feinen goldenen Verzierungen. Er öffnete die schwere, gut geölte Tür, die lautlos aufglitt, und holte ein Kästchen aus Nusswurzelholz hervor, in dessen Deckel sein Familienwappen eingelegt war. Damit trat er wieder an den Schreibtisch und ließ sich auf seinen Stuhl fallen. »Zeit für die Abrechnung«, sagte er, nachdem er es geöffnet hatte. Er nahm Geldscheine heraus, zählte sie und legte sie schließlich auf die Marmorplatte vor Rosetta. »Eintausendfünfhundert Lire.«

Rosetta hob ruckartig den Kopf und sah ihn verblüfft an. »Aber der Hof ist mindestens dreitausend Lire wert«, protestierte sie.

»Hast du jemanden gefunden, der dir dreitausend dafür gibt?« Der Baron grinste boshaft. »Nicht?« In der folgenden Stille sah er sie selbstgefällig an, seine Finger spielten an den vergoldeten Knöpfen seiner orangefarbenen Seidenweste. »Nicht einmal zweitausend Lire?«

Rosetta antwortete nicht.

»Niemand außer mir kann dein Land kaufen«, sagte der Baron schneidend. »Und deshalb bestimme ich den Preis.« Er nahm einen Hundert-Lire-Schein von dem Häuflein, das vor ihr lag, und legte ihn in das Kästchen zurück. »Jetzt ist dein Hof nur noch eintausendvierhundert Lire wert. Nun nimm schnell an, denn gleich wird mein Angebot nur noch eintausenddreihundert lauten.«

Rosetta ging auf, dass sie keine Wahl hatte. Und sie würde nicht mehr kämpfen. Also streckte sie die Hand aus und nahm die Geldscheine.

Der Baron lachte. »Und du bedankst dich nicht einmal?«

»Danke … Euer Gnaden …«

Der Baron erhob sich schwerfällig. Er umrundete den Schreibtisch und trat zu ihr, ohne den Blick von ihr zu wenden. »Möchtest du die hundert Lire zurück, die ich abgezogen habe?«, fragte er sie unerwartet freundlich.

»Ja, Euer Gnaden«, antwortete Rosetta und wich einen Schritt zurück. Etwas in der Stimme und dem Blick des Barons verhieß Gefahr.

Der Baron stieß sie gegen den Rand des Schreibtischs. »Dann musst du sie dir verdienen«, kicherte er. Er streckte die Hand aus und öffnete den obersten Knopf ihres Kleides.

Rosetta stand wie gelähmt.

Der Baron öffnete auch den zweiten Knopf.

»Nein …«, murmelte Rosetta mit erstickter Stimme, doch es gelang ihr nicht, sich aus ihrer Erstarrung zu lösen.

»Hundert Lire sind viel Geld«, sagte der Baron und knöpfte

ihr Kleid weiter auf. »So viel bekommt nicht einmal eine *bottana* in Palermo.«

Bottana. Wieder dieses Wort.

»Nein …«, wiederholte Rosetta und drückte eine Hand gegen den fetten Bauch des Barons, um ihn abzuwehren.

Doch der Mann schob grob eine Hand unter ihren Rock und ließ sie die Schenkel hinaufwandern.

Rosetta spürte, wie sein Ring ihre Haut zerkratzte, während seine fetten Finger zwischen ihren Schenkeln vordrangen.

»Nein …«, flüsterte sie tonlos.

»Man hat mir erzählt, dein Busch da drunter ist dicht und weich«, grunzte der Baron. Er drängte sie jetzt fester gegen den Schreibtisch und knöpfte seine Hose auf. Dann packte er Rosettas Hand und legte sie auf sein schlaffes Glied.

»Nein …« Rosetta liefen Tränen über die Wangen.

Der Baron rieb ihre Hand auf seinem Glied, das jedoch schlaff blieb. »Du sagst nein, aber eigentlich willst du es doch, oder?«, keuchte er. »Man hat mir erzählt, es hätte dir gefallen.« Er packte Rosettas Kopf und versuchte, sie auf die Knie zu zwingen. »Jetzt zeige ich dir, wozu ein Weibermund da ist.«

Rosetta versuchte verzweifelt, sich aus seinem Griff zu winden. Mit einem Mal meinte sie, die Stimme ihres Vaters zu hören: »Du bist nur gut dazu, für einen Mann die Beine breitzumachen.« Ihr schien, als würde sie in einen dunklen Abgrund gesogen. »Nein!«, schrie sie auf. Und rammte dem Baron mit der Kraft der Verzweiflung ein Knie zwischen die Beine.

Der stöhnte auf vor Schmerzen und sank in sich zusammen. Für einen Moment, der Rosetta vorkam wie eine Ewigkeit, verharrten beide schnaufend. Doch der Baron fing sich schneller als sie. »*Bottana*!«, schrie er wütend und stürzte sich auf sie. Er schlug ihr mit dem Handrücken ins Gesicht und zog ihr dabei mit seinem Ring einen tiefen Kratzer über die Wange. »Wie kannst du es wagen!« Seine Stimme wurde immer schriller. Er versetzte ihr einen Faustschlag, dann legte er seine Hände fest um ihren Hals. »*Bottana*«, keuchte er in ihr Gesicht, während er sie erneut gewaltsam gegen den Schreibtisch drängte.

Rosetta hatte das Gefühl, das anstauende Blut würde ihren Kopf zum Platzen bringen. Eine Welle der Panik überkam sie. Ihr Blick trübte sich, und vor ihren Augen wirbelten einzelne Bilder zusammenhanglos durcheinander. Der Großvater, der die Großmutter schlug. Die Vergewaltiger, die in sie eindrangen. Der Vater, der den Gürtel gegen sie erhob. Sie rang nach Luft und bemühte sich, nicht zu fallen. Mit letzter Kraft stützte sie sich unter dem unerbittlichen Druck des Barons auf die Schreibtischplatte, und in diesem Moment ertastete ihre Hand den Briefbeschwerer und schloss sich um ihn. Der Baron über ihr schrie weiter mit wutverzerrtem Gesicht, doch es war nicht seine Stimme, die sie hörte, es war die ihres Vaters, während er sie schlug. Dann wurde es dunkel um sie. Und in dieser Dunkelheit sah sie nur noch die Gürtelschnalle, die auf sie niederging. »Nein!« Ein erstickter Schrei. Und während sich ihre alte Furcht in Wut verwandelte, hob sie den Briefbeschwerer hoch in die Luft und ließ ihn auf die Stirn des Barons niedersausen. Auf die des Vaters. Die ihrer Vergewaltiger. Ein, zwei, drei Mal. Bis der Baron sie losließ und mit einem dumpfen Schlag auf dem Boden zusammensackte.

»Was geht hier vor?«, rief der Diener, alarmiert durch das Geschrei.

Vom Kopf des Barons rann ein kleiner Strom Blut und breitete sich auf dem gelben Marmorfußboden aus. Der Baron rührte sich nicht.

Der Diener stürzte sich auf Rosetta.

Doch kaum war er in Reichweite, hieb Rosetta auch ihm mit dem Briefbeschwerer mitten auf die Stirn.

Als der Diener taumelnd zu Boden fiel, öffnete sich der Kragen seiner Livreejacke und gab den Blick frei auf einen blutbefleckten Verband hinter dem Ohr, genau dort, wo Rosetta einen ihrer Angreifer gekratzt hatte.

Rosetta starrte darauf und ließ den Briefbeschwerer fallen. Einen Moment stand sie wie angewurzelt da, dann bemerkte sie, dass sie mit der anderen Hand immer noch die eintausendvierhundert Lire umklammert hielt. Sie starrte auf die zerknüllten Geldscheine, dann griff sie hastig das Bündel mit ihren Habseligkeiten auf und lief aus dem Raum.

Doch kaum war sie durch die Tür getreten, begegnete sie einem weiteren Diener, der offenbar nichts von den Geschehnissen mitbekommen hatte. Sie bewies die Geistesgegenwart, sich zum Zimmer umzuwenden und mit einer Verneigung und ruhiger Stimme jene altmodische Ehrerbietungsformel in den Raum zu entsenden: »*Baciamo le mani*, Baron.« Dann schloss sie die Tür und ging gemessenen Schrittes die Treppe hinunter, obwohl sie am liebsten gerannt wäre.

Ich bin eine Mörderin, dachte sie erschrocken. Madonna del Carmine, schenke mir Vergebung … Ich kann nicht leben mit dieser Last auf meinem Gewissen … Vergib mir, ich flehe dich an …

Sie hatte das untere Ende der Treppe fast erreicht, als sie mit einem Mal schwere schleppende Schritte und ein Stöhnen vernahm.

»Sie hat versucht, mich umzubringen!«, rief die schrille Stimme des Barons.

Rosetta blickte die Treppe hinauf.

Am Granitgeländer des oberen Stockwerks stand der Baron mit blutüberströmtem Gesicht, gestützt von seinem ebenfalls verwundeten Diener. »Sie hat versucht, mich umzubringen!«, schrie er wieder, »Ergreift sie! Ich will sie mit meinen eigenen Händen töten!«

Ein Tropfen Blut wirbelte durch die Luft und landete vor Rosettas Füßen auf der Treppe.

Sie übersprang die letzten Stufen mit einem großen Satz und erreichte den Ausgang, während sich die ersten Stimmen im Palazzo erhoben.

Vor dem Gebäude stand immer noch Saro mit seiner Eselin. Unter den verblüfften Blicken der Dorfbewohner überquerte Rosetta panisch den Platz und lief davon.

»Ergreift sie!«, schrie der Baron, der nun, immer noch blutend, auf dem Balkon im ersten Stock erschienen war. »Dreihundert Lire für den, der sie mir zurückbringt!«

Ich bin verloren, dachte Rosetta mit Tränen in den Augen, während sie in eine Gasse einbog.

Hinter sich hörte sie lautes Rufen und das Klappern von Holzpantinen, doch sie drehte sich nicht um. Sie rannte Hals über Kopf zur Via Porta Palermo und aus dem Dorf hinaus. Dann verließ sie die unbefestigte Straße und drang in die Macchia vor, bis sie irgendwann erschöpft zu Boden fiel, das Kleid von Dornen zerrissen und mit tiefen Kratzern auf den Armen.

Keuchend verharrte sie auf allen vieren und rang nach Luft. In ihrem Kopf war nur ein Gedanke: »Danke, Madonna del Carmine«, stammelte sie laut. »Danke, liebliche Jungfrau Maria, danke«, wiederholte sie. Eine Last fiel von ihrem Herzen. »Ich habe niemanden getötet!«, schrie sie heraus, und auf ihren von den Fausthieben des Barons aufgeplatzten Lippen breitete sich ein Lächeln aus. »Ich bin keine Mörderin!« Die Sonne wärmte ihr Gesicht, und die Erleichterung darüber, niemanden getötet zu haben, war überwältigend.

Lachend und weinend zugleich schlug sie ein Kreuz. Dabei bemerkte sie, dass sie noch immer die eintausendvierhundert Lire umklammert hielt. Sie öffnete ihr Bündel und legte die Geldscheine zu den wenigen Münzen in das Jutesäckchen.

»Wo du schon mal da warst, hättest du auch die anderen eintausendsechshundert Lire nehmen können, die dir zustanden«, flüsterte sie, während sie das Säckchen zuband.

Und dann lachte sie los. Einfach so, sie konnte es nicht zurückhalten. Dabei wurde ihr bewusst, dass sie schon lange nicht mehr gelacht hatte.

»Du bist wirklich die dümmste Gans auf der Welt«, schalt sie sich selbst und überließ sich ihrem seltsamen Gelächter.

9

Palermo, Viertel Boccadifalco, Sizilien

Ein Schwall eiskaltes Wasser holte Rocco aus der Bewusstlosigkeit.

Er hustete. Spuckte Wasser aus, das ihm in die Kehle gelaufen war. Zunächst spürte er nichts, doch dann begann das Blut an der Schläfe, wo er getroffen worden war, heftig zu pulsieren, und der Schmerz breitete sich sofort im ganzen Kopf aus.

»Du hast mich in große Verlegenheit gebracht«, hörte er Mimì Zappacosta hinter sich sagen.

Rocco saß auf einem Stuhl in seinem eigenen Haus, an dem Tisch, an dem er normalerweise aß. In seinem Rücken waren langsame, ruhige Schritte auf den Fliesen zu hören.

Dann tauchte Don Mimì in seinem Blickfeld auf, ging langsam ans andere Ende des Tisches und setzte sich ihm gegenüber. »Du hast mich in große Verlegenheit gebracht«, wiederholte er. »Deinetwegen habe ich mein Gesicht verloren.«

Rocco wusste, was diese Worte bedeuteten. Sein Todesurteil.

»Sasà Balistreri war bei mir«, fuhr Don Mimì fort, seine Stimme bebte vor Wut. »Und hat sich beklagt, dass du bei dem Auftrag, den du erledigen solltest, versagt hast und beinahe einen seiner Soldaten getötet hättest.«

Rocco sah alles wie durch einen Schleier. Der Schmerz in seiner Schläfe machte ihn fast taub, in seinem Kopf dröhnte es, als würde dort jemand eine Basstrommel schlagen.

»Stimmt das?« Don Mimì starrte ihn an.

Rocco zögerte.

Einer der Männer, die hinter ihm standen, stieß ihm eine Lupara zwischen die Schultern.

Rocco stöhnte auf.

»Stimmt das?«, wiederholte Don Mimì.

Rocco nickte. »Ja, es stimmt.«

Don Mimì seufzte, dann wischte er gedankenverloren ein paar Krümel vom Tisch, ohne ihn anzusehen. »Man hat mich darum gebeten, dich umbringen zu dürfen«, sagte er schließlich und sah auf, »weil man mir Respekt entgegenbringt ...« Er machte eine Pause. »Die anderen.« Er schüttelte den Kopf. »Aber ich habe gesagt, dass ich mich persönlich darum kümmern werde. Ich würde dafür sorgen, dass du für immer verschwindest, habe ich gesagt.« Don Mimì schwieg, starrte ihn aber unverwandt an.

Rocco erinnerte sich genau an das Gefühl, innerlich gestorben zu sein, das sich klebrig wie Leim an ihn gehängt hatte, als er sich vor ein paar Tagen am Strand von Mondello gefügt hatte. Er erinnerte sich nur zu gut an dieses Gefühl, lebendig tot zu sein, diesen Geschmack, der ihm bitter wie Gift auf der Zunge gehaftet hatte. »Dann tut, was Ihr tun müsst!«, platzte er heraus. »Ich habe keine Angst zu sterben!«

Don Mimì lachte. »Das stimmt nicht«, sagte er mit einem Lächeln. »Alle haben Angst zu sterben.« Er beugte sich über den Tisch und versetzte ihm einen leichten Klaps auf die Wange. »Und du bist da nicht die Ausnahme.«

Wie viele Menschen hat Don Mimì wohl sterben sehen?, fragte Rocco sich. Während er versuchte, dem spöttischen Blick des Bosses standzuhalten, ging ihm auf, dass das Leben eines Mannes für Don Mimì bedeutungslos war. Für ihn zählte es nicht mehr als das eines Straßenköters.

»Nun macht schon!« Rocco schrie fast, denn er fürchtete, wie ein Feigling in Tränen auszubrechen und um Gnade zu betteln, wenn diese Farce noch länger dauerte. »Tut, was Ihr tun müsst!«

Don Mimì blieb davon ungerührt. Er gab einem der Männer ein Zeichen, ihm eine Zigarette anzuzünden, inhalierte in aller Ruhe den Rauch und blies ihn dann genüsslich in die Luft. Schaute den dicken, grauen Kringeln hinterher. »Wir warten auf Nardu Impellizzeri«, sagte er schließlich, ohne Rocco aus den Augen zu lassen, während er weiter seine filterlose Zigarette genoss und nur ab und zu einen Tabakkrümel von der Unterlippe zupfte.

»Ist er mein Henker?«, fragte Rocco in dem Versuch, kühl und unbeeindruckt zu wirken.

Don Mimì lachte auf. »Bist du wirklich so hart?« Er schüttelte den Kopf. »Ach, Rocco, Rocco … Bei anderer Gelegenheit hätte mich das gefreut.«

Rocco spürte, wie langsam etwas in ihm zerbrach. Er presste die Kiefer so fest aufeinander, dass die Zähne knirschten.

Um ihn zu provozieren, lachte Don Mimì erneut auf. Mit Erfolg, denn nun geriet Rocco vollends in Rage. »Und was wäre, wenn ich mich jetzt auf Euch stürzen würde? Eure Männer würden mich doch sofort töten und Euch so den Spaß verderben!«

Sofort rammte ihm einer der Männer die Lupara in den Nacken.

Rocco prallte mit der Stirn auf den Tisch und war für einen Moment einer Ohnmacht nahe.

Don Mimì tätschelte ihm sanft den Kopf, wie einem kleinen Kind. »So schnell kannst du gar nicht denken, wie sie dich töten«, meinte er belustigt. »Aber sie haben den Befehl, dich nicht umzubringen. Du holst dir also höchstens noch mehr blaue Flecken.« Er schnippte mit den Fingern. »Gebt ihm ein Glas Wasser«, befahl er.

Einer der Männer stellte ein randvolles Glas mit Wasser vor Rocco.

»Trink«, sagte Don Mimì, immer noch in jenem sanften Ton, der angsteinflößender war als jede Drohung. »Und hab Geduld. Nardu wird schon noch kommen. Er musste erst noch etwas für mich erledigen.« Wieder lachte er.

Rocco trank mit geschlossenen Augen. Sein Schädel dröhnte. »Wenn Ihr ein Mann seid …«, sagte er herausfordernd, »dann tut es doch selbst, mit Euren eigenen Händen.«

»Alles, was in diesem Viertel geschieht, wird mit meinen Händen getan«, erwiderte Don Mimì lächelnd. »Du hast gerade mal zwei Hände … Ich aber habe Hunderte!«

Einer der Männer lachte.

Kurz darauf betrat Nardu Impellizzeri das Haus.

»Alles erledigt?«, fragte Don Mimì.

»Wie Ihr es befohlen habt«, entgegnete Nardu und reichte ihm einen weißen Briefumschlag.

Rocco betrachtete Nardu, seinen Henker. Womit würde er ihn umbringen? Messer oder Lupara? Er spürte, wie die Angst in ihm hochkroch.

»Sehr gut«, nickte Don Mimì. Dann gab er ihm mit dem Kopf ein Zeichen. »Wartet draußen auf mich.«

»Aber …«, setzte Nardu zum Protest an.

Don Mimì schnitt ihm mit einer schroffen Handbewegung das Wort ab. »Rocco und ich, wir sind alte Freunde. Lasst uns allein.«

Nardu und die beiden Männer zögerten kurz, verließen dann aber den Raum.

»Wir lassen die Tür auf«, sagte Nardu im Gehen.

»Zu damit!«

Die Tür wurde geschlossen.

Don Mimì spielte mit dem Umschlag, während er Rocco musterte.

Und Rocco erwiderte seinen Blick, ohne zu verstehen, was vor sich ging.

»Der Fettsack Sasà Balistreri sagte mir, du hast seinen Soldaten ganz schön übel zugerichtet«, meinte Don Mimì. »Er war bewaffnet, du aber hattest nur deine Fäuste.«

Rocco las Anerkennung in Don Mimìs Blick. Was ihn noch mehr verwirrte.

»Was ging dir durch den Kopf, als du ihn zusammengeschlagen hast? Hat es dir gefallen?«, fragte Don Mimì. »Und warum hast du aufgehört?«

»Der *picciriddu* …«, murmelte Rocco.

»Der *picciriddu* …«, wiederholte Don Mimì. »Wegen dem Jungen also. Aber du wolltest den anderen umbringen, hab ich recht?«

Rocco gab keine Antwort.

Don Mimì lachte. »Du bist der Sohn deines Vaters«, sagte er dann ernst. »Es liegt dir im Blut, genau wie deinem Vater.«

»Das stimmt nicht …«

»Es ist deine Natur, Rocco«, sagte Don Mimì verständnisvoll. »Du versuchst hartnäckig, dich dagegen zu wehren, aber wenn das Blut deines Vaters dir zu Kopf steigt … dann passiert es eben. All der Unsinn, den du vorher gedacht hast, verschwindet, und dein wahres Gesicht kommt zum Vorschein.« Er beugte sich über den Tisch und tippte ihm mit dem Zeigefinger an die Brust, dort, wo sein Herz saß. »Da drinnen … bist du ein Killer.«

»Nein!«

Don Mimì lachte. »Als Kind darf jeder an Märchen glauben«, fuhr er fort. »Aber wenn du erwachsen wirst … erkennst du, dass es den Weihnachtsmann nicht gibt.« Er sah Rocco wohlwollend an. »Es ist an der Zeit, dass du erwachsen wirst, Rocco.«

Rocco senkte den Blick. Es stimmte: Hätte der kleine Totò ihn nicht abgehalten, hätte er Minicuzzu umgebracht. Da konnte er sich noch so oft einreden, dass er es aus guten Gründen getan hätte, um einen armen Kerl oder ein Kind zu verteidigen, an der Sache änderte es nichts. Seid Ihr jetzt stolz auf mich, Vater?, dachte er bitter.

Don Mimì hatte den Briefumschlag geöffnet und fünf Hundert-Lire-Scheine und ein Dokument aus gelblichem Papier mit einem Stempel herausgeholt, das amtlich wirkte. »Kannst du lesen?«, fragte er.

»Nein.«

Don Mimì legte die Fahrkarte vor Rocco auf den Tisch und deutete mit dem Finger auf eine Zeile. »Hier steht: Palermo–Buenos Aires, siehst du das?«

»Was bedeutet das?«, fragte Rocco verwirrt.

»Weißt du, was hier unten steht?«

Rocco schüttelte den Kopf.

»Sprich mir nach.« Don Mimì deutete auf das erste von zwei Worten. »Einfache …«

»Einfache …«, wiederholte Rocco bestürzt.

»… Überfahrt.«

»… Überfahrt.«

»Einfache Überfahrt«, betonte Don Mimì.

Rocco sah ihn verständnislos an.

»Wiederhole es!«, schrie Don Mimì und schlug mit der Faust auf den Tisch.

»Einfache … Überfahrt«, sagte Rocco, als die Tür aufging und Nardu im Rahmen erschien.

»Raus hier!«, brüllte Don Mimì.

Sofort wurde die Tür geschlossen.

»Ein Billett für eine einfache Überfahrt von Palermo nach Buenos Aires«, erklärte Don Mimì ernst. »Und hier sind fünfhundert Lire. Wenn du in Buenos Aires ankommst, gehst du zum Kai Nummer sieben am Hafen im La-Boca-Viertel und fragst nach Tony Zappacosta. Er ist mein Neffe, der Sohn meiner Schwester. Du wirst ihm dabei helfen, einen Import-Export-Handel aufzuziehen. Er wird dir Arbeit geben.«

Rocco starrte ihn überrascht an. »Ihr bringt mich nicht um?«

»Nein.«

»Und Sasà Balistreri?«

»Ich habe ihm gesagt, dass ich dich für immer verschwinden lassen würde«, erklärte Don Mimì. Auf seinem Gesicht lag jetzt wieder dieses brutale Wolfsgrinsen. »Deswegen gibt es auch keine Rückfahrkarte.«

»Aber … Warum?«

Don Mimì betrachtete ihn ernst. »Weil ich eine Blutschuld bei deinem Vater abzutragen habe«, antwortete er. »Und ein Ehrenmann wie ich bezahlt seine Schulden bis zum letzten Centesimo ab.«

»Ihr bringt mich nicht um …«, wiederholte Rocco völlig verwirrt, als ob der Satz keinen Sinn ergeben würde.

»Ein Leben für ein Leben, Rocco«, sagte Don Mimì. »Dein Vater hat mir das Leben gerettet. Und jetzt rette ich dir deines. Damit ist meine Schuld abgetragen.« Er beugte sich zu ihm vor und sah ihn durchdringend an. »Voll und ganz abgetragen«, wiederholte er. »Denk daran, Rocco. Keine Rückfahrt. Sobald du deinen Fuß auf diesen Dampfer setzt, bist du für mich ein Niemand. Du existierst nicht mehr. Du bist wie ein Toter für mich.« Er nahm Roccos Gesicht zwischen seine Hände und drückte es fest. »Und wie die Toten kannst du nicht mehr in unsere Welt zurückkehren.« Er küsste ihn auf den Mund. »Sonst bringe ich dich wirklich um. Mit meinen eigenen Händen.«

10

Alcamo – Lago Poma – Monreale – Palermo, Sizilien

Ich bin frei, war Rosettas erster Gedanke, als sie sich lachend wieder auf den Weg machte. Ohne festes Ziel.

Nun, da sie alles verloren hatte, fühlte sie sich zu ihrer eigenen Verwunderung unglaublich leicht. Plötzlich war alles ganz einfach, und sie fragte sich, warum sie sich so in diesen Kampf verbissen hatte. In diesem einen Jahr hatte sie etwas viel Wertvolleres verloren als ihr Land: ihre Freiheit. Ihr heiteres Wesen, das sogar die Schläge ihres Vaters überdauert hatte. Sie hatte sich selbst verloren. Nun lauschte sie ihrem eigenen Lachen, als müsste sie jene Rosetta, die in der langen Zeit verstummt war, erst wieder neu kennenlernen. Und auch als ihr nicht mehr zum Lachen zumute war, zwang sie sich dazu, als wollte sie sich ein wenig in einer Sprache üben, die sie verlernt hatte.

»Ich bin frei!«, rief sie laut, reckte die Arme in die Luft und drehte sich wie im Tanz um sich selbst.

Sie schlug sich ins Unterholz in dem festen Entschluss, sich von der Straße fernzuhalten. Aber mit jedem Schritt, den sie sich durch Brombeergestrüpp und über die harte, trockene Erde der kargen Insel vorwärtskämpfte, schwand ihre Euphorie. Die hoch am Himmel stehende Sonne brannte unbarmherzig auf sie herab. Wohin sollte sie gehen? Es gab keinen Ort, an dem sie sich verstecken konnte. Nirgendwo einen Platz, wo sie ihre Vergangenheit begraben und ein neues Leben beginnen konnte. Und was würde man mit ihr machen, wenn man sie fand? Würde man ihr die Freiheit nehmen, die sie gerade erst kennengelernt hatte? Rosetta blieb stehen.

Was glaubst du denn, allein ausrichten zu können, du dumme Gans?, schalt sie sich in Gedanken und sank ernüchtert auf die Knie.

Nach einer langen Weile vernahm sie ganz in der Nähe Hufgetrappel. »Madonna del Carmine«, flüsterte sie und drückte sich tiefer ins Dickicht. »Madonna del Carmine … *madonnina bedda* … hilf«, betete sie leise.

Das Hufgetrappel kam näher, und Rosetta hielt den Atem an.

»Ich weiß, dass du da bist«, sagte plötzlich jemand.

Rosetta zuckte zusammen und machte sich so klein wie möglich.

»Ich weiß, dass du dich hier versteckst.«

Rosetta versuchte, ihr Herz zu beruhigen, das in ihrer Brust wie verrückt hämmerte.

»Rosetta … Ich bin's, Saro … Ich will dir nichts tun … komm raus …«

Sie bewegte sich nicht.

In der Ferne konnte sie weitere Pferde herannahen hören. Und Männerstimmen, die Befehle riefen.

»Hörst du sie? Das sind die Carabinieri und die Männer des Barons«, rief Saro ihr leise zu. »Sie suchen nach dir.«

Rosetta schwieg.

»Wenn die Carabinieri dich erwischen, landest du im Gefängnis«, fuhr Saro fort. »Und wenn die Männer vom Baron dich kriegen, schlitzt er dir die Kehle auf.«

Rosetta kniete wie erstarrt im Gestrüpp, obwohl die Dornen sich in ihre Haut bohrten, sie war zu keiner Entscheidung fähig.

»Saro …«, flüsterte sie schließlich verzweifelt.

»Rosetta! Wo bist du?«

»Lass mich gehen … bitte.« Sie kämpfte mit den Tränen.

Saro näherte sich dem Brombeergestrüpp, hinter dem er Rosetta vermutete, stieg ab, kniete nieder und spähte durch die Dornen. Sein Blick traf auf Rosettas ängstliche Augen.

»Ich gebe dir das Geld, das der Baron für mich versprochen hat«, wisperte Rosetta.

Saro schüttelte den Kopf. »Ich will kein Geld.«

»Was willst du dann?«

»Ich will helfen.«

»Warum?«

Saro blickte zu Boden und errötete. »Darum«, stieß er mühsam hervor. »Jetzt komm schon!«, sagte er und beugte sich leicht vor.

»Fass mich nicht an!«, rief Rosetta und duckte sich ins Gestrüpp. »Fass mich nicht an …«

Saro wich zurück, und Rosetta kroch langsam aus ihrem dornigen Versteck, bis sie schließlich voreinander knieten. Sie sahen sich schweigend in die Augen, Worte waren überflüssig.

»Wir müssen gehen«, sagte Saro schließlich.

»Wohin?«, fragte Rosetta ängstlich.

»Weg«, erwiderte Saro schlicht.

»Weg …«, wiederholte Rosetta mechanisch, ohne zu verstehen.

Saro drehte sich zur Straße um, wo die Stimmen der Carabinieri und der Männer des Barons immer noch zu hören waren. Er stand auf und packte seine Eselin bei den Zügeln. »Steig auf«, befahl er energisch, nachdem er sich selbst in den Sattel geschwungen hatte.

Als er ihr hinaufhelfen wollte, schlug Rosetta seine Hand fort. »Fass mich nicht an«, sagte sie wieder.

Doch Saro hielt ihr noch einmal die Hand hin. »Nun steig schon auf. Wir haben keine Zeit.«

Rosetta zögerte kurz, ergriff dann aber seine Hand und zog sich auf den Rücken der Eselin hoch.

»Halt dich an mir fest«, sagte Saro und trieb das Tier an.

Es widerstrebte Rosetta zutiefst, ihn anzufassen, doch sie legte vorsichtig ihre Hände um seine Hüften.

Saro schnalzte mit der Zunge. Die Eselin lief schneller und drang weiter in die Macchia vor.

Eine ganze Weile später waren die Stimmen und das Wiehern der Pferde nicht mehr zu hören. Saro und Rosetta wechselten kein einziges Wort.

»Wo sind wir?«, fragte Rosetta schließlich. Sie blickte sich um.

»Das ist der Platz, an dem ich Kaninchen jage. Hier werden sie dich ganz bestimmt nicht suchen«, antwortete Saro. »Von hier aus reiten wir zum Lago Poma. Vom See aus schlagen wir uns dann durch das Tal hinter Romitello, und dann geht es immer geradeaus bis nach Monreale. Und von dort nach Palermo.«

»Palermo?«, fragte Rosetta. »Was soll ich denn in Palermo?«

»Du musst ganz weit weg«, sagte Saro. »Die Arme vom Baron reichen viel zu weit für so arme Schlucker wie uns.«

Rosetta war entsetzt. »Und Palermo ist weit genug weg?«

»Nein«, entgegnete Saro düster.

»Und dann?« Es war, als würde ihr der Boden unter den Füßen weggezogen.

»Erinnerst du dich an *compare* Ninuzzo?«, fragte Saro. »Weißt du noch, wie der Onkel fortgegangen ist, als wir noch ganz klein waren?«

Rosetta fühlte, wie es ihr die Kehle zuschnürte. »Aber *compare* Ninuzzo«, sagte sie mit schwacher Stimme, »der … ist doch nach …« Sie verstummte.

»… Amerika gegangen«, beendete Saro ihren Satz.

»Amerika«, echote Rosetta.

»Genau, nach Amerika.«

Sie schwiegen, bis sie den Lago Poma erreichten. Nachdem

sie den See umrundet hatten, schlugen sie, immer noch schweigend, einen Pfad zwischen zwei kleineren Felserhebungen ein. Stunden später lag das Bergdorf Monreale vor ihnen. Und nun war auch Palermo in nicht mehr allzu weiter Ferne, wie der Blick auf die große Stadt an der Meeresbucht verhieß.

Saro hielt die Eselin an und führte sie zu einer Tränke.

Rosetta setzte sich auf den Rand und stillte gierig ihren Durst.

Saro holte zwei verschrumpelte Karotten aus seiner Tasche und gab sie der Eselin. Von einem Laib Ziegenkäse schnitt er zwei dicke Scheiben ab und hielt eine davon Rosetta hin.

Doch diese schüttelte den Kopf.

»Du musst etwas essen«, sagte Saro.

Sie schenkte ihm lediglich einen langen Blick als Antwort, und Saro wandte sofort verlegen den Blick ab. »Nun iss schon«, wiederholte er.

Rosetta nahm den Käse und biss ein Stückchen davon ab.

»Hör mal … Was man dir angetan hat, war feige und gemein«, sagte Saro dann leise, aber entschieden.

»Ich will nicht darüber reden.«

»Aber es war niemand aus dem Dorf«, fuhr Saro fort.

»Ich weiß«, murmelte Rosetta.

»Wir hier nehmen den Frauen nicht ihre Ehre.«

Rosetta hob den Kopf. »Ihr fackelt bloß Felder ab und schneidet Schafen die Kehle durch, was?«, brauste sie auf. Und dann versetzte sie ihm eine Ohrfeige, in die sie die gesamte Wut und Enttäuschung über das vergangene Jahr legte.

Saro blieb mit geröteter Wange sitzen. »Ich war das nicht …«

Rosetta begann leise zu weinen. Saro streckte eine Hand aus, um ihre Tränen zu trocknen, doch Rosetta sprang auf.

»Fass mich nicht an!«, schrie sie hysterisch. »Ihr widert mich an …« Sie wandte sich von ihm ab. »Ihr alle.«

Saro zog die Hand zurück und ließ die Schultern hängen.

Als Rosetta sich wieder zu ihm umdrehte, bemerkte sie, dass er weinte. Sie setzte sich vorsichtig an den Rand der Tränke und tauchte eine Hand ins Wasser. »Und wo liegt dieses Amerika?«, fragte sie nach einer Weile ganz leise.

»Weit weg«, erwiderte Saro und wischte sich die Tränen vom Gesicht.

»Weiter als Rom?«

Saro nickte.

»Wie weit genau?«

»Ziemlich weit.« Er erhob sich und trat zu der Eselin. Zögerlich hielt er Rosetta die Hand hin, um ihr beim Aufsitzen zu helfen.

Rosetta zögerte ebenfalls kurz, legte dann aber ihre Hand in seine. Sie sah ihm tief in die Augen. »Warum tust du das?«

Saro errötete und wandte den Kopf ab. »Darum«, antwortete er knapp.

Schweigend machten sie sich über serpentinenreiche Pfade an den Abstieg, bis sie gute zwei Stunden später Palermo erreichten.

Saro fragte nach dem Weg und lenkte die Eselin durch die belebten Gassen der Altstadt zum Hafen. Dort hielt er vor dem kantigen Bau der Hafenbehörde an.

»Hier gibt es die Fahrkarten für den Dampfer nach Amerika«, erklärte er Rosetta.

Sie saßen ab. Einen Moment lang standen sie einander reglos und mit niedergeschlagenem Blick gegenüber.

Saro räusperte sich. »Man nennt es auch die Neue Welt«, sagte er.

»Was?«

»Dieses Amerika. Dort kann man sich ein neues Leben aufbauen, heißt es.«

Rosetta dachte an *compare* Ninuzzo. Im Jahr vor seinem Aufbruch, Rosetta war damals sieben Jahre alt gewesen, waren seine Frau und sein damals ebenfalls siebenjähriger Sohn gestorben, als *compare* Ninuzzo eines Tages in seinem Steinbruch seinen Karren zu voll mit Steinen beladen hatte. Seine beiden Arbeiter hatten gerade gekündigt, weil er ihnen nicht mehr Lohn bezahlen wollte, und so halfen ihm seine Frau und der Sohn. Doch der Karren war umgekippt und die Steine hatten im Herausfallen Frau und Sohn unter sich begraben und ihre Schädel zertrümmert. Von dem Tag an war *compare* Ninuzzo nicht mehr derselbe gewesen. Er hatte den Steinbruch nie wieder betreten und war ziellos und unrasiert über die Felder gezogen. Im Dorf nannte man ihn nur noch *u fuddu*, den Verrückten. Als er schließlich an dem Punkt angelangt war, an dem er tiefer nicht sinken konnte, hatte der Baron mit seinem ausgezeichneten Gefühl für den richtigen Moment ihm ein Angebot für den Steinbruch gemacht. Und Ninuzzo hatte verkauft. Für einen lächerlichen Preis. Mit dem Geld des Barons hatte *u fuddu* eine Fahrkarte nach Amerika gelöst und war verschwunden. Um nicht vor Kummer zu sterben, so sagten die Leute im Dorf.

Rosetta sah Saro an. »*Compare* Ninuzzo ist nach Amerika gegangen, weil er verzweifelt war.«

Saro nickte. »Ja …«

»Wie ich«, meinte Rosetta.

Saro wandte den Blick ab.

»Aber wer weiß schon, ob diese Neue Welt wirklich so schön ist«, warf Rosetta ein. Sie drehte sich zum Gebäude der Hafenbehörde und holte die wenigen Scheine des Barons aus der Jutetasche.

»Versteck das!«, sagte Saro eilig. »Irgendwo, wo es keiner finden kann.« Er räusperte sich. Jetzt war der Moment gekommen. Er wollte unbedingt etwas loswerden, hatte sich die Worte auf dem Weg ihrer Flucht immer wieder zurechtgelegt. »Im Dorf sagen sie, du benimmst dich wie ein Mann«, begann er mühsam. »Dass du glaubst, du hast Eier wie ein Mann. Und sie sagen, dass das eine Sünde ist … Weil Gott die Frauen ohne Eier gemacht hat.« Verlegen kickte er ein paar Steinchen weg. »Aber … solange du nicht in Sicherheit bist«, er hob den Blick und schaute ihr in die Augen, »bewahr dir deine Eier.«

Rosetta hielt seinem Blick stand und spürte mit einem Mal eine tiefe Milde in sich. Ein ganzes Jahr lang hatten alle, auch er, sie als *bottana*, als Hure beschimpft. Ein ganzes Jahr lang hatten sie ihr das Leben zur Hölle gemacht. Und bis zu diesem Morgen hatte sie alle dafür gehasst. Aber nun war alles anders. Nun war sie verzweifelt. Aber auch frei. Und sie konnte verzeihen. »Danke«, sagte sie schlicht.

Saros Augen füllten sich mit Tränen.

»Wie erfahre ich, dass alles gut gegangen ist?«, fragte Saro ernst und in dem Versuch, ihr Gespräch, das letzte, in die Länge zu ziehen.

Rosetta musterte ihn schweigend. Genau wie *compare* Ninuzzo würde sie einen ganzen Ozean zwischen sich und ihr altes Leben bringen. Sie würde alles und jeden aus ihrer Vergangenheit zurücklassen. »Ich kann nicht schreiben«, sagte sie leise.

Auf Saros Gesicht erschien ein verlorener, kindlicher Ausdruck. »Und ich kann nicht lesen …«

Rosetta lächelte traurig.

»Rosetta …«, stammelte Saro mit Tränen in den Augen.

Rosetta strich mit dem Finger über seine Wange. Sie verspürte keinerlei Angst bei der Berührung und hielt seinem Blick stand. »Es ist zu spät«, sagte sie ernst und mit der Stimme einer erwachsenen Frau.

Schließlich wandte sie sich ab und ging ihrem neuen Schicksal entgegen, ganz allein und ohne sich noch einmal umzuwenden.

11

Osteuropa – Hamburg – Nordsee – Atlantischer Ozean

Seit Raechel die Unterhaltung der Männer belauscht hatte, lebte sie in ständiger Furcht. Seit diesem Abend war ihr nur allzu deutlich bewusst, was ihr Vater mit seinen Worten gemeint hatte, sie wäre zu jung, um eine solche Reise anzutreten, die er erst im Todeskampf zurückgenommen hatte. Was konnte ein dreizehnjähriges Mädchen schon tun? Wie sollte sie sich retten?

»Du hast dich selbst den Wölfen zum Fraß vorgeworfen«, schalt sie sich.

Jedes Mal wenn sie in einem Dorf Halt machten, überlegte Raechel zu fliehen. Aber sie blieben immer nur gerade so lange wie nötig, um die neuen Mädchen einzusammeln, und dann ging es sofort weiter. Und sie lagerten stets weit draußen, fern von allen Ansiedlungen. Wohin hätte sie auch gehen sollen? In den fremden Ländern bestand nicht die geringste Chance, dass eine Flucht gelingen würde. Und selbst wenn: Wie sollte sie überleben? Also versuchte sie stattdessen, sich unsichtbar zu machen in der Hoffnung, in Vergessenheit zu geraten. Sie ging vor allem Amos aus dem Weg, den sie inzwischen fürchtete, weil sie erkannt hatte, wie er wirklich war: zynisch und unbarmherzig.

Zum Glück sprachen die Männer sie selten an, höchstens um ihr zu befehlen, das Geschirr und die Töpfe zu spülen. Dann gehorchte Raechel mit gesenktem Kopf und scheuerte still, ohne ein Widerwort, die Töpfe mit Asche sauber, bis die Haut an ihren Fingern wund war.

Anfangs hatten die Mädchen diese Aufgabe abwechselnd übernehmen müssen, doch seit Raechels Ankunft war das ihre Pflicht. »Das Spülstachelschwein«, hatte Tamar sie gewohnt boshaft getauft. Aber Raechel, die nicht die geringste Absicht hatte, die Aufmerksamkeit durch Streitigkeiten auf sich zu lenken, widersprach nicht. Insbesondere wollte sie sich nicht mit Tamar anlegen, die mehr als alle anderen Amos' Aufmerksamkeit genoss.

Raechel war sicher, dass sie die »Schönheit« war, von der Amos an jenem Abend gesprochen hatte. Das war auch nicht weiter verwunderlich: Tamar war mit ihren regelmäßigen, nahezu vollkommenen Gesichtszügen, den langen, glänzenden Haaren und ihrem geschmeidigen Körper mit den harmonischen Kurven bei weitem das schönste Mädchen.

Eines Morgens vertraute Tamar den anderen Mädchen an, dass Amos versprochen hatte, sie zu heiraten. Sie sah Raechel lächelnd an und fügte unter dem Gelächter der anderen hinzu: »Keine Sorge, Stachelschwein. Du hast in dieser Richtung nichts zu befürchten.«

Doch Raechel erinnerte sich gut daran, wie verächtlich Amos von Tamar gesprochen hatte. Er würde sie »abrichten«, hatte er gesagt. Von Heirat hatte er nicht gesprochen. Raechel überlegte, ob sie Tamar warnen sollte, hielt aber zunächst den Mund.

In den folgenden Tagen setzte Tamar sich immer näher zu Amos. Sie servierte ihm das Abendessen, streifte seine Hände, lachte und warf dabei neckisch den Kopf zurück, sodass ihr verführerischer schlanker Hals mit der makellosen Haut zum Vorschein kam. Nachdem sie eines Nachts nicht bei den anderen in der Kutsche geschlafen hatte, sah sie am nächsten Morgen alle mit einem hochmütigen Gesichtsausdruck an. »Ich bin sein Weib«, sagte sie. Und die anderen Mädchen verstanden, was sie meinte.

Von da an fühlte Tamar sich als etwas Besseres. Sie ließ sich von den Mädchen bedienen, mehrmals am Tag die Haare bürsten oder sich etwas zu trinken bringen, was sie sich mühelos selbst hätte holen können. Immer drohte sie, Amos zu berichten, falls sich eine von ihnen weigerte. Der machte keine Anstalten, ihre Launen zu unterbinden, und so wurde Tamar bei den Mädchen immer unbeliebter.

Als Tamar zu Amos in die Kutsche zog, beschloss Raechel, ihr alle Einzelheiten der belauschten Unterhaltung zu erzählen. Abschließend riet sie ihr, ihm nicht zu trauen.

Doch Tamar betrachtete sie nur von oben herab. »Neid ist eine hässliche Sache, Stachelschwein«, sagte sie und verzog verächtlich den Mund. Dann bohrte sie einen Finger in Raechels flache Brust und blitzte sie drohend an: »Du weißt, dass Amos dich irgendwo im Schnee aussetzt, wenn ich ihm das erzähle?«

Raechels Herz begann zu rasen. »Bitte nicht …«.

»Ach, beruhige dich, ich werde ihm schon nichts verraten.« Tamar zuckte mit den Achseln. »Dafür tust du mir viel zu leid, du kleines neidisches Stachelschwein.«

Und so setzten sie ihren Weg fort und hielten auf ihrem Weg zum Hafen von Hamburg durch ein von grimmiger Kälte geplagtes Europa in weiteren *schtetln* und nahmen noch achtzehn Mädchen mit, bis sie schließlich dreiundvierzig waren.

Unter den Neuen war auch eine Dreizehnjährige mit einem Engelsgesicht und blonden Haaren, die in weichen Locken über ihre mageren Schultern fielen. Sie starrte mit ihren weit aufgerissenen grünen Augen fasziniert hinaus auf die Welt, die sie durchquerten, Augen, in denen man all ihre arglosen Träume lesen konnte. Raechel fühlte sich zu dem Mädchen hingezogen und empfand eine Art Beschützerinstinkt, obwohl sie fast im gleichen Alter waren. »Sie sieht so zart aus«, dachte Raechel. »Beinahe wie eine Puppe.«

Am ersten Abend fing das Mädchen nach dem Essen an

zu singen. Ihr Gesang war so rein und mitreißend, dass alle Mädchen ihr glücklich und gerührt lauschten. Es war, als ob diese himmlische Stimme Freude und Schönheit mit sich brachte.

»Wie heißt du?«, fragte Raechel, als sie sich neben sie setzte.

»Kailah.«

»Du singst wunderschön.«

Kailah strahlte über das ganze Gesicht. »Diese Männer sind sehr nett«, sagte sie. »Meine Eltern wollten mich nicht mitreisen lassen, aber die Männer haben ihnen Geld gegeben und ihnen gesagt, dass ich als Sängerin arbeiten werde.«

Raechel freute sich für Kailah, auch wenn sie zunehmend misstrauisch war, dass die Versprechungen in die Tat umgesetzt würden. Sie würden die Mädchen auf den Markt bringen, so hatten die Männer gesagt. Das verhieß doch sicher nichts Gutes. Erst recht nicht in Bezug auf ihre eigene Zukunft.

Nein, Raechel war sicher, dass diese Männer nicht nett waren.

»Ich werde berühmt«, sagte Kailah begeistert und lachte.

»Ja …«, meinte Raechel ausweichend.

Von dem Abend an erfreute Kailah nach den Mahlzeiten wie auch auf der Fahrt das ganze Lager mit ihren Liedern. Und nichts schien den Zauber brechen zu können, den sie mit ihrer Stimme schuf.

Schließlich erreichten sie Hamburg, jene Stadt, die man den Hafen zur Welt nannte. Doch die Mädchen nahmen weder die Frachtsegler noch die Dampfschiffe wahr, die zahlreich an der kilometerlangen Kaimauer vor Anker lagen. Sie liefen aufgeregt und wild durcheinanderplappernd einfach Amos und seinen Männern hinterher und dann über den Steg zu jenem Passagierschiff, das sie in ein neues Leben voller Verheißungen bringen würde. Und nur Raechel schien zu bemerken, dass die Männer der *Sociedad Israelita de Socor-*

ros Mutuos mit einem Mal nicht mehr lächelten. Ihre Blicke waren nun kalt. War das ihr wahres Gesicht? Raechel lief ein Schauer über den Rücken, als sie sah, wie die Seeleute an Bord den Männern im Kaftan Zeichen gaben und den Mädchen zuzwinkerten.

Und sie fasste einen Entschluss: Sie würde davonlaufen. Und zwar sofort. Auch wenn man in diesem fremden Land eine ihr unbekannte Sprache sprach. Sie entfernte sich ein paar Schritte von der Gruppe. Bis jemand sie unsanft am Arm packte. Amos drückte so fest zu, dass es weh tat. Mit einem furchterregenden Grinsen raunte er: »Wo willst du denn hin? Ich dulde keine Sperenzchen, hast du verstanden?«

Und so lief Raechel gegen ihren Willen und voller Angst über die Gangway aufs Schiff. Die anderen Mädchen lächelten glücklich und plapperten aufgeregt durcheinander, offenbar hatten sie nichts von dem Zwischenfall mitbekommen.

Tamar ging an Amos' Seite, aufrecht wie eine hochmütige Königin.

»Einen wunderschönen Tag, Kapitän«, grüßte Amos.

»Oh, daran habe ich keine Zweifel«, erwiderte der Kapitän, ein rotgesichtiger Mann mit einem vom Tabak gelblichen Schnurrbart. »Und das ist nur der erste von vielen ausgezeichneten Tagen«, sagte er und lachte wiehernd. Dann musterte er Tamar unverfroren. »Guten Tag auch dir, Schönheit.«

»Einen guten Tag Euch, Kapitän«, erwiderte Tamar und zog stolz eine Augenbraue hoch.

»Du kannst mich ruhig duzen, Schönheit«, kicherte der Kapitän. »Hier an Bord legen wir keinen großen Wert auf Förmlichkeit.« Er streckte eine Hand vor und tätschelte ihren Hintern.

Tamar zuckte zusammen und gab dem Kapitän eine Ohrfeige.

Gleich darauf traf Amos' Faust ihre Wange. »Wag das ja

nicht wieder, Schlampe«, sagte er hart. »Los, rüber zu den anderen«, herrschte er sie an und stieß sie brutal zur Seite.

Unter den Mädchen erhob sich besorgtes Gemurmel.

Und dann hörte Raechel, wie der Kapitän lachend zu Amos sagte: »Nur keine Sorge, mein Freund. Ich liebe es, sie zu zähmen.«

»Sie ist aber keine Jungfrau mehr«, warf Amos ein.

»Wie ich schon sagte«, wieder lachte der Kapitän, »hier an Bord legen wir keinen großen Wert auf Förmlichkeit.«

Dann wurde die Gangway eingeholt, und die Mädchen wurden wie eine Herde Schafe in einen großen Raum mit Wänden aus genieteten Metallplatten getrieben. In ihren Blicken lag Ungläubigkeit, Verwirrung und Sorge angesichts der dürftigen Lager aus schmutzigen Decken, die auf dem Boden hergerichtet waren.

Die Seeleute, die sich um die Unterbringung der Mädchen kümmerten, sparten nicht mit anzüglichen Kommentaren und Berührungen. Raechel beobachtete, dass sie besonders häufig die üppigen Brüste eines Mädchens namens Abarim betatschten, und dankte erneute dem Herrn, dass er ihr keine hatte wachsen lassen.

Als die Matrosen schließlich mit einem höhnischen Lachen von außen die Tür des großen Raumes verriegelten, brachen einige Mädchen in Tränen aus. Doch die meisten waren immer noch verwirrt von dem abrupten Gesinnungswandel ihrer Begleiter. Keine von ihnen brachte ein Wort heraus, bis die Schiffswände zu vibrieren anfingen. Raechel presste das Buch ihres Vaters fest an ihre Brust. »Jetzt ist es so weit«, sagte sie mit leiser Stimme zu sich selbst, wie um sich Mut zuzusprechen.

In diesem Moment brach Panik aus. Viele Mädchen liefen zur Tür und trommelten mit den Fäusten verzweifelt gegen das Metall, andere umarmten sich schluchzend. Das Gefängnis hallte von den entsetzten Schreien und dem verzweifelten Weinen der Mädchen wider.

Nur Tamar stand abseits und betastete mit leerem Blick ihre Wange, die oberhalb des Jochbeins anschwoll. Keines der Mädchen kümmerte sich um sie.

Und obwohl Raechel sie schon als kleines Mädchen nicht gemocht hatte, trat sie nun zu Tamar. »Tut es sehr weh?«, fragte sie besorgt.

»Ich bin seine Frau. Ich habe mich ihm hingegeben«, sagte Tamar mit tonloser Stimme, den Blick ins Leere gerichtet. »Es ist nichts passiert. Er wird mich um Entschuldigung bitten, und dann heiratet er mich.«

Raechel erwiderte nichts. Dann kam Kailah und setzte sich neben sie. »Was geht hier vor?«, fragte sie mit brüchiger Stimme.

»Ich weiß es nicht genau«, erwiderte Raechel.

Kailah schwieg eine Weile, dann fragte sie: »Aber sie machen doch eine Sängerin aus mir, oder?«

Raechel antwortete nicht, hielt nur das Buch ihres Vaters fest umklammert.

Gegen Abend öffnete sich die Tür. Fünf Seeleute, mit Knüppeln bewaffnet, trieben die Mädchen zurück. Dann erschien Amos.

Tamar blickte ihn voller Hoffnung an, und tatsächlich deutete Amos auf sie. »Komm her. Und beeil dich«, befahl er.

»Hab ich's dir doch gesagt, Stachelschwein«, raunte Tamara Raechel zu. Sie lief zu ihm und wollte sich in seine Arme werfen, doch er wehrte sie ab und packte sie stattdessen hart am Arm und zerrte sie fort.

Die Seeleute stellten Essen und Wasser auf den Boden. »Esst«, sagten sie. »Und wischt das Erbrochene da auf«, fügten sie hinzu und deuteten auf Besen und Eimer. Dann verließen sie den Raum und verriegelten die Tür.

»Sing, Kailah«, sagte Raechel, sobald sie allein waren.

»Ich habe Angst …«, stammelte das Mädchen.

»Sing«, beharrte Raechel sanft.

Kailah stimmte ein Lied an, aber ihre Stimme zitterte. Nach einer Weile brach sie ab und umarmte Raechel schweigend.

Diese Nacht wurde die dunkelste im Leben der Mädchen. Keine von ihnen fand Schlaf. Vielen war übel. Einige kauerten sich auf ihren Lagern zusammen und beteten.

Am folgenden Morgen wurde erneut die Tür geöffnet. Dort stand Amos, in Begleitung der Seeleute mit den Knüppeln, und stieß Tamar in den Raum.

Raechel sah auf den ersten Blick, dass ihre Schönheit gebrochen war. Als hätte man eine Blüte geknickt. Neben dem Bluterguss an der Wange hatte sie nun auch rote Male an den Handgelenken.

Amos trat einen Schritt in den Raum. »Falls ihr es noch nicht kapiert habt, dann sag ich's euch jetzt: Dort, wo wir hinfahren, werdet ihr keine Hausmädchen sein.« Er lächelte boshaft. »In Buenos Aires werdet ihr anders Geld verdienen.« Er musterte sie kalt, in seinen Augen lag kein Funken Menschlichkeit. »Und da ich keine Lust habe, mein Geld für euch zu verschwenden, werdet ihr bereits hier an Bord Bekanntschaft mit eurer neuen Arbeit machen und die Überfahrt mit euren Diensten abbezahlen.«

Einer der Seeleute klemmte sich den Knüppel wie einen großen, gefährlichen Phallus zwischen die Beine und machte obszöne Bewegungen. Die anderen lachten und griffen sich in den Schritt. Dann verließen sie nach Amos den Raum und verriegelten die Tür.

Tamar schleppte sich zu einem Lager in einer Ecke und ließ sich darauf nieder. Sie kehrte den übrigen Mädchen den Rücken zu, die sie stumm und verschreckt anstarrten.

»Was für eine Arbeit ist das denn?«, fragte ein Mädchen, das noch keine fünfzehn war.

Keine der anderen antwortete. Aber eine brach in Tränen aus. Die Stille, die folgte, war beängstigend.

Raechel ließ sich langsam neben Tamar nieder, doch Tamar zeigte keinerlei Regung.

Raechel legte ihr sanft eine Hand auf die Schulter. »Es tut mir leid …«, sagte sie leise.

Tamar wandte sich mit einem Ruck zu ihr um. »Hau ab, Stachelschwein!«, zischte sie.

Raechel stand auf.

»Das geschieht ihr recht. Hat sich ja für was Besseres gehalten«, sagte eines der Mädchen höhnisch.

»Halt den Mund, du dumme Kuh«, schrie Raechel.

Tamar rührte sich den ganzen Tag über nicht, sie lag wie eine Tote auf ihrem Lager, mit offenen Augen.

Kailah hingegen klammerte sich an Raechel und ließ ihre Hand keinen Moment los. Raechel zog sie an sich und strich ihr tröstend über die langen blonden Haare.

Am Abend kam Amos wieder, dieses Mal in Begleitung von zehn Seeleuten. »Sucht euch eine aus«, sagte er zu ihnen.

Die Matrosen schlenderten zwischen den Mädchen umher wie auf einem Fleischmarkt. Einer der Männer deutete auf Raechel. »Und was ist mit der da?«, fragte er an Amos gewandt.

Der zuckte mit den Schultern. »Die kannst du ins Meer werfen, wenn du willst.«

Die Seeleute lachten, und Raechel zog sich in eine Ecke zurück.

Dann suchten sie sich einer nach dem anderen ein Mädchen aus, packten sie am Handgelenk und zerrten sie mit sich fort.

Amos fasste Tamar an einem Arm und zwang sie, aufzustehen. »Der Kapitän ist noch nicht fertig mit dir«, sagte er und stieß sie aus der Tür.

Tamars Bewegungen glichen denen einer leblosen Puppe.

»Du da«, sagte der letzte der Männer zu Raechel. »Zum Ficken taugst du ja nicht, also putz die Kotze weg. Hier stinkt es ja wie in einer Latrine.«

Damit schloss er die Tür.

Und fortan wurden jede Nacht zehn Mädchen ausgewählt. Die jeden Morgen mit schamerfüllten Gesichtern zurückkehrten, auf denen sich die Spuren der Gewalt abzeichneten, die die Seeleute ihnen angetan hatten. Tamar wurde keine Nacht verschont, auch nicht, als der Kapitän genug von ihr hatte.

»Was machen sie denn mit den Mädchen?«, fragte Kailah Raechel verängstigt und verkroch sich in ihren Armen.

Raechel betrachtete sie gerührt. Kailah wirkte wie ein kleiner Engel. Und war so schutzlos. »Wehr dich nicht, wenn sie dich auswählen«, riet sie ihr, ohne weiter auf die Frage einzugehen. »Sonst tun sie dir nur noch mehr weh.«

»Ich will nicht ausgewählt werden«, jammerte Kailah.

»Bete zum Herrn, dass es nicht passiert. Ich werde auch für dich beten«, sagte Raechel. Sie strich ihr über die Haare. »Aber wenn es doch geschieht … wehr dich nicht.«

An diesem Abend wurde Kailah ausgewählt.

Als man sie am nächsten Morgen zurückbrachte, wirkte sie wie eine zertretene Blume. Sie flüchtete sich in Raechels Arme und weinte lange. Dann sagte sie: »Ich habe mich nicht gewehrt.«

»Du warst sehr mutig«, flüsterte Raechel, der das Herz vor Kummer zerspringen wollte. Sie zog Kailah an sich und wiegte sie in ihren Armen.

Kailah sang nicht mehr und wurde noch an zwei weiteren Abenden ausgewählt. Und mit jedem Mal, das sie in den Raum zurückkehrte, wirkte ihr Blick mehr erloschen.

Als ihr am folgenden Abend wieder ein Seemann befahl, mitzukommen, sah Kailah Raechel lange an. In ihrem Blick lag Schmerz, aber zugleich wirkte sie entschlossen. »Der Herr hat mir gesagt, was ich tun soll«, flüsterte sie. Sie lächelte Raechel zu und küsste sie auf die Wange. »Danke«, fügte sie hinzu, bevor sie aufstand und zur Tür ging. Dabei sang sie mit einer Stimme, so rein und berührend wie zu Beginn.

Raechel lief ein Schauer über den Rücken. Einer Eingebung folgend, stand sie auf und folgte Kailah ein paar Schritte.

An der Tür riss Kailah sich mit einer raschen Drehung von dem Matrosen los und rannte hinaus.

»Haltet sie auf!«, schrie Raechel voll dunkler Vorahnung.

Einer der Seeleute lachte. »Wo soll sie denn hin?«

Und erst als Raechel laut »Kailah!« schrie und an ihm vorbeidrängte, verstand der Seemann. »Verdammt!«, rief er und heftete sich an Kailahs Fersen.

Raechel folgte ihm durch die Tür. »Kailah!«, schrie sie erneut. An Deck traf der eisige Wind, der über den Ozean fegte, sie mit voller Wucht im Gesicht. Doch sie blieb erst am Heck des Schiffes stehen, ebenso wie der Seemann und drei weitere Männer, die sie ebenfalls verfolgt hatten. Auch Amos stieß zu ihnen.

Kailah stand reglos am Schiffsheck, klammerte sich an die Reling und starrte mit weit geöffneten Augen hinaus in die Nacht.

»Mach keinen Unsinn, Mädchen«, sagte ein Seemann und ging einen Schritt auf sie zu.

»Keinen Schritt weiter!«, schrie Kailah.

»Nein, Kailah …«, flüsterte Raechel.

»Komm schon, keiner wird dir etwas tun«, sagte Amos.

»Das stimmt nicht!«, schrie Kailah. Der Wind zerzauste ihre Haare und zerrte ihren Rock hoch, sodass ihre mageren Kinderbeine zum Vorschein kamen.

»Kailah, nicht …«, wiederholte Raechel, lauter diesmal.

Da setzte Amos sich in Bewegung und ging mit hartem Gesichtsausdruck auf Kailah zu. »Du wirst deine Dummheit gleich bereuen!«

Kailah kletterte flugs auf die Reling. Dort verharrte sie einen Moment schwankend, dann sprang sie in die schwarze Nacht.

»Nein!«, schrie Raechel und rannte an die Brüstung.

Mit tränenverschleiertem Blick sah sie Kailah durch die Luft schweben. Ihr Rock hatte sich aufgebläht wie ein Blütenkranz, und ihr Schal wehte im wütenden Wind davon wie ein Blatt. Dann schäumte das nächtliche Meer kurz weiß auf. Raechel spähte angestrengt in die Nacht, doch es war nichts mehr zu erkennen, während das Schiff seine Fahrt nach Buenos Aires fortsetzte.

Jemand packte Raechel am Arm und brachte sie in ihr Gefängnis zurück.

»Dann such dir eben eine andere aus«, sagte Amos zu dem Matrosen, der Kailah gewählt hatte.

»Nein, vielleicht morgen«, stammelte der.

Die Tür schloss sich, und eine unheimliche Stille breitete sich im Raum aus. Jedes der Mädchen wusste auch ohne weitere Erklärungen, was geschehen war.

Raechel ging zu ihrem Lager, nahm ihr Gebetbuch und sang das *kaddisch*.

»Stachelschwein«, rief Tamar.

Raechel hob den Blick.

»Komm mal her.«

Raechel trat zu ihr, und Tamar nahm sie in ihre Arme, so wie sie selbst es bei Kailah getan hatte, und strich ihr schweigend über die struppigen Haare. Und als Raechel nach einer Weile Tamars Tränen auf ihren eigenen Wangen spürte, schmiegte sie sich noch fester an sie. »Das ist nicht gerecht«, murmelte sie.

Tamar schwieg, streichelte sie weiter, wiegte sie leise. »Schlaf jetzt, Stachelschwein!«

Raechel schloss die Augen, überwältigt von Müdigkeit und

gewiegt vom Stampfen des Dampfers, der mit seiner erdrückenden Last der Schmerzen den Ozean durchpflügte, und sie dankte dem Schöpfer der Welt, dass er ihr keine Schönheit geschenkt hatte.

12

Palermo – Mittelmeer

Am ersten Morgen nach ihrer Ankunft in Palermo reihte Rosetta sich in die Warteschlange vor der Hafenbehörde ein.

Als sie an die Reihe kam, fragte der Beamte: »Wo willst du hin?«

»Nach Amerika.«

Der Beamte stöhnte hochnäsig über das Unwissen all dieser Auswanderer, mit denen er zu tun hatte – ganz so, als würde allein die Tatsache, dass er die Fahrscheine verkaufte, ihn zu einem erfahrenen Reisenden machen. »Ja, aber nach *Nuovaiòc* oder *Buenossaire*?«

Rosetta zuckte mit den Schultern. »Wo ist da der Unterschied?«

Der Beamte stöhnte noch einmal und formulierte seine Antwort nach dem einzigen Kriterium, das in seinen Arbeitsbereich fiel: »Kostet ungefähr gleich viel.«

»Aber ist beides in Amerika?«

»Ja.«

»Und welches Schiff fährt als Erstes?«

»Das nach *Buenossaire.* Morgen.«

»Dann nehme ich das.«

»Hast du es so eilig fortzukommen?« Der Beamte musterte sie neugierig, und Rosetta gefror das Blut in den Adern. Sie durfte auf keinen Fall den Eindruck erwecken, als sei sie auf der Flucht. Einen Augenblick suchte sie nach Worten und antwortete dann mit einem gezwungenen Lächeln: »Wenn ich zu lange warte, überlege ich es mir vielleicht noch mal und bleibe doch hier.«

»Recht so.« Der Beamte nickte. »Außerdem kann es in *Nuovaiòc* ganz schön kalt werden. In *Buenossaire* ist es wärmer.«

Der Beamte füllte penibelst alle Daten aus ihrem Ausweisdokument in die Passagierliste ein, und Rosetta kam es wie eine Ewigkeit vor, bis alle Formulare für die Überfahrt ausgefüllt waren. Als er ihr endlich den Fahrschein aushändigte, starrte Rosetta auf die Buchstaben und Zahlen, die ihr nichts sagten. »Was steht da?!«

»*Billet für die einfache Überfahrt Palermo-Buenos Aires. Dritte Klasse. Einschiffung am 2. Oktober 1912 um fünf Uhr nachmittags*«, sagte der Mann ungeduldig.

»Und wann kommt das Schiff an?«, wollte Rosetta wissen.

Der Beamte lachte angesichts der Naivität ihrer Frage laut auf. »Sobald der Herrgott es will«, sagte er belustigt. »Und jetzt mach Platz für die anderen.«

Rosetta wusste nicht, wohin sie gehen sollte, und gönnte sich an einem Essensstand zwei mit Erbsen und Hackfleisch gefüllte *Arancini*. Dort hörte sie, wie der Besitzer einem Kunden erzählte, was ihm ein befreundeter Maresciallo von den Carabinieri empört berichtet hatte: Die gesamte Truppe sei für die Suche nach einer Frau mobilisiert worden, die dem Baron Rivalta di Neroli den Schädel eingeschlagen hatte. Rosetta erstarrte innerlich, tat aber so, als wäre sie vollkommen mit dem Verzehr ihrer Reisbällchen beschäftigt.

»Bedauerlich, dass eine Frau, die den Mut hat, es einem Adligen mal so richtig zu zeigen, im Gefängnis enden wird«, scherzte der Ladeninhaber.

»Ja. Die kriegen sie ganz bestimmt. Wer einem Adligen an den Kragen gehst, der ist geliefert«, antwortete der Kunde. »Die Geschichte von David und Goliath ist doch der blanke Hohn. Im wahren Leben ist immer David der Verlierer.«

Beide Männer lachten, und Rosetta verließ wie betäubt den Laden.

Die Nacht verbrachte sie in einem Bootsschuppen, in einem Boot, das nach Brackwasser und verdorbenem Fisch stank. Ständig schreckte sie aus dem Schlaf hoch, voller Angst, von den Carabinieri gefunden zu werden. Weit vor Tagesanbruch, noch bevor die Fischer kamen, verließ sie den Schuppen. Bei Sonnenaufgang mischte sie sich unter die Leute, die sich auf dem Vucciria-Markt drängten.

Immer wieder zog sie ihren Fahrschein hervor und wiederholte im Kopf wie eine Melodie: »Billet für die einfache Überfahrt Palermo–Buenos Aires. Dritte Klasse. Einschiffung am 2. Oktober 1912 um fünf Uhr nachmittags.« Und dann murmelte sie ganz leise: »Das werdet ihr mir nicht nehmen.«

Den Rest des Tages versteckte sie sich, und als zur vierten Nachmittagsstunde die Kirchenglocken läuteten, machte sie sich auf den Weg zum Hafen.

Beim Anblick des am Kai vertäuten Dampfers stockte Rosetta der Atem. Das Schiff war so lang wie zwei Wohnhäuser nebeneinander. Etwas so Beeindruckendes hatte sie in ihrem ganzen Leben noch nicht gesehen.

Auf dem Kai vor dem Schiff stand dicht zusammengedrängt wie eine riesige Viehherde eine Menschenmenge. Die meisten Leute waren in Schwarz gekleidet, wie auch Rosetta.

Rosetta bahnte sich ihren Weg durch die Menge und blieb erst in deren Mitte stehen. Hier war sie vor den Wachen verborgen, doch sie fühlte sich nicht wohl. Um sie herum standen nur Männer. Die sie ansahen. Und manch einer warf ihr anzügliche Blicke oder ein Zwinkern zu.

»Gott zum Gruß, Schönheit«, sprach ein Mann um die dreißig sie an.

Rosetta ging wortlos ein paar Schritte weiter.

Der Mann folgte ihr. Und mit ihm zwei andere. »Weißt du

nicht, was sich gehört?« Er legte ihr eine Hand auf die Schulter. »Unter anständigen Leuten grüßt man sich.«

Rosetta schüttelte unwirsch die Hand ab. »Fass mich nicht an!«, fauchte sie.

Doch der Mann kam noch näher und grinste anzüglich. »Und wo genau soll ich dich nicht anfassen?«

Seine Begleiter lachten.

»Du kannst mich mal kreuzweise«, sagte Rosetta und wich noch weiter zurück.

»Verflucht, was für eine vulgäre Sprache«, sagte der Mann lachend, ohne von ihr abzulassen.

»Was ist hier los?«, fragte ein Beamter der Hafenwache, deren Aufgabe es war, Zwischenfälle in der Menge schon im Vorfeld zu unterbinden.

»Die Signorina belästigt mich.« Der Mann grinste frech.

»Lasst das sofort, alle drei, wenn ihr aufs Schiff wollt«, warnte der Wachmann, legte eine Hand auf Rosettas Arm und führte sie in eine Ecke des Kais, wo ein paar Frauen zusammen mit ihren Ehemännern warteten. »Bleib hier«, befahl er. »Und wenn du einen Rat von mir willst: Halt dich auch auf der Reise immer in der Nähe der Frauen auf.«

Rosetta nickte zum Dank. Schweigend stand sie da und wartete. Die Frauen beäugten sie misstrauisch, und Rosetta wusste nur zu gut, was ihnen durch den Kopf ging: Eine junge Frau, die ohne Begleitung nach Amerika reiste, konnte einfach keine anständige Person sein. »*Bot-ta-na*«, sagte sie, Silbe für Silbe, ganz leise vor sich hin. Für Frauen, die sich nicht den Regeln beugten, gab es in Sizilien anscheinend nur dieses eine Wort.

Sie behielt auch den Mann im Auge, der sie belästigt hatte. Er beobachtete sie und unterhielt sich offensichtlich mit seinen Begleitern über sie. Sie bemerkte, dass er ein Klappmesser im Gürtel trug.

Wieder spürte sie die Angst vor Männern, all das Schmutzige, das sie hatte erdulden müssen, drückte sie nieder. In diesem Moment fühlte sie sich klein, schwach und schutzlos.

»Es tut nicht weh …«, flüsterte sie.

Doch das war eine Lüge.

Endlich begann die Einschiffung. Rosetta stellte sich mit den anderen Passagieren in eine Reihe und zeigte am unteren Ende der Gangway ihren Fahrschein und ihr Ausweisdokument vor. Während der Beamte im Register der Hafenbehörde ihren Namen abhakte, blickte Rosetta immer wieder nervös zum Vorplatz des Hafens. Sie war in großer Sorge, dass dort jeden Moment die Carabinieri auftauchen und ihr die Chance auf ein neues Leben nehmen könnten, fern von ihrem jetzigen, das voller Leid und Schmutz war.

Und so stieß sie einen Seufzer der Erleichterung aus, als sie endlich die Kontrollen passiert hatte. Sie stieg die schwankende Gangway hinauf und reihte sich hinter den anderen Passagieren ein.

»Geschafft«, jubelte sie im Stillen voller Freude.

Doch gleich darauf spürte sie eine Hand an ihrem Hintern.

Sie wandte sich so abrupt um, dass sie beinahe das Gleichgewicht verloren hätte. Und blickte direkt in das Gesicht des Mannes von eben. »Die Reise ist lang«, raunte er ihr mit einem lüsternen Grinsen zu. »Aber wir zwei Hübschen werden uns schon amüsieren, oder?« Er zwinkerte ihr zu. »Wir sehen uns drinnen, Schätzchen.«

Rocco konnte es immer noch nicht glauben.

Die letzten Tage waren das reinste Wechselbad der Gefühle gewesen. Er hatte seine Grenzen ausgelotet, hatte dem sicheren Tod entgegengesehen. Und jetzt war er auf dem Weg in die Neue Welt, wo er vielleicht noch einmal von vorn anfangen, ein anderes Leben führen konnte. Wo er vielleicht seinen Traum verwirklichen konnte, Mechaniker zu werden. Wo er sich von dem Fluch der Cosa Nostra befreien konnte. Wo er er selbst sein und sich vom Schatten seines Vaters befreien konnte, der auf ihm lastete. Wo er sich vielleicht nicht mehr so allein fühlen würde.

Er konnte sein Glück kaum fassen, als er seinen Fuß auf das Deck des Schiffes setzte, das ihn nach Buenos Aires bringen würde.

Ein letztes Mal wandte er sich um und betrachtete Palermo in dem Wissen, dass er die Stadt nie wiedersehen würde. Er ließ seinen Blick über die Dächer mit den abgerundeten Schindeln, die Balkone mit den üppigen Orangen- und Zitronenpflanzen in Blumentöpfen, die roten Mauern der Häuser, die Kirchenkuppeln und die Kreuze hoch oben auf den Kirchtürmen gleiten. Wenig später stand er auf dem höchsten Deck des Schiffes und klammerte sich an der Reling fest, während der Transatlantikdampfer den Hafen verließ, die Motoren im Maschinenraum auf Höchststufe liefen und das gesamte Eisenskelett des Schiffes dumpf vibrierte. Die beiden Schornsteine stießen schwarze Rauchwolken aus, die den blauen Himmel verdunkelten. Und während Palermo und das Festland sich langsam entfernten und Dutzende Möwen laut kreischend in die Lüfte emporstiegen, aufgeschreckt von dem lauten Tuten der Schiffssirene, schoss Rocco, dessen blonde Haare vom Fahrtwind zerzaust wurden, ein bestürzender Gedanke durch den Kopf. Dass er jetzt auf diesem Schiff war, dass er eine zweite Chance erhalten hatte, ja, dass er noch am Leben war, verdankte er einzig und allein seinem Vater, so absurd das auch war. Dieses zweite Leben hatte ihm sein Vater geschenkt, und zwar vor Jahren, als er sich umbringen ließ. »Ein Leben für ein Leben«, hatte Don Mimì gesagt. Aber eigentlich bedeutet es ein Leben für einen Tod, dachte Rocco.

»Nun muss ich mich doch noch bei Euch bedanken, Vater«,

flüsterte er in Richtung jenes fernen Punktes, den er zwar nicht erkennen konnte, aber doch sehr genau vor Augen hatte: den kleinen Friedhof von Boccadifalco, einem der Vorstadtviertel von Palermo.

Kurz darauf, als der Überseedampfer flankiert von einer munter umherspringenden Gruppe Delfine das Meer durchpflügte, wurden die Passagiere der dritten Klasse unter Deck gebracht. Zusammengepfercht in vier großen Räumen, die mit nackten Holzpritschen vollgestellt waren und nach Desinfektionsmittel rochen.

Rocco suchte sich einen abseits gelegenen Platz und setzte sich auf seinen halbleeren Pappkoffer. Durch den Schlag auf den Kopf pochte das Blut noch immer schmerzhaft in seinen Schläfen, außerdem hatte er nun einen großen Bluterguss auf der Stirn, den er unter einer blonden Locke zu verstecken versuchte.

Er sah sich um und las auf den Gesichtern der anderen, dicht gedrängten Passagiere Gefühle wie Verwirrung, Müdigkeit und Furcht. Aber er entdeckte auch Hoffnung. Sie alle würden am Ende dieser Reise ein neues Leben beginnen, und diese Aussicht erfüllte sein Herz mit so viel Freude wie schon seit langem nicht mehr.

Sie waren gerade zwei Stunden unterwegs, als sich ein Mann zusammenkrümmte und zu einem Bullauge rannte, das er vergeblich zu öffnen versuchte. Daraufhin erbrach er sich auf den Boden. Ein Matrose brachte einen Reisigbesen und einen Eimer Wasser und wies die Passagiere auf eine Tür hin, die zu einem der unteren Außendecks führte. »Kotzt ins Meer. Aber nie gegen den Wind«, gab er ihnen noch mit auf den Weg.

Gleich darauf drängten sich zahlreiche Leute draußen auf dem schmalen Deck und erbrachen sich.

Rocco jedoch ging es gut.

Er sah sich noch einmal um und erblickte eine junge Frau von wilder Schönheit, die sich wie er abseits von den anderen hielt. Sie mochte um die zwanzig sein, saß mit gesenktem Kopf auf dem Boden und hielt ein Bündel an sich gepresst, das wohl ihr einziges Reisegepäck war. Sie schien allein zu reisen, musste also über eine gehörige Portion Mut verfügen.

Kurz darauf näherte sich ihr ein Mann von etwa dreißig Jahren, der auf Rocco einen unangenehmen Eindruck machte. Begleitet wurde er von zwei anderen, die grinsten, sich jedoch etwas abseits hielten. Der Blick der Frau verriet ihre Angst.

Dann setzte sich der Mann neben die Frau, die sofort Anstalten machte, aufzustehen. Doch der Mann packte sie an einem Handgelenk und zwang sie, sitzen zu bleiben. Die Frau versuchte sich zu befreien, aber der Kerl ließ sie nicht los.

Als ein Passagier in ihrer Nähe sich einmischte, schlug der Mann die eine Seite seiner Jacke auf. Beim Anblick des Innenlebens hielt der Passagier erschrocken inne und wandte dann verunsichert den Blick zu Boden, ebenso wie die anderen Reisenden neben ihm.

Die beiden Begleiter des Mannes grinsten.

Nun streckte der Mann die Hand aus und streichelte das Bein der Frau. Sie stieß seine Hand weg und fauchte ihn an, und auch wenn Rocco nicht verstand, was sie sagte, bemerkte er die Angst in ihrem Blick.

Doch der Mann zog sie an sich und zwang ihr lachend einen Kuss auf.

Die Frau spuckte ihm ins Gesicht, und sofort hob der Mann die Hand, als wollte er sie ohrfeigen.

Rocco spürte, wie ihm das Blut in den Kopf stieg. Mit einem Satz war er auf den Beinen und lief zu ihnen vor.

»Suchst du Ärger?«, fragte der Mann herausfordernd. Mit jeder Sekunde, die verrann, wuchs die Wut in Rocco. Bis er plötzlich blinden Zorn verspürte und den Drang, auf diesen Mann einzutreten, ihn zu verprügeln. Wie Minicuzzu. »Es liegt dir im Blut, genau wie deinem Vater … Du bist ein Killer …«, hatte Don Mimì gesagt. Da zählte es wenig, dass er jetzt bereit war, jemandem im Namen der Gerechtigkeit etwas anzutun. Er empfand unbändigen Hass auf diesen Menschen, rief dieser doch genau den Teil seines Wesens in ihm wach, den er verleugnen wollte.

»Also, was ist jetzt, du Spinner?«, fragte sein Kontrahent. »Suchst du Ärger?«

»Nein.« Roccos Stimme war kalt und schneidend. »Ich wollte mich bei dir bedanken.«

Die Überraschung stand dem Mann ins Gesicht geschrieben. »Wofür?«

»Wenn du sie nicht belästigt hättest, hätte ich meine Base bestimmt nicht gefunden.«

Der Dreißigjährige grinste breit. »Verschwinde, Blondschopf. Jetzt rede ich mit deiner Base. Du kommst dran, wenn ich mit ihr fertig bin.«

Und in dieser Sekunde verlor Rocco die Kontrolle. Er packte den Mann bei den Ohren und zerrte ihn daran vom Boden hoch, woraufhin der andere schmerzvoll aufstöhnte. Dann stieß er ihn so gewaltsam weg, dass der andere zwei Meter durch den Raum flog. Rocco ballte die Hände zu Fäusten, während sein Herz laut hämmernd in seiner Brust schlug und das Blut in seinen Schläfen pochte. »Wenn hier einer verschwindet, dann du«, drohte er heiser.

Kaum hatte sein Gegner die Überraschung abgeschüttelt, öffnete er die Jacke und fuhr mit der Hand zum Klappmesser.

»Wenn du das Messer rausholst, ramm ich es dir in den Arsch!«, raunte Rocco mit einem irren Funkeln in den Augen.

»He, ich möchte dir nicht weh tun«, erwiderte der andere, doch seine Selbstsicherheit bröckelte sichtlich.

Rocco blickte ihn schweigend an. Kampfbereit.

Die Passagiere in ihrer Nähe erhoben sich und suchten das Weite.

Rocco und der andere maßen einander mit Blicken.

»Komm, lass den Blödmann doch«, meldete sich einer der Begleiter zu Wort.

Der Mann zögerte kurz, dann trat er einen Schritt auf Rocco zu und flüsterte: »Für den Moment beenden wir das hier, Blondschopf. Aber schlaf lieber mit offenen Augen, denn solltest du mal nicht aufpassen, stech ich dich ab.«

Den Bruchteil einer Sekunde später hatte Rocco sich vor ihm aufgebaut. Er blickte ihm tief in die Augen, während er die Hand seines Widersachers packte, noch bevor die zum Messer greifen konnte, und knurrte ihn an: »Da mach dir mal keine Gedanken, du Schwätzer. Einen wie dich verspeise ich zum Frühstück.« Die Augen seines Gegenübers blitzten bösartig auf, und Rocco erkannte darin die Feigheit eines Menschen, der für gewöhnlich hinterrücks zuschlug. Dieser Kerl würde ihm ohne weiteres in der Nacht die Kehle durchschneiden. Rocco zwang sich, seinen Abscheu vor dem zu überwinden, was er gleich sagen würde. Seinen Abscheu vor dem, von dem er wusste, dass es wirken würde. »Ich werde gut schlafen, denn wenn du mir auch nur ein Haar krümmst, wird Don Mimì Zappacosta …« Der erschrockene Blick seines Gegners war Zeichen genug, dass seine Taktik aufgegangen war. »Ach, du kennst ihn, was?«

Der andere war bei dem Namen in sich zusammengesackt. »Der Boss … von Boccadifalco?«, flüsterte er entsetzt.

»Und von Brancaccio. Genau der«, bekräftigte Rocco. Er hielt die Hand des Mannes weiter umklammert, während er ihm lächelnd mit der anderen einen Klaps auf die Wange versetzte. Genau wie Don Mimì es bei ihm getan hatte. Selbstzufrieden. Als hätte er einen Niemand vor sich, ein Nichts. Rocco widerte sich selbst an, weil er genau das tat, was er am meisten verachtete: Er verhielt sich wie ein Mafioso. Aber es wirkte. »*Iddu tiene a mia*. Er hält große Stücke auf mich. Und er wird dir den Bauch aufschlitzen wie einem Ferkel.«

Der Kerl wurde bleich. »Ich … konnte ja nicht wissen, dass … Ihr ein Ehrenmann seid … Einer von Don Mimìs Leuten«, stammelte er.

Rocco ließ seine Hand los. Stattdessen packte er ihn wieder am Ohr und verdrehte es gewaltsam. »Sprich leise«, zischte er. »Sollen das etwa alle hier auf dem Schiff erfahren? Wenn ich es hätte öffentlich machen wollen, wäre ich erster Klasse gereist und nicht in so einem Drecksloch hier.«

»Verzeiht mir«, flüsterte der andere am Boden zerstört.

Rocco ließ das Ohr los. »Hau ab«, sagte er verächtlich. »Und halt dein Maul.«

Der Kerl verließ unter den Blicken der anderen Passagiere mit gesenktem Kopf den Raum und schlich, als Verlierer und gedemütigt, gefolgt von seinen beiden Begleitern hinaus aufs Außendeck.

Rocco holte seinen Koffer und setzte sich neben die Frau, ohne sie auch nur anzusehen. Sein Zorn verebbte allmählich, aber er war noch immer aufgewühlt. »Wenn das Blut deines Vaters dir zu Kopf steigt … dann passiert es eben. All der Unsinn, den du vorher gedacht hast, verschwindet, und dein wahres Gesicht kommt zum Vorschein«, hatte Don Mimì zu ihm gesagt. Rocco atmete tief durch in dem Versuch, sich zu beruhigen.

»Ich brauche keine Hilfe, von niemandem«, stieß die Frau plötzlich hervor.

Rocco wandte sich ihr überrascht zu. Ihr Blick war stolz, wenngleich ein wenig Angst in ihren Augen zu liegen schien, die schwarz waren wie tiefe Brunnen. »Ja, das habe ich gemerkt«, sagte er lächelnd, bevor er den Blick abwandte. Sie ist genauso einsam wie ich, dachte er.

»Der erzählt das wahrscheinlich überall herum.«

»Mit Sicherheit«, antwortete Rocco. »Genau das war meine Absicht. So werden wir ungestört reisen.«

Rosetta registrierte verwundert, dass dies seit vielen Jahren der erste Mann war, der ihr keine Angst einjagte. Er war anders als alle anderen Männer. Er starrte sie nicht an, wollte sie nicht in ein Gespräch verwickeln. Er hatte sie beschützt, ohne etwas dafür zu verlangen. Verstohlen musterte sie ihn von der Seite. Er hatte ein markantes Profil. Sinnliche Lippen. Und pechschwarze, unergründliche Augen, wie nur Sizilianer sie haben. Rosetta ertappte sich bei dem Gedanken, dass er gut aussah mit seinem normannischen Blondschopf. Der Gedanke machte sie verlegen, und sie wandte hastig den Blick von ihm ab. Doch eine Sache beschäftigte sie, und so fragte sie nach einer langen Pause: »Bist du wirklich ein *mafiusu*?«

»Nein.«

»Dann bist du also ein Aufschneider«, sagte sie und musste lachen, auch wenn es eigentlich keinen Grund dafür gab. Vielleicht lag es einfach daran, dass sie sich einen Augenblick lang von allem befreit fühlte.

»Aus deinem Mund klingt das, als sei das noch viel schlimmer, als ein Mafioso zu sein.« Mit gespielter Strenge blickte er ihr in die Augen. Dann wurde sein Gesichtsausdruck ernst. »Es gibt nichts Schlimmeres, als ein Mafioso zu sein.«

»Doch«, antwortete Rosetta entschieden und genauso ernst. »Die Adligen. Besonders die Barone.«

So verharrten sie, wenige Zentimeter voneinander entfernt, und entdeckten in den Blicken des anderen jeweils eine schmerzvolle Vergangenheit, die sie jeweils zu verbergen versuchten. Denn sprechen konnten sie nicht darüber.

»Gut …«, brachte Rosetta mühsam hervor, »trotzdem … danke.«

»Keine Ursache«, antwortete Rocco schlicht.

»Ich heiße Rosetta.«

»Rocco«, brummte er. Der eindringliche Blick dieser Frau verwirrte ihn. »Aber nicht, dass du jetzt auf merkwürdige Ideen kommst«, sagte er barsch. »Du bist mir gleichgültig. Ich bin frei, und das will ich auch bleiben. Ich brauche keinen Klotz am Bein.«

»Keine Sorge«, erwiderte Rosetta sofort, obwohl der Satz wie ein Schlag ins Gesicht gewesen war. »Ich bin nicht auf der Suche nach einem Kerl, der mich an die Leine legen will«, fügte sie stolz hinzu und rückte einen Meter von ihm ab.

Von da an schwiegen sie beide. Zwei Einzelgänger, die plötzlich unablässig an jemand anderen dachten. Erfüllt von tiefem Erstaunen angesichts der Gefühle, die diese zufällige, augenscheinlich harmlose Begegnung in ihnen auslöste. Beide hatten sich bei der Einschiffung vorgenommen, wieder stark zu sein. Sie wussten, wovor sie flohen, und auch wenn sie das Schicksal nicht kannten, dem sie entgegengingen, war ihnen doch bewusst, dass ein hartes Leben vor ihnen lag und sie sich keine Schwäche erlauben durften. Doch nun war etwas passiert, das sich ihrem Einfluss entzog. Da war jener Blick, der sich über Gebühr hingezogen hatte, jene gegenseitige Anziehung, die das zerbrechliche Gleichgewicht ins Wanken gebracht hatte, das sie sich gerade mühsam aufbauten.

Mit der Zeit wurde das Schweigen so beharrlich, dass es lauter dröhnte als jedes Gespräch.

Und das gerade Erlebte, das beide wieder und wieder in Gedanken durchlebten, ohne jedoch den Mut aufzubringen, es in Worte zu fassen, fesselte sie gegen ihren Willen unwiderruflich aneinander.

13

Mittelmeer – Atlantischer Ozean

»Ist das Amerika?«, fragte Rosetta am Ende eines langen Tages ihrer Reise hoffnungsvoll einen Seemann. Sie stand oben an Deck und beobachtete, wie das Schiff auf eine Felswand zufuhr.

»Ja, natürlich, träum weiter«, spottete der Mann. »Das ist Gibraltar.«

»Und wie lange dauert es noch?«

»Bei ruhiger See mindestens zwei Wochen. Du musst schon noch ein wenig Geduld haben.«

Zurück im Gemeinschaftsraum setzte Rosetta sich nah, aber nicht zu nah an Rocco. Sie hätte ihn gern angesprochen, traute sich aber nicht. Während sie ihn verstohlen musterte, bemerkte sie, dass auch er aus dem Augenwinkel zu ihr hinübersah. Doch auch er sagte kein Wort.

Einige Stunden später standen sie hintereinander an der Essensausgabe der dritten Klasse an.

Rosetta spürte Rocco dicht hinter sich.

Und Rocco betrachtete Rosettas rabenschwarzes langes Haar, das offen über ihre Schultern fiel und nun im Licht eines hereinfallenden Sonnenstrahls glänzte.

Beide holten ihre Essensration und trugen sie in Blechnäpfen in den Gemeinschaftsraum.

Sie aßen langsam und lauschten dem Klirren des Löffels des anderen, wenn er gegen den Rand des Blechnapfs schlug.

Als Rosetta fertig war, wollte sie aufstehen, um ihren Napf in die Kantine zurückzubringen.

»Lass nur, ich mache das schon«, sagte Rocco und streckte die Hand nach ihrem Napf aus.

Ihre Finger berührten sich. Flüchtig. Überraschend.

»Nein«, widersprach Rosetta übertrieben heftig und zog hastig ihren Blechnapf zurück. »Ich mache das selbst.«

»Ach ja, du bist ja die, die von niemandem Hilfe braucht«, meinte Rocco und erhob sich.

»Und du bist der, der keinen Klotz am Bein braucht«, antwortete Rosetta.

Und so standen sie sich nach zwei Tagen, an denen sie sich vorgeblich ignoriert hatten, unvermittelt gegenüber und sahen sich in die Augen. Und wie schon zwei Tage zuvor währte dieser Blick länger als nötig. Und wieder lag da in der Luft, die sie voneinander trennte, ein Kribbeln, das sie nicht kontrollieren konnten.

»Was willst du?«, fragte Rocco, auch um die Stimmung des Augenblicks zu zerstören.

»Ich will, dass du mich vorbeilässt«, erwiderte Rosetta stolz.

Daraufhin machte Rocco Platz, und sie reihte sich vor ihm in die Schlange für die Rückgabe die Blechnäpfe ein.

Rocco sah ihr nach. Obwohl er ihre Geschichte nicht kannte, war er sicher, dass sie vor etwas – oder jemandem – auf der Flucht war. Vielleicht versuchte sie, sich mit dieser Reise gegen ein falsches Schicksal aufzulehnen, genau wie er. Vielleicht wollte auch sie mit ihrer Vergangenheit abschließen.

Sie kehrten beide an ihre Plätze zurück, sprachen aber nicht miteinander und vermieden auch jeglichen Blickkontakt. Und doch mussten sie weiterhin ständig aneinander denken.

Am fünften Tag der Reise kam ein Mann in den Gemeinschaftsraum gerannt, wo er sich sogleich aufgeregt mit einigen Passagieren unterhielt.

»Was ist denn los?«, fragte Rocco.

»Die suchen die ganze dritte Klasse nach einer Frau ab«, antwortete jemand. »Der Kapitän höchstpersönlich.«

Rosetta erstarrte. Dann zog sie eilig ihren Schal über den Kopf.

Rocco betrachtete sie fragend. »Suchen sie dich?«

Rosetta schwieg.

»Lauf weg. Versteck dich«, riet Rocco.

Doch im gleichen Moment betrat der Kapitän des Überseedampfers, ein großer Mann mit einem imposanten, an beiden Enden nach oben gezwirbelten Schnurrbart, gefolgt von zwei Offizieren und drei Seeleuten den Gemeinschaftsraum. Er hielt ein Dokument in der Hand.

»Ruhe«, begann er und übertönte damit das Raunen, das sich bei ihrem Erscheinen erhoben hatte. Er ließ den Blick prüfend über die Passagiere gleiten. »Wer von euch ist Rosetta Tricarico?«

Rosetta machte sich noch kleiner unter ihrem Schal.

»Die anderen Räume haben wir schon überprüft«, fuhr der Kapitän fort. »Die gesuchte Person muss sich hier befinden. Also: Wer von euch ist Rosetta Tricarico?«

Rosetta rührte sich nicht.

Rocco ließ seinen Blick zwischen den Passagieren umherwandern. Alle schauten zum Kapitän, nur Rosetta saß unnatürlich starr mit gesenktem Kopf da. So schnappen sie dich, dachte er. Aber es war zu spät, denn in diesem Moment hatte auch der Kapitän sie bemerkt.

»Du dahinten«, sagte der Kapitän und ging mit den Offizieren und Seeleuten im Gefolge auf sie zu.

Rocco stand auf und stellte sich zwischen die Offiziere und Rosetta. »Weswegen sucht Ihr diese Frau?«, fragte er.

Der Kapitän schob ihn beiseite. »Bist du Rosetta Tricarico?«, fragte er Rosetta, obwohl er die Antwort bereits kannte.

»Was wollt Ihr?«, fragte Rosetta und legte den Schal ab.

»Bist du Rosetta Tricarico?«, fragte der Kapitän noch einmal.

»Ja.«

»Steh auf.«

Rosetta erhob sich.

Rocco bemerkte, dass ihr Blick trotz ihrer misslichen Lage selbstbewusst war. Sie hatte Angst, aber es gelang ihr, Würde zu bewahren, was Rocco bewunderte. Sie war offenbar eine Frau, die schon eine Weile auf sich allein gestellt gewesen war und gelernt hatte, damit umzugehen. Auch das war etwas, was sie gemeinsam hatten. »Rosetta Tricarico«, sagte der Kapitän ernst in die angespannte Stille, »im Namen Seiner Majestät Vittorio Emanuele III., König von Italien, bist du hiermit verhaftet.«

Unter den Passagieren erhob sich erstauntes Raunen.

Rocco war genauso überrascht wie die anderen.

Rosettas Beine gaben nach, sie wankte.

Rocco trat vor und wollte sie stützend am Arm fassen, doch sie wehrte ihn brüsk ab.

»Kraft der mir durch die Marinegesetzgebung verliehenen Autorität und da nach geltendem Recht dieses Schiff in jeder Beziehung italienisches Territorium ist«, fuhr der Kapitän förmlich fort, »wirst du in Gewahrsam genommen und in eine der Arrestzellen des Schiffes eingeschlossen. Bei unserer Ankunft in Buenos Aires wirst du der Konsulatsbehörde des Königreichs Italien übergeben, die sich um deine Rückführung in die Heimat kümmern wird, wo du wegen versuchten Mordes an Baron Rivalta di Neroli angeklagt wirst.«

In diesem Moment brach Rosettas Welt zusammen. Ihr Traum war zu Ende, bevor er überhaupt begonnen hatte. »Nein!«, schrie sie verzweifelt und versuchte zu fliehen.

»Haltet sie auf!«, befahl der Kapitän, doch zwei Seeleute hatten sie schon ergriffen.

»Dieses Schwein hat mir meine Ehre genommen!«, schrie

Rosetta außer sich vor Wut, während sie wild um sich schlug, um sich zu befreien.

»Sobald man dich in die Heimat überführt hat …«, begann der Kapitän erneut.

»*Iddu stesso*, er selbst wollte mich entehren!«, schrie Rosetta in Panik, mit Tränen in den Augen. »Ich habe mich nur verteidigt! Er hat mir mein Land gestohlen! Er ist ein Schwein!«

»Es reicht!« Der Kapitän blickte sie drohend an: »Du bist auch des Diebstahls angeklagt. Im Telegramm von den Carabinieri steht, dass du eintausendvierhundert Lire gestohlen hast.«

»Das ist nicht wahr!«

»Es reicht!«, wiederholte der Kapitän. »Das Gericht wird klären, wer von euch beiden lügt.«

»Das Wort eines Barons gegen das einer Bäuerin?«, mischte Rocco sich empört ein. »Das glaubt Ihr doch selbst nicht!«

»Und wer bist du?«, fragte der Kapitän.

»Einer, der glaubt, dass Ihr eine Schweinerei begeht«, antwortete Rocco.

»Mäßige deine Worte, junger Mann, wenn du nicht selbst in der Zelle landen willst!«, drohte der Kapitän. Dann wandte er sich an Rosetta. »Du wirst durchsucht. Wenn wir das Geld bei dir finden, wird es beschlagnahmt. Wo ist dein Gepäck?« Er schaute auf den Boden und sah das Bündel. »Gehört das dir?«

Rocco sah, dass Rosetta erblasste. »Nein, das ist meins«, sagte er ohne zu zögern und nahm das Bündel auf. Er blickte den Kapitän herausfordernd an.

»Bringt sie in die Zelle«, befahl der Kapitän den Seeleuten.

»Bitte … nicht …«, stammelte Rosetta mit erstickter Stimme.

Doch der Kapitän schüttelte den Kopf. »Die Carabinieri von Palermo haben deinen Namen auf der Passagierliste entdeckt. Ich würde eine Straftat begehen, wenn ich dich nicht in Gewahrsam nähme.«

»Wir sind doch mitten auf dem Ozean«, erklärte Rosetta verzweifelt. »Wohin sollte ich den fliehen?

Doch der Kapitän schüttelte wieder den Kopf. »Es tut mir leid«, sagte er etwas versöhnlicher. Er gab den Seeleuten mit der Hand ein Zeichen und schritt entschlossen auf die Tür des Raumes zu.

»Los jetzt«, befahl einer der beiden Seeleute, die sie immer noch festhielten.

Rosetta wandte sich zu Rocco um, der ihr Bündel in der Hand hielt.

Und ihr zunickte.

Dann brachten die Seeleute sie in den Gefängnistrakt des Schiffes.

Roccos Blick folgte Rosetta, die mit schleppenden Schritten vorwärtsging, bis sie verschwunden war. Als er den Blick von ihr löste, bemerkte er, dass alle Passagiere im Raum ihn anstarrten. »Was zum Teufel gibt es da zu glotzen?«, brüllte er drohend.

Er verstaute Rosettas Bündel in seinem Koffer, setzte sich darauf und starrte auf den Boden. Das, was Rosetta in ihrer Verzweiflung geschrien hatte, bestürzte ihn zutiefst. Man hatte ihr Land gestohlen. Ihr die Ehre genommen, was bei einer Frau nur eines bedeuten konnte. Jetzt verstand er, warum sie gesagt hatte, dass die Adligen, und besonders Barone, noch schlimmer seien als die Mafiosi. Doch was unterschied eigentlich einen Adligen von einem Mafioso? Alles dasselbe Dreckspack, dachte er, und in ihm loderte Wut auf. Diese Leute erlaubten sich, die Armen auf jede nur erdenkliche Weise zu erniedrigen, sobald es ihnen in den Kram passte, weil sie wussten, dass sie niemals dafür bestraft würden. Und Rocco ging auf, dass ihre Lebensgeschichten, so unterschiedlich sie verlaufen sein mochten, eigentlich in derselben mündeten. Einer Geschichte, die von der Ungerechtigkeit ihres Landes geschrieben war und sich tief in sie eingebrannt hatte.

In dieser Nacht fand er keinen Schlaf. Ständig dachte er an Rosetta, die hinter den kalten Gitterstäben ihrer Zelle nun sicher noch einsamer war als je zuvor in ihrem Leben.

Am nächsten Morgen ging er zu seinem dreißigjährigen Widersacher und beschied ihm: »Das ist mein Koffer. Setz dich daneben und bewach ihn wie ein Hund. Wenn etwas daraus wegkommt oder ich merke, dass du ihn durchwühlt hast, landest du im Meer. Kapiert?«

»Ja, Herr«, antwortete der andere hastig.

Rocco wandte sich um, und kurz darauf hatte er sich mit einem Fünf-Lire-Schein die Erlaubnis erkauft, mit Rosetta zu sprechen.

Mit einem weiteren Fünf-Lire-Schein in der Hand ging er hinauf in die erste Klasse. Und als er sich von dort aus auf den Weg zu Rosetta machte, trug er zwei weiße Teller in der Hand, auf denen jeweils ein großes Stück Torte lag, aus zwei luftigen Schichten Biskuit mit einer Füllung aus Schlagsahne und einer glänzenden Schokoladenglasur obendrauf.

Rosetta saß, das Gesicht in den Händen verborgen, auf einer Holzpritsche, auf der eine braune Wolldecke als Matratze zusammengefaltet war.

Sie wandte sich um, als sie ihn kommen hörte. Ihre geschwollenen Augenlider kündeten von einer durchweinten Nacht.

Rocco blickte sie schweigend an.

Rosetta errötete und mied seinen Blick. Jetzt wissen alle auf dem Schiff, dass ich beschmutzt bin, dachte sie voller Scham. Auch Rocco. »Was willst du?«, fauchte sie ihn an. »Ich brauche dein Mitleid nicht.«

Rocco ließ sich vor den Gitterstäben der Zelle auf dem Boden nieder. Vorsichtig, um das Tortenstück nicht zu beschädigen, schob er einen Teller unterhalb der Stäbe hindurch. »Ach, es ist nur, dass ich niemanden habe, mit dem ich feiern kann«, sagte er dann.

»Und was hast du zu feiern?«, fragte Rosetta, ohne den Blick zu heben.

»Heute ist der 7. Oktober. Mein Geburtstag.«

Rosetta schwieg.

»Und keine Sorge wegen deinen Sachen«, meinte Rocco. »Die sind bei mir in sicheren Händen.«

Rosetta nickte.

»Magst du keine Torte?«, fragte Rocco. »Die kommt immerhin aus der ersten Klasse!«

»Wie hast du das denn geschafft?«

»Da bleibt jeden Tag eine Menge übrig«, antwortete Rocco. »Ob erste oder dritte Klasse: Alle sind nur am Kotzen.«

Rosetta verzog die Lippen zu einem schwachen Lächeln.

»Wir beide sind anscheinend die Einzigen, denen nicht schlecht ist«, sagte Rocco mit einem Augenzwinkern.

Rosettas Lächeln wurde breiter.

»Also? Isst du sie nun oder nicht?«

Rosetta hob den Blick. Rocco lächelte sie freundlich an, mit dieser blonden Locke, die ihm in die Stirn fiel und den dicken Bluterguss verbarg, der Rosetta dennoch sofort aufgefallen war. »Jedenfalls ist heute der 8., nicht der 7. Oktober«, sagte sie.

»Ach wirklich …?«

Rosetta hielt seinem Blick stand. »Und du hast gar nicht Geburtstag, stimmt's?«

»Das ist doch egal, oder?«

»Hast du heute Geburtstag oder nicht?«

Rocco zuckte nur mit den Schultern. »Nein.«

»Also siehst du selbst ein, dass du ein Aufschneider bist, oder?« Rosetta lachte.

»Immer noch besser als ein Mafioso oder ein Baron.«

»Ja«, sagte Rosetta leise. Dann stand sie auf und setzte sich nahe den Gitterstäben auf den Boden vor den Teller mit dem

Tortenstück. Sie steckte einen Finger in die Sahne und kostete davon.

»Und schmeckt sie dir?«, fragte Rocco.

Rosetta nickte. Schüchtern hob sie den Kopf mit den durchdringenden dunklen Augen, bis sie Roccos Blick begegnete. Dann sagte sie: »Alles Gute zum Geburtstag.«

Zweiter Teil

Der Fleischmarkt

1912–1913

14

Buenos Aires, Argentinien

Als die Motoren des Schiffes verstummten und die Metallwände des großen Raumes aufhörten zu vibrieren, schmiegte Raechel sich eng an Tamar.

»Sind wir da?«, fragte sie kaum vernehmbar.

»Ja.«

Sie alle wussten, dass sie an diesem Tag in Buenos Aires anlegen würden, das hatten die Seeleute ihnen am Vorabend gesagt.

Nun hielten alle den Atem an. Es herrschte absolute Stille. Als ob die Zeit stehengeblieben wäre.

»Was geschieht jetzt?«, fragte Raechel.

»Ich weiß es nicht«, antwortete Tamar ernst. Sie hatte sich nach Kailahs Tod von Grund auf verändert und war wie eine große Schwester für Raechel. Ihr Hochmut und ihre Verachtung waren einem zwar etwas ruppigen, aber beschützenden Verhalten gewichen. Raechels Spitzname war ein Zeichen von Tamars Zuneigung geworden. Nun fuhr sie Raechel durch die schmutzigen, wild abstehenden Haare. »Ich weiß es nicht, Stachelschwein.«

In der folgenden halben Stunde sprach keines der Mädchen ein Wort. Schließlich hörten sie, wie der äußere Riegel quietschend geöffnet wurde, und dann ging das große Tor auf.

Das Erste, was die Mädchen wahrnahmen, war ein warmer, feuchter Luftzug.

Dann erschien Amos in der Tür. »Folgt uns. Aber benehmt

euch, sonst wird es euch schlecht bekommen.« Er trieb die Mädchen mit einer Handbewegung an. »In eine Reihe, los.«

Und so stellten sich die Mädchen unter Amos' strengen Blicken an Deck in Reih und Glied auf und gingen ohne Aufsehen an Land.

»Es ist warm«, bemerkte eine.

»Einer der Matrosen hat mir gesagt, dass in dieser Welt alles andersherum ist«, erwiderte ein anderes Mädchen. »Hier ist Sommer, wenn bei uns Winter ist.«

»Ruhe!«, knurrte einer von Amos' Männern.

Raechel fühlte sich verloren, als sie die Gangway hinablief, das Buch ihres Vaters mit der einen Hand fest an sich gepresst. Sie betrachtete die neue Welt, die sich vor ihr auftat. Der Himmel war blau, violett und schwarz, genau wie die Male, mit denen die Körper der Mädchen gezeichnet waren. Ein Himmel voller Blutergüsse. Als hätte Gott selbst Prügel bezogen, schoss es Raechel durch den Kopf. Dann riss sie überrascht die Augen auf. Vor ihr ragte ein Gebäude aus Holz und Backsteinen auf, groß und prunkvoll wie ein Schloss. Auf der Fassade las sie: *Hotel de Inmigrantes*. Und dann sah sie mit einem Mal eine riesige bebaute Fläche vor sich, und beim Anblick dieser außergewöhnlichen Ansammlung von Wohnhäusern und Gebäuden, eines prächtiger als das andere, wurde ihr vor Staunen ganz schwindelig.

»Schau doch nur«, flüsterte sie Tamar zu.

Und Tamar erwiderte ebenso staunend: »Ja …«

»Beeilt euch, zum Henker!«, fuhr Amos die Mädchen an, die in ihrer Ergriffenheit ihre Schritte auf der Gangway verlangsamt hatten.

Dann bemerkte Raechel, dass neben ihrem ein zweites, viel größeres Schiff angelegt hatte, aus dem scharenweise Menschen in Richtung des großen Gebäudes strömten.

»Hier entlang«, sagte Amos herrisch. Er deutete auf ein Haus neben dem großen Gebäude.

»Die da sind frei«, murrte Tamar beim Betreten des Kais und zog Raechel leicht am Arm. »Komm mit. Aber dreh dich nicht um«, flüsterte sie ihr zu.

»Willst du etwa weglaufen?«, fragte Raechel ungläubig.

»Still, Stachelschwein«, zischte Tamar und scherte im selben Moment aus der Reihe aus, in Richtung der Passagiere des anderen Schiffes.

»Wo willst du denn hin?«, fuhr Amos sie an. Er packte sie am Arm und verdrehte ihn brutal hinter ihren Rücken. So stieß er sie in das Gebäude neben dem *Hotel de Inmigrantes*, der offiziellen Meldebehörde.

Eine nach der anderen traten die Mädchen hinein, dann schloss einer der Männer die Tür und baute sich davor auf, um den Ausgang zu versperren.

Links von ihnen war ein Angestellter gerade damit beschäftigt, die Datumsanzeige eines großen Kalenders zu aktualisieren, der jeden Tag neu per Hand eingestellt werden musste.

»*26 Octubre 1912*«, las Raechel laut vor.

Die Überfahrt hatte also fast drei Wochen gedauert. Drei Wochen voller Gewalt und Schrecken. Drei Wochen, die für jede von ihnen so lang wie ein ganzes schreckliches Leben gewesen waren.

Die Aufmerksamkeit der Mädchen wurde schnell von einer großen Glasscheibe abgelenkt, die den Blick nach nebenan in den riesigen Raum freigab, in dem die Passagiere des anderen Dampfers eintrafen. Einige von ihnen waren elegant gekleidet. Die Wachen salutierten vor ihnen und schleusten sie an der Schlange der Wartenden vorbei zu den Einwanderungsbeamten. Die anderen – ausschließlich Männer, so schien es Raechel – wurden mit deutlich weniger Respekt zurückgedrängt und unsanft wieder in ihre Reihe geschoben.

Plötzlich fiel ihr eine junge Frau in einem bescheidenen schwarzen Kleid ins Auge, schön und mit stolz erhobenem

Haupt, obwohl ihre Augen gerötet waren. Sie wurde von zwei Seeleuten begleitet, die sie an zwei Wachen übergaben. Die Männer führten sie in eine Ecke des Raumes und bedeuteten ihr, sich hinzusetzen, dann postierten sie sich rechts und links von ihr.

»Die Erste vortreten«, rief nun jemand in ihrem Raum auf Jiddisch mit merkwürdigem Akzent.

Raechel drehte sich um und erblickte weiter hinten im Saal einen Mann hinter einem Schreibtisch mit einem hohen Stapel Formulare und einem Register so dick wie die Bibel darauf. Er trug einen mit Pomade hochgezwirbelten Schnurrbart und musterte die Mädchen mit einem schmierigen Grinsen.

Neben ihm stand Amos, der jetzt das erste Mädchen heranwinkte. Dann blätterte er in seinen mit vielen Stempeln versehenen Dokumenten, nahm eines heraus und reichte es dem Beamten.

Ein Arzt in einem weißen Kittel mit Schmutzrändern am Kragen, einem Stethoskop und einem merkwürdigen Instrument auf dem Kopf, einer Art Blechscheibe mit einem Loch in der Mitte, trat zu dem Mädchen und kontrollierte flüchtig Zahnfleisch und Augen. Dann nickte er kurz in Richtung des Beamten und widmete sich der Untersuchung des nächsten Mädchens.

Raechel fühlte sich an die Tierbeschau auf Viehmärkten erinnert.

»*Las niñas están en buen estado de salud*«, sagte Amos.

»*Creo que sí*«, erwiderte der Arzt. »*Pero déjame mirar, judio.*«

Raechel lauschte den melodischen Lauten dieser fremden Sprache, die so anders klang als das harte Jiddisch und das düstere Russisch.

»Sind das alles *planchadoras?*«, fragte der Beamte Amos, wieder auf Jiddisch mit diesem merkwürdigen Akzent.

»Ja, Büglerinnen mit besonderen Fähigkeiten«, gab Amos sichtlich amüsiert zurück.

Der Beamte zwirbelte mit gierigem Blick die Enden seines Schnurrbarts. »Hm, ich sollte euch wohl bald mal besuchen kommen. Ehe sie allzu verschlissen sind.« Er lachte.

Amos schlug ihm jovial auf die Schulter. »Auf jeden Fall. Für dich hat unsere Reinigung rund um die Uhr geöffnet.«

Der Beamte nahm das Register und trug das erste Mädchen ein. Gleich darauf schrieb er eine Ziffer auf ein Blatt.

»Nicht so hastig«, warf Amos ein. »Bei diesem Tarif schulde ich dir ja tausendfünfhundert Pesos, wenn alle angemeldet sind.«

Der Beamte musterte die Mädchen, die noch in der Reihe standen. »Mindestens.«

»Das ist Diebstahl!«, rief Amos.

Der Beamte sprang von seinem Stuhl auf. »Dann geh doch nach nebenan«, rief er hitzig und griff nach den von den russischen und polnischen Behörden abgestempelten Begleitdokumenten. »Zeig ihnen das hier! Dann wollen wir mal sehen, ob sie dir diese Minderjährigen durchwinken! *¿Crees que no sé que son falsas?* Für wie blöd hältst du mich eigentlich? Denkst du, ich erkenne keine Fälschungen?«

»*Amigo* … *amigo*«, wiegelte Amos ab. »Warum regst du dich denn gleich so auf? Ich wollte nicht …«

»Du kassierst doch selbst für die Hässlichste von denen da tausendfünfhundert, wenn du sie an einen von deinen *rufiánes* verkaufst!« Der Mann warf die Papiere in die Luft. »Du bist Millionär und machst hier einen Aufstand wegen ein bisschen Geld …«

»*Amigo* …«

»Du kannst mich mal mit deinem *amigo*«, schrie der Beamte, der jetzt dunkelrot angelaufen war. »Lass nicht den Juden raushängen, da beißt du bei mir auf Granit! Verflucht harten Granit!«

»Also gut«, lenkte Amos ein, »sagen wir zweitausend, und du hörst auf zu schreien.«

Der Beamte schnaubte, setzte sich aber wieder hin. »Ihr verfluchten Juden …«, knurrte er. »Los, die Nächste!«, befahl er dann.

Als Tamar an der Reihe war, betrachtete der Beamte sie lange. »Siehst du«, wandte er sich an Amos, »für so ein Luxusgeschöpf müsste ich eigentlich das Doppelte von dir verlangen. Aber ich bin ehrlich und lasse für alle denselben Preis gelten.«

Amos deutete auf Raechel, die hinter Tamar in der Reihe stand. »Dann dürftest du mir für die da aber höchstens die Hälfte abknöpfen«, scherzte er.

Der Beamte betrachtete die knochige Gestalt Raechels und lachte gezwungen. Dann notierte er Tamars Daten.

Raechel fühlte sich gedemütigt.

Amos deutete in Richtung Glasscheibe. »Und die da, was sind das für welche?«, fragte er.

»Italiener. Etwa fünfzig Passagiere der ersten Klasse mit jeder Menge Geld, dazu noch fast siebenhundert arme Schlucker aus der dritten Klasse, davon nur etwa dreißig Frauen. Der Rest sind Männer, wie immer.« Er blickte zu Amos auf und grinste. »Lauter Kunden für deine Bordelle, du jüdischer Geizhals.«

Auch Amos grinste, dann zeigte er mit dem Finger in Richtung Scheibe. »Und die da? Das ist ja eine echte Schönheit!«

Raechel bemerkte, dass er auf die Frau mit den schwarzen Haaren deutete.

»Mit der brauchst du dich gar nicht zu beschäftigen«, meinte der Beamte. »Die wird nach Italien zurückgeschickt.«

»Krank?«, fragte Amos neugierig.

»Nein. Das ist eine Mörderin oder so was in der Art«, antwortete der Beamte.

Amos stieß einen Pfiff aus. »So schön, wie die ist, sollte sie eigentlich begnadigt werden.«

»Auch dein Mädchen sollte eigentlich begnadigt werden, so schön, wie die ist«, rief da jemand von der Tür.

Alle fuhren herum.

In der Tür stand ein schlanker, eleganter Mann um die dreißig. Er hatte eine leichte Knollennase und ein sympathisches Lächeln. Die an den Spitzen von der Sonne gebleichten kastanienbraunen Haare wirkten durch die Locken sehr weich. Das schmale Gesicht war bis auf einem leichten Flaum über der Oberlippe und am Kinn bartlos. Raechel fand ihn faszinierend und elegant, ganz anders als ein grober Klotz wie Amos. Auch hatte er keine so bösen Augen. Er trug einen zweireihigen malvenfarbigen Anzug aus glänzender Seide, der an ihm saß wie eine zweite Haut.

»Francés, verschwinde«, fuhr Amos ihn an. »Für dich gibt es hier nichts zu holen.«

Der Mann betrat mit federnden Schritten den Raum.

Raechel fiel auf, dass er sich elegant und anmutig bewegte, ohne dabei affektiert zu wirken. Ein schöner Mann, fand sie.

»Für dieses Mädchen würde ich dir zweitausendfünfhundert Pesos geben.« Der Mann zeigte auf Tamar.

»Die steht nicht zum Verkauf«, sagte Amos.

»Die ist bei dir und deinen schmierigen Kunden doch verschwendet. In ein paar Jahren hast du sie für fünf Pesos den Fick verschlissen. Du quetschst sie aus, bis du sie umbringst«, fuhr Francés fort, der immer näher kam. »Sie ist doch jetzt schon voller blauer Flecken. Ich kenne deine Methoden. Bei dir ist sie verschwendet. Ich würde ihre Karriere verlängern, ihr eine hübsche *casita* einrichten und …«

»Verschwinde!«, knurrte Amos.

Francés zuckte mit den Schultern, dann drehte er eine Art Pirouette wie ein Tänzer und wandte sich wieder dem Ausgang zu. »Überleg es dir, *polák*. Ich würde bis auf dreitausendfünfhundert Pesos erhöhen. Du weißt, wo du mich findest. Ich bin immer im Black Cat.«

»Leck mich am Arsch, Francés!«

Der junge Mann verschwand mit einem Lachen. Dann sah Raechel ihn nebenan im Büro der Einwanderungsbehörde auftauchen, wo er einen Beamten ansprach und auf die Frau zwischen den Polizisten zeigte.

Der Beamte schüttelte den Kopf.

Raechels Aufmerksamkeit wurde wieder in ihren Raum gelenkt. Der Mann mit dem Schnäuzer bedeutete ihr näher zu kommen.

»Wofür hast du die denn mitgenommen?«, fragte er Amos.

»Reden wir nicht weiter drüber.«

Der Beamte fragte Raechel: »Name?«

»Raechel Bücherbaum.«

»Raquel …«

»Nein, so schreibt sich das nicht«, widersprach Raechel.

»Mach keinen Ärger, Mädchen«, fuhr Amos sie an. »Du bist hier in Buenos Aires, und auf Spanisch heißt du da eben Raquel.«

»Bü-cher-baum«, wiederholte der Beamte langsam, während sein Federhalter über den Akten schwebte. »Bedeutet das nicht *árbol de los libros* auf Deutsch?«

»Für wen hältst du mich, für einen Übersetzer?«, meinte Amos achselzuckend.

Der Beamte sah Raechel kurz an und notierte dann: »Raquel Baum, so ist es einfacher.«

»Nein«, protestierte Raechel. »Ich heiße Raechel Bücherbaum.«

Amos schlug ihr mit dem Handrücken auf den Mund. »Du heißt jetzt Raquel Baum. Und tust, was man dir sagt. Ist das klar?«

Raechel schmeckte Blut in ihrem Mund und war zutiefst erschrocken, hielt seinem Blick aber stand.

»Also, wie heißt du?«, fragte Amos drohend.

»Raquel … Baum.«

»Problem gelöst.« Der Beamte lachte und wandte sich an Amos: »Ist das auch eine Büglerin?«

Amos nickte. »Die ist wirklich eine. Was soll die auch sonst machen?«

»Gut. Raquel Baum, Beruf: echte *planchadora*.« Der Beamte füllte das Einreisedokument aus. »Und wo wird sie wohnen?«

»Junín«, antwortete Amos.

»Im Chorizo?«

»Ja.«

»Avenida Junín, in der Reinigung Chorizo.« Er schaute Raechel an. »Weißt du, was das heißt, *chorizo*?«

Raechel schüttelte den Kopf.

»Wurst«, lachte der Beamte spöttisch. »Hackfleisch.«

Und Raechel lief ein eiskalter Schauer den Rücken hinab.

15

»Die sehen aus wie Kühe, die aus der Pampa zum Schlachthof geführt werden«, sagte einer der Wachleute, der die lange Reihe Auswanderer im Auge behielt, die geduldig darauf warteten, an die Reihe zu kommen.

»Aber Kühe zeigen keine Pässe vor«, scherzte ein anderer.

Ein paar Umstehende lachten.

»Ihr sprecht Italienisch?«, fragte Rocco verblüfft, der wie die anderen ruhig anstand.

»Hier sprechen alle Italienisch«, erwiderte der Wachmann. Dann deutete er auf einen alten Mann am Anfang der Schlange, der gerade zum Tisch des Einwanderungsbeamten vorgelassen wurde. »Was will der denn hier?« Er drehte sich zu seinem Kollegen um. »Wollen wir wetten?«

Der andere zuckte mit den Schultern. »Worum sollen wir denn da wetten? Den lassen sie doch niemals rein!«

Rocco musterte den alten Mann. Er wirkte heruntergekommen mit der an den Knien abgenutzten Hose und einer für das Klima zu dicken Jacke. Tiefe Falten durchfurchten das sonnengegerbte Gesicht. Er schien krank zu sein, hatte ununterbrochen Tabakblätter gekaut und unter wilden Flüchen dicke, dunkle Schleimbrocken ausgespuckt.

Als er den Einwanderungsbeamten seinen Pass hinhielt, schüttelten diese entschieden den Kopf. Sie fassten das Dokument, das der alte Mann ihnen entgegenstreckte, nicht einmal an, sondern gaben einem der Polizisten ein Zeichen.

»Er ist zu alt. Den schicken sie zurück. Das hat man ihm aber schon in Palermo erklärt«, murmelte einer in der Reihe ohne Mitgefühl.

»Wir brauchen hier keine Leute, die ihr Leben schon fast hinter sich haben«, sagte einer der Wachmänner. Und an die Einwanderer in der Schlange gerichtet, erklärte er laut: »Falls ihr das immer noch nicht kapiert habt: Wir bauen hier eine neue Welt auf.«

Als der alte Mann an ihm vorbei abgeführt wurde, bemerkte Rocco, dass er lautlos schluchzte wie ein kleines Kind. Er blickte ihm nach, bis er den schwarzen, schmerzerfüllten Augen Rosettas begegnete, die zwischen zwei Polizisten saß. Sie wechselten einen langen Blick.

Nach ihrem Treffen, bei dem er ihr die Torte gebracht hatte, hatte man ihnen weitere Begegnungen untersagt. Er hatte sie erst an diesem Morgen wieder sprechen können, als sie das Schiff verließen.

»Man hat mich zum zweiten Mal in die Knie gezwungen«, hatte Rosetta traurig gesagt. »Und diesmal sorgen sie dafür, dass ich nicht wieder aufstehe.«

Rocco wusste genau, was sie meinte. Ihre Lage war hoffnungslos. Man würde sie zurück nach Italien schicken. Bestenfalls würde man sie für ewige Zeiten ins Gefängnis stecken. Schlimmstenfalls würde der Baron sie töten lassen. Aber so oder so war ihr Leben zu Ende. Und das mit zwanzig Jahren.

Eine außergewöhnliche Frau, dachte Rocco, als er sie betrachtete. Selbst jetzt, wo sie besiegt und gedemütigt ist, verliert sie nicht ihren stolzen Blick. Und wieder fiel ihm auf, dass er sich noch nie so zu einer Frau hingezogen gefühlt hatte, dabei war nichts zwischen ihnen passiert. Vielleicht war an dem Geschwätz von der Seelenverwandtschaft ja doch etwas dran.

Er hob seinen Koffer hoch und sah sie fragend an. Darin lag noch immer ihr Geld. Rocco war sicher, dass Rosetta es nicht gestohlen hatte, es war die lächerliche Abfindung, mit der sich der Baron ihr Land unter den Nagel gerissen hatte. Aber in seiner Anzeige bei den Carabinieri hatte dieser Dreckskerl erklärt, sie hätte ihn bestohlen. »Was soll ich damit tun?«, formulierte er lautlos.

Rosetta schüttelte den Kopf und zuckte hilflos mit den Schultern. Käme sie jetzt an das Geld, würde man es ihr sofort abnehmen.

Rocco hatte den Eindruck, sie forme ein stilles »Behalt es!« mit den Lippen, und da kochte erneut Wut in ihm hoch. »Nein, verflucht!«, rief er laut.

»*¿No, qué?*«, fragte der Einwanderungsbeamte, vor dem Rocco jetzt stand, da ihn die Menschenschlange inzwischen ganz nach vorn geschoben hatte.

Wortlos reichte Rocco ihm seinen Ausweis.

»*¿Ya tiene un trabajo?*«, fragte der Beamte.

»Wie?«, fragte Rocco zurück. »Ich verstehe nicht …«

»Hast du schon eine Arbeit?«

»Ich bin Mechaniker.«

»*Mecánico*«, wiederholte der Beamte laut, während er die Aussage in das Register eintrug. »*¿Y donde?* Wo?«

»Ich weiß nicht ganz genau … Ich muss noch …«

»*Entiendo.*« Der Beamte strich aus, was er gerade geschrieben hatte. »Also kein *Mecánico. Sin empleo.* Arbeitslos.«

»*¿Es ella?*«, fragte jemand links von ihnen.

Rocco wandte sich dem Mann zu, der nun auf Rosetta zeigte. Dieser trug einen tadellosen grauen Zweireiher und einen gepflegten Spitzbart und präsentierte sich als Vizekonsul Maraini. Sein Begleiter war ein einfach gekleideter kräftiger Mann mit dumpfem Gesichtsausdruck.

»*Muy bien*«, sagte der Beamte. Dann reichte er dem Vizekonsul Rosettas Papiere und übergab ihm damit die Gefangene.

Der Vizekonsul überprüfte die Dokumente. »Rosetta Tricarico«, las er emotionslos. Er wandte sich an den kräftigen Mann hinter sich und ordnete auf Italienisch an: »Nimm sie in Gewahrsam.« Der Gehilfe griff zu den Handschellen an seinem Gürtel, doch der Vizekonsul hielt ihn zurück: »Die brauchen wir dieses Mal nicht. Es ist bloß eine Frau.« Er unterschrieb das Blatt, das ihm der Einwanderungsbeamte hinhielt, und ging dann in Richtung Rosetta.

»Wohin wird sie gebracht?«, fragte Rocco den Beamten.

»Zur italienischen Botschaft. Und dann wird sie zurückgeschickt.«

Rocco beobachtete, wie der kräftige Mann Rosetta fest am Arm fasste. Eilig schnappte er sich sein Einreisevisum und lief zum Eingang, wo sich die Leute drängten, ohne Rosetta aus den Augen zu lassen. Er bemerkte, dass auch sie nach ihm Ausschau hielt. Und er wusste, was sie dachte: dass es vorbei war.

»Nein«, murmelte er und ballte zornig die Fäuste. »Nein!«

Rocco sah sich um und erblickte in der Nähe den Mann, der auf dem Schiff Rosetta belästigt hatte. Er war in eine Unterhaltung mit seinen beiden Freunden vertieft, und Rocco verspürte eine starke Abneigung gegen die drei. Und obwohl die Mafia zu dem gehörte, was er am meisten auf der Welt verabscheute, beschloss er, noch einmal auf seine Macht als vermeintlicher Mafioso zurückzugreifen. Er fasste den Mann am Arm. »Willst du dir die Dankbarkeit von Don Mimì Zappacosta verdienen?«, raunte er.

Der Mann starrte ihn an.

»Da gibt es nichts zu überlegen«, schnauzte Rocco. »Ja oder nein?«

»Was muss ich tun?«

Rocco sah sich um. Der kräftige Mann bahnte sich mit Rosetta im Schlepptau mühsam seinen Weg zwischen den Passagieren hindurch, die noch auf ihr Einreisevisum warteten. Hinter ihnen lief, kerzengerade, als hätte er einen Besenstiel verschluckt, mit Verachtung im Blick der Vizekonsul im edlen Doppelreiher. Die drei kamen in der dichten Menschenmenge nur langsam voran.

»Du fängst eine Schlägerei an, sobald ich es dir sage«, erklärte Rocco dem Kerl. »Prügel einfach wild drauflos.«

Der Mann zögerte.

»Das ist deine Probe. Die *chiamata*«, fügte Rocco hinzu. »Wenn du diese Probe bestehst, lass ich aus dir einen Ehrenmann machen.«

»Ich bin bereit«, erwiderte der Mann sichtlich motiviert.

Als der Vizekonsul, sein Gehilfe und Rosetta nur noch einen Schritt von ihnen entfernt waren, rief Rocco: »Jetzt!«, dann verpasste er einem Pechvogel neben sich einen Kinnhaken und stieß ihn gegen den Gehilfen des Vizekonsuls.

Zeitgleich begannen der Kerl vom Schiff und seine beiden Kameraden eine Schlägerei. Kurz darauf prügelten etwa ein Dutzend Personen wild aufeinander ein, während die Wachleute herbeieilten, um die Schlägerei zu beenden.

Rocco stürzte sich auf den Gehilfen, der durch den Aufprall des Mannes bereits einigermaßen aus dem Gleichgewicht gebracht worden war, und schickte ihn mit einem kräftigen Kinnhaken zu Boden. Als der Mann aufzustehen versuchte, waren sofort zwei andere über ihm, denn in dem Durcheinander dieser sich immer weiter ausbreitenden Schlägerei wusste keiner, wer eigentlich gegen wen und warum überhaupt kämpfte.

Der Vizekonsul wich sichtlich erschrocken zurück.

Rocco packte Rosettas Hand und zog sie zu sich. »Lauf!«, rief er.

Rosetta stolperte, kam wieder auf die Beine und rannte hinter Rocco her, der sie aus dem Raum zerrte.

»Ergreift sie!«, schrie der Vizekonsul.

Doch in dem Moment stürzte sich der Kerl vom Schiff, der

offenbar erkannte, was Rocco vorhatte, auf ihn und begrub ihn unter sich.

Rocco erreichte rasch den Ausgang des *Hotel de Inmigrantes*, hatte nun aber drei Wachleute auf den Fersen.

Vor der Tür wandte Rocco sich erst nach rechts und dann sofort wieder nach links. Rosetta rannte einfach hinterher, unfähig, einen klaren Gedanken zu fassen.

In der ersten kleineren Gasse warf Rocco seinen Koffer hinter zwei Mülltonnen.

In diesem Moment hörten sie, wie die Wachleute hinter ihnen um die Ecke bogen.

Rocco packte Rosetta und stieß sie mit dem Rücken gegen die Wand. Dann umarmte und küsste er sie.

Rosetta versuchte, ihn zurückzustoßen.

»Rühr dich nicht!«, flüsterte Rocco ihr zu. Seine Stimme drückte Entschiedenheit aus, war aber nicht aggressiv, und er hielt sie weiterhin mit festem Griff und presste seine Lippen auf ihre.

Und endlich verstand Rosetta, was Rocco vorhatte. Die Wachleute suchten zwei Flüchtende, kein Pärchen, das sich gerade den Freuden der Liebe hingab. Sie umarmte ihn, spürte, wie schlank und kräftig er war. Und war überrascht von der Wärme seiner Lippen.

Sie hörte, wie die Wachleute näher kamen, wie ihre Schritte sich verlangsamten, weil sie vielleicht zu ihnen hinüberstarrten, und dann weiterliefen. Aber eigentlich erfüllte sie nur die angenehme Wärme von Roccos Lippen, die auf ihren lagen. Rocco hielt sie an sich, streichelte ihr über Schultern und Rücken, und Rosetta ging auf, dass sie sich vollkommen widerstandslos seinem Kuss hingab. Ihre Lippen öffneten sich wie von selbst, und mit einem Mal wurde sie von einem nie gekannten Taumel der Gefühle fortgerissen, in dem ihr Herz immer schneller klopfte und ihr gesamter Körper in diesem Kuss aufzugehen drängte.

Als Roccos Lippen ihre trafen, durchzuckte ihn ein heftiger Stoß, wie ein elektrischer Schlag. Das Gefühl verschlug ihm den Atem, und er klammerte sich an Rosettas Rücken fest, um nicht zu stürzen. Dort, wo sich ein Knopf ihres Kleides gelöst hatte, konnte er weich und samtig ihre Haut ertasten. Er ließ seine Hand zu Rosettas Nacken hinaufgleiten, fuhr ihr mit den Fingern durch die glänzenden schwarzen Haare und zog sie voller Leidenschaft noch fester an sich, während sein Körper in Flammen aufging.

Rosetta spürte ihn, ganz ohne Schrecken und Furcht, erfüllt von derselben Leidenschaft. Eine Welle der Begierde überwältigte sie, breitete sich warm in ihrem Unterleib aus. Sie krallte ihre Nägel in seinen Rücken und kostete auf seinen Lippen den Geschmack ihrer Heimat. Salz, Kapern, Oregano, Pistazien, sonnengetrocknete Tomaten. Und je lustvoller der Kuss wurde, desto mehr erfüllte der Geschmack von Feigen und Mandelmus ihren Mund.

Rocco verstand nicht, was da gerade mit ihm geschah. Um ihn herum drehte sich alles. Er war in einer anderen Welt.

Auch Rosetta schien es, als wären sie nicht hier, in dieser Gasse in Buenos Aires, sondern an einem Ort, den kein anderer kannte, der nur ihnen beiden gehörte.

Langsam lösten sie sich aus dem Kuss, erfüllt von dem Wunsch, einander anzusehen, als müssten sie sich vergewissern, dass es wirklich geschah, mehr noch als sich zu vergewissern, dass die Wachleute sie nicht länger verfolgten. In ihren Augen brannte dieselbe erstaunte Leidenschaft, und beide wünschten sich nichts sehnlicher, als sich noch einmal zu küssen. Ihre Lippen näherten sich wieder an, als würden sie von einer magischen Kraft zueinander hingezogen. Und sie wollten nur noch eins: wieder in diese Welt eintauchen, in die der Kuss sie hineingesogen hatte. In diese vollkommene, so lustvolle Welt.

»*¡Están aquí!*«, ertönte plötzlich ein Schrei.

Rocco und Rosetta fuhren herum.

Am Ende der Gasse stand jetzt ein Wachmann. Er blies kräftig in eine Pfeife.

Rocco zog den Koffer hinter den Mülltonnen hervor und wollte Rosetta in die entgegengesetzte Richtung fortziehen.

Doch auch am anderen Ende der Gasse erschienen jetzt zwei Polizisten. Sie hielten Schlagstöcke in der Hand.

Rocco holte hastig Rosettas Bündel aus dem Koffer und drückte es ihr in die Hand. »Wenn ich es dir sage, läufst du los!«, sagte er, ohne die näher kommenden Wachleute aus den Augen zu lassen.

»Aber …«

»Wir haben keine Zeit«, unterbrach Rocco sie und stellte sich näher an die Mülltonnen, während er angespannt jede Bewegung der beiden Wachleute vor sich und die des hinter ihnen heraneilenden Mannes verfolgte. »Lauf, so schnell du kannst, und dreh dich auf keinen Fall um.«

»Nein … Ich …«

Rocco sah sie an. »Ich werde dich finden«, sagte er und strich ihr zärtlich mit einem Finger über die Lippen. In seinem Blick lag noch immer die zärtliche Leidenschaft ihres Kusses. »Ich schwöre es. Ich werde dich finden.«

Rosetta war tief bewegt. Roccos Stimme, sein Versprechen fühlten sich an wie eine warme, kräftige Hand, die sie stützte. Die sie niemals fallenlassen würde. Am liebsten hätte sie ihn wieder geküsst.

»Lauf!«, schrie Rocco, während er den Deckel einer Mülltonne griff und sich den Wachleuten entgegenwarf.

Rosetta rannte los, ohne sich umzudrehen, so wie Rocco es gesagt hatte, auch wenn es ihr schwerfiel, weil sie hinter sich neben dem Scheppern von Blech seine Schmerzensschreie hörte.

Am Ende der Gasse blieb sie wie erstarrt vor einer großen

Straße stehen, die so breit wie ein Fluss war und in der ein unablässiger Strom von Fahrzeugen dahinbrauste.

»Lauf!«, schrie Rocco noch einmal.

Da atmete Rosetta tief durch und rannte los.

Sie war kaum zwei Schritte vorwärtsgekommen, als ein Auto scharf vor ihr abbremste und ihr den Weg versperrte.

»Los, steig ein!«, forderte sie ein Mann um die dreißig auf.

Rosetta stand wie erstarrt.

Der Mann öffnete eine Autotür, beugte sich zu ihr hinüber und streckte ihr die Hand hin. »Komm!«, schrie er.

Rosetta war noch nicht ganz im Wagen, da gab der Mann auch schon Gas, dass die Räder auf dem Asphalt quietschten.

Rosetta setzte sich auf dem Sitz zurecht, unfähig, einen klaren Gedanken zu fassen. Sie starrte mit großen Augen aus dem Seitenfenster und sah gerade noch, wie nun ein Wachmann Rocco von hinten angriff und ihm mit einem Schlagstock auf den Kopf hieb. Der Deckel der Mülltonne rollte wie ein Spielzeugreifen scheppernd fort.

Roccos Beine gaben nach, und er fiel zu Boden.

Rosetta stützte eine Hand am Seitenfenster ab, als könnte sie ihn so wiederaufrichten.

»Wer ist der da?«, fragte der Mann am Steuer.

Und Rosetta musste sich verwundert eingestehen, dass sie nichts von Rocco wusste. Nicht einmal seinen Nachnamen. Nicht, woher er kam, noch, warum er hier war. Welche Träume er hatte. Oder wo sie sich wiedersehen würden.

Sie wusste nur, dass sie jetzt ihm gehörte.

»Na sag schon, wer ist das?«, fragte der Mann erneut.

In der Gasse hinter ihnen lag Rocco immer noch am Boden, während die Wachleute mit ihren Schlagstöcken über ihn herfielen.

»Ich weiß es nicht«, flüsterte Rosetta.

16

»Ich werde mich niemals Raquel Baum nennen«, stieß Raechel wütend hervor, als sie zu Tamar zurückkehrte. »Ich heiße …«

Doch Tamar unterbrach sie barsch. »Was zum Henker bedeutet schon ein Name? Willst du, dass Amos dir alle Zähne aus dem Mund prügelt?« Sie packte Raechel am Kinn und sah ihr tief in die Augen. »Von nun an bist du Raquel, Stachelschwein, verstanden?«

»Ja …«

Und dann brach Chaos aus.

Plötzlich begann hinter der Glasscheibe im *Hotel de Inmigrantes* nebenan eine heftige Schlägerei unter den Einwanderern, und die Wachleute knüppelten mit ihren Schlagstöcken wild auf sie ein. Schläge, Schreie und Stöhnen, Befehle, Pfiffe und laute Flüche waren zu hören. Irgendwann knallte ein Mann mit dem Gesicht gegen die Scheibe und hinterließ dort eine Blutspur, nachdem er von einem Wachmann am Kragen gepackt und weggeführt worden war.

Tamar führte Raquel zu der Glasscheibe. »Wenn die zerschlagen wird, springst du mit mir auf die andere Seite, auch wenn du dich dabei verletzt, und folgst mir.«

Doch Amos hatte offenbar denselben Gedanken. »Weg von der Scheibe!«, schrie er und trieb die Mädchen auf die andere Seite des Raumes. Er trat ein Mädchen in den Bauch, als sie ihm nicht schnell genug lief, woraufhin sie in sich zusammensackte und eine grünliche Flüssigkeit erbrach. Dann reichte Amos dem Beamten mit dem Schnurrbart hastig eine Rolle Geldscheine. »Dreitausend, wenn du uns sofort durchlässt.«

Der Arm des Beamten schnellte vor und packte das Geldbündel, während er mit dem anderen Arm das Register zuklappte. Dann sprang er auf und bedeutete den Wachleuten, alle sofort gehen zu lassen.

Amos und seine Männer trieben die Mädchen wie eine Herde nach draußen und verteilten sie mit brutalen Stößen und Ohrfeigen auf vier Wagen, die sogleich losrasten.

Auf ihrem Weg durch die Stadt bestaunte Raquel diese unglaubliche Welt. Es gab Häuser, die waren so hoch, dass sie am Himmel zu kratzen schienen. Und auf den Bürgersteigen und in den Straßen drängten sich unvorstellbar viele Menschen.

»Wenn wir es schaffen zu fliehen, finden sie uns niemals unter all diesen Menschen«, sagte sie leise zu Tamar.

»Pst, sei still«, fuhr Tamar sie an.

»Aber wir werden doch fliehen, oder?«

Tamar zwinkerte ihr zu. »Du würdest in deiner vulgären Sprache wahrscheinlich sagen: worauf du deinen Arsch verwetten kannst.«

Raquel grinste, obwohl sie Angst hatte.

Wenige Minuten später hielten die Wagen vor einem gedrungenen Gebäude. Hotel Palestina verkündete der Schriftzug über dem Eingang.

Die Mädchen wurden in den ersten Stock getrieben und dort unter der Aufsicht von drei offenbar vollkommen erschöpften Frauen in Gruppen aufgeteilt. Alle außer Raquel mussten sich ausziehen und ihre schäbigen Kleider abgeben. Dann wuschen sie sich auf Geheiß der Frauen und wurden anschließend von ihnen frisiert. Man steckte sie in enganliegende Kleider in grellen Farben, schminkte sie dick mit schmierigem roten Lippenstift und glänzendem blauen Lidschatten und besprühte sie mit einem aufdringlich süßlichen Parfüm. Abschließend hefteten die Frauen jedem Mädchen eine Nummer ans Kleid.

Amos deutete auf Raquel und Tamar. »Die beiden brauchen keine. Die sind fürs Chorizo.« Er ging zur Treppe.

»Los, runter mit euch«, zischte eine der müden Frauen. »Und immer lächeln. Wenn Amos euch mit einer Trauermiene erwischt, peitscht er euch aus bis aufs Blut.«

Die Mädchen wurden in einen großen Saal mit Bühne und einem Laufsteg im Erdgeschoss geführt. Auf einigen Stühlen entlang des Laufstegs saßen Männer mit einem Notizblock und einem Stift in der Hand.

»Sobald eure Nummer aufgerufen wird«, erklärte Amos den Mädchen, »tretet ihr von der Bühne auf den Laufsteg. Lächelt und schaut nach rechts und links. Und wenn euch eure Zähne lieb sind, wehrt euch nicht, wenn ich euch festhalte. Danach kehrt ihr auf euren Platz zurück.«

Dann stellte er sich auf den Laufsteg und breitete die Arme aus. »Willkommen, meine Freunde. Heute ist wieder … ein heißer Tag auf dem Fleischmarkt!«, begrüßte er die Gäste.

Die Männer im Saal lachten.

»Fangen wir an!«, verkündete Amos. »Nummer eins!«

Die Nummer eins war Abarim, das Mädchen mit dem großen Busen, das ernst und mit hängenden Schultern über den Laufsteg ging.

Als sie Amos erreichte, hielt er sie fest. »Lächle oder ich bring dich um«, flüsterte er ihr ins Ohr.

Das Mädchen setzte sogleich ein künstliches Lächeln auf, das so gar nicht zu ihren schreckgeweiteten Augen passte.

Amos verpasste ihr einen kräftigen Schlag in den Rücken. »Halt dich aufrecht!«, zischte er, bevor er sie von hinten mit einer Bewegung umarmte, in der gleichermaßen Verführung und Gewalt lag. Er behielt die Männer im Saal im Blick, während seine eine Hand die Schenkel hinaufwanderte und dann langsam das Kleid nach oben schob.

»Hoch mit dem Vorhang!«, grölte einer der Männer im Saal. Die anderen lachten.

Raquel sah, wie die Augen des Mädchens sich mit Tränen füllten, und wandte sich zu Tamar um. Die Freundin wusste, wie die Hände von Amos sich anfühlten, sie hatte sie am eigenen Leib zu spüren bekommen und war getäuscht worden. In Tamars Blick lagen Schmerz und Demütigung, aber auch Wut. Raquel nahm ihre Hand und drückte sie fest.

Inzwischen hatte Amos den Rock des Mädchens hochgeschoben und ihre Scham entblößt, die er jetzt streichelte. »Rotes Haar ist dieses Jahr sehr gefragt, wusstet ihr das?«, fragte er in die Runde.

Die Männer lachten. Amos ließ den Rocksaum fallen und wandte sich dem Ausschnitt zu.

Raquel bemerkte, dass das Mädchen die Tränen nun nicht mehr zurückhalten konnte. Ihre Schminke verlief, doch sie hörte nicht auf zu lächeln, und dieser Ausdruck bot einen schrecklichen Anblick.

Amos ließ eine Hand in den tiefen Ausschnitt gleiten und holte eine Brust hervor. Er wog sie in seiner hohlen Hand. In der kühlen Luft des Raumes wurden die dunklen Brustwarzen hart. »Hat jemand eine Waage dabei?« Amos grinste anzüglich. »Dieses Mädchen ist so viel wert, wie ihre Titten wiegen.«

Nach dem darauffolgenden allgemeinen Gelächter hob ein Mann eine Hand und sagte: »Tausendfünfhundert!«

»Dafür bekommst du nicht einmal eine Brustwarze«, sagte Amos lachend.

Viele Hände gingen nach oben, und der Preis stieg bis auf dreitausend. Amos nahm das Gebot an und gestattete dem Mädchen, sich zu entfernen.

Sie versuchte, die Brust zurück in das Kleid zu stecken, aber ihre Hände zitterten zu sehr. Als ihr schließlich eine der Frauen half, erbrach sie sich. Die Frau, welche die Aufsicht führte, gab ihr eine Ohrfeige.

»Nummer zwei!«, verkündete Amos.

Eine nach der anderen präsentierten sich die Mädchen auf diesem Fleischmarkt, und das war erst der Auftakt zu den Demütigungen, die ihnen von nun an bevorstanden. Im Bieterkampf um die Schönsten wurden die Männer im Saal beinahe handgreiflich, und bei der Versteigerung wurde der Preis unter allgemeinem Geschrei immer höher getrieben.

Jemand versuchte, auch für Tamar zu bieten, aber Amos wiederholte, dass dieses Mädchen ihm gehöre.

Die verkauften Mädchen wurden den Zuhältern übergeben, die sie für ihre Bordelle erworben hatten. Die Männer bezahlten die gebotene Summe in bar, ehe sie mit ihren Neuerwerbungen das Gebäude verließen.

Die noch nicht verkauften Mädchen verbrachten nach einem Abendessen aus Pökelfleisch und einer Tasse heißem Mate die Nacht im Hotel Palestina.

Am nächsten Tag wurden sie erneut auf Wagen verteilt, doch das Häusermeer hatte für Raquel seinen Zauber verloren.

Sie blickte zu Tamar. »Wären wir doch als Männer geboren worden«, murmelte sie. »Wir zwei bleiben zusammen, oder?«

Tamar nickte.

Schon bald stiegen die Mädchen vor einem zwielichtigen Lokal aus. Auf dem schmutzigen Vordach, das einst cremefarben gewesen sein musste, stand in rosa Buchstaben geschrieben: *Café Parisienne*.

»Ihr seid zweite Wahl«, sagte eine der erschöpften Frauen, als sie die Mädchen in einen Saal mit schmutzigen Spiegeln führte, in dem es nach abgestandenem Alkohol stank. »Ihr werdet wenig kosten und noch weniger wert sein«, fügte sie verbittert hinzu.

Raquel betrachtete die Narbe an der Wange der Frau. »Wart Ihr auch mal zweite Wahl?«

»Nein, ich war erste Wahl.« Sie klang jedoch keineswegs stolz. »Aber das spielt keine Rolle«, murmelte sie dann, wie zu sich selbst. »Es spielt keine Rolle mehr.« Sie sah Raquel an, als hätte sie Schwierigkeiten, sie wahrzunehmen. »*Este es el infierno.*«

Raquel runzelte die Stirn. »Was heißt das?«

»Das wirst du schon noch herausfinden. Und jetzt lass mich in Ruhe.«

»Warum seid Ihr so gemein zu mir?«, fragte Raquel.

Die Frau stieß einen Seufzer aus. »Du bist mir völlig egal«, sagte sie achselzuckend. »Aber was ich dir auch antue, es ist nichts im Vergleich zu dem, was man mir angetan hat. Um hier zu überleben, muss man hart wie Stein und gefährlich wie ein Messer werden.« Sie blickte Raquel ins Gesicht. »Für wie alt hältst du mich?«

Raquel musterte sie kurz. »Fünfzig?«

»Vierunddreißig.«

Raquel schaute sie bestürzt an. »Was … ist mit Euch passiert?«

Die Frau schnaubte. »Ich bin eine von denen, die noch Glück gehabt haben. Ich lebe, habe keine bösartigen Krankheiten und musste auch noch keinen Bastard im Bottich ersäufen, den ich auf die Welt gebracht habe. Reicht das nicht?«

Raquel lief ein Schauer über den Rücken, als sie nickte. »Was bedeutet das, was Ihr mir eben gesagt habt?«, fragte sie noch einmal.

Die Frau fuhr mit dem Finger über die Narbe in ihrem Gesicht.

Dann antwortete sie: »Das hier ist die Hölle.«

17

Als Rocco aus Rosettas Blickfeld verschwand, klammerte sie sich verschreckt am Armaturenbrett fest, während der Wagen weiter beschleunigte. Sie war noch nie in einem Auto gefahren.

»Wenn du dich weiter so festklammerst, geht es noch kaputt«, sagte der junge Mann.

Rosetta spürte, wie sie errötete, und zog hastig die Hände zurück.

Der Mann lachte und sah sich noch einmal aufmerksam um. Er sah gut aus. »Ich war da, als du abgehauen bist. Ich habe alles gesehen«, sagte er dann lächelnd zu ihr. »Ich heiße Blas, aber hier nennt mich jeder *el francès*. Der Franzose. Gestatten: Francés.«

Rosetta blieb stumm.

»Ich kümmere mich um dich«, fügte Francés hinzu.

Rosetta war überrascht. »Warum?«

»Weil ich dir ein Geschäft vorschlagen will.«

Vor Rosettas innerem Auge erschien immer wieder das Bild von Rocco auf dem Boden, umgeben von den Polizisten. Sie war unfähig, klar zu denken, und so schwieg sie während der restlichen Fahrt.

Schließlich hielt das Auto vor einem Eckhaus zwischen zwei Straßenzügen, auf dessen rotes Vordach eine schwarze Katze mit aufgestelltem Schwanz gemalt war. Darunter ein Schriftzug, den Rosetta nicht lesen konnte.

Francés lächelte. »Das ist das Black Cat. Mein ›Büro‹.« Er

stieg aus, ging um den Wagen herum und half Rosetta beim Aussteigen.

Rosetta stand wie betäubt auf dem Bürgersteig.

»Komm mit.« Francés bat sie mit einer einladenden Geste ins Haus, und Rosetta folgte ihm in einen rauchgeschwängerten Raum.

»Das ist Lepke«, sagte Francés und deutete auf einen Mann mit gelblicher Hautfarbe.

»*Lepke, necesito una habitación para la chica*«, wandte er sich an den Mann. »*Y un buen baño caliente.*«

Lepke musterte Rosetta kurz und nickte: »*Muchacha muy fina.*«

Rosetta verstand kein Wort.

Lepke klatschte in die Hände, woraufhin eine junge hübsche Frau erschien, gekleidet in eine schwarze Tracht mit einer weißen Schürze, die so winzig war wie von einer Puppe.

Rosetta fand ihren Rock zu kurz.

»Geh mit ihr«, raunte Francés ihr zu. »Sie wird sich um dich kümmern. Später essen wir dann zusammen.«

Rosetta folgte der Frau hinauf in den ersten Stock. Sie war völlig verwirrt, als sie einen Raum mit grün-violett gestreifter Tapete betrat, der ihr ungeheuer luxuriös vorkam.

Die Frau lächelte ihr zu und verschwand im Nebenraum. Kurz darauf hörte Rosetta Wasser laufen. Als sie zurückkam, stand Rosetta noch immer wie gelähmt da. Die Frau kicherte. »*Quítate la ropa. Necesitas un buen baño*«, sagte sie.

Rosetta blickte sie verständnislos an.

»Italienerin?«, fragte die Frau.

Rosetta nickte.

»Zieh dein Kleid aus«, meinte sie. »Ich lasse dir ein Bad ein.«

Rosetta legte sich schützend die Hände vor die Brüste.

Die Frau starrte sie überrascht an. »Bist du etwa nicht vom Fach?«

Rosetta wusste nicht, was sie meinte.

»Bist du neu?«, fragte die Frau schließlich freundlich, und Rosetta nickte.

Die Frau ging erneut in den Raum nebenan, woraufhin das Geräusch von laufendem Wasser verstummte. »Es ist bereit, komm mit«, rief sie. »Willst du lieber alles allein machen?«, schlug sie vor, als sie das Zimmer wieder betrat. »Keine Angst, bald wird es dir nicht mehr seltsam vorkommen, nackt zu sein.« Sie lächelte ihr aufmunternd zu. »Mit Francés hast du es gut getroffen, du wirst schon sehen. Wir bedeuten ihm etwas.« Als sie ging, schloss sie die Tür hinter sich.

Wie eine Traumtänzerin machte Rosetta sich auf den Weg ins Bad. Jemand im Dorf hatte einmal von einer Badewanne erzählt, aber nie hätte sie sich darunter dieses weiße Porzellan und diese Messingfüßchen, die aussahen, als wären sie aus Gold, vorstellen können. Ungläubig betrachtete sie den Dampf, der aus dem heißen Wasser aufstieg. An einer Wand des Raumes stand ein Spiegel, der jetzt beschlagen war. Sie trat heran und wischte in Höhe ihres Gesichts den Wasserdampf ab und sah sich ihrem eigenen verwirrten Gesichtsausdruck gegenüber. Sie griff nach einem Handtuch und wischte den gesamten Spiegel trocken. Und zum ersten Mal in ihrem Leben sah sie sich in voller Körpergröße. Lange stand sie da und betrachtete die Linie ihrer geraden und kräftigen Schultern, die vollen Brüste. Die gerundeten Hüften, die langen, schlanken Beine, die schwarzen glänzenden Haare. Wie auf einer Entdeckungsreise. Als würde sie sich erst jetzt kennenlernen. Nach zwanzig Jahren Leben.

Dieses Gesicht, diese Augen und diese Lippen hatte Rocco gesehen. Rosetta meinte gar, die Wärme ihres Kusses zu spüren. Sie fuhr sich mit einem Finger über die Lippen, ohne den Blick vom Spiegel zu wenden. Da bemerkte sie, dass ihr Blick sich verändert hatte. Und dass sie ein Lächeln auf den Lippen hatte.

Und dabei hatte sie geglaubt, den Rest ihres Lebens Angst vor Männern haben zu müssen, die Spuren der Gewalt waren noch so frisch. Doch stattdessen hatte Rocco ihr gezeigt, dass es auch eine Welt gab, in der Anstand zählte und man keine Furcht haben musste. Und das mit einem einzigen Kuss.

Nein, dachte sie lächelnd. Auch mit einem Stück Torte.

Im gleichen Moment klopfte es. Die Frau mit der Schürze hatte den Raum nebenan betreten.

Rosetta verließ das Bad und sah sie auf dem Bett ein grünes, tiefdekolletiertes Kleid mit einem Besatz aus cremefarbener Spitze und fleischfarbene hauchdünne Strümpfe ausbreiten. Ans Fußende stellte sie ein Paar schwarze Schuhe mit Satinschleifen und Absätzen.

»Ich hab dir ja gesagt, mit Francés hast du es gut getroffen. Das sind feine Sachen.« Die Frau blickte sie an. »Aber du hast dich ja noch nicht einmal ausgezogen.«

Rosetta ließ ihren Blick über das Kleid auf dem Bett wandern, und mit einem Schlag wurde ihr klar, welches Geschäft Francés ihr vorschlagen wollte. Hastig packte sie ihr Bündel und wandte sich zur Tür.

»Wo willst du denn hin?«, rief die Frau, aber Rosetta war schon verschwunden.

Sie rannte schnurstracks die Treppe hinunter und fand Francés an einem Marmortischchen mit gusseisernem Fuß sitzend, das zum Abendessen gedeckt war.

»Passt dir das Kleid nicht, das ich für dich ausgesucht habe?«, fragte er, als er sie auf ihn zustürmen sah.

»Ich habe verstanden«, sagte Rosetta knapp.

»Setz dich«, forderte Francés sie freundlich auf.

»Ich habe verstanden, was für ein Geschäft du mir vorschlagen willst.«

Francés zuckte nonchalant die Achseln, um das Ganze unschuldig und natürlich wirken zu lassen. »Hier in Buenos Aires ist nichts Schlimmes daran, als Hure zu arbeiten«, sagte er. »Wahrscheinlich gibt es nirgendwo anders auf der Welt so viele Männer und so wenige Frauen auf einem Haufen. Die Emigranten kommen auf der Suche nach dem Glück ohne ihre Familien hierher. Weißt du, wie viele hier sind? Zwei Millionen. Und die Hälfte davon Italiener.«

»Ja und?«

Francés zuckte wieder die Achseln und schloss die Augen zu zwei schmalen Schlitzen. Dabei lächelte er verschmitzt wie ein kleiner Junge, als wolle er sagen, die Antwort liege doch auf der Hand. »Es sind Männer. Und die haben Bedürfnisse.«

Rosetta nickte. »Und du besorgst ihnen das nötige Material.«

Francés lachte. »Du bist intelligent und witzig. Das gefällt mir.« Er nickte. »Ja, sagen wir mal, ich helfe ihnen.«

»Du bist ein Zuhälter und hast einen Stall voller Huren.«

»Ich nenne sie lieber *poules*.«

»Was bedeutet das?«

»Hühner.«

»Gut, also ich lege keine Eier.«

Francés lachte wieder.

Rosetta sah ihn herausfordernd an. »Und wenn ich ablehne, übergibst du mich der Polizei?«

Er schüttelte den Kopf. »Zwei Dinge hasse ich aus tiefstem Herzen: Arbeit und die Polizei.«

»Also sage ich jetzt einfach nein, und das war es dann?«, fragte Rosetta.

»Setz dich bitte.« Er trank einen Schluck Wein, während Rosetta seiner Aufforderung Folge leistete, dann fragte er: »Was möchtest du denn tun?«

»Ich bin Bäuerin.«

Francés beugte sich zu ihr vor. »Wenn du in die Pampa gehst, wo die Viehhirten und Bauern leben, wirst du dort ihre

Hure sein. Aber ohne dass sie dich bezahlen.« Er sah sie einen Augenblick an, abwartend, ob seine Worte Wirkung zeigten. »Deshalb frage ich dich noch einmal: Was möchtest du tun?«

»Das weiß ich nicht«, antwortete Rosetta.

»Siehst du?« Francés breitete die Arme aus.

»Aber ich weiß, dass ich keine Hure sein will«, erwiderte Rosetta. »Mir fällt schon irgendetwas ein.«

Francés seufzte und schüttelte noch einmal den Kopf. »Als Mann arbeitet man im Hafen und entlädt Schiffe, um seinen Hunger zu stillen. Als Frau landest du als Hure auf der Straße.«

Rosetta leerte ihr Glas Wein in einem Zug. Dann reckte sie stolz den Kopf: »Dann arbeite ich eben im Hafen und entlade Schiffe.«

Francés stand auf. »Iss etwas, und dann geh schlafen. Wir sprechen morgen früh noch einmal darüber. Ich habe jetzt zu tun«, sagte er. »Die Polizei sucht nach dir. Ist dir klar, dass du falsche Papiere brauchst? Aber keine Sorge, die kann ich dir beschaffen.«

Rosettas starrte ihn entsetzt an. Daran hatte sie überhaupt nicht gedacht.

Francés beugte sich zu ihr hinunter und küsste sie sanft auf die Stirn. »Du bist etwas Besonderes«, sagte er, und seine Stimme klang warm. »Und ich kann für dich sorgen.« Dann ging er.

Rosetta saß eine Weile gedankenversunken auf ihrem Stuhl. Dann nahm sie ihr Bündel und ging entschlossen zum Ausgang.

»*Oye, chica, ¿a dónde vas?*«, fragte Lepke.

»Ich verstehe dich nicht.«

»Wohin gehst du?«

Rosetta blieb stehen und sah ihn an, doch vor ihrem inneren Auge erschien das Bild von Rocco. Er würde sie finden.

»Wohin gehst du?«, fragte Lepke noch einmal.

»An einen Ort, für den ich mich nicht schämen muss, wenn er mich dort findet.«

»Wer?«

Rosetta lächelte versunken. »Er«, sagte sie und verließ das Haus.

18

Er hatte den verhängnisvollen Fehler begangen, sich noch einmal umzudrehen und sich mit einem Blick zum Ende der Gasse zu überzeugen, dass Rosetta es geschafft hatte. Da hatte er bemerkt, dass sie stehen geblieben war, und ihr so laut er konnte zugerufen, sie solle weglaufen. Im gleichen Moment hatte einer der Wachleute ihm von hinten einen heftigen Schlag mit dem Schlagstock verpasst. Rocco war kurz schwarz vor Augen geworden, und er war in die Knie gegangen. Als er wieder zu sich kam, waren die drei Wachen schon über ihm und hieben wütend auf ihn ein.

Rocco hatte den Geschmack von Blut im Mund, und in seinen Ohren hallten die Beschimpfungen der Wachen in ihrer Sprache, die er nicht verstand. Weiterhin prasselten Schläge auf ihn ein. Er nahm seine Kraft zusammen und rollte sich zur Seite. Dabei riss er eine der Wachen um, die auf ihn fiel.

Die anderen beiden hielten inne, um ihren Kollegen nicht zu treffen.

In diesem Moment versetzte er dem Mann, der auf ihm lag, einen Kopfstoß, und es gelang ihm, ihm den Schlagstock zu entreißen. Rocco rollte unter ihm hinweg und sprang auf die Füße. Wie ein wilder Stier stürzte er sich auf die beiden anderen, noch bevor sie sich neu formieren konnten. Der erste Schlag ging mit einem lauten Knallen auf der Stirn des einen Wachmanns nieder. Mit einem zweiten seitlichen Schlag traf er den anderen am Hals, dass diesem die Luft wegblieb. Beide sackten zu Boden.

Rocco griff seinen Koffer und lief los, ohne sich noch einmal umzudrehen. Erst an einer großen, stark befahrenen Straße blieb er kurz stehen.

Ihm war, als sähe er Rosetta vor sich, auf der Flucht. Suchend schaute er sich nach allen Seiten um. Da blieb sein Blick an einem schwarzen Knopf im Rinnstein direkt neben dem Bürgersteig hängen. Er hob ihn auf und war sofort sicher, dass dieser Rosetta gehörte. Doch in diesem Moment ertönte ein schrilles Pfeifen, und die Wachen nahmen erneut die Verfolgung auf.

Rocco rannte geradewegs auf die Straße. Er ließ sich weder von Beschimpfungen und Pferdewiehern noch von quietschenden Bremsen auf dem Asphalt und Hupen beirren, sondern rannte immer weiter, ohne zu wissen, wo er war und wohin er lief.

Doch dann drohte das Herz in seiner Brust zu zerspringen, und die Muskeln in seinen Beinen zogen sich in Krämpfen zusammen, und er sank zu Boden. Der Atem schmerzte brennend in seinen Lungen, seine Augen schienen aus den Höhlen treten zu wollen, sein Magen rebellierte. Er schleppte sich in einen spärlich erleuchteten Winkel, blieb dort auf dem Bürgersteig liegen wie ein Bettler und schnappte nach Luft. Erschöpft lehnte er den Kopf an eine Wand, doch sofort durchfuhr ihn ein stechender Schmerz. Stöhnend fuhr er sich mit einer Hand durch die Haare, die nass und verklebt waren. Als er die Hand wieder zurückzog, sah er, dass sie vor Blut rot war.

Zwei Passanten, die lachend und scherzend vor ihm auftauchten, wechselten hastig die Straßenseite, beobachteten ihn aber von dort weiter.

Rocco erhob sich mühsam. Hier konnte er nicht liegen bleiben, früher oder später würde jemand die Polizei informieren. Und er hatte keine Kraft für einen weiteren Kampf. Er setzte sich in Bewegung. Vor einem beleuchteten Schaufenster blieb er stehen und betrachtete sein Spiegelbild. Der Anblick war alles andere als ermutigend. Sein Gesicht war blutverkrustet, die Unterlippe aufgeplatzt, ebenso die linke Augenbraue. Aus dem Haaransatz lief immer noch Blut herunter. Und seine Nase war vermutlich gebrochen. Auf der anderen Seite der Scheibe, im Inneren des Ladens, begegnete er dem entsetzten Blick einer jungen Verkäuferin.

Rocco machte sich so schnell er konnte davon. Bald darauf wurden die Gaslaternen entzündet und tauchten das Viertel in einen warmen, bernsteinfarbenen Schein. Der Prunk der Häuser war atemberaubend. Die Straßen waren ein einziger Strom von Kutschen und Autos. Die Menschen trugen elegante Kleidung und legten ein vornehmes Betragen an den Tag. Hier waren der Reichtum und die Pracht der Neuen Welt in aller Deutlichkeit spürbar.

Rocco trat zu einem Springbrunnen abseits des Bürgersteigs und tauchte die Hände in das Wasser. Und erst in diesem Moment bemerkte er, dass seine Finger noch immer den Knopf umklammert hielten. Rosettas Knopf.

Er hatte ihr gesagt, er würde sie finden. Wie hatte er nur so töricht sein können? Diese Stadt war kein sizilianisches Dorf, sie war ein gigantischer Ameisenbau. Rosetta hier zu finden war die buchstäbliche Suche nach der Nadel im Heuhaufen. Den Knopf fest in der Hand, schloss Rocco die Augen. Er erinnerte sich an die Worte der alten Frauen in seinem Viertel Boccadifalco: »Wenn zwei einander suchen, dann finden sie sich auch irgendwann«, so sagten sie den jungen Leuten mit Liebeskummer. Er hatte das immer für romantischen Unsinn gehalten, doch in diesem Moment erfüllte es ihn mit Zuversicht.

Ich werde die Nadel im Heuhaufen finden, dachte er und lachte, obwohl seine Lippen heftig schmerzten.

Rocco steckte den Knopf weg und tauchte noch einmal die Hände ins Wasser. Es war kühl und erfrischend. Er wusch sein Gesicht, dann steckte er den Kopf in den Brunnen und reinigte seine Haare. Das Wasser färbte sich rot. Rocco trocknete sich mit einem Pullover aus dem Koffer ab, versorgte so gut es ging seine Wunden und ging weiter. Nach einem erneuten Blick in ein Schaufenster stellte er beruhigt fest, dass er nicht mehr ganz so furchterregend aussah. Entschlossen näherte er sich zwei elegant gekleideten Herren, die rauchend vor einem Lokal standen, aus dem eine mitreißende Musik erklang.

»Die Herren verzeihen«, sagte er. »Sprecht Ihr Italienisch?«

Die beiden Männer gingen ohne zu antworten eilig in das Lokal zurück.

Vor dem nächsten Häuserblock stand ein fliegender Händler mit einem schäbigen Handwägelchen, aus dem er Hosenträger, Strümpfe und Hosengürtel feilbot. Rocco fragte ihn: »Sprecht Ihr Italienisch?

»Was willst du?«, fragte der Händler misstrauisch.

»Ich muss zum Kai Nummer sieben, in La Boca.«

Der Händler zeigte mit einem Finger geradeaus. »Du gehst da lang, bis zu den Gleisen des *ferrocarril*, da biegst du links ab. Danach immer geradeaus, dann kommst du zum Hafen.«

Rocco steckte die Hand in die Tasche, nahm den Knopf zwischen die Finger und machte sich auf den Weg.

Eine halbe Stunde später sagte man ihm auf Nachfrage, er hätte das La-Boca-Viertel erreicht. Dort gab es nur ärmliche Unterkünfte, errichtet aus steinernen Grundmauern und Blechaufbauten in grellen Farben. Häuser, so dicht aneinandergedrängt, als müssten sie sich gegenseitig stützen, um nicht vom leisesten Windhauch umgeworfen zu werden. Entlang der Kais erhoben sich hohe Kräne, die sich wie dürre Heuschrecken vor dem Himmel abzeichneten, Frachtschiffe dümpelten träge im Wasser. Außerdem gab es viele große Lagerschuppen. Alle Männer, denen er begegnete, offensichtlich die Hafenarbeiter, waren groß und stark, schlurften aber mit gebeugten Schultern vorwärts, in schäbige Kleidung gehüllt.

Ein Stück die Straße hinunter sah er einen alten Mann auf einem klapprigen Stuhl vor einem völlig heruntergekommenen Haus sitzen.

»Wisst Ihr, wo ich Tony Zappacosta finde?«, fragte Rocco ihn. Der Mann musterte eindringlich Roccos Hosenbund und Oberkörper.

»Du bist unbewaffnet«, antwortete der Alte und kaute Tabak.

»Warum sollte ich denn bewaffnet sein?«, fragte Rocco erstaunt.

Der Mann schüttelte leicht den Kopf. »Du bist auf dem Weg zu Tony Zappacosta.«

»Ja und?«

»Also bist du ein Mafioso.« Der alte Mann spuckte braunen Tabakbrei aus.

»Nein!«

Der Mann lachte röchelnd und gab dabei den Blick frei auf seine vom Tabak dunkel gefärbten Zähne. »Du bist auf dem Weg zu Tony Zappacosta und kein Mafioso?« Er schüttelte erneut den Kopf und deutete mit dem Daumen auf einen niedrigen, hellgrün gestrichenen Lagerschuppen aus Holz. »Da findest du deinen *jefe de la mafia*, deinen Boss.«

»Er ist nicht mein Boss«, wehrte Rocco ab.

»Guter Witz, mein Junge! Wirklich, ein guter Witz.« Wieder lachte der alte Mann.

Rocco machte sich auf den Weg zu dem hellgrünen Gebäude. An der Vorderseite bemerkte er ein großes Schild mit gelber Schrift auf schwarzem Grund. Er ging auf die Glastür zu, klopfte und trat ein, begleitet vom Läuten einer kleinen Glocke.

Im Raum roch es nach Olivenöl und sizilianischen Orangenblüten, nach Tabak und in Salz eingelegten Kapern, nach Oregano und getrockneten Tomaten.

»*¿Qué quieres?*«, fragte ein Mann um die sechzig, der aus dem Hinterzimmer auftauchte. Auf seiner von geplatzten Äderchen überzogenen Nase trug er eine Brille mit runden Gläsern. Unter dem schwarzen Kittel lugte ein Hemd hervor, dessen Ärmel wie bei einem Buchhalter mit schwarzen Elastikbändern gehalten wurden.

»Sprecht Ihr Italienisch?«, fragte Rocco.

Der Mann nickte. »Was willst du? Wir schließen gerade.«

»Ich suche Tony Zappacosta.«

»Señor Zappacosta«, verbesserte ihn der Mann.

»Ja …«

»Wer bist du?«

»Ich heiße Rocco Bonfiglio.«

»Ja und?«

»Don Mimì Zappacosta schickt mich.«

»Aha, du bist also angekommen.« Der Mann bedeutete ihm zu warten und ging ins Hinterzimmer. »Señor Tony, da ist der *picciottu*, den Euer Onkel schickt.«

Eine Weile war nichts weiter zu hören, dann sagte eine kalte, beinahe metallisch klingende Stimme: »Er soll herkommen.«

Der Mann in dem schwarzen Kittel bedeutete Rocco, ihm ins Hinterzimmer zu folgen.

Als Rocco den Raum betrat, gelang es ihm nur mit Mühe, seine Überraschung zu verbergen.

Tony Zappacosta war Mitte vierzig. Er war nicht im eigentlichen Sinne ein Zwerg, da sein Körper wohlproportioniert war, aber sicher einer der kleinsten Männer, die Rocco je gesehen hatte. Doch abgesehen von dieser körperlichen Besonderheit, die ihm die Maße eines Kindes verlieh, deutete nichts darauf hin, dass er auch die Seele eines Kindes besaß, vor allem nicht, wenn man ihm in die Augen sah. Die Eiseskälte in seinem Blick wirkte furchteinflößend, mehr als einem Menschen ähnelte er einem kaltblütigen Raubtier.

»Mein Onkel sagte, ich würde ihm einen Gefallen tun, wenn ich dich aufnehme«, begann Tony, während er seinen Platz hinter dem Mahagonischreibtisch verließ. Er musterte Rocco ungeniert von oben bis unten, fast als wollte er ihn damit herausfordern, während eine Hand lässig auf dem Kolben des Revolvers in seinem Gürtel ruhte.

»Ich bin Euch dankbar«, erwiderte Rocco.

»Aber er hat mir auch gesagt, dass du nicht mehr unter seinem Schutz stehst, sobald ich ihm diesen Gefallen erweise«, fuhr Tony mit seiner metallischen Stimme fort, als hätte er ihn nicht gehört. »Und das heißt, ich kann dich auch in den Fluss werfen. Ist das klar?«

»Vollkommen klar«, sagte Rocco. »Aber ich kann schwimmen«, versuchte er zu scherzen.

»Auch mit einem Stein am Hals?«, entgegnete Tony mit einem eiskalten Lächeln. »Ich führe die Gesellschaft Zappacosta Oil Import-Export und bin auch der *commissario* von Kai Nummer sieben«, fuhr er fort. Er sah Rocco an, ohne die leiseste Regung zu zeigen. »Hier bestimme ich die Regeln.«

»Ihr seid der Boss von Kai Nummer sieben, ist klar.«

Tony trat auf ihn zu und drückte ihm den Zeigefinger in den Magen. »Nein, ich bin Gottvater«, flüsterte er. Dann drehte er sich um und setzte sich wieder an seinen Schreibtisch. Sein Stuhl hatte Räder, und auf dem Sitz lagen zwei dicke gepolsterte Kissen. Er fuhr sich mit einem Finger über das Gesicht. »Was ist passiert? Bist du unter einen Zug geraten?«

»So was in der Art«, antwortete Rocco.

»Kannst du mit einem Revolver umgehen?«, fragte Tony dann.

»Nein«, log Rocco.

»Dann musst du das lernen«, erklärte Tony. »Von jetzt an bist du der Nachtwächter von Lagerhalle acht. Im Hafen wimmelt es nur so von Kinderbanden. Sie stehlen, und wenn auch nur eine Stecknadel verschwindet, bist du schuld. So lautet die Regel.«

»Signor Zappacosta, ich bin Automechaniker«, erwiderte Rocco.

»Nein, du bist Nachtwächter, und wenn auch nur eine Stecknadel verschwindet, bist du schuld«, wiederholte Tony reglos, als hätte er statt des Herzens einen Eisklumpen in der Brust. In seinem Blick lag eine Gelassenheit, die nur schwer zu deuten war, so dunkel und verschwommen wie etwas, das man auf dem Grund eines Flusses auszumachen versucht.

Rocco musterte ihn schweigend.

»Bastiano, gib ihm die Schlüssel und eine Waffe und zeig ihm die Halle«, befahl Tony. »Und sieh zu, dass du schnell wieder hier bist, ich will die Buchhaltung abschließen.«

Bastiano bedeutete Rocco, ihm zu folgen. Er öffnete einen Tresor, holte einen Schlüsselbund heraus und einen Revolver.

Als sie hinaustraten, hielt mit rasanter Vollbremsung ein zweisitziges Auto vor der Zappacosta Oil Import-Export. Am Steuer saß eine junge Frau, noch keine zwanzig Jahre alt.

»*Salutiamo*, Catalina«, begrüßte Bastiano sie.

»Ist der neu?« Catalina zeigte auf Rocco wie auf einen Gegenstand. Ihre Stimme klang rau, als hätte sie zu viel geraucht. Sie war von unheilvoller Schönheit. Wie ein Kristallglas mit vergiftetem Wein.

»Er kommt aus Palermo, Onkel Mimì hat ihn geschickt«, antwortete Bastiano und rückte seine Brille zurecht.

Catalina stieg aus, ging gemessenen Schrittes auf Rocco zu, stellte sich vor ihn und musterte ihn ungeniert. Sie trug ein violettes Seidenkleid mit einem schwingenden Rock, der ihre Beine nur bis zur Wade bedeckte. Eine Weile betrachtete sie ihn ausgiebig. Dann wandte sie sich ab und ging zum Büro.

»Señor Zappacosta schneidet dir die Eier ab, wenn du ein Auge auf seine Tochter wirfst«, warnte Bastiano, während er das Vorhängeschloss an dem Schiebetor zur Lagerhalle öffnete, auf der eine riesige blaue Acht aufgemalt war. »Die Frau von Señor Tony ist früh gestorben. Sie hatte ein schwaches Herz. Catalina ist ihr wie aus dem Gesicht geschnitten, und Señor Tony würde alles für sie tun, merk dir das. Er würde sich ohne zu zögern für sie umbringen lassen. Sie ist sein Augenstern, deshalb verwöhnt er sie nach Strich und Faden. Du hast ihn ja gesehen, er ist härter als ein Stahl. Aber bei Catalina … wird er weich. Also, ich warne dich, halt dich von ihr fern.«

Rocco erwiderte nichts.

Bastiano schob das Tor auf und betätigte den Lichtschalter. Gleich darauf begannen vereinzelte Glühlampen an der Decke ihr nacktes Licht über die mit aufgestapelten Kisten vollgestellte Halle zu verteilen. In einer Ecke befand sich ein winziger Kabuff aus Holz. Auf dem Tisch darin bemerkte Rocco einen Gaskocher, zwei Stielkasserolen und einen angeschlagenen Teller und Besteck. Außerdem gab es dort einen Holzschemel, einen Kerosinofen und auf dem Boden eine fleckige Matratze mit einer Decke darauf.

»Schlaf mit offenen Augen«, empfahl ihm Bastiano. »Die Kinder schneiden Löcher in die Blechwände und greifen sich alles, was sie finden. Und Señor Zappacosta ist dann stinkwütend.« Er wandte sich zum Gehen, hielt aber noch einmal kurz inne. »Wenn du keinen Mist baust, wird die Neue Welt dir gefallen. Sie ist voller Möglichkeiten.«

Kaum war Bastiano gegangen, schloss Rocco von innen ab. Er löschte das Licht und legte sich auf die Matratze. »Ich scheiß auf die Neue Welt«, schimpfte er.

Er war aus Palermo fortgelaufen im Glauben, sich von dem

vorgezeichneten Schicksal befreien zu können, das sein Vater ihm mitgegeben hatte. Aber hier in Buenos Aires, Tausende Kilometer entfernt, mit einem ganzen Ozean dazwischen, schien sich nichts verändert zu haben. Auch sein Schicksal nicht.

Denn die Mafia war wie Klebstoff. Wenn sie einmal an einem hing, bekam man sie nie wieder ab.

Einen Augenblick fühlte Rocco sich wie ein Gefangener. Und einsamer denn je.

Doch dann dachte er an Rosetta. Mit ihr war es anders gewesen. Von Anfang an. Und so flüsterte er freudig: »Ich werde dich finden.«

In der Hand hielt er den Knopf. Und auf den Lippen spürte er ihren Kuss.

19

Der Ablauf im Café Parisienne entsprach ungefähr dem im Hotel Palestina. Männer saßen an kleinen Tischen vor trüben Spiegelwänden, taxierten die Mädchen auf dem Laufsteg und gaben ihre Angebote ab.

Raquel beobachtete das Geschehen. Schnell war ihr klar, was *zweite Wahl* bedeutete. Die Männer trugen schlechtere Kleidung, waren unrasiert, ihre Haare waren fettig und ihre Blicke hart. Einige von ihnen betatschten die Mädchen, ohne von Amos und seinen Leuten daran gehindert zu werden, die sie sogar vor aller Augen ausgezogen hatten, um zu beweisen, dass die Mädchen nirgendwo ausgepolstert waren. Außerdem wurde wesentlich weniger für die Mädchen geboten. Sie kosteten nur noch die Hälfte.

Schließlich hatte Amos seine gesamte »Ware« verkauft. Für sich behielt er fünf Mädchen, darunter Tamar, die Schönste von allen, und Raquel, die ohnehin niemand gekauft hätte. Er deutete auf Raquel und sagte zu der Frau mit der wulstigen Narbe auf der Wange: »Die da soll putzen und dir zur Hand gehen. Und wenn sie nicht tut, was sie soll, sag mir Bescheid, dann schmeiße ich sie in den Riachuelo. An der liegt mir gar nichts.«

Die fünf Mädchen bestiegen eine kleine offene Kalesche mit einem durchlöcherten Dach, durch das warme Sonnenstrahlen hereinfielen.

Raquel schmiegte sich eng an Tamar, auf der anderen Seite

neben ihr saß die Frau mit der Narbe. »Wie heißt Ihr«, hatte sie sie gefragt.

»Adelina«, lautete die müde Antwort.

»Wohin bringen sie die anderen Mädchen?«

»In die Häuser, wohin sonst?«

»Sind das schöne Orte?«, fragte Raquel.

Adelina wandte sich ab und blickte auf die Straße. »Nein«, sagte sie schließlich nach einem langen Schweigen.

»Und dort, wo wir hingehen, ist es also auch nicht schön?« Raquel hörte selbst, wie brüchig ihre Stimme klang.

Adelina nickte. »Ja, du dumme Gans. Das sind alles hässliche Orte«, sagte sie tonlos. Ihr Blick glitt über die Passanten auf den Bürgersteigen. »Wir sind nicht wie die«, fügte sie hinzu. »Aber du hast Glück, Mädchen. Und ich beneide dich.«

»Warum?«

Aber Adelina gab keine Antwort.

Kurz darauf hielt die Kalesche vor einem unscheinbaren, senfgelben Haus, an dem sämtliche Fensterläden geschlossen waren, als wäre es unbewohnt.

»Das ist das Chorizo.« Adelina bedeutete den Mädchen, ihr zu folgen. »Euer Haus«, fügte sie hinzu, mit einer Stimme so düster, als wollte sie sagen, »euer Grab«.

Raquel hatte gesehen, dass die Straße, in der sie gehalten hatten, Avenida Junín hieß. Diesen Namen hatte der Beamte in der Einwanderungsbehörde auch in den Papieren notiert. An der Eingangstür zum Haus standen zwei Männer, die lange Messer am Gürtel trugen.

Adelina brachte die Mädchen hinauf in den zweiten Stock in ein Zimmer, in dem dicht nebeneinander mehrere Betten standen.

Die fünf Mädchen betraten es verängstigt und betäubt, viele Fragen lagen in ihren Blicken, vor deren Antworten sie sich zugleich fürchteten.

»Hier schlaft ihr, wenn ihr nicht arbeitet«, eröffnete Adelina, und Raquel dachte: Das erzählt sie bestimmt nicht zum ersten Mal.

Adelina waren die verstörten und ängstlichen Blicke der Mädchen durchaus vertraut. »Es ist besser, ihr wisst, was euch erwartet«, sagte sie kalt. »In Buenos Aires wimmelt es von Männern, und es gibt kaum Frauen. Deren Arbeit erledigt ihr Huren, und zwar die gesamte. Ihr fangt um vier Uhr nachmittags an und hört um vier Uhr morgens auf. In dieser Zeit steht ihr jedem zur Verfügung, der für euch bezahlt.« Sie sah die Mädchen durchdringend an. Adelina wusste, dass sie, trotz allem, was sie auf dem Schiff erlitten hatten, noch nicht abschließend verstanden hatten, was sie hier erwartete. »Und was die Mahlzeiten anbelangt – seid nicht zimperlich. Esst. Ihr müsst bei Kräften bleiben. Die Arbeit ist hart. Die *rufianes* erwarten, dass ihr ungefähr sechshundert Männer in der Woche befriedigt. Und mindestens fünfzig am Tag.« Adelina war auch klar, dass diese unmenschlichen Zahlen ihnen noch nichts in Bezug auf ihre Körper sagten. »Zwei Ratschläge habe ich noch für euch«, fuhr sie fort. »Lernt schnell Spanisch. Wenn ihr nicht versteht, was die Kunden von euch wollen, werden sie schnell handgreiflich. Aber redet nur das Allernötigste mit ihnen. Die erzählen euch bloß ihr Unglück – wie ein Betrunkener, der in eine Toilettenschüssel kotzt. Zweitens: Sagt immer ja. Macht immer, was die Kunden wollen. Sonst nehmen sie es sich mit Gewalt.« Adelina ließ ihren Blick von einer zur anderen wandern. »Schlaft jetzt. Morgen beginnt ihr mit der Arbeit.« Dann deutete sie auf Raquel. »Komm mit. Du schläfst nicht bei den anderen.«

Raquel klammerte sich an Tamars Arm. »Nein«, flüsterte sie verzweifelt.

»Hast du nicht gehört, was Amos gesagt hat, dumme Gans?«, fragte Adelina ohne eine Spur von Mitgefühl. Sie zeigte auf die anderen Mädchen. »Sie sind für ihn Fleisch, das ihm einen Haufen Pesos einbringt, und bedeuten ihm trotzdem kaum etwas. Und jetzt überleg mal, was du ihm wohl bedeutest, die ihm keine einzige Münze einbringt. Hast du's kapiert? Du bist einen Scheißdreck wert.« Adelina trat zu ihr und tippte ihr mit dem Finger ins Gesicht. »Kennst du den Riachuelo? Das ist der schmutzigste Fluss auf der ganzen Welt. Voller Kuhkadaver. Amos braucht nur eine Sekunde, um dir die Kehle durchzuschneiden und dich wie Abfall dort hineinzuwerfen.« Sie wedelte drohend mit dem Finger vor Raquels Gesicht herum. »Du bist einen Scheißdreck wert«, wiederholte sie, bevor sie Raquel barsch fortscheuchte. »Beweg dich.«

Raquel aber schmiegte sich noch enger an Tamar.

»Geh, Stachelschwein«, flüsterte Tamar. Und während Raquel ihren Arm losließ, fügte sie hinzu: »Keine Angst, wir werden fliehen.«

Adelina drehte sich abrupt um. »Was hast du gesagt?«

Tamar sah sie herausfordernd an. »Wir werden fliehen.«

»Das würde ich dir nicht raten.« Adelinas Blick war kalt.

Tamar lächelte verächtlich »Und warum nicht?«

»Wovon willst du leben, Närrin?«, stieß Adelina hervor. »Du hast nichts, und Amos schmiert die Polizei. Er würde dich finden.«

»Dann fliehe ich eben noch mal.«

»Dann würden sie dich noch viel leichter finden«, erwiderte Adelina. »Denn die, die fliehen, werden gezeichnet.« Sie legte eine Hand an die Narbe auf ihrer Wange. »Und wenn der *rufián* dich gezeichnet hat, erkennt dich jeder.« Sie legte ihr eine Hand auf die Schulter. »Denk lieber daran zu überleben.«

Doch Tamar schüttelte die Hand ab.

»Pass auf, wie du mich behandelst, Hure«, stieß Adelina drohend hervor. »Ich bin Amos' Augen und kann auch zu seiner Hand werden.« Dann fügte sie etwas ruhiger hinzu: »Eines

Tages, falls du dann noch lebst, wenn sie dich nicht mehr brauchen, werden sie dich gehen lassen.«

Tamar starrte sie an. »Und warum bist du nicht gegangen?«

Adelina hielt ihrem Blick stand und lächelte bitter. »Weil ich nicht wusste, wohin.« Damit verließ sie den Raum.

Raquel folgte ihr in eine kleine fensterlose Kammer mit zwei Betten darin. Dann verschwand Adelina aus dem Zimmer und kehrte kurz darauf mit einer Matratze und einem braunen hochgeschlossenen Kleid zurück, das einem Sack ähnelte. »Zieh das zur Arbeit an.« Sie reichte es Raquel. Die Matratze legte sie in eine Ecke. »Du schläfst hier bei mir und Esther. Esther ist eine wie ich, sie ist auch nicht gegangen.«

Raquel musterte sie. Auch wenn diese Frau Schreckliches erlebt haben musste, empfand sie weder Solidarität noch Mitgefühl mit ihr. Sie war ihr zutiefst zuwider.

Adelina lachte spöttisch, als könnte sie ihre Gedanken lesen. »Du wirst die Bettwäsche und Kleidung der anderen Mädchen waschen und bügeln, die Zimmer putzen und die Latrinen reinigen und alles tun, was sonst für den Betrieb eines Bordells nötig ist«, erklärte sie kalt. »Sag immer ja, und wie gesagt, sieh zu, dass du schnell Spanisch lernst. Wie heißt du?«

»Raquel, aber eigentlich Raechel.«

»Ich heiße auch nicht Adelina. Aber meinen richtigen jüdischen Namen habe ich vergessen. Der wurde mit einem anderen Leben begraben«, sagte Adelina. »Wir tragen diese Namen, weil die Kunden nicht daran denken wollen, dass man uns unseren Familien entrissen hat – zu ihrem schweinischen Vergnügen.« Sie zuckte die Schultern. »Sie wissen es. Aber sie wollen nicht daran denken.«

Dann führte Adelina Raquel durch das Haus, zeigte ihr die Küche, die Waschküche und die Terrasse, auf der sie die Wäsche zum Trocknen aufhängen sollte.

Auf ihrem Weg durch das Chorizo blickte Raquel verstohlen in die Zimmer, deren Türen offen standen. In vielen Betten lagen Mädchen, auch sie wirkten erschöpft und ihre Augen wie erloschen. Und in einigen Zimmern beobachtete sie, wie Männer sie auszogen und sich auf die Mädchen stürzten.

»Blick stets auf den Boden«, ermahnte Adelina sie. »Bemüh dich, unsichtbar zu sein. Wenn ein Freier zu lange warten muss, kann er schon mal die Geduld verlieren, und dann fällt er über dich her. Für die sind wir keine Menschen, sondern Tiere.«

Raquel erschrak und senkte sofort den Blick.

Nach einem frühen Abendessen aus Fleisch und Gemüse gebot Adelina Raquel, sich hinzulegen. »Heute Abend schläfst du. Morgen früh um vier, wenn die Huren aufhören, weck ich dich, und du fängst an zu arbeiten.«

Raquel zog sich die Decke über den Kopf, presste das Buch des Vaters an sich und brach in Tränen aus.

»Heul nicht, dumme Gans«, sagte Adelina knapp. »Du hast mich gefragt, warum ich finde, dass du Glück hast. Nun – weil du dem entkommst, was die anderen durchmachen müssen.«

Raquel zog die Decke vom Kopf und begegnete Adelinas gnadenlosem Blick.

»Dein Leben hier wird nicht schön sein. Du wirst schuften wie eine Sklavin. Aber zumindest musst du nicht als Hure arbeiten und wirst vielleicht auch nicht im Inneren verdorben wie wir alle, Dummkopf. Deshalb hast du Glück. Und deshalb beneide ich dich.«

»Um Glück zu haben, hätte ich als Junge geboren werden müssen«, erwiderte Raquel wütend.

Adelina verzog das Gesicht zu einem Grinsen. »Na, da fehlt ja nicht viel«, sagte sie boshaft. »Mit diesem Gestrüpp auf dem Kopf siehst du ja tatsächlich aus wie ein Junge, und bewegen tust du dich ganz sicher nicht wie eine Frau.«

Raquel war dankbar für ihr Bauchgefühl. Diese Frau war gemein und grausam. »Ich glaube nicht, dass Ihr hiergeblieben seid, weil Ihr nicht wusstet, wohin«, zischte sie. »Euch gefällt es, andere zu quälen.«

Adelina lachte gehässig. »Red keinen Unsinn, kleines Gör. Du interessierst mich einen Scheißdreck, genau wie die anderen Mädchen.« Sie ging zur Tür und wollte den Raum schon verlassen, als sie noch einmal zurückkehrte und sich beinahe drohend vor Raquel aufbaute. »Ich bin hier, weil man mir das Gesicht zerschnitten hat und niemand da draußen mir eine anständige Arbeit geben will, du Närrin«, sagte sie feindselig. »Ich bin hier, weil ich nicht weiß, wohin, und … weil ich feige bin. Das haben die mir angetan. Sie haben mir meine Seele genommen. Aber davon hast du keine Ahnung! Und jetzt hör auf zu heulen, das geht mir auf die Nerven.« Damit ging sie hinaus und schlug die Tür hinter sich zu.

»Tamar und ich werden fliehen«, flüsterte Raquel, doch tief in ihrem Inneren hatte sie kaum Hoffnung.

Sie legte ihre Sachen ab und zog das braune Kleid an, bevor sie sich wieder auf die Matratze legte. Dort starrte sie mit weit aufgerissenen Augen in das Halbdunkel des Raumes, der ihr neues Heim werden sollte. Ihr Grab.

Eine schreckliche Last drückte auf ihre Brust. Sie dachte an Kailah, die sich selbst getötet hatte, um nicht innerlich zu sterben. Entmutigt öffnete sie das Buch ihres Vaters auf der Suche nach ein wenig Trost.

Im gleichen Moment kam Adelina zurück. Sie betrachtete das Buch mit einem abschätzigen Grinsen. »Bei allem, was man hier braucht«, sagte sie grausam, »kannst du dir damit ebenso gut den Arsch abwischen.«

Raquel rührte sich nicht.

»Hier drin gibt es keinen Gott, hast du das noch immer nicht begriffen, du dumme Gans?« Sie kam mit einem boshaften Grinsen auf Raquel zu und beugte sich zu ihr hinunter, bis ihr Gesicht ganz nahe an Raquels Gesicht war. Sie sah sie an –

und lachte dann leise. Es klang beinahe wie ein Stöhnen. Als säße eine Krankheit in ihrer Brust.

»Hier gibt es nur einen Gott, und das ist Amos«, zischte sie drohend. »Ihn musst du anbeten. Und ihn musst du fürchten.«

20

Rosetta trat aus dem Black Cat und sah sich um.

Die Straßen waren voller Menschen, fast ausschließlich Männer, genau wie Francés gesagt hatte. Das Viertel war offensichtlich wohlhabend, denn die Menschen waren gut gekleidet, sie trugen Anzüge, Krawatten und Westen, an denen schwere goldene Uhrketten hingen. Und alle, die an ihr vorüberkamen, musterten sie entweder, sprachen in ihrer unverständlichen Sprache über sie oder lachten sie aus. Sie begegnete auch zwei Frauen mit weißen, spitzenbesetzten Sonnenschirmen, die sie anstarrten. Und beide strichen sich wie von selbst mit einer Hand über ihre kostbaren Seidenkleider, die so glänzten, dass sich das Licht der Gaslaternen darauf spiegelte, als müssten sie den Staub und Schmutz, den sie auf Rosetta sahen, wegwischen. Und auch diese beiden lachten.

Eine ältere Dame, die sich mit einem Arm auf einen Stock und dem anderen auf eine Bedienstete stützte, blieb neben ihr stehen. Sie kramte in ihrem bestickten Täschchen, holte eine Münze hervor und drückte sie Rosetta in die Hand.

Verblüfft sah Rosetta der alten Dame hinterher, die sich mit unsicheren Schritten entfernte. Sie war elegant gekleidet, ebenso wie ihre Dienerin. Rosettas Kleid hingegen war abgetragen, die dicken schwarzen Strümpfe hatten Laufmaschen, die Schuhe waren ausgetreten. In der Hand trug sie ein schmutziges Bündel. Die alte Dame hatte sie für eine Bettlerin gehalten.

Am besten verschwand sie so schnell wie möglich aus diesem Viertel in einen der Außenbezirke der Stadt. Dort würde sie weniger auffallen. Und dort würde sie auch einen Unterschlupf finden. Die Polizei suchte sicher immer noch nach ihr. Entschlossen lief sie los.

Mit der Zeit sahen die Gebäude nicht mehr so prächtig aus, waren weniger imposant und deutlich niedriger. Die Menschen um sie herum schienen immer grauer zu werden, als läge eine Schicht aus Staub und Müdigkeit auf ihnen und ihren Kleidern, die ebenfalls wesentlich weniger elegant waren. Die Gaslaternen standen hier in größerem Abstand, die Geschäfte waren weniger luxuriös und die Straßen ungepflegter.

Rosetta lief und lief. Die Stadt schien kein Ende nehmen zu wollen.

Als allmählich die Abenddämmerung hereinbrach, hielt sie irgendwann inne, und ihr fiel auf, dass die Straßen nicht mehr gepflastert waren. Es gab auch keine Bürgersteige. Die Häuser waren zwei, höchstens drei Stockwerke hoch, mit abblätterndem Putz, verzogenen Türen, Dächern aus Wellblech. Die Markisen vor den Geschäften waren verschlissen und dreckig. In der Luft lag ein unangenehmer, scharfer Geruch – eine Mischung aus Schweiß, Zwiebeln, Knoblauch, verdorbenem Essen, Alkohol, Exkrementen. Alles war überlagert von einem Klangteppich aus Schreien, Gesang, Streit und Prügeleien. Auch hier gab es überwiegend Männer. Viele von ihnen schleppten sich mit hängenden Schultern durch die Gassen. Betrunkene taumelten an den Hauswänden entlang. Rosetta sah auch einige Kinder, die barfuß herumliefen. Doch von Polizisten weit und breit keine Spur.

Das war das Reich der Ausgestoßenen. Wie sie eine war. Hier würde keiner sie anstarren.

Hier war sie wie alle anderen.

Ich bin in Sicherheit, schoss ihr durch den Kopf.

Plötzlich vernahm ihre Nase durch den Gestank hindurch den appetitlichen Geruch von gegrilltem Fleisch, was ihr Magen mit einem lauten Knurren quittierte. Sie hatte Hunger. Der Duft kam aus einem Lokal ohne Schild, vor dem man Tische auf die Straße gestellt hatte. Daneben stand ein Mann, der Akkordeon spielte, vor sich einen abgeschabten Hut in einer undefinierbaren Farbe. Eine traurige, wehmütige Melodie, zu der zwei Männer miteinander tanzten. Einige Gäste lachten und klatschten Beifall.

Rosetta warf die Münze der älteren Dame in den schmutzigen Hut des Straßenmusikanten. Der Mann dankte ihr mit einem beinahe zahnlosen Lächeln, ohne sein Spiel zu unterbrechen.

Dann betrat Rosetta das Lokal. Dichter Rauch schlug ihr entgegen, fast wie Nebel. An den Tischen saßen nur Männer. Junge und alte. Einige sprachen laut, andere saßen still da und starrten ins Leere, als wären sie gar nicht anwesend. Außer ihnen befanden sich nur drei Frauen im Raum, und sie alle trugen Kleider mit tiefem Ausschnitt. Sie streiften zwischen den Tischen umher und tranken aus den Gläsern der Gäste, die ihnen dafür an den Hintern fassen durften. Unter ihrer grellen Schminke wirkten auch sie grau und müde, wie jeder in dem Lokal, und in ihren Blicken lag Verzweiflung, Hunger, Demütigung.

Die drei Frauen musterten Rosetta mit finsteren Mienen, dann trat eine von ihnen zum Wirt, einem beleibten Mann mit Kulleraugen, hinter die Theke und sprach sichtlich verärgert auf ihn ein. Der Wirt nickte träge und ging auf Rosetta zu.

»*¿Qué quieres?*«, fragte er.

»Sprecht Ihr Italienisch?«, fragte Rosetta zurück.

»Wir brauchen hier nicht noch eine Hure«, sagte er. »Verschwinde.«

»Ich bin keine Hure«, entgegnete Rosetta.

»Na, der war gut!«.

»Ich arbeite nicht als Hure«, sagte Rosetta mit Nachdruck in der Stimme.

»Na schön, aber das werden die da dir nicht abnehmen«, sagte der Wirt mit einer Kopfbewegung zu den drei Frauen hin, die sie immer noch grimmig musterten. »Wenn du bleibst, kratzen sie dir die Augen aus. Und ich habe keine Lust auf Ärger, also: Egal ob Hure oder nicht, verschwinde.«

Rosetta verließ das Lokal. An einem Stand kaufte sie ein *choripán*, ein Brötchen mit einer scharfen, nach italienischer Art gewürzten Bratwurst, und verzehrte es gierig. Dann machte sie sich auf die Suche nach einem Platz zum Schlafen. Sie fragte in mehreren Wirtshäusern nach, aber auch dort hielt man sie für eine Hure und beschied ihr, sie könne entweder stundenweise ein Zimmer mieten oder müsse zwei Pesos für jeden Mann bezahlen, den sie mit aufs Zimmer nahm.

Als sie nicht mehr ein noch aus wusste, hörte sie plötzlich Glockengeläut. Verzweifelt wandte sie sich in die Richtung, aus der die Klänge kamen.

Die kleine Kirche war menschenleer bis auf ein paar alte Weiblein, die einen Rosenkranz beteten. Ein verschlafen wirkender Messner sagte etwas zu den alten Frauen, die sich daraufhin dem Ausgang zuwandten. Offensichtlich wurde die Kirche gerade geschlossen.

Rosetta schlüpfte in einen Beichtstuhl in der Hoffnung, dort nicht entdeckt zu werden. Still verharrte sie dort mit angehaltenem Atem, bis sie hörte, wie das große Kirchenportal abgesperrt wurde. Sie lauschte den Schritten des Mannes, der an ihr vorüberlief und kurz darauf eine andere Tür hinter sich schloss. Als sie sicher sein konnte, dass sie allein war, steckte sie ihren Kopf aus dem Beichtstuhl.

Die kleine Kirche lag im Dunklen, abgesehen von einer Nische im linken Seitenschiff, wo zu Füßen einer Madonnenstatue Votivkerzen brannten.

Rosetta lief auf die Statue zu und setzte sich auf die Bank davor.

Der Blick der Madonna war gütig, doch Rosetta empfand keinen Trost. Sie war wütend auf die Welt dort draußen, in der jeder nur eine Hure in ihr sah.

»Du weißt schon, was du da tust, oder?«, platzte sie auf einmal mit ihrer Frage an die Madonna heraus. Sie wartete einen Moment und schnaubte dann empört. »Ich will ja nicht behaupten, dass du mir etwas schuldest«, fuhr sie wütend fort, »das meine ich nicht. Aber warum kriege ich immer alles ab? Und das schon seit langem! Zuerst hast du mir meinen Vater aufgehalst, du kennst die Narben von seinem Gürtel, die ich auf dem Rücken trage. Dann verreckt er endlich, entschuldige bitte meine offenen Worte, und es scheint, als wäre ich frei … Aber nein! Du schickst mir diese verfluchten Bauern. Und den Baron! Und der raubt mir meine Ehre, nimmt sich mein Land, ich verschwinde, werde verhaftet, komme hierher und finde Rocco, der, Gott möge ihn segnen, mir bei der Flucht hilft.« Rosetta lächelte. »Und mich auf diese Weise küsst.« Sie wandte den Blick nicht von der Madonna, während sie energisch den Zeigefinger vor ihr schwenkte. »Das ist keine Sünde. Also, so ein Kuss, nein, das kann keine Sünde sein.« Wütend ballte sie die Fäuste. »Komm schon, du kannst mich jetzt doch nicht auch noch zur Hure machen! Jetzt ist es wirklich an der Zeit, dass du mir ein wenig Glück schickst.« Rosetta stand auf und legte sanft eine Hand auf den Fuß der Madonna, der unter deren blauem Gewand hervorschaute. »Ich flehe dich an«, sagte sie leise. »Ich weiß, dass jede Menge Menschen mit ihren Bitten hierherkommen … Aber ich bin es leid, immer die Letzte in der Reihe zu sein. Jetzt bin ich mal dran, liebe Madonna.« Und damit ging Rosetta zu der Bank zurück und legte sich darauf.

»Jetzt bin ich mal dran«, murmelte sie, ehe sie erschöpft einschlief.

Am nächsten Morgen versteckte Rosetta sich zunächst wieder in einem Beichtstuhl, dann mischte sie sich unter die ersten Gläubigen und verließ die Kirche. Die Sonne, die am blauen Himmel strahlte, versetzte sie in hoffnungsvolle Stimmung.

Den ganzen Tag lief sie auf der Suche nach einem Zimmer und einer Arbeit durch die Straßen. Einige Männer zwinkerten ihr zu, als sie von Arbeit sprach, und sagten, sie sei schön.

Irgendwann gelangte sie an einen Fluss mit starker Strömung, von dem ein beißender Geruch ausging. Inzwischen war es fast Abend, und die Zuversicht des Morgens hatte sie längst verlassen. Rosetta war zutiefst erschöpft, ihre Beine waren geschwollen, und ihre Füße schmerzten. Die feuchte Hitze dieser Welt, in der alles anders war, raubte ihr den Atem.

Mit letzter Kraft schleppte sie sich am Riachuelo entlang, diesem hochgradig verschmutzten Strom, der an der südlichen Stadtgrenze von Buenos Aires verlief, ehe er sich am Süddock in den Río de la Plata ergoss. Niedergeschlagen erreichte sie das Barracas-Viertel. Hier standen ärmliche Behausungen mit Grundmauern aus Ziegelsteinen und Wänden aus Blech neben *conventillos*, aufgegebenen Residenzen, in denen einst *gente bien* gewohnt hatten. Doch weil der Riachuelo regelmäßig über die Ufer trat und die Überschwemmungen erhebliche Schäden an den Gebäuden verursachten, war dieses reiche Großbürgertum bald in den Norden der Stadt gezogen und hatte dort neue elegante Viertel geschaffen. Die zurückgelassenen Residenzen waren im Verlauf der Zeit eine Zuflucht für die Armen geworden, die sich darin zusammenquetschten wie Ölsardinen in einer Dose. Zwei, mitunter auch drei Familien lebten in einem einzigen Raum. Die sanitären Einrichtungen mussten sich alle Bewohner eines Stockwerks teilen, daher bildeten sich oft endlose Warteschlangen davor. Also benutzten sie Nachttöpfe, deren Inhalt sie dann direkt in den Riachuelo kippten oder in die Kanalisation, wo das Abwasser nicht ablief und abstoßende Gerüche freigab. Und wenn man sich den ehemals prunkvollen Bauten näherte, die zu überfüllten Ameisenhaufen geworden waren, meinte man fast, die Mauern, Rohre, Decken und Böden ächzen zu hören. Und in der Tat geschah es nicht selten, dass ganze Räume einfach in sich zusammenfielen. Anschließend wurde kurzerhand der Schutt entfernt, und die Menschen, schicksalsergeben wie Lasttiere, arrangierten sich wieder, manchmal auch unter freiem Himmel, wenn sich kein anderer Platz für ihre armseligen Matratzen fand, auf denen sie schliefen.

Erschöpft und zugleich fasziniert von dieser unbekannten staubigen Welt betrat Rosetta schließlich ein Lokal, wo es nach Wein und Fleischspießen roch, und wiederholte müde die Frage, die sie seit diesem Morgen allen gestellt hatte: »Wisst Ihr jemanden, der ein Zimmer vermietet?«

»Ja«, erwiderte die Besitzerin zu Rosettas großer Erleichterung. »Der Schuhmacher sucht einen Mieter. Er wohnt gleich hier am Fluss.«

Das Haus war kaum mehr als eine Hütte, mit einem Erdgeschoss aus unverputzten Ziegelsteinen und einem winzigen oberen Stockwerk aus Holz und Blechwänden. Es war himmelblau gestrichen, die Türen und die Fensterrahmen hoben sich gelb davon ab. Die Eingangstür stand offen, war aber mit langen Schnüren aus Glasperlen verhängt, die die Fliegen abhalten sollten.

Rosetta blieb direkt davor stehen. »Ist es gestattet?«, fragte sie.

Als keine Antwort ertönte, trat sie durch den Vorhang und stand in einem Raum, der weiter hinten durch einen geblümten Vorhang in zwei Bereiche aufgeteilt war. In der Mitte stand eine Werkbank mit Lederstücken und Werkzeug. Die Luft war erfüllt von dem stechenden Geruch nach Schuhpolitur. Hinter der Werkbank stand ein Mann um die sechzig, mager und sehnig, mit schwarz verfärbten Fingerkuppen, der fragend die dichten Augenbrauen hob.

»Was willst du?«, fragte er barsch mit starkem sizilianischen Akzent.

»Man hat mir gesagt, dass Ihr ein Zimmer vermietet«, erwiderte Rosetta.

Der Schuhmacher musterte sie schweigend aus seinen kleinen, blauen Augen, die Rosetta wie Nadeln zu durchbohren schienen. Als wollten sie ihr tief in die Seele blicken.

Rosetta wich unwillkürlich ein wenig zurück.

Dann wandte sich der Schuhmacher um und rief über die Schulter: »Assunta, *veni 'cca*!«

Der Vorhang wurde ein wenig beiseite geschoben, und eine etwa fünfzigjährige Frau erschien, ziemlich mollig und mit ein paar weißen Strähnen in ihren tiefschwarzen Haaren.

»Sie sucht ein Zimmer«, knurrte der Mann.

Assunta schenkte Rosetta ein herzliches Lächeln. »Komm herein und setz dich zu mir«, sagte sie freundlich. »Tano, du auch.«

Der Schuhmacher legte eine grifflose Klinge aus der Hand, mit der er eine Sohle zuschnitt, und lud Rosetta mit einer knappen Handbewegung ein, ihnen in den Raum hinter dem Vorhang zu folgen.

Rosetta sah sich um: In der rechten Ecke stand ein einfacher alter Herd. Die Wand mit dem Rauchfang war bis oben zur niedrigen Decke geschwärzt. Neben dem Herd stand ein runder Tisch mit zwei Stühlen. Auf der anderen Seite führte eine schmale Holztreppe ohne Geländer ins obere Stockwerk. Hinter der Treppe stand das Ehebett mit einem Metallgestell und einer bestickten Tagesdecke darüber. Eine niedrige Tür in der Seitenwand führte nach draußen in einen kleinen verwahrlosten Hinterhof direkt am Riachuelo. Auf einer Kommode stand ein Madonnenbild, was Rosetta als gutes Zeichen deutete.

Assunta zeigte auf einen der beiden Stühle und nahm selbst auf dem anderen Platz.

»Und ich bleib stehen und halt Maulaffen feil?«, brummelte der Schuhmacher.

»Hol doch den Hocker aus der Werkstatt, Tano«, antwortete seine Frau mit einem nachsichtigen Lächeln.

Tano tat, wie ihm geheißen, und kehrte kurz darauf mit dem Hocker zurück und setzte sich.

»Gut, du suchst also ein Zimmer?«, wandte Assunta sich an Rosetta.

Rosetta nickte. »Man hat mir gesagt, dass Ihr eins vermietet.«

Tano brummte etwas Unverständliches.

Assunta lachte, als sie Rosettas verwirrten Gesichtsausdruck bemerkte. »Manchmal redet er, als hätte er Nägel im Mund, gerade wenn er leise spricht. Kein Wunder, er ist ja auch Schuhmacher.« Dann fügte sie stolz hinzu: »Schuhmacher und Gitarrist.«

Wieder brummte Tano.

»Was hat er gesagt?«

»Dass einer, der keine Gitarre mehr hat, wohl kaum ein Gitarrist sein kann«, übersetzte Assunta ernst. »Die Gitarre … wir mussten sie …« Sie stockte.

»Willst du ihr jetzt auch noch erzählen, wie oft du zum Klo gehst?«, ereiferte sich Tano. »Das da ist eine Fremde. Warum musst du ihr gleich unser ganzes Leben auf die Nase binden?«

Rosetta war sicher, dass sein abweisendes Verhalten nur davon ablenken sollte, dass auch er bewegt war.

»Reden wir übers Geschäft«, fuhr Tano fort. »Wann bist du angekommen? Hast du Arbeit? Hast du Geld, um die Miete regelmäßig zu zahlen?«

»Wir haben noch nie ein Zimmer vermietet.« Assunta lächelte auf ihre freundliche Art. »Wir wissen nicht so genau, wie das geht …«

»Und ob ich das weiß«, wies Tano sie zurecht. »Antworte auf meine Fragen«, fuhr er Rosetta an. »Bist du eine *bottana*?«

»Nein!«, stieß Rosetta empört hervor. »Fällt euch Männern denn nie etwas anderes ein?«

»Schon gut«, schnitt Tano ihr das Wort ab. »Woher kommst du?«

»Aus Sizilien.«

»Wir auch.« Assunta lächelte. »Porto Empedocle.«

Rosetta wollte schon erzählen, dass sie aus Alcamo kam, entschied sich im letzten Moment aber anders. Die Polizei suchte nach ihr. Je weniger sie von sich preisgab, desto besser.

»Und?«, bohrte Tano nach.

»Ich suche gerade eine Arbeit.« Rosetta blickte ihm stolz ins Gesicht. »Eine ehrliche Arbeit.«

»Und?«

»Ich kann bezahlen.« Rosetta knotete ihr Bündel auf und zeigte das Geld.

»Wie heißt du?«, fragte Tano.

»Rosetta.«

»Rosetta … und weiter?«

Rosetta entschied, auch das für sich zu behalten. »Rosetta *e basta*.«

»*E basta*«, wiederholte Tano. »Der typische sizilianische Nachname«, knurrte er. »Einer von denen, die nichts als Scherereien einbringen.« Er stand auf. »Ende der Unterhaltung. *Salutiamo*, Signorina.«

Rosetta war entsetzt. »So hört doch … Ich kann bezahlen«, versuchte sie ihn umzustimmen.

»Du hast Geld, um zu bezahlen, aber keinen Nachnamen, um dich vorzustellen«, unterbrach Tano sie. »Ende der Unterhaltung. *Addio.*«

Rosetta spürte einen Kloß im Hals, aber ihr Stolz verbot es ihr, sich die Enttäuschung anmerken zu lassen. Sie erwiderte Tanos Abschiedsgruß mit einem kalten Blick. »*Salutiamo*«, sagte sie und stand auf.

In diesem Moment rief eine Frau aus der Werkstatt: »*Compare* Tano, sind meine Schuhe fertig?«

»*Salutiamo*«, sagte Tano noch einmal zu Rosetta und ging auf die andere Seite des Vorhangs.

Da streckte Assunta eine Hand vor und legte sie auf Rosettas Unterarm. »Ich sehe, dass du einen harten Panzer hast, ich bin schließlich auch eine Frau. Setz dich wieder hin und erzähl mir alles, solange Tano da drüben beschäftigt ist. Danach kannst du immer noch gehen, wenn du willst.«

Rosetta schüttelte den Kopf. »Nein. Euer Mann hat recht. Ich bringe nichts als Scherereien.«

Assunta lächelte sie ermutigend an. »Erzähl es mir.«

Ihr Blick ist ganz anders als der ihres Mannes, schoss es Rosetta durch den Kopf. Und während Rosetta sich in diesen auffordernden, freundlichen Augen verlor, begann sie langsam zu erzählen. Sie hätte nicht sagen können, warum, aber sie erzählte Assunta alles, vom Vater, der sie verprügelte, von ihrem Land, das sie zu schützen versucht hatte, von der verbrannten Erde, den durchschnittenen Kehlen der Schafe, der Vergewaltigung, dem Baron, der Reise, der Anzeige, der Verhaftung und der Flucht aus dem *Hotel de Inmigrantes*. Anschließend fühlte sie sich schmutzig und leer. »Seht Ihr jetzt, dass Euer Mann recht hat?«, fragte sie bitter.

Auf Assuntas Gesicht lag der Ausdruck tiefen Mitgefühls.

Rosetta musste an die Madonna denken. Die alle annahm, ohne über sie zu richten. Die das schlimmste Grauen anhören konnte, ohne selbst davon beschmutzt zu werden.

In diesem Moment wurde der Vorhang wieder beiseite geschoben, und Tano trat ein.

Rosetta erhob sich mühsam. »Ich gehe«, sagte sie, obwohl sie sich unendlich erschöpft fühlte.

Das Gesicht des Schuhmachers war angespannt, der Kiefer zusammengepresst, die Nasenflügel geweitet, und seine blauen Augen schienen Funken zu sprühen. »Ich habe alles gehört!«, rief er. »Was die dir angetan haben, war eine Sauerei!«

Rosetta starrte ihn erstaunt an.

Dann schüttelte Tano den Kopf. »Die Polizei sucht nach dir«, sagte er düster. »Wenn sie dich bei uns finden, landen auch wir hinter Gittern.«

Rosetta fühlte sich, als hätte er sie mit einem Stein erschlagen. Sie würde auch hier nicht bleiben können. Wo sollte sie jetzt hin? Und als wäre es nicht sie selbst, die sprach, hörte sie sich mit brüchiger Stimme stammeln: »Ich bitte Euch, helft mir …«

Tano antwortete nicht, er schien durch sie hindurchzustarren. Seine blauen Augen blickten ins Leere, verloren sich in einer schmerzhaften Vergangenheit.

»Ich bitte Euch, helft mir«, wiederholte Rosetta kaum hörbar.

In dem Moment platzte Tano heraus. »*Mannaggia alla minchia!*«, fluchte er so laut, dass die Adern an seinem Hals hervortraten. »Zum Henker mit allem!« Er packte den Obstkorb neben dem Herd, hob ihn hoch und knallte ihn so heftig auf den Tisch, dass das Weidengeflecht barst. Eine reife Papaya platzte auf, und das orangefarbene Fruchtfleisch quoll heraus. Eine Avocado rollte auf den Boden. »*Mannaggia alla minchia!*«

Rosetta erschrak angesichts des Wutanfalls. Eilig griff sie ihr Bündel.

»Warte!« Assunta lächelte vergnügt. »Du hast nicht verstanden, was er dir sagen will.«

Rosetta blickte sie verständnislos an.

»Tano, du alter Ziegenbock«, schimpfte Assunta liebevoll ihren Mann aus. »Sag gefälligst wie ein normaler Christenmensch, was du meinst.«

Tano fuchtelte mit seinen von Schuhcreme verschmierten Händen herum. »Ist die denn zu blöd, um zu kapieren, was ich sage?«

»Nein, das ist sie nicht, Tano«, antwortete Assunta geduldig. »Dich versteht kein normaler Mensch außer mir.«

Er starrte sie mit hochrotem Kopf an.

»Jetzt sag es schon, du sturer Ziegenbock«, wiederholte Assunta milde.

Tano erhob die Faust gegen Rosetta, als wollte er sie ins Gesicht schlagen. Er stieß ein Schnauben aus, wie ein Stier, drehte sich um und trat feste gegen die Wand. Dann wandte er sich zu Rosetta um und breitete resigniert die Arme aus. »Ist das so schwer zu kapieren?«, knurrte er. »Du kannst bleiben.«

Rosetta stockte der Atem. Ihr Bündel fiel zu Boden. Und dann brach sich ein tiefer Seufzer Bahn, der ihr alle Luft aus den Lungen trieb. Sie warf sich in Assuntas Arme. »Danke … danke«, stammelte sie. »Ihr … ihr seid so gut …«

»*Minchia*!«, rief Tano, während er zurück in die Werkstatt ging. »Da haben wir es wieder! Ich sage Ja, und wer ist gut? Die da!«

Assunta lachte laut.

Rosetta wandte sich dem Vorhang zu, hinter dem Tano jetzt geräuschvoll mit dem Werkzeug hantierte. »Ihr seid auch gut«, sagte sie laut. Und dann kicherte sie wie ein kleines Mädchen los und stimmte schließlich in Assuntas Gelächter ein.

Es dauerte einen Moment, dann war von der anderen Seite des Vorhangs zu hören: »*Minchia*, was seid ihr witzig! Ich bepiss mich gleich vor Lachen!«

Assunta lachte daraufhin nur noch lauter, wobei ihr großer weicher Bauch wie Pudding wackelte.

Rosetta drehte sich zu dem Madonnenbild auf der Kommode und sprach in Gedanken zu Maria: Mit dir muss man also auch erst schimpfen, damit etwas passiert!

21

Palermo, Sizilien

»Was?!«, fuhr der Baron schrill auf.

»Regt Euch nicht auf, Exzellenz«, sagte der Arzt, der den Verband auf seiner Stirnwunde abnahm.

»Verschwindet!« Der Baron schob ihn unsanft fort und richtete seinen Zeigefinger gegen den Präfekt von Palermo, der in seinen Palazzo gekommen war, um ihm die Nachricht zu überbringen, dass Rosetta Tricarico, verhaftet auf der Überfahrt nach Buenos Aires und von den dortigen Hafenbehörden der Botschaft des Königreichs Italien in Argentinien in personam Vizekonsul Maraini überstellt, geflohen und nun spurlos verschwunden sei. »Wie konnte das geschehen?«, rief er mit hochrotem Kopf.

Der Präfekt, ein Mann in fortgeschrittenem Alter, der für gewöhnlich Klippen im Leben zu umfahren versuchte, um niemals Schiffbruch zu erleiden, zuckte nur mit den Schultern und breitete als Geste der Untröstlichkeit die Arme aus. Er gab die einzige Antwort, mit der er sich aus der Schusslinie des Barons brachte: »Unvermögen.«

»Unvermögen?«, fragte der Baron verwirrt.

»Es tut mir leid, so von der Arbeit anderer zu sprechen«, sagte der Präfekt heuchlerisch, ohne jedoch den Ausdruck des Bedauerns auf seinem runzligen Gesicht abzulegen, »aber ich finde keinen … diplomatischeren Ausdruck.« Er schüttelte den Kopf. »Wir« – er betonte das Pronomen so, dass klar war, dass er in Wirklichkeit »ich« meinte, sich mit der Wortwahl aber vor möglicher Kritik schützen wollte – »wir … also wir haben unsere Aufgabe sorgfältig geplant und effizient erledigt. Ein Telegramm genügte, um die Verbrecherin, die Euch verletzt und beraubt hat, der Justiz zu übergeben. Dann waren andere verantwortlich. Und diese anderen haben versagt.«

»Ihr müsst den Kopf dieses Vizekonsuls fordern!«

»Das liegt nicht im Rahmen meiner Möglichkeiten«, zog der Präfekt sich sofort aus der Affäre. »Ihr allerdings habt vielleicht den nötigen Einfluss.«

Der Baron suchte nach einer Möglichkeit, seinen Zorn am Präfekten auszulassen und ihn eines Fehlers zu überführen. »Habt Ihr die argentinischen Behörden informiert?«

Der Präfekt nickte. »Ich habe unverzüglich einen internationalen Haftbefehl an unsere Botschaft in Buenos Aires übermittelt. Folglich wird das Konsulat bereits mit den argentinischen Ermittlungsbehörden verhandeln.«

Der Zorn des Barons war keineswegs verebbt, doch der Präfekt blieb für ihn unangreifbar. »Ich danke Euch, dass Ihr persönlich erschienen seid, um mich zu informieren«, sagte er deshalb, denn auch darin hatte der Präfekt Umsicht und Schläue bewiesen: keinem anderen die Aufgabe übertragen zu haben, die Situation zu schildern.

Der Präfekt verneigte sich. »Es war mir eine selbstverständliche Pflicht.«

Der Baron entließ ihn wütend mit einer unwirschen Handbewegung.

Sobald der Präfekt den prunkvollen Salon verlassen hatte, sprang der Baron auf, packte eine wertvolle kleine Statue aus Capodimonte-Porzellan und schleuderte sie gegen die Wand. »*Bottana!*«, brüllte er in blinder Wut.

Der Arzt, der sich während der Unterredung in eine Ecke zurückgezogen hatte, zuckte zusammen. »Exzellenz, ich bitte

Euch!« Er lief mit ausgebreiteten Armen auf den Baron zu. »Diese Ausbrüche lassen Euch zu viel Blut zu Kopf steigen, Ihr gefährdet Eure Heilung …«

Der Baron fuhr herum, packte einen Kunstgegenstand aus Silber und warf ihn nach dem Arzt. Endlich hatte er einen Sündenbock gefunden. »*Du* gefährdest meine Heilung!«, schrie er, hochrot im Gesicht. »Versager! Ich sorge dafür, dass du nicht mehr als Arzt arbeiten darfst!«

Dem Arzt war die Unbeherrschtheit des Barons nur allzu bekannt. Er kniete vor ihm nieder und senkte den Kopf. »Exzellenz … Ich werde alles tun … Es ist doch nur wegen Eures Blutes, das …«

Der Baron gab ihm eine schallende Ohrfeige. »Wie kannst du so über mein Blut reden? Es ist das nobelste und wertvollste Blut Siziliens! Wie kannst du es wagen!«

Der Arzt erkannte seinen Fehler zu spät. Es war doch gerade das seit Jahrhunderten nicht erneuerte Blut, das eine Wundheilung verhinderte und vielmehr noch dazu geführt hatte, dass die Wunde sich trotz der Behandlung infizierte. Die Wundnähte hatten eine ungewöhnlich hohe Menge Eiter produziert, dadurch waren die Wundränder ausgefranst. Doch der Arzt bekam die Sache allmählich in den Griff. »Es wird bald besser, Exzellenz. Vertraut mir.«

»Verschwinde!« Der Baron stieß ihn mit dem Fuß fort, sodass der Mann hintüberfiel. »Verschwinde!«, wiederholte er, dabei traten ihm die Augen beinahe aus den Höhlen. Ein Blutstropfen quoll aus der Wunde.

Der Arzt stand auf und verließ mit hängenden Schultern das Zimmer.

»Bernardo!«, schrie der Baron. »Bernardo!« Er ließ sich auf ein Louis-XIV-Kanapee fallen, das mit lachsrotem Samt überzogen war, und legte die Füße auf einem ovalen Tischchen ab.

»*Bottana*«, schnaubte er wütend. Er hob den Blick und schaute wie zufällig in die sinnlichen Augen seiner Mutter auf dem Gemälde, das der Porträtmaler Cesare Tallone in Mailand angefertigt hatte, als sie erst fünfundzwanzig Jahre alt gewesen war.

»Deine Schönheit widert mich an«, knurrte er.

Doch obwohl das große Ölgemälde, das den Salon dominierte, ihn fortwährend an die Verachtung seines Vaters erinnerte, der stets auf das Bild gezeigt und jedes Mal zu ihm gesagt hatte: »Du hast nichts von deiner Mutter geerbt. Ganz im Gegenteil, du verhöhnst ihre Schönheit durch deine Hässlichkeit«, hatte er nie den Mut aufgebracht, es zu entfernen.

»Ihr habt nach mir verlangt, Herr Baron?«, fragte Bernardo, weit vertraulicher, als es die Etikette erlaubte.

Der Baron nickte und winkte seinen Diener zu sich.

Bernardo trat zu ihm und kniete auf einem Bein nieder, allerdings weniger als Geste der Unterwürfigkeit, sondern um den geheimen Geständnissen seines Herrn besser lauschen zu können.

Der Baron fuhr über die Narbe an Bernardos Schläfe. Sie war rot, leicht erhöht und zerklüftet, aber vollständig verheilt. Und doch war Bernardo am selben Tag wie er verwundet worden. Vom selben bronzenen Briefbeschwerer. Und derselben Person.

»Hast du das von der *bottana* gehört?«, fragte er ihn.

Bernardo nickte. »Sie ist geflohen.«

»Ja, geflohen!«, schrie der Baron mit seiner schrillen Stimme, und sogleich quoll frisches Blut aus der Wunde, die sich nicht schließen wollte.

Bernardo zog ein Taschentuch aus seiner Jacke und tupfte das Blut vom Kopf seines Herrn, sanft wie ein Liebhaber und gleichmütig wie ein Tierarzt.

»*Bottana*«, winselte der Baron.

»*Bottana fetusa* – Dreckshure«, schimpfte Bernardo noch heftiger und wurde dafür mit einem beinahe liebevollen Blick aus den kleinen Schweinsäuglein bedacht, die in dem feisten Gesicht des Barons zu verschwinden drohten. Der Baron streckte seine Hand aus, löste die oberen Knöpfe der Jacke seines Dieners, schlug den Kragen beiseite und strich über die drei kleinen Narben am Hals, die dort parallel zueinander knapp unterhalb des Ohrs verliefen.

»Sie hat bekommen, was eine Hure verdient«, sagte er leise.

»Soll ich es Euch noch mal erzählen?«, fragte der Diener mit einem anzüglichen Grinsen.

»Nein.« Das Gesicht des Barons wurde hart. »Ich will, dass du es mir zeigst«, stieß er hervor. »Ich will sehen, was du mit dieser *bottana* gemacht hast.«

Bernardo blickte ihn fragend an, worauf der Baron ein Lachen ausstieß, das jedoch mehr wie ein Wutschrei klang. Oder ein Fluchen. »Schaff das Mädchen her, das mein Bett macht.«

Da endlich verstand Bernardo, was sein Herr von ihm verlangte. Er stand auf und verließ den Salon.

Auch der Baron erhob sich. Er ging zum Schreibtisch und zog einen Gegenstand aus einer Schublade, den er hinter seinem Rücken verbarg, als er sich wieder auf das Kanapee setzte.

Wenig später kehrte Bernardo zurück. An der Hand zerrte er ein Mädchen mit dunklen Haaren und unschuldigem Gesicht hinter sich her. Gleichmütig wie ein Hirte, der seine Schafe in den Pferch schiebt, in dem sie abgeschlachtet werden, stieß er sie vor den Baron.

Dieser ließ seinen Blick schweigend über sie gleiten. Ihr Vater hatte als Diener für ihn gearbeitet, war aber im vergangenen Winter gestorben. Die Mutter des Mädchens war krank und hatte den Baron auf Knien angefleht, die Tochter einzustellen.

»Ich habe keine Verwendung für sie«, hatte der Baron bei dem Gespräch im Beisein des Mädchens gesagt.

»Erinnerst du dich, was deine Mutter mir an dem Tag geantwortet hat, als ich dich in meine Dienste nahm?«, fragte der Baron sie.

Scheu nickte das Mädchen, ohne aufzuschauen.

»Bist du stumm?«, fragte Bernardo. »Sag etwas. Erweise dem Baron deinen Respekt.«

»Sie sagte … dass ich … alles tun würde … was Ihr von mir verlangt«, erwiderte das Mädchen.

»Denn wenn du nichts zu essen nach Hause bringst … wird deine Mutter sterben, nicht wahr?«, fragte der Baron voller Vorfreude.

Das Mädchen nickte.

Bernardo versetzte ihr einen Stoß in den Rücken. »Sprich!«

»Ja, Exzellenz«, stammelte das Mädchen.

Der Baron liebte die Armut. Die Armut war der wahre Reichtum der Reichen. Denn die Armut war der einzige Schlüssel, der Menschen dazu brachte, etwas zu akzeptieren, was sie sonst niemals akzeptieren würden.

»Sehr schön, Rosetta.«

Das Mädchen blickte ihn überrascht an. »Ich heiße nicht Rosetta, Exzellenz, mein Name ist …«

»Du heißt Rosetta«, unterbrach der Baron sie grob. »Rosetta Tricarico.«

»Ja, Exzellenz.« Das Mädchen senkte erneut den Kopf.

»Sehr gut. Jetzt dreh dich um, Rosetta.« Sobald das Mädchen sich abgewandt hatte, warf der Baron Bernardo den Gegenstand zu, den er hinter seinem Rücken verborgen hatte.

Bernardo fing die schwarze Kapuze auf, an der noch Erde klebte, stülpte sie dem Mädchen über den Kopf und zog an der Schnur, sodass sich die Kapuze fest um ihren Hals schloss.

Das Mädchen wehrte sich nach Leibeskräften, aber Bernardo warf sie zu Boden. »Schrei, *bottana*, schrei. Hier hört dich niemand«, sagte er mit verstellter Stimme, als wollte er nicht erkannt werden. Wie er es bei Rosetta getan hatte.

Der Baron war aufgesprungen und hielt die Arme des Mädchens fest.

Bernardo knöpfte unter dem begierigen Blick des Barons seine Hose auf, zog sein Glied hervor und bearbeitete es, bis es steif war.

Dann schob Bernardo den Rock des Mädchens hoch, zerriss ihre Unterhose, spuckte in seine Hand und ließ diese zwischen die Beine des Mädchens gleiten.

Sie begann zu weinen, und der Stoff der Kapuze wurde bei jedem Atemzug tief in ihren Mund gesogen, bis sie husten musste.

»Wer seid Ihr?«, fragte der Baron. Er sprach noch höher als sonst, wie eine Frau, und wiederholte das, was Rosetta am Tag ihrer Vergewaltigung gesagt hatte, so wie Bernardo es ihm berichtet hatte.

»Wir sind niemand«, wiederholte Bernardo seine Worte von damals mit verstellter Stimme.

Der Baron lachte, als Bernardo gewaltsam in das Mädchen eindrang.

»Nein!«

Bernardo bewegte sich heftig auf und ab, manchmal schaute er zum Baron, als wollte er prüfen, ob dieser mit seiner Vorstellung zufrieden war.

»Es tut nicht weh …«, piepste der Baron leise.

»Nein, das tut nicht weh«, lachte Bernardo. »Das gefällt dir, was, *bottana?*«

Laut keuchend, auch um es seinem Herrn recht zu machen, erreichte er den Höhepunkt und löste sich danach von dem Mädchen. Er betrachtete sein immer noch steifes Glied. Es war blutbeschmiert, wie damals bei Rosetta. »Die *bottana* war noch Jungfrau«, stellte er grinsend fest und erhob sich.

Das Mädchen schluchzte laut. Der Stoff der Kapuze hob und senkte sich unter ihren schweren Atemzügen.

Der Baron ließ ihre Arme los, und sofort versuchte das Mädchen zu fliehen.

In diesem Moment verlor der Baron die Beherrschung. Er ließ seiner Wut freien Lauf und schlug immer wieder auf das Mädchen unter der schwarzen Kapuze ein.

»Rosetta Tricarico, du bist eine Hure! Versuch nicht, wegzulaufen!«, schrie er sie an. »*Bottana! Bottana!*« Er nahm einen Aschenbecher aus Bleikristall vom eleganten Tischchen und ließ ihn auf die Kapuze niedersausen. Einmal, zweimal, dreimal. Wieder und wieder, bis der schwarze Stoff durchtränkt war.

»Baron!«, schrie Bernardo entsetzt. »Baron!«

Der Baron hielt inne. »Rosetta Tricarico ... Du entkommst mir nicht«, stieß er erschöpft hervor.

Bernardo zog die Kapuze vom Kopf des Mädchens. Ihr Gesicht war nicht mehr zu erkennen, der Schädel unter den schwarzen Haaren eingedrückt.

Dem Diener gelang es nur mit Mühe, einen Brechreiz zu unterdrücken.

»Rosetta Tricarico ...«, wiederholte der Baron grimmig, »du entkommst mir nicht.«

Bernados Hände bebten, als er seinen Zeigefinger an den Hals des Mädchens legte. »Exzellenz ... sie ist tot.«

Der Baron war vor Erschöpfung kaum fähig zu atmen.

»Was machen wir jetzt?«, fragte Bernardo erschrocken.

Der Baron sah ihn kalt an. »Bring sie weg«, sagte er, als handelte es sich um Abfall.

Am selben Abend, als er vor einem mit Kastanien und Orangen gefüllten Fasan und einer Flasche weißem Alcamo aus seinem eigenen Weingut saß, befahl er Bernardo: »Pack die Koffer!«

»Wohin reisen wir, Exzellenz?«

»Nach Buenos Aires«, sagte der Baron lächelnd.

Und verzehrte mit großem Appetit sein Abendessen.

22

Buenos Aires, Argentinien

Rocco war bald klar, welcher Wind auf Kai Nummer sieben wehte.

Das Leben im Hafen unterschied sich in nichts von dem in Palermo. Die gleichen Regeln, die gleichen Machtverhältnisse, die gleichen Ungerechtigkeiten. Die gleiche Angst schürende Gewalt. Die gleiche Arroganz auf der einen und die gleiche Unterwürfigkeit auf der anderen Seite. In Palermo war es um Läden und Land gegangen, in Buenos Aires ging es um Schiffe und Lagerhallen. In Palermo nannte man es *pizzo*, hier *assicurazione*, doch gemeint war dasselbe: Erpressung. Um leben und arbeiten zu dürfen, musste man bezahlen. Wer nicht zahlte, wurde umgebracht.

Jeden Morgen traf Tony in seinem luxuriösen Mercedes 28/50 PS ein, ließ die Hafenarbeiter antreten, die an dem Tag auf Arbeit hofften, und organisierte das Laden und Entladen der Schiffe nach den Richtlinien des sizilianischen *caporalato*. Wer sich widersetzte, war draußen.

So auch ein großer, kräftiger Arbeiter namens Javier. Der Mann wurde vor Roccos Augen ausgemustert, weil er sich über die Höhe des Anteils beschwert hatte, den er abliefern sollte. Und als er brüllte, sie alle seien *mafiosi di merda*, »Drecksmafiosi«, reckte sich Tony auf die Zehenspitzen, um an ihn heranzureichen, und rammte ihm den Lauf seiner Pistole in den Mund. Und der große Kerl schlich gedemütigt und eingeschüchtert davon. Er weinte, weil seine Frau gerade ein Kind zur Welt gebracht hatte und er nicht wusste, wie er es satt bekommen sollte, jetzt, wo er seine Arbeit verloren hatte.

Doch Rocco ließ sich nicht entmutigen. Immer wieder sagte er sich, dass er nichts zu verlieren hatte. In Sizilien war er schon fast ein toter Mann gewesen, weil er sich gegen eine gewisse Art von System aufgelehnt hatte. Er würde nicht zulassen, dass ihn dieses System nun hier in die Knie zwang. Dafür hatte er nicht den Ozean überquert.

»Ich werde ein anderes Leben führen als das, was Ihr mir vererbt habt, Vater. Ich hasse die Mafia und alles, wofür sie steht«, beschwor er leise, während die Sonne eine leuchtende Spur auf die schlammigen Wasser des Rio de la Plata zeichnete. »Ich bin Mechaniker.«

Tony trat zu ihm vor das Tor der Lagerhalle. »Hier steht, dass es vor ein paar Tagen eine Schlägerei im *Hotel de Inmigrantes* gab.« Er wedelte mit einer Zeitung und versetzte Rocco dann auf Zehenspitzen einen Klaps auf die Wange. »Die schreiben, irgendein Hitzkopf hätte einer italienischen Gefangenen zur Flucht verholfen.«

Rocco zuckte mit den Schultern. »Ich habe nichts gesehen.«

Tony lachte. »Natürlich. Die blauen Flecke in deinem Gesicht stammen von deinem Zusammenprall mit einem Zug, nicht etwa mit einem Schlagstock.«

»So ist es. Der Schnellzug um zwölf Uhr mittags«, gab Rocco zurück.

Tony musterte ihn amüsiert. »Dann solltest du in Zukunft um Gleise einen Umweg machen. Also, um die in der Stadtmitte von Buenos Aires. Ich habe keine Lust auf Streitereien mit dem Chef … Mit dem Cheflokführer.« Er zwinkerte ihm zu. »Geh eine Runde spazieren. Um fünf bist du wieder hier.«

»Was ist mit dem Revolver? Bastiano hat gesagt, den soll ich mitnehmen.«

»Ja, lass die Waffe nicht rumliegen«, erwiderte Tony.

»Und wenn die Polizei mich anhält?«, wollte Rocco wissen.

»Dann sagst du, dass du einer von meinen Männern bist.«

»Das genügt?«

»Das genügt«, antwortete Tony mit eiskaltem Blick. Und ging.

Rocco steckte die Waffe unter seine Jacke. Es würde nicht leicht werden, sich aus dem Treibsand der Mafia zu befreien. Er musste jetzt Geduld haben, auch wenn er sich schäbig vorkam. Aber für ihn war das die einzige Möglichkeit. Er würde verschwinden, sobald es ging, und dann konnte Tony ihn mal. Er atmete tief durch und löste den obersten Hemdknopf. Es war eindeutig zu heiß für November.

Dann ließ er die Hand in seine Tasche gleiten und hielt Rosettas Knopf damit fest. Er hatte ihr versprochen, dass er sie finden würde, und nahm sich jetzt vor, jeden Tag ein Viertel nach ihr abzusuchen. Als er an einer Kneipe vorbeikam, trat er ein. An den Tischen saßen viele Hafenarbeiter, am Tresen stand Javier.

»Es tut mir leid, mein Freund«, sagte Rocco zu ihm.

Javier drehte sich um, in seinem Blick lagen Wut und Verzweiflung. »Hat Tony dich geschickt, um mich zu verarschen?«

»Nein«, erwiderte Rocco. »Ich bin keiner von Tonys Männern …«

»Und was tust du dann mit dieser Waffe?«, fuhr ihn ein anderer Arbeiter an.

»Es reicht jetzt. Lasst ihn in Ruhe«, sagte ein anderer.

Die Arbeiter betrachteten ihn mit einer Mischung aus Verachtung und Furcht.

»Was willst du?«, fragte der Wirt.

»Einen Kaffee.«

Der Wirt stellte eine große Tasse mit einer bitteren, wässrigen Flüssigkeit vor ihn hin.

Im Lokal wurde die angespannte, feindliche Stimmung immer drückender. Die Hafenarbeiter starrten Rocco immer noch wortlos an.

Der trank den Kaffee hastig aus und griff dann zu seiner Geldbörse.

»Tonys Leute bezahlen hier nichts«, sagte der Wirt.

»Ich bin keiner von Tonys Leuten«, wiederholte Rocco entschieden. »Ich bezahle.«

Doch der Wirt blieb bei seiner Weigerung, das Geld anzunehmen. Also steckte Rocco die Münzen ein und verließ das Lokal. Als er die Tür schloss, hörte er, wie die Gespräche wiederaufgenommen wurden. Wütend kickte er einen Kiesel fort. Er musste aus diesem Mafiasumpf verschwinden, am besten so bald wie möglich. Und dafür musste er eine Arbeit als Mechaniker finden. Und er sehnte sich danach, Rosetta wiederzusehen, auch wenn er wusste, dass es nicht einfach werden würde, sie in einer riesigen Stadt wie Buenos Aires ohne jede Spur ausfindig zu machen.

Entschlossen machte er sich auf den Weg zu einer Werkstatt, die er auf dem Hinweg passiert hatte. Als er die Werkstatt betrat, war kein Mensch zu sehen. Um ihn herum standen überwiegend Schiffsmotoren, aber auch zwei Lieferwagen mit offener Kühlerhaube. Er näherte sich einem Fahrzeug mit einreihigem Vier-Zylinder-Motor.

»Wer zum Henker bist du?«, ertönte eine schneidende Stimme hinter ihm.

Rocco wandte sich mit einem Lächeln um. Vor ihm stand ein etwa vierzigjähriger Mann mit vorstehendem Bauch und Glatze, fettglänzender Haut, schwarz verschmierten Händen in einem dreckigen Overall. Sein Gesicht erinnerte an eine platte Hundeschnauze.

»Ich bin Mechaniker. Könnt Ihr noch jemanden gebrauchen?«, sagte Rocco freundlich.

»Verschwinde!«

»Ich bin ein guter Mechaniker«, beharrte Rocco. »Und ich suche Arbeit.«

»Nein. Du suchst Ärger, Arschloch«, sagte Hundeschnauze und stieß ihn zurück.

Rocco hob beschwichtigend die Arme. »Ich habe dich bloß gefragt, ob du Arbeit hast, also ganz ruhig.«

»Verschwinde!«, wiederholte Hundeschnauze.

»Das hast du schon mal gesagt. Du klingst wie eine kaputte Schallplatte.«

»He …« Hundeschnauze richtete den Zeigefinger auf ihn.

»Ich wette, gleich sagst du Arschloch.« Rocco lachte.

Hundeschnauze öffnete den Mund, um etwas zu sagen.

»*Was gibt's denn da zu lachen?*«, rief Rocco. »Genau das wolltest du doch jetzt sagen, oder? Ich war schon wieder schneller.« Lachend wandte er sich zum Ausgang.

»Rate doch mal, was ich jetzt gleich zu dir sage«, hörte er Hundeschnauze hinter sich sagen.

Rocco drehte sich um. Der Mann hielt eine Pistole auf ihn gerichtet.

»*Dann lach doch darüber*, das wolltest du sagen«, antwortete er ernst, noch während er zur Seite sprang, dabei seinen Revolver zückte und dem anderen den Lauf gegen die Schläfe presste. »Stattdessen sage jetzt ich zu dir: Lach doch darüber, Fettwanst.« Da war hinter ihm ein Geräusch zu hören. »Deinem Chef fliegt der Schädel weg, wenn ich aus Versehen abdrücke«, sagte Rocco, während er aus dem Augenwinkel einen Blick nach hinten warf.

Hinter ihm stand ein junger Arbeiter, der einen schweren Schraubenschlüssel umklammert hielt. Rocco war sofort klar, dass keine Gefahr von ihm drohte, er hatte nicht den Blick einer echten Kanaille. Rocco nahm Hundeschnauze die Waffe ab und stieß ihn von sich. »Du hast keinen Sinn für Humor.«

Damit ging er. Die Pistole des Mechanikers ließ er in ein Fass mit Wasser fallen.

Zum Mittagessen kaufte er am Stand eines zahnlosen alten Mannes ein belegtes Brötchen und aß es auf einem riesigen Poller an einem verlassenen Ufer. Eine ganze Weile saß er dort und hielt sein Gesicht in die Sonne. Dann sah er eine Gruppe von Jungen herankommen, alle vermutlich nicht älter als dreizehn, aber schon vom Leben gezeichnet, mit ausgezehrten Gesichtern und den Augen von Erwachsenen. An einer Ecke blieben sie stehen und betrachteten arrogant alle, die vorüberliefen. Jungs wie diese hier hatte Rocco zur Genüge in Palermo gesehen. Sie hatten immer lange Messer dabei, verteidigten ihr Revier gegen andere Straßenbanden und belästigten alte Menschen und Frauen. Sie warteten darauf, von einem Boss bemerkt und ausgewählt zu werden. Und ganz bestimmt waren sie es, die die Löcher in die Wände von Tonys Lagerhallen schnitten, um nachts so viel wie möglich daraus zu stehlen. Doch wenn er allein einer Bande von zehn von diesen kleinen Gaunern gegenüberstand, konnte das auch ihn in ernsthafte Schwierigkeiten bringen.

Um fünf Uhr kehrte er zur Lagerhalle zurück. »Ihr geht noch nicht?«, fragte er seinen Kollegen, der Nardo hieß und mit einem Kumpan immer noch dort war. »Ich bin doch jetzt dran.«

Nardo deutete auf den Flutbrecher im Süddock. »Wir warten auf eine Lieferung.«

Rocco sah ein Motorboot mit Kabinenaufbau in hohem Tempo herannahen. Das Schlammwasser wurde aufgewühlt, dann legte das Boot am Ufer vor der Lagerhalle an. An Bord waren drei Männer.

Rocco entging nicht, dass sie Maschinengewehre in den Laderaum des Motorbootes ablegten.

Nardo und sein Kumpan halfen den drei Männern beim

Ausladen von fünf nicht allzu großen Kisten, die in Wachspapier verpackt waren. Als sie diese zur Halle trugen, trat Tony hinzu.

»Alles in Ordnung«, sagte einer der Männer. »Es war nur viel Polizei in Rosario. Vielleicht hat jemand einen Tipp gegeben. Die restliche Fahrt auf dem Río de la Plata verlief reibungslos.«

Tony nickte. Er drehte sich zu Rocco um und zeigte auf die Kisten. »Die bleiben ein paar Tage hier. Lass sie nicht aus den Augen.«

»Was ist da drin?«

»Leute, die ihre Nase überall reinstecken, leben nicht lange.« Tony starrte Rocco mit seinen eiskalten Augen an. »Schaffst du das allein oder brauchst du eine Amme?«

»Ich schaff das schon«, entgegnete Rocco.

»Welcher Teufel hat dich eigentlich geritten, dass du heute einem meiner Männer eine Waffe an den Kopf gehalten hast?«, fragte Tony.

»Ich wusste nicht, dass Hundeschnauze zu Euch gehört«, warf Rocco ein. »Aber er hat zuerst auf mich gezielt. Und ich bin doch jetzt auch Euer Mann, oder?«

»Du bist das letzte Rad am Wagen.«

»Naja, auch die letzten Räder haben was gegen Kugeln«, gab Rocco zurück.

Tony deutete auf die Waffe. »Du hast gesagt, dass du nicht damit umgehen kannst.«

»Und Ihr habt mir gesagt, dass ich es lernen soll.«

Tony deutete ein Lächeln an, das sowohl als Zeichen der Zufriedenheit als auch als Zähnefletschen eines Wolfs gedeutet werden konnte. Dann ging er zu seiner Tochter, die die Szene aus seinem Auto heraus verfolgt hatte.

Rocco beobachtete, dass seine Körpersprache sich veränderte, als er mit Catalina sprach. Das Mädchen schien ihm tatsächlich viel zu bedeuten, wie Bastiano gesagt hatte. Also hatte sogar Tony Zappacosta ein Herz.

Kurz darauf war das Motorboot wieder im Kanal verschwunden.

Als die Sonne untergegangen war, schloss Rocco die Lagerhalle ab und wärmte eine Suppe auf dem Gaskocher. Während er diese löffelte, warf er immer wieder einen Blick auf die in Wachspapier gewickelten Kisten. Was auch immer darin war, es konnte nichts Gutes sein, wenn drei Kerle mit Maschinengewehren sie brachten.

Dann, inzwischen war es Nacht geworden, hörte Rocco den Motor eines Wagens, der vor der Halle hielt. Und ausgelassenes Gelächter mehrerer Personen. Gleich darauf klopfte es an der Tür.

Rocco packte seine Waffe. »Wer ist da?«

»Ich bin's, Catalina. Mach auf.«

Rocco steckte die Pistole in den Gürtel und öffnete die Schiebetür.

Davor stand Catalina in Begleitung zweier junger Männer, beide elegant gekleidet.

»Was wollt Ihr, Signorina?«

»Jetzt sei nicht so unhöflich, lass uns herein.« Sie legte ihm eine Hand an die Brust, halb zärtlich, halb drängend. Dann ließ sie auch die anderen ein, die offensichtlich getrunken hatten.

Rocco bemerkte, dass sie sich aufmerksam umschauten, als suchten sie etwas. »Weshalb seid Ihr hier, Signorina?«, fragte er misstrauisch.

»Da sind sie ja!« Einer der Männer deutete auf die Kisten. Er holte ein Messer hervor und schnitt das Papier einfach durch.

»Halt!« Rocco ging auf ihn zu.

Doch Catalina versperrte ihm den Weg. »Sei brav«, flüsterte sie.

Der andere junge Mann legte Rocco von hinten das Messer an die Kehle. »Die gibst du jetzt schön mir, du Hungerleider,« sagte er und nahm ihm die Pistole ab.

Rocco registrierte, dass er vollkommen ruhig war. Kein gutes Zeichen. So war es immer, kurz bevor er explodierte.

»Der davor hat weniger Probleme gemacht«, sagte der andere Mann, während er die Klinge seines Messers in eines der versiegelten Päckchen schob. »Warum arbeitet er nicht mehr hier?«

Catalina zuckte mit den Schultern. »Er ist verschwunden.«

»Wohin? Ins Leichenschauhaus?«, fragte Rocco.

Der junge Kerl hinter ihm lachte. Der andere holte ein wenig weißes Pulver aus dem Päckchen und zog es durch die Nase ein. Dann bot er Catalina davon an.

Und in dem Moment, in dem sie sich bewegte, rammte Rocco dem Mann seinen Ellenbogen ins Gesicht. Der Kerl ging zu Boden, Rocco schnappte sich seine Waffe und versetzte dem anderen einen Schlag gegen die Kehle, bevor der auch nur mit der Wimper zucken konnte. Der Kerl ließ das Päckchen mit dem weißen Pulver fallen und japste nach Luft. Rocco trat ihm zwischen die Beine und entwaffnete ihn. Und schon war alles vorbei.

»Signorina, Ihr verschwindet jetzt besser, ehe ich Euch den Hintern versohle.«

Catalina starrte ihn wütend an. »Gehen wir«, sagte sie zu ihren beiden Freunden.

»Er hat mir die Nase gebrochen«, jammerte der eine.

»Los, komm schon, oder du läufst nach Hause.«

Kurz darauf verlor sich das Motorengeräusch in der Nacht.

Am nächsten Morgen berichtete Rocco Nardo, dass in der Nacht versucht worden war, eine Kiste zu stehlen.

Eine halbe Stunde später traf Tony mit seinem Mercedes 28/50 ein. Er betrat die Lagerhalle, eskortiert von Bastiano, Nardo und zwei anderen bewaffneten Männern, und ging schnurstracks zu den wertvollen Kisten, ohne Rocco eines Blickes zu würdigen. Er überprüfte die geöffnete Kiste, nahm das aufgeschnittene Päckchen in die Hand und wandte sich schließlich an Rocco.

»Nun weißt du, was drin ist«, sagte er.

»Zucker«, erwiderte Rocco.

Tony ließ seinen eiskalten Blick auf ihm ruhen, wirkte aber zufrieden. »Gute Antwort. Aber vielleicht hättest du doch eine Amme gebrauchen können. Wer war es?«

»Keine Ahnung«, antwortete er. »Gauner.«

»Weißt du wirklich nicht, wer es gewesen ist?«

»Nein.«

»Du weißt es ganz genau«, sagte Tony lächelnd. »Und ich weiß es auch.« Er hielt kurz inne. »Meine Tochter Catalina war überzeugt, dass du sie verpfeifen würdest, und weil sie nicht dumm ist, hat sie mir alles gesagt. Sie ist ein … wildes Kind. Aber sie ist mein Augenstern.«

Rocco schwieg.

»Einer ihrer Freunde hat eine gebrochene Nase. Und der andere hat fast keine Stimme mehr«, fuhr Tony fort. »Sie sind Sprösslinge zweier sehr reicher Familien, *gente bien*, weißt du.«

»Das wundert mich nicht. Sie waren so schlapp wie zwei Säcke voller Scheiße. Die hätte auch ein kleiner Junge umgehauen.«

Tony brach in Gelächter aus. »Kann sein, dass du von nun an nicht mehr das letzte Rad am Wagen bist.«

»Ich will gar kein Rad sein«, erwiderte Rocco. »Ich will als Mechaniker arbeiten.«

»Na ja, wer weiß«, sagte Tony mit einem Lächeln. »Das

Wichtige ist, sich auf die richtige Seite zu schlagen, wenn man es im Leben zu etwas bringen will, Junge.«

»Ja, das weiß ich. Das hat mir Euer Onkel Mimì auch schon gesagt«, sagte Rocco. »Aber dafür bin ich nicht gemacht.«

23

Seit ihrer Ankunft in Buenos Aires hatte Raquel kein Zeitgefühl mehr. Es musste inzwischen Mitte November sein, aber bei den sommerlichen Temperaturen hätte sie es nicht mit Bestimmtheit sagen können.

An diesem Abend kroch sie in ihr Bett, das eher dem Schlafplatz eines Hundes glich, und dachte nach. Was gerade geschah, ging über ihre Kräfte, dieses Los war zu schwer für ihre mageren Schultern. »Du bist noch zu jung, um auf dich selbst aufzupassen«, hatte ihr Vater gesagt, und ihr zunächst die Erlaubnis verweigert, zu diesem verhängnisvollen Abenteuer aufzubrechen. Die Worte gingen ihr nicht aus dem Kopf.

Doch es gab keine Möglichkeit, in ihr altes Dasein zurückzukehren. Sie musste sich dieser grausamen Welt stellen. Nun, dann muss ich eben rasch älter werden, dachte Raquel. Denn ihr Vater hatte ihr beigebracht, dass jeder Mensch mehr noch als das Recht die Pflicht hat, sein Schicksal selbst zu bestimmen. Und sie war jetzt hier, weil sie mit ihrem eigenen Kopf einige Entscheidungen getroffen hatte. Dabei spielte es keine Rolle mehr, ob diese Entscheidungen richtig oder falsch gewesen waren. »Meinen Vater haben die Russen umgebracht«, sagte sie laut zu sich selbst. »Das hätte mir auch passieren können, wenn ich dort geblieben wäre. Vielleicht ist dieses Schicksal hier ja nicht schlechter als das, was mich im *schtetl* erwartet hätte.«

Und mit einem Mal liefen Bilder von all den Ereignissen,

die sie hierher gebracht hatten, vor ihren Augen ab, und das mit atemberaubender Geschwindigkeit, wie ein Strudel. Sie sah Elias mit seinen Pickeln vor sich, der ihr half, durch das kleine Fenster ihres Hauses zu entkommen. Sah, wie sie durch den Schnee lief, fast erfroren wäre, sich der Gruppe anschloss und entdeckte, dass Amos und seine Männer Böses im Sinn hatten. Sah die weinenden Mädchen mit den Blutergüssen während der Schiffsreise, Kailahs Tod und Tamars Verwandlung, das schmierige Lächeln auf dem Gesicht des Beamten in der Einwanderungsbehörde, und dann tat ihr Herz plötzlich einen Sprung, als sie an den schönen Mann dachte, der Amos dort im *Hotel de Inmigrantes* so in Rage versetzt hatte.

Raquel setzte sich mit einem Ruck auf.

El francés, der Franzose, so hatten sie ihn genannt. Warum war sie denn jetzt so aufgeregt wegen dieser eigentlich doch unwichtigen Begebenheit?

Raquel drückte das Buch des Vaters an die Brust. »Hilf mir, das zu verstehen, Vater«, flüsterte sie.

Was hatte Francés noch gesagt? Sie schloss die Augen und versuchte angestrengt, sich zu erinnern. Und dann sah sie die Szene mit einem Mal in allen Einzelheiten vor sich. Francés wollte Tamar kaufen. »In ein paar Jahren hast du sie für fünf Pesos den Fick verschlissen«, hatte er zu Amos gesagt. »Du quetschst sie aus, bis du sie umbringst.« Raquel erinnerte sich an Francés' Blick, der nicht schmierig wie der von Amos gewesen war, sondern sanft und sympathisch. Francés hatte gesagt, er würde Tamar eine hübsche *casita* einrichten.

»Erinnere dich … erinnere dich …«, mahnte sie sich leise und konzentriert.

Sie sah Francés vor sich, wie er eine elegante Pirouette vollführte, als wäre er ein Tänzer, und zu Amos sagte: »Du weißt, wo du mich findest. Ich bin immer im …«

Wo, hatte er noch mal gesagt? Raquel schloss die Augen

und suchte in ihrem Kopf nach dem Namen in einer Sprache, die sie nicht kannte.

»*Blekkett!*«, rief sie laut.

Mit klopfendem Herzen erhob sie sich von der durchgelegenen Matratze.

Das war es! Sie musste Francés suchen und um Hilfe bitten. Er würde Tamar sicher aufnehmen, und sie selbst würde dann hoffentlich bei ihr bleiben können. Das wäre ein Ausweg, die Möglichkeit, ihr Schicksal selbst in die Hand zu nehmen. Aber wie sollte sie herausfinden, wo dieses *Blekkett* war? Sie sprach noch nicht gut Spanisch und kannte sich in Buenos Aires nicht aus. Doch andererseits hatte sie sich auch im Wald nicht ausgekannt, und trotzdem war es ihr gelungen, zu Amos' Truppe zu stoßen.

Ich werde es schaffen, dachte Raquel. Ich werde ihn finden.

Sie beschloss, keine Zeit zu verlieren, schlüpfte in ihre Schuhe und griff nach dem Buch des Vaters. Dann öffnete sie langsam die Tür einen Spaltbreit, worauf ihr sofort der eigenwillige Geruch entgegenschlug, der das gesamte Chorizo erfüllte. Eine Mischung aus dem billigen Parfüm der Huren, Schweiß, der abgestandenen Luft nie gelüfteter Zimmer, Alkohol, Schminke, Desinfektionsmitteln, Essen, Sperma, Fürzen, verstopften Latrinen und Erbrochenem und andererseits dem Geruch nach Milch und Marmelade. Dazu der Gestank all der Tätigkeiten, denen die Freier beruflich nachgingen, es roch nach Mehl, Fleisch, Öl, Kuh- und Pferdemist, Druckerschwärze, Gerbmitteln, Mörtel, Zement, Eisen. Und nach Tränen, dachte Raquel. Vielleicht hatten Tränen ja auch einen eigenen Geruch.

Raquel spähte verstohlen hinaus. Jetzt musste sie erst einmal schaffen, das Chorizo ungesehen zu verlassen. Um alles andere würde sie sich später kümmern – zum Beispiel das *Blekkett* zu finden. Im Flur war niemand zu sehen, und so schlich sie zur

Treppe. Von unten waren viele laute Männerstimmen zu hören und diese sehnsüchtige Musik, die sie seit ihrer Ankunft hier schon so oft gehört hatte.

Im Flur des ersten Stocks begegnete sie einem Mann und senkte sofort den Blick, wie Adelina es ihr geraten hatte. Erleichtert registrierte sie, dass er einfach die Treppe zum Erdgeschoss hinunterging.

Raquel stand stocksteif da und wartete. Doch plötzlich ertönte hinter ihr ein Knarren, und sie fuhr herum.

Ein Mädchen trat aus einer Zimmertür, richtete ihr Korsett und ging an ihr vorbei, als ob sie unsichtbar wäre.

Raquels Herz klopfte bis zum Hals.

Dann ertönten Schreie, eine Tür flog auf, und ein nacktes Mädchen stürzte heraus, dicht gefolgt von einem Mann mit heruntergelassener Hose, der bei dem Versuch, sie festzuhalten, hinfiel. Er fluchte lauthals, während ein zweiter Mann ihn überholte, das nackte Mädchen bei den Haaren packte und ihr mit der Faust brutal ins Gesicht schlug, sodass sie schmerzvoll aufstöhnte.

»*¡Puta!*«, schrie der Mann.

Der erste Mann rappelte sich auf, zog seine Hose hoch und schlug das Mädchen ebenfalls ins Gesicht.

»*¿Qué pasa?*« Ein weiterer Mann stand in einem Türrahmen. Er hielt ein Messer in der Hand.

»*Nada, amigo.*« Die beiden Männer schleppten das Mädchen in den Raum zurück, aus dem es zu fliehen versucht hatte, und schlossen die Tür hinter sich. Auch der Mann mit dem Messer zog sich in sein Zimmer zurück.

Raquel lief hastig die Treppe hinunter. Im Erdgeschoss gelangte sie in einen Raum mit vielen Männern. Einige Gäste, die auf Huren warteten, tanzten zur Musik dreier Musiker, die in einer Ecke Geige, Gitarre und Akkordeon spielten. Andere griffen zwei Mädchen unter die Röcke, die sich nicht wehrten, sondern völlig unbeteiligt wirkten, als spürten sie die Hände gar nicht, die sie betatschten.

Raquel bemerkte an der Tür zwei mit Messern bewaffnete Männer, die dafür zuständig waren, ankommende Freier auf Zahlungsfähigkeit zu überprüfen. Als eines der Mädchen sich dem Eingang näherte, stießen die beiden Männer es brutal zurück, und Raquel ging auf, dass die beiden auch sie aufhalten würden. Sie beschloss, den Flur entlangzugehen, vielleicht gab es irgendwo ein Fenster, durch das sie unbemerkt fliehen konnte. Doch der Blick in eines der Zimmer verriet ihr, dass das Fenster vergittert war, was vermutlich auch für die übrigen Fenster im Erdgeschoss galt. Es gab keinen Fluchtweg.

»*Oye, tú*«, sagte jemand, dann packte eine Hand sie an der Schulter.

Raquel drehte sich um, ihr schlug das Herz bis zum Hals. Vor ihr stand ein Betrunkener, dessen Hemd aus der Hose hing und der sich kaum auf den Beinen halten konnte.

»*Tráeme una taza de mate*«, sagte der Mann zu ihr.

Raquel verstand seine Worte nicht.

»*Tráeme una taza de mate, puta*«, schrie der Mann jetzt, und sein alkoholgeschwängerter Atem machte Raquel fast benommen.

»Sag immer ja«, lautete eine Regel hier im Bordell, deshalb nickte Raquel hastig ein paar Mal, während die Angst ihr die Kehle zuschnürte.

Der Mann schwankte, ließ ihre Schulter aber los.

Raquel lief mit rasendem Herzen die Treppe hinauf, dann hörte sie das Geräusch von Schritten und Adelinas Stimme. Wenn die sie erwischte, bekäme sie großen Ärger. Aber wo sollte sie hin? Raquels Blick fiel auf einen geblümten Vorhang am Ende des Flures. Eilig schlüpfte sie dahinter und fand sich in einer kleinen Nische wieder, in der einiger Hausrat aufgestapelt war. Hinter ihr war ein Fenster mit blinden Scheiben.

Raquel verharrte reglos mit angehaltenem Atem und lauschte den Schritten von Adelina und einer weiteren Person, die auf dem Holzboden des Flurs widerhallten.

Dann blieb Adelina stehen. »Hier stinkt es ja fürchterlich nach dem Abwasserkanal. Ein bisschen frische Luft wäre nicht schlecht, mach mal das Fenster hinter dem Vorhang auf.«

Raquel kauerte sich in eine Ecke hinter einen aufgerollten Teppich und betete, nicht entdeckt zu werden. Unmittelbar darauf betrat jemand die Nische, öffnete das Fenster weit und verschwand wieder. Dann entfernten sich die Schritte.

Raquel wartete noch eine Weile, dann schob sie sich aus ihrem Versteck hinter dem staubigen Teppich und warf vorsichtig einen Blick aus dem Fenster. Es ging auf die Rückseite des Chorizo in Richtung eines von einer eineinhalb Meter hohen Mauer umgebenen, menschenleeren Hofs. Hinter der Mauer lag eine Straße. Wenn ich es in den Hof schaffe, schaffe ich es auch hinaus, dachte sie. Doch ein Blick nach unten verriet ihr, dass es zu hoch war, um zu springen. Außerdem würde sie so nicht wieder ins Haus zurückgelangen, nachdem sie Francés um Hilfe gebeten hatte. Ihr Blick fiel auf die Regenrinne, die aus leichten, ineinandergesteckten Rohren bestand. Raquel beugte sich vor und berührte sie prüfend, und sogleich begann die Rinne gefährlich zu wackeln. Die würde sie niemals tragen, selbst bei ihrem geringen Gewicht nicht. Sie beugte sich noch etwas weiter vor und überprüfte mit den Fingern eine in der Mauer verankerte Halterung. Diese schien etwas stabiler zu sein. Wenn sie ein Seil hätte, könnte sie es dort festbinden und sich daran hinunterlassen. Und wenn niemand das Seil entdeckte, könnte sie auf diesem Weg auch wieder hinaufklettern.

Ich schaffe das!, sprach sie sich insgeheim Mut zu und spürte zugleich, wie eine Welle der Zuversicht sie erfasste.

Entschlossen verließ sie die Nische und schlich sich auf Zehenspitzen in den zweiten Stock zurück.

Als sie an Tamars Schlafsaal vorbeikam, konnte sie der Versuchung nicht widerstehen, ihr zu erzählen, was sie vorhatte. Es dauerte einen Moment, bis ihre Augen sich an das Halbdunkel im Raum gewöhnt hatten, dann ging sie zu ihr.

Tamar schlief mit offenem Mund. Ein dünner Speichelstreifen rann an ihrer Wange herab.

»Tamar«, flüsterte Raquel. Sie kniete sich neben sie und rüttelte sie sanft an der Schulter. »Tamar …«.

Tamar öffnete die Augen einen Spalt breit. »Bist du das … Stachelschwein?«, lallte sie.

Raquel war beunruhigt. »Was hast du denn? Bist du krank?«

»Adeli…«, stammelte Tamar, und ihre Augen schlossen sich wieder. »Adelina hat …«

»Was ist?« Raquel rüttelte wieder leicht.

Tamar wandte ihr den Kopf zu. »Bist du das … Stachelschwein?«

»Ja. Was ist mit dir? Adelina hat was?«

»Adelina …«

»Ja?«

»Adelina … weißt du … ist kein guter Mensch.« Tamar bewegte die Lippen offenbar nur mit Mühe, als würden sie aneinanderkleben, und es fiel ihr sichtlich schwer, die Augen offen zu halten. »Vertrau … ihr nicht.«

»Was hat sie mit dir gemacht?«

Tamar schloss die Augen. Ihr Atem ging schwach.

»Tamar, bitte«, flüsterte Raquel besorgt. »Tamar … sieh mich an … sag was.«

»Bist du das … Stachelschwein?«

»Ja, verdammt noch mal ja!« Raquel schüttelte sie heftig. »Tamar … bitte.«

»Sie hat … Adelina … hat mir … Drogen gegeben.«

Raquel war wie vom Blitz getroffen. »Warum?«, hauchte sie.

»Damit ich … trau ihr nicht … damit ich … brav bin.«

Raquel warf sich über sie und umarmte sie. »Nein«, stöhnte sie verzweifelt.

»Ich … bin müde«, stammelte Tamar. »Bist du das … Stachelschwein?«

»Tamar.« Raquel versuchte noch einmal, sie wachzurütteln, doch Tamar hatte die Augen jetzt fest geschlossen, und gleich darauf ging ihr Atem tief und schwer.

Raquel verharrte noch eine Weile kniend neben dem Bett. Mit einem Zipfel der Decke wischte sie vorsichtig den Speichel von Tamars Wange. Dann beugte sie sich über sie und flüsterte ihr zu: »Ich weiß, dass du mich hören kannst.« Sie nahm ihre Hand. »Drück zu, wenn du mich hören kannst.«

Tamar bewegte ganz leicht die Finger.

»Wir beide werden fliehen.« Raquel strich sanft über Tamars Haare. »Wir werden von hier fliehen.«

»Flieh …«, stammelte Tamar.

»Ja, wir werden fliehen«, bekräftigte Raquel. Nun war es Zeit, ihr Schicksal selbst zu schreiben. »Ich habe einen Plan.«

24

»Wer hat hier vor mir geschlafen?«, fragte Rosetta eines Abends nach dem Essen im Hinblick auf das Zimmer im ersten Stock, das sie gemietet hatte.

Doch weder Assunta noch Tano antworteten ihr, vielmehr lag mit einem Mal abgrundtiefe Traurigkeit in den Augen der beiden.

»Gute Nacht«, verabschiedete Tano sie kurz angebunden.

Zehn Minuten später, nachdem sie zu Bett gegangen war, hörte Rosetta die beiden miteinander flüstern. Und obwohl sie leise sprachen, fanden die Stimmen doch den Weg zu ihr die Treppe herauf.

»Wir hätten besser einen Mann genommen«, brummte Tano.

»Stattdessen ist dieses gute Mädchen zu uns gekommen«, antwortete Assunta.

»Wenn die Polizei sie hier findet, landen auch wir im Gefängnis.«

»Also eigentlich hast doch du ihr erlaubt zu bleiben. Oder nicht?«

»Ein Mann wäre besser.«

»Was willst du tun? Sie wegschicken?«

»Ich schicke niemanden weg«, sagte Tano nach einer Weile düster. »Das habe ich schon einmal getan und werde es mir nie verzeihen …«

Dann hörte Rosetta Assunta leise weinen. Und danach nichts mehr.

Am nächsten Morgen sprach Rosetta sie an: »Ich weiß, wie ich mir falsche Papiere besorgen kann, damit ich euch nicht in Gefahr bringe, falls die Polizei auftaucht.«

Tano starrte sie entgeistert an. »*Minchia!*«, fluchte er. »Du bist kaum in Buenos Aires angekommen und kennst schon einen Fälscher?«

»Er ist kein Fälscher«, erwiderte Rosetta, »sondern ein Zuhälter.«

»*Minchia doppia* …«, fluchte Tano.

»Ich bin keine Hure!«, sagte Rosetta entschieden.

Assunta blickte sie lächelnd an. »Hätte ich dich sonst in derselben Wohnung mit meinem Ehemann aufgenommen?«

»Man nennt ihn *el francés*«, erklärte Rosetta. »Ihm gehört das Black Cat. Es muss weit von hier entfernt sein. Leider weiß ich nicht, in welchem Viertel.«

»Ich werde mich erkundigen.« Tano wandte sich an Assunta: »Geh du mit ihr zum Pfandleiher, damit sie nicht übers Ohr gehauen wird, wenn sie ihre Lire eintauscht.«

Assunta nickte. Dann nahm sie die Nachttöpfe auf und leerte sie draußen hinterm Haus in den Riachuelo. Als sie bemerkte, dass Raquel ihr gefolgt war, deutete sie auf den vernachlässigten Hinterhof. »Kein guter Boden«, sagte sie.

Rosetta zeigte auf den Fluss. »Das liegt am Wasser, das ist nicht gut. Es ist vergiftet.« Ihr Blick fiel auf einen verkümmerten Rosenstock an der Hauswand, den sie bisher noch nicht bemerkt hatte. Sie besah sich die Pflanze genauer, die nur spärliche, beinahe gänzlich verfärbte Blätter hatte. Die wenigen Knospen waren verwelkt, ehe sie erblühen konnten, und voller Blattläuse, und der schwärzliche Stamm war so gut wie vertrocknet.

»Der stirbt jetzt auch …«, sagte Assunta leise, und Rosetta bemerkte, dass ihre Augen sich mit Tränen gefüllt hatten.

Sie machten sich auf den Weg zum Pfandleiher, der in einem armselig wirkenden Laden hauste, dessen Eingang mit einem eisernen Gittertor gesichert war. Das Schaufenster aus dreckigen Scheiben war ebenfalls durch ein Metallgitter verschlossen, um die wenigen erbärmlichen Pfandstücke zu schützen, die dort willkürlich verteilt lagen.

»Señor Vasco«, rief Assunta.

Ein alter Mann, der genauso heruntergekommen wirkte wie die Sachen, die er verwahrte, öffnete das Gittertor. »Seid Ihr wegen der Gitarre gekommen, Señora Piazza?«, fragte er.

Assunta schüttelte den Kopf. »Nein, wir müssen italienische Lire wechseln«, antwortete sie.

»Ach, ein Neuankömmling.« Señor Vasco lächelte Rosetta an. Dann wandte er sich um und rief: »Miguel, ein Geldwechsel.«

Aus dem Hintergrund des Raumes trat ein Mann um die vierzig, der dem Alten ähnlich sah, nicht zuletzt, weil ihn dieselbe Aura der Heruntergekommenheit umgab, als hätte er all den Staub vom Vater geerbt. Er bedeutete Rosetta, ihm in einen Raum mit einem schwarzen Tresor zu folgen, der schon bessere Tage gesehen hatte.

Während der Mann ihr Geld wechselte, hörte Rosetta, wie Señor Vasco zu Assunta sagte: »Ich habe gehofft, Ihr wärt wegen der Gitarre gekommen, Señora Piazza. Die Frist läuft ab.« Er seufzte. »Es bricht mir das Herz. Das ist eine ausgezeichnete Gitarre. Es wäre zu schade, wenn sie wegginge.«

»Wir sind nur zum Geldwechseln gekommen, Señor«, antwortete Assunta knapp.

Auf dem Heimweg fragte Rosetta Assunta: »Warum habt ihr die Gitarre verpfändet?«

Assunta lächelte traurig. »Es ist zu früh, um darüber zu reden«, meinte sie.

Zuhause nuschelte Tano, den Mund voller Nägel, brummig: »Dieses verdammte Black-oder-wie zum-Teufel-das-heißt ist weit weg. In Recoleta. Ein Viertel für Reiche.«

»Und wie komme ich dorthin?«, fragte Rosetta.

»Du willst doch nicht etwa allein dorthin?«, rief Tano empört. »Die ist wirklich verrückt! Ein anständiges Mädchen, allein unterwegs in dieser riesigen Stadt!« Er schüttelte den Kopf und raunzte: »Lasst mich jetzt gefälligst arbeiten. Wir gehen heute Abend hin.«

Rosetta nutzte die Zeit, in den Kneipen und Restaurants im Barracas-Viertel nachzufragen, ob eine Tellerwäscherin oder Kellnerin gebraucht wurde. Doch ohne Erfolg.

Hätte Rosetta das Viertel beschreiben müssen, so hätte sie es in einem einzigen Wort zusammengefasst: staubig. Hier schien der Staub alles zu bestimmen, er war der eigentliche Herrscher des Viertels. Ein Staub, der vor allem von der knochentrockenen Erde der unbefestigten Straßen aufstieg, den man überall mitschleppte, den ein Windhauch an die Häuser klebte. Aber es gab auch noch einen viel feineren Staub, eine Patina, die diesem Viertel und seinen Bewohnern ein irgendwie verschwommenes Aussehen verlieh, als würden sie kaum existieren. Selbst in den angesichts einer kaum aussichtsreichen Zukunft resignierten Blicken der Leute schien ein Hauch von Staub zu liegen.

Die Häuser im Viertel standen dicht aneinandergedrängt, als versuchten sie, den zur Verfügung stehenden Platz möglichst gut zu nutzen. Bleche, Ziegel, Zäune aus unterschiedlichsten Materialien, von Holzpfählen bis zu alten Brettern oder schweren und abgenutzten Stoffen, die mit rostigem Eisendraht befestigt waren, sogar Mäuerchen aus Schädeln und Knochen von Kühen gab es, ausgeblichen von Sonnenlicht und Zeit. Die Straßen waren manchmal sehr schmal, manchmal übertrieben breit, so breit, dass drei Wagen nebeneinander passieren konnten, und die Ochsen, die sie zogen, hinterließen eine Dungspur, die selten weggeschaufelt wurde. Die Sonne trocknete den Mist, die Räder der Wagen zermalmten ihn, und bald würde auch er zu Staub werden.

Und dann erhoben sich, als wollten sie daran erinnern, dass weiter nördlich in dieser Welt unermesslich reiche Leute wohnten, deren aufgegebene Residenzen, jene *palacios*, die man in *conventillos* umgewandelt hatte, Wohnraum für Einwanderer. Wie alte, arthritische Riesen überragten sie die Hütten, von ihren einstmals lebhaften Farben, die sie voneinander unterschieden hatten, war nichts geblieben, der Regen hatte sie abgewaschen, der Wind hatte sie abgetragen und die Sonne hatte sie ausgeblichen.

Als Rosetta heimkehrte, warteten Assunta und Tano schon ungeduldig in der Tür.

»Komm jetzt!« Tano war bereits im Aufbruch. »Wir müssen die *tranvía* nehmen.«

»Was ist das?«

»Die *tranvía* ist die *tranvía*, was soll sie denn sonst sein?«, brummte Tano.

An der Avenida Martín García, einer breiten Straße am Rand des Parque Lezama, ging Rosetta auf, was die *tranvía* war. Sie sah aus wie ein Eisenbahnwagon, fuhr auf Schienen und wurde von sechs schweren Pferden gezogen. Rosetta zögerte kurz.

»*Minchia*, sollen wir hier etwa bis zum Abend warten?«, schimpfte Tano.

Rosetta stieg ein und nahm neben Assunta Platz. Als sie die Vorstadtviertel verließen, zeigte Buenos Aires sich in seiner ganzen Vornehmheit und Opulenz. Nun betrachtete sie alles voller Staunen. Die Stadt zeigte ihr wahres Gesicht. Ihre meisterliche Architektur. Die unterschiedlichen Stile, die in rascher Folge wechselten und miteinander wetteiferten, welcher von ihnen der großartigste war und den Reichtum ihrer Bewohner am besten zur Schau stellen konnte.

Später, als sie schließlich zu dritt vor der roten Markise des Black Cat standen, bemerkte Rosetta, dass Tano seine Selbstsicherheit verloren hatte. Um sie herum waren viele elegant gekleidete Leute, die sie misstrauisch beäugten. Sie erinnerte sich, dass sie sich hier ebenfalls unwohl gefühlt hatte und erst in den Vorstadtvierteln, wo sie sich nicht von den armen Schluckern unterschied, wieder frei hatte durchatmen können.

»Die starren uns an wie Tiere im Zoo«, polterte Tano.

»Na, du bist ja auch ein Ziegenbock.« Assunta hakte sich bei ihm unter und erklärte stolz: »*Mein* Ziegenbock.«

Rosetta war beeindruckt, wie stark und selbstbewusst diese Frau war, die bisweilen so naiv wirkte.

Energisch betrat sie das Black Cat.

»*Oye, chica*, wo warst du denn?« Lepke hatte Rosetta sofort wiedererkannt und kam mit einem strahlenden Lächeln auf sie zu.

Die Frau mit dem schwarzen Rock und der Puppenschürze winkte ihr zu.

»Hm«, brummte Tano, »du scheinst hier ja bekannt zu sein wie ein bunter Hund.«

Assunta versetzte ihm einen Stoß in die Rippen.

»Francés! Sieh mal, wer da ist!«, verkündete Lepke.

Francés drehte sich um und lächelte ebenfalls. Er stand auf, verbeugte sich leicht und forderte Rosetta mit einer einladenden Geste auf, sich zu ihm an den Tisch zu setzen.

Rosetta trat, gefolgt von Tano und Assunta, heran.

»Du bist also zurückgekommen«, sagte Francés. »Gut.«

»Aber es ist nicht so, wie du denkst«, sagte Rosetta scharf.

»Ach, wie schade.« Francés lächelte. »Warum dann?«

»Du hast gesagt, du könntest mir Ausweispapiere besorgen.«

Francés ließ seinen Blick von Assunta zu Tano wandern. »Die Sache ist zu heikel, um sie vor zwei Fremden zu verhandeln«, sagte er.

»Es ist auch heikel, ein anständiges Mädchen mit einem Zuhälter allein zu lassen«, erwiderte Tano trocken.

Francés lachte laut los. »Fünfhundert Pesos.«

»Fünfhundert, das ist ja wohl ein Witz!«, rief Tano.

»Das ist der übliche Preis«, antwortete Francés gelassen.

»Vielleicht bei Halsabschneidern«, entgegnete Tano. »Zweihundert.«

Francés starrte ihn an. »Unter dreihundert kann ich nicht gehen«, sagte er schließlich.

Tano nickte.

Francés beugte sich zu einem Stapel Zeitungen vor, nahm ein Exemplar der *Nación* und schlug die Lokalnachrichten auf. »Eigentlich sollte ich das Doppelte von dir verlangen, Rosetta Tricarico. Schau her, du bist inzwischen Stadtgespräch mit deiner Flucht.« Er grinste.

»Drohst du ihr etwa?«, fuhr Tano auf. »Ich warne dich, wenn ich in Barracas auch nur einen Polizisten sehe …«

»Ach, ihr wohnt in Barracas …« Francés blickte auf Tanos Hände. »Ihr seid Schuhmacher, stimmt's? Ich würde Euch im Nu finden, wenn ich wollte.«

»Und genauso schnell schneide ich dir die Eier ab«, bellte Tano.

»Wie ich Rosetta schon gesagt habe«, erklärte Francés gelassen, »verabscheue ich nichts mehr als die Polizei. Darauf könnt ihr euch verlassen.«

»Und du verlass dich darauf, dass ich dir die Eier abschneide«, rief Tano.

Francés zog ein Notizbuch und einen goldenen Stift aus der Innentasche seiner Jacke. »Gut, dann müssen wir einander eben vertrauen und die neuen … Daten aufschreiben.« Er sah Rosetta an: »Geburtsort?«

»Alcamo …«

»Ach was, Alcamo«, fuhr Tano unwirsch dazwischen. »Geboren in Porto Empedocle, am 7. August 18 … 93, so ungefähr.«

Francés notierte Geburtsort und -datum. »Und wie willst du heißen?«

»Lucia«, sagte Tano. »Und mit Nachnamen ... Ebbasta. Schreib dir das genau auf, mit zwei B. Lucia Ebbasta.«

Assunta lächelte.

»Zahlbar ...«, begann Francés.

»Bei Übergabe«, schloss Tano.

Francés nickte. »In zwei Tagen. Hier.«

Tano stand auf. »Gehen wir«, sagte er zu den beiden Frauen.

Francés grinste Rosetta an. »Der Kerl ist wirklich gut. Du hast Glück.«

»Ja«, sagte sie froh, ehe sie Assunta und Tano nach draußen folgte. Sie war den beiden zutiefst dankbar für ihre Hilfe.

»Warum habt Ihr die Gitarre eigentlich verpfändet?«, fragte sie Tano vorsichtig auf dem Heimweg.

»Weil die Geschäfte schlecht gehen«, antwortete er brüsk.

Assunta schwieg, doch ihr Blick war traurig.

Zu Hause verschwand Tano sofort im Bett.

»Es tut mir leid ... Ich rede zu viel«, sagte Rosetta leise zu Assunta, bevor sie hinauf in ihr Zimmer ging.

Kurz darauf erklang von unten Tanos Schnarchen, und dann hörte Rosetta Schritte auf der Treppe.

Assunta erschien in einem wollenen Morgenrock über dem bodenlangen Nachthemd aus weißer Baumwolle in der Tür. Sie ließ sich auf den Rand des Bettes fallen und sah sich im Halbdunkel des Zimmers um. »Ich bin schon lange nicht mehr hier oben gewesen«, begann sie stockend. Ihr Blick ruhte auf einem kleinen Koffer in einer Zimmerecke, dann wandte sie sich Rosetta zu und strich ihr lächelnd über das Gesicht, während auf ihren gerundeten Wangen ein paar Tränen schimmerten.

Rosetta schwieg.

»Das Zimmer hat unserer Tochter Ninnina gehört«, fuhr Assunta mit brüchiger Stimme fort. »Wir dachten schon, wir könnten keine Kinder bekommen, und dann … kam sie. Wie ein Segen.« Assunta unterdrückte ein Schluchzen. »Wir sind hierhergekommen, damit sie ein besseres Leben haben würde als wir.« Wieder strich Assunta über Rosettas Wangen.

»Als wir in Buenos Aires ankamen, war sie zehn Jahre alt. Und als sie heranwuchs, wurde sie so schön … wie eine Jacarandablüte.« Assunta lächelte und verharrte eine Weile schweigend. Dann verfinsterte sich ihr Gesichtsausdruck. »Und dann … dann hat sie sich verirrt …«

Rosetta nahm Assuntas Hand, doch Assunta entzog sie ihr abrupt. »Nein, nicht. Sonst heule ich noch richtig los und wecke Tano.«

»Weint ruhig.«

Assunta schüttelte den Kopf und atmete tief durch in dem Bemühen, die Tränen zurückzudrängen. »Sie begegnete einem Mann … Ninnina war jung und naiv … Sie glaubte alles, was er ihr versprach …« Sie hielt inne und presste die Lippen aufeinander. »Wir haben versucht, ihr zu verbieten, sich mit diesem Mann zu treffen«, fuhr sie schließlich fort, »aber sie wollte nicht auf uns hören. Tano hat ihr gedroht, sie aus dem Haus zu werfen, auch wenn er das nie getan hätte. Du hast doch gesehen, wie er ist. Er bellt, aber er beißt nicht.« Sie lächelte liebevoll. »Ich habe ihm das nie vorgeworfen, doch er kommt nicht davon los. Das wird er sich nie verzeihen, der arme Mann … Es ist ein schreckliches Kreuz, das auf seinen Schultern lastet.« Assunta wischte sich Tränen fort. »Eines Nachts verschwand Ninnina.« Sie schüttelte düster den Kopf. »Dieser Mann hat sie nur benutzt, und als er sie nicht mehr gebrauchen konnte, hat er sie auf die Straße geworfen. Als sie zu uns zurückkehrte, hätten wir sie beinahe nicht wiedererkannt. Sie war krank. Tuberkulose.« Assuntas Blick ging ins Leere. »Du kannst dir nicht vorstellen, wie viele Kissenbezüge ich gewaschen habe. Jedes Mal, wenn sie hustete, war Blut darauf.« Assunta senkte den Kopf, als würde die Last sie niederdrücken. »Du hast mich nach Tanos Gitarre gefragt. Wir haben unsere gesamten Ersparnisse für Medikamente ausgegeben, damit sie wieder gesund wird. Und als wir nichts mehr hatten, haben wir all unsere Habe verpfändet. Aber es hat nichts genützt.« Assunta erhob sich schwerfällig. »Ninnina ist vor einem halben Jahr … von uns … gegangen.« Sie blickte Rosetta kurz an, dann wandte sie sich ab und ging mit müden Schritten zur Treppe.

»Hat sie den Rosenstrauch gepflanzt?«, fragte Rosetta.

»Ja, als sie verstand, dass sie nicht mehr gesund werden würde«, erwiderte Assunta mit dem Rücken zu ihr. »*Dann habt ihr etwas von mir, wenn ich nicht mehr da bin*, hat sie gesagt.« Langsam stieg sie die Stufen hinunter.

Am nächsten Morgen überquerte Rosetta den Riachuelo und kaufte auf dem Mercado Central de Frutos del País, dem großen Obst- und Gemüsemarkt im Avellaneda-Viertel, gute Erde, Dünger, ein Mittel gegen Blattläuse und eine Hacke. Wieder zu Hause, kümmerte sie sich um Ninninas Rosenstrauch.

Um die Mittagszeit war sie noch immer nicht fertig, und als Tano hinter dem Haus auftauchte, um sie zum Essen zu rufen, und sie neben dem Rosenstrauch kniend fand, verzerrte sich sein Gesicht vor unbezähmbarer Wut. »Was zum Teufel machst du da? Siehst du nicht, dass diese verfluchte Pflanze tot ist?«, schrie er. Er ging mit geballten Fäusten auf Rosetta zu, als wollte er sie schlagen. »Sie ist tot! Sie ist tot!«, schrie er noch lauter, während die Adern an seinem Hals hervortraten, dann stürmte er zurück ins Haus.

Rosetta packte hastig ihre Sachen zusammen und verstaute sie neben dem Strauch. Kurz darauf verließ sie abermals das Haus. Sie hatte noch etwas Wichtiges zu erledigen.

Bei ihrer Rückkehr ordnete Tano gerade seine Werkzeuge auf dem Tresen, blickte aber nicht auf.

»Schuhmacher und Gitarrist«, sagte Rosetta und legte seine Gitarre auf den Tresen.

Tano entfuhr ein Schrei der Überraschung. Er schüttelte immer wieder den Kopf, und die Adern an seinem Hals schwollen bedenklich an. Dann nahm er die Gitarre, schwang sie wie einen Stock hin und her, sodass Rosetta schon fürchtete, er würde sie auf ihr zerschlagen.

»Was fällt dir denn ein, Närrin?«, brüllte Tano sie an.

»Was ist los?« Assunta eilte besorgt herbei. Beim Anblick der Gitarre füllten sich ihre Augen mit Tränen, und sie ging zu Rosetta und umarmte sie fest. Dann sagte sie zu ihrem Mann: »Versuch mal, was Nettes zu sagen, du schrecklicher alter Ziegenbock.«

Tano legte die Gitarre auf den Tresen. Er war puterrot im Gesicht, schnaubte, ballte die Hände zu Fäusten und presste die Lippen zusammen.

»Los, sag es«, forderte Assunta ihn auf. »Sag es!«

Tanos Blick glitt über die Gitarre, während er heftig durch die Nase ausatmete. Dann strich er überraschend vorsichtig, beinahe zärtlich über den Holzkörper des Instruments und fuhr mit den von Schuhcreme geschwärzten Fingern liebevoll über die gespannten Saiten. »Danke«, knurrte er schließlich heiser. »Und jetzt verschwindet von hier, alle beide!«

Von der Gitarre wurde auch beim Abendessen nicht mehr gesprochen.

Als es Zeit zum Schlafen war, ging Rosetta in ihr Zimmer.

Kurz darauf hörte sie von der Straße die Klänge einer Gitarre heraufschallen, eine sehnsüchtige, bisweilen traurige, bisweilen leidenschaftliche Melodie. Und dann gesellte sich Tanos Stimme zu den Tönen der Gitarre. Voller Schmerz und Melancholie.

Rosetta spähte durch den Zwischenraum der beiden Bleche hindurch, welche die Außenwand ihres Zimmers bildeten. Im schwachen Schein der Straßenlaterne an der Ecke sah sie, dass sich viele ihrer Nachbarn auf der Straße um Tano versammelt hatten.

Als die Stufen hinter ihr knarrten, wandte Rosetta sich um: Dort stand Assunta.

»Dieser Tango erzählt die Geschichte von einem Mädchen, das von einem Zuhälter betrogen wurde … Sie ist zu einem erbärmlichen Leben verdammt«, erklärte Assunta.

Rosetta warf erneut einen Blick durch den Spalt zwischen den Blechen. Auf der Straße forderte ein Mann eine Frau zum Tanz auf.

»Mein Schmerz vermischt sich mit meinem Lachen«, sang Assunta gemeinsam mit Tano. »Ich bin eine Blüte im Schlamm«, fuhr sie mit zitternder Stimme fort. »Ich verkaufe Traurigkeit und verkaufe die Liebe …«

Unten auf der Straße tanzte jetzt noch ein weiteres Paar. Dann hörte Rosetta ein Schloss schnappen und wandte sich um.

Assunta hatte den kleinen Koffer geöffnet und hielt ein himmelblaues Kleid mit einem Muster aus violetten Blütendolden in der Hand. »Zieh es an.« Sie lächelte Rosetta aufmunternd zu.

»Ich … kann doch nicht …«

»Es würde mich glücklich machen.« Assunta strich mit einer Hand über die Blumen auf dem Kleid. »Das sind Jacarandablüten. Sie sind so schön, wie Ninnina es war. Tano hat es ihr zu ihrem achtzehnten Geburtstag gekauft.«

»Aber nein, Euer Mann … Ich will nicht, dass er …«

»Er hat mir gesagt, ich soll es dir geben.«

Rosetta hatte einen Kloß im Hals.

Assunta breitete das Kleid auf dem Bett aus und machte sich bereit zu gehen. »Zieh es an und komm zu uns herunter.«

Als Rosetta die Straße betrat, ging ein Raunen durch die Menge.

Tano konnte einen Augenblick nicht weiterspielen, und seine blauen Augen füllten sich mit Tränen. Doch dann nickte er Rosetta leicht zu und ließ wieder die Saiten der Gitarre erklingen.

Jetzt tanzten auch noch andere Paare, und als nur noch Männer übrig waren, tanzten auch sie miteinander. Sie alle tanzten einen ernsthaften, sinnlichen Tanz. Es war wie eine Art gemeinsamer Spaziergang, mit anmutigen Bewegungen der Beine, die sich wie Klingen kurz zwischen die Beine des anderen schoben, um dann, wie von einer Feder gezogen, zurückzuschnellen.

»Mein Schmerz vermischt sich mit meinem Lachen«, sangen nun alle.

Und Rosetta wusste genau, dass dies nicht nur ein Lied für diese Leute war, sondern etwas viel Wichtigeres. Es war, als ob alle gemeinsam Ninninas gedachten. Es war, als würde sich jeder der Tanzenden bei diesem Lied auf seine Weise gegen den Tod auflehnen.

»Ich bin eine Blüte im Schlamm … Ich verkaufe Traurigkeit und verkaufe die Liebe«, stimmte nun auch Rosetta leise mit ein.

Und zum ersten Mal, seit sie hier an Land gegangen war, hielt sie es für möglich, dass diese Stadt ein Herz hatte.

25

Atlantischer Ozean

Die Gläser aus böhmischem Kristall stießen leise klirrend auf dem mit feinem flandrischen Tuch gedeckten Tisch aneinander.

»Es herrscht stürmische See«, sagte Baron Rivalta di Neroli.

Mit Ausnahme des Barons und einer alten Gräfin, deren vertrocknetes Gesicht mit den vielen Runzeln an ein Stück Stockfisch erinnerte, hatten fast alle übrigen Gäste der Tischgesellschaft an Bord des Überseedampfers Regina Margherita di Savoia bleiche, eingefallene Gesichter und pressten die blutleeren Lippen fest zusammen, kündigte der übermäßige Speichelfluss in ihren Mündern doch den nächsten Brechanfall an.

Der Baron lachte. »Wenn schon wir hier in der ersten Klasse ins Schlingern geraten, stellt Euch erst die armen Schweine in der dritten vor, die quasi in Neptuns Armen liegen!« Er wiegte sich hin und her.

»Hört auf, in Gottes Namen!«, rief ein Mann, der sich seit Tagen beständig übergab.

Der Baron lachte noch etwas lauter.

Als das Schwanken des Schiffes noch heftiger wurde, liefen die Reisenden der ersten Klasse aus dem Saal, die einen aufs Außendeck, die anderen in ihre Luxuskabinen. Im Nu war der Speisesaal wie ausgestorben, nur der Baron, die alte Gräfin, der *Maître de salle* und die Ober blieben.

»Wir wurden gerade unterbrochen«, wandte sich der Baron

an die Gräfin. »Ich fragte Euch, ob Ihr die Freundin kennt, die mich in Buenos Aires beherbergen wird, Fürstin Altamura y Madreselva.«

»Aber selbstverständlich«, antwortete die Gräfin. »Mein Mann und der Vater der Fürstin waren von 1884 an Mitglieder im exklusiven Schachclub von Rom, als dieser in den Palazzo Torlonia umzog.«

»Wie klein die Welt doch ist«, meinte der Baron gelangweilt. Zum wiederholten Male blickte er zur Tür in der Hoffnung, dass dort Bernardo auftauchte, dem er einen infamen Auftrag erteilt hatte.

»Die Welt derjenigen, die die Namen ihrer Vorfahren kennen, ist klein«, sagte die Gräfin hochmütig. Ihre vornehme Erscheinung wurde indes von einem Gemüserest ruiniert, der sich zwischen ihren langen gelben Zähnen verfangen hatte. »Aber die Welt dieser … dieses … Mobs dort drunten«, fuhr sie verächtlich fort und deutete in Richtung der dritten Klasse, »ist groß und dunkel, ein chaotisches Labyrinth, in dem die Leute nicht einmal sicher sein können, wer ihr Vater ist.«

»Oh ja«, murmelte der Baron, den die Unterhaltung zunehmend langweilte.

In diesem Moment betrat Bernardo den Speisesaal. Er schritt eiligen Schrittes auf sie zu, verbeugte sich vor der Gräfin, die ihm huldvoll mit ihrer mit Gold und Edelsteinen geschmückten, arthritischen Hand zuwinkte, und flüsterte dann seinem Herrn zu: »Die Sache ist erledigt.«

Der Baron war sofort wie elektrisiert. Er stürzte seinen Champagner in einem Zug hinunter. »Contessa, ich muss mich empfehlen. Eine höchst dringliche Angelegenheit erfordert meine Anwesenheit«, verabschiedete er sich.

Die Gräfin verbarg ihre Enttäuschung und lächelte dem Baron höflich zu, wobei der Gemüserest erneut zum Vorschein kam. Sobald sie allein war, gab sie rasch den quälenden Blähungen nach, ehe der *Maître de salle* sich ihrem Tisch näherte.

»Sie ist in Eurer Kabine«, sagte Bernardo zum Baron.

»Niemand hat sie gesehen?«

»Niemand.«

»Und wie hast du sie dazu gebracht?«

»Ein paar Törtchen haben genügt.«

Der Baron lachte. »Ist sie wirklich das, wonach sie aussieht?«

»Davon könnt Ihr Euch gleich überzeugen.«

»Mit wem reist sie?«

»Mit ihrem Bruder, der sich seit dem Tod der Eltern um sie kümmert. Er arbeitete in einem Imbiss, hat aber seine Arbeit verloren und will nun sein Glück in Argentinien versuchen.«

Inzwischen waren sie vor Kabine Nummer 147LS angekommen, in der teuersten Klasse auf dem Schiff, *luxe supplémentaire*. Der Baron legte seine vor Aufregung zitternde Hand auf den Türgriff. »Bist du bereit?«, fragte er Bernardo.

»Ich bin bereit geboren«, antwortete der Diener herausfordernd.

Der Baron betrachtete ihn entzückt, dann drückte er den Griff hinunter und trat ein.

Auf einem der weichen Samtsofas saß ein knapp zwanzigjähriges Mädchen und lächelte ihn an. Ein leeres Lächeln. Das Lächeln einer Schwachsinnigen. Auch die Augen wirkten irgendwie erloschen.

»Wunderbar …«, flüsterte der Baron.

Das Mädchen lächelte weiterhin ausdruckslos wie eine Wachsstatue, als der Baron sich zu ihr setzte. Das schwarze Kleid, das sie trug, war durchaus würdevoll, wenn es auch bessere Tage gesehen haben mochte. Für ein einfaches Mädchen aus dem Volk war ihre Haut geradezu unglaublich hell.

»Wie weiß du wohl erst da unten bist, mein süßes Mädchen«, sagte der Baron, während er den Rock etwas nach oben schob und ihre Beine entblößte.

Das Mädchen riss die Augen auf, und ihr Lächeln erstarb. Dann sagte sie mit unangenehm kehliger, eintöniger Stimme, wie ein kleines Kind, das etwas Auswendiggelerntes aufsagt: »Man z-zeigt seine B-beine nicht.«

Als der Baron diese Misstöne hörte, stöhnte er beinahe vor perversem Vergnügen.

Das Mädchen starrte mit offenem Mund auf ein Tablett voller Gebäck und mit Zuckerglasur überzogenem Konfekt, das Bernardo besorgt hatte, um sie in die Kabine zu locken.

»Auch nicht, wenn ich dir ein Törtchen gebe?«

Das Mädchen rollte mit den stumpfen Augen, während es verzweifelt nach einem Ausweg aus dieser Zwickmühle suchte, die ihren geistigen Horizont überstieg.

»Oder sollen wir zwei Törtchen sagen?«

»Mit Sahne?«, fragte das Mädchen.

»Die beste Sahne, die du je gekostet hast.«

Das Mädchen ließ zu, dass der Baron ihr den Rock bis zum Höschen hochschob, während sie sich zwei Törtchen in den Mund stopfte. Danach hatte sie einen kleinen Sahnebart auf der Oberlippe.

Der Baron zückte sein Seidentuch und säuberte sie mit schier grenzenloser Zärtlichkeit. Dann streichelte er ihr über das Gesicht. Ließ die Hand den Hals hinab zum ersten Knopf des Kleides gleiten. Den er öffnete.

Das Mädchen kicherte.

»Gefällt dir das?«, fragte der Baron sie.

»Nein«, erwiderte das Mädchen.

Der Baron öffnete auch den zweiten Kopf.

Das Mädchen kicherte erneut.

»Warum lachst du?«, fragte der Baron.

Doch er erhielt keine Antwort.

»Hat man das schon mal mit dir gemacht?«

Das Mädchen runzelte die Augenbrauen und blickte verlegen zu Boden.

Der Baron öffnete den dritten und vierten Knopf des Kleides.

»Darf ich noch z-zwei T-törtchen haben?«, fragte das Mädchen mit ihrer merkwürdigen Stimme, die klang wie eine verstimmte Geige.

»Wenn du sagst, dass du Rosetta Tricarico heißt und dir das Kleid ausziehen lässt, dann darfst du das gesamte Tablett haben«, sagte der Baron. »Also, wie heißt du?«

»Ro-setta Tri-carico«, antwortete das Mädchen und ließ sich vom Baron Kleid und Höschen ausziehen, während Bernardo ihr das Silbertablett reichte.

Der Baron knetete ihre schweren Brüste und zwickte in die rosigen Brustknospen. »Auch du hast ein köstliches Törtchen, Rosetta Tricarico«, sagte er lachend mit Blick auf ihr dunkles Schamhaar, während er sich zwischen ihren Beinen zu schaffen machte. Dann gab er Bernardo ein Zeichen, sich zu entkleiden.

Während der Diener das Mädchen mit Gewalt nahm, das sich greinend wie ein kleines Kind verzweifelt wehrte, saß der Baron im Sessel und richtete seine Aufmerksamkeit vor allem auf Bernardo.

Als alles vorbei war, ordnete er Bernardo an, sie anzuziehen und wegzuschicken, und ging dann aus dem kleinen Salon in sein Schlafzimmer. In dieser Nacht hatte er Träume, die ihn so erregten, dass er meinte, eine Erektion zu spüren.

Am nächsten Morgen, er wollte gerade aufstehen, um sich zum Frühstück anzukleiden, stürzte ein Mann rasend vor Zorn in seine Kabine. Bevor die Tür sich wieder schloss, konnte der Baron auf dem Gang das Mädchen ausmachen.

»Verfluchter Dreckskerl!«, schrie der Mann und zog ein Messer, nachdem er vorher die Tür verriegelt hatte. »Das werdet Ihr büßen!«

»Beruhigt Euch, guter Mann«, sagte der Baron und streckte abwehrend die Arme vor. »Macht keine Dummheiten. Wer seid Ihr?«

»Ich bin der Bruder dieses armen Mädchens, das … das …« Der Mann presste die Lippen zusammen, unfähig, das Vorgefallene zu benennen. »Ihr habt ihr die Ehre genommen! Sie beschmutzt!«, schrie er und schwang erneut das Messer.

Der Baron hatte sich von seinem anfänglichen Schreck erholt. Dieser Mann war seiner Einschätzung nach kein Mörder. Er fühlte sich lediglich verletzt, womöglich mehr als seine Schwester. »Hört zu, das alles war ein schrecklicher Irrtum … Aber wir werden schon zu einer vorteilhaften Lösung kommen. Ich werde Euch bezahlen.«

»Nein!«, schrie der Mann mit wutverzerrtem Gesicht. »Ihr müsst die Ehre meiner Schwester wiederherstellen.«

»Ich bedaure, das ist unmöglich, guter Mann«, sagte der Baron. »Aber ich kann Euch etwas viel Besseres anbieten. Was würdet Ihr sagen, wenn Ihr über eine beträchtliche Summe verfügen könntet? Das würde Eure Zukunft verändern, nicht wahr?«

Der Mann geriet ins Wanken, das war deutlich an seinem Blick zu erkennen. Da war die Schwäche und die teuflische Versuchung. Aber auch der tiefe Schmerz und abgrundtiefe Verachtung sich selbst gegenüber, weil er wusste, was er gleich annehmen würde.

Der Baron verspürte ein perverses Vergnügen angesichts des schmerzvollen inneren Kampfes des Mannes. »Sehr gut, wir verstehen uns also.« Er wandte sich einer Schatulle zu, schloss sie auf und hob dann den Deckel.

»Für uns Arme bedeutet das Gold …«, murmelte der Mann

gedemütigt und voller Selbstvorwürfe, während er das Messer senkte. »Für uns Arme ist Gold das Leben.«

Da ertönte ein metallisches Klicken. »Für uns Reiche dagegen ist es das Blei«, knurrte der Baron. Er drehte sich um. In der Hand hielt er einen Trommelrevolver, mit dem er dem Mann ohne zu zögern ins Knie schoss, woraufhin dieser schreiend vor Schmerzen zu Boden stürzte. Der Baron trat mit grausamer Miene an ihn heran. »Wie schön wäre es jetzt, dich langsam sterben zu sehen«, sagte er kalt. »Hm, wie schön wäre es, dir dabei zuzugucken, wie du langsam krepierst wie ein Hund«, seufzte er. »Aber dafür bleibt leider keine Zeit.«

Auf dem Gang hörte man Schreie, jemand hämmerte an die Tür und rief etwas.

»Nein, dafür bleibt keine Zeit«, wiederholte der Baron. Dann zielte er mit dem Revolver auf den Mann und schoss ihm ins Gesicht. Anschließend nahm er dessen Messer und ritzte sich damit oberflächlich ein paar Mal am Arm und an der Brust. Er tauchte seine Hand in das Blut des Mannes und verschmierte es an den Stellen, wo er sich geschnitten hatte. Schließlich, nachdem er den Inhalt der Schatulle verstreut hatte, die neben der Waffe Schmuck und Geld enthielt, öffnete er die Tür der Kabine, schwankend, als könne er sich kaum noch auf den Beinen halten. »Hilfe!«, schrie er. »Er wollte mich ausrauben!«

Bernardo stürmte als Erster herein und erkannte in dem Toten sofort den Bruder des Mädchens. Ihm folgte der Kapitän, in Begleitung von vier Seeleuten und dem Schiffsarzt.

Als das Mädchen den Bruder in der Blutlache liegen sah, das Gesicht von der letzten Kugel zerschmettert, fiel sie neben ihm auf die Knie und brach in Tränen aus.

Der Baron betrachtete sie und konnte kaum ein Lächeln unterdrücken. Dann wandte er sich an den Kapitän und sagte ernst: »Das arme Kind, es trägt ja keine Schuld an dem, was dieser Schuft getan hat. Ich werde für sie sorgen. Im Namen der christlichen Nächstenliebe werde ich sie in meine Dienste nehmen.«

Die alte Gräfin, die mit den anderen Passagieren der ersten Klasse herbeigeeilt war, erklärte hochmütig: »Das nenne ich eine edle Gesinnung! Nehmt Euch ein Beispiel daran!«

26

Buenos Aires, Argentinien

»Tony sagt, er muss mit dir reden«, sagte Nardo zu Rocco, als er ihn im Lager ablöste.

Rocco machte sich unverzüglich auf den Weg. Bei Zappacosta Oil Import-Export führte Bastiano ihn zu Tonys Büro, wo Rocco an die Tür klopfte.

»Herein!«

Rocco betrat den Raum.

Tony saß hinter seinem Schreibtisch, seine Haare waren zerwühlt. Ein Mädchen mit langen blonden Haaren, das Rocco den Rücken zuwandte, knöpfte sich gerade die Bluse zu.

»Mir hat es gefallen, wie du dich letztens in der Angelegenheit mit meiner Tochter verhalten hast«, sagte Tony. »Und du weißt nur zu gut, wie viel mir Catalina bedeutet.«

Rocco hielt seinem Blick stand, schwieg aber.

»Ich habe eine Aufgabe für dich«, fuhr Tony fort.

Das Mädchen drehte sich um. Ihr Gesicht war schmal, mit üppigen rosigen Lippen. Die schwerlidrigen Augen ließen sie müde und träge wie eine Katze wirken. Sie hatte eine geschmeidige Figur mit weiblichen Rundungen.

Was Rocco jedoch am meisten beeindruckte, war die Tatsache, dass sie nicht älter als fünfzehn sein konnte.

»Jetzt sabber hier nicht herum.« Lachend beugte Tony sich über den Schreibtisch und reichte ihm eines der Kokainpäckchen.

»Bring das zum Chorizo, das ist das Bordell, in dem Libertad arbeitet.« Tony zeigte auf das Mädchen. »Und wenn du sowieso auf dem Weg bist, kannst du sie auch gleich mitnehmen.«

Rocco schüttelte den Kopf. »Señor Zappacosta, ich bin Mechaniker, kein …« Er brach ab und deutete auf das Kokainpäckchen. »Schickt Nardo.«

»Nardo?« Tony grinste geringschätzend. »Den würde ich nicht mal die Ratten in meiner Lagerhalle vergiften lassen.« Er zwinkerte ihm zu. »Tu mir den Gefallen. Die anderen sind alle unterwegs.«

Rocco zögerte. »Und wo liegt das Chorizo?«, fragte er schließlich.

»Das kann Bastiano dir erklären«, antwortete Tony. »Zwei Dinge noch. Erstens: Übergib das Päckchen einem Zuhälter namens Amos. Bastiano wird dir sagen, wie viel er dir zu zahlen hat. Und lass dir das Geld sofort geben, dieser Jude versucht immer zu tricksen. Wenn du ohne zurückkommst, reiß ich dir die Eier ab. Zweitens: Du trägst die Verantwortung für Libertad und dafür, dass sie ins Bordell zurückkehrt. Alles klar?«

Rocco schob das Kokainpäckchen unter sein Hemd.

»Ich muss ja nicht erwähnen, dass du nicht zu mir gehörst, wenn die Polizei dich mit diesem Päckchen erwischt, oder?«, fragte Tony.

Rocco nickte.

»Ah, ein Mechaniker mit Grips«, meinte Tony lachend.

»Gehen wir«, sagte Rocco zu Libertad. Sie folgte ihm gehorsam, ohne sich von Tony zu verabschieden.

Bastiano gab ihm alle nötigen Informationen, dann machten sie sich auf den Weg.

Na bravo, jetzt bin ich auch noch ein Drogenkurier, dachte Rocco. Er war wütend auf sich selbst, weil er immer mehr in ein Schicksal abglitt, das er nicht wollte.

Schweigend gingen sie nebeneinanderher. Rocco hing seinen Gedanken nach und musterte immer wieder die Mädchen, die ihnen entgegenkamen, voller Hoffnung, unter ihnen Rosetta zu entdecken. Als sie an eine Kreuzung kamen, die Bastiano ihm beschrieben hatte, wollte er links abbiegen.

»Nein, lass uns geradeaus gehen«, widersprach Libertad mit der Stimme eines sehr jungen Mädchens.

»Nein, wir müssen hier abbiegen.«

»Es ist egal«, behauptete Libertad. Sie schloss die Augen, als gehe sie in Gedanken den Weg ab, und deutete nach vorn. »Wenn wir geradeaus gehen, kommen wir zur Plaza de Mayo, so einen großen Platz hast du noch nie gesehen.«

»Ich habe keine Lust auf eine Stadtbesichtigung«, meinte Rocco. »Ich muss dich zurückbringen. Und diese ganze beschissene Stadt interessiert mich nicht.«

Libertad neigte den Kopf zur Seite und blickte ihn von unten an wie ein Hündchen. »Hat man dich gezwungen, hierherzukommen?« Ihre Stimme zitterte.

»Ja.« Rocco kam der Gedanke, dass es ihr vielleicht genauso ergangen war, und fühlte sich unwohl. Als berge sie eine unangenehme Überraschung, von der er lieber nichts wissen wollte.

Libertad blickte ihn unter ihren schweren Lidern an. »Bitte«, bettelte sie auf ihre kindliche Art. »Sobald wir dort sind, können wir in die Avenida Rivadavia einbiegen. Die Wegstrecke ist die gleiche. Wusstest du, dass das die längste Straße der Welt ist? Sie ist mehr als zwanzig Kilometer lang. Angeblich hat noch niemand sie ganz abgelaufen.«

»Wieso kennst du dich in Buenos Aires so gut aus?«

Libertad lächelte ihn entwaffnend an. »Ich kenne die Stadt überhaupt nicht. Heute habe ich zum ersten Mal etwas davon gesehen.« Sie blickte schüchtern zu Boden, und Rocco empfand auf einmal tiefes Mitleid mit ihr. Sie war zwar noch sehr jung, aber gewiss hatte sie schon einiges an Demütigung und Gewalt erlebt.

»Ich bitte meine Freier immer, mir zu erzählen, wie die

Stadt ist«, fuhr Libertad fort. »Dann schließe ich die Augen und stelle mir vor, was sie beschreiben.« Sie hob den Blick. »Bitte.«

Rocco wurde übel bei dem Gedanken, dass sie in der Tat noch ein Kind war. »Aber versuch nicht, mich reinzulegen.«

Ihre vollen Lippen verzogen sich zu einem strahlenden Lächeln. Sie sprang in die Luft und klatschte in die Hände. »Danke, danke, danke!«

Während sie weiterliefen, plauderte Libertad beständig vor sich hin. »Ich kenne die Namen aller Viertel von Buenos Aires. Ich weiß eine Menge Dinge. Hast du eine Ahnung, was *palacios* sind?«

»Nein.«

»Das sind die riesigen, prächtigen Residenzen von den reichen Leuten, wie zum Beispiel die in der Calle Arenales in der Nähe von Parque San Martín«, erklärte Libertad.

Rocco fürchtete schon, sie würde gar nicht mehr aufhören zu reden.

»Aber weißt du, was dir ganz sicher die Sprache verschlagen wird?«, fuhr Libertad fort, wie ein kleines Mädchen, das wiederholt, was es gerade im Unterricht gelernt hat. »Der Palacio de Aguas Corrientes in der Avenida Córdoba. Für den hat man mehr als, warte … hundertsiebzigtausend Keramikfliesen und … dreihunderttausend bunte Terrakottafliesen verbaut, und die wurden dafür extra aus Belgien und England hergeschafft. Und das Dach ist mit dunkelgrünen Schieferziegeln gedeckt, und die kommen aus Frankreich.« Sie lachte, drehte sich um und lief nun rückwärts vor Rocco her, ohne ihren aufgeregten Redefluss zu unterbrechen. »Da habe ich den Kunden, der mir davon erzählt hat, gefragt: ›Wer wohnt denn da drin? Der König?‹ Und der, ein ganz alter dürrer Kerl, der kaum noch einen hochkriegt und der ganz zufrieden ist, wenn ich … Na ja, das spielt hier jetzt keine Rolle …«

Rocco war speiübel bei dem Gedanken, was dieser alte Kerl mit ihr gemacht haben mochte.

»Also, pass auf«, erzählte Libertad weiter. »Er hat mir geantwortet: ›In Argentinien gibt es keinen König.‹ Kannst du das glauben? ›Aber wer wohnt denn dann da drin?‹, habe ich ihn gefragt und dann …« In diesem Moment stolperte sie, und Rocco packte sie am Arm, damit sie nicht fiel. Sie fühlte sich leicht und zerbrechlich an.

»›Niemand‹, hat er dann gesagt«, fuhr Libertad unbeirrt fort und lief weiter, vorwärts diesmal. »Da wohnt überhaupt niemand! Da drinnen sind nur Wassertanks. Das ganze Trinkwasser für Buenos Aires!« Sie nickte eifrig, als wollte sie das eben Gesagte noch einmal bekräftigen. »So ein riesengroßes Gebäude, nur um Wasser darin zu verstecken! Das ist doch Verschwendung, findest du nicht?«

»Ja«, murmelte Rocco.

Sie gelangten zur Plaza de Mayo, die in der Tat riesig war, doch das interessierte Rocco nicht. »Jetzt müssen wir hier abbiegen, stimmt's?«, fragte er.

Libertad betrachtete ihn mit ernster Miene. »Darf ich dir was sagen?«

Rocco hätte am liebsten verneint. »Natürlich«, erwiderte er.

»Weißt du, welchen Ort ich wirklich gern sehen möchte?«

Rocco schüttelte den Kopf. »Wir müssen zum Chorizo.«

»Bitte …« Libertad klang jetzt wie ein quengelndes Kleinkind. »Willst du es noch nicht einmal hören?«

Rocco seufzte. Dann nickte er.

Libertad klatschte begeistert in die Hände. »Die *costanera*, die Promenade am Río de la Plata … Wo die ganzen Badestrände sind.« Sie blickte Rocco mit großen Kinderaugen an. »Dort, wo all die Leute aus Buenos Aires schwimmen gehen.«

»Und wo …. ist das?«, fragte Rocco und merkte im selben Moment, dass das ein Fehler war.

Libertad hüpfte jauchzend hoch und packte ihn bei der Hand. »Da lang!«, rief sie bestimmt und zerrte ihn mit sich fort.

Und obwohl er Zweifel hatte, dass Libertad den Weg tatsächlich fand, ließ er sie gewähren.

An der Strandpromenade saßen zahlreiche Menschen auf großen Holzterrassen unter ausladenden Sonnenschirmen oder hatten sich in die Sonne gelegt, nippten an einem Getränk und lauschten den Klängen des Landes, dargeboten von kleinen Ensembles aus drei oder vier Musikern. Einige tanzten träge. Dutzende Personen badeten in Badekleidung im Río de la Plata. Auch Ruderboote waren zu mieten. Rocco erschien das sehr seltsam. Es war Ende November, und hier in Buenos Aires begann gerade der Sommer. Weihnachten stand vor der Tür, die Festtage würden sie alle schwitzend verbringen.

Libertad hielt immer noch Roccos Hand umklammert und starrte hinaus auf die trägen, schlammigen Wassermassen dieses riesigen Flusses. Dann zerrte sie ihn bis ans Wasser, zog ihre Schuhe aus und knöpfte das Kleid auf.

Rocco traute seinen Augen nicht. »Was tust du da?«, fragte er überrascht.

»Ich will schwimmen.«

»Nein, das geht nicht. Das kannst du vergessen.«

Libertad hielt ihren Blick auf den Río de la Plata gerichtet. »Vor zwei Jahren haben meine Eltern mich in Polen an Amos verkauft«, sagte sie schlicht, und Rocco bekam Gänsehaut. »Seit zwei Jahren arbeite ich im Chorizo. Ich bin nie rausgekommen. Das erste Mal war heute, als sie mich zu diesem Zwerg gebracht haben.« Sie sah ihn an. Mit den Augen eines Kindes und denen einer alten Frau. »Lass mich bitte schwimmen. Vielleicht habe ich nie wieder Gelegenheit dazu.«

Rocco wand sich unter ihrem Blick und schaute schließlich zu Boden.

Libertad zog sich weiter aus. Das Kleid fiel zu Boden. Als

Rocco den Blick hob, stand Libertad bereits mit den Füßen im Wasser. Ihr Mieder war skandalös offenherzig unter den züchtigen Badeanzügen der anderen Strandbesucher.

»Wie heißt du?«, fragte Libertad.

»Rocco.«

Libertad lächelte. »Rocco …«, wiederholte sie sanft.

Und dann rannte sie blitzschnell in den Fluss und schwamm los. Im schlammigen Wasser war ihr schamloses Hurenmieder nicht mehr zu sehen, dort war sie einfach eines von vielen badenden Mädchen, umflutet von ihren langen blonden Haaren.

Rocco sah ihr beunruhigt nach. »Libertad!«, rief er laut.

Doch das Mädchen drehte sich nicht um, sondern entfernte sich vielmehr mit schnellen Armbewegungen immer weiter vom Ufer.

Schon bald schwamm sie an den weiß-roten Bojen vorbei, mit denen der Badebereich abgesperrt war.

»Libertad …«, sagte er, leise diesmal, denn das Mädchen war inzwischen zu weit weg, um ihn zu hören. Und es schwamm zügig weiter zur Mitte des Flusses, der so weit wie das Meer war. Rocco kam der Gedanke, dass sie fliehen wollte, aber sie würde es niemals ans andere Ufer schaffen. »Halt an, Libertad. Du brauchst noch Kraft für den Rückweg!«, rief er, so laut er konnte.

Und in diesem Moment wurde ihm klar, dass genau das Libertads Plan gewesen war: Sie wollte so weit hinausschwimmen, bis sie keine Kraft mehr für den Rückweg hatte. Und dann würde sie sich treiben lassen.

»Nein!«, schrie Rocco, während er bereits ein Ruderboot ins Wasser schob.

»He! Das ist mein Boot!«, rief ein Mann, doch Rocco ließ sich nicht aufhalten. Er hatte nur einen Gedanken im Kopf: Er musste Libertad erreichen, ehe es zu spät war. Er ruderte mit voller Kraft und wandte sich immer wieder nach ihr um.

Die Armbewegungen des Mädchens wurden zunehmend langsamer und schwerfälliger. Nur noch mühsam tauchten ihre Hände unter schwachen weißen Spritzern aus dem Wasser auf.

»Halt durch! Halt bitte durch!«, rief Rocco.

Als er sie endlich erreichte, war alle Kraft von ihr gewichen. Kurz bevor sie unter die Wasseroberfläche tauchte, bekam er ihre Haare zu fassen, und obwohl sie so leicht war, gelang es ihm nur mit größter Mühe, sie ins Boot zu hieven. Sie half ihm nicht, ihr Körper war schlaff wie ein Sack.

Und dann endlich lag Libertad ausgestreckt auf dem Boden des Bootes. Der Blick, den sie ihm zuwarf, kündete von abgrundtiefer Verzweiflung. »Warum?«, hauchte sie. Danach sprach sie kein einziges Wort mehr. Weder, als Rocco sie anzog, nachdem sie das Ufer erreicht hatten, noch auf dem weiteren Weg zum Chorizo.

»Ich konnte dich das nicht tun lassen, das verstehst du doch, oder?«, sagte Rocco schließlich.

Doch Libertad gab ihm durch nichts zu erkennen, dass sie ihn gehört hatte. Sie war nicht mehr das kleine Mädchen, das ihm so begeistert von Buenos Aires erzählt hatte. Sie musste das alles von Anfang an geplant haben, hatte nur ein Ziel gehabt, den Fluss, hatte von Anfang gewusst, was sie tun würde.

»Aber ich konnte dich das nicht tun lassen …«, wiederholte Rocco mehr zu sich selbst, als müsste er sich rechtfertigen. Als wäre etwas falsch daran, einem Mädchen das Leben zu retten.

Im Bordell an der Avenida Junín übergab er Libertad einer Frau, die von einer großen Narbe auf der Wange entstellt war und die nicht einmal zu bemerken schien, dass Libertad nasse Haare hatte. Libertad folgte der Frau fügsam wie ein Lamm die Treppe hinauf.

Er selbst wurde in einen Raum geleitet, in dem es nach Zigarrenrauch stank. Dort wartete Amos auf ihn, ein großer, feister Mann mit geröteten Wangen. Rocco verspürte sofort eine heftige Abneigung gegen ihn. Das war der Mann, der Libertad von ihren Eltern in Polen gekauft hatte. Als sie vermutlich nicht älter als dreizehn war.

Amos überprüfte das Päckchen, nickte zufrieden und legte es in eine Schublade.

»Du musst mich bezahlen«, sagte Rocco aggressiv.

Amos lächelte. »Keine Sorge. Tony vertraut mir.«

»Und ich vertraue Tony«, erwiderte Rocco. »Er hat gesagt, dass er mir die Eier abreißt, wenn ich ihm kein Geld bringe. Und ich riskier doch nicht meine Eier für einen Scheißluden.«

Amos grinste über das ganze Gesicht. »Nicht dein Tag heute, was, *amigo*?«

Rocco fixierte ihn schweigend mit dem Blick, und schließlich warf Amos ihm ein Bündel zerknitterte Pesos zu, die sicher seine Huren für ihn verdient hatten. »Ich will dich hier nie wieder sehen«, knurrte er grimmig. »Du Arschloch hast dir gerade einen netten Gratisfick entgehen lassen.«

Rocco wandte sich wortlos um und ging.

Draußen betrachtete er noch einmal eingehend das senfgelb gestrichene, unauffällige Haus mit den geschlossenen Fensterläden, wie bei einem verlassenen Gebäude. Oder einem Gefängnis. Oder einem Mausoleum. Dann machte er sich auf den Rückweg nach La Boca, mit einer weiteren Last auf seiner Seele.

In einer der schmutzigen Gassen hinter den Lagerhallen am Hafen bemerkte er plötzlich eine Bande von Jungen, die auf einen am Boden liegenden Mann einprügelten. Rocco setzte sich sofort in Bewegung und rannte auf die Gruppe zu. »He, ihr da!«

Die Jungen hielten kurz inne und wandten sich ihm dann mit herausforderndem Blick zu.

Rocco erkannte in dem reglos daliegenden, blutüberströmten Mann Javier, den von Tony entlassenen Hafenarbeiter.

»Was zum Henker habt ihr mit ihm gemacht, ihr Schweine?«, brüllte er.

Einer der Jungen, der größer war als die anderen, mit hartem Blick und einer großen Narbe mitten durch seine linke Augenbraue, zückte ein Messer. In der anderen Hand hielt er eine Handvoll Scheine.

»Was habt ihr mit ihm gemacht?«, stieß Rocco noch einmal hervor.

»Das wart ihr, nicht wir«, erwiderte der Junge.

»Wer: ihr?«, fragte Rocco überrascht.

»Na ihr«, wiederholte der Junge. »Wir haben ihn nur ein bisschen gerupft.«

»Leg das Geld zurück«, befahl Rocco.

»Leck mich am Arsch.« Der Junge schwang drohend sein Messer, die anderen traten einen Schritt vor.

Rocco zog seinen Revolver. »Es reicht«, meinte er finster.

»Und was?«, höhnte der Junge.

»Es reicht!«, schrie Rocco, als könnte er alle belastenden Erlebnisse dieses Tages hinfortbrüllen.

»Wir sind zu viele für dich allein.« Der Junge grinste.

»Da hast du recht.« Roccos Stimme bebte vor Zorn. »Aber diese Geschichte werden nur deine Freunde weitererzählen, du nicht mehr. Denn du wirst hier mit zerschmetterter Fresse am Boden liegen, weil du die erste Kugel abbekommst.«

Der Junge hatte aufgehört zu lachen.

»Deine Entscheidung.« Rocco hob langsam die Waffe.

Der Junge warf sofort das Geld auf den Boden und verschwand, gefolgt von seiner Bande, im Dickicht der Gassen.

Rocco kniete neben Javier nieder. »Wer war das?«

Javier versuchte ihn aus seinen geschwollenen Augen anzusehen. »Ihr.«

Er war bis aufs Blut geprügelt worden, als Strafe dafür, dass er Tony beleidigt hatte. Rocco sammelte die Geldscheine ein und steckte sie Javier in die Tasche. Dann half er ihm auf und trug ihn mehr, als dass er ihn stützte, zum Kai, wo er auf zwei der Hafenarbeiter aus der Kneipe traf. »Helft ihm«, forderte er sie auf.

Die Hafenarbeiter starrten ihn mit einer Mischung aus Hass und Angst an.

Rocco ballte die Fäuste. Er hätte ihnen gern gesagt, dass nicht er Javier so zugerichtet hatte, dass er kein Mafioso war, aber wozu? Sie hätten ihm ohnehin nicht geglaubt.

»Jetzt helft ihm doch, verfluchte Scheiße!«, schrie er.

Er übergab Javier in ihre Hände und rannte mit großen Schritten zur Zappacosta Oil Import-Export.

»Was für eine beschissene Welt ist das?«, schrie er laut heraus.

Ein alter Mann blieb stehen und sah ihn aus müden, resignierten Augen an. »Das ganze Leben ist Scheiße«, sagte er. »Und am Ende stirbst du.« Er streckte ihm die flache Hand hin. »Schenkt mir ein paar Pesos, bitte, Señor …«

Rocco gab ihm einen von Amos' Scheinen.

Der Alte blickte ihn überrascht an und verschwand.

Bebend vor Wut betrat Rocco Tonys Büro, gefolgt von Bastiano, der vergeblich versucht hatte, ihn aufzuhalten. Rocco schleuderte die von den Kinderhuren im Chorizo verdienten Pesos auf den Schreibtisch.

»Betrachtet mich nicht mehr als einen von Euren Leuten«, rief er Tony mit flammendem Blick zu. »Morgen bin ich weg.« Er legte den Revolver zu dem Geld und ging, ohne Tonys Antwort abzuwarten.

Erst am Flussufer blieb er stehen.

»Libertad«, flüsterte er. Und als ihm klar wurde, was dieser Name eigentlich bedeutete, durchzuckte ihn ein tiefer Schmerz. »Freiheit …«

Er ließ seinen Blick zum Himmel wandern, der von keiner einzigen Wolke getrübt in Azurblau erstrahlte. Makellos. Großartig.

Die reinste Verschwendung, dachte er.

Und seine Augen füllten sich mit Tränen.

»Libertad, verzeih mir, dass ich dich nicht weiterschwimmen ließ.«

27

»Was bedeutet *blekkett*?«, fragte Raquel Adelina, als sie auf der Terrasse gemeinsam die frisch gewaschenen Laken über die Leinen hängten.

Adelina betrachtete sie misstrauisch. »Wieso fragst du?«

Raquel zuckte mit den Schultern. »Ach, nur so … Ein Freier hat davon gesprochen.«

»Und was genau hat er gesagt?«

»Weiß ich nicht mehr«, antwortete Raquel ausweichend. »Er hat ein bisschen Spanisch gesprochen und ein bisschen Jiddisch … Er hat gesagt …«

»Ach, hör auf«, unterbrach Adelina sie. »Ich kann mir schon denken, was er gesagt hat. Dass man dort Kokain kaufen kann.«

»Stimmt, genau das war's«, log Raquel. »Und? Was heißt das? Ihr habt doch selbst gesagt, dass ich Spanisch lernen soll.«

»Das ist kein Spanisch. Das ist Englisch, dumme Gans. Black Cat heißt schwarze Katze«, erklärte Adelina. »Aber wenn du diesen Freier noch mal siehst, dann sag ihm, dass Amos auch Kokain hat. Dafür muss er nicht bis zum Black Cat.«

»Warum? Ist das denn weit von hier?«, bohrte Raquel nach, die unbedingt herausfinden wollte, wo sie nach Francés suchen musste.

»Ziemlich«, erwiderte Adelina. »Wieso interessiert dich das?«

»Einfach so. Um die Namen zu lernen«, sagte sie betont beiläufig. »So wie die Straße hier … Avenida Junín«, fügte sie mit einem unbeholfenen Lächeln hinzu. Dann wandte sie sich um und hängte ein weiteres Laken auf.

»Es liegt in Recoleta«, sagte Adelina.

»In der Avenida Recoleta?«, fragte Raquel, ohne sie anzusehen.

»Nein, das ist ein Viertel.«

»Ach so ... Und das Black Cat ist dann in der Avenida ...?«

»Wozu verflucht noch mal brauchst du denn Straßennamen, dumme Gans?«, fiel Adelina ihr ins Wort. »Du bist genauso verrückt wie Libertad. Die kennt ganz Buenos Aires auswendig, ohne dass sie es je gesehen hat.« Sie lachte höhnisch. »Du kommst hier nicht weg. Oder dachtest du, du könntest hier einfach so rausspazieren?«

»Wer ist denn Libertad?«

»Eine Hure von hier«, erklärte Adelina. »Warum stellst du so viele Fragen? Hast du etwas vor?«

»Nein ... nein.« Raquel beschloss, lieber den Mund zu halten.

»Und jetzt an die Arbeit, wenn du nachher etwas essen willst«, sagte Adelina hart.

Raquel nahm das letzte Laken aus dem Korb und hängte es in der Sonne auf. Dann hörte sie, wie Adelina leise die Laken zählte.

»Waren das nicht dreizehn?«, fragte sie.

Raquels Herz schlug bis zum Hals.

»He, ich rede mit dir, du dumme Gans. Antworte gefälligst.«

Raquel hatte sich abgewandt, um ihre Anspannung vor Adelina zu verbergen, und tat so, als müsste sie ein Laken glattstreichen. »Nein«, erwiderte sie, »also, ich habe zwölf gezählt.«

»Es gibt dreizehn Zimmer im Erdgeschoss«, beharrte Adelina. »Also auch dreizehn Laken.« Sie baute sich vor Raquel auf.

Raquel spürte, wie ihr ein Schweißtropfen die Stirn hinablief.

Adelina schwenkte drohend ihren Zeigefinger direkt vor Raquels Gesicht. »Wenn du eins beim Waschen zerrissen hast, musst du mir das sagen.«

»Nein … ich habe …«

Adelina starrte sie an, und Raquel fühlte sich, als müsste sie sterben. Sie hatte überall nach einem Seil gesucht, um aus dem Chorizo zu entkommen, aber vergeblich. Also hatte sie beschlossen, aus den Laken Stoffstreifen zu reißen und sich daraus selbst ein Seil zu fertigen. Gerade hatte sie ein zweites Laken gestohlen, das erste hatte Adelina nicht einmal bemerkt.

»Es waren dreizehn«, wiederholte Adelina. »Ich frage dich noch einmal: Ist es dir zerrissen?«

Die Angst schnürte Raquel die Kehle zu. »Ja …«, brachte sie gerade noch heraus.

»Dann musst du mir das sagen, Idiotin«, schimpfte Adelina. »Die Laken sind alt. Da kann es schon mal vorkommen, dass eines zerreißt. Wenn du es mir nämlich nicht sagst, womit sollen wir dann die Betten beziehen? Denk doch mal nach, du dumme Gans.« Sie schnaubte empört. »Ich gehe ein neues holen. Du bist wirklich nicht besonders helle, Mädchen.« Dann wandte sie sich ab und ging zur Terrassentür. »Jetzt ab mit dir in die Küche. Du musst noch das Geschirr spülen.«

Raquels Beine wollten vor Erleichterung nachgeben. Da war sie gerade noch mal davongekommen. »Sofort«, rief sie übertrieben begeistert.

Auf ihrem Weg in die Küche kam sie an dem Zimmer vorbei, in dem Tamar arbeitete. Vorsichtig spähte sie hinein. Gerade war kein Freier bei ihr, wie so häufig am frühen Nachmittag, da sich das Chorizo erst ab acht Uhr abends mit Männern füllte.

Tamar saß auf dem zerwühlten Bett, hielt den Kopf gesenkt, die Hände zwischen den Knien und den Blick irgendwo verloren im Nichts. Ihr Mieder war aufgeknöpft und gab den Blick auf ihren schönen Busen frei.

»Hallo, Tamar«, sagte Raquel leise.

Tamar hob langsam den Kopf. »Hallo, Stachelschwein,« sagte sie mit einem leeren Lächeln.

Ihre Augen sind erloschen, dachte Raquel. »Wie geht es dir?«, fragte sie behutsam.

Tamar lächelte nur abwesend zur Antwort.

»Was für ein Tag ist heute?«, fragte sie schließlich mit eintöniger Stimme.

Das fragte sie jedes Mal, wenn sie miteinander sprachen. Als hätte es irgendeine Bedeutung. Als würde sich im Chorizo ein Tag vom anderen unterscheiden. Wenn Tamar sprach, klang das meist so, als verstünde sie nicht, was sie sagte. Die Drogen löschten langsam ihren Verstand aus und verwandelten sie in ein leeres Gefäß, in das die Kunden des Chorizo all ihre Einsamkeit und ihren Dreck abluden. Sie haben einen Abfalleimer aus ihr gemacht, dachte Raquel voller Zorn. Tamar schien jedoch nicht darunter zu leiden, vor allem wegen der regelmäßig verabreichten Droge, die Adelina vom Neffen eines Indios aus dem Amazonas-Urwald bekam. Raquel war einmal vollkommen erschrocken, als sie sah, wie es Tamar wirklich ging, sobald die Wirkung nachließ. In ihren Augen hatte unerträgliches Leid gelegen, genau wie in Kailahs Augen an dem Tag, an dem sie sich in den Tod gestürzt hatte. Raquel wollte nicht auch noch Tamar verlieren, sie war ihre einzige Freundin, ihre Familie. Der einzige Mensch, der ihr auf dieser Welt noch geblieben war.

»Heute ist Donnerstag«, antwortete Raquel sanft.

»Donnerstag«, antwortete Tamar mechanisch, runzelte dabei aber leicht die Stirn, als dächte sie über etwas nach.

Raquel knöpfte ihr das Mieder zu, um ihre nackten Brüste zu bedecken.

»Dann ist morgen … Freitag, nicht wahr, Stachelschwein?«, fragte Tamar.

Raquel stiegen die Tränen in die Augen. Sie musste Tamar so rasch wie möglich von hier fortschaffen. Sie musste sich beeilen. »Ja, morgen ist Freitag.«

Tamar nickte und lächelte wie ein Kind, das sich freut, ein Rätsel gelöst zu haben.

Raquel hätte ihr so gern gesagt, dass sie fliehen würden. Aber es war ein Risiko, denn vielleicht würde Tamar sie in ihrem Zustand bei Adelina verraten. Sie musste die Vorbereitungen allein treffen. »Tamar«, sagte sie eindringlich in dem Versuch, deren Lethargie zu durchdringen. »Weißt du, wer Libertad ist?«

Tamar nickte lächelnd.

»Schläft sie im selben Raum wie du?«

Wieder nickte Tamar.

Raquel strich ihr sanft über die Haare.

»Weißt du, was ›*Abre las piernas, perra*‹ heißt?«, fragte Tamar.

Ihre Frage versetzte Raquel einen Stich ins Herz. »Nein«, log sie.

»Mach die Beine breit, Hure«, erklärte Tamar. »Siehst du, Stachelschwein«, fuhr sie lächelnd fort. »Ich lerne Spanisch.«

Raquel schluckte schwer. Sie strich Tamar noch einmal übers Haar und verließ dann eilig den Raum.

In der Küche spülte sie einen riesigen Berg Teller und fettiger Töpfe in einer Mischung aus warmem Wasser, Essig und Soda, von der sie rote Hände bekam. Sie würde eines der anderen Mädchen fragen, wer Libertad war. Wenn sie wirklich ganz Buenos Aires auswendig kannte, würde sie ihr vielleicht sagen können, wo das Black Cat lag.

Etwas später betrat Adelina die Küche und gesellte sich zu Esther, der anderen Frau, die das Zimmer mit ihnen teilte.

»Eine von den Neuen heult den lieben langen Tag«, sagte Esther.

»Irgendwann werden ihr die Tränen schon ausgehen.« Adelina stieß ein hartes Lachen aus, während sie den Teig für die frittierten *empanadas* ausrollte.

»*Bruja*«, murmelte Raquel wütend. Hexe. Sie hasste diese Frau. Adelina war die rechte Hand des Teufels. Die rechte Hand von Amos.

Als sie mit dem Abwasch fertig war, stibitzte sie zwei mit Milchkaramell gefüllte Kekse für Tamar und machte sich auf den Weg zum Schlafsaal der Mädchen, um ihn zu reinigen. Doch als sie an Tamars Zimmer vorbeikam, war die Tür geschlossen. Aus dem Raum waren stöhnende Laute und das rhythmische Quietschen der Federn des Bettgestells zu hören.

»*Te gusta, ¿verdad?*«, hörte sie den Mann mit rauer Stimme sagen. Und als keine Antwort kam, befahl er: »*¡Dime que te gusta, puta!*« Sag mir, dass es dir gefällt, Hure.

»*Sí, me gusta mucho*«, sagte Tamar völlig ausdruckslos. Was dem Mann allerdings genügte, denn er keuchte zufrieden weiter.

»Ja, es gefällt mir sehr«, übersetzte Raquel für sich voller Schmerz.

Eilig fegte sie den Schlafsaal und versteckte die Kekse unter Tamars Kissen, in der Hoffnung, dass sie sie dort finden würde. Dann schlich sie zur Abstellkammer im ersten Stock, schob den Vorhang beiseite und schlüpfte hinein. Unter dem zusammengerollten Teppich, der nach Schimmel roch, holte sie das Laken hervor, das sie am Morgen gestohlen hatte. Sie riss den Stoff in Streifen, die sie aneinanderknotete und zum Schluss an das Seil aus dem ersten Laken knüpfte. Sie lauschte aufmerksam und öffnete dann vorsichtig das Fenster zum Hinterhof und ließ das geknüpfte Seil hinab. Erleichtert bemerkte sie, dass es lang genug war. Sie beschloss, noch am selben Abend zu fliehen und sich mit Francés in Verbindung zu setzen, selbst wenn sie nicht mit Libertad sprechen konnte.

Sie holte das Seil ein, versteckte es unter dem Teppich und schloss leise das Fenster. Dann machte sie sich auf den Weg zum anderen Schlafsaal der Mädchen und fragte das Mädchen im ersten Bett: »Kennst du Libertad?«

»Von denen gibt es mehrere«, sagte die. »Welche Libertad suchst du?«

»Die, die alle Straßen von Buenos Aires kennt.«

»Ach die.« Das Mädchen zeigte lächelnd auf das übernächste Bett. »Das ist die mit den langen blonden Haaren.«

Als Raquel zu ihr trat, sah sie, dass Libertad höchstens zwei Jahre älter war als sie selbst. Sie hatte sie schon in den Gängen des Chorizo gesehen. Immer lächelnd und voller Leben. Raquel kniete neben dem Bett nieder. »Hallo, Libertad.«

Doch Libertad zeigte keinerlei Regung und starrte zur Decke.

»Das kannst du vergessen«, sagte das Mädchen neben ihr. »Seit ein paar Tagen spricht sie nicht mehr.«

Diese Umgebung tötet alle, auch dann, wenn sie sie am Leben hält, dachte Raquel. »Libertad, bitte …«

Libertad zeigte keinerlei Regung.

Raquel beschloss, alles auf eine Karte zu setzen. Sie beugte sich vor und flüsterte Libertad ins Ohr: »Libertad, bitte … Ich muss von hier fort …«

Libertad wandte sich ihr zu, starrte sie aber nur schweigend an.

»Bitte …«, wiederholte Raquel.

Mit einer plötzlichen Bewegung zog Libertad Raquel zu sich. »Vergeude nicht deine Chance«, flüsterte sie. »Wir haben bloß eine. Eine einzige.«

»Hilf mir«, sagte Raquel leise. »Weißt du, wo das Black Cat ist? Recoleta …«

Libertads Blick war starr auf Raquel gerichtet, aber sie schien durch sie hindurchzusehen. »Wir haben bloß eine Chance«, wiederholte sie mechanisch, dann wandte sie sich ab und starrte erneut zur Decke.

»Libertad!«, rief Raquel. »Libertad!«

»Verflucht noch mal, lass uns schlafen«, beschwerte sich das Mädchen vom ersten Bett.

Raquel warf Libertad noch einen bittenden Blick zu, doch als diese nicht reagierte, ging sie.

Als die Tür des Schlafsaals ins Schloss fiel, rollte eine Träne über Libertads Wange.

Raquel beschloss, das Black Cat allein zu finden. Tamar war in einem erbärmlichen Zustand, sie konnte nicht länger warten.

Doch eine wichtige Sache blieb noch zu tun. Normalerweise wälzte Adelina sich lange auf ihrem Lager, bevor sie Schlaf fand, doch heute Abend würde sie rasch einschlafen. Und tief und fest schlafen. Raquel wusste, wo sie die Droge versteckt hielt. Eilig füllte sie ein wenig davon in ein Glas und vermischte sie beim Abendessen mit bebenden Händen mit Adelinas Wein.

Von diesem Moment an schien die Zeit stillzustehen. Die Minuten zogen sich dahin wie Stunden, während Raquel Adelina unablässig beobachtete, bis sie schließlich in ihrem Zimmer lagen.

»Ich habe wohl zu viel gegessen«, murmelte Adelina plötzlich. »Mir geht's nicht gut.«

Esther lachte dümmlich auf. Sie trank für gewöhnlich so viel, dass sie nach der Arbeit tief und fest schlief, kaum dass sie sich hinlegte. Kurz darauf fing auch Adelina an zu schnarchen.

Auf Zehenspitzen verließ Raquel das Zimmer mit einem Tablett und einem Weinglas. Sollte sie jemandem begegnen, würde er denken, sie hätte zu tun. Ihr Herz klopfte wild, als sie zu der Nische im ersten Stock huschte. Eilig zog sie das Lakenseil hervor, öffnete das Fenster und befestigte ein Ende des Seils an der Halterung der Regenrinne. Dann ließ sie den Rest des Seils hinab. Kurz starrte sie ihm hinterher in die dunkle Nacht. Vor ihrem inneren Auge erschien das Bild von Tamar, ihr verzweifelter Blick, der sie an die schmerzerfüllten Augen von Kailah erinnerte. Entschlossen kletterte Raquel aus dem Fenster.

In dem Moment packte eine Hand sie an der Schulter. Eine andere legte sich auf ihren Mund und erstickte den Schrei, der hinausdrängte.

»Psst«, sagte Libertad. »Ich helfe dir. Aber ich kenne nicht alle Straßen.« Dann schloss sie die Augen und malte mit den Händen Zeichen in die Luft, als würde sie einen Weg zeichnen. »Geh nach Süden bis zur Avenida Rivadavia. Folge ihr bis in die Stadtmitte. Dann wende dich nach Norden in die Avenida Pueyrredón, die führt nach Recoleta. Geh immer geradeaus, dann siehst du irgendwann auf der linken Seite das Black Cat. Du erkennst es an dem Vordach, auf das ein schwarzer Kater mit aufgestelltem Schwanz gemalt ist.« Libertad öffnete die Augen. »Aber das könnte auch alles falsch sein, ich bin ja schließlich nie dort gewesen, das weißt du doch, oder?«

»Der Allmächtige segne dich«, sagte Raquel gerührt.

»Der Allmächtige hat mich vergessen«, entgegnete Libertad. Sie umarmte Raquel und flüsterte ihr zu: »Schwimm du für mich!«

28

Sobald Libertad gegangen war, schickte Raquel ein Stoßgebet zum Himmel, dass die zusammengeknoteten Stoffstreifen ihr Gewicht tragen würden. Sie fasste das obere Ende des Seils mit beiden Händen und ließ sich vorsichtig aus dem Fenster gleiten. Unsanft schlug sie mit der Schulter an die Mauer, hielt das Seil aber fest umklammert und konzentrierte sich darauf, das Gleichgewicht zu halten. Dann kletterte sie langsam am Seil hinunter. Mit jeder Armlänge gewann sie an Zutrauen.

Als sie den Boden erreichte, überkam sie grenzenlose Euphorie. Dies war nur der Anfang, aber sie würde es schaffen. An dem Mäuerchen drehte sie sich um. Das lange Seil aus Laken hob sich in der dunklen Nacht weiß von der Mauer ab. Jeder, der in diese Richtung blickte, würde das Seil sofort bemerken.

Ich Dummkopf, schalt sie sich. Ich hätte es schwarz einfärben sollen!

Aber jetzt war nichts mehr daran zu ändern. Raquel spähte über das Mäuerchen. Niemand war zu sehen, und so kletterte sie darüber und rannte los. Sie hoffte, dass Libertads Angaben stimmten, und schöpfte Hoffnung, als sie eine befahrene Straße erreichte, deren Hinweisschild »Avenida Rivadavia« verkündete.

»Entschuldigung«, sprach sie einen vorbeikommenden Mann an. »Wo ist die Stadtmitte, bitte?«

Der Mann runzelte verständnislos die Stirn, und Raquel wurde bewusst, dass sie vor Aufregung Jiddisch gesprochen hatte. Sie versuchte es noch einmal auf Spanisch und erreichte eine Weile später tatsächlich das Black Cat.

Vor der großen roten Markise mit der schwarzen Katze, die ihren Schwanz aufstellte, blieb sie einen Moment stehen und sammelte sich. Dann spähte sie neugierig durch die Glasscheibe. Ihr Herz machte einen Sprung, als sie an einem Tisch Francés erkannte, gutaussehend und elegant, wie sie ihn in Erinnerung hatte, der sich mit einem Mann mit gelblichem Teint unterhielt.

Raquel atmete einmal tief durch, dann trat sie ein und näherte sich seinem Tisch. »Señor Francés …«

Er blickte auf. »Wer bist du, *niña*?«

»Señor … ich spreche Ihre Sprache nicht sehr gut.«

»Ach, du bist eine kleine *polák.*« Francés lachte. »Was willst du?«

»Ich muss Euch in einer wichtigen Angelegenheit sprechen.« Raquel blickte demonstrativ zu dem anderen Mann am Tisch. »Es ist persönlich«, fügte sie hinzu.

»Ich habe keine Geheimnisse vor meinem Freund Lepke«, erwiderte Francés. »Außerdem ist er Jude wie du.« Er schob ihr einen Stuhl hin. »Komm, lass dein mageres Ärschlein hier nieder. Und dann los, *chica*. Was willst du?«

Raquel setzte sich. »Señor«, begann sie, »erinnert Ihr Euch, dass Ihr vor einiger Zeit dorthin gekommen seid, wo die Schiffe anlegen, und dass dort sehr viele Mädchen waren? Ein ganz besonders hübsches ist Euch aufgefallen, und Ihr habt zu einem Mann, der Amos heißt, gesagt, dass Ihr sie kaufen wollt.«

Francès musterte sie aufmerksam, sprach aber kein Wort.

»Wollt Ihr sie immer noch, Señor Francés?«, fragte Raquel.

»Wer bist du?« Francés beugte sich zu ihr vor.

»Ihr habt gesagt, dass Ihr sie gut behandeln werdet«, fuhr Raquel fort, ohne darauf einzugehen.

»Wer bist du?«, wiederholte Francés.

»Ich arbeite im Chorizo und Tamar … das schöne Mädchen … ist meine Freundin.« Sie suchte seinen Blick und nahm all ihren Mut zusammen. »Ich kann ihr zur Flucht verhelfen, wenn Ihr sie dann aufnehmt.«

Francés winkte ab. »Ich will keinen Ärger mit den Juden. Die fackeln nicht lange und schlitzen mir im Handumdrehen die Kehle auf.«

»Ich bitte Euch, Señor«, sagte Raquel. »Im Chorizo ist es … grauenhaft.« Es gelang Raquel nur mit Mühe, die Tränen zurückzuhalten. »Die Stadt ist voller Menschen. Amos wird Euch nie finden.«

»Du weißt nicht, wovon du redest, *niña*«, entgegnete Francés. »Hier gibt es Millionen arme Würstchen, aber nur wenige *rufianos* … Zuhälter.« Er schüttelte den Kopf. »Wenn ich ein so schönes Mädchen wie deine Freundin unter meine Fittiche nähme, würde das innerhalb einer Woche in ganz Buenos Aires die Runde machen. Und Amos wüsste es bestimmt noch früher. Was soll ich tun? Sie aufnehmen und verstecken?« Er lachte. »Ich bin Geschäftsmann, kein Wohltäter.«

»Ist diese *chica* wirklich so schön?«, mischte Lepke sich ein.

Francés küsste sich die Fingerspitzen. »Sie ist ein wahres Prachtstück!«

»Dann könntest du sie doch für ein Jährchen nach Rosario schaffen. Das ist dreihundert Kilometer entfernt. Wer sollte sie dort oben im Norden suchen?«, schlug Lepke vor. »Auch in Rosario kann man gutes Geld verdienen. Und dort gibt es weniger *poláks*.«

Francés sah ihn nachdenklich an. Dann nickte er. »Das könnte funktionieren.«

Raquel verschlug es vor Glück die Sprache. Francés versprach ihr, sie zusammen mit Tamar aufzunehmen. Als ihre Dienerin. Schon am nächsten Tag.

Sie fuhren in Francés' Wagen zurück zum Chorizo, wo er sich ein Bild über das Vorgehen am kommenden Tag machen wollte. Raquel konnte kaum glauben, dass sie es wirklich geschafft hatte.

Beim Anblick des Lakenseils entlang der Mauer rümpfte Francés zunächst die Nase. »Das«, sagte er jedoch schließlich. »Morgen Früh. Um sechs.« Und dann fuhr er los, ohne sich darum zu kümmern, wie Raquel wieder sicher ins Chorizo zurückkam.

Raquel stieg über das Mäuerchen, kletterte behände das Seil hinauf und durch das Fenster. Eilig rollte sie das Seil zusammen und versteckte es. Dann schloss sie vorsichtig das Fenster und lief zu Tamar.

»Was für ein Tag ist heute?«, fragte Tamar.

Raquel strahlte sie an. »Ein großer Tag!«

»Ein großer Tag …«, wiederholte Tamar, ohne zu verstehen.

In diesem Moment ging Raquel auf, dass Tamar in dem Zustand nicht in der Lage sein würde, sich abzuseilen. Daran hatte sie nicht gedacht! Fieberhaft überlegte sie, was sie tun konnte, dann kam ihr ein Gedanke: Wenn Tamar weniger betäubt wäre, würde sie fliehen können. Zumindest hoffte Raquel das. Sie lief in ihr Zimmer, wo Adelina und Esther immer noch fest schliefen, zog vorsichtig die Flasche mit der Droge hervor, kippte die Hälfte aus der Flasche fort und füllte sie mit Wasser auf. Dann schlüpfte sie unter ihre Laken und drückte das Gebetbuch ihres Vaters fest an sich.

»Morgen«, flüsterte sie aufgeregt. Bald würden sie frei sein.

Am frühen Morgen, nachdem Raquel kaum geschlafen hatte, schüttelte Adelina sie unwirsch, wie jeden Morgen.

»Geh und sammle die schmutzigen Laken ein«, befahl sie ihr.

Raquel steckte das Buch des Vaters unter ihr Kleid und ging mit klopfendem Herzen zum Schlafsaal der Mädchen. Im Flur traf sie auf Tamar.

»Was machst du hier, Stachelschwein?«, fragte Tamar bedrückt.

Raquel erkannte in ihren Augen den schrecklichen Schmerz, der sie ergriff, sobald die Wirkung der Droge nachließ. Sie fühlte mit ihr, andererseits war sie erleichtert. »Komm, schnell«, flüsterte sie ihr zu.

»Lass mich in Ruhe«, sagte Tamar. »Ich will allein sein.«

Sie sprach undeutlich. Offensichtlich hatte die Dosis nicht genügt, um sie vollständig zu betäuben, war aber stark genug, dass sie nicht klar denken konnte. Raquel nahm ihre Hand. »Komm mit«, sagte sie bestimmt. »Wir gehen weg.«

Langsam sickerten die Worte in Tamars Bewusstsein. »Wir gehen … wohin?«

»Wir hauen ab«, erklärte Raquel.

Tamars Augen leuchteten auf. »Wir hauen ab …«, sprach sie ihr nach.

»Psst«, mahnte Raquel und führte sie zur Treppe. In diesem Moment kam ihnen einer von Amos' Männern entgegen.

»Jetzt komm schon!«, schrie Raquel Tamar an. »Ich will, dass du dir ansiehst, was du mit dem Laken gemacht hast! Das wäschst du jetzt gefälligst selbst, du dreckige Hure!«

Der Mann lachte. »Adelina hat dich gut abgerichtet.« Damit ging er weiter.

Raquel lief die Treppe hinunter und zog Tamar hinter sich her wie ein willenloses Bündel. Sie stieß Tamar in die Abstellkammer, öffnete das Fenster und befestigte ein Ende des Seils an der Halterung der Regenrinne. Auf der anderen Seite des Mäuerchens konnte sie das Auto von Francés ausmachen, das bereits auf sie wartete. Freudestrahlend drehte sie sich zu Tamar um.

Doch bei deren Anblick erschrak sie zutiefst. Ihr Blick war jetzt trüber, wahrscheinlich war die Dosis doch noch zu hoch gewesen. Raquel packte sie an den Schultern. »Gib jetzt nicht auf, bitte«, flüsterte sie. »Bleib wach. Gleich haben wir es geschafft.«

Doch Tamar war benommen.

Raquel gab ihr eine Ohrfeige. Und noch eine. Sie schleppte sie zum Fenster. »Schau doch, der Wagen dort«, flüsterte sie. »Dieser Wagen ist die Freiheit.« Sie schüttelte ihre Freundin. »Gib jetzt nicht auf, verdammt noch mal!«, zischte sie ihr wütend ins Ohr.

»Du hast schon immer geflucht wie ein Fuhrknecht.« Tamars Schultern bebten leicht, als sie lachte.

Raquel umarmte sie. Dann deutete sie auf das Seil. »Wir müssen uns dort abseilen.«

»Ich habe Angst«, flüsterte Tamar.

Raquel zwang sie, ihr in die Augen zu sehen. »Mehr als davor, für immer hier zu bleiben?«

Tamar schüttelte den Kopf. »Nein«, sagte sie. »Aber du zuerst.«

»Nein, du.«

»Bitte … zeig mir, wie man das macht.«

Raquel musterte sie argwöhnisch. »Wenn du nicht nachkommst, klettere ich wieder hoch und hole dich.«

»Ich komme schon nach, keine Sorge … Stachelschwein.«

Raquel schwang sich aufs Fensterbrett, klammerte sich an den Laken fest, glitt hinaus und seilte sich dann nach unten ab. Als sie den Boden erreichte, winkte sie Tamar, ihr zu folgen.

Unsicher kletterte Tamar aufs Fensterbrett.

»Komm schon«, zischte Raquel.

Tamar packte das Lakenseil und tat dann einen kleinen Sprung. Sie prallte heftig gegen die Regenrinne, die laut dröhnte, hielt aber das Seil umklammert. Langsam schwang das Seil aus, doch dann riss es plötzlich.

»Nein!«

Tamar stürzte nach unten und prallte hart auf dem Boden auf. Sie schrie vor Schmerz auf.

Entsetzt bemerkte Raquel, dass Tamars linkes Bein über

dem Knöchel unnatürlich abstand. Sie rannte zu ihr und packte sie unter den Achseln, um ihr aufzuhelfen. Jetzt aus der Nähe konnte sie sehen, dass sich ein Knochen durch die Haut gebohrt hatte. Raquel unterdrückte einen Brechreiz und zerrte Tamar hoch.

Das Mädchen schrie auf.

»Nicht so laut!«, mahnte Raquel. Sie zog Tamars Arme von hinten über ihre Schultern und schleppte sie zu dem Mäuerchen. »Wir haben es gleich geschafft«, flüsterte sie. »Halt durch!«

»Die hauen ab!«, kreischte in diesem Moment eine Stimme über ihnen.

Am Küchenfenster im ersten Stock stand Adelina, vermutlich alarmiert durch Tamars Schmerzensschreie.

»Die wollen durch den Hinterhof«, brüllte Adelina und verschwand im Inneren des Hauses.

»Komm, wir haben es gleich geschafft!«, wiederholte Raquel und zog Tamar hektisch weiter.

Doch als sie nur noch wenige Schritte von dem Mäuerchen entfernt waren, hörten sie, wie die Tür zum Hinterhof aufschwang. Und dann Männerstimmen und den aufheulenden Motor eines Wagens: Francés fuhr davon.

»Nein!«, schrie Raquel.

Und schon umringten drei mit Messern bewaffnete Männer Raquel und Tamar.

Kurz darauf tauchte auch Amos begleitet von zwei weiteren Männern auf. Er zog mit quälender Langsamkeit ein Messer aus seinem Gürtel. Lächelte. Brutal. Grausam. Fixierte die beiden Mädchen ohne ein Wort. Dann packte er Tamar, die immer noch stöhnte, am Kinn, setzte die Messerklinge am Jochbein an und zerschnitt ihr mit einer schnellen Bewegung die gesamte Wange bis zum Kiefer. »Jetzt bist du gezeichnet, Schlampe. Das hast du dir selbst zuzuschreiben.«

Tamar schrie auf, während das Blut an ihrem Hals entlanglief.

Raquel stürzte sich auf Amos.

Dieser stieß sie mit einem Fußtritt zu Boden. »Du wirst nicht so viel Glück haben wie sie.« Seine Stimme war furchteinflößend. »Von heute an musst du nicht mehr in diesem Tal der Tränen leiden.« Er wandte sich zu seinen Männern um. »Haltet sie fest, damit ich ihr den Bauch aufschlitzen kann.«

Zwei Männer packten Raquel an den Armen.

Sie war wie gelähmt vor Furcht, unfähig, sich zu bewegen.

Amos trat einen Schritt auf sie zu, die Messerspitze drohend auf ihren Bauch gerichtet. »Ich schlitz dich auf, von dieser nutzlosen Möse bis rauf zur Kehle«, knurrte er grimmig.

In diesem Moment sprang Tamar mit einem markerschütternden Schrei auf und warf sich zwischen Raquel und das Messer, genau in der Sekunde, als Amos zustieß. Die Klinge drang tief in ihren Bauch.

Amos wich überrascht einen Schritt zurück.

Und die beiden Männer ließen Raquel los.

Tamar sank zu Boden, den Blick starr auf Raquel gerichtet. »Hau … ab …«, stammelte sie und spuckte Blut. »Hau … ab … Stachelschwein …«

»Nein!« Raquel sah ihre Freundin nur durch einen Tränenschleier, und der Anblick erinnerte sie an ihren Vater. Auch aus seiner Kehle war das Blut hervorgequollen, auch er hatte ihr im Sterben gesagt, sie solle fortgehen. Und genau das würde sie tun. So schnell sie konnte, rannte sie zu dem Mäuerchen und wollte zum Sprung ansetzen, als jemand sie von hinten am Arm packte.

»Ich habe sie, Amos!«, rief Adelina triumphierend aus und hielt Raquel mit festem Griff. »Ich habe die Schlampe!«

Raquel starrte sie hasserfüllt an. Ließ ihren Blick über die lange Narbe auf der Wange gleiten. Vor langer Zeit hatte auch sie versucht zu fliehen. Und nun war sie die rechte Hand des Teufels.

»Nein!«, rief jemand laut von oben.

Alle drehten sich um, und für einen kurzen Moment schien die Zeit stillzustehen.

An einem der Fenster stand Libertad, nackt, die Arme ausgebreitet wie eine Heilige, das Gesicht umflossen von ihren langen blonden Haaren. »Nein!«, schrie sie erneut. »Das ist deine Chance! Vergeude sie nicht!«

Dann wurde sie von einem Freier hinter ihr an den Haaren ins Zimmer zurückgezogen.

»Hau ab … Stachelschwein«, keuchte Tamar mit letzter Kraft. »Flieh … für mich …«

Raquel wurde von blindem Zorn überwältigt. »Die Schlampe bist du!«, schrie sie Adelina an. Sie riss ihren Arm los und hob ihn, um der Frau mit aller Kraft ihre Faust ins Gesicht zu schlagen, so wie sie es bei den Männern ihres Dorfes gesehen hatte, wenn diese sich prügelten. Und sie spürte, wie unter ihren Knöcheln Adelinas Nase brach.

Stöhnend sackte Adelina in sich zusammen.

»Holt sie euch!«, befahl Amos.

Zwei Männer rannten zum Mäuerchen.

»Die Schlampe bist du!«, schrie Raquel wieder und trat Adelina in den Bauch.

Und dann sprang sie über die Mauer und rannte los.

Für das Leben. Für die Freiheit.

Für Tamar.

Und weil es ihre einzige Chance war.

29

»Riechst du das?«

»Was?«, fragte Rosetta.

»Riech doch mal. Genau hier fängt es an«, sagte Carmela, die Frau, die neben ihr in der Tranvía saß.

Rosetta schnupperte und nahm einen scharfen Geruch in der Luft wahr.

»*El hedor de la muerte*. Der Gestank des Todes«, sagte Carmela.

Rosetta warf einen Blick aus dem Fenster und bemerkte eine riesige Schar Möwen und Raben, die wie Geier am Himmel kreisten.

»Du musst einen starken Magen haben, um im Matadero arbeiten zu können«, hatte Carmela ihr noch am Morgen gesagt.

»Was ist das Matadero?«, hatte Rosetta gefragt.

»Das Schlachthaus.«

»Also, einen starken Magen habe ich«, hatte Rosetta geantwortet.

Carmela war hochschwanger, sie konnte mit ihrem weit vorgewölbten Bauch nicht mehr arbeiten. Und Rosetta würde ihren Platz einnehmen.

»Hier steigen wir aus«, erklärte Carmela, und Rosetta folgte ihr.

Vor ihnen tat sich ein riesiges Gelände mit Fabrikhallen auf. Der Anblick, mehr noch als der Gestank, ließ Rosetta kurz den

Atem anhalten. In streng geometrischer Anordnung standen Holzpfeiler in den Boden gerammt, darauf Querbalken aus Holz. Auf den ersten Blick schien es, als ob darüber Wäsche hing, doch Rosetta war klar, dass es Tierhäute waren, die dort in der Sonne trockneten. Hunderte Tierhäute. Vor allem von Kühen. Die Erde unter ihren Füßen war unnatürlich dunkel und knirschte bei jedem Schritt. Mit wachsendem Unwohlsein ging Rosetta auf, dass sie über eine erhärtete Blutkruste ging, die mit Staub vermischt war. An einigen Stellen, wo die Räder eines Karrens die Kruste durchbrochen hatten, war sie eine Handbreit hoch.

»*El hedor de la muerte* …«, murmelte sie.

»Manche gewöhnen sich daran«, sagte Carmela. »Ich habe das nie geschafft.« Sie zeigte auf einen Punkt irgendwo südlich von ihnen, über dem die Möwen und Raben kreisten. »Der größte Gestank kommt von dort, von der städtischen Müllkippe. Dort werden die Tierkadaver abgeladen, sie verrotten einfach so in der Sonne. Und dort, ganz hinten am Riachuelo, sind die Gerbereien mit dem ganzen Chemiezeug.« Vor einer Lagerhalle aus rostigem Blech blieb sie stehen. »Wir sind da. *Matadero cinco*, Schlachthaus Nummer fünf.«

In der Halle herrschte ein ohrenbetäubendes Gebrüll von mehreren hundert Tieren. Rosetta lief ein Schauer über den Rücken.

Carmela steuerte auf das Büro zu, klopfte und trat ein. »*Buenos días*, Bonifacio«, grüßte sie einen unsympathisch wirkenden Mann. »Sie ist mein Ersatz«, fuhr sie fort und zeigte auf Rosetta. »Lucia Ebbasta.«

Rosetta lächelte, als sie ihren neuen Namen hörte, der nun amtlich bestätigt war durch die neuen gefälschten Ausweispapiere, die sie von Francés erhalten hatte.

Bonifacio reichte Carmela einen Umschlag, dabei blieb ein blutverschmierter Fingerabdruck auf dem Papier zurück.

Während Carmela das Geld ihrer letzten Lohntüte nachzählte, musterte Bonifacio Rosetta. Dann nickte er, sprach aber kein Wort.

»Komm mit, ich zeige dir, was du tun musst.« Carmela zog Rosetta mit sich fort.

Sie gelangten zu einem Raum mit vier Eisentüren. »Du bist da drin.« Sie zeigte auf eine der Türen. »Vier Zellen, vier Frauen zum Saubermachen. Man nennt uns *las señoras de la sangre*, die Blutfrauen.«

Carmela zog die Tür auf, und sofort schlug ihnen ein eisiger Lufthauch entgegen. In dem großen Raum waren Tische aufgestellt, an denen etwa dreißig Metzger Rinderviertel zerlegten. Sie alle hielten in der Bewegung inne und starrten Rosetta an.

Carmela nahm zwei Eimer, einen Reisigbesen und einen Scheuerlappen, dann zeigte sie auf den von Blut und Fleischabfällen verschmutzten Fliesenboden. »Es gibt keine festen Regeln für deine Arbeit. Du musst nur ständig saubermachen«, erklärte sie. »Die Abfälle sammelst du ein und wirfst sie in den einen Eimer. Dann tauchst du den Lumpen in den anderen und wischst den Boden. Das ist ziemlich einfach, oder?«

Rosetta nickte.

»Eine einfache und widerliche Arbeit«, fuhr sie fort. Sie blickte zu den Metzgern. »Diesen Ort werde ich nicht vermissen. Und euch auch nicht.«

Die Metzger fuhren mit ihrer Arbeit fort. Niemand lachte.

Rosetta begann, den Boden zu reinigen. Als sie am Ende des Raumes angelangt war, sah sie, dass die Fliesen hinter ihr schon wieder voller Blut und Fleischabfälle waren. Also fing sie von vorn an und arbeitete ununterbrochen, bis die Sirene zur Mittagspause rief. Als sie sich bückte, um ihr Putzzeug zu verstauen, spürte sie eine Hand an ihrem Hintern. Empört drehte sie sich um.

»Prima Flanken«, sagte ein pockennarbiger Metzger. »Fest im Fleisch, beste italienische Qualität.«

Alle Metzger lachten, während sie eilig die Zelle verließen.

Vor der Tür verharrte Rosetta wie erstarrt. Als sie durch eine Tür die anderen drei Blutfrauen sah, folgte sie ihnen nach draußen, wo die Frauen sich auf ein Mäuerchen in die Sonne setzten.

Rosetta sprach sie an: »Kann ich bei euch bleiben?«

»Komm her. Wir wärmen unsere müden Knochen ein wenig«, sagte eine. Sie war um die dreißig und hatte karottenrote Haare.

Eine andere, etwa gleichaltrig, hatte ein hartes, kantiges Gesicht wie aus Stein gemeißelt. Auf der Oberlippe wuchs ihr ein schwarzer Flaum, fast wie der erste Bart bei einem Jüngling. Ihre Haare hingegen waren blond gefärbt.

Die dritte dagegen war noch keine zwanzig. Sie war dünn, hatte eine blasse Haut und dunkle Ringe unter ihren großen Augen, mit denen sie schreckhaft wie ein Reh um sich blickte. Sie hieß Dolores, und Rosetta empfand sofort große Sympathie für sie.

Schweigend verzehrten sie ihre Brote. Bereits eine halbe Stunde später verkündete die Sirene das Ende der Pause. Rosetta fiel auf, dass Dolores sich als Letzte vom Mäuerchen erhob und nur widerstrebend zu ihrer Zelle ging. Und sie bemerkte die Angst in dem Blick, den das Mädchen dem pockennarbigen Mann zuwarf.

Um sechs heulte die Sirene erneut und kündigte das Arbeitsende für die Metzger an. Rosetta und die drei anderen Blutfrauen mussten noch bleiben, um die Tische und Messer zu säubern.

Am Abend kehrte Rosetta zutiefst erschöpft und mit Rückenschmerzen nach Hause zurück. Der Geruch nach Blut und totem Fleisch hing ihr immer noch in der Nase.

»Wie ist es gelaufen?«, fragte Assunta.

»Ausgezeichnet«, erwiderte Rosetta.

Gleich nach dem Essen warf sie sich aufs Bett und schlief innerhalb von Sekunden ein, ohne die Tangomelodien zu hören, die Tano auf der Straße spielte.

Am nächsten Tag nahm sie die Tranvía und traf pünktlich am Matadero ein. Gerade luden ein Dutzend Lagerarbeiter mit blutgetränkten Lumpen über ihren Arbeitskitteln Rinderviertel auf den Tischen ab. Die Metzger warteten und schärften derweil ihre Messer. Als der pockennarbige Metzger sie bemerkte, zwinkerte er ihr zu.

Rosetta arbeitete bis zur Mittagspause, ohne auch nur einmal vom Boden aufzuschauen, in der Hoffnung, der Metzger würde sie dann in Ruhe lassen.

In der Pause ging sie wieder nach draußen. Auf dem Mäuerchen saßen jedoch nur der Karottenschopf und die Blondine. »Wo ist Dolores?«, fragte sie.

Die beiden Frauen gaben keine Antwort.

Eine Viertelstunde später erschien auch Dolores. Die Ringe unter ihren Augen waren noch dunkler als am Vortag. Und glänzten von nicht vollständig abgewischten Tränen. Sie lief gebeugt, mit hängenden Schultern, die Hände fest vor dem Körper verschränkt. Schweigend setzte sie sich zu den anderen. Die auch kein Wort sagten.

Rosetta fühlte sich unbehaglich. »Was ist hier los?«, fragte sie.

Dolores zuckte zusammen. Ihr entfuhr ein Schluchzen.

»Ich habe *dulce de leche* mitgebracht!«, rief da der Karottenschopf mit aufgesetzter Fröhlichkeit. »Iss was, Dolores, das tut dir gut.«

Das Mädchen verzehrte hastig die Süßspeise aus Milchkaramell, ohne den Kopf zu heben. Als wäre sie ausgehungert.

Wenig später trat der pockennarbige Metzger aus der Halle

und gesellte sich zu den anderen Männern. Er zündete sich eine Zigarette an und lachte laut.

»Wer ist das?«, fragte Rosetta.

»Geh dem möglichst aus dem Weg«, sagte Karottenschopf.

Dolores zuckte zusammen.

»Wer ist das?«, wiederholte sie ihre Frage.

»Das ist Leandro«, sagte die Blondine. »Der Vorarbeiter der Metzger. Er verhandelt mit Bonifacio und achtet darauf, dass ihre Rechte eingehalten werden.«

»Mich hat er am Hintern begrapscht«, sagte Rosetta.

Karottenschopf und die Blondine schwiegen. Und Dolores sackte noch weiter in sich zusammen.

Als sie sich an Abend in ihrer Kammer mit den Blechwänden ins Bett legte, fühlte Rosetta sich unwohl. Aber nicht etwa wegen des Gestanks nach Fleisch und Blut, den sie in der Nase hatte. Nein, es war etwas anderes, doch sie konnte nicht ausmachen, was. Sie versuchte an Rocco zu denken und an ihren Kuss, wie sie es jeden Abend tat, und stellte sich vor, dass sie einander eines Tages wiederfinden würden, aber ihre Gedanken kehrten immer wieder zu Dolores zurück, zu ihrem kränklichen Aussehen, dem traurigen Blick, der in ihr Gesicht eingemeißelt zu sein schien.

Die nächsten Tage lief im Matadero alles wie gewohnt, so auch die Mittagspause, die Rosetta immer zusammen mit Dolores, Karottenschopf und der Blondine auf dem Mäuerchen in der Sonne verbrachte. Dolores wirkte etwas heiterer.

Doch an einem Freitag kam Dolores wieder eine Viertelstunde später als die anderen zum Mäuerchen, wieder mit einem zutiefst niedergeschlagenen Gesichtsausdruck.

Rosetta musterte sie eingehend und bemerkte ein blutiges Rinnsal am dürren Knöchel des Mädchens. »Jetzt redet endlich!«, erregte sie sich. »Was geht hier vor?«

»Lass es gut sein.« Die Blondine stand auf und verschwand.

Karottenschopf blieb noch einen Moment schweigend sitzen, dann ging auch sie.

Dolores wollte ihr folgen, aber Rosetta fasste sie beim Handgelenk und sah ihr ins Gesicht. »Was geht hier vor?«, fragte sie sie sanft.

Dolores' braune Augen füllten sich mit Tränen. »Ich muss los«, stieß sie hervor und rannte weg.

Nach Schichtende nahm Rosetta die rothaarige Frau beiseite, um zu erfahren, was vor sich ging.

»Lass gut sein. Das ist eine hässliche Geschichte«, erwiderte Karottenschopf. »Aber wir können nichts dagegen tun.«

»Was meinst du?«

»Du machst es vielleicht nur noch schlimmer.« Die Frau schüttelte den Kopf. »Und Dolores hat keine Wahl.«

»Wobei?«, beharrte Rosetta.

»Lass gut sein!«, schrie die andere jetzt. »Wenn du unbedingt etwas tun willst, dann bring ihr was zu essen mit.« Mit diesen Worten stürmte sie davon.

In der Tranvía konnte Rosetta nur noch an Dolores denken. Abgesehen von ihrem Mitgefühl verspürte sie eine tiefe Verbundenheit mit ihr, ohne dass sie hätte sagen können, warum.

Am nächsten Tag, als die Mittagssirene losheulte, ging sie zu Zelle Nummer zwei, in der Dolores arbeitete. Die Tür war verschlossen, und sie blieb stehen, um zu lauschen. Plötzlich sagte jemand hinter ihr: »Mach mal Platz, hübscher Arsch.« Dann schob Leandro sich an ihr vorbei und betrat die Zelle.

Und während er die Tür schloss, sah Rosetta Dolores, in deren Blick Angst und Schmerz lagen. Es war nur ein kurzer Moment, aber er genügte Rosetta, um zu begreifen, was sie mit dem Mädchen verband. Es war der Moment, in dem sie sich selbst in Dolores sah, als blickte sie in einen Spiegel. In dem sie die Hände ihrer Vergewaltiger auf sich spürte, deren Keuchen in ihren Ohren dröhnte, sie mitsamt dem ganzen Dreck in sich wahrnahm, mit dem sie sie beschmutzt hatten. Ein Moment, in dem Vernunft, Verstand und auch die Angst aussetzten.

Außer sich vor Wut stürmte sie in die Zelle.

Leandro hatte Dolores auf einen Tisch gestoßen. Das Mädchen klammerte sich an einem Rinderviertel fest, das Gesicht hart gegen das tote Fleisch gepresst. Leandro schob ihren Rock hoch und knöpfte seine Hose auf.

»Nein!«, schrie Rosetta. Wie von Sinnen schnappte sie sich ein Messer. »Lass sie in Ruhe, du Schwein!«

In Dolores' schreckgeweiteten Augen standen Tränen.

»Lass sie in Ruhe oder ich steche dich ab!«

Leandro drehte sich träge um, den Hosenschlitz herausfordernd geöffnet. Er blickte auf das Messer. »Dir würde ich lieber etwas anderes in die Hand drücken«, sagte er mit einem schmierigen Grinsen.

Dann betraten zwei weitere Metzger den Raum.

»Schließt die Tür!«, sagte Leandro. »Lasst uns feiern!«

Einer der beiden Metzger näherte sich Rosetta mit beschwichtigend vorgestreckten Händen. »He … ganz ruhig …«

Rosetta richtete das Messer gegen ihn. Ihr ganzer Körper war auf Angriff aus, die Augen zu Schlitzen verengt, das Gesicht angespannt. Ihr Atem ging heftig, und ihr Herz klopfte laut in der Brust. Erstaunt bemerkte sie, dass sie keine Angst hatte.

Der Mann blieb sofort stehen.

»Lass uns abhauen«, sagte der andere. »Ich will keinen Ärger.«

»Hast du etwa Angst vor einer Frau?«, fragte Leandro lachend. Er machte einen Satz auf Rosetta zu, wie ein Kater, der mit einer Maus spielt.

Rosetta ließ das Messer schnell und heftig durch die Luft sausen. Die Klinge verfehlt nur knapp den Oberkörper von Leandro, der zurückwich.

»Hure!«, knurrte er wütend.

»Lass uns abhauen«, sagte der zweite Mann noch einmal. »Ich will keinen Ärger.«

Leandro richtete drohend den Finger auf Rosetta und starrte sie grimmig an. »Dafür wirst du bezahlen, Hure. Ich schwöre dir, das wirst du noch bereuen!« Dann gab er den anderen ein Zeichen, und sie verließen den Raum.

Sobald sie fort waren, ließ Rosetta das Messer fallen und begann zu zittern wie ein Blatt im Wind. »Dreckskerle«, murmelte sie mit Tränen der Wut in den Augen, während sie zu Dolores ging. »Dreckskerle … Dreckskerle … Dreckskerle«, wiederholte sie immer wieder, während sie ihr den Rock nach unten strich. Sie nahm das völlig verstörte Mädchen in den Arm und führte sie nach draußen zum Mäuerchen, wo die beiden anderen Frauen bereits beim Mittagessen saßen. Rosetta ließ Dolores Platz nehmen und fixierte dann Karottenschopf und die Blondine mit ihrem Blick.

»Wie konntet ihr das nur zulassen?«, fragte sie fassungslos.

Inzwischen hatte sich der Vorfall unter den Metzgern herumgesprochen. Viele von ihnen hatten sich schon draußen versammelt und starrten zu den Frauen hinüber. Dann erschien auch Leandro mit einem bösartigen Lächeln auf den Lippen.

Minuten später kam Bonifacio zu Rosetta. »Du bist gefeuert«, verkündete er.

Rosetta starrte ihn erstaunt an. »Warum feuerst du mich?«

»Weil du Unruhe unter die Metzger bringst«, erklärte Bonifacio.

»Ich?«

»Es haben sich einige beschwert.«

»Und ich weiß auch, wer«, sagte Rosetta wütend.

»Hier ist das, was dir bis gestern zusteht.« Bonifacio zählte die Scheine ab. »Für heute bezahle ich dir nichts, weil du deine Arbeit nicht beendet hast.«

»Du weißt, was sie diesem armen Mädchen antun?«, fragte Rosetta.

»Nein, bitte nicht …«, flüsterte Dolores.

»Ich kümmere mich um die Lohntüten und darum, wie viele Zentner Rindfleisch hier jeden Tag rausgehen«, erwiderte Bonifacio hastig. Anscheinend fühlte er sich nicht wohl in seiner Haut.

»Sicher, du kümmerst dich nur um Rindfleisch«, sagte Rosetta. »Das andere Fleisch geht dich nichts an.«

»Falls du es immer noch nicht begriffen hast – der Matadero wird von den Metzgern am Leben gehalten, nicht von dir.« Bonifacio wedelte mit den Scheinen.

Rosetta nahm das Geld und drehte sich zu Dolores um. »Komm mit mir.«

Das Mädchen blickte sie mit ihren großen Augen an. »Und was soll ich dann tun?«

»Das weiß ich noch nicht«, antwortete Rosetta. »Aber wir werden schon etwas finden.«

Dolores schüttelte den Kopf. »Ich darf diese Arbeit nicht verlieren … Ohne das Geld verhungert mein Vater.« Sie kniete vor Bonifacio nieder, ergriff seine Hand und küsste sie. »Feuert mich nicht, Señor, ich flehe Euch an.«

Bonifacio zog verärgert die Hand zurück. »Ich will keinen Ärger …«

»Bitte«, jammerte Dolores. »Bitte …«

»Na gut«, sagte Bonifacio, während die Sirene das Ende der Pause verkündete. »An die Arbeit.« Und dann etwas lauter in die Runde: »Das gilt für alle!«

Rosetta kletterte eilig auf das Mäuerchen. »Seid ihr stolz auf das, was ihr getan habt?«, schrie sie in Richtung der Metzger.

Die Männer blieben stehen. Einige blickten zu ihr auf, andere hielten die Augen starr auf den Boden gerichtet.

»Ihr glaubt, ihr seid Stiere. Aber ihr seid bloß Ochsen.« Rosetta ballte die Fäuste. »Wenn ihr in eure Hosen schaut, dann findet ihr keine Eier darin.«

»Willst du dich selbst davon überzeugen?« Leandro lachte höhnisch und legte sich eine Hand an den Schritt.

Aber keiner der anderen Metzger stimmte in sein Lachen ein.

»Ihr seid erbärmliche Feiglinge!« Rosetta starrte Leandro mit stolz erhobenem Kopf an. »Und du bist der größte Feigling von allen!«

Sie verließ das Mäuerchen und strich Dolores übers Haar.

Dann ging sie.

Und in der Stille, die über allem lastete, hörte sie nur das Knirschen ihrer Schritte auf der verkrusteten, dicken Blutschicht, die diese Welt des Todes bedeckte.

30

Amos saß in seinem Privatsalon im Chorizo und starrte nachdenklich auf den Boden, während er wartete.

Vor ihm harrte Adelina, die Nase von Raquels Schlag angeschwollen und mit einem Stück Stoff in den Nasenlöchern, um das Blut zu stillen.

Etwas abseits standen zwei Leibwächter, die ebenso wie Adelina nicht wagten, etwas zu sagen.

Dann endlich ging die Tür auf, und zwei weitere Männer traten ein. Sie blickten zu Amos und nickten.

»Riachuelo?«, fragte Amos.

»Nueva Pompeya, zwischen zwei Gerbereien«, bestätigte einer von ihnen.

»Habt ihr ihr einen Stein um den Hals gebunden?«, hakte Amos nach.

»Das war nicht nötig«, antwortete der Mann. »An der Stelle gibt es mehr Säure als Wasser. Die Hure wird sich dort im Nu auflösen.«

»Gute Arbeit, ihr könnt jetzt gehen.«

Die beiden Männer, die Tamars Leiche in den Riachuelo geworfen hatten, verließen den Raum und schlossen die Tür hinter sich.

Amos schüttelte den Kopf und seufzte. Dann wandte er Adelina den Blick zu.

»Amos …«, begann sie.

Doch Amos legte einen Zeigefinger an die Lippen.

Und Adelina schwieg. Aus ihren Augen sprach die blanke Angst.

»Ich hätte sie verkaufen sollen«, erklärte Amos mit seiner tiefen Stimme, ohne den Blick von Adelina zu nehmen. »Hätte ich sie verkauft, wäre ich jetzt um dreitausend Pesos reicher und hätte keine Leiche zu entsorgen gehabt. Und dann gäbe es im Chorizo auch nicht einen Haufen Huren, die meinen, dass sie einfach abhauen können. Was, Adelina? Hätte ich sie nicht verkaufen sollen, obwohl sie so schön war?«

Sie konnte nur die falsche Antwort geben, das wusste Adelina nur zu genau, das hatte sie schon so oft miterlebt. Sie senkte den Blick.

»Sieh mich an«, befahl Amos unbarmherzig.

Adelina hob den Kopf.

Amos seufzte erneut. »Weißt du auch, warum ich dich das frage? Weil man sonst mich fragen könnte: ›Wenn du deine Huren schon verkaufen musst, was zum Teufel willst du dann noch mit Adelina?‹«

Adelina rührte sich nicht.

»Aber das Schlimmste ist, dass jetzt ein Mädchen in Buenos Aires frei herumläuft, das mich des Mordes bezichtigen könnte«, sagte Amos ernst. »Erinnerst du dich noch, wer Levi Yaacov ist … oder vielmehr, war?«

Adelina hatte die Geschichte dieses Zuhälters keineswegs vergessen. Er hatte wie Amos eines der Bordelle der *Sociedad* geführt – und hatte wie Amos eine Hure brutal getötet. Eines seiner Mädchen war geflohen und hatte ihn bei einem Staatsanwalt angezeigt. Und auch wenn die *Sociedad* die Polizei, die Staatsanwaltschaft und viele Politiker in der Hand hatte, hatte sie nicht alle Mitarbeiter dort im Griff. Der Zufall wollte es, dass ausgerechnet jener Staatsanwalt zu den Unbestechlichen gehörte. Er hatte Levi Yaacov in Gewahrsam genommen und zudem einem Journalisten Informationen zugesteckt, da er fürchtete, der Fall könnte vertuscht werden. Der Fall machte Schlagzeilen, die Öffentlichkeit war empört, und damit waren der *Sociedad* die Hände gebunden, und sie hatte sich nicht mehr schützend vor Levi Yaacov stellen können. Als der Zuhälter sich im Gegenzug einverstanden erklärte, Namen zu nennen, um eine Strafmilderung zu erwirken, war er am nächsten Tag erhängt in seiner Zelle aufgefunden worden. Und alle wussten, dass das kein Selbstmord gewesen war.

Amos nickte. Ihm war klar, dass Adelina sich an diesen Fall erinnerte. »Ja ja, es gibt noch ehrliche Menschen, so unmöglich das auch scheinen mag. Und deshalb kann selbst ein so bedeutungsloses Mädchen wie diese kleine Kröte mich ans Messer liefern, wenn sie auf einen von ihnen trifft. Dieses Risiko kann ich nicht eingehen.«

Amos stand auf und ging auf Adelina zu, die dem Impuls widerstand, zurückzuweichen, und stehen blieb.

Amos strich ihr beinahe sanft über ihre verunstaltete Wange. Er lächelte wehmütig. »Du warst auch mal so ein Mädchen. So ein schönes kleines Mädchen.« Er umarmte sie und zerzauste ihr liebevoll die Haare. »Aber ich musste das tun.« Dann löste er sich von ihr und nahm ihr Gesicht in seine Hände. »Das hast du im Verlauf der Zeit begriffen, stimmt's?«

Adelinas Flucht hatte keine zwei Wochen gedauert. Und sie erinnerte sich genau an den Tag, als Amos sie gefunden und gezeichnet hatte. Sie nickte zögerlich.

Amos nickte ebenfalls und berührte sanft ihre Nase.

Adelina stöhnte auf.

»Sie hat dir die Nase gebrochen«, sagte Amos. »Dieses kleine Gör hat dir doch glatt die Nase gebrochen. Siehst du? Sie lässt sich da rüberschieben …« Und er schob ihre Nase nach rechts, woraufhin Adelina lauter aufstöhnte.

»Aber in die Richtung lässt sie sich nicht biegen.« Amos versuchte brutal, die Nase nach links zu drücken. Dann schüttelte er den Kopf. »Wie schade. Vielleicht bleibt sie ja so schief.«

Dann ließ er ohne Vorwarnung seine Faust auf ihre Nase krachen.

Adelina schrie auf und sackte auf dem Boden zusammen.

»Steh auf«, befahl Amos.

Gehorsam erhob sie sich.

Amos packte sie am Kinn, musterte sie eingehend und lächelte dann zufrieden. »So, jetzt ist sie wieder gerade.«

»Danke …«, stammelte Adelina leise.

»Gern geschehen.« Sein Mund näherte sich Adelinas Ohr. »Aber, Liebes, sollte so etwas noch einmal passieren, wirst du dich nicht mehr bei mir bedanken können. Dann endest du im Riachuelo. Kapiert?«

»Es wird nicht wieder vorkommen …«

»Gutes Mädchen«, flüsterte er, und dann biss er sie ins Ohr, fest, bis Blut floss und sich ein Stück löste.

Adelina schrie laut auf, und Amos spuckte ein Stück Knorpel aus.

»Jetzt hol mir die andere her, du weißt schon, wen«, befahl Amos und setzte sich wieder. Kaum war Adelina gegangen, wandte er sich an einen seiner Männer. »Bring mir was, womit ich mir den Mund ausspülen kann«, sagte er mit angewidertem Gesicht. »Cognac.«

Kurz darauf kam Adelina mit einem fünfzehnjährigen Mädchen im Schlepptau herein.

»Wie heißt du?«, fragte Amos.

Das Mädchen antwortete nicht.

»Libertad«, sagte Adelina, während sie sich ein Taschentuch auf das Ohr presste, um die Blutung zu stillen.

»Dich habe ich nicht gefragt«, sagte Amos.

»Die letzten Tage hat sie kein einziges Wort mehr gesagt«, erklärte Adelina. »Seit du sie zu Tony Zappacosta geschickt hast.«

»Sie redet nicht?«, fragte Amos.

»Nein.«

Amos starrte sie unbarmherzig an. »Also hat sie nicht am Fenster gestanden und geschrien, als dieses Mädchen dich verprügelt hat.«

»Doch schon, aber …«

»Aber was?«, brüllte Amos. »Wenn so eine Schlampe schreien kann, kann sie auch reden.«

»Sicher …«

Amos sah Libertad an. »Ich erinnere mich an dich. Du kommst aus Polen. Und hast habgierige Eltern«, erklärte er lachend.

Libertad zeigte keinerlei Regung.

»Sie haben mit mir geschachert wie um ein Zicklein für den Sonntagsbraten«, reizte Amos sie weiter. »Aber ich habe weniger für dich bezahlt als für ein Zicklein.« Er lachte wieder höhnisch.

Libertad verzog noch immer keine Miene.

Amos stöhnte, er war am Ende seiner Geduld. »Hör mal, du weißt, wohin dieses Mädchen wollte …« Er unterbrach sich und blickte Adelina fragend an.

»Raquel«, antwortete Adelina sofort.

»Raquel«, wiederholte Amos. »Weißt du, wohin Raquel wollte?«

Libertad schwieg.

Amos schnaubte und forderte Adelina mit einem Nicken auf, zu sprechen.

»Deine Bettnachbarin hat gestanden, dass Raquel am Tag vor ihrer Flucht zu dir gekommen ist«, sagte Adelina. »Und dass du mit ihr geredet hast. Was wollte sie wissen? Was hat sie dir gesagt? Wo wollte sie hin?«

Libertad bewegte sich nicht. Wie eine Statue.

Adelina versetzte ihr eine heftige Ohrfeige.

»Du Närrin«, rügte Amos. »Siehst du nicht, dass dieses Mädchen hart wie Stein ist? Sie kommt aus Polen. Denkst du, mit ein paar Ohrfeigen bringst du die zum Reden?« Er lachte. »Der musst du schon einen Finger abhacken, wenn du ihre Stimme hören willst«, fuhr er fort, ohne Libertad aus den Augen zu lassen.

Libertad zeigte keinerlei Regung.

»Du gefällst mir, Kleine. Du hast wirklich Mumm.« Er stand auf und schritt auf sie zu. »Aber aller Mumm dieser Welt wird dir nicht reichen, das versichere ich dir.« Er stand jetzt dicht vor Libertad und blies ihr seinen Atem ins Gesicht. »Du wirst mir sagen, was ich wissen will. Jetzt oder nach großen Schmerzen.« Voller Bedauern ließ er seine Finger durch ihre langen blonden Haare gleiten. »Ich werde dir keinen Finger abschneiden. Du bist zu hübsch und musst noch viel Geld für mich verdienen. Und ich will nicht, dass die Kunden bei deinem Anblick erschrecken … oder sich vor dir ekeln.« Dann steckte er ihr eine Hand in den Mund. »Aber wer wirft schon einen Blick hier hinein?« Amos lachte. »Niemand. Das wird eine ganz saubere Arbeit. Sauber und sehr schmerzhaft.« Er nahm ihre Nase zwischen die gekrümmten Finger, wie man es im Scherz mit kleinen Kindern macht. »Und wenn du glaubst, es gibt nichts, das mehr weh tun könnte, als von den eigenen Eltern verraten zu werden, dann irrst du dich.«

Libertad erstarrte und zeigte damit, dass die Worte sie getroffen hatten.

Amos streichelte ihr Gesicht. »Du siehst aus wie ein Engel.« Dann wandte er sich zu seinen Leuten um: »Setzt sie auf den Stuhl dort und bindet sie fest!« Er ging zur Tür und rief: »Doktor!«

Kurz darauf erschien ein alter, bis auf die Knochen abgemagerter Mann in der Tür. Sein Gesicht war von vielen Falten durchzogen, die Hände, in denen er eine alte schmutzige Arzttasche trug, knochig und von Arthritis verkrümmt. Er wirkte nervös und verzog die Lippen zu einer Grimasse.

»Doktor, hier ist die Patientin, von der ich erzählt habe«, sagte Amos. »Sie hat ganz schlimm Karies. Da muss man bohren. Bis zum Nerv.«

Der Doktor, wie er hier genannt wurde, ohne dass jemand je seinen wahren Namen erfahren hätte, nickte. »Habt Ihr etwas gegen das Zittern in meinen Händen, Señor Fein?«, fragte er nervös.

Amos sah ihn mit Verachtung im Blick an. Er öffnete eine Schublade und reichte dem Mann eine bereits aufgezogene Spritze.

Die Augen des Doktors leuchteten gierig auf. Er nahm die Spritze, rollte den Ärmel seines Hemdes hoch, band sich mit einem Gurt aus der Tasche den linken Arm ab. Dann spritzte er sich die bernsteingelbe Flüssigkeit hastig, aber sorgsam in die Vene und schloss die Augen. Gleich darauf ging sein Atem tief und regelmäßig.

»Also, was ist jetzt mit der Karies?«, fragte Amos ungeduldig.

Der Doktor holte einen Handbohrer aus seiner Tasche, der keineswegs sauber wirkte. »Bindet ihre Hände fest«, sagte er zu Amos' Leuten. Seine Stimme klang heiser und leicht apathisch.

Einer der Männer wand rasch zwei Ledergurte um die Handgelenke des Mädchens und fixierte sie an den Lehnen des Stuhls. Dann legte er ihr von hinten einen Arm vors Brustbein und presste sie grob gegen die Rückenlehne. Der andere Mann öffnete ihren Mund und klemmte seitlich den Griff seines Messers hinein. Er packte ihren Kopf und hielt ihn fest.

Der Doktor schob die Spitze des Bohrers in Richtung eines Backenzahns, vermied es aber, Libertad anzusehen. Ein Schachzug, den er vor Jahren gelernt hatte. Wenn die Menschen keine Augen, sondern nur Zähne hatten, war alles viel einfacher. Er setzte die Spitze des Bohrers seitlich am Backenzahn an und fing langsam an zu bohren.

Im Raum war nur noch das Surren des Bohrers zu hören, der sich durch den Zahn fräste. Und es roch verbrannt. Dann hörte man Libertads Atem, der immer heftiger ging. Schließlich schrie das Mädchen vor Schmerz verzweifelt auf.

Der Bohrer hatte den Nerv getroffen.

Der Doktor trat beiseite und reichte Amos ein angespitztes Stück Draht.

Libertads Augen waren schreckgeweitet, Tränen rannen an ihren Wangen hinab.

Amos schüttelte den Kopf. »Verstehst du nun, was ich meinte?«, fragte er sie fürsorglich, als läge sie ihm wirklich am Herzen. »Also«, meinte er und setzte sich neben sie. »Wirst du jetzt ein wenig mit mir plaudern?«

Libertad rührte sich nicht.

»Wie heißt du?«, fragte Amos.

Libertad blieb stumm.

Amos seufzte und näherte den Draht dem Loch, das der Doktor in den Zahn gebohrt hatte. Er steckte die Spitze hinein und drückte nur ein wenig nach.

Ein gellender Schrei.

Amos zog den Draht hinaus. »Wie heißt du?«, fragte er wieder.

Libertad atmete schwer, ihre Nasenflügel blähten sich heftig. In ihrem Blick war der Schmerz zu lesen, den sie durchlitt. Aber sie blieb stumm.

Amos stieß den Draht tief hinein in den Zahn. Kräftiger und für längere Zeit.

Libertad hörte nicht mehr auf zu schreien, jeder Muskel ihres Körpers war angespannt. Als Amos den Draht herauszog, sackte sie beinahe auf dem Stuhl zusammen.

Amos strich sanft über ihre schönen Haare. »Wie heißt du?«, fragte er noch einmal.

Libertads glatte Wangen waren tränenüberströmt. »Liber …tad«, flüsterte sie undeutlich, noch immer mit dem Messergriff im Mund.

Amos nickte. Er bedeutete seinem Mann, das Messer zu entfernen. »Und wohin wollte Raquel?«, fragte er sie.

In Libertads Blick lag purer Schmerz, die schiere Verzweiflung. »Black Cat«, hauchte sie. »Francés …«

Amos nahm ihr Gesicht in die Hände. »Meine kleine Libertad«, flüsterte er sanft, »manchmal bin ich gezwungen, hässliche Dinge zu tun …« Er lächelte sie mitleidsvoll an. »Aber vergiss nie, dass ihr Mädchen für mich wie meine eigenen Kinder seid.« Dann küsste er sie zärtlich auf die Stirn.

31

»Feigling!«, schrie Raquel, noch völlig außer Atem, gleich nachdem sie das Black Cat betreten hatte. »Feigling!«, rief sie ein zweites Mal mit Tränen in ihren Augen.

Das Black Cat war bei Tagesanbruch fast leer bis auf wenige Stammgäste, die aussahen, als hätten sie die Nacht durchgemacht.

»Was willst du, *chica*?«, fragte Francés in hartem Ton.

»Sie ist tot«, flüsterte Raquel.

Francès zuckte zusammen und warf Lepke einen schnellen Blick zu.

»Amos hat sie umgebracht … Ihr habt uns im Stich gelassen … und Tamar ist … tot … Ihr seid einfach … abgehauen.«

Francés sprang auf. »Verschwinde, *chica*«, zischte er.

Raquel sah ihn verständnislos an.

»Lass dich hier nie wieder blicken«, stieß Lepke hervor und stieß sie unsanft zur Tür.

»Verschwinde!«, schrie Francés sie an.

Raquel wich zurück. Sie war ins Black Cat gerannt, weil es der einzige andere Ort war, den sie in Buenos Aires kannte. Und weil sie gehofft hatte, dort Zuflucht zu finden. »Wo soll ich denn hin?«, flüsterte sie erschrocken.

»Das ist mir egal«, sagte Francés kalt. »Amos sucht bestimmt schon nach dir. Du bist eine Aussätzige. Eine wandelnde Tote. Du bist erledigt, Mädchen. Und wenn Amos merkt, dass ich euch helfen wollte, bin ich genauso tot wie du. Die *poláks* sind

Mörder.« Er zog eine Rolle Geldscheine aus seiner Tasche und reichte ihr vier davon. »Zwanzig Pesos … und jetzt verschwinde.«

Raquel nahm die Scheine, blieb aber wie erstarrt stehen.

Daraufhin packte Lepke sie am Kragen und warf sie aus dem Black Cat. »Wenn du noch einmal herkommst, liefere ich dich persönlich bei Amos ab«, hörte sie Francés rufen.

Panisch lief Raquel los. Und rannte immer weiter, bis sie sich schließlich ganz allein in einer dunklen Gasse dieser großen unbekannten Stadt wiederfand. »Was soll ich tun, Vater?«, flüsterte sie und ließ ihre Hand zu der Stelle an ihrem Leib wandern, an der sie das Gebetbuch verstaut hatte. Aber das Buch war nicht mehr da! Raquels Herz setzte einen Schlag aus, als ihr aufging, dass sie es auf der Flucht verloren hatte. Jetzt war ihr wirklich nichts mehr geblieben. Ihre dünnen Beine versagten ihr den Dienst, und sie glitt zu Boden, als wäre das Leben aus ihren Adern gewichen. Lange lag sie so, ihr Kopf war leer, bis ein harter, schmerzhafter Schlag auf die Schulter sie aus ihrem Albtraum weckte.

»*¡Vete, atorrante!*«, brüllte ein Polizist, den Schlagstock erhoben, bereit zum nächsten Hieb. Verschwinde von hier, Herumtreiberin.

Raquel stand hastig auf und ergriff erneut die Flucht. Ziellos irrte sie weiter durch die Stadt, bis sie sich plötzlich am Ufer des Río de la Plata wiederfand. Sie blickte auf das schlammige Wasser, das träge dahinfloss. »Schwimm du für mich«, hatte Libertad gesagt, ohne dass Raquel begriffen hatte, was sie damit meinte.

»Warum habt ihr mich gerettet, Vater?«, fragte sie bitter und vorwurfsvoll.

»Oh!«, rief da eine Stimme hinter ihr. »Was für ein herrlicher Anblick!«

Raquel wandte sich um und erblickte eine alte obdachlose

Bettlerin, schmutzig und in Lumpen gekleidet. Ihre Schuhe waren an den Spitzen aufgeschnitten, sodass die geröteten, geschwollenen Zehen hervorschauten. Sie zog einen Karren hinter sich, der aus einer Holzkiste bestand, an der rote Räder von einem ausgemusterten Spielzeug angebracht waren.

Die alte Frau ging auf einen riesigen Baum zu, der über und über mit violetten Blütentrauben bedeckt war, und umarmte den Stamm so herzlich, als hätte sie einen alten Freund wiedergefunden. Dann bemerkte sie Raquel. »Wie herrlich!«, sagte sie in ihre Richtung und tätschelte den Baumstamm wohlwollend. »Es gibt nichts Schöneres auf der Welt als diesen Jacaranda, stimmt's?« Sie lachte selig und offenbarte dabei, dass sie kaum noch Zähne im Mund hatte.

Raquel fühlte sich von ihr geradezu magisch angezogen.

»Jeden Winter denke ich, dass ich ihn bestimmt nicht mehr blühen sehen werde. Und doch, sieh mich an – da bin ich wieder!« Sie umarmte den Baum erneut. »Und jedes Mal sage ich mir dann, dass es sich gelohnt hat, dafür am Leben zu bleiben. Für diese Blüten.« Sie lächelte Raquel an. »Sind sie nicht das Schönste auf der Welt?«

»Ja«, hauchte Raquel.

»Du solltest mal sehen, wie herrlich es ist, Weihnachten hier zu verbringen.« Die alte Frau kicherte, und ihre Augen leuchteten auf. »Ich, der Baum und eine Flasche Pisco.« Sie führte die Fingerspitzen an den Mund und küsste sie mit einem Schmatzen. »Na ja, ist ja nicht mehr lange hin bis Weihnachten.« Dann holte sie sich eine Zeitung aus einem Abfallkorb in der Nähe, ließ sich schwerfällig auf eine Bank im Schatten des Jacarandabaums fallen, glättete die zusammengeknüllte Zeitung und las darin.

Raquel trat fasziniert neben sie. »Darf ich mich setzen?«

Die alte Frau war in ihre Zeitung vertieft und antwortete nicht.

Raquel nahm neben ihr Platz.

»Das gibt es doch nicht!«, rief die Bettlerin und schlug mit dem Handrücken auf einen Artikel in der Zeitung. »Gott muss einen ganz besonderen Plan für diesen Jungen haben! Hör dir das an: ›Tödliches Sprengstoffattentat in Rosario – nur der zehnjährige Sohn der Attentäter überlebte. Zwei Anarchisten sprengten sich im eigenen Haus in die Luft und rissen die übrigen Mitbewohner mit in den Tod. Insgesamt kamen elf Menschen ums Leben. Das Wohnhaus wurde komplett zerstört‹«, las sie mit zusammengekniffenen Augen. »Elf Tote …« Sie blickte Raquel entsetzt an, vertiefte sich dann aber wieder in den Artikel. »›… Nach fünf Tagen wurde der Sohn der Anarchisten gefunden, er war noch am Leben.‹« Sie sah Raquel eindringlich an. »Stell dir das mal vor! Fünf Tage unter den Trümmern ohne Wasser oder Nahrung … und er lebt noch! Ein kleiner Junge, zehn Jahre alt! Heilige Scheiße!« Sie lachte und nickte. »Gott muss diesem kleinen Jungen eine sehr wichtige Aufgabe anvertraut haben, die er in seinem Leben erfüllen soll, meinst du nicht?«

Was für eine sonderbare alte Frau! Und was sie für merkwürdige Reden schwingt, dachte Raquel. »Ja«, sagte sie laut.

»Ja«, sagte auch die Alte und fügte stolz hinzu: »Genau wie mir.«

Raquel sah sie erstaunt an. »Und … was sollt Ihr tun?«

Die Bettlerin lachte und entblößte dabei ihr rötliches Zahnfleisch. »Ich soll die Blüten des Jacarandabaums anschauen«, flüsterte sie, als würde sie Raquel ein Geheimnis anvertrauen. Sie faltete die Zeitung sorgfältig zusammen und legte sie in ihren Karren. Dann stand sie mühsam auf, ging zu dem Baum und strich noch einmal sanft über eine Blütentraube.

Mit einem Mal beschlich Raquel die Angst, die Frau könnte gehen und sie allein zurücklassen. »Darf ich mit Euch kommen?«, wagte sie zu fragen.

»Nein!«, empörte sich die Alte sofort. »Du willst mich nur beklauen!«

»Nein …«

»Ich glaube dir nicht«, schimpfte die Frau böse. »Und wenn ich nachher ein Stück Brot finde, will ich es nicht mit dir teilen.« Sie wandte Raquel den Rücken zu und zerrte entschieden an dem Karren.

»Ich habe Geld.« Raquel holte einen der Scheine hervor, die Francés ihr gegeben hatte.

Mit einem überraschend schnellen Schritt war die Bettlerin bei ihr und riss ihr den Schein aus der Hand. »Fünf Pesos!« Sie lachte, als hätte sie einen Schatz gefunden. »Dann kann ich ein Mittagessen mit dir teilen«, sagte sie, als erwiese sie Raquel damit eine große Ehre. »Aber das Geld behalte ich.«

»Einverstanden.« Raquel streckte die Hand nach dem Griff des schweren Karrens aus. »Lasst los, ich ziehe ihn für Euch.«

»Nein!« Die alte Frau wich zurück. »Diebin!«

»Ich bin keine Diebin …«

»Fass ihn nicht an!«, stieß die Frau feindselig hervor. »Der gehört mir.«

Raquel gab sich geschlagen. »Na gut.« Dann deutete sie auf einen Imbissstand am Flussufer. »Dort können wir essen.«

»Dummkopf!« Die alte Frau verzog das Gesicht. »Leute wie wir gehen nicht in Imbissbuden. Die sind zu teuer. Du bist wirklich dumm. Leute wie wir gehen zum Essen in eine *boliche*.«

»Was ist eine *boliche*?«

»Ach, du hast offensichtlich wirklich keine Ahnung«, brummte die Alte. »Das ist ein Lokal für arme Leute. Los, beweg dich, wir haben einen langen Weg vor uns bis zum Sumpf Barracas.« Dann setzte sie sich enervierend langsam in Bewegung.

Raquel folgte ihr nachdenklich. Die Geschichte mit dem

Jungen ging ihr nicht aus dem Kopf. Ob es auch für mein Leben einen Plan gibt?, fragte sie sich.

Jedes Mal, wenn sie auf gut gekleidete Leute stießen, streckte die Bettlerin die Hand aus. »Señor, bitte, habt Erbarmen«, sagte sie weinerlich. »Ich habe nichts und kann mein armes kleines Mädchen nicht ernähren.« Sie zeigte auf Raquel. »Seht nur, wie dünn und schwach sie ist, Señor. Bitte helft mir.«

Viele gingen vorbei, ohne sie eines Blickes zu würdigen, einige kramten Münzen von kleinem Wert hervor.

»Wenn es auf Weihnachten zugeht, werden die Menschen großzügiger«, brummte die Alte. »Aber mit all diesen Scheißeinwanderern gibt es zu viel Konkurrenz. Die nehmen uns die Arbeit und sogar die Almosen weg. Ich würde die alle wieder zurück ins Meer werfen.« Sie spuckte aus und lief weiter, zog den Karren hinter sich her. Wenn sie eine Zeitung fand, hob sie sie auf. Und wenn sie einen Polizisten sah, schlug sie schnell einen anderen Weg ein.

Nach etwa zwei Stunden erreichten sie das Barracas-Viertel. Raquel vermutete, dass sie allein weniger als die Hälfte der Zeit gebraucht hätte.

Die Bettlerin ging auf ein niedriges einstöckiges Gebäude zu, dessen Markise über der Eingangstür in Fetzen herunterhing.

Eine dicke Frau stellte sich ihnen in den Weg. Sie hatte fettige Hände, zahlreiche Soßenflecken zierten ihren Kittel. »Du weißt, dass ich dich hier nicht haben will, *bruja*«, knurrte sie böse.

»Ich habe Geld!« Die Bettlerin wedelte mit dem Fünf-Peso-Schein.

Die dicke Frau starrte sie verblüfft an. »Wo hast du die denn gestohlen?«

Die Bettlerin spuckte verächtlich vor ihr aus. »Willst du die haben, oder soll ich sie lieber an einem besseren Ort ausgeben, du hässliche fette Kuh?«

Die Frau trat beiseite. »Komm rein«, sagte sie. »Heute haben wir Bohnensuppe mit Chorizowurst, Fleischklößchen und *dulce de leche*. Was willst du?«

»Alles«, sagte die Bettlerin. »Für zwei. Und eine Flasche Pisco dazu, damit mir heute Nacht warm ist. Aber nicht gepanscht.«

»Willst du etwa platzen, *bruja*?«, fragte die Dicke.

»Heute gibt es Essen, wer weiß, was morgen ist«, antwortete die alte Frau und zog ihren Karren bis zum Tisch. Als alle bestellten Speisen vor ihnen standen, mahnte sie Raquel: »Iss langsam. Wenn du lange nichts mehr in den Magen bekommen hast, ist das die Regel Nummer eins.«

Erst am späten Nachmittag verließen sie die *boliche*.

»Und jetzt gehen wir zum Grand Hotel«, verkündete die Alte mit einem zufriedenen Lächeln. »Wer zuerst kommt, bekommt das beste Quartier.«

Sie betraten einen quadratisch angelegten Park, dessen Schild am Eingang seinen Namen verriet. *Parque Pereyra*, las Raquel.

»Ah!«, seufzte die Bettlerin erleichtert und setzte sich auf eine der Bänke.

Raquel sah sich um. »Wo ist das Grand Hotel?«

Die Obdachlose deutete auf die Bank neben ihrer. »Hier, dumme Gans. Wir sind früh dran, deshalb steht uns die Präsidentensuite zu.« Lachend kramte sie ein paar Zeitungen aus ihrem Karren und stopfte sie unter ihre Kleidung. Ein paar reichte sie Raquel. »Mach's wie ich. Auch wenn Sommer ist, kriecht einem nachts die Feuchtigkeit in die Knochen.«

»Könnte ich vielleicht den Teil mit dem Jungen haben, der überlebt hat«, bat Raquel.

Die Bettlerin zuckte mit den Schultern. »Was macht das für einen Unterschied?«

»Ich hätte ihn eben gern«, erwiderte Raquel.

Die alte Frau kramte in ihrem Karren, fand die entsprechenden Seiten und reichte sie ihr.

Raquel ließ sich auf ihre Bank fallen und betrachtete die Überschrift auf der ersten Seite. »*La Nación*«, las sie laut.

Die Frau starrte sie verblüfft an. »Du kannst lesen? Bis jetzt war ich die Einzige hier.« Sie holte die Flasche Pisco hervor, entkorkte sie und schnupperte daran. »Ah! Es gibt keinen besseren Schnaps als den hier. Er hilft beim Verdauen und wärmt dich von innen, du wirst schon sehen.«

»Ich trinke keinen Alkohol«, erklärte Raquel.

Die Bettlerin hob mahnend einen Finger. »Wenn du auf der Straße überleben willst, musst du lernen zu trinken«, erklärte sie. »Außerdem müssen wir anstoßen, ablehnen gilt nicht. Und da es sich um einen besonderen Anlass handelt, packen wir das Familiensilber aus.« Kichernd kramte sie im Trödel in ihrem Karren und zog schließlich zwei rostige Metalldosen hervor, in die sie den Pisco goss. »Auf unser Wohl! Aber pass auf, dass du dir die Lippen nicht aufschneidest.«

Raquel schnupperte. Der Pisco roch nach reinem Alkohol. Ihr stiegen die Tränen in die Augen und mit ihnen das Bild der sterbenden Tamar und der Kopf ihres Vaters. Ihr kamen Francés' Worte in den Sinn, die ihr zudem schreckliche Angst eingejagt hatten: Amos suchte nach ihr, um sie zu töten. Und er würde sie finden, hatte Francés gesagt.

»Bist du traurig?«, fragte die Alte.

»Ja.«

»Dann trink, Dummkopf. Das schwemmt alle hässlichen Gedanken fort.« Sie leerte ihr Glas in einem Zug.

Raquel nahm ebenfalls einen großen Schluck. Und fing sofort an zu husten. Ihre Kehle und ihr Magen brannten.

Die Frau lachte und rülpste laut, dann füllte sie beide Metalldosen erneut großzügig mit Pisco.

»Nein, ich hab genug«, wehrte Raquel ab.

»Wenn du nicht mit mir trinkst, bist du eine Verräterin«, sagte die alte Frau.

Also trank Raquel. Wieder musste sie husten, allerdings nicht mehr so heftig wie zuvor. Doch mit einem Mal drehte sich alles um sie herum. Sie kniff die Lider zusammen.

»Geht's dir jetzt besser?«

»Ja«, antwortete Raquel, obwohl das Gegenteil der Fall war. Sie fühlte sich unwohl.

Die Frau starrte sie an. »Noch einen«, sagte sie. »Und auf einen Rutsch runter damit.«

Raquel trank. Als sie kurz darauf versuchte aufzustehen, schwankte sie und fiel auf die Bank zurück.

Die Frau lachte.

Raquel lachte ebenfalls. Ohne Grund.

»Man sieht, dass es dir viel besser geht. Ich hab's dir doch gesagt«, erklärte die Alte. »Jetzt leg dich hin und schlaf.«

Raquel gehorchte. Bei jeder Bewegung raschelten die Zeitungen, die sie am Körper trug. Ihr war schwindelig, in ihrem Kopf herrschte ein wildes Durcheinander von Bildern. Am häufigsten tauchte das der Bettlerin auf, wie sie den Stamm des blühenden Jacarandabaums umarmte. Sie ist genau im richtigen Moment gekommen, dachte Raquel, auch wenn ihre Gedanken sich sehr langsam formierten, wie schwer auszusprechende Worte. Ein stumpfsinniges Lächeln zierte ihre Lippen, während sie kaum noch die Augen offen halten konnte.

»Hat Euch … mein Vater … ge… geschickt, um … mich zu retten?«, stammelte sie.

»Er höchstpersönlich«, erwiderte die Frau.

»Ihr seid … ein … En…gel, richtig?«

Die Bettlerin furzte laut.

Dann verlor Raquel vollkommen betrunken das Bewusstsein.

Am nächsten Morgen wurde sie von einem grellen Sonnenstrahl geweckt, der sich seinen Weg durch die Blätter bahnte. Sie hatte starke Kopfschmerzen, und das blendende Licht schmerzte in ihren Augen. Mühsam setzte sie sich auf und erbrach sich sofort. Sie hatte einen schrecklichen Geschmack im Mund. Ein Blick zu der Bank neben ihr zeigte ihr, dass die Bettlerin mitsamt ihren Habseligkeiten fort war.

Raquel saß eine Weile zusammengekauert da und versuchte, den Schmerz zu bekämpfen, der in ihren Schläfen hämmerte. Doch kaum hatte sie sich ein wenig erholt, bekam sie schrecklichen Durst. Vermutlich würde ihr neben viel Wasser auch ein Kaffee guttun. Sie sah sich um und bemerkte auf der anderen Seite des Parks ein Lokal. Sie stellte sich auf ihre wackeligen Beine und schob ihre Hand in die Tasche, in der sie ihr Geld aufbewahrte. Doch die Tasche war leer. Vielleicht waren die fünfzehn Pesos ja herausgefallen? Raquel schaute genauer nach und suchte auch unter die Bank. Nichts. Auf einen Schlag war sie hellwach.

Du widerliches altes Weib!, dachte sie, als ihr aufging, was geschehen war: Die Bettlerin hatte sie betrunken gemacht und dann ihr Geld gestohlen.

»Von wegen Engel!«, schrie sie laut.

Mit einer Wut, die alle Nachwirkungen des Rauschs in den Hintergrund drängte, machte sie sich auf den Weg durch das Viertel in dem Versuch, die Strecke zu finden, die sie am Tag zuvor gegangen waren. Sie fand die *boliche* und verfolgte von dort aus den Weg zurück. Gelegentlich erkannte sie ein Wohnhaus, eine Statue oder eine Straßenkreuzung wieder und hatte in weniger als einer Stunde das Ufer des Río de la Plata erreicht.

Dort stand die Bettlerin und umarmte den Jacarandabaum.

»Du Diebin!«, rief Raquel, als sie nur noch wenige Meter von ihr entfernt war.

Die alte Frau setzte zur Flucht an, aber sie war langsam und der Karren behinderte sie.

Raquel stürzte sich auf sie. Außer sich vor Wut stieß sie die Alte, dass diese hinfiel. »Du Diebin!«, schrie sie erneut, blind vor Wut.

Die Bettlerin versuchte sich mit Tritten zu verteidigen, aber Raquel war trotz ihrer Magerkeit viel kräftiger als sie. Schließlich kippte auch der Karren um.

Die alte Frau warf sich auf ihren Trödel. »Nein! Nein! Das gehört mir!«

»Wo ist mein Geld?« Raquel stieß sie zur Seite und durchsuchte die auf dem Boden verstreuten Sachen. Dann stürzte sie sich auf die Frau und durchsuchte ihre Taschen, bis sie schließlich zwei Geldscheine fand. »Wo ist der Rest? Es waren fünfzehn, nicht zehn Pesos! Antworte!«

»Ich habe es ausgegeben«, flüsterte die alte Frau, deren Knie aufgeschlagen waren.

»Diebin!«, zischte Raquel und verstaute die zehn Pesos.

»Ich flehe dich an …« Die Obdachlose begann zu weinen wie ein kleines Kind und hob die Hände in Raquels Richtung. »Ich flehe dich an …« Die Tränen glitten durch die Falten ihres Gesichts und tropften auf den Hals. Aus dem zahnlosen Mund lief ein Speichelfaden über das Kinn. »Wenn du mir das Geld nimmst … sterbe ich«, schluchzte sie.

Raquel starrte die Frau angewidert an und bemerkte, dass die Frau während ihrer Auseinandersetzung einen Schuh verloren hatte. Ihre Fußsohle war voller Blasen.

»Und wenn ich sterbe … dann kann ich nächstes Jahr nicht mehr die Blüten des Jacarandabaums sehen …«, sagte die Bettlerin so verzweifelt, dass sie beinahe stumpfsinnig wirkte. »Bitte …Ich flehe dich an.«

Raquel betrachtete sie schweigend. Und mit einem Mal war ihre Wut verflogen. Sie schalt sich selbst, dass sie sich so hatte gehen lassen. »Nein, Ihr macht kein wildes Tier aus mir«, murmelte sie und reichte einen der beiden Scheine der alten Frau.

»Gott segne dich!« Die Bettlerin griff nach dem Geldschein. »Du bist ein Engel.«

Raquel wandte sich um. »Aber in dieser Stadt gibt es keinen Platz für Engel«, sagte sie leise.

32

Tony Zappacosta stürmte wutschnaubend in die Lagerhalle, dicht gefolgt von Bastiano. »Was erlaubst du dir eigentlich?«, schrie er Rocco an.

»Inwiefern?«, fragte Rocco verständnislos.

»Das war rührend, wirklich rührend.« Tonys Stimme troff vor Sarkasmus. »Ich habe gehört, dass du diesen Hungerleider von Hafenarbeiter gerettet hast.«

»Javier«, ergänzte Bastiano.

»Was zum Henker schert es mich, wie der heißt!«, fuhr Tony ihn an.

Bastiano verstummte und senkte den Kopf.

»Für wen hältst du dich eigentlich?«, wandte Tony sich wieder wütend an Rocco.

Dieser sah ihn schweigend an.

»Willst du, dass ich zur Witzfigur werde?«, fragte Tony. »Du hast von den Regeln des Dschungels keine Ahnung.«

»Was für ein Dschungel?«

»Na dieser hier!«, brüllte Tony erbost. »Das hier ist der Dschungel! Und der hat seine eigenen Gesetze.« Er fuchtelte drohend mit der Faust vor Roccos Gesicht herum. »Jetzt hör mal gut zu. Wenn der König des Dschungels ein Tier verletzt und es am Boden liegen lässt, dann fressen die Aasgeier ihm das Fleisch von den Knochen. Das ist der natürliche Lauf der Dinge. So funktioniert das, und so muss es funktionieren.« Er zog die Augen zu schmalen Schlitzen zusammen. »Halt dich da raus. Dieses Spiel ist eine Nummer zu groß für dich.« Er warf Rocco einen vielsagenden Blick zu. »Habe ich mich klar ausgedrückt?«

Rocco nickte. »Ihr müsst Euch um mich keine Sorgen mehr machen«, sagte er. »Ich habe Euch bereits gesagt, dass ich fortgehe.«

Tony musterte ihn. »Verstehst du wirklich was von Motoren?«, fragte er schließlich, deutlich ruhiger.

»Aber sicher«, antwortete Rocco.

»Mein Wagen will heute nicht anspringen. Kannst du ihn dir mal anschauen?«

»Warum fragt Ihr nicht Hundeschnauze?«

»Ich habe dich gefragt«, sagte Tony. »Meinst du, dass du das hinkriegst?«

»Ich weiß es nicht. Ich kann es versuchen.«

Tony ging zu seinem Mercedes 28/50 PS, öffnete die Motorhaube und trat beiseite, damit Rocco einen Blick hineinwerfen konnte.

»Versucht mal, zu starten«, sagte Rocco.

Tony tat wie geheißen. Das Auto gab ein heiseres Geräusch von sich, sprang aber nicht an.

Rocco inspizierte den gusseisernen Block mit dem Vierzylinder-Reihenmotor und seufzte schließlich. Er werkelte kurz und schloss dann die Kühlerhaube. »Wollt Ihr mich auf den Arm nehmen?«, wandte er sich an Tony.

»Was meinst du?«

»Ihr habt die Zündkerzenkappen abgezogen. Macht Ihr Euch lustig über mich? Habt Ihr Euren Spaß gehabt?«

»Das war ein Test.« Tony startete den Wagen und lauschte kurz dem Dröhnen des 7240-Kubikzentimeter-Motors. Dann kletterte er aus dem Wagen. »Komm mit.«

Sie betraten die Werkstatt, in der sich Rocco auf der Suche nach Arbeit vorgestellt hatte, und Tony winkte den Chefmechaniker herbei. »Du hast jetzt einen neuen Gehilfen.« Er deutete auf Rocco. »Weißt du, wie er dich nennt?« Er lachte. »Hundeschnauze. Und ich finde, dass der Name ausgezeichnet zu dir passt.«

Hundeschnauze starrte Rocco feindselig an. »Taugt er wenigstens was als Mechaniker?«, fragte er herausfordernd.

»Mehr als du.« Tony fixierte ihn ernst mit seinen eiskalten Augen. »Er hat nur ein paar Sekunden gebraucht, um zu erkennen, was du in einer Stunde nicht hinbekommen hast.« Er wandte sich Rocco zu. »Bist du damit einverstanden?«

Rocco versuchte fieberhaft zu verstehen, ob das ein Trick war. Würde er wirklich als Mechaniker arbeiten? Selbst wenn, er würde auch dann für einen Mafioso tätig sein. Er nickte zögerlich.

»Du kannst weiter in der Halle übernachten«, sagte Tony. »Aber halt nachts die Pistole griffbereit.« Mit diesen Worten ging er.

»Damit eines klar ist: Hier habe ich das Kommando. Und du gehorchst«, erklärte Hundeschnauze knapp in Richtung Rocco.

»Das hängt von den Befehlen ab«, erwiderte Rocco ernst.

»Wie meinst du das?« Hundeschnauze ballte die Fäuste.

»Es bedeutet, dass ich ein ehrlicher Mechaniker bin«, sagte Rocco beim Gedanken an seine Arbeit in der Werkstatt von Sasà Balistreri in Palermo, als seine Aufgabe darin bestehen sollte, Motoren kaputt zu machen, um sie reparieren zu können.

»Niemand ist ehrlich«, entgegnete Hundeschnauze verächtlich.

»Ich schon«, widersprach Rocco. »Was soll ich tun?«

Hundeschnauze deutete mit finsterem Blick auf verschiedene Kolben und Zylinder auf einem Tisch. »Mach die mit Lösungsmittel sauber. Die müssen hinterher blitzen.«

»Das ist eine Aufgabe für einen Lehrling«, erwiderte Rocco. »Nicht für einen Mechaniker.«

Hundeschnauze grinste bösartig. »Das ist die einzige ehrliche Arbeit, die ich für dich habe. Fang an und geh mir nicht auf den Sack.«

Rocco begann, die Zylinder und Kolben von Schmiermittelresten zu reinigen. Er blickte zu dem anderen Mechaniker hinüber, der sich den schweren Schraubenschlüssel geschnappt hatte, als Rocco Hundeschnauze mit der Pistole bedroht hatte. Ein junger Kerl mit vielen Pickeln und einem leichten Buckel, den er allerdings eher seiner aus Schüchternheit gebeugten Haltung verdankte als einem körperlichen Makel. Sein Gesicht wirkte freundlich. Er arbeitete an einem der beiden Lieferwagen, die Rocco beim letzten Mal aufgefallen waren.

»Was hat er denn?«, fragte Rocco.

»Ich komm nicht drauf«, sagte der Junge. »Der Motor stottert.«

»He, ihr seid hier nicht in der Kneipe«, knurrte Hundeschnauze. »Ruhe!«

Rocco polierte weiter den Kolben, den er in der Hand hatte.

Kurz darauf trat der Junge unter dem Vorwand, ein Werkzeug zu suchen, zu ihm.

»Ich bin Mattia«, flüsterte er.

»Rocco.«

»Und er ist seit heute Hundeschnauze.« Der Junge grinste.

»Hast du die Nockenwelle kontrolliert?«, fragte Rocco flüsternd. »Wenn der Motor stottert, wie du sagst, dann könnte dort …«

»Mattia!«, schrie Hundeschnauze. »An die Arbeit, oder ich schmeiß dich raus!«

»Nockenwelle«, flüsterte Mattia im Fortgehen.

Als die Werkstatt schloss, war der Lieferwagen repariert.

»Komm morgen früher, du musst den Boden fegen und die Werkzeuge aufräumen«, sagte Hundeschnauze zu Rocco.

»Nein«, widersprach Rocco. »Lass mich morgen als Mechaniker arbeiten, wenn du willst, dass ich hierbleibe.«

Hundeschnauze starrte ihn an. »Sagst du dann Tony, dass du gehst?«

»Ich habe es ihm schon einmal gesagt«, erwiderte Rocco ungerührt. »Aber es macht mir nichts aus, es noch einmal zu tun.«

Hundeschnauze wurde puterrot und ballte die Fäuste. »Für wen hältst du dich eigentlich?«, knurrte er. »Glaubst du, du bist was Besseres als ich?«

»Ehrlich gesagt bist du mir scheißegal«, sagte Rocco ruhig. »Ich will nur als Mechaniker arbeiten.«

Hundeschnauze näherte sich Rocco mit angespannten Gesichtszügen. Er zeigte auf eine große Winde, die an einer Stahlstrebe von der Decke hing. »Und wenn die hier eines Tages nachgibt, während du darunter bist, und dich platt macht wie eine Flunder?«, drohte er ihm.

Rocco lächelte ein eiskaltes Lächeln. Er war in Boccadifalco aufgewachsen. Sein Vater war Carmelo Bonfiglio gewesen, und jeder Straßenjunge hatte beweisen wollen, dass er stärker wäre als Rocco, und ihn herausgefordert. Er hatte schnell lernen müssen, auf Gefahr zu reagieren, sich zu verteidigen und keine Angst zu zeigen. »Und wenn ich es mir an diesem Tag in den Kopf setze, dass ich gar keine Flunder bin, sondern ein Aal, und darunter hervorschlüpfe und am Leben bleibe?« Rocco starrte Hundeschnauze an. »Hast du darüber nachgedacht, was dann aus dir wird … danach?«

Hundeschnauze starrte ihn feindselig an, dann zuckte er mit den Schultern.

»Lass mich als Mechaniker arbeiten«, forderte Rocco. »Ich will keinen Ärger.«

Daraufhin schob Hundeschnauze langsam eine Hand in die Tasche und reichte ihm einen Schlüssel. »Zieh das Rollgitter runter. Wir sehen uns morgen um acht. Und zwar pünktlich.« Er wandte sich an Mattia. »Das gilt für dich übrigens genauso, du dreckiger Nichtsnutz! Pünktlich, verfluchte Hurenkacke!«, raunzte er ihn an. Dann verschwand er.

»Es lag wirklich an der Nockenwelle«, sagte Mattia, während Rocco das Rollgitter herunterzog. »Woher hast du das gewusst?«

»Ich bin Mechaniker.« Rocco zwinkerte ihm zu und lachte. »Und ich hatte einfach Glück.«

Auch Mattia lachte. »Hast du Lust auf ein Bier?«

Rocco freute sich über die Frage. Er hatte das ständige Alleinsein satt, und der Junge war der Erste, der für Tony arbeitete und nichts von einem Mafioso an sich hatte. »Warum nicht?«, erwiderte er herzlich.

Sie machten sich auf den Weg zu einer Kneipe mit gelb-rot gestreifter Markise. »Wie kommt es, dass du in der Werkstatt von Hundeschnauze arbeitest?«, fragte Rocco.

Mattia zuckte mit den Schultern. »Meine Mutter war Dienstmädchen im Haus von Señor Zappacosta … Vor zwei Jahren ist sie gestorben, und da hat Señor Zappacosta dafür gesorgt, dass ich bei Hundeschnauze einen Job kriege, und so …«

Rocco lauschte Mattia aufmerksam, doch plötzlich überkam ihn der unwiderstehliche Drang, sich umzudrehen, wie von einem Instinkt getrieben, so wie manche Tiere es tun, noch ehe sie einen Geruch oder ein Geräusch wahrnehmen. Einfach, weil sie es wissen.

Und da sah er sie. Sie war ein gutes Stück entfernt, doch er erkannte sie sofort. Sie trug ein himmelblaues Kleid. Schritt schnell voran, auf diese ihr eigene stolze Art, ihre offenen Haare wehten im Wind. Sie war noch schöner, als er sie in Erinnerung hatte. Rocco stockte der Atem, und er stand einen Moment wie erstarrt.

»Rosetta!« Er rannte los wie von der Tarantel gestochen.

»He! Wo willst du hin?«, rief Mattia ihm nach.

Aber seine Frage erreichte Rocco nicht mehr. »Rosetta!«, schrie Rocco noch einmal in dem Versuch, den Lärm des Hafens zu übertönen.

Doch Rosetta hörte ihn nicht und bog in eine Seitenstraße ein.

»Rosetta!« Rocco rannte weiter. »Rosetta!« Er lachte voller Vorfreude, sie gleich wiederzusehen.

Doch als er an der Straßenecke ankam, war sie verschwunden. Er rannte blindlings in die Menge, die sich dort auf der Straße drängte, stieß Menschen beiseite, sprang hoch, reckte den Kopf in dem Versuch herauszufinden, wo sie war. Er lief fünfzig Meter nach rechts. Dann blieb er stehen und schaute sich um. Vielleicht war sie ja erneut nach links abgebogen, in eine andere Gasse. Aber als er dort ankam, war sie auch dort nicht zu sehen. Oder sie war umgekehrt. Eilig lief er zurück. Nichts. Vollkommen außer Atem blieb er stehen.

Und dann war aus der Parallelstraße das metallische Quietschen der Tranvía auf den Schienen zu hören.

Ihm kam eine Idee, und er stürzte sich wieder in die Menge in Richtung der Schienen, lief zwischen ihnen den Wagen der Tranvía hinterher, doch sie entfernten sich schnell. Dann stolperte er in einer Schiene und schlug der Länge nach hin.

Während er sich hochrappelte, sah er im letzten Waggon das himmelblaue Kleid.

»Rosetta!«, schrie er. »Rosetta!«

Wieder rannte er los, ohne die geringste Chance, sie einzuholen. Doch Rocco ließ sich nicht entmutigen und lief weiter. Das Herz raste in seiner Brust, dass es ihm die Luft abschnürte.

An der nächsten Haltestelle der Tranvía krümmte er sich

erschöpft zusammen und schnappte nach Luft, ohne den Blick vom Strom der ausgestiegenen Fahrgäste zu nehmen.

Keine Spur von Rosetta.

Die Tranvía entfernte sich schnell und verlor sich im Straßenverkehr von Buenos Aires.

Rocco ließ sich auf die Knie fallen, er japste immer noch nach Luft.

»Fast hätte ich dich gefunden …«, sagte er leise.

Er schob eine Hand in die Tasche und umklammerte den Knopf.

»Geht es dir nicht gut, *amigo*?« Ein Mann beugte sich zu ihm hinunter.

Rocco blickte ihn an, ohne sein Gesicht zu erkennen. »Doch, doch … es geht mir sehr gut«, sagte er leise, mehr zu sich selbst. »Ich habe sie gefunden. Und beim nächsten Mal lasse ich sie nicht entkommen.«

»Wen hast du gefunden?«, fragte der Mann.

Rocco lachte, und ein tiefes Glücksgefühl breitete sich in ihm aus. »Die Nadel im Heuhaufen.«

33

Nach ihrer Entlassung fuhr Rosetta nach Hause und versicherte Tano, dass er sich wegen der Zahlung der Miete keine Sorgen machen müsse. Sie hatte noch genügend Geld und würde eine andere Arbeit finden.

Doch er reagierte vollkommen anders als erwartet.

»Beleidige mich nicht, dumme Gans!«, schimpfte Tano. »Die Miete kümmert mich einen Scheißdreck«, grummelte er auf seine grobe Art. »Ich bin froh, dass sie dich gefeuert haben.«

Rosetta traute ihren Ohren nicht.

»Was redest du denn da?«, fragte Assunta ebenso verwundert.

»Das war doch eine beschissene Arbeit«, antwortete Tano seiner Frau. »Riechst du denn nicht den Gestank, den sie immer noch am Leib hat? Blut! Verwesendes Fleisch!« Er wandte sich an Rosetta: »Was hörst du in der Nacht, wenn es dunkel ist? Die Grillen oder das Gebrüll dieser armen Kühe?«

Rosetta wandte den Blick ab. Tano hatte recht. Der Blutgeruch hatte sie stets verfolgt, und in ihren Ohren hallten immer noch die Schmerzensschreie der geschlachteten Tiere. Das Knarzen einer Bohle im Fußboden erinnerte sie jedes Mal an die Kruste des Todes, über die sie jeden Tag ging.

»Du bist diesen ganzen Dreck jetzt los, hast du das noch nicht kapiert?«, sagte Tano. »Jetzt kannst du dir etwas Besseres suchen.«

»Aber was?«

»Woher zum Henker soll ich das denn wissen!«, brauste Tony auf. »Versuch, deine Träume zu verwirklichen.«

»Aber ich … ich habe keine Träume …«

Tano betrachtete sie ernst. »Wenn du keine Träume hast, dann ist dein Leben nicht viel mehr wert als das von den Kühen im Matadero.«

Rosetta war empört. »Was wollt Ihr eigentlich von mir?«, rief sie.

Tano ließ seinen Blick eine Weile auf ihr ruhen. »Ich weiß, wer du bist«, sagte er schließlich. »Ich habe es vom ersten Moment an gewusst, als du deinen Fuß in dieses Haus gesetzt hast.« Immer noch blickte er sie an, erforschte mit seinen dunklen Augen ihre Seele. »Aber vielleicht weißt du nicht mehr, wer du bist«, murmelte er.

Rosetta war verwirrt. »Und wer bin ich?«

»Wer du bist?« Tanos Stimme war jetzt sanft. »Du bist ein Mädchen, das es fertigbringt, einem griesgrämigen Schuhmacher eine Gitarre zu schenken, nur um ihm seine Musik zurückzugeben.« Er schwieg einen Moment und ergriff dann ihre Hand und zog Rosetta an die Rückseite des Hauses bis zum Rosenstock von Ninnina. »Schau hin!«

»Was denn …?«, stammelte Rosetta, die nicht wusste, wie ihr geschah.

Tano deutete auf die Pflanze. »Schau hin, Himmelarschundzwirn! Mach die Augen auf und schau hin! Da!«

Rosetta beugte sich über die Pflanze und bemerkte erfreut, dass sich eine neue Knospe gebildet hatte, die sich gerade öffnete und in ihrem Inneren die weißen Blütenblätter einer kleinen Rose enthüllte.

»Hast du jetzt begriffen, wer du bist?« Tano starrte die Blüte an. »Du bist das da!« Vor Rührung versagte ihm die Stimme, und er schüttelte unbeholfen den Kopf, um die Tränen zurückzuhalten. »Sie ist nicht tot.«

Rosetta war sofort klar, dass er nicht von der Rose sprach.

»Denk darüber nach, was du kannst und was dir Freude bereitet«, sagte Tano leise. Und ehe er wieder mit ihr ins Haus ging, sagte er eindringlich: »Und dann mach es, verdammt noch mal!«

Eine gute halbe Stunde später stand Rosetta immer noch im Haus, wie gebannt von Tanos Worten: »Aber vielleicht weißt du nicht mehr, wer du bist.«

Rosetta ging auf, dass er recht hatte. Sie wusste, wer sie gewesen, nicht aber, wer sie jetzt war.

Ziellos verließ sie das Haus und lief durch die Straßen. Und während sie zwischen den ärmlichen Behausungen in Barracas umherirrte, wurde ihr klar, dass ihre Vergangenheit wie ein Käfig war, der sie gefangen hielt. Sie musste die Gitterstäbe sprengen, ohne auch nur eine Ahnung zu haben, wie sie das anstellen sollte. Aber falls es ihr nicht gelingen würde, würde sie sich ihr ganzes Leben lang eingesperrt fühlen. Sie beschleunigte ihren Schritt, als könnte sie so ihre Gedanken abschütteln, und gelangte schon bald zum Mercado Central de Frutos del País in Avellaneda. Sie liebte diesen Markt mit seiner Vielfalt an Waren, die hier feilgeboten wurden.

Die warme, stickige Luft war erfüllt von den Stimmen der Händler. Ihre Rufe in dieser so musikalischen Sprache, die Rosetta inzwischen immer besser verstand, klangen wie Melodien. Und dann gab es dort eine Vielzahl an Früchten, die sie nie zuvor gesehen hatte, in kräftig leuchtenden Farben und mit verführerischem Duft. Die Händler schnitten sie der Länge nach auf, um das reife Fruchtfleisch zu zeigen. Und dann stiegen intensive Gerüche auf, die sie einsog, manchmal süß, bisweilen so betörend, dass ihr davon schwindelte. Rosetta liebte es auch, das Verhalten der Kunden zu beobachten. Sie feilschten um jede Frucht, um jede Pflanze, um jede noch so kleine Sache, die sie erwerben wollten. Sie gestikulierten heftig und taten, als wollten sie gehen, und der Händler spielte mit und tat wiederum so, als liefe er ihnen hinterher und hielte sie auf. Es wirkte beinahe, als würden sie tanzen. Oder Theater spielen. Alles war gespielt, aber dennoch real, und die Atmosphäre war so heiter, dass sie Rosetta schnell wieder in gute Stimmung versetzte.

Doch dann fiel ihr Blick auf einen Händler, der etwas abseits seine Ware darbot, die genauso trist wirkte wie er selbst: zehn zerrupfte magere Hühner in winzigen Käfigen, jeder so klein, dass das Federvieh kaum hineinpasste. Hatte sie nicht eben noch gedacht, ihr Leben sei wie ein Käfig? In diesem Augenblick erkannte sie in den elenden Geschöpfen klar und deutlich sich selbst.

»Was willst du dafür haben?«, fragte sie den Händler.

»Für eines?«

»Nein, für alle.«

Eine Stunde später kehrte Rosetta mit zehn Hühnern, einem Hahn, zwei Holzpflöcken, Drahtzaun und Holzbrettern nach Hause zurück.

»Eier«, beschied sie Tano knapp, als sie sah, dass er schon wieder zu einem Fluch ansetzen wollte.

Rosetta ging in den Hinterhof und spannte den Drahtzaun zu einem Gehege drei Meter vom Riachuelo entfernt, damit die Hühner nicht vom vergifteten Wasser des Flusses tranken. Dann öffnete sie die Käfige. Die Hühner trippelten heraus und schlugen schwach mit den Flügeln. Einige konnten nach der langen Gefangenschaft kaum laufen. Ein Huhn fiel sogar hin und rappelte sich nur unter großen Schwierigkeiten auf.

»*Minchia*, die hier taugen noch nicht mal für eine Hühnerbrühe, von Eiern ganz zu schweigen!!«, brummte Tano.

»Sie müssen sich erst noch an die Freiheit gewöhnen!«, sagte Rosetta mehr in Bezug auf sich selbst. Und so verbrachte sie den Tag mit einem Lächeln auf den Lippen damit, einen provisorischen Hühnerstall zu bauen. Bei Sonnenuntergang schließlich liefen die meisten Hühner ohne Beschwerden herum.

Am Abend stellte Assunta bereits ein Omelett mit Zwiebeln auf den Tisch.

Eine Weile nach dem Essen hörten sie die Hühner mit einem Mal aufgeregt gackern. Tano stürmte als Erster nach draußen, dicht gefolgt von Rosetta und Assunta. Kaum hatten sie den Hinterhof betreten, sahen sie eine dunkle Gestalt, die ein Huhn bei den Füßen gepackt hatte, über den Zaun klettern.

»Hurensohn«, brüllte Tano und nahm die Verfolgung auf.

»Lass dich nicht für ein Huhn abstechen!«, rief Assunta ihm nach.

Rosetta folgte Tano über die Umzäunung und sah den Dieb gerade noch in einer Hütte verschwinden. Tano und sie trommelten mit den Fäusten gegen die Tür, sodass es wie Trommelschläge durch die Nacht hallte. Von dem Lärm geweckt, kamen mehrere Nachbarn aus ihren Behausungen.

Tano hob einen groben Stock auf und rammte ihn fest gegen die Tür, die daraufhin nachgab, als wäre sie aus Pappe.

Ihnen gegenüber stand ein magerer, schmutziger Mann mit einem langen Bart und zerlumpter Kleidung, in der Hand ein Messer. Er taumelte betrunken. Als er nach draußen stürmte, schwang er das Messer ziellos durch die Luft.

Tano traf ihn mit seinem Stock am Kopf, und der Mann fiel wie ein leerer Sack zu Boden.

In der Hütte gackerte das verschreckte Huhn aus vollem Halse. Rosetta packte es eilig und bemerkte beim Hinausgehen, dass es ein Ei gelegt hatte. Das sammelte sie ebenfalls ein.

Tano nahm das Messer des Mannes und presste ihm die Klinge an den Hals. »Ich bin Sizilianer!«, rief er mit grimmigem Blick all den Neugierigen zu, die sich in der Zwischenzeit auf der Straße versammelt hatten. »Und wir Sizilianer rufen nicht die Polizei, wir regeln unsere Angelegenheiten selbst. Sollte noch jemand versuchen, ein Huhn zu stehlen, schlachte ich ihn ab.« Dann drehte er sich nach Rosetta um. »Komm, wir gehen.«

Aber Rosetta war wie erstarrt angesichts der Armut dieser Leute und der Verzweiflung in ihren Gesichtern. Und mit einem Mal ging ihr auf, dass auch diese Menschen in zu kleinen, erdrückenden Käfigen gefangen waren. So wie sie. Und schlagartig kamen ihr die Bauern von Alcamo in Sizilien in den Sinn, die sie so abgrundtief gehasst hatte. Auch diese steckten in Käfigen. Ihr Gefängnis waren Armut und Unwissenheit. Nachdenklich ließ sie ihren Blick über die Menge gleiten, bis er an einer zerlumpten alten Frau hängenblieb, die etwas zu lutschen schien und dabei die Lippen bewegte, als wären sie aus Gummi. Wahrscheinlich hatte sie keinen einzigen Zahn mehr im Mund und kaute auf ihren Kiefern. Rosetta verspürte Mitleid und trat auf sie zu.

Die Alte duckte sich, als erwartete sie Schläge.

Rosetta legte ihr das Ei in die Hand, das sie aufgesammelt hatte.

Ungläubig starrte die Alte darauf, ohne sich zu rühren.

»Nehmt es«, sagte Rosetta.

»Aber … ich habe kein Geld«, stammelte die Alte.

»Es ist ein Geschenk.«

Die Alte starrte sie an. Dann klopfte sie flink mit einem Fingernagel ein Loch in die Schale und schlürfte das Ei gierig aus.

»Wir müssen nicht gegeneinander kämpfen«, rief Rosetta den Leuten zu. Genauso gut hätte sie diesen Satz auch zu den Bauern in Alcamo sagen können. Denn das war der richtige Weg, es konnte keinen anderen geben, als *basta* zu sagen, zu sagen: Es reicht. Sie mussten aufhören mit diesem Hass. Mussten die Gitter der Käfige aufbrechen. »Wir leiden alle Hunger«, sprach sie laut ihre Gedanken aus. Es war ihr Herz, das endlich sprach. »Wir müssen uns gegenseitig unterstützen, nicht wie wütende Hunde aufeinander losgehen.«

Die Leute murmelten.

»Gott segne dich, Mädchen«, bedankte sich die Alte mit Tränen in den Augen, ihre Lippen leicht verschmiert mit Eidotter.

Rosetta lächelte sie an. Dann bahnte sie sich mit erhobenem Haupt, das Huhn unterm Arm, den Weg durch die Menge, Tano dicht auf den Fersen.

Nach wenigen Schritten brandete Beifall auf.

Schweigend machten sie sich auf den Heimweg. »Hast du jetzt verstanden, wer du bist?«, fragte Tano schließlich zu Hause.

»Noch nicht.«

Tano schüttelte den Kopf. Er sah zu Assunta und tippte sich mit dem Finger an die Schläfe. »Die ist bescheuert«, knurrte er und ging zu Bett.

Am nächsten Tag klopfte eine Frau um die sechzig an die Tür. Ihre Kleidung war mit einer dünnen Staubschicht bedeckt. Sie lächelte Rosetta an. »Ich habe dich gestern Abend gehört«, sagte sie. »Du suchst Arbeit, nicht wahr?« Sie streckte ihre Hände vor, deren Finger gekrümmt waren. »Ich habe Arthritis und kann den Teig nicht mehr so kneten wie früher. Ich brauche jemanden, der mir hilft.«

Noch am selben Tag zeigte Señora Chichizola Rosetta die Bäckerei, die sie mit ihrem Mann betrieb. Die Señora machte den Teig, und ihr Mann, der so lang und dünn wie eine Salzstange war, kümmerte sich ums Backen.

Rosetta schloss die Augen und atmete tief den süßen, staubigen Geruch nach Mehl, den sauren der Hefe und den aromatischen des im Ofen backenden Brotes ein.

In diesem Moment kam ihr Dolores in den Sinn. Eigentlich hatte sie die ganze Zeit an sie gedacht, und Rosetta wusste auch, warum: Weil sie in Dolores ein Abbild ihrer selbst gesehen hatte. Und weil sie bei dem Versuch, sie zu retten, das getan hatte, was ihr bei ihrer eigenen Vergewaltigung nicht gelungen war. Aber Dolores war noch dort, in dieser Hölle, diesem Käfig.

»Hast du jetzt verstanden, wer du bist?«, wiederholte sie sich leise Tanos Frage vom Vorabend.

»Was meinst du, Liebes?«, fragte Señora Chichizola.

»Ach, nichts«, erwiderte Rosetta lächelnd. Sie besprachen, dass Rosetta am nächsten Tag mit der Arbeit beginnen sollte, und dann machte Rosetta sich entschlossen auf den Weg zur Haltestelle der Tranvía.

Sie erreichte das Matadero zur Mittagspause und lief direkt zum Mäuerchen, nahm Dolores bei der Hand und zog sie, ohne auf deren Fragen einzugehen, hinter sich her zu Bonifacios Büro.

»Zahl sie aus«, sagte sie zu Bonifacio. »Sie geht.«

»Ich kann nicht … Nein …«, jammerte Dolores.

»Doch«, sagte Rosetta so entschieden, dass Dolores nicht mehr widersprach.

Als sie aus Bonifacios Büro kamen, hatten sich die Metzger im Hof versammelt. In der vordersten Reihe stand mit verschränkten Armen Leandro und grinste höhnisch.

»Wo willst du denn hin, Schlampe?«, fragte er Dolores.

Das Mädchen senkte den Kopf noch tiefer und lief langsamer.

Rosetta stellte sich schützend vor Dolores. »Scher dich zum Teufel, du Wurm«, sagte sie zu Leandro. »Du hast sie lange genug gequält. Sie geht jetzt, du aber bleibst und wirst hier verrotten.«

»Das werden wir ja sehen«, knurrte Leandro und hob drohend die Faust. »Du hast nicht verstanden, wie es hier drinnen läuft.« Er trat einen Schritt auf sie zu.

Einer der Metzger legte ihm eine Hand auf die Schulter.

»Verfluchte Scheiße, was soll das?«, fuhr Leandro ihn an und schüttelte die Hand ab.

Aber er konnte nicht weiter, weil ein zweiter ihn am Arm gepackt hatte. Und dann baute sich ein dritter vor ihm auf. Nacheinander stellten sich alle Metzger zwischen ihn und die beiden Frauen.

Schließlich erschien auch noch Bonifacio.

»Was zum Henker ist denn mit euch los?«, fragte Leandro deutlich weniger selbstsicher.

»Hör auf, wenn du deine Arbeit behalten willst«, sagte Bonifacio bestimmt. Dann blickte er zu Rosetta und Dolores und nickte knapp, als wollte er sich im Namen aller entschuldigen.

In Dolores' Augen standen Tränen, als sie sich abwandten und auf den Weg machten.

»Wohin fahren wir?«, fragte sie Rosetta in der Tranvía.

»Das wirst du schon sehen.« Rosetta lächelte geheimnisvoll, und dabei spürte sie, wie ihr das Herz vor Freude aufging.

Sie gingen auf direktem Weg zur Bäckerei, wo Rosetta Señora Chichizola Dolores vorstellte. »Sie braucht die Arbeit dringender als ich«, sagte sie schlicht.

Señora Chichizola sah Rosetta mit einer Mischung aus Erstaunen und Bewunderung an. Und nickte.

Rosetta strahlte über das ganze Gesicht. »Ich werde dich besuchen«, sagte sie glücklich zu Dolores, die nicht minder breit grinste, und kehrte nach Hause zurück.

Nach dem Abendessen zog sie sich in den Hinterhof zurück. Sie wollte ein wenig allein sein und auf das lauschen, was sie in ihrem Inneren bewegte. Die Hühner schliefen bereits im Stall, nur der Hahn neigte den Kopf und betrachtete sie neugierig.

Rosetta betrachtete den Himmel, der von der gerade versunkenen Sonne noch schwach rosa gefärbt war. Als sie die Hände hob, bemerkte sie an ihren Fingern einen Hauch von Mehlstaub.

Sie lächelte, als sie daran dachte, dass Dolores heute Abend bestimmt auch Spuren von Mehl an den Fingern haben würde. Und dass dieses Mehl mit der Zeit das Blut abtragen würde. Mit jedem Tag ein bisschen mehr.

Sie fühlte sich leichter und auch selbst ein wenig von dem Blut befreit, dass von ihrem vergangenen Leben an ihr haftete.

Mit tiefem Vertrauen wandte sie den Blick wieder zum Horizont, der nun langsam dunkel wurde. Denn plötzlich wusste sie, dass sie eines Tages aufschauen und Rocco vor sich stehen sehen würde.

Und an dem Tag würde sie bereit sein, ihm zu erzählen, wer sie war.

34

In der grauen Stunde zwischen Nacht und Morgen stürmte Amos ins Black Cat. Fünf Männer begleiteten ihn.

Francés, der gerade die Tageseinnahmen zählte, schaute ihn überrascht aus seinen müden Augen an.

Lepke hinter der Theke erstarrte.

Im Lokal war nur noch ein Kunde. Amos packte ihn am Arm und zerrte ihn vor die Tür des Black Cat. »Geh schlafen, es ist schon spät«, befahl er.

Der Mann taumelte betrunken davon.

»Was fällt dir ein, *polák*?« Francés erhob sich.

Amos gab seinen Männern ein Zeichen, die Fensterläden zur Straße zu schließen. Dann zogen sie von innen das Rollgitter der Eingangstür herunter, sodass niemand von außen sehen konnte, was vor sich ging.

»Verfluchte Scheiße, was tust du da?« Francés' Stimme war seine Unsicherheit deutlich anzumerken.

Lepke schob seinen Arm flugs unter die Theke, aber einer von Amos' Männern setzte ihm sofort eine Pistole an den Kopf.

»Her damit!«, fuhr Amos Lepke an.

Lepke übergab ihm ein Gewehr. Amos riss es ihm aus der Hand und schlug ihm den Kolben brutal ins Gesicht.

Lepke schleuderte nach hinten gegen die Regale mit den Flaschen, von denen eine klirrend zu Boden fiel.

»*Schalom Aleichem.*« Amos grinste bösartig. »Du solltest unter deinen Leuten bleiben, Jude, anstatt dich mit diesen armseligen Kerlen abzugeben, die zu viel Haut an ihrem Schwanz haben.«

»Ich mache lieber mit ihm Geschäfte als mit einem Drecksack wie dir, der das Fleisch seines eigenen Volkes verschachert«, entgegnete Lepke und wischte sich das Blut ab, das aus seiner Oberlippe quoll.

»Unser Gesetz schreibt doch vor, dass Fleisch koscher sein soll, oder nicht?«, antwortete Amos gelassen. »Also, so gesehen gibt es an meinen Mädchen nichts auszusetzen. Das Fleisch ist koscher.«

»Was willst du?«, mischte sich Francés ein. »Komm endlich zur Sache.«

Amos stellte das Gewehr bei einem seiner Männer ab und drehte sich dann langsam um. Mit zu schmalen Schlitzen verengten Augen nahm er Francés ins Visier, wie ein Jäger, der seine Beute gestellt hat und gleich abdrücken wird. »Wo ist das Mädchen?«

»Welches Mädchen?«, gab Francés sich unwissend.

In diesem Moment schnellte Amos vor und packte ihn an der Kehle.

Francés versuchte sich zu befreien, schnappte nach Luft, und sein Gesicht verfärbte sich rot.

Doch genauso unvermittelt, wie er zugepackt hatte, löste Amos seinen Griff.

Francés krümmte sich und griff sich hustend an den Hals. »Du … bist … wahnsinnig«, flüsterte er.

Amos trat ihm gegen den Knöchel, sodass Francés auf den Rücken fiel. Dann stellte er ihm einen Stiefel auf die Brust. »Also? Ich wiederhole meine Fragen nur ungern: Wo ist das Mädchen?«

»Ich weiß es nicht.«

»Falsche Antwort.« Amos trat ihm ins Gesicht und stellte dann wieder den Fuß auf seine Brust.

»Ich weiß es nicht … Ich schwöre es«, stammelte Francés mit blutender Nase. »Sie war hier … aber ich habe sie rausgeschmissen.«

»Und was hat sie gesagt?« Amos erhöhte den Druck seines Stiefels.

»Nichts.«

Amos hob den Fuß und stieß ihn Francés mit aller Kraft in den Magen.

Dieser stöhnte auf und spuckte Schleim.

»Hat sie dir nicht erzählt, dass sie was beobachtet hat?«, bohrte Amos nach.

Francés gab keine Antwort.

Amos nickte lächelnd. »Gut. Wem hat sie noch davon erzählt?«

»Niemandem.«

Wieder trat Amos zu, fester diesmal. Und stellte dann den Stiefel auf Francés' Kehle.

Francés keuchte.

»Ich war dabei«, sagte Lepke.

»Du bist immer dabei«, sagte Amos unter höhnischem Gelächter. »Ihr seid das reinste Brautpaar.«

Seine Männer lachten.

»Holt die Nutten runter«, befahl Amos gleich darauf ernst. Dann packte er Francés am Jackenaufschlag, zerrte ihn vom Boden hoch und weiter bis zur Theke, wo er Francés' Gesicht auf die Platte schlug.

Lepke blieb nichts, als hilflos zuzusehen.

Dann kamen die Männer mit den verängstigten Mädchen nach unten, von denen einige immer noch ihre Kellnerinnen-Uniform trugen. Die Männer trieben sie auf eine Seite des Raumes. Dann packten zwei von ihnen Francés an den Armen, sodass er mit dem Gesicht nach unten auf dem Tresen lag und sich nicht rühren konnte.

Amos nahm sein Messer, ließ es unter Francés' Gürtel gleiten und schnitt ihn durch. Dann zerrte er ihm die Hose herunter und entblößte sein Gesäß. »Du hast versucht, mich zu ficken und mir eine Nutte abzuluchsen«, zischte er ihm ins Ohr. »Und jetzt ficke ich dich.« Mit einem Tritt spreizte er ihm die Beine. Dann nahm er Lepkes Gewehr, setzte den Lauf zwischen den Pobacken an und stieß unvermittelt zu.

Francés schrie auf. Einige Mädchen kreischten, eine fing an zu schluchzen.

Amos ließ seine ganze Wut an Francés aus, bis er endlich das Gewehr wieder herauszog.

In dem Moment öffnete Lepke eine Zigarrenschachtel, holte eine Pistole heraus und richtete sie auf Amos.

Aber Amos war schneller und feuerte ihm eine Gewehrladung in die Brust.

Noch während er mit weit aufgerissenen Augen nach hinten prallte, feuerte Lepke einen Schuss ab, der jedoch ins Leere ging. Auf seinem weißen Hemd breitete sich ein roter Fleck aus wie eine erblühende Knospe.

Die Mädchen drängten sich kreischend aneinander.

»Schnauze!«, schrie Amos, und die Mädchen waren sofort still.

»Francés ist erledigt«, sagte Amos, ohne seinen Widersacher aus den Augen zu lassen. Dann gab er den beiden Männern ein Zeichen, woraufhin sie Francés' Arme losließen. Sofort sank Francés zu Boden, das Gesicht vor Schmerzen verzerrt.

»Der ist erledigt«, wiederholte Amos in Richtung der Mädchen. »Und wer bei ihm bleibt, wird genauso enden wie er. Genau wie jeder, der etwas über das Mädchen erfährt, das ich suche, und es mir nicht gleich erzählt. Sagt das allen weiter.« Er hob den Gewehrkolben und ließ ihn so hart auf Francés' Schädel sausen, dass dieser das Bewusstsein verlor. Amos nahm eine Flasche Cognac und leerte sie über ihm aus. Dann postierte er sich am Ausgang des Black Cat, während seine Männer alle anderen Flaschen zerschlugen.

Als das Lokal schließlich mit Alkohol getränkt war, zogen die Männer das Rollgitter am Eingang hoch.

»Diesen verdammten Laden habe ich noch nie gemocht«, sagte Amos mit einem boshaften Grinsen. Darauf zündete er ein Streichholz an und warf es auf den Boden.

Der Alkohol begann sofort zu brennen, die Flamme breitete sich rasend schnell aus, glitt zwischen den Flaschenscherben und Marmortischchen zu den Wänden und fraß sich dort an den Wandbehängen und Vorhängen nach oben.

Und auf Francés zu, der immer noch bewusstlos am Boden lag.

»Raus!«, rief Amos den Prostituierten zu. Die Flammen ließen seine grausamen Augen feuerrot auflodern.

Die Mädchen rannten panisch nach draußen und waren sogleich in der Dunkelheit verschwunden.

Amos warf Francés noch einen letzten Blick zu.

»Und dich habe ich auch noch nie gemocht«, zischte er. »Jetzt krepier.«

Dann folgte er seinen Männern nach draußen und zog das Rollgitter wieder zu.

Drinnen im Black Cat war nur das unheilvolle Prasseln des Feuers zu hören.

35

Die ersten beiden Tage hatte Raquel in der *boliche* gegessen, dann aber war ihr Geld aufgebraucht.

»Gebt mir Arbeit. Ich wasche ab, koche, kehre den Boden …«, hatte sie zu der dicken Frau gesagt.

Doch die Frau hatte sie weggejagt. »Bei mir gibt es Essen, aber keine Arbeit. Also verschwinde, wenn du kein Geld hast, es zu bezahlen.«

Und jetzt, nachdem sie zwei Tage auf der Suche nach Arbeit und ohne Essen durch die Stadt geirrt war, nagte ein quälender Hunger an Raquel. Sie fühlte sich an die Zeit in ihrem *schtetl* erinnert, wenn sie im Winter Not gelitten hatten. Doch damals war ihr Vater noch bei ihr gewesen, jetzt aber war sie allein in einer ihr unbekannten feindlichen Welt.

Um sie herum tobte das Leben. Es herrschte vorweihnachtliche Stimmung. Obwohl Sommer war, waren die Auslagen der Geschäfte mit künstlichem Schnee dekoriert. Elegant gekleidete Damen schlenderten in Seidenkleidern durch die Stadt und trugen weihnachtlich verpackte Päckchen, gefolgt von lächelnden Kindern, die es kaum erwarten konnten, ihre Geschenke auszupacken. Männer in zweireihigen Anzügen unterschrieben in den Geschäften Schecks für die letzten Einkäufe. Scharenweise Bettler mit tief eingefallenen Augen und geöffneten Mündern bevölkerten die Bürgersteige wie Heuschrecken und streckten jedem flehend ihre Hände entgegen. An jeder Straßenecke war Musik zu hören, überall gab es Stände mit Essen.

Je mehr Essen sie sah und je mehr köstliche Gerüche ihr in die Nase stiegen, desto schwächer fühlte sich Raquel.

Erschöpft ließ sie sich auf eine Bank fallen. »Warum bin ich noch am Leben, Vater?«, fragte sie leise.

Sie nahm die Zeitung zur Hand mit dem Artikel über den kleinen Jungen, der fünf Tage unter den Trümmern ohne Wasser und Nahrung überlebt hatte. Sorgfältig studierte sie jedes Detail. Die Straße in Rosario, wo das Ganze passiert war. Die Namen der elf Opfer. Die Aussagen der Nachbarn. Und sie dachte an die Worte der Bettlerin: »Gott muss diesem kleinen Jungen eine sehr wichtige Aufgabe anvertraut haben, die er in seinem Leben erfüllen soll!«

»Was ist mit mir … warum bin ich noch am Leben?«, fragte sie erneut.

Doch sie erhielt keine Antwort.

Nach einer Weile machte sie sich wieder auf den Weg, fragte in jedem Laden nach Arbeit. Aber niemand schenkte ihr Gehör.

Erschöpft und ausgehungert wühlte sie sogar im Müll und aß die Schalen einer verfaulten Frucht. Doch danach war sie noch hungriger als vorher. Inzwischen konnte sie sich kaum noch auf den Beinen halten. Da überwand sie ihre Scham, streckte die Hand vor und bettelte. Manch einer, der an ihr vorüberkam, sagte voller Verachtung: »Geh arbeiten, faules Gör.« Doch Raquel war zu erschöpft, um zu protestieren.

Sie erhielt keine einzige Münze. Vollkommen verzweifelt machte sie sich auf den Weg zu einem Verkaufsstand und griff sich einen Laib Brot. Dann lief sie davon, so schnell ihre Kräfte es ihr erlaubten. Noch im Rennen biss sie in das Brot, voller Furcht, dass man sie einholen und ihr die armselige Mahlzeit wieder fortnehmen könnte.

Am Abend schleppte sie sich hoffnungslos in die Armenviertel zurück. Sie war früh genug zurück und fand eine freie

Bank im Parque Pereyra. Darauf streckte sie sich aus und wartete auf die Nacht.

Doch kurz darauf baute sich ein über und über verdreckter Mann vor ihr auf und sagte: »Das ist mein Platz. Verschwinde!«

Raquel widersprach: »Ich war zuerst da.«

Der Mann packte sie an den Haaren und warf sie ohne ein weiteres Wort einfach zu Boden.

Raquel zog sich verängstigt in eine Ecke des Parks zurück, wo sie sich an den Stamm eines Baums lehnte und weinte. In der Nacht kamen Wolken auf, die den Mond verschleierten und einen kurzen, aber heftigen Regenschauer niedergehen ließen.

Als am nächsten Morgen die Sonne aufging, war Raquel steif vor Nässe und Kälte. Sobald die anderen Bettler den Park verließen, ließ sie sich auf einer Bank von der Sonne trocknen. Auch die Zeitungen, die sie am Leib trug, waren durchnässt. Raquel breitete sie Blatt für Blatt auf der Bank aus, bemüht, sie nicht zu zerreißen. Inzwischen kannte sie alle Artikel auswendig, aber sie behielt sie, weil sie ihr Gesellschaft leisteten. Vor allem der Beitrag über den Jungen, der unter den Trümmern überlebt hatte. In gewisser Weise kam es ihr so vor, als würde sie seine Geschichte selbst erleben.

Wenn du so weitermachst, wirst du noch genauso verrückt wie diese Bettlerin, dachte sie.

Unterdessen nahmen zwei Männer auf der Bank nebenan Platz, nachdem sie ihr einen angeekelten Blick zugeworfen hatten. Einer von ihnen schlug eine Zeitung auf und rief kurz darauf aus: »Oh! Hab ich es doch gewusst! Das war doch klar.«

»Was?«, fragte sein Freund.

»Es war eine Hure«, antwortete der andere.

»Wer?

»Die Leiche.«

»Was für eine Leiche?«

Der Mann sah seinen Freund an. »Hast du wirklich nichts davon mitbekommen?«, fragte er überrascht. »Da bist du dann aber bestimmt der Einzige in ganz Buenos Aires.«

»Was war denn los?«

»Vor kurzem wurde im Riachuelo in der Gegend, wo die Gerbereien sind, eine Leiche gefunden«, erklärte der Mann. »Sie war vollkommen entstellt, du weißt schon, wegen der Säuren im Wasser. Eine Frau, die keiner kannte. Aber eins ist doch sicher: Wer endet denn schon mit dem Gesicht nach unten im Riachuelo? Eine anständige Frau etwa? Ich bitte dich!« Empört schlug er mit der Hand auf die Zeitung. »Und jetzt machen die Behörden die große Entdeckung! Sie war eine Hure. Was für eine Überraschung!«

Raquel fühlte sich unwohl, ignorierte aber den Impuls, aufzustehen und zu gehen. Diesem Mann nicht zuzuhören. Stattdessen blieb sie wie erstarrt auf ihrer Bank.

»Und wie haben sie das herausgefunden?«, fragte der andere Mann.

»Durch eine Autopsie«, antwortete der Freund. »Die Frau wurde mit einem Messerstich in den Bauch getötet …«

Raquel spürte, wie ihr Herz sich zusammenkrampfte.

»Und nun haben sie entdeckt, was durch die Säuren zunächst verborgen war«, fuhr der Mann fort. »Sie hatte einen großen Schnitt auf der Wange. Damit zeichnen die jüdischen Zuhälter widerspenstige Huren.«

»Also war sie nicht nur Hure«, scherzte der andere. »Auch noch Jüdin!«

Raquel sprang auf. »Sie war keine Hure!«, schrie sie zornig.

Die beiden Männer sahen sie überrascht an. Dann begannen sie laut zu lachen.

»Verschwinde, wenn du nicht willst, dass ich dich in den Hintern trete, du freches Gör«, sagte der Mann mit der Zeitung.

Ein quälender Schmerz wütete in ihrem Inneren, doch Raquel beschloss zu gehen. Sie nahm den Artikel von dem Jungen und warf den Männern einen letzten Blick zu. Die beiden schienen ihr keinerlei Aufmerksamkeit mehr entgegenzubringen und hatten die Zeitung unbeachtet auf der Bank abgelegt. Sie schnellte vor, griff nach der Zeitung und rannte mit den wüsten Beschimpfungen der beiden im Ohr davon.

Sie rannte, bis sie zu einer einsamen Gasse gelangte, wo sie hinter zwei überquellenden Mülltonnen zusammensank. »Tamar … Tamar«, flüsterte sie, während sie versuchte, das Bild des von Säure zerfressenen Gesichts ihrer Freundin, das einst so wunderschön gewesen war, aus ihrem Kopf zu verbannen. »Ihr elenden Drecksäcke, verflucht sollt ihr sein«, schrie sie laut.

Schluchzend verharrte sie in ihrem Versteck. Als keine Tränen mehr übrig waren, stieß sie einen tiefen Seufzer aus und las den Artikel über Tamar. Offenbar wussten die Behörden nichts über die Identität des Opfers. Sie kannten den Namen nicht, waren aber überzeugt, dass es sich um eine Jüdin handelte. Der Artikel besagte weiterhin, dass die jüdische Gemeinde Zuhältern und Huren die Möglichkeit verwehrte, auf ihrem Friedhof begraben zu werden. »*Weil sie eine Schande für uns sind*«, sagte eine Frau, die befragt worden war. »*Aber wir in der jüdischen Gemeinde bleiben nicht untätig. In den Straßen des Viertels haben wir Plakate aufgehängt, die dazu auffordern, den Zuhältern keine Räumlichkeiten zu vermieten und ihre Bordelle nicht zu besuchen. Und wir bieten den Mädchen, die als Huren arbeiten, Hilfe an. Aber das ist nicht so einfach …*«

Wütend ließ Raquel ihre Faust auf den Artikel niedersausen. Das waren doch nur leere Worte! In Wahrheit betrachteten diese Leute Mädchen wie Tamar als Aussätzige. In Wahrheit konnten Menschen wie Amos weiterhin ungestört osteuropäische Dörfer heimsuchen, um ihre Bordelle mit neuen Mädchen zu beliefern. Und in Wahrheit waren diese Bordelle immer voll mit Kunden, die vorgaben, nichts davon zu wissen.

Voller Wut und Schmerz setzte Raquel ihre Lektüre fort. Der Artikel besagte, dass Tamar in aller Stille auf einem Friedhof am Stadtrand begraben worden war, den *vom rechten Weg abgekommene Juden*, wie der Autor sie nannte, auf eigene Kosten angelegt hatten. Raquel merkte sich die Adresse und machte sich auf den Weg.

»Señor, wisst Ihr, wo das Grab dieser Frau ist, die man im Riachuelo gefunden hat?«, fragte sie den Wächter am Friedhofstor.

»Wer bist du?«, fragte der Mann zurück. »Was geht dich das an? Kanntest du sie?«

Raquel wurde im selben Moment klar, dass der Wächter für die *Sociedad Israelita de Socorros Mutuos Varsovia* arbeitete. Für Amos. Oder für einen anderen dieser Drecksäcke. Und die würde er sofort informieren, wenn jemand das Grab Tamars besuchte.

»Ich war einfach neugierig«, antwortete sie ausweichend.

»Kümmere dich um deine eigenen Angelegenheiten, Mädchen. Das hier ist ein Friedhof, kein Vergnügungspark.«

Raquel schlich davon, blieb aber hinter der nächsten Ecke hinter der Friedhofsmauer stehen und sang leise das *kaddisch*, weil sie überzeugt war, dass niemand Tamars Seele mit diesem Totengebet in die Arme des Herrn begleitet hatte. Dann warf sie einen Stein über die Mauer.

»Herr der Welt«, betete sie, »bringe den Stein mit deinem Atem zu Tamars Grab.«

Doch anschließend fühlte sie sich keineswegs besser, im Gegenteil. In ihr brannte eine finstere Wut wie Salz in einer offenen Wunde.

Ziellos lief sie los, bis sie sich plötzlich an einer Ecke der Avenida Junín in der Nähe des Chorizo wiederfand. Mit geballten Fäusten blieb sie stehen. Die Freier kamen und gingen, vielleicht hatte ja einer von ihnen nach Tamar gefragt. Dann hatte Amos ihm sicher eine Lüge aufgetischt und ihm ein anderes Mädchen angeboten. Was machte das schon für einen Unterschied? Sie waren alle jung, alle schön, mussten alle die Beine breitmachen und jeden Wunsch erfüllen. Sie waren Puppen, keine Menschen. Sie waren Fleisch, keine Seelen. Niemand kannte ihre Namen. Und niemand interessierte sich dafür. Nicht einmal, wenn man sie begrub. Aber mit Tamar wird das anders sein, dachte Raquel wütend.

Wieder zog sie den Artikel hervor und las ihn auf der Suche nach einer bestimmten Information.

»Die Untersuchung wird von Capitán Augustín Ramírez geleitet. Wer Informationen zum Fall hat, kann sich an das Kommissariat in der Avenida de la Plata 53 wenden.«

»Ihr werdet dafür bezahlen«, knurrte Raquel grimmig. Entschlossen machte sie sich auf den Weg.

Die Avenida de la Plata erwies sich als breite lange Straße. Nummer 53 lag direkt an der Kreuzung zur Avenida de las Casas. Das Polizeigebäude war dunkel, wuchtig, drei Stockwerke hoch, mit Säulen und Friesen, die es schwer und düster wirken ließen. Zwei Polizisten bewachten den Eingang.

Raquel blieb stehen. Beim Anblick der Uniformen und Schlagstöcke sank ihr Mut. In Russland war eine Uniform für Juden gleichbedeutend mit Ärger, Verfolgung, Ungerechtigkeit. Aber das hier ist ein freies Land, sagte sie sich. Und es ist für Tamar! Entschlossen überquerte sie die Straße und stieg mit gesenktem Kopf die fünf Stufen zum Kommissariat hoch.

Einer der Polizisten versperrte ihr den Weg mit einem Schlagstock. »Was willst du, Mädchen?«

Raquel machte sich noch kleiner. »Ich muss mit Capitán Ramírez sprechen.«

»Und was musst du ihm sagen?«, fragte der Polizist, ohne den Schlagstock wegzuziehen.

Raquels Herz pochte heftig in ihrer Brust. »Ich muss ...

also, ich muss ihm sagen, wer die Frau ist, die man im Riachuelo gefunden hat. Und …«, keuchte sie atemlos, als wäre sie gerannt, »wer sie umgebracht hat.«

Der Polizist senkte langsam den Schlagstock. Dann wandte er sich an seinen Kollegen. »Hol den Capitán her. Sofort«, befahl er. »Ich bringe sie nach unten. Und zu keinem ein Wort.«

Der andere Mann nickte und verschwand in dem Gebäude.

Der Polizist steckte lächelnd den Schlagstock in seinen Gürtel und legte Raquel eine Hand auf die Schulter. »Komm mit.« Er führte sie ins Kommissariat und dort in einen Raum im Souterrain. »Warte hier.«

Das Zimmer war leer bis auf vier Stühle und einen Tisch, der nahe an der Wand stand. Darüber befand sich ein kleines, schmales Fenster, das auf den Bürgersteig ging.

Der Polizist zeigte auf einen der Stühle. »Setz dich dorthin. Der Capitán wird gleich da sein. Ich warte draußen.«

Seine Worte beunruhigten Raquel zutiefst, ohne dass sie sagen konnte, warum.

Der Polizist ging hinaus und schloss die Tür hinter sich.

Raquel setzte sich. Ihre Aufregung wuchs mit jeder Sekunde.

Dann waren schwere Schritte vor der Tür zu hören.

»*Capitán*«, sagte draußen der Polizist.

»Wo ist sie?«, bellte eine heisere Stimme.

Raquel stand auf und ging zur Tür.

»Da drinnen«, antwortete der Polizist.

»Gut«, sagte der Capitán. »Sag ihm Bescheid. Und beeil dich!«

Raquel lief es eiskalt den Rücken hinunter. Sie lauschte den Schritten des Polizisten, die sich entfernten, und lief dann schnell zum Stuhl zurück und setzte sich darauf. Dann ging die Tür auf.

Im Rahmen stand ein Mann mit einem dicken Bauch, über

dem die Uniform mit den goldenen Knöpfen spannte. Sein Hals rollte sich in Speckwülsten über den Kragen, als wollte er zur Uniform hinausfließen. Sein Gesicht war breit und fleischig. Vor allem aber fiel Raquel ein erdbeerfarbenes Mal auf, das seine rechte Wange verunzierte, wie der obszöne Abdruck eines Lippenstiftmunds.

Raquel erkannte ihn sofort.

Der Capitán war Stammgast im Chorizo. Jeden Abend begrüßten er und Amos sich schulterklopfend, lachten und scherzten miteinander. Und einmal hatte Raquel beobachtet, wie Amos ihm einen Umschlag gab. Der Capitán hatte ihn geöffnet und Geld gezählt.

»Braves Mädchen«, sagte er grinsend. »Hier bist du genau richtig.«

Und in diesem Moment wusste Raquel, dass sie verloren war.

36

»Aus dem Weg! Aus dem Weg!«, rief ein Angestellter des Überseedampfers Regina Margherita di Savoia, kaum dass das Schiff angelegt hatte, und drängte die Passagiere weg, die vor dem *Hotel de Inmigrantes* in einer Schlange standen.

»Aus dem Weg!«, schrie auch Bernardo, der ihm in seiner glänzenden roten Jacke mit den goldfarbenen Tressen mit stolzgeschwellter Brust folgte. Er hielt den Arm des mit leerem Blick vor sich hin schauenden Mädchens umklammert, das er nach dem Willen des Barons noch einige Male vergewaltigt hatte, seit dieser es zu sich genommen hatte. Die Gewalt, die man ihr angetan hatte, und der Mord an ihrem Bruder schienen sie noch mehr in ihre eigene Welt verschlossen zu haben.

Kurz hinter ihr schob sich Baron Rivalta di Neroli in einem cremefarbenen Leinenanzug unter der Last seiner Leibesfülle schwerfällig voran. Er trug einen Strohhut, der die hässliche violette Narbe auf seiner Stirn größtenteils verdeckte.

Ihnen folgten zwei Matrosen, die einen schweren Metallwagen mit drei riesigen hellen Lederkoffern schoben, auf denen das Wappen des Barons prangte.

Die Leute wichen mit angewidertem Blick auf die plumpe Gestalt, die sich so unverfroren zwischen ihnen vordrängte, beiseite.

An den Tischen der Einwanderungsbehörde wurde die Gruppe ehrerbietig vom Leiter empfangen. Neben ihm stand ein Mann mit einem gepflegten Spitzbart in einem makellosen grauen Zweireiher. Dahinter wartete ein großer, kräftiger, einfach gekleideter Mann mit dumpfem Blick.

»*Yo soy el vicecónsul Maraini*«, stellte der Mann im Zweireiher sich vor.

»Ihr denkt doch nicht im Ernst, dass Ihr Spanisch mit mir sprechen dürft?«, fuhr ihn der Baron mit seiner schrillen Stimme an. »Nun, worauf warten wir noch? Sollen wir etwa den ganzen Tag hier vertrödeln?« Er musterte den Vizekonsul mit sichtlicher Verachtung.

»Nein … sicher nicht«, erklärte dieser hastig. Er wechselte schnell ein paar Worte mit dem Leiter der Einwanderungsbehörde. »Wir erledigen in Ruhe alle Formalitäten«, sagte er zum Baron.

»Um die Formalitäten kümmert Ihr Euch«, meinte der Baron von oben herab. »Für solchen Unsinn habe ich keine Zeit. Gehen wir?«

»Natürlich«, versicherte der Vizekonsul.

»*¿Y la señorita?*« Der Leiter der Einwanderungsbehörde deutete auf das Mädchen.

»Sie gehört zu mir«, antwortete der Baron.

»Wir haben von dem Zwischenfall an Bord gehört«, sagte der Vizekonsul. »Vielleicht möchte die argentinische Polizei sie befragen.«

»Da gibt es nichts zu befragen. Sie war nicht anwesend«, entgegnete der Baron. »Außerdem, habt Ihr denn nicht bemerkt, dass sie nichts im Oberstübchen hat? Sie ist schwachsinnig.« Als wollte er sich korrigieren, fügte er hastig hinzu: »Die Ärmste.« Er streichelte sie wie ein Hündchen. »Ich kümmere mich um sie. Also gibt es keine Probleme.«

»*Bienvenido en Argentina, Excelencia*«, hieß ihn der Leiter mit einer leichten Verbeugung willkommen.

»Schon gut«, sagte der Baron mit näselnder Stimme und ging zur Tür.

Draußen luden zwei Träger die Koffer auf die Ladefläche eines schwarzen Lieferwagens, und Bernardo und das Mädchen setzten sich vorn in die Kabine neben den Fahrer. Die Träger sprangen hinten auf. Einige Meter weiter stand ein bordeauxfarbenes Auto mit einem Dach aus sandfarbenem Wachstuch und einer italienischen Flagge auf dem Kotflügel.

»Was ist das für ein Modell?«, fragte der Baron, während er darauf zuschritt.

»Selbstverständlich beste Qualität aus Italien«, antwortete der Vizekonsul stolz und öffnete dem Baron die Tür. »Ein Lancia Theta 35HP. Modell Torpedo Coloniale. Vier Zylinder, fünf Liter Hubraum. 17 000 Lire!«

»Nett«, bemerkte der Baron mit einem Seufzer und setzte sich. »Lucio D'Antonio, der größte Autohändler in Italien, hat mir einen Rolls-Royce Silver Ghost besorgt. Sechs Zylinder, siebeneinhalb Liter Hubraum. Und mit Euren 17 000 Lire hätte ich ihn nicht mal zur Hälfte bezahlen können.«

Der Vizekonsul nahm schweigend Platz.

Der kräftige Mann mit dem dumpfen Blick setzte sich hinter das Steuer des Wagens.

»Wisst Ihr, wo sich der *palacio* meiner lieben Freundin, der Fürstin de Altamura y Madreselva, befindet?«, fragte der Baron.

»Den kennt hier jeder«, antwortete der Vizekonsul. »Fahr los, Mario.«

Der Wagen setzte sich in Bewegung.

»Ihr seid also der Dummkopf, dem die Bäuerin entwischt ist?«, fragte der Baron.

Der Vizekonsul errötete gedemütigt, und einen Augenblick lang wirkte sein grauer Zweireiher genauso knittrig wie sein Gesicht. »Euer Gnaden, es hat einen Aufstand gegeben.« Er deutete auf den Fahrer. »Mario hat dabei zwei Zähne verloren.«

Mario drehte sich zu dem Baron um. Mit einem seiner dicken Finger hob er die Oberlippe an und entblößte je einen goldenen Eck- und Schneidezahn.

»Halt an!«, schrie der Baron mit einer noch schrilleren Stimme als gewöhnlich.

Mario fuhr an den Rand der Straße.

»Sieh mir ins Gesicht!«, befahl ihm der Baron.

Mario wandte sich zu ihm um und sah ihn mit seinem stumpfen Blick an.

Da nahm der Baron den Strohhut ab und fuhr sich mit dem Zeigefinger über die zerklüftete rote Narbe, die sich von der Stirn im Zickzack durch seinen schütteren Haarflaum zog. Sie glänzte, war noch entzündet und mit kleinen Pusteln bedeckt. »Was sind schon zwei lächerliche Zähne eines Dummkopfs gegen das hier?«, brüllte er. Mit hochrotem Gesicht fuhr er herum zum Vizekonsul und zischte ihm zu: »Unfähiger Kretin!« Sein Atem ging keuchend und schwer.

Mario starrte ihn immer noch an, nach wie vor reglos.

Wütend schlug der Baron ihm den Strohhut ins Gesicht. »Fahr schon!«

Als der Wagen sich wieder in den Verkehr eingefädelt hatte, fragte der Baron den Vizekonsul: »Habt Ihr die Unterlagen mitgebracht?«

»Gewiss, Euer Gnaden.« Er wies auf eine Ledermappe und machte sich daran, sie zu öffnen.

»Nicht jetzt«, hielt ihn der Baron gebieterisch auf.

Dann schwieg er, bis sie ein weißes elegantes Gebäude mit drei Stockwerken erreichten. Der Eingang war dem Renaissancestil nachempfunden, und sieben Stufen führten zu dem von zwei Säulen flankierten Hauptportal.

Kaum hatte der Wagen gehalten, erschien an der Tür ein Majordomus im Livree, mit einem Teint so blass wie eine Paraffinkerze. Sofort eilten zwei weitere Bedienstete heraus und halfen den Trägern beim Abladen der Koffer.

»Bernardo, folge ihnen«, befahl der Baron seinem Diener, als die Bediensteten und die Träger zum Hintereingang gingen. »Sie dagegen kommt mit mir.« Der Baron nahm das Mädchen am Arm und stieg die Stufen hinauf, wo der Majordomus ihn mit einer tiefen Verbeugung begrüßte.

»Willkommen, Baron.«

»Sei gegrüßt, Armando. Du siehst gut aus«, sagte der Baron.

»Ihr seid immer so überaus freundlich, mich zu bemerken«, antwortete der Majordomus geschliffen unterwürfig.

Der Baron betrat die Eingangshalle, deren Fenster durch schwere burgunderfarbene Samtvorhänge verhängt waren. Die mit grünem Stoff bespannten Wände zierten prachtvoll gerahmte Gemälde mit streng und sauertöpfisch wirkenden Männern und Frauen. Allen gemeinsam waren die langen, eingefallenen Gesichter, die nur durch die an den vorstehenden Wangenknochen gespannte Haut gehalten zu werden schienen. In der Luft lag ein köstlicher Duft von Vanille.

Der Baron schnupperte. »*Crème pâtissière?*«, fragte er.

»Du hattest schon immer eine feine Nase!«, rief eine Frau, die rechts von ihnen auftauchte. Sie war um die fünfzig, ihr Gesicht war ebenso lang und eingefallen wie die auf den Porträts in der Eingangshalle. Doch im Gegensatz zu diesen vermittelte die Frau Stärke. Und zwar nicht nur im übertragenen, sondern auch im körperlichen Sinn. Mit ihren breiten Schultern und kräftigen Händen wirkte sie zupackend. Ihre ganze Erscheinung konnte man als männlich bezeichnen.

»In meinem früheren Leben muss ich ein Jagdhund gewesen sein.« Der Baron breitete lachend die Arme aus. »*Ma chère*, wie lange ist das her!«

Mit einem schnellen Satz war die Fürstin bei ihm und umarmte ihn kurz, bevor sie mit der Begabung einer erfahrenen Schauspielerin im Handumdrehen zurück in die Rolle der kühlen Adligen schlüpfte, in der sie sich in der Öffentlichkeit präsentierte.

Der Baron nahm lächelnd ihre Hände. »*T'es un bijou*«, schmeichelte er ihr auf Französisch, der Sprache der vornehmen Welt.

Die Fürstin hatte nie geheiratet, und man munkelte, dass sie Frauen den Männern vorzog. Doch niemand wusste, was der Baron wusste. Als sie noch Kinder waren, hatte die Fürstin einmal ihre zarte Seidenunterhose heruntergestreift und ihm ihre Klitoris gezeigt, die so groß war wie der Penis eines Neugeborenen. »Ich hab auch einen«, hatte sie stolz zu ihm gesagt. Und da hatte es den Baron zum ersten Mal gereizt und gleichzeitig erschreckt, ein männliches Glied in die Hand nehmen zu wollen. Seit diesem Tag waren sie Freunde. Verbunden durch ihre Geheimnisse, da die Fürstin den Blick erkannt hatte, mit dem er ihren kleinen Penis angesehen hatte. Doch jenseits ihrer sexuellen Vorlieben hatten der Baron und die Fürstin eine weitere Gemeinsamkeit: den Hang zum Bösen. Für das es keinen anderen Anlass geben musste als pures Vergnügen. Ihre bevorzugten Opfer waren die Schwächsten und Schutzlosesten der Gesellschaft. Sie liebten das Böse, das in genussvoller Zerstörung endete. Sie hatten nie darüber gesprochen, aber das war auch nicht notwendig. Wenn sie einander in die Augen sahen, wie gerade eben, erkannten sie sich bis in die finstersten Abgründe ihrer verdorbenen Seelen.

»Ich habe dir ein kleines Geschenk mitgebracht«, sagte der Baron und ließ das Mädchen vortreten.

»Guten Tag, kleine Zigeunerin«, flüsterte die Fürstin. Sie musterte das Mädchen wie die Löwin die Antilope.

»Ich bin kein-ne Zi-geunerin«, stammelte das Mädchen mit ihrer kehligen, leiernden Stimme.

Die Fürstin legte überrascht eine Hand an die Brust. »Du bist ja wirklich köstlich!«, rief sie schließlich, als ihr aufging, dass das Mädchen zurückgeblieben war. Sie klopfte ihr scherzhaft an die Stirn: »Niemand zu Hause?«

»Ich bi-in da«, antwortete das Mädchen ernsthaft.

Die Fürstin lachte beglückt. »Du hättest dir doch keine Umstände machen müssen, *mon cher ami*«, wandte sie sich an den Baron, als hätte sie gerade einen Blumenstrauß oder eine Flasche Champagner erhalten.

»Hätte ich vielleicht mit leeren Händen kommen sollen?«, erwiderte der Baron mit der gleichen hinterhältigen Nonchalance und verbeugte sich leicht.

Der Blick der Fürstin heftete sich auf die Narbe auf seiner Stirn. Sie war brieflich über die Vorkommnisse informiert worden. »Das also hat dir diese Schlampe angetan.« Langsam streckte sie die Hand aus und fragte mit heiserer Stimme: »Darf ich sie berühren?«

Der Baron beugte sich weiter vor.

Kaum hatte ihre Hand die fleischig roten Wülste der Narbe berührt, öffnete die Fürstin lustvoll die Lippen.

Der Baron lächelte sie an, er wusste genau, welches Vergnügen er ihr zugestanden hatte.

»Verzeih mir mein schlechtes Benehmen.« Er deutete auf den Vizekonsul, der stocksteif mit der Aktenmappe in der Hand an der Tür stehen geblieben war und ihre Unterhaltung über das Mädchen mit wachsendem Entsetzen mitangehört hatte. »Wenn es dir recht ist, möchte ich seinen Bericht hören und ihn dann entlassen.«

»Vizekonsul Maraini, Ihr Diener, Fürstin«, sagte der Mann und verbeugte sich tiefer als nötig.

Die Fürstin würdigte ihn keines Blickes und sagte zum Baron: »Ah! Das ist also der Kretin, der sie hat entkommen lassen?«

Der Vizekonsul wurde noch kleiner in seinem Zweireiher.

»Kommt herein. Was bin ich doch für eine schlechte Gastgeberin!«, rief die Fürstin. Sie hakte sich beim Baron unter und nahm das Mädchen bei der Hand. »Du verwirrst mich immer so«, flüsterte sie ihm neckisch zu.

»Kommt schon«, befahl der Baron dem Vizekonsul.

Die Fürstin führte sie in einen kleinen Salon. In dem mit hellen Kirschbaumholz getäfelten Raum standen zwei Sofas und zwei Sessel, alle mit altrosa Damastbezügen. In der Mitte befand sich ein kleiner Lacktisch, in den eine Platte aus rosa und gelb geädertem Marmor eingelassen war. Den Boden bedeckte ein französischer Teppich mit einem Muster in Creme und Rosé. Es war, als würde man eine Bonbonniere betreten.

Das Mädchen riss verblüfft die Augen auf und brachte damit die Fürstin zum Lachen. Diese wandte sich an den Baron und legte bittend die Hände zusammen. »Darf ich zuhören? Das ist so aufregend, ganz so, als befände man sich mitten in einem Kriminalroman!«

»Gewiss, *ma chère*«, versicherte der Baron. Er deutete auf ein Sofa.

Die Fürstin ließ sich darauf nieder und zog das Mädchen neben sich.

Der Baron machte es sich auf einem Sessel bequem und wandte sich an den Vizekonsul, dem er keinen Platz angeboten hatte. »Beginnt mit Eurem Bericht«, sagte er.

»Nun«, flüsterte der Vizekonsul kaum hörbar und blätterte in den Unterlagen, die er der ledernen Aktenmappe entnommen hatte. »Wie ich Euch schon gesagt habe, gab es an jenem Tag eine Prügelei, einen regelrechten Aufstand. Die von der Polizei befragten Zeugen haben beinahe alle ausgesagt, dass sie plötzlich Schläge ausgeteilt und eingesteckt hätten, ohne zu wissen, warum.«

»Tiere«, sagte die Fürstin verächtlich. »Und die fordern die gleichen Rechte wie wir.«

»Was heißt ›beinahe alle‹?«, fragte der Baron misstrauisch.

»Hm, bei der Befragung gestand ein gewisser …«, der Vizekonsul sah wieder in seinen Unterlagen nach, »ein gewisser Natalino Locicero, dreißig Jahre alt, aus Palermo, dass die Schlägerei geplant war. Zwei seiner Freunde, die ebenfalls gerade eingereist waren und wie er verhaftet wurden, haben seine Version bestätigt. Die Schlägerei wurde angezettelt, um Rosetta Tricarico zu befreien.«

»Ich bi-in Rose-tta Trica-arico«, stammelte das Mädchen.

»Wie bitte?«, fragte der Vizekonsul verblüfft.

»Fahrt fort«, sagte der Baron unbeeindruckt.

»Sche-enkst du mir was Süßes, wenn ich das Kl-eid ausziehe?«

»Oh! Sie ist schon abgerichtet!« Die Fürstin lachte laut.

Der Baron wandte sich an den Vizekonsul: »Kommt endlich zur Sache!«

»Nun denn«, stotterte dieser. »Also, ein anderer Passagier soll Locicero angeworben haben mit dem Versprechen, ihn zu einem … Ehrenmann zu machen. In Diensten von Don Mimì Zappacosta«, stieß er hervor.

»Don Mimì Zappacosta«, murmelte der Baron nachdenklich. »Ein Mafioso aus Palermo. Ich habe schon von ihm gehört.« Er verstand den Zusammenhang nicht und blickte den Vizekonsul erwartungsvoll an. »Ja und?«

»Hier in Buenos Aires lebt auch ein Zappacosta«, erklärte der Vizekonsul. »Ich habe das überprüft. Tony Zappacosta. Das ist sein Neffe. Der Sohn seines früh verstorbenen Bruders. Er hat eine Import-Export-Firma. Und organisiert die Hilfsarbeiter auf Kai Nummer sieben im Hafen von La Boca. Aber eigentlich kennt man ihn … als Mafioso.« Der Vizekonsul sah den Baron an. »Vielleicht besteht ja eine Verbindung zu dem Mann, der die Befreiung Ros…« Er unterbrach sich mit einem Blick auf das Mädchen. »… also die Befreiung dieser Bäuerin geplant hat.«

Der Baron starrte ihn schweigend an. »Vielleicht seid Ihr doch weniger beschränkt als Ihr ausseht«, sagte er schließlich. »Ja, das könnte ein Hinweis sein. Wir müssen diesen Mann finden. Haben wir ihn, kommen wir auch an sie heran.« Er schlug sich freudig auf den Schenkel. »Organisiert ein Treffen mit diesem Tony Zappacosta.«

»Aber … ist das nicht gefährlich?«, wandte der Vizekonsul ein. »Sollte man nicht besser jemand anderen hinschicken, der …« Er verstummte.

»Jetzt ist mir vollkommen klar, wie Euch diese Bäuerin entkommen konnte. Ihr seid ein kleingeistiger Feigling«, sagte der Baron mit tiefster Verachtung. »Legt die Dokumente da auf das Tischchen und verschwindet. Meldet Euch, wenn Ihr das Treffen organisiert habt.«

Der Vizekonsul gehorchte und verließ unter mehreren Verbeugungen rückwärts den Raum, weniger aus übertriebener Unterwürfigkeit, sondern aus Angst, man könnte ihm ein Messer in den Rücken stoßen.

Die Fürstin beugte sich zum Baron vor. »Ein Mafioso! Wie aufregend!«, rief sie. »Ich werde mitkommen. Keine Widerrede.« Sie streckte die Hand aus und strich ihm zärtlich über die Narbe, wie eine Geliebte. »Das wird ein wunderbares Weihnachtsfest! Wir müssen diese Schlampe unbedingt finden! Ist sie hübsch?«

Der Baron nickte. »Sie sieht nicht aus wie eine Bäuerin.«

Den Lippen der Fürstin entfuhr ein Laut, etwas zwischen Raubtierknurren und Katzenschnurren. »Überlässt du sie mir?«

»Nein«, beschied der Baron knapp und entzog sich ihrer streichelnden Hand. »Sie gehört mir.«

Seine Gesichtszüge waren jetzt hart, und die Fürstin sah den Tod in seinen Augen.

37

»Er ist da«, rief der Polizist von der Tür in den Raum hinein, in dem Capitán Ramírez Raquel gefangen hielt.

Raquel war längst klar, dass Amos gekommen war.

»Er soll am Hintereingang auf uns warten«, sagte der Capitán. »Ich bringe sie dorthin.« Doch dann überlegte er es sich anders. »Nein, warte. Ich will erst noch mit ihm reden.« Er grinste. »Wir müssen noch die Bedingungen für die … Übergabe klären. Schließlich tun wir das nicht nur für seine hübsche Judenfresse, oder?« Er zwinkerte seinem Kollegen zu. Dann verließ er, gefolgt von dem Polizisten, den Raum. »Stell dich hier vor die Tür und lass niemanden rein«, befahl er, ehe die Tür sich schloss.

Als Raquel allein war, kauerte sie sich auf den Boden. Das war ihr Ende. Das Leben konnte so grausam sein. Es kam ihr so unsinnig vor, dass sie es so weit geschafft hatte, um dann hier zu sterben.

Sie presste die Knie gegen die Brust und machte sich so klein wie möglich, als wollte sie verschwinden oder als wollte sie ihren Bauch schützen, in den Amos gleich sein Messer rammen würde, um sie anschließend in das von Säure vergiftete Wasser des Riachuelo zu werfen. Als sie die Beine anzog, hörte sie etwas in ihrer Tasche rascheln. Die Zeitungsseite mit dem Bericht über den Jungen, der fünf Tage lang unter den Trümmern eines Hauses überlebt hatte. Weil Gott einen Plan für ihn hatte. Und plötzlich begriff Raquel, dass es Zeit für sie war, sich zu überzeugen, ob Gott auch für sie einen Plan hatte.

Entschlossen stand sie auf und sah sich um. Ihr Blick blieb am Fenster hängen. Mit einem winzigen Fenster hatte ihr Abenteuer begonnen. Und dieser Raum hatte auch so eins.

Raquel schob schnell den Tisch an die Wand, genau unter das Fenster, und kletterte darauf. Zuerst ließ es sich nicht öffnen, vermutlich hatte das schon seit Jahren niemand mehr versucht. Dann schwang es plötzlich mit einem lauten Quietschen auf. Raquel zuckte zusammen, weil sie fürchtete, dass der Polizist vor der Tür es gehört hatte.

Ihr schlug ein Schwall heißer Luft entgegen, die sich über dem von der Sonne beschienenen Bürgersteig aufgeheizt hatte. Sie klammerte sich am Rahmen fest und zog sich hoch, während sie sich mit den Füßen an der Wand abstieß. Schon bald streckte sie den Kopf nach draußen. Dann presste sie die Kiefer zusammen und schob sich mit aller Kraft vorwärts. Was, wenn sie hier steckenblieb wie in ihrem ehemaligen Heim? Hier hatte sie keinen pickligen Elias, der ihr helfen konnte. Sie zog sich auf den Ellenbogen über den aufgeweichten Asphalt des Bürgersteigs weiter bis zur Hüfte. Jetzt musste sie nur noch die Beine nachziehen. Aber wenn sie sich an der Wand abstieß, passten sie nicht durch, also ließ sie die Beine hängen und sammelte Kraft in den Armen. Noch ein kräftiger Ruck, dann wäre es geschafft.

In diesem Moment ging unten die Tür auf. Der Capitán war zurück.

»Scheiße, sie haut ab!«, schrie der Polizist.

»Schnapp sie dir, du Idiot!«, befahl der Capitán.

Eine Welle der Panik durchfuhr Raquel. Auf keinen Fall wollte sie sich nur einen Schritt von der Freiheit entfernt noch einfangen lassen! Sie stützte sich mit all ihrer Kraft ab, schürfte sich Hände und Ellenbogen auf und hörte, wie der Polizist auf den Tisch kletterte.

»Amos!«, schrie der Capitán zum Fenster hinaus. »Amos, sie klettert hier raus!«

Sie wandte den Blick zum Ende der Gasse, wo in der Tat Amos mit zwei Männern stand, die in ihre Richtung zeigten. Und dann spürte sie, wie die Hände des Polizisten sich um ihren Knöchel schlossen.

»Nein!«, schrie sie und strampelte und trat wie ein wildes Tier um sich.

Plötzlich stieß jemand einen Schmerzensschrei aus, und sie war frei.

»Jetzt schnapp sie dir doch, du Trottel!«, rief der Capitán.

Der Polizist versuchte erneut, sie zu packen, aber seine Hände streiften nur noch ihre Schuhsohlen. Und dann war sie draußen. Sie richtete sich auf und rannte sofort los. Die beiden Männer waren etwa zwanzig Meter hinter ihr, Amos lag noch weiter zurück.

»Schnappt sie euch! Lasst sie nicht entwischen!«, hörte sie ihn brüllen.

Raquel war immer schneller als die meisten Kinder in ihrem Dorf gewesen, doch jetzt waren erwachsene Männer hinter ihr her. Entsetzt vernahm sie, wie deren Schritte immer näher kamen.

Und dann geschah etwas Unglaubliches.

Plötzlich erfüllte Glockengeläut die Luft, und zeitgleich strömten Menschen fröhlich aus der benachbarten Kirche auf die Straße, wo sie stehen blieben und einander unter zahlreichen Umarmungen. »Frohe Weihnachten! Frohe Weihnachten!« wünschten.

Eilig tauchte Raquel in dieses unerwartete Hindernis ein.

Hinter sich vernahm sie Gerangel und murrende Proteste. »He, pass doch auf, wo du hinläufst! Idiot. Gleich setzt's was! Pass doch auf.«

Einen Moment später hatte Raquel sich durch die Menschenherde geschlängelt, und als sie an der nächsten Ecke abbog und einen Blick zurückwarf, konnte sie Amos und seine Männer nirgendwo entdecken. Sie rannte weiter, so schnell sie konnte, durch Straßen, auf denen sich immer mehr Leute drängten. Minuten später war sie am Ende ihrer Kräfte. Als sie wieder auf eine Ansammlung feiernder Menschen stieß, verlangsamte sie ihre Schritte, um zu Atem zu kommen. Aber erst in einem Vorort von Buenos Aires, den sie nicht kannte, blieb sie stehen. Das Schreien von Tieren dröhnte in ihren Ohren, und ein ekelhafter, stechender Geruch drang ihr in die Nase. Sie sah sich um. Und bemerkte ein Viehgatter. Dort schlüpfte sie hinein und kauerte sich in einer Ecke auf ein vor Dung stinkendes Strohlager.

»Ich bin am Leben«, sagte sie. Dann verlor sie das Bewusstsein.

Als sie die Augen wieder aufschlug, war es bereits dunkel.

Neben dem Gestank nach Dung lag nun der Duft von gebratenem Fleisch in der Luft. Stimmen waren zu hören und Lachen. Raquel kletterte aus dem Gatter und sah einige Männer um einen Grill stehen, auf dem Fleisch briet. Vorsichtig schlich sie näher.

»Ich habe Hunger … bitte …«, sagte sie, als sie ein Dutzend Schritte entfernt war.

»Verfluchte Scheiße!«, rief einer der Männer, der heftig zusammengezuckt war. »Du hast mir vielleicht einen Schrecken eingejagt, Mädchen!«, sagte er unter allgemeinem Gelächter.

Ein anderer Mann nahm ein Stück Fleisch vom Grill und warf es ihr zu, als wäre sie ein Straßenköter.

Raquel stürzte sich darauf und biss gierig hinein, obwohl es ihre Finger verbrannte.

»Fröhliche Weihnachten!«, rief der Mann.

»Fröhliche Weihnachten!«, erwiderte Raquel mit vollem Mund. Sie lief davon und stopfte immer wieder Brocken von

Fleisch in sich hinein. Wenig später war kein Fitzelchen mehr an dem Knochen, der im Licht der Straßenlaternen bleich in der Nacht leuchtete. Sie leckte sich die Finger ab, bis keine Spur Fett mehr daran war.

Und erst, während die Glocken von Buenos Aires feierlich verkündeten, dass Weihnachten war, konnte sie sich der entsetzlichen Angst stellen, die sie durchlitten hatte. »Aber ich bin am Leben«, wiederholte sie für sich. Sie holte den Zeitungsartikel von dem kleinen Jungen aus der Tasche und grinste. »Wir sind alle beide noch am Leben.«

Auf einer kleinen Bank im Park faltete sie das Blatt wieder sorgfältig zusammen, als ihr auf der Rückseite Stellenanzeigen ins Auge fielen. Neugierig las sie sie durch, doch leider war sie für fast keine der Arbeiten geeignet. Nur die Anzeige eines Lebensmittelgeschäfts, das einen Botenjungen suchte, und die der Buchhandlung *La Gaviota*, die Möwe, kamen infrage. Raquel schmunzelte. Wenn sie dort Arbeit fand, könnte sie ihren Traum verwirklichen und alle Romane lesen, die in ihrer Gemeinde verboten waren. Dann blieb ihr Blick an einer Anzeige hängen, die sie zum Lachen brachte. »*Wir kaufen Haare*«, stand da.

Raquel seufzte. Vielleicht hatte sie ja doch eine Zukunft.

Am Morgen machte sie sich auf die Suche nach der Buchhandlung in der Hoffnung, dass sie trotz der Feiertage geöffnet hatte. An der Kreuzung der Avenida Jujuy mit der Avenida San Juan sah sie an einem Haus ein Schild, das eine Möwe mit ausgebreiteten Flügeln zeigte, und lief darauf zu. Die Buchhandlung hatte geöffnet, und Raquel trat ohne zu zögern ein.

»Ich komme wegen der Anzeige«, stellte sie sich einem alten Mann mit einer runden Brille auf der Hakennase vor, der hinter der Kasse stand.

»Dann bist du hier falsch«, sagte er.

»Wieso?« Raquel hielt ihm die Zeitung unter die Nase. »Da steht es doch.«

»Und was steht da? Lies mal genau«, forderte der Alte sie auf.

»Junge, der lesen kann, als Ladenhilfe gesucht, auch ungelernt.«

»Genau«, bestätigte der Alte kopfnickend. »Junge. Nicht Mädchen.«

»Macht das einen Unterschied?«, fragte Raquel verblüfft.

»Ein Riesenunterschied. Frauen sind unzuverlässig. Früher oder später verschwinden sie oder lassen sich schwängern.«

»Das kann doch nicht Euer Ernst sein«, empörte sich Raquel.

»Das ist mein voller Ernst.«

»Versucht es mit mir. Ich liebe Bücher.«

»Aber meine Bücher lieben dich nicht«, beschied ihr der Alte barsch.

Raquel ließ ihren Blick über die vor Büchern überquellenden Regale gleiten. Vor Enttäuschung bildete sich ein Kloß in ihrem Hals. »Bitte …«

»Nein.« Der Mann ließ sich nicht erweichen.

»Der Teufel soll Euch holen«, stieß Raquel hervor und ging.

Doch so schnell gab sie nicht auf und versuchte ihr Glück mit der zweiten Anzeige. Sie machte sich auf den Weg zu dem Lebensmittelgeschäft in der Avenida Coronel Martiniano Chilavert am Rand von Nueva Pompeya.

»Wir nehmen keine Mädchen«, sagte der Eigentümer. »Frauen sind zu schwach. Die arbeiten nur halb so viel wie ein Mann.«

»Ich bin stark.«

»Das sieht man dir nicht an. Du bist dürr wie ein Hungerhaken. Außerdem bringen Frauen nur Probleme«, sagte der

Eigentümer. »Und jetzt verschwinde, Mädchen, oder es setzt einen Tritt in den Arsch.«

Begleitet von der Furcht, Amos in die Arme zu laufen, klapperte Raquel den ganzen Tag über Restaurants, Reinigungen und Gasthäuser ab, aber das Ergebnis war immer dasselbe: Für Mädchen gab es keine Arbeit.

»Warum bin ich nicht als Junge auf die Welt gekommen?«, schimpfte sie wütend.

Erschöpft fand sie schließlich in der Nähe des Hafens einen Platz zum Schlafen, wo sie sich zusammenrollte.

Als Raquel erwachte, regnete es, wie so oft. Und dann ging die Sonne auf, bald würde es heiß werden. Während sie den Zeitungsartikel von dem Jungen zum Trocknen ausbreitete, den sie wie einen Talisman hütete, fiel ihr Blick wieder auf diese merkwürdige Anzeige: »*Wir kaufen Haare. Barzahlung. Perückenwerkstatt* La Reina. *Avenida Neuquen, Caballito. In der Nähe des Kricketclubs*.«

»Sie sind dick und kraus«, erklärte eine Stunde später der Eigentümer der Perückenwerkstatt *La Reina*, ein Mann mit einem rötlichen Toupet auf dem Kopf, der Raquels Haare mit einem Vergrößerungsglas untersuchte.

»Ist das gut?«, fragte Raquel.

»Nein, das ist leider keine erstklassige Qualität«, erwiderte der Mann. »Aber dafür kann man sie leicht verarbeiten.« Er sah sie lächelnd an. »Ich will dich nicht runterhandeln. Aber ich kann dir dafür nicht so viel geben wie für das feine, blonde Haar einer Engländerin oder einer Deutschen, verstehst du?«

Raquel nickte.

»Sag mir erstmal, wie viel du verkaufen willst«, sagte der Mann.

»Wie viel? Was meinen Sie?«

»Zwanzig Zentimeter ist das Mindeste«, erklärte er. »Dann sind deine Haare immer noch ziemlich lang. Oder vierzig Zentimeter, das sieht dann auch noch recht ordentlich aus. Oder wir schneiden alles ab, aber dann bist du wirklich so gut wie kahl. Das ist zwar nicht gerade ein schöner Anblick, aber du bekommst einen besseren Preis. Je länger die Haare, desto mehr kann ich dir zahlen.«

»Alles ab!«, rief Raquel spontan.

Der Mann blickte sie überrascht an. »Bist du sicher? Alles?«

Raquel nickte.

»Gott segne dich, Mädchen!« Er lächelte glücklich. »Das kommt selten vor, musst du wissen. Und auch wenn deine Haare nicht von besonders guter Qualität sind, werde ich dir für diese Länge … fünfundsiebzig Peso bezahlen, weil du mir sympathisch bist. Dann machen wir beide ein gutes Geschäft. Einverstanden?«

»Fünfundsiebzig? Fünfundsiebzig sind sehr gut!« Raquel nickte begeistert.

»Ausgezeichnet. Aber zuerst müssen wir sie waschen. Ich meine … solange du sie noch auf dem Kopf hast.« Er lachte und übergab Raquel in die Hände seiner Frau, die ihr die Haare sehr gründlich wusch. Dann kämmte sie sie und teilte sie in Strähnen, die sie mit roten Stoffbändchen zusammenfasste.

»Gut, jetzt bist du bereit«, sagte der Mann und hieß Raquel auf einem drehbaren Friseurstuhl Platz zu nehmen. Innerhalb von wenigen Minuten hatte er ihr Strähne für Strähne alle Haare abgeschnitten. Als er fertig war, reichte er ihr einen Spiegel. »Da, schau dich an!«

Raquel starrte überrascht in den Spiegel. Der Anblick war unglaublich: Auf ihrem Kopf waren nur noch wenige Zentimeter kurze Stoppeln.

»Ich weiß, das sieht nicht gerade schön aus. Aber sie wachsen wieder nach«, sagte der Mann sanft. »Dafür hast du jetzt fünfundsiebzig Pesos in der Tasche.«

Raquel konnte sich nicht von ihrem Anblick lösen.

»Da, die schenke ich dir«, sagte der Mann und setzte ihr eine Baumwollkappe auf den Kopf. »So kannst du immer noch so tun, als hättest du sie noch darunter«, meinte er augenzwinkernd.

Raquel verließ die Perückenwerkstatt und ging schnurstracks in die *boliche* der dicken Frau. Es war früher Nachmittag.

Die Frau erkannte sie erst nicht.

»Ich bin's«, erwiderte Raquel.

»Wer ist ich …? Ach du bist es! Was hast du denn angestellt?«

»Ich habe mir die Haare schneiden lassen.«

»Jetzt bist du noch hässlicher als vorher.« Die Dicke lachte.

»Du kannst mich mal«, sagte Raquel. »Ich will was essen.«

»Kannst du zahlen?«

Raquel zeigte ihr die Rolle Pesos.

»Woher hast du denn so viel Geld?«, rief die Frau verblüfft.

»Das geht dich nichts an«, gab Raquel brüsk zurück. »Bring mir was zu essen. Eine ordentliche Portion.«

Raquel schlang alles hinunter, was vor sie auf den Tisch gestellt wurde. Sie bekam nicht mit, wie die Dicke das Lokal verließ und mit ein paar Jungen sprach. Und sie war so satt, als sie vom Tisch aufstand, dass sie den durchdringenden Blick nicht bemerkte, den die Frau ihr beim Hinausgehen zuwarf.

Und sie hörte auch die Schritte der Kinderbande nicht, die sie verfolgte.

Bis sie in einer menschenleeren Gasse auf einmal von diesen Kindern umzingelt war.

Sie fielen wie ein Rudel ausgehungerter Ratten über sie her, stießen sie zu Boden und wühlten in ihren Taschen, bis sie das Geld fanden, und schlugen jedes Mal auf sie ein, wenn sie sich wehrte oder schrie. Zuletzt hielten die Jungs sie fest, und einer schob seine Hand in ihre Hose und begrabschte sie zwischen den Beinen, aus purer Grausamkeit, nur um sie zu demütigen.

Schließlich verschwanden sie heimlich und leise wie Ratten in der Nacht.

38

Jeden Tag nach der Arbeit in der Werkstatt von Hundeschnauze lief Rocco zur Haltestelle der Tranvía, wo er Rosetta aus den Augen verloren hatte. Dort schaute er sich um in der Hoffnung, sie wieder zu sehen, und immer umklammerten seine Finger dabei den Knopf, den er in seiner Tasche bei sich trug wie einen Talisman. Er fragte die Wartenden, ob ihnen eine junge Frau in einem himmelblauen Kleid und tiefschwarzen Haaren aufgefallen sei. »Sie ist wunderschön«, fügte er mit leuchtenden Augen hinzu. Doch niemand konnte sich an sie erinnern. Dann fuhr Rocco mit der Tranvía zur nächsten Haltestelle, stieg aus und lief die Gegend dort ab. Stieg wieder in die Tranvía und fuhr erneut eine Station weiter, stieg aus und suchte dort. Und so weiter, Abend für Abend.

An Weihnachten, als die Werkstatt geschlossen war, lehnte er Mattias Einladung zum Abendessen ab und verbrachte stattdessen den Tag damit, die gesamte Strecke der Tranvía abzufahren. Er ließ Barracas hinter sich, durchquerte Nueva Pompeya, erreichte die westliche Peripherie von Nuevo Chicago, einem Viertel, das vom Gestank der Mataderos verpestet war, fuhr hinauf nach Flores, legte die endlose Avenida Rivadavia zurück, passierte Caballito und gelangte schließlich zur Endstation in Once.

Rocco streifte den ganzen Tag umher in der Hoffnung, Rosetta am Weihnachtstag in den Straßen von Buenos Aires zu begegnen, auch wenn es unwahrscheinlich war. Schließlich gelangte er wieder nach La Boca. Er folgte dem Ufer des Riachuelo bis zu der Stelle, an dem er sich in den Río de la Plata ergoss. Rocco lief am Hafen auf den Kais zum Ent- und Verladen der Handelsschiffe herum. Aus der Nähe waren die Kräne noch viel größer, als er sie sich vorgestellt hatte. Führungen und Streben aus Stahl, von komplizierten Getrieben hin- und herbewegt, verliefen entlang der Metallgerüste. Die Plattformen der Kräne waren an einem Stahlgerüst befestigt, das in das Ufer einbetoniert war, und fuhren seitwärts auf Eisenbahnschienen. Die Kräne waren in Verbindung mit niedrigen gemauerten Gebäuden, über denen sich mindestens zehn Meter hohe Schornsteine aus feuerfesten Ziegelsteinen erhoben, aus denen schwarzer Rauch hervorquoll. Über der ganzen Gegend lag eine Patina aus Kohlestaub. Neugierig betrat Rocco eines der Gebäude. Staunend betrachtete er die riesigen Kessel und das dichte Geflecht von Getrieben, Zahnriemen und Riemenscheiben, welche die geballte Kraft des komprimierten Dampfes an die Kräne übertrugen. Die von den Kesseln gespeisten Innenmotoren bildeten das pulsierende Herz dieses komplizierten Organismus. Und die Kräne waren seine Arme. Ein außergewöhnliches System.

Die moderne Welt.

Beeindruckt trat er wieder ins Freie. Dort hoben die Kräne schwere, in riesige robuste Netze verschnürte Lasten von den Schiffen oder beluden sie damit. Im Anschluss mussten die Arbeiter ihre Tätigkeiten mit reiner Körperkraft bewältigen. Die Männer luden enorme Gewichte auf ihre Schultern oder auf Karren, die so schwer waren, dass sie sie dann zu dritt schieben mussten. Alles wurde auf Wagen mit großen Ladeflächen verstaut, die von jeweils zwei oder vier Ochsen gezogen wurden. Der Dung der Tiere verschmutzte die Kais, und hin und wieder schaufelte eine Gruppe Jungen, die noch zu jung oder zu schmächtig fürs Verladen waren, den Ochsenmist direkt ins Hafenbecken. Der Kontrast zwischen der fortschrittlichen

Technik der Kräne und der schweren Handarbeit der Hafenarbeiter erschien Rocco absurd. Wie konnte es sein, dass dank der Motorleistung der Kräne innerhalb kürzester Zeit Tonnen von Gütern geladen werden konnten, diese dann jedoch, sobald sie auf dem Kai anlangten, nur durch ein langsames und primitives Verfahren bewegt wurden? An dieser Stelle, so schien es, war der Fortschritt in dieser modernen Welt radikal gekappt.

Kann man für die Arbeit an Land wirklich keine kleineren, handlicheren Maschinen konstruieren?, überlegte er.

Nachdenklich machte Rocco sich auf den Weg in die Werkstatt, wo er seiner Fantasie freien Lauf ließ. In Hundeschnauzes Büro suchte und fand er Papier, auf dem er Zeichnungen entwarf, wie die Hafenarbeit sein könnte. Wie konnten effiziente Entlademaschinen aussehen und gebaut werden? Er dachte über den Preis ausgemusterter Motoren nach und überlegte, wie er sie instandsetzen und dem neuen Verwendungszweck anpassen könnte. Seine Skizzen waren einfach, beinahe aufs Elementarste beschränkt, aber dreidimensional und klar in der Ausführung. Im Schein der Gaslampe verbrachte er Stunden mit der Weiterentwicklung seiner Idee, dachte über Antriebswellen, Riemen und Getriebe nach und darüber, wie seine Idee Wirklichkeit werden könnte. Immer wieder verbesserte er seine Zeichnungen, und über alldem verging die Nacht. Und schließlich war der Morgen da.

»Was hast du hier zu suchen?«, bellte Hundeschnauze, als er ihn in seinem Büro vorfand. »Was für ein Scheißdreck ist das denn?«, fragte er mit Blick auf die Zeichnungen, welche die Wände bedeckten.

»Das sind Maschinenbaupläne«, erwiderte Rocco, und seiner Stimme war die Leidenschaft anzuhören, die ihn antrieb. Denn jetzt hatte er einen Traum.

»Wer zum Henker bist du, etwa Leonardo da Vinci?«, knurrte Hundeschnauze. Er nahm zwei Zeichnungen von der

Wand, zerriss sie und schmiss die Fetzen auf den Boden. »Bleib in Zukunft aus diesem Büro«, sagte er und zeigte drohend mit dem Finger auf ihn.

Rocco sprang vor, packte den Finger und bog ihn nach hinten.

Hundeschnauze schrie auf und ging in die Knie.

»Was ist hier los, Kinder?«, fragte Tony, der in diesem Moment gefolgt von Bastiano das Büro betrat.

Auch Mattia näherte sich mit besorgter Miene.

Rocco ließ Hundeschnauze los.

»Ich bring dich um«, drohte der.

»Du bringst hier niemanden um«, fuhr ihm Tony über den Mund.

Hundeschnauze senkte den Blick zu Boden.

Tony wandte sich an Rocco. »Erinnerst du dich, wie ich dir gesagt habe, dass ich es nicht mag, wenn mir jemand meine Sachen klaut?« Er stellte sich direkt vor ihn. »Wo hast du heute Nacht gesteckt? Etwa im Puff bei den Huren?«

»Nein, ich war hier.«

»Auf jeden Fall warst du nicht dort, wo du hättest sein sollen. Jemand hat versucht, in die Lagerhalle einzubrechen.« Er blickte ihm ernst ins Gesicht. »Aber du hast Schwein gehabt. Sie haben es nicht geschafft.«

Rocco erwiderte seinen Blick, ohne ihn herauszufordern, aber auch ohne Furcht. »Ich bin Mechaniker, kein Wachmann.«

Tony nickte langsam. »Weißt du, was ich an dir so liebe?«, fragte er ihn. »Dass du gern am Rand des Abgrunds entlangläufst, wie ein Selbstmordkandidat.«

»Das ist das einzige Stückchen Land, auf dem man sich hier frei bewegen kann« erwiderte Rocco achselzuckend. »Alles Übrige habt Ihr Euch ja offenbar unter den Nagel gerissen.«

Bastiano, Hundeschnauze und Mattia erstarrten. Keiner im Hafen hatte je gewagt, so mit Tony zu reden.

Tony hingegen brach in Gelächter aus. »Mein Onkel hat mir gesagt, dass du ein unbequemer Zeitgenosse bist und nichts als Ärger bringst. Aber du bist der geborene Komiker.« Er seufzte. »Und ich lache nun mal sehr gern. Aber nicht, wenn man mich beklaut. Da verstehe ich keinen Spaß.«

»Aber man hat Euch doch nichts geklaut … zum Glück.«

Tony tat, als hätte er den Einwand nicht gehört. Er wandte sich zu den Zeichnungen an den Wänden. »Warst du deswegen nicht im Lager?«

»Ja.«

Tony ging näher an die Skizzen heran und betrachtete sie genauer.

»Ich habe heute die Arbeit im Hafen beobachtet. Überlegt doch nur, wie viel schneller und kräftesparender sie ablaufen könnte, wenn wir Verladewagen mit Motoren hätten«, erklärte Rocco begeistert. »Dann könnten viele Tonnen Material schnell auf Rädern transportiert, mit Motorkraft und leistungsfähigen Maschinen hochgehoben und weiterbefördert werden. Sauber und ohne Ochsenmist.« Rocco lächelte, er sah die Wagen förmlich vor sich. »Das ist der Fortschritt!«, rief er.

»Der Fortschritt, wie du es nennst, bedeutet erst mal Geld, das man dafür hinblättern muss, oder?«, fragte Tony.

»Ja, aber …«

»Und zwar einen Haufen Geld, nicht wahr?«

»Nicht unbedingt.«

»Es könnte allerdings rausgeschmissenes Geld sein, wenn es dir nicht gelingt, diese Maschinen zu bauen, nicht wahr?«

»Ich schaffe es«, sagte Rocco überzeugt.

Tony grinste. »Aufschneider. Außerdem – solange es Hungerleider gibt, die sich für wenige Pesos den Buckel krumm schuften: Wer sollte ein Interesse daran haben, teure und riskante Investitionen zu tätigen?«, fuhr er fort. »Draußen vor dem *Hotel de Inmigrantes* steht eine kilometerlange Schlange von armen Schweinen, die sich alle als Hafenarbeiter verdingen wollen. Hast du dich mal umgeschaut? Wir sind zu viele in dieser Stadt. Und einer, der kurz vorm Verhungern ist, macht alles. Auch auf die Gefahr hin, dass er beim Bezahlen beschissen wird.«

»Aber die Arbeit im Hafen geht viel zu langsam voran«, warf Rocco ein.

»Das läuft alles seinen richtigen Gang und zum richtigen Preis.« Tony wandte sich von den Zeichnungen ab. »Ich mag keine Veränderungen.«

»Komisch, dass Ihr dann in einem Mercedes herumfahrt und nicht in einem Eselskarren«, sagte Rocco herausfordernd.

»Du kannst dein Maul wirklich nicht halten, was?« Tony fixierte ihn mit dem Blick. »Wenn ich dir die Zunge rausschneiden würde, könntest du trotzdem immer noch als Mechaniker arbeiten, nicht wahr?«

Rocco lächelte. »Und ich könnte immer noch einen Verladewagen bauen.«

»Warum ertragt Ihr diese Kakerlake eigentlich?«, warf Hundeschnauze ein. »Er ist ein Rebell. Er meint, dass er besser als wir alle hier weiß, wie die Werkstatt funktioniert. Ich sage ihm, wie er etwas machen soll, und er tut dann genau das Gegenteil. Der Kerl glaubt, er hätte hier das Sagen. Bei allem Respekt: Ich hätte ihn niemals eingestellt. Und ich begreife nicht, wie Ihr ihn ertragt.«

Tony trat ganz dicht vor Hundeschnauze und starrte ihn aus seinen eisigen, erbarmungslosen Augen an. »Ich ertrage ihn, weil er Eier in der Hose hat, im Gegensatz zu dir, denn du bist faul und ein Arschkriecher.« Er legte ihm wie einem Freund eine Hand auf die Schulter und wandte sich an Rocco. »Was nicht bedeutet, dass er mich nicht eines Tages zwingt, ihn wie eine Kakerlake zu zerquetschen. Seine Chancen, dass er irgendwann umgebracht wird, stehen ziemlich hoch.« Er ließ ihn nicht aus den Augen. »Ich kenne solche Menschen. Sie begnügen sich nicht damit, für immer auf dem kleinen Stück Land zu bleiben, auf dem sie sich frei bewegen können. Nach einer Weile glauben sie, sie könnten hierhin und dorthin gehen.« Er zeigte lächelnd auf die Zeichnungen an den Wänden. »Und einige glauben gar, sie könnten fliegen.« Er zuckte mit den Schultern. »Und dann … na ja, dann wirst du es erleben, dass ich ihn nicht mehr ertrage.« Er packte die fette, schmierige Wange von Hundeschnauze zwischen Zeigefinger und Daumen und kniff fest zu. »Aber bis dahin, gute Hundeschnauze, verdient er es bestimmt mehr als du, diese Werkstatt zu leiten, denn er ist besser und wird mir mehr Geld einbringen.« Er gab ihm einen leichten Klaps. »Räum das Büro. Das gehört jetzt ihm. Und du bist sein Zuarbeiter.« Dann ging er, gefolgt von Bastiano.

Noch ehe sie die Straße betraten, hatte Rocco sie eingeholt. »Ich erledige keine dreckigen Jobs, damit das klar ist«, sagte er zu Tony. »Das hier ist eine Reparaturwerkstatt. Wir *reparieren* Motoren.«

»Mir ist wichtig, dass es eine Reparaturwerkstatt ist, die Gewinn abwirft«, erwiderte Tony, ohne auf Roccos herausfordernden Ton einzugehen. »Kannst du mir das garantieren?«

Rocco nickte ernst.

»Gut, für heute habe ich wegen dir genug Zeit verloren.« Mit diesen Worten entfernte er sich.

Nach ein paar Schritten sprach Bastiano Tony an: »Also, ehrlich gesagt hat auch mich überrascht, wie Ihr diesen Bonfiglio behandelt.«

»Ich bin nicht wie mein Onkel Don Mimì«, erwiderte Tony gutgelaunt. »Er sucht seine Männer unter den brutalen Kerlen aus. Wilde Tiere, die man an die Kette legen muss. Und wenn er auf einen stößt, der selbständig denken kann, dann schaltet er ihn aus. Denn der könnte ihn ja hintergehen. So hat es die alte Generation schon immer gehalten. Hast du gehört, wie dieser Junge redet? Hast du kapiert, dass er die zukünftige Welt sehen kann? Im Gegensatz zu meinem Onkel Don Mimì und all diesen verdammten Bossen aus der Steinzeit, die irgendwann wie die Dinosaurier aussterben werden, denke ich, dass Unternehmen … *moderne, fortschrittliche* Unternehmen … auf eine denkende Führungsklasse bauen sollten. Auf Leute mit Visionen.« Er blieb stehen. »Was hältst du von der Sache mit den Verladewagen?«

»Wie Ihr schon gesagt habt …«

»Ich habe dich gefragt, was du davon hältst!«, fuhr Tony ihm über den Mund.

»Also«, begann Bastiano, wog den Kopf hin und her, in der Angst, eine andere Meinung als sein Boss zu äußern. »Also … ehrlich gesagt … ich glaube …«

»Dass es eine tolle Idee ist«, ergänzte Tony für ihn. »Einfach großartig.«

Bastiano nickte. Sein Boss überraschte ihn immer wieder.

»Dieser Kerl hat mehr auf dem Kasten als ihr alle zusammen«, sagte Tony vor dem Eingang von Zappacosta Oil Import-Export. »Er hat nur einen einzigen schweren Fehler. Kannst du mir vielleicht sagen, welchen?«

Bastiano schüttelte den Kopf.

»Er hat nicht die geringste kriminelle Energie.« Tony lachte. »Aber daran kann man arbeiten. Man muss nur einen schwachen Punkt bei ihm finden … irgendetwas, womit man ihn bei den Eiern hat. Du wirst sehen, da fällt mir schon noch was ein.«

In dem Moment hielt wenige Meter von ihnen entfernt ein bordeauxfarbener Lancia mit einer kleinen italienischen Flagge auf dem Kotflügel.

Ihm entstieg rasch ein stolzer, eilfertiger Mann, der nach

einem Blick auf Tony dienstbeflissen die hintere Wagentür aufriss.

Eine elegante, hochnäsig wirkende Frau verließ den Lancia, mit einem Gesicht so lang wie die Rede eines Pfarrers am Feiertag.

Hinter der Frau mühte sich ein dicker Mann ohne jegliche Körperspannung aus dem Wagen, gekleidet in einen hellen, durchgeschwitzten Leinenanzug. Vor lauter Anstrengung musste er sich sofort mit einem italienisch anmutenden Strohhut Luft zuwedeln. »Seid Ihr Monsieur Tony Zappacosta?«, fragte er.

Tony betrachtete die hässliche rosa Narbe, die von der Stirn quer über seinen von spärlichem Haarflaum bedeckten Schädel verlief. »Und wer seid Ihr?«, fragte er zurück.

»Ich bin Baron Rivalta di Neroli.«

Tony musterte ihn schweigend, während der Dicke auf ihn zukam.

»Ich bin sehr erfreut, Eure Bekanntschaft zu machen, Monsieur Zappacosta«, sagte der Baron. »Ich glaube, dass Ihr mir helfen könnt, jemanden zu finden.«

39

Im Viertel, so sagte man, verbreiteten sich schlechte Nachrichten blitzschnell, wesentlich rascher als gute. Was daran lag, dass es praktisch keine guten Nachrichten gab.

Wie zum Beweis des Gegenteils machte die verblüffende Nachricht rasch die Runde, dass jemand auf einen Arbeitsplatz verzichtet hatte – man sprach nur hinter vorgehaltener Hand davon, als wäre so etwas schier unglaublich –, um ihn jemand anderem zu überlassen, »der ihn dringender brauchte«. Bald wusste man zu berichten, dass dieser Jemand eine Frau war. Und dann begann man, diese Geschichte mit einer anderen in Verbindung zu bringen, die von einer Frau handelte, derselben Frau, die alten Frauen Eier schenkte und davon sprach, dass man einander helfen sollte, anstatt sich gegenseitig zu bestehlen.

Und schließlich wurde bekannt, wer diese Frau war und wo sie wohnte.

Anfangs hatte man es nicht glauben wollen. Doch dann verwandelte sich diese Ungläubigkeit in Staunen. Und schließlich in Bewunderung. Und wie so oft, wenn Nachrichten sich im Volk von Mund zu Mund verbreiten, entstand etwas Großes daraus, eine Art Legende.

Am Weihnachtstag, als Rosetta sich für den Besuch der Messe mit Assunta und Tano bereit machte, klopfte es an der Haustür. Rosetta öffnete, und vor ihr standen Dolores und Señora Chichizola von der Bäckerei, umringt von Nachbarn und Neugierigen.

Assunta und Tano traten neben Rosetta.

Dolores überreichte ihr eine mit einer Schleife verzierte Flasche Rotwein. »Frohe Weihnachten«, sagte sie. »Ich habe sie von meinem Vater genommen. Er trinkt sowieso genug.«

Rosetta bemerkte, dass Dolores' dunkle Augenringe aus der Zeit im Matadero bereits verschwunden waren. In ihren großen Rehaugen war allenfalls ein Abglanz der vorher so übermächtigen Angst zu sehen.

Señora Chichizola streckte Rosetta einen großen bauchigen Kuchen entgegen. »Ich weiß nicht, ob man das einen Panettone nennen kann, weil ich das italienische Rezept nicht genau kenne«, sagte sie lachend. »Aber er ist mit Liebe gebacken.«

Rosetta war verlegen. Sie hatte noch nie ein echtes Weihnachtsfest erlebt. Für sie war Weihnachten ein frohes Fest gewesen, wenn der Vater nicht allzu betrunken gewesen war und sie nicht mit dem Gürtel geschlagen hatte.

»Ich weiß nicht, was ich sagen soll«, stammelte sie.

»Sag danke, verdammt noch mal«, rief Tano.

Assunta stieß ihm den Ellenbogen in die Seite.

»Danke«, murmelte Rosetta.

Dolores trat einen Schritt auf sie zu, umarmte sie herzlich und küsste sie auf die Wange. Als sie sich von ihr löste, standen ihr Tränen in den Augen. Aber sie sagte nichts, denn es gab keine Worte, die all dem Guten gerecht geworden wären, das Rosetta getan hatte.

Auch Señora Chichizola umarmte sie, etwas ruppiger als Dolores, und hinterließ dabei ein wenig Mehl auf ihrer Wange. »Ich behandle Dolores wie meine eigene Tochter«, sagte sie, als wollte sie Rosetta beruhigen.

Die nickte, immer noch verlegen.

Die Nachbarn und Neugierigen, die wie alle in Barracas nur noch von dieser Geschichte sprachen, sie von Haus zu Haus trugen und dabei immer weiter ausschmückten, sahen gerührt zu.

Auch Tano war bewegt von der emotionsgeladenen Situation. »*Minchia*, worauf zum Henker wartest du?«, herrschte er Rosetta auf die ihm eigene Art an. »Stell das Zeug rein und dann ab zur Messe. Es ist spät.«

Schon setzte das Geläut der Glocken ein, um die Gläubigen zu versammeln. Da trat eine zerlumpte Gestalt vor, mit einem Strauß Blumen in der Hand, von denen einige schon die Köpfe hängen ließen.

Rosetta erkannte sie als die alte Frau, der sie das Ei geschenkt hatte. Und auch die anderen wussten, wer sie war. Mit dieser Alten hatte alles angefangen. Und mit Rosettas Worten.

»*Feliz Navidad, chica*«, sagte die alte Frau und überreichte Rosetta die Blumen. »Möge Gott dich beschützen.«

Rosetta war sichtlich gerührt und brauchte einen Moment, um sich zu sammeln. Eilig wandte sie sich ab und verschwand im Haus.

Die Leute begannen zu tuscheln. Die alte Frau verharrte ein wenig verunsichert auf ihrem Platz.

Es dauerte nicht lange, da kehrte Rosetta zurück. Sie hatte geweint, auf ihren Wangen schimmerten noch Tränenspuren. Doch nun wirkte sie erleichtert. Vorsichtig legte sie der Frau zwei Eier in die Hand. »*Feliz Navidad*«, sagte sie mit einem Lächeln.

Die alte Frau betrachtete die Eier und drehte sie sanft in ihren knochigen Händen. Dann wandte sie sich abrupt um und ging zurück zu den anderen, wo sie jemandem aus der Menge ein Zeichen gab, zu ihr zu kommen. Eine weitere alte Frau, genauso mager und unsicher auf den Beinen wie sie, trat vor. Und ohne ein Wort reichte die zahnlose Alte ihr ein Ei. Gleichzeitig klopften sie mit dem Fingernagel ein Loch in die Schale, führten das Ei zum Mund und schlürften den Inhalt aus. Danach sahen sie sich kurz in die Augen und gingen dann wieder jede ihres Weges, ohne dass es großer Worte, Umarmungen, Dankesbekundungen bedurft hätte.

Die Menschen waren sprachlos: Die alte Frau hatte das getan, was Rosetta für sie getan hatte.

»Verfluchte Scheiße noch eins!«, murmelte Tano kopfschüttelnd.

»Nimm doch nicht immer solche bösen Worte in den Mund! Es ist Weihnachten!«, schimpfte Assunta.

Tano schenkte ihr einen schiefen Blick: »Heilige Scheiße noch eins!«

Rosetta lachte laut los. Und nach ihr Dolores und Señora Chichizola. Und dann stimmten alle Umstehenden in ihr Gelächter ein. Zu guter Letzt auch Assunta.

Als sie schließlich zur Kirche aufbrachen, schlossen sich die Menschen in einer Art Prozession an.

In seiner Predigt sprach der Priester von Nächstenliebe und Mitgefühl, und obwohl es nicht sein Verdienst war, dachten die Menschen, dass dies nicht nur leere Worte waren.

Beim Verlassen der Kirche kam eine Frau auf Rosetta zu. Sie schob ein schmächtiges Mädchen vor sich her. »Finde eine Arbeit für sie, bitte!«, sagte sie.

Rosetta zuckte hilflos mit den Schultern. »Aber …«, stammelte sie, »… ich habe ja selbst keine.«

»Finde Arbeit für sie, bitte«, wiederholte die Frau. »Sie kann gut nähen.«

Rosetta war vollkommen überfordert, sie wurde von den Geschehnissen einfach überrollt. »Einverstanden«, hörte sie sich selbst sagen.

»Wir wohnen in dem gelben Haus am Ende der Straße«, sagte die Frau.

»Ja …«

Auf dem Heimweg hatte es selbst Tano die Sprache verschlagen. Erst als sie die Haustür hinter sich geschlossen hatten, sagte er: »Jetzt hast du aber eine schöne Scheiße am Arsch kleben.«

»Tano!«, rief Assunta empört. »Wie redest du denn? Und außerdem, was hat Rosetta damit zu tun? Was wollten die denn von ihr? Sie hat ihren Arbeitsplatz schon weitergegeben.«

»Genau«, sagte Tano.

»Ja und? Das verpflichtet sie doch nicht …«

»Aber sie hat dieser Frau gesagt, sie sei einverstanden«, unterbrach Tano sie.

»Na und? Das sagt man einfach so …«

Tano sah zu Rosetta. »Hast du das einfach so gesagt?«

»Ich weiß nicht. Nein. Aber … aber wie soll ich das anstellen?«

»Da unten in Tres Esquinas gibt es einen Schneider«, sagte Tano. »Ich habe gehört, er soll ein Arschloch sein. Aber man könnte es ja mal probieren.«

Rosetta fühlte sich der Sache nicht gewachsen.

»Aber mit diesen Schuhen kannst du da nicht hin.« Tano schüttelte energisch den Kopf.

»Warum?«, fragte Rosetta überrascht.

»*Minchia*, weil sie kaputt sind«, schimpfte Tano. »Du musst doch einen guten Eindruck machen.«

Rosetta sah verlegen auf ihre Schuhe, in denen sie aus Sizilien angekommen war. »Ich habe keine anderen«, murmelte sie.

Tano knurrte etwas Unverständliches, dann zog er eine Pappschachtel hinter dem Tresen hervor und überreichte sie unbeholfen Rosetta.

»Was ist das?«, fragte sie überrascht.

»Das ist eine Schachtel«, entgegnete Tano. Und als er sah, dass Rosetta sich nicht regte, polterte er ungehalten: »Herrje, jetzt schau schon rein!«

Assunta lachte. »Du bist wirklich ein sturer Bock!«

Rosetta öffnete die Schachtel und traute ihren Augen nicht. Darin waren Schuhe in demselben Himmelblau wie das Kleid von Ninnina, das sie trug. Mit violetten Troddeln in Form von Jacarandablüten.

»Das ist unser Weihnachtsgeschenk.« Assunta umarmte sie.

»Ich habe noch nie …«, begann Rosetta, dann brach ihre Stimme. »Ich habe noch nie ein Weihnachtsgeschenk bekommen. Und heute …«

»Na, jetzt schwing hier keine langen Reden. Dann hast du eben auch mal was bekommen«, brummte Tano. »Und jetzt kannst du auch zum Schneider in Tres Esquinas gehen.«

Drei Tage später öffnete die Schneiderei von Don Alvaro Recoba wieder ihre Türen. Auf den ersten Blick wirkte sie klein, sie hatte nur ein Schaufenster zur Straße. Aber als Rosetta eintrat, sah sie, dass die Schneiderei sich im Gebäude nach hinten erstreckte wie eine Höhle. In den ersten beiden Räumen war Konfektionsware ausgestellt. Der dritte war das Anprobezimmer, wo Don Alvaro gerade die Maßkleidung an den Kunden anpasste und sie präzise und geschickt mit Nadeln absteckte. Dahinter lag noch die geräumige Schneiderwerkstatt, wo zehn Frauen über ihre Arbeitstische gebeugt zuschnitten, mit der Maschine nähten oder letzte Nähte von Hand setzten, die Augen gerötet und die zerstochenen Finger mit Messingfingerhüten geschützt.

»Ich brauche niemanden«, sagte Don Alvaro sofort. »Schon gar kein Lehrmädchen. Ich bin froh, wenn ich einigermaßen über die Runden komme.«

Rosetta sah auf den ersten Blick, dass sie sein Herz nicht mit Gejammer darüber erweichen könnte, wie hart und grausam das Leben war. Doch noch während sie nach einem überzeugenden Argument suchte, sagte eine der Näherinnen: »Ich kenne dich, du bist doch die, die ihre Arbeit diesem Mädchen überlassen hat.«

Don Alvaro betrachtete Rosetta jetzt neugierig. Auch er

hatte davon gehört, auch wenn diese Geschichte in ihm keineswegs ein Gefühl der Rührung ausgelöst hatte. Er war vielmehr überzeugt, dass diese Frau geistig verwirrt sein musste.

»Gott segne dich«, sagte die Näherin.

»Gott segne dich«, sagten auch die anderen Frauen und sahen für einen Moment von ihrer Arbeit auf.

»Ich kannte diese Bäckerei ja vorher nicht«, sagte eine von ihnen. »Aber zuletzt bin ich mal hingegangen, und sie ist gut.«

»Ja, ich war auch dort«, sagte eine andere. »Richtig lecker sind die Backwaren. Und dieses Mädchen … wie reizend sie doch ist …«

»Wir sollten allerdings auch Señora Chichizola erwähnen«, fügte eine weitere hinzu. »Sie hat das Mädchen schließlich eingestellt. Ich wünsche ihr alles Glück dieser Welt. Sie ist ein guter Mensch.«

»Auch wenn diese Bäckerei gar nicht auf meinem Weg liegt, kaufe ich jetzt häufiger dort«, sagte noch eine Näherin.

Rosetta blickte verstohlen zu Don Alvaro. Er wirkte nicht mehr so abweisend, offenbar hatte er eins und eins zusammengezählt. Sie beschloss, ihm den letzten Impuls zu geben: »Wäre es nicht schön, wenn man solche Dinge auch über Euch sagen würde? Das ist ganz leicht. Und Eure Geschäfte würden besser laufen.«

»Sagt diesem Lehrmädchen, sie soll sich morgen vorstellen«, erklärte Don Alvaro kurz, und um keinen Zweifel an seinen Prinzipien aufkommen zu lassen, fügte er abschließend hinzu: »Aber wenn sie nichts kann, wird nichts daraus.«

Zwei Tage später kam die Mutter des Mädchens in Tanos Geschäft und übergab ein Schultertuch, das ihre Tochter für Rosetta genäht hatte.

Und so wurden immer mehr Geschichten über Rosetta erzählt. Bald wusste jeder im Barracas-Viertel über ihre Taten Bescheid. Und wie es in solchen Fällen immer geschieht, wurden ihr Dinge nachgesagt, die so nie stattgefunden hatten. Aber Hunderte Menschen im Viertel, vor allem die Frauen, hielten Rosetta für eine Heldin.

Am Silvestertag betrat ein junger Mann in einem malvenfarbenen Anzug die Werkstatt. Seine Jacke war an den Ellenbogen etwas abgeschabt, und die Hose war zu kurz, sodass die Schuhe unverhältnismäßig groß wirkten. Er trug einen Panamahut, der offensichtlich schon einiges an Regen abbekommen hatte. Der Mann wirkte dennoch unbekümmert. »Wohnt hier die Señorita, die für andere Arbeit besorgt?«, fragte er.

Tano musterte ihn kurz. »Sie hilft nur Frauen«, sagte er dann abweisend. »Und vergiss die Geschichte. Sie kann nicht allen helfen.«

»Ich bin gar nicht auf Arbeitssuche.« Der junge Mann lächelte freundlich. »Ich habe bereits Arbeit.«

»Was willst du dann?«, fragte Tano misstrauisch.

Das Gespräch hatte auch Rosetta und Assunta angelockt, die jetzt durch den Vorhang traten.

Der junge Mann strahlte bei Rosettas Anblick übers ganze Gesicht. »Seid Ihr diese Señorita?«

»Also, was willst du, junger Mann?«, fragte Tano in aggressiverem Tonfall, während die beiden Frauen der Szene beiwohnten, ohne etwas zu sagen.

Der junge Mann zog seinen Hut und deutete eine Verbeugung an. »Ich heiße Alejandro Del Sol. Unabhängiger Journalist.«

»Jetzt gib nicht so an«, knurrte Tano. »Soweit ich weiß, heißt unabhängig, dass du für niemanden schreibst und daher gar keine richtige Arbeit hast. Stimmt's?«

Der junge Mann lächelte ein wenig verlegen in Rosettas Richtung.

Rosetta fand ihn sympathisch. Er wirkte irgendwie anders als die jungen Männer im Viertel.

»Also«, beharrte Tano. »Was willst du?«

»Ich habe die Geschichten gehört, die man sich im Viertel erzählt, man spricht nur noch über sie. Ich würde gern einen Artikel über die Señorita … Ihr seid doch noch Señorita, oder? … schreiben.«

»Ich hau dir gleich eine rein«, knurrte Tano. »Hör auf, ihr schöne Augen zu machen.«

»Verzeiht mir, Señor«, sagte Alejandro. »Aber die Geschichte ist einfach wunderbar. Den Lesern würde ein solches Märchen aus dem Volk sehr gefallen«, fuhr er fort. »Es würde sicher ein schöner Artikel, den ich verkaufen könnte … also, in der *Nación* veröffentlichen.« Er lächelte Rosetta wieder an. »Die Leser würden Eure Geschichte lieben, Señorita.«

»Jetzt ist es aber gut!«, rief Tano. »Die Señorita interessiert sich nicht die Bohne für Öffentlichkeit, hast du mich verstanden? Und jetzt verschwinde von hier, sonst jage ich dich mit Fußtritten hinaus.«

»Das soll mir die Señorita bitte selbst sagen«, erklärte Alejandro und schaute auffordernd in Rosettas Richtung.

»Die Señorita spricht nicht mit dir«, knurrte Tano und stieß ihn in Richtung Tür.

»Den Artikel schreibe ich trotzdem, so viel ist sicher«, sagte Alejandro.

Tano ballte die Hand zur Faust und tat so, als wollte er ihn schlagen.

Alejandro rannte schnell aus dem Haus. »Sagt mir wenigstens noch, wie sie heißt.« Er breitete die Arme aus. »Einige sagen Lucia, aber auch Rosetta habe ich gehört.«

»Leck mich am Arsch«, brüllte Tano.

»Ich werde den Artikel trotzdem schreiben«, rief Alejandro.

Tano ging zurück ins Haus und schloss hinter sich ab. Er blickte Rosetta lange schweigend an.

»Was habe ich denn getan?«, fragte Rosetta schließlich.

»Du hast gar nichts getan«, knurrte Tano finster. »Aber weißt du, was es heißt, wenn man einen Journalisten am Hals hat? Die stecken ihre Nase überall rein. Hast du gehört, was er gesagt hat? Jetzt fragt er schon nach deinem Namen. Lucia oder Rosetta?« Er schüttelte besorgt den Kopf. »Was, wenn er herausfindet, wer du wirklich bist?« Er sah sie besorgt an.

Rosetta erstarrte das Blut in den Adern.

»Ich will Euch nicht verlieren«, flüsterte sie.

Assunta stöhnte auf.

40

Die Tage nach dem Überfall der Kinderbande waren für Raquel die Hölle. Sie ernährte sich von Abfällen und hielt sich die meiste Zeit versteckt aus Angst vor Banden, der Polizei und vor Amos.

Eines Abends richtete ein Polizist seinen Schlagstock drohend in ihre Richtung. »He, Mädchen, verschwinde von hier! Sonst bring ich dich hinter Gitter!«, schrie er.

Panisch rannte Raquel davon, bis sie sich schließlich auf einem Kai im Hafen wiederfand. Als sie Stimmen hörte, versteckte sie sich und beobachtete, wie einige Jungen die Blechwände einer Lagerhalle aufbrachen und versuchten, sich hindurchzuzwängen. Aus Angst, entdeckt zu werden, lief sie davon bis zu einem riesigen Müllberg. Sie kletterte hinauf und versteckte sich darin, obwohl der Gestank ekelhaft war.

Am Abend, als die Färbung des Himmels langsam von Blau zu Schwarz wechselte, setzte heftiger Regen ein. Er kam von Norden, kalt und stechend, löste den Müll auf und verwandelte ihn in eine Art klebrigen Schlamm. Zitternd vor Kälte und völlig durchnässt verließ Raquel ihre übelriechende Zuflucht auf der Suche nach einem warmen Versteck. An den Kais entdeckte sie eine offenstehende Lagerhalle, an deren Tür eine riesige blaue Acht gemalt war. Ein paar Meter davor stand ein junger Mann und starrte hinauf zum Himmel.

Raquel huschte in seinem Rücken auf das offene Tor zu und schlüpfte hindurch. Drinnen standen viele Holzkisten aufeinandergestapelt, in einer Ecke gab es einen kleinen Kabuff. Plötzlich hörte sie die Schritte des jungen Mannes herannahen. Rasch kletterte sie über einen niedrigen Kistenstapel und rannte bis ans Ende der Halle, wo sie sich zusammenkauerte und ängstlich den Atem anhielt. Kurz darauf hörte sie, wie das Tor in den Schienen zugeschoben wurde. Und das metallische Geräusch eines zuschnappenden Schlosses.

Ich sitze in der Falle, dachte sie. Aber wenigstens habe ich ein Dach über dem Kopf. Raquel war immer noch vollkommen durchnässt und fröstelte. Sie hörte, wie sich die Schritte des Mannes in Richtung des Kabuffs bewegten, und beschloss, sich mit einen Stück Stoff zuzudecken, das sie in einer Ecke entdeckte. Aber der Stoff war gewachst und raschelte wie eine überdimensionale Zeitungsseite.

Raquel verharrte mitten in der Bewegung und hörte, wie der junge Mann stehen blieb. Sie rührte sich nicht.

»Verdammte Ratten«, brummte er.

In diesem Moment musste Raquel niesen.

»Wer ist da?«, fragte der Mann.

Raquel kroch vorsichtig noch tiefer unter das Tuch.

Doch der junge Mann kam weiter heran. »Wer ist da?«, fragte er wieder und blieb ganz in ihrer Nähe stehen.

»Komm da raus«, sagte er. »Ich zähle bis drei, dann schieße ich.«

Mit klopfendem Herzen streckte Raquel den Kopf unter dem Tuch hervor. Der junge Mann zielte wirklich mit einer Waffe auf sie, die er aber sofort senkte.

Raquel wusste instinktiv, dass er ihr nichts antun würde. Und sie fand, dass er gut aussah mit seinen blonden Haaren und den dunklen Augen.

»Was machst du hier?«, fragte er.

»Mir ist kalt …«, stammelte Raquel. »Bitte … tu mir nichts …« Sie strich sich nervös über die raspelkurzen Haare.

Rocco erkannte sofort, dass er hier keinen der üblichen kleinen Gauner vor sich hatte, die sich im Hafen herumtrieben. »Komm da raus«, sagte er.

Zögernd kroch Raquel unter dem Wachstuch hervor und stand zitternd auf.

Überrascht hob Rocco die Augenbrauen. »Warum trägst du Mädchensachen?«, fragte er erstaunt.

Raquel blickte an ihren Kleidern herunter und strich sich noch einmal über die kurzen Haare. Und da verstand sie, dass er sie für einen Jungen hielt. Ihr lief ein Schauer den Rücken hinunter. Es war, als stünde sie gerade an einem Scheideweg.

»Bist du etwa ein Mädchen?«, fragte Rocco verwirrt.

Sie musste jetzt wachsam sein, um nichts zu vermasseln. Eine solche Gelegenheit würde sich ihr vielleicht nie wieder bieten. »Das ist deine Chance. Vergeude sie nicht«, hatte Libertad zu ihr gesagt.

»Also, was ist? Kannst du nicht reden?«, fragte Rocco nach. »Bist du ein Mädchen?«

»Nein«, erwiderte Raquel mit klopfendem Herzen. »Ich bin ein … Junge.« Und dieses letzte Wort hallte betäubend laut in ihren Ohren wider, als hätte sie es aus vollem Hals geschrien.

»Und warum trägst du dann Frauenkleider?«, hakte Rocco nach.

»Weil«, begann Raquel und überlegte fieberhaft nach einem Argument. »Weil … da war so eine Bande … die haben mich angegriffen …« In ihren Augen wollten Tränen aufsteigen, aber sie drängte sie zurück. Bis hierhin war es nicht einmal gelogen. »Sie haben … mir die Sachen abgenommen … und dieses Kleid … habe ich … im Müll gefunden.«

»Verdammt, das riecht man, Junge.« Rocco rümpfte die Nase. »Du stinkst wie Aas.«

Raquels Herz klopfte immer heftiger.

»Wie heißt du?«

»Äh …« Raquel kramte in ihrem Gehirn nach einem Männernamen. »Ángel«, sagte sie schließlich.

»Ich bin Rocco.«

»Ángel«, wiederholte Raquel, die es selbst nicht glauben konnte.

»Ja, ich hab's kapiert«, meinte Rocco. »Und woher kommst du? Was machst du hier? Hast du kein Zuhause?«

Meine Güte, das waren eindeutig zu viele Fragen auf einmal! Raquel musste sich schnell etwas einfallen lassen. Doch die einzige Geschichte, die ihr in den Sinn kam, war ihre eigene. »Ich komme aus …« Nein, sie konnte ihm nicht sagen, dass sie aus einem Bordell kam. »… aus einem Waisenhaus«, sagte sie.

»Und wo war dieses Waisenhaus?«

Raquel strich nachdenklich über ihre Kleider. Und spürte wieder die nassen Zeitungen unter ihren Anziehsachen. Nein, ihre Geschichte war nicht die einzige, die sie kannte. »Rosario … ja, in Rosario.«

»Und wie bist du dann hierhergekommen?«

Raquel zuckte die Schultern. »Zu Fuß«, sagte sie, als wäre das selbstverständlich.

»Zu Fuß? Den ganzen Weg?«

Raquel ging auf, dass sie einen Fehler begangen hatte. »Und auf einem Wagen«, fügte sie hastig hinzu. »Auch in einem Zug …«

Rocco schüttelte den Kopf. »Du bist ein bisschen durcheinander, Junge. Ich glaube, du tischst mir hier gerade einen Haufen Lügen auf.«

»Nein!«

»Und was ist mit deinen Eltern?«

Und jetzt wusste Raquel, welche Geschichte sie erzählen

würde. »Sie sind tot. Eine Explosion. Alle tot. Elf. Elf Tote … ein Wohnhaus ist eingestürzt … Zwei Bomben … Anarchisten, weißt du …«

Rocco runzelte die Stirn.

»Das stand sogar in der Zeitung«, erklärte Raquel und musste wieder niesen.

Rocco blickte sie an. »Du bist ja pitschnass. Du musst unbedingt was Trockenes anziehen. Außerdem siehst du in diesen Weiberklamotten lächerlich aus. Ich gebe dir was von mir. Komm mal mit!«

Im Kabuff wühlte Rocco in seiner Habe und holte eine alte Hose und einen leichten Pullover mit einigen Löchern hervor. Er gab Raquel ein Stück Schnur, das sie als Gürtel für die Hose nehmen sollte, denn sie war ihr viel zu groß. »Nun los, zieh dich aus.«

»Ich will mich nicht im Unterrock zeigen …«

»Unterrock?«

»Äh, Unterhemd!«, berichtigte Raquel sich, hochrot im Gesicht. »Ich spreche nicht sehr gut Spanisch.«

»Welche Sprache hast du denn dann im Waisenhaus benutzt?«

»Hebr…, äh, Russisch.«

»Hebrussisch? Was ist das denn für eine Sprache?«

»Russisch! Meine Eltern … waren Einwanderer aus Russland.«

Rocco blickte skeptisch drein. Dann schüttelte er den Kopf. »Was für eine verworrene Geschichte …«

»Das ist die Wahrheit!«

»Ich habe doch gar nichts anderes behauptet, Junge«, meinte Rocco. »Aber du musst schon zugeben, dass es keine alltägliche Geschichte ist.«

»Es ist meine Geschichte.«

»Und wenn sie Russen waren, warum haben sie dich dann

Ángel genannt?«, hakte Rocco nach. »Das klingt für mich nicht wie ein russischer Name. Oder?«

»Doch, das ist er«, widersprach Raquel schnell. »Nur dass … dass er sich anders schreibt. So ist das.«

»Was du nicht sagst …«

»Glaubst du mir etwa nicht?«

»Was weiß denn ich? Ich kann kein Russisch.« Rocco deutete auf die Kleidung. »Na, ziehst du dich jetzt endlich aus oder nicht? Was soll die falsche Scham? Wir sind doch unter uns.«

»Ich will nicht.« Raquel spürte, wie sie erneut rot anlief.

»Na schön, ich dreh mich um.«

Raquel verzog sich hinter einen Kistenstapel in der Halle und zog sich eilig um. Die Hose rollte sie bis zu den Knöcheln hoch und band sie in der Taille mit der Schnur zusammen, damit sie nicht rutschte. Sie warf sich den Pullover über und ging zurück.

Rocco lachte bei ihrem Anblick. »Verdammt, der Pullover reicht dir ja bis zu den Knien. Du siehst immer noch aus, als hättest du ein Kleid an! Weißt du was? Wenn du einen Busen hättest, könntest du glatt als Mädchen durchgehen. Hat dir das noch nie jemand gesagt?«

»Nein«, erwiderte Raquel mit fester Stimme. Die Situation war vollkommen absurd. »Das hat mir noch niemand gesagt«, wiederholte sie, fest entschlossen, sich nicht enttarnen zu lassen.

»Komm schon, sei nicht beleidigt. Ich habe nur Spaß gemacht. Immerhin hast du nicht mal einen Bartflaum.« Er lachte wieder.

Raquel stopfte den Pullover oben in die Hose.

»Genau, jetzt siehst du schon mehr aus wie ein Junge.« Rocco schwieg einen Moment. »Aber morgen verschwindest du wieder, ist das klar?«, sagte er ernst.

Raquel senkte den Kopf. »Ja.«

»Du brauchst gar nicht zu schauen wie ein geprügelter Hund«, sagte Rocco. »Ich kann mich nicht um dich kümmern. Und ich habe auch keine Lust, dass mir immer ein Hosenscheißer zwischen den Füßen herumläuft. Kapiert?«

»Ja, kapiert.«

»Gut. Und jetzt gehen wir schlafen.« Er streckte sich im Kabuff auf der Matratze aus. »Komm her, du kannst dich neben mich legen. Wir passen beide drauf, du bist ja ein Hänfling.«

Doch Raquel rollte sich in einer Ecke zusammen. »Ich fühle mich hier wohler.«

»Mach, was du willst. Aber du bist schon komisch. Erst machst du so ein Getue, weil du dich ausziehen sollst, und jetzt beim Schlafen …« Rocco löschte das Gaslicht und schlüpfte unter die Decke. Dann brummte er: »Du bist wirklich sonderbar, Junge! Leg dich doch einfach neben mich, da ist doch nichts dabei unter Männern.«

Dann breitete sich Schweigen im Raum aus.

Raquel war unentschlossen, was sie tun sollte. Ihr ganzes Leben lang hatte sie gesagt, dass sie lieber als Junge auf die Welt gekommen wäre, und jetzt bot ihr Rocco unwissend die Chance, diesen Wunsch Wirklichkeit werden zu lassen. Gleichzeitig war es ihr peinlich, sich neben einen Mann zu legen.

»Komm schon her, der Boden muss doch schrecklich hart sein«, beharrte Rocco.

Raquel entschied, dass sie lernen musste, sich wie ein Mann zu verhalten, wie ein Mann zu denken, wenn sie diese Chance nicht aufs Spiel setzen wollte. »Na gut«, sagte sie leise, stand auf und streckte sich steif wie ein Brett neben ihm aus.

Rocco gab ihr ein wenig von seiner Decke ab und drehte sich zur Seite.

In diesem Moment zerriss eine Reihe lauter Explosionen die Nacht. Der Nachhall ließ die Blechwände der Halle erzittern, und Raquel fuhr erschrocken hoch.

»Mitternacht«, sagte Rocco.

Raquel verstand nicht, was vor sich ging. Die Donnerschläge hielten an, nahmen zu, wurden immer lauter. Als wäre Krieg.

»Das Neue Jahr, du Trottel«, erklärte Rocco. »Das ist das Feuerwerk. 1913 beginnt.«

Als Raquel schwieg, fügte Rocco hinzu: »Neues Jahr, neues Leben. So sagt man doch.«

Immer wieder blitzte der Schein der Feuerwerksraketen durch die Ritzen zwischen den Blechelementen der Hallenwände auf.

Neues Jahr, neues Leben, wiederholte sie in Gedanken. Das alles war so unglaublich! Es gelang ihr nur mit Mühe, nicht in schallendes Gelächter auszubrechen. Einzig ihre Schultern zuckten leicht.

»Weinst du etwa?«, fragte Rocco.

»Nein.«

Beide schwiegen lange.

Das Feuerwerk leuchtete und hallte weiter durch die Nacht.

»Du musst nicht weinen«, meinte Rocco schläfrig.

»Nein«, gab Raquel zurück.

»Ein gutes Neues Jahr, Ángel«, murmelte Rocco.

»Ein gutes neues … Leben«, erwiderte Raquel.

Sie wartete, bis sie sicher war, dass Rocco schlief, dann sagte sie ganz leise zu sich: »Ich bin ein Junge!«

Mit dem Ende des alten Jahres endete auch ihre Vergangenheit, sie war wie hinweggefegt. In einem Augenblick. Und auf solch unglaubliche Weise.

»Ich bin ein Junge!«, wiederholte sie leise lachend. »Jetzt gehört die Welt mir!«

Dritter Teil

Der Ruf der Vergangenheit

1913

41

»Wer ist das Mädchen?«, fragte Tony in dem kleinen Büro der Werkstatt.

»Welches Mädchen?«

»Das Mädchen, wegen dem ein Baron extra aus Sizilien gekommen ist.«

Rocco erstarrte, versuchte aber, sich nichts anmerken zu lassen.

»Hm, mal sehen, ob ich selbst darauf komme«, meinte Tony gelassen wie jemand, der weiß, dass er das Heft in der Hand hält. »Also: Baron Rivalta di Neroli hat seinen wabbeligen Fettarsch aus dem weichen Polstersessel in seinem Palazzo in Alcamo hierher nach Buenos Aires bewegt, nur um das Mädchen zu suchen, dem du zur Flucht verholfen hast.«

»Ich habe niemandem geholfen.«

Tony grinste. »Er hat mir Einzelheiten erzählt, die keinen Zweifel an deiner Beteiligung zulassen.« Er kniff seine eiskalten Augen zu schmalen Schlitzen zusammen. »Du hast Don Mimì Zappacostas Namen gebraucht, um einen *picciottu* dazu zu bringen, eine Schlägerei anzufangen.« Er neigte den Kopf, ohne den Blick von Rocco zu wenden. »Der Baron ist überzeugt, dass wir das Mädchen finden, wenn wir herausfinden, wer ihr zur Flucht verholfen hat. Und ich glaube, damit hat er recht.« Er gab Rocco einen Klaps auf die Wange. »Der Baron weiß nicht, wer dieser Mann ist. Aber ich.«

Rocco war sofort klar, dass er mit dem Rücken zur Wand

stand. Es hatte keinen Zweck mehr, alles abzustreiten. »Ich weiß nicht, wo sie ist.«

Tony musterte ihn mit schneidendem Blick. »Ich habe also recht«, sagte er schließlich. »Warum hast du ihr geholfen?«

»Weil ihr unrecht getan wurde«, ereiferte sich Rocco.

Tony lachte laut. »Wieso bin ich nicht gleich darauf gekommen? Der edle Rächer der Entrechteten.«

»Aber ich weiß nicht, wo sie ist«, wiederholte Rocco.

»Hast du nach ihr gesucht?«

»Ja.«

»Wo?«

»Ich bin durch die ganze Stadt gelaufen.«

»Durch die ganze Stadt gelaufen«, äffte Tony ihn nach. »Wo hast du denn nach ihr gesucht? In den Bordellen?«

»So ein Mädchen ist sie nicht«, erwiderte Rocco.

»Buenos Aires lehrt einen schnell, nicht mehr zu sein als das, was man *sein kann*, wenn man essen will«, meinte Tony. »An deiner Stelle würde ich sie in den Bordellen suchen.«

»So ein Mädchen ist sie nicht«, beharrte Rocco scharf.

Seine Empörung amüsierte Tony. »Ach, du hast sie also nicht nur gerettet, um ein Unrecht wiedergutzumachen, sondern aus einem viel vernünftigeren Grund. Gefällt sie dir so gut?« Er lächelte, und seine nächste Bemerkung traf Rocco umso mehr: »Der Baron hat mir eine Menge Geld versprochen!«

»Ich habe dem nichts entgegenzusetzen«, sagte Rocco steif.

Tony musterte ihn wieder eine Weile schweigend. Das war die Gelegenheit, die er in seinem Gespräch mit Bastiano gemeint hatte. Das war die Chance, Rocco zu ködern, ihn an sich zu ketten. Dieses Mädchen war der Riss in Roccos Panzer. Sein Schwachpunkt. »Du kannst mir deine Dankbarkeit erweisen«, sagte er so leise, dass Rocco gezwungen war, sich zu ihm vorzubeugen. »Und deine Treue.«

Rocco lief ein Schauer über den Rücken. Dankbarkeit und

Treue. Er wusste genau, was diese beiden so offenbar edlen Wörter bedeuteten: einer von Tonys Männern zu werden. Es bedeutete, auf das zu verzichten, wofür er gekämpft hatte, auf das, weswegen er in diese verdammte Neue Welt aufgebrochen war, an der rein gar nichts neu war. Es war ein unglaublich hoher Preis. Der höchste, den man von ihm verlangen konnte. Denn er hatte sich doch geschworen, nie wieder etwas mit der Mafia zu schaffen zu haben. Wenn es um sein eigenes Leben gegangen wäre, wäre er niemals darauf eingegangen. Aber darum ging es nicht. Und deshalb hatte sein Herz sich schon entschieden. »Einverstanden«, sagte er schließlich. »Aber kann ich Euch trauen?«

Tony zuckte lediglich mit den Schultern. »Wenn ich dich hätte reinlegen wollen, wäre ich nicht vorbeigekommen, sondern hätte dir einen von meinen Männern an die Fersen geheftet, und früher oder später hättest du mich zu deinem Schatz geführt, genau wie der Baron gesagt hat.« Er trat an die Bürotür und deutete auf die Zeichnungen von den Verladewagen an der Wand. »Könntest du so etwas wirklich bauen?«

»Was?«, fragte Rocco verblüfft. Er sah auf seine Zeichnungen. »Ja, ich glaube schon.«

»Warum fängst du dann nicht an?«, meinte Tony.

Rocco lachte. »Dafür braucht man Geld.«

»Jetzt wasch dir mal die Ohren und hör zu, was ich dir sage: Warum fängst du nicht an?«, wiederholte Tony.

Rocco traute seinen Ohren nicht. »Einverstanden«, stieß er hervor.

Damit ging Tony, zufrieden mit dem Geschäft, das er gerade gemacht hatte.

Rocco hingegen rang nach Luft. Einen Tag vorher hätte er noch Freudensprünge gemacht. Nun aber konnte er an nichts anderes denken, als dass dieser verdammte Baron Rosetta auf der Spur war.

Er trat ins Freie und öffnete seinen Arbeitsoverall, als wäre der schuld, dass es ihm die Luft abdrückte.

»Der Schiffsmotor ist repariert«, sprach Mattia ihn an, der ihm nach draußen gefolgt war.

»Ja, gut«, antwortete Rocco abwesend.

Mattia deutete auf den dürren Jungen mit den schlotternden Kleidern und raspelkurzen Haaren, der sich mehr schlecht als recht hinter einigen Kisten auf dem Kai verbarg. »Er ist schon seit heute Morgen hier«, erklärte Mattia.

Rocco betrachtete den Jungen. Nein, er würde sich nicht um ihn kümmern, er konnte und er wollte es nicht. Die Begegnung mit Libertad ging ihm noch immer nach. Er konnte es sich nicht leisten, einen Streuner aufzunehmen. Er hatte ihm nichts zu bieten. Es war besser für alle Beteiligten, wenn der Junge das schnell verstand. Er hob einen verrosteten Bolzen auf und zielte auf ihn. »Verschwinde!«, brüllte er.

Der Bolzen schlug zwei Meter vor Raquel auf dem Boden auf.

»Wer ist das? Kennst du ihn?«, fragte Mattia.

»Irgend so ein Streuner«, sagte Rocco vermeintlich beiläufig.

»Zielen kannst du jedenfalls nicht!«, sagte Mattia lachend.

»Und wenn schon«, brummte Rocco. »Du und Hundeschnauze, ihr montiert den Motor im Schiff und lasst es zu Wasser«, beschied er Mattia, bevor er sich auf den Weg zu Zappacosta Oil Import-Export machte. Der magere Junge folgte ihm wie ein streunender Hund. »Verschwinde!«, schrie er noch einmal. Er betrat Tonys Büro, ohne anzuklopfen. »Was bedeutet das, was Ihr gesagt habt?«, fragte er Tony geradeheraus. »Wenn ich das Mädchen finde, werdet Ihr sie dann beschützen, oder übergebt Ihr sie einfach dem Baron?«

»Ich beschütze meine Leute und die, die ihnen etwas bedeuten«, antwortete Tony.

»Das Mädchen darf nie etwas davon erfahren«, sagte Rocco.

»Wovon? Dass du dich für sie geopfert hast?« Tony grinste.

»Und sie darf nichts mit Euch zu tun haben.«

»Jetzt müsste ich eigentlich beleidigt sein«, scherzte Tony.

»Das sind die Regeln. So oder gar nicht«, erklärte Rocco.

Tony lächelte spöttisch. »Du bluffst nur. Aber gut. Einverstanden.«

Rocco wandte sich zur Tür.

»Können wir nun damit aufhören, sie *das Mädchen* zu nennen?«, rief Tony ihm nach. »Sie heißt Rosetta Tricarico.«

»Vergesst auch gleich ihren Namen«, knurrte Rocco und schlug die Tür hinter sich zu. Tonys spöttisches Lachen verfolgte ihn bis hinaus auf die Straße.

Rocco holte sein Mittagessen aus der Halle, in der er schlief. Er winkte Nardo zum Gruß, doch als er wieder heraustrat, bemerkte er wieder den mageren Jungen, der hinter einer Ecke hervorspähte.

»Verschwinde!«, schrie er. Er warf mit einem Stein nach ihm, doch auch dieser verfehlte sein Ziel deutlich.

»Kieselwerfen ist anscheinend nicht so deine Stärke«, sagte Nardo. »Soll ich es mal versuchen?«

Rocco ging ohne zu antworten zur Werkstatt zurück, wo er auf Amos stieß. In seiner Begleitung waren zwei Leibwächter und die Frau mit der zerschnittenen Wange, die Libertad im Bordell in Empfang genommen hatte. Ihr fehlte ein Stück Ohr, die Stelle war rot und geschwollen.

»Sieh mal an, wer da ist«, sagte Amos. »Ich werde Tony gleich sagen, dass ich deine Fresse im Chorizo nie wieder sehen will.«

»Leck mich, du stinkendes Stück Scheiße«, brüllte Rocco ihn an.

Einer der Leibwächter trat auf ihn zu, die Hand an sein Messer gelegt.

Geschmeidig und schnell wie eine Katze war Rocco bei ihm, packte ihn am Arm, zog seinen Revolver und drückte ihm den Lauf in die Rippen. »Wolltest du noch irgendetwas sagen?«, zischte er ihm ins Gesicht.

»He … he … ganz ruhig«, ging Amos dazwischen.

Langsam senkte Rocco die Waffe, ohne dabei den Leibwächter aus den Augen zu lassen. »Nimm die Hand vom Messer«, flüsterte er drohend.

Der Mann gehorchte.

Rocco versetzte ihm einen Stoß und ging. Aus dem Augenwinkel beobachtete er, wie der magere Junge davonrannte, als würde er von einem Geist verfolgt. Das fiel offenbar auch der Frau auf, die dem Jungen stirnrunzelnd hinterherblickte.

Den Rest des Tages arbeitete Rocco in der Werkstatt. Doch kaum war er fertig, lief er auf der Suche nach Rosetta wieder durch das Viertel, immer in Sorge, der Baron könnte sie vor ihm finden. Er hatte einen Pakt mit Tony geschlossen. Für sie hatte er auf seine Freiheit verzichtet. Aber er traute Tony nicht, wie er keinem Mafioso vertraute. In ihrer Welt wiederholten sie ständig: »Das ist nichts Persönliches. Nur Geschäfte.« Was bedeutete, dass man jeden verraten durfte. Dass jede Vereinbarung gebrochen werden durfte. Nein, er musste Rosetta vor allen anderen finden. Und sie beschützen.

Als er schließlich sein Abendessen zubereitete, hörte er plötzlich ein Geräusch in der Halle. Doch er ließ sich davon nicht beirren, sondern rührte weiter in seinem Topf Suppe und aß schließlich die Hälfte davon. Danach trug er einen Stuhl nach draußen und stellte ihn neben die Kiste, auf der Nardo immer saß. Er sah zu, wie die ersten Sterne am Himmel auftauchten und es langsam dunkel wurde.

»Komm schon raus«, sagte er schließlich.

Einen Moment herrschte Stille, dann war das Rascheln des Wachstuchs zu hören und zögernde Schritte.

»Setz dich«, sagte Rocco, als der Junge am Tor erschien, ohne den Blick vom Himmel zu wenden.

Raquel setzte sich auf die Kiste. Eine Weile sagte keiner ein Wort, dann flehte Raquel leise: »Jag mich nicht weg, bitte.«

Rocco wandte sich ihr zu und war verblüfft, sie zutiefst verängstigt zu sehen. »Wovor fürchtest du dich?«

Raquel zuckte zusammen. »Vor gar nichts.«

»Heute habe ich mit einem Stein auf dich gezielt, aber das hat dir nichts ausgemacht. Kurz darauf aber bist du Hals über Kopf davongerannt«, erklärte Rocco. »Was hat dir solche Angst eingejagt?«

»Nichts.«

»Kannst du mir mal erklären, warum ich das Gefühl habe, dass du mir nur Unsinn erzählst?«, fragte Rocco.

Doch Raquel antwortete ihm nicht, und so schwieg Rocco ebenfalls. Eine ganze Weile. »Wenn du bei mir bleiben willst, muss du dir eine Arbeit suchen«, sagte er schließlich. »Ich habe keine Lust, einen Schmarotzer durchzufüttern.«

Raquel öffnete erstaunt den Mund.

»Schnauze«, brüllte Rocco sofort. »Zweitens: Wenn ich merke, dass du irgendeine Verbindung zu einer Straßenbande hast … wenn du denen auch nur Guten Tag sagst … dann trete ich dir so fest in den Arsch, dass du bis nach … wo war das? … Russland fliegst.«

Raquel sprang auf. »Danke! Ich …«

»Schnauze. Ich bin noch nicht fertig. Drittens, und das ist am wichtigsten: Ich kann Schwätzer nicht leiden. Also rede so wenig wie möglich. Ich hatte nie vor, mein Leben mit einem Hosenscheißer zu teilen. Und sollte ich es jetzt tun, heißt das nicht, dass ich es mir nicht ganz schnell anders überlegen kann.«

Raquel presste sich eine Hand auf den Mund und hüpfte vor Freude auf einem Bein herum. In ihren Augen standen Tränen.

Rocco schüttelte verwundert den Kopf. »Jetzt iss schon«, befahl er grob. »Suppe steht drinnen auf dem Tisch.«

Raquel rannte in die Lagerhalle.

»Das wird ein Albtraum, so viel ist sicher«, sagte Rocco leise.

»Willst du wissen, warum ich nicht weggelaufen bin, als du den Stein nach mir geworfen hast?«, rief Raquel mit vollem Mund aus der Halle. »Weil du erbärmlich schlecht zielen kannst.« Sie kicherte.

Rocco nahm eine Flasche, die Nardo neben der Kiste zurückgelassen hatte, und stellte sie auf einen Poller am äußersten Rand des Kais, mehr als zwanzig Schritte entfernt. Dann nahm er einen runden Stein, ging zurück und setzte sich auf seinen Stuhl. Er drehte den Stein zwischen den Fingern, wog ihn in der Hand, um sicher und mit festem Griff zielen und werfen zu können.

Er traf die Flasche genau in der Mitte, und sie zersprang in Hunderte Scherben.

»Was war das?«, fragte Raquel erschrocken von drinnen.

»Nichts«, antwortete Rocco. »Ein Betrunkener.«

42

Ein Ungeheuer hatte sich in seine Füße verbissen.

Zumindest schien es Francés so, als er im Black Cat wieder zu sich kam.

Das Feuer hatte ihn erreicht, seine Schuhe in Brand gesetzt und mit beißenden Flammen im Nu die Sohlen weggefressen. Schreiend vor Schmerzen sprang er auf, die Luft brannte in seinen Lungen. Er stützte sich auf den Tresen und sah sich hektisch nach einem Fluchtweg um. Auf dem Boden lag Lepkes Leiche. Sein Blut, das dort eine Lache gebildet hatte, brodelte in der unerträglichen Hitze.

Francés hielt sich die Hände vor das Gesicht und rannte auf die Tür des Black Cat zu, während die Hitze ihm die Haare versengte. Das Rollgitter vor dem Eingang war heruntergelassen, und so packte er den Griff, doch das Metall war glühend heiß. Er schrie auf und spürte, wie die Haut am Griff haften blieb, als er seine Hand wegzog. Es blieb nur ein Weg: zurück durch die Flammenwand.

Inzwischen hatte das Feuer Lepke vollkommen erfasst, seine Haare waren weggeschmort, sein Gesicht zerlief, als wäre es aus Wachs, dabei zogen seine Lippen sich zurück und entblößten die Zähne zu einer grauenvollen Fratze.

Um Francés herum zerplatzten die Spiegel lautstark, wie bei einer Schießerei, und spitze Splitter schossen wild durch das Lokal.

Die Flammen machten sich nun über die Holztreppe her,

angelockt vom Sauerstoff aus dem oberen Stockwerk. Mit der Kraft der Verzweiflung nahm Francés immer drei Stufen auf einmal. Doch auch dort oben in den Zimmern, die bald ein Raub der unersättlichen Flammen sein würden, war die Hitze unerträglich. Auf der Suche nach Sauerstoff zum Atmen schleuderte er in einem Zimmer einen Stuhl in das Fenster. Der Luftzug, der ihm von draußen entgegenschlug, war so heftig, dass er ihn beinahe umgeworfen hätte. Dann herrschte plötzlich eine unnatürliche Stille. Bis kurz darauf brüllender Lärm ertönte, wie das Fauchen eines Drachen. Und dann gab es mit einem Mal keine Luft mehr, und Francés wurde von einer Feuerzunge quer durch den Raum gegen eine Wand geschleudert. Mühevoll erhob er sich und rannte auf das offene Fenster zu.

Francés ließ sich einfach aus dem Fenster fallen. Der Aufprall war weich, beinahe angenehm, direkt auf der Markise des Black Cat. Und schon im nächsten Moment spürte er, wie seine Lungen sich wieder mit Luft füllten. Jemand zog ihn von der Markise, die gerade Feuer fing, und brachte ihn auf dem gegenüberliegenden Bürgersteig in Sicherheit. Auf der Straße wimmelte es von Menschen. Francés erblickte das rauchende Wrack seines Wagens. Nicht einmal den hatte Amos verschont.

Kurz darauf zerrissen die Sirenen der Feuerwehrwagen die von Rauch geschwängerte Luft dieses unheilvollen Morgens. Die Wagen hielten mit kreischenden Bremsen, und Francés lauschte den gebrüllten Befehlen, die über die zusammengelaufene Menge hinweghallten, dem Geräusch des Wassers, das aus den Tankwagen gepumpt wurde, und dem anhaltenden Knistern des Feuers, das mit aller Kraft Widerstand zu leisten schien wie ein vom Teufel Besessener während eines exorzistischen Rituals.

»Trink«, sagte jemand und reichte ihm eine Flasche.

Francés trank gierig, als wolle er das Feuer in seinem Inneren löschen. Doch gleich darauf überkam ihn ein heftiger Hustenanfall, in dessen Verlauf er das Wasser erbrach. Es war schwarz.

Eine lange Weile blieb er auf dem Gehweg sitzen, sog gierig die frische Luft ein. Schließlich erhob er sich mühsam und machte sich auf den Weg, wohin, das wusste er nicht. Sein gesamter Körper war eine einzige Wunde. Das Laufen fiel ihm schwer. Seine Fußsohlen sendeten einen brennenden Schmerz aus, der bis in seinen Kopf ausstrahlte. Seine verkohlten Lungen zogen immer noch zu wenig Sauerstoff aus der Luft. Die Haut an seinen Händen brach jedes Mal auf, wenn er die Finger bewegte. Seine Lippen waren so ausgedörrt, dass sie wie vertrocknete Blätter raschelten, sobald er den Mund öffnete. Die Kleider waren von der Raserei des Brandes zerrissen und versengt, die Schuhe wölbten sich vertrocknet wie die Haut eines exotischen Tieres.

Schon kurz darauf konnte er sich nicht mehr auf den Beinen halten. Ein beißender, würziger Geruch kitzelte in seiner Nase, und er wusste, dass er sich am Zoo befand.

Dann verlor er das Bewusstsein.

Als er wieder zu sich kam, war es noch heller Tag. Bei dem Versuch, sich aufzurichten, stöhnte Francés laut auf. Mühsam erhob er sich, der Schmerz war allgegenwärtig, doch den zwischen den Beinen empfand er zusätzlich als besonders erniedrigend. Nie würde er vergessen, was Amos ihm angetan hatte. »Ich werde dich umbringen«, sagte er laut. Doch seine Stimme zitterte so sehr, dass er nicht einmal sich selbst überzeugen konnte.

Francés ging im Geiste seine Möglichkeiten durch und beschloss, einen alten Zuhälter aufzusuchen, der ihn einst in Marseille in das Gewerbe eingeführt hatte und mittlerweile sein Geld ebenfalls in Buenos Aires verdiente. Alle hier nannten ihn Monsieur, für ihn jedoch war er André. Unter Qualen machte Francés sich schleppend auf den Weg zu seinem Lokal.

Der alte Mann, dessen feine Gesichtszüge von einer beginnenden Couperose entstellt waren, war beim Anblick von Francés' bemitleidenswertem Zustand sichtlich verlegen. »Ich dachte, du wärst tot«, begrüßte er ihn. »Das denken alle hier. Die Nachricht hat sich im Nu verbreitet.«

»Hilf mir, André«, bat Francés.

Der Zuhälter schüttelte den Kopf. »Du weißt, dass ich das nicht kann.«

»Bitte …«

»Das Ganze ist zu weit gegangen. Es gibt kein Zurück mehr«, erklärte der alte Mann. »Du bist jetzt ein Aussätziger.«

Francés erinnerte sich, diese Worte vor kurzem noch selbst ausgesprochen zu haben. »Du bist eine Aussätzige. Eine wandelnde Tote. Du bist erledigt, Mädchen. Und wenn Amos merkt, dass ich euch helfen wollte, bin ich genauso tot wie du«, hatte er zu Raquel gesagt, bevor er sie hinausgeworfen hatte. Und genau das würde André passieren, wenn er etwas für ihn tat. »Hilf mir«, bat er trotzdem noch einmal.

Der alte Mann sah ihn mitleidig an. »Warte hier«, sagte er schließlich. »Aber wag es nicht, weiter hereinzukommen, sonst jage ich dich mit Fußtritten hinaus.«

Genauso habe auch ich das Mädchen bedroht, dachte Francés, und die Erinnerung erfüllte ihn mit Unbehagen.

Kurz darauf kehrte André mit einem grauen, ein wenig schäbigen Anzug, einem hellblauen Hemd, roten Hosenträgern und einem Paar abgenutzter schwarzer Schuhe mit Strümpfen zurück. Er reichte Francés die Kleidung. »In der rechten Jackentasche sind hundert Pesos. Ab jetzt musst du allein klarkommen. Fahr mit dem Zug nach Rosario. Aber verhalt dich unauffällig. Und such auf keinen Fall nach deinen *poules*, hörst du? Das sind Huren, die würden dich mit Sicherheit verraten. Ich werde niemandem erzählen, dass du am Leben bist. Am besten belässt du es dabei, dass alle dich für tot halten.« Er zögerte einen Moment, als müsse er sich einen Ruck geben, dann sagte er: »Amos beschafft sich gerade ein richtiges Waffenlager. Ich weiß nicht, warum. Ein Zuhälter braucht nicht so viele Waffen – es sei denn, er will einen Krieg anzetteln.«

»Woher weißt du das?«, fragte Francés interessiert.

»Das war Zufall«, antwortete André. »Ich habe in Montevideo zwei Mädchen abgeholt, da habe ich gesehen, wie er gerade mit Söldnern verhandelt hat. Ich kenne diese Männer, die für Geld in den Krieg ziehen, als meine Kunden. Die mögen meine Huren.« Er hielt kurz inne. »Ich bin vermutlich der Einzige, der davon weiß. Sei vorsichtig. Amos ist sehr gefährlich.« Er bedachte Francés mit einem langen Blick. »Und jetzt verschwinde und lass dich hier nie wieder blicken«, sagte er und wandte Francés den Rücken zu.

In einem nahegelegenen Park zog Francés sich hinter einer Reihe von Büschen die sauberen Kleider an. Er fühlte sich bei allen Schmerzen ein wenig besser, wenn auch noch immer schmutzig, vor allem wegen dem, was Amos ihm angetan hatte.

André hatte recht. Er musste seine Spuren verwischen. Er hatte nichts mehr, selbst seine Freunde bei der Polizei würden ihm den Rücken zukehren. Amos' Beziehungen waren viel mächtiger. Und wohin sein Arm nicht reichte, würden die der Obersten der *Sociedad Israelita de Soccorros Mutuos Varsovia* gelangen, die Kontakte zu den höchsten Regierungsbehörden hatten.

Im Bahnhof von Retiro trat er an einen freien Schalter, um eine Fahrkarte zu kaufen.

»Wo wollt Ihr hin, Señor?«, fragte der Beamte.

Doch Francés antwortete nicht, sondern starrte nur entsetzt auf sein Spiegelbild in der Glasscheibe vor ihm. Betrachtete sein von Brandwunden entstelltes Gesicht. Die versengten Haare. Ließ den Blick an sich hinunter auf die verbrannten Hände wandern. Er sah wie ein Toter aus, selbst mit den sauberen Kleidern.

»Señor?«, fragte der Beamte noch einmal. »Wo wollt Ihr hin?«

Und dann sah Francés plötzlich Lepke vor sich, von den Flammen vollkommen entstellt.

»Señor?«

»Ich gehe nirgendwohin«, sagte Francés bestimmt.

Und er fühlte, dass die Entscheidung richtig war, als er den Bahnhof von Retiro verließ und auf Buenos Aires blickte, wo er seinen Kampf mit Amos aufnehmen würde.

Für sich selbst und für Lepke.

43

»Was hast du heute vor?«, fragte Rocco Raquel, als die ersten Strahlen der Sonne langsam die Lagerhalle erhellten.

»Warum?«

»Wir hatten abgemacht, dass du dir Arbeit suchst. Und zwar eine ehrliche Arbeit.«

Raquel nickte eifrig. Ihr Leben lang hatte sie sich gewünscht, ein Junge zu sein, um diese Freiheit genießen zu können. Und sie wusste auch schon, wo sie Arbeit suchen und finden konnte. »Ich werde in einer Buchhandlung arbeiten«, sagte sie.

Rocco blickte sie überrascht an. »In einer Buchhandlung? Kannst du denn lesen?«

»Na sicher.«

»Sicher ist das nicht!«, blaffte Rocco sie an. »Keiner von uns hier kann lesen.«

Raquel errötete, doch Rocco blickte sie mit neu erwachtem Interesse an. »So jung und kann schon lesen«, murmelte er. »Los, komm mit«, sagte er entschieden und verließ mit energischen Schritten das Lager.

»Wohin gehen wir?«, fragte Raquel, die ihm rasch folgte.

»Wir besorgen dir jetzt Kleidung, die dir passt. Ich weiß, dass es ganz in der Nähe einen kleinen Laden gibt«, erklärte Rocco leise. »In dem Aufzug kannst du doch nicht in einer Buchhandlung arbeiten. Du siehst lächerlich aus.«

Als sie an den Büroräumen von Tony vorbeikamen, drängte Raquel sich dichter an Rocco.

»Hast du vor irgendetwas Angst?«, fragte er.

»Nein, nein …«

»So ein Quatsch.« Rocco musterte sie streng. Er erinnerte sich noch gut, wie sie Hals über Kopf die Flucht ergriffen hatte. »Ángel, kennst du eine Frau mit einer Narbe über der Wange, der ein Stück vom Ohr fehlt und die für einen Zuhälter namens Amos arbeitet?«

»Der ein Stück vom Ohr fehlt?« Raquels Stimme zitterte. Gleich darauf ging ihr auf, dass sie sich bereits verraten hatte. Dennoch schüttelte sie energisch den Kopf, vermied es aber, Rocco anzusehen. »Keine Ahnung, wer das sein soll. Ich kenne sie nicht«

»Das ist gelogen. Du hast meine Frage schon beantwortet«, sagte Rocco.

Raquel biss sich auf die Lippe, hob aber den Blick.

»Die Wunde am Ohr ist noch ziemlich frisch«, sagte Rocco, ohne sie aus den Augen zu lassen.

Raquel schwieg beharrlich.

»Wenn du still sein sollst, plapperst du wie ein Wasserfall«, sagte Rocco. »Aber wenn du was sagen sollst, bist du stumm wie ein Fisch.«

Den Rest des Weges zu dem kleinen Laden mit gebrauchter Kleidung schwiegen sie.

Rocco wühlte in einem Haufen Kleidung, die in der Mitte des Raumes auf einem Tisch verteilt lag. Es roch nach Desinfektionsmittel und Feuchtigkeit. Er wählte eine khakifarbene Hose, ein Baumwollhemd mit langen Ärmeln in einem ausgewaschenen, farblosen Grau, Hosenträger und einen blauen Rollkragenpullover mit einer Kapuze und Flicken auf den Ellenbogen. Dazu rotbraune Schuhe mit Schnürsenkeln und nicht allzu abgelaufenen Sohlen.

Er deutete auf eine Nische mit einem verschlissenen Vorhang. »Probier das an.«

Raquel trat zu einer Schachtel mit Unterhosen und wählte eine für Männer. »Kann ich so eine auch haben?«

»Du hast nicht mal eine Unterhose?«

Raquel errötete. Sie trug eine Mädchenunterhose. »Nein.«

»Du kannst lesen, hast aber nicht mal eine Unterhose«, sagte Rocco kopfschüttelnd. »Also gut. Und jetzt mach schon.«

Während sie sich umzog, dachte Raquel bewegt, dass sie ab nun immer Männersachen tragen würde. Und zum ersten Mal Männersachen, die ihr gehörten.

Als sie aus der Kabine trat, empfing Rocco sie mit einem Lächeln. Er kam näher und tat so, als wollte er ihr in den Schritt greifen.

Raquel machte einen hastigen Satz zurück.

»Wer will dir denn schon an deine kostbaren Murmeln gehen!«, spottete Rocco. Dann überreichte er der Ladenbesitzerin ein paar Pesos.

»Sobald ich was verdient habe, zahle ich dir das zurück«, sagte Raquel, als sie draußen waren.

»Worauf du wetten kannst«, erwiderte Rocco grinsend. »Jetzt hau schon ab!« Er gab ihr noch einen Klaps auf den Hinterkopf mit auf den Weg.

Raquel lächelte glücklich und wollte losgehen.

»Halt, warte noch, Ángel«, hielt Rocco sie da auf. »Bist du ganz sicher, dass du diese Frau mit der Narbe nicht kennst?«, fragte er ernst.

»Ja … ganz sicher«, murmelte Raquel verlegen.

Rocco zog ihr die Kapuze über. »Setz sie auf. Auch wenn jetzt Sommer ist. So fällst du nicht auf.«

Raquel fand, dass seine Stimme warm klang, beschützend und stark.

»Pass auf dich auf«, sagte er.

»Ja«, erwiderte Raquel und lief los.

Als sie das Schild mit der Möwe an der Kreuzung zwischen

Avenida Jujuy und Avenida San Juan erreichte, atmete sie kurz durch und betrat dann die Buchhandlung *La Gaviota.* Die Glocke an der Tür bimmelte. Raquel blieb im Eingangsbereich stehen und sah sich staunend um.

Beim ersten Mal hatte sie sich nur auf das Gespräch mit dem Eigentümer konzentriert und sich kaum umgesehen. Jetzt nahm sie als Erstes den besonderen Geruch der Buchhandlung wahr, der sie gleich einhüllte. Es war der Duft von Papier und dem dünnen Leder der Einbände, der sich mit dem strengen Geruch von Leim und dem kräftigen der Möbelpolitur für Regale mischte. Darüber lag ein eher verhaltener Geruch von Staub, der sie in der Nase kitzelte wie unparfümierter Puder. Das Licht drang nur mühsam durch die deckenhohen Bücherregale, die gegeneinander versetzt zu einem Labyrinth angeordnet waren. Der Holzboden war dunkel und matt, und doch wirkte der Raum nicht düster. Die Bücher, dicke und dünne, mit ihren auffälligen bunten oder eleganten dunklen Rücken, sprangen ihr ins Auge wie Edelsteine in einem Felsen. Sie hatte das Gefühl, in einer geheimen Höhle gelandet zu sein, die einen unermesslichen Schatz barg.

»Ja?«, ließ sich plötzlich eine leicht heisere Stimme vernehmen.

Raquel lief wie benommen los, einem aufziehbaren Blechspielzeug gleich, in Richtung der Stimme, bis zum Schreibtisch, hinter dem der Buchhändler seine Zeitungslektüre unterbrochen hatte.

»Was willst du, Junge?«, fragte dieser barsch und sah sie streng durch seine Brille mit den runden Gläsern an.

»Guten Tag, Señor«, grüßte Raquel und versuchte, ihre Stimme etwas tiefer klingen zu lassen. »Ich bin wegen der Stelle als Ladenhilfe hier«, sagte sie. Und als der alte Mann seine Brille abnahm und sie musterte, betete sie im Stillen, dass er sie nicht erkannte.

»Kannst du lesen?«, fragte der Buchhändler.

»Ja, Señor.«

Der alte Mann schnaubte grimmig und zog eine Augenbraue hoch. »Das sagt ihr alle«, brummte er. »Und wenn ihr dann etwas anderes lesen sollt als euren Namen, stottert ihr herum wie Analphabeten.«

»Ich kann lesen«, erwiderte Raquel empört.

Der Buchhändler drehte die Zeitung herum und deutete mit einem verkrümmten und vom Nikotin gelb gefärbten Zeigefinger auf einen Artikel. »Lies das vor.«

»Galaempfang für General Boca«, begann Raquel mit dem Titel. Sie räusperte sich. »Gestern Abend öffnete Fürstin Altamura y Madreselva anlässlich des achtzigsten Geburtstags von General Boca die Salons ihrer prachtvollen Residenz für die Crème de la Crème der Gesellschaft. Neben dem Ehrengast war auch Baron Rivalta di Neroli aus Sizilien anwesend. Die Damen trugen elegante Kleider ganz nach der Pariser Mode …«

»Das genügt.« Der alte Mann betrachtete sie interessiert. »Also lesen kannst du. Das stimmt. Aber du hast einen merkwürdigen Akzent. Woher kommst du?«

»Aus Russland.«

»Mit diesen dürren Ärmchen und der langen Nase siehst du aus wie Pinocchio«, sagte der alte Mann lachend.

»Wer ist Pinocchio?«

»Eine Holzpuppe, die einen Haufen Lügen erzählt, woraufhin ihre Nase von Mal zu Mal länger wird.« Der Mann blickte sie durchdringend an. »Erzählst du Lügen?«

»Ist meine Nase etwa länger geworden, seit ich den Laden betreten habe?«, antwortete Raquel keck, auch um ihre Angst zu überspielen, er wäre ihr auf die Schliche gekommen.

Der Buchhändler lachte und ließ dabei lange gelbe Zähne sehen. »Na gut, du hast die Stelle«, sagte er nach einem letzten prüfenden Blick. »Wie heißt du?«

»Ángel!«, rief Raquel freudig.

»Du musst jeden Morgen um Punkt neun Uhr hier sein«, sagte der Mann ernst. »Ich dulde keine Verspätung. Zuverlässigkeit ist mir das Wichtigste, da kenne ich kein Pardon.« Er sah Raquel forschend an. »Bist du zuverlässig, Ángel?«

»Ja, Señor.« Raquel erinnerte sich an die Argumente, mit denen er sie beim ersten Mal abgelehnt hatte, als sie sich als Mädchen zu erkennen gegeben hatte. »Wir Männer sind nicht wie Frauen«, hörte sie sich sagen. »Früher oder später verschwinden sie oder lassen sich schwängern.«

Der Buchhändler starrte sie an. »Das ist ja komisch«, sagte er schließlich. »Genau das sage ich auch immer.«

Raquel lächelt ihn engelsgleich an, gleichzeitig dachte sie: Du Riesentrottel!

»Wir sehen uns morgen Früh.« Der alte Mann hob mahnend den Zeigefinger. »Pünktlich!« Dann fügte er hinzu: »Ich bin Gaston Delrío.«

»Señor, darf ich noch hierbleiben und ein Buch lesen?«, fragte Raquel.

Delrío blickte sie überrascht an. »Und was möchtest du lesen?«

Raquel sah sich um. Ihr Traum war zum Greifen nah, überall standen Bücher, sie musste bloß eine Hand ausstrecken. Das hatte sie sich ihr ganzes Leben gewünscht. Aber sie kannte keinen einzigen Titel. Bis auf einen.

»Pinocchio.«

Delrío ging geradewegs auf ein Regal zu, auf dem Bücher mit fröhlich bunten Einbänden standen. Er zog eins davon heraus und drückte es Raquel in die Hand. »Aber sei vorsichtig beim Umblättern«, mahnte er. »Wenn du es beschädigst, musst du es bezahlen.«

Raquel nahm das Buch wie einen kostbaren Schatz entgegen und setzte sich auf eine Schulbank in einer Ecke des Ladens. Mit vor Aufregung wild klopfendem Herzen betrachtete sie zunächst andächtig den Buchumschlag, der eine Holzpuppe zeigte.

»Worauf wartest du noch?«, fragte Delrío.

»Auf nichts.« Raquel öffnete mit einem glücklichen Lächeln das Buch.

»*Es war einmal …*«, begann sie still zu lesen. »›*Ein König!*‹, *werden meine kleinen Leser jetzt sicher sofort rufen. Nein, liebe Kinder, da liegt ihr falsch. Es war einmal ein Stück Holz …*«

Nach diesen ersten Zeilen war Raquel von der Geschichte gefesselt. Sie bemerkte kaum, was um sie herum geschah, hörte nicht die Kunden, die kamen und gingen. Sie war in einer anderen Welt, dort in diesen Seiten, die sie gierig verschlang. Sie wurde selbst zu dieser Holzpuppe, war die Lügnerin, zitterte aus Angst vor Feuerfresser oder kam sich dumm vor, weil sie auf den Kater und den Fuchs hereingefallen war. Sie lachte mit ihrem Freund Kerzendocht im Spielland und rief mit ihm zusammen iah, als sie in einen Esel verwandelt wurde, sie wurde mit Grausen vom schrecklichen Riesenhai verschluckt und freute sich, als sie Meister Geppetto heil und gesund wiederfand. Und als schließlich aus der Holzpuppe Pinocchio ein Kind aus Fleisch und Blut wurde, betrachtete Raquel nachdenklich die Männerkleidung, die sie trug und die sie zu dem gemacht hatte, der sie jetzt war. Genau wie bei mir, schoss es ihr durch den Kopf.

»Also, wie findest du es?«, fragte Delrío, als er sah, dass sie den Kopf endlich von dem Buch gehoben hatte.

Verträumt und in Gedanken noch immer in den Erlebnissen aus dem Buch, sagte Raquel: »Romane sind … sind …«

»Was sind sie?«, fragte Delrío.

»… so wahr …«

Auf Delríos Gesicht breitete sich ein strahlendes Grinsen aus.

Raquel stand auf, ging zu dem Regal mit den Kinderbüchern und stellte Pinocchio zurück an seinen Platz, nicht ohne vorher liebevoll über den Buchrücken zu fahren.

»Ich habe das Gefühl, dass wir uns gut verstehen werden, Ángel«, brummte Delrío. »Wir sehen uns dann morgen Früh!«

Raquel rannte fast den ganzen Weg zur Lagerhalle zurück. »Ich habe die Stelle«, rief sie und hüpfte aufgeregt um Rocco herum.

Rocco nickte zufrieden. »Gut. Und was zahlt man dir?«

Raquel hörte auf zu hüpfen. »Danach habe ich nicht gefragt …«, gab sie zerknirscht zur Antwort.

Rocco lachte laut. »Na, du bist ja gut!«

Raquel kam sich dumm vor. »Aber ich habe ein Buch gelesen«, sagte sie, als wäre das eine Rechtfertigung.

»Ein Buch«, murmelte Rocco ehrfürchtig. Dann zeigte er auf eine Ecke des Kabuffs. »Das da ist dein Bett.«

Raquel lächelte glücklich beim Anblick der Matratze, auf der ein Kissen und eine Decke lagen.

Nach dem Abendessen sagte Rocco: »Komm, wir gehen 'ne Runde pissen.«

Raquel erstarrte. »Ich muss aber gerade nicht«, stammelte sie.

»Wer nicht mit anderen pissen geht, ist entweder ein Dieb oder ein Spitzel.«

»Nein. Ich muss nur einfach nicht.«

Rocco schüttelte den Kopf. »Du bist schon merkwürdig, Junge«, sagte er und ging nach draußen.

Raquel kamen Bedenken, dass ihr Leben als Junge komplizierter werden würde, als sie es sich vorgestellt hatte.

»Weißt du, warum ich dich nach der Frau mit der Narbe gefragt habe?«, fragte Rocco, als sie sich zum Schlafen legten.

»Nein …«

»Weil es mir neulich, als du ausgerissen bist, so vorkam, als würde sie dich kennen.«

Raquel spürte, wie die Angst ihr die Kehle zudrückte und ihr Herz wie wild zu schlagen begann. »Bestimmt hat sie mich mit jemandem verwechselt«, sagte sie hastig.

Rocco sah sie kurz an. »Vergeude dein Leben nicht«, sagte er ernst, als spräche er von sich selbst. »Lass dich nicht mit Dreck ein. Denn der bleibt auf ewig an dir kleben.« Dann löschte er die Gaslampe.

Raquel wusste, dass er es gut mit ihr meinte. Aber sie konnte ihm nichts erzählen. Was hätte sie ihm sagen sollen? Dass ihr beim Anblick von Amos und Adelina das Blut in den Adern gefroren war? Dass Amos sie töten wollte, so wie er es mit Tamar getan hatte? Wie sollte sie ihm das erklären? Ihr neues Leben stützte sich auf eine ganze Reihe von Lügen. Sie war nicht mehr Raquel, sondern Ángel. Und vielleicht würde sie das retten.

»Du wirst es bestimmt mal zu etwas bringen, Junge«, murmelte Rocco. »Wenn du in deinem Alter schon Bücher lesen kannst.«

Mit seinen Worten im Ohr ließ Raquel sich gestärkt in den Schlaf gleiten. Und noch einmal dachte sie an die wunderbare Geschichte von Pinocchio und wiederholte in Gedanken den Anfang der Geschichte. »*Es war einmal … ›Ein König!*‹« Wieder kam ihr in den Sinn, wie sehr diese Geschichte ihrem eigenen Leben glich. Und plötzlich hatte sie eine Eingebung: *Nein, da liegt ihr falsch*, dachte sie glücklich. *Es war einmal … ein Mädchen*. Und fügte dann hinzu: *Ein Mädchen, das frei sein wollte wie ein Junge*.

Und in diesem Moment erkannte sie, dass sie schreiben würde.

44

Rosetta war gerade in die Tranvía gestiegen, als sie ihn sah.

Er stand mit dem Rücken zu ihr, aber Rosetta zweifelte keinen Augenblick. Diese aschblonden Haare mit den helleren, von der Sonne ausgebleichten Strähnen sah sie jede Nacht vor sich. Und dieser schlanke, muskulöse Körper, aufrecht, stolz und stark, ließ sie daran denken, wie er sie in seinen Armen gehalten hatte.

Sie hielt den Atem an. Ihr Herz begann so heftig und laut zu schlagen, dass es das Quietschen der Straßenbahnräder auf den Schienen übertönte.

Sie hatte ihn gefunden. Sie hatten sich gefunden.

Rosetta verharrte noch einen Augenblick, um Rocco von hinten zu betrachten, während er nichts von ihrer Anwesenheit ahnte. Als wollte sie sich dieses Bild einprägen, welches das Ende ihrer Trennung und den Anfang ihres neuen Lebens bedeutete.

Schließlich ging sie zu ihm, so sehr bewegt von ihren Gefühlen für ihn, dass ihre Kehle wie zugeschnürt war und ihr die Tränen in den Augen standen, und legte ihm eine Hand auf die Schulter.

»Rocco«, flüsterte sie.

Rocco drehte sich um, auf diese geschmeidige Art, die ihr so vertraut war. Seine Augen weiteten sich vor Überraschung, fast schon erschrocken. Er öffnete den Mund, doch ihm fehlten die Worte. Und dann nahm er sie mitten unter all den Menschen, die den Waggon der Tranvía füllten, so fest und kraftvoll in seine Arme, dass Rosetta beinahe fürchtete, er würde sie erdrücken. Er fuhr ihr mit der Hand in die Haare, verkrallte sich darin und zerrte fast gewaltsam an ihnen. Und während auch seine Augen sich mit Tränen füllten, küsste er sie leidenschaftlich, vor allen Leuten.

Und Rosetta gab sich diesem Kuss hin, nach dem sie sich schon so lange gesehnt hatte, ohne sich vor den Leuten zu schämen, die sie beobachteten. Denn in diesem Moment gab es nur Rocco. Nur ihn auf der ganzen Welt. Sie schmiegte sich an ihn und verschmolz mit ihm in diesem innigen Kuss.

»Rosetta …«, flüsterte Rocco, während er sie küsste.

»Rocco …«

»Rosetta …«

Dann schwankte die Straßenbahn, und um ein Haar wären sie zur Seite gefallen.

»Rosetta …«, sagte Rocco immer wieder, doch ein fremder Ton hatte sich in seine Stimme geschlichen.

Rosetta spürte Angst in sich aufkeimen.

»Rosetta«, rief Rocco, aber es war nicht seine Stimme.

Rosetta riss die Augen auf.

»Was zum Henker machst du da?«, fragte Tano, der im Hof vor ihr stand und sie an der Schulter rüttelte. »Du bist eingeschlafen und hast geredet. Bekommst du nachts nicht genug Schlaf?«

Rosetta starrte ihn schweigend an. Es war ein Traum gewesen! Nur ein Traum. Und wieder derselbe, aus dem sie stets mit brennenden Lippen erwachte, als ob Rocco sie wirklich geküsst hätte.

»Schläfst du immer noch?«, fragte Tano.

Rosetta lächelte. »Vielleicht.«

Tano schüttelte den Kopf. »Du hast ja nicht alle Tassen im Schrank.« Er tippte ihr mit einem Finger an die Stirn.

Rosetta seufzte und senkte den Kopf. Rocco war nicht bei ihr. Vielleicht würde er sie nie finden. Vielleicht musste sie sich damit begnügen, nur von ihm zu träumen.

»Ich wollte mit dir darüber reden, dass dein Geld demnächst aufgebraucht sein wird«, sagte Tano. »Es wird Zeit, dass du an dich selbst denkst.«

»Ich denke schon an mich selbst«, erwiderte Rosetta, auch wenn ihr klar war, dass er ihre Antwort nicht verstehen würde.

Tano schaute bedeutungsvoll zu den beiden zahnlosen Alten, die inzwischen täglich den Hühnerstall ausmisteten, die Federn entfernten und Stroh um die Nester der Hühner legten. »Jeden Tag gehen dir mindestens zwei Eier durch die Lappen«, flüsterte er ihr zu. »Falls die beiden nicht noch mehr klauen.«

»Sie klauen nicht«, erwiderte Rosetta empört. »Und mir gehen diese zwei Eier nicht durch die Lappen. Ich bezahle sie damit für ihre Arbeit.«

Tano zuckte mit den Schultern. »Na, da du zurzeit ja keine Arbeit hast und den lieben langen Tag nichts tust, könntest du das ja auch selbst machen und dir die Eier sparen.«

Rosetta lächelte ihn an. »Habt Ihr gehört, dass sie seit ein paar Tagen singen?«

»Das Leben ist kein beschissenes Märchen«, brummelte Tano und ging in seine Werkstatt. Dabei pfiff er eine Milonga, die er von den zwei Alten gelernt hatte.

Rosetta lachte. Dann führte sie eine Hand an ihre Lippen und berührte sie mit dem Finger. Sie hatte das Gefühl, immer noch Roccos Mund zu spüren, als hätte sie ihn wirklich geküsst. Und dann lachte sie laut auf, erleichtert darüber, dass sie so für einen Mann empfinden konnte. Denn eines wusste sie genau: Sie und Rocco gehörten zusammen.

Die beiden alten Frauen wandten sich zu ihr um und stimmten in Rosettas Lachen ein. Ohne besonderen Grund und dankbar, weil sie wieder eine Aufgabe im Leben hatten.

Eine von ihnen hatte Rosetta anvertraut, dass sie als junge Frau als Prostituierte gearbeitet hatte. Irgendwann hatte man sie ausgemustert, weil sie nicht mehr ansehnlich genug war. Und dann hatte die Nacht begonnen. So nannte sie das: die Nacht. Jene finstere Welt, in der sie unsichtbar war.

Nach ihrem Bericht hatte sie Rosetta mit ihren verkrümmten Fingern über die Augen gestrichen, als wollte sie sie streicheln oder vielleicht auch segnen, und hatte gesagt: »Aber du hast mich gesehen, *chica*.«

Rosetta sah die Dankbarkeit in ihrem Blick und verspürte das Bedürfnis, allein zu sein. Sie ging zum Brunnen des Viertels, ließ sich auf dem Rand nieder und kühlte ihren Nacken. Nachdenklich blickte sie auf das plätschernde Wasser. »Du hast mich gesehen«, hatte die alte Frau zu ihr gesagt. Aber das stimmte nicht ganz. Rosetta hatte sich vielmehr selbst gesehen. Oder lernte allmählich, sich selbst zu sehen, auch wenn das nur schwer zu erklären war. Und sie lernte, an sich selbst zu denken, wenn auch nicht so, wie Tano es meinte.

Jetzt wusste sie, dass es für sie nur einen einzigen Weg gab, sich selbst zu heilen. Nur einen Weg, sich von all dem Schmutz der Gewalt zu befreien, die ihr angetan worden war. Es gab nur einen Weg, der bis in die Tiefe, an die Wurzel des Bösen ging, ohne dass es sie ängstigte. Und dieser Weg führte über die anderen Frauen.

Das war ihr klar geworden, als sie Dolores kennengelernt hatte. Als sie diese Erleichterung gespürt hatte, die ihre Seele erfrischte. Doch eigentlich hatte sie die Erkenntnis erst akzeptiert, als sie beim Schneider Arbeit für die Tochter der unbekannten Frau gefunden hatte.

Jemandem zu helfen, Fehler oder Unrecht wiedergutmachen, das war Balsam für ihre verletzte Seele.

Es war ihre Art, die Vergangenheit hinter sich zu lassen.

In diesem Moment kam ein Mädchen mit einer Schubkarre voller Brot vorbei. Sie grüßte Rosetta herzlich, und Rosetta lächelte ihr zu. Das Mädchen hieß Encarnación und war zwölf Jahre alt. Gerade begann ihr Körper sich zu entwickeln, was die Blicke der Männer anzog, die unreife Früchte mochten. Sie hatte keinen Vater mehr, die Mutter fand nur hin und wieder Gelegenheitsarbeiten. Beide lebten in größter Armut, und Rosetta hatte schon befürchtet, dass der Hunger eines Tages so groß werden würde, dass Encarnación sich an einen Mann verkaufen würde. Also hatte sie mit Señora Chichizola darüber gesprochen, dass im Moment viele Frauen das Brot bei ihr kauften, obwohl sie nicht in der Nähe lebten. Rosetta sprach über ihre Befürchtung, dass diese Frauen irgendwann den weiten Weg aus Bequemlichkeit oder Müdigkeit scheuen und das Brot wieder beim Bäcker um die Ecke kaufen könnten und die Señora viele Kunden verlieren würde. Um das zu verhindern, schlug Rosetta vor, könnte sie ihnen das Brot nach Hause liefern, und zwar umsonst. Das würde zwar zunächst einen kleinen Verlust bedeuten, sich aber auf lange Sicht rechnen.

»Außerdem ist ein Lieferservice sonst etwas für reiche Leute«, sagte sie.

Señora Chichizola war geschäftstüchtig. Vor allem aber kannte sie auch Großzügigkeit. Sie hatte Encarnación angestellt, um die Waren mit der Schubkarre auszuliefern. Außerdem war sie auf die Idee gekommen, kleine warme Speisen ins Sortiment aufzunehmen, die sie den Leuten, die im Hafen arbeiteten, zur Mittagspause verkaufte.

»Diese Verkaufsarbeit ist wie geschaffen für dich, schön, wie du bist, und mit deiner Überzeugungskunst«, hatte sie zu Rosetta gesagt. Die jedoch schlug sofort die Mutter von Encarnación für diese Tätigkeit vor.

»Jaja, ich weiß schon. Die übliche Leier.« Señora Chichizola hatte geseufzt und kopfschüttelnd hinzugefügt: »Ich wette, gleich erzählst du mir, dass sie nötiger eine Arbeit braucht als du.«

Nun stellte Encarnación die Schubkarre ab und setzte sich zu Rosetta auf den Brunnenrand. »Das Leben ist jetzt schön«, sagte sie mit ihrer kindlichen Arglosigkeit. »Auch meine Mutter ist glücklich. Und das verdanken wir dir.« Sie beugte sich zu Rosetta hinüber. »Ab und zu hat sie *pisco* getrunken«, sagte sie leise, »auch dann, wenn wir kein Geld hatten. Um die Traurigkeit von sich fernzuhalten. Und jetzt, wo sie das Geld hätte, welchen zu kaufen … da trinkt sie keinen mehr. Daran merke ich, dass sie glücklich ist.«

Rosetta strich ihr zärtlich über den Kopf. Dann zeigte sie auf die Schubkarre. »Ist die nicht zu schwer für dich?«

»Nein, mir macht das so viel Spaß!« Encarnación sprang auf, nahm ihre Schubkarre, lief mit ihr im Zickzack zwischen den Leuten hindurch und brummte dazu wie ein Auto. Dann zog sie mit einem Lächeln weiter.

Rosetta lachte und erfrischte noch einmal den Nacken mit etwas kühlem Brunnenwasser. Sie blickte Encarnación nach. Deren Worte über die Mutter erfüllten Rosetta mit einem tiefen Glücksgefühl. »Ich verspreche, mich um euch zu kümmern. Besser gesagt, ich verspreche, mich um … uns zu kümmern. Denn wir haben ein Recht darauf«, sagte sie laut. Entschlossen stand sie auf und machte sich auf den Rückweg.

Kurz darauf sah sie, wie ein Mann, der sich nur mühsam fortbewegte, als litte er unter Krämpfen, in Tanos Werkstatt humpelte. Er kam ihr irgendwie bekannt vor.

»Verschwinde, hier kümmern wir uns nur um Frauen«, hörte sie Tano den Mann anraunzen. »Männer gehen uns am Arsch vorbei.«

»Ich hatte dir ja gesagt … ich würde dich … ganz leicht finden, Schuhmacher«, brachte der Mann mühsam hervor.

»*Minchia*, wer bist du?«, fragte Tano misstrauisch.

»Ruf die junge Frau …«, sagte der Mann, dann war ein dumpfer Aufprall zu hören.

Beunruhigt betrat Rosetta die Werkstatt.

Der Mann lag bewusstlos am Boden, mit dem Gesicht nach unten.

Rosetta drehte ihn vorsichtig um. »Francés!«, rief sie entsetzt.

Francés kam zu sich. »Hilf mir«, stöhnte er fast unhörbar, die Lippen bis aufs Fleisch verbrannt, eine gelbliche Flüssigkeit, vermischt mit etwas Blut, quoll aus der verkrusteten Wunde. Dann verlor er erneut das Bewusstsein.

Rosetta und Assunta trugen ihn in den Wohnbereich und legten ihn auf das Bett, taub gegen Tanos fortwährende Schimpftiraden.

Francés' Zustand erschütterte Rosetta zutiefst. Seine Schönheit, dieses natürliche Leuchten, das von ihm ausging, war verschwunden. Seine Haare waren versengt, die Augenbrauen verbrannt, die Lippen aufgeplatzt und die Gesichtshaut fleckig. Den größten Schreck bekam sie allerdings, als sie ihm die Schuhe auszogen und seine Fußsohlen zum Vorschein kamen. Sie waren eine einzige mit Eiter und Blut gefüllte Brandblase.

Assunta rieb Francès' Haut mit Olivenöl ein.

Doch erst am Abend erlangte er das Bewusstsein wieder. Er schlug die Augen auf und sah sich verwirrt um.

»Du bist bei mir zu Hause«, sagte Tano barsch. »In meinem Bett.«

Assunta stieß ihm wie üblich einen Ellenbogen in die Seite.

»*Minchia*, irgendwann brichst du mir noch eine Rippe«, knurrte Tano. Dann wandte er sich wieder an Francés: »Was willst du hier?«

Francés suchte mit dem Blick Rosetta. »Hilf mir«, bat er sie. »Ich habe nichts mehr …« Er schloss die Lider. »Und Lepke ist tot.«

Doch ehe Rosetta etwas sagen konnte, packte Tano sie am Arm und zerrte sie nach draußen in den Hinterhof. »Denk nicht mal dran«, mahnte er sie.

Rosetta schüttelte den Kopf. »Er hat mich gerettet.«

»Er wollte dich auf den Strich schicken.«

»Er hat mich gerettet«, wiederholte Rosetta.

Tano trat wütend einen Kiesel fort. »Dann hilf ihm eben«, brauste er auf. »Mit dir kann man ja sowieso nicht reden. Du bist stur wie ein Maultier.«

»An meiner Stelle hättet Ihr dasselbe getan.«

»Nicht mal im Traum!«, brüllte Tano.

»Doch!«, sagte Rosetta ruhig und ging wieder hinein, den wütenden Tano auf den Fersen. »Das hier ist mein Bett, damit das klar ist!«, sagte er zu Assunta. »Das geb ich auch für einen Sterbenden nicht her!«

Assunta und Rosetta halfen Francés die Treppe hinauf und legten ihn auf Rosettas Bett.

»Er bleibt hier, bis er wieder gesund ist«, sagte Assunta zu Tano, als sie wieder unten war. In so entschiedenem Ton, dass ihr Mann nicht zu widersprechen wagte.

In der Nacht schlief Rosetta auf drei übereinandergelegten Decken. Am nächsten Tag besorgte sie sich eine Matratze. Einen weiteren Tag später fragte sie Francés: »Willst du es mir erzählen?«

»Nein«, antwortete er.

Noch einen Tag später wollte sie von ihm wissen: »Sind Tano und Assunta in Gefahr, weil sie dich hier aufgenommen haben?«

»Ich glaube nicht«, erwiderte Francés.

»Du glaubst es?«, fragte Rosetta nach. »Und *wie sicher* glaubst du es?«

Francés schwieg eine Weile. »Sehr sicher«, sagte er schließlich. Nach einer weiteren Pause fügte er hinzu: »Alle halten mich für tot. Und jemanden in Buenos Aires zu finden ist praktisch unmöglich, es sei denn, dieser Jemand legt es darauf an, gefunden zu werden. Diese Stadt … verschluckt die Menschen. Sie verschwinden einfach.«

Rosetta dachte den ganzen Tag über seine Worte nach. Und sie dachte an Rocco. »Jemanden in Buenos Aires zu finden ist praktisch unmöglich.« Wieder beschlich sie die Angst, Rocco könnte sie nicht finden. Sie wollte nicht »einfach verschwinden«, wie Francés es ausgedrückt hatte. Und sie sehnte sich von ganzem Herzen nach Rocco.

Nach einer Woche konnte Francés aufstehen. Die leichteren Wunden heilten bereits ab. Die Lippen waren nicht mehr aufgesprungen, sondern weich und elastisch. Doch sein schönes Gesicht war auf ewig von den Flammen gezeichnet. Sogar seine Augen wirkten wie erloschen, trübe, als ob das Feuer die Leichtigkeit aus ihnen herausgebrannt hätte. Aber vor allem die Füße waren immer noch in einem bemitleidenswerten Zustand, obwohl die Verbände jeden Tag gewechselt wurden und eine der Alten, die sich um die Hühner kümmerte, eigens für ihn eine Salbe hergestellt hatte.

»In dem Zeug, das du auf meine Wunden streichst, ist Hühnerkacke«, sagte Francés eines Tages vor der Tür zu Rosetta. »Ich habe die Alte beim Anmischen beobachtet.«

Rosetta wusste das bereits und musste lächeln bei dem Gedanken daran, wie abstoßend das besonders für einen Mann wie Francés sein musste, der so viele Jahre von Luxus umgeben gewesen war.

»Ich habe mit Tano gesprochen«, fuhr Francés fort. »Er hat mir erzählt, was du treibst.« Mit dem Stock, auf den er sich beim Gehen stützte, zeigte er auf die Straßen in ihrer Umgebung. »Jetzt weiß ich, warum die Leute von Barracas so viel Respekt vor dir haben. Warum tust du das?«

»Das würdest du nicht verstehen«, erwiderte Rosetta.

»Wegen dem, was ich bin?«, fragte Francés lächelnd.

»Nein, wegen dem, was ich bin.«

Francés betrachtete sie lange. »Tano macht sich Sorgen. Du hast keine Arbeit und verdienst also auch nichts. Da hat er doch recht, oder?«

»Für zwei, die eigentlich wie Hund und Katz sind, redet ihr ja eine ganze Menge miteinander.«

»Es gäbe schon eine Lösung. Du solltest deine Gabe nutzen.«

»Du meinst wohl *ausnutzen*«, merkte Rosetta sarkastisch an.

»Es ist nichts Schlechtes daran, wenn man ein Talent nutzt«, sagte Francés auf seine ungezwungene Art, die alles so leicht erscheinen ließ. »Oder auch ausnutzt, wenn dir das lieber ist.«

»Ich weiß, worauf du hinauswillst. Aber dann würde ich diese Frauen ausnutzen.«

»Nein. Wenn du ein paar Pesos dabei verdienst, ihnen zu helfen, könntest du das auch als vollwertige Arbeit betreiben. Und damit sogar noch mehr Menschen helfen.«

»Du biegst dir die Wirklichkeit immer so zurecht, wie es dir gerade gefällt«, meinte Rosetta lachend.

»Ich habe nur den Vorteil, dass ich die Dinge von einem Standpunkt außerhalb aller Regeln betrachten kann.«

»Wie ein Lude eben.« Wieder musste Rosetta lachen. Dann ging sie zum Eingang der Werkstatt und wandte sich an Tano, der gerade Sohlen auf ein Paar Schuhe kleben wollte. »Habt Ihr zugehört? Hat er alles gesagt, was Ihr ihm aufgetragen habt?«

»Na ja, was er so dahergeredet hat, war ja wohl nicht der größte Blödsinn«, meinte Tano.

Rosetta schüttelte den Kopf und verschwand hinter dem Haus.

Zum Mittagessen war Francés nicht da.

»Wo ist er?«, fragte Rosetta Tano.

»Woher soll ich das wissen? Ich bin schließlich nicht seine Amme«, knurrte Tano.

Francés kam gegen Abend zurück. Er humpelte deutlich und wirkte erschöpft. Als Rosetta ihm ins Schlafzimmer folgte, um die Verbände zu wechseln, sah sie, dass seine Füße wieder bluteten. »Du solltest dich nicht so anstrengen. War das unbedingt nötig?«

»Ja«, gab er lakonisch zurück.

»Dann muss ich dir leider eine doppelte Portion Hühnerkacke verpassen.«

Francés lachte, war dann aber noch vor dem Ende des Verbandswechsels eingeschlafen.

Am nächsten Morgen klopfte es an der Tür, und Rosetta öffnete. Davor standen Dolores, Señora Chichizola, Encarnación, ihre Mutter sowie das Mädchen, das nun als Näherin arbeitete und ebenfalls von ihrer Mutter begleitet wurde, und noch weitere Frauen aus dem Barracas-Viertel.

Señora Chichizola reichte Rosetta einen prallen Umschlag. »Wir haben nur an uns gedacht. Und nicht daran, dass auch du etwas zum Leben brauchst.«

Rosette nahm den Umschlag an und sah, dass Geld darin war. »Nein!«, rief sie und wollte ihn zurückgeben.

Aber Señora Chichizola weigerte sich entschieden und trat einen Schritt zurück. Alle Frauen folgten ihrem Beispiel.

»Du kämpfst für uns alle«, sagte eine Frau, die Rosetta nicht kannte.

»Für dich habe ich doch gar nichts getan«, meinte Rosetta.

Die Frau lächelte. »Oh doch.«

Und auch die anderen Frauen, die Rosetta nicht kannte, nickten.

»Nein, nein, für euch habe ich wirklich nichts getan.«

»Ich habe Arbeit in einer *boliche* gefunden, weil ich gesagt habe, dass du mich geschickt hast«, sagte eine lachend.

Dolores starrte mit ihren Rehaugen auf den Umschlag mit dem Geld. »Nimm es. Du zeigst uns gerade, dass wir nicht allein sind«, sagte sie.

»Weißt du, wie dich hier in Barracas inzwischen alle nennen?« Señora Chichizola lächelte und wischte sich die mehlbestäubten Hände am Kleid ab. »*La alcaldesa de las mujeres*. Die Bürgermeisterin der Frauen.«

Tano und Francés erschienen an der Tür. Sie lächelten und wirkten zufrieden.

Und Rosetta ging auf, wo Francés am Tag zuvor gewesen war. »Warum habt ihr auf ihn gehört?«, fragte sie die Frauen. »Er ist ein Lude!«

»Aber für einen Luden ist er ein anständiger Mensch«, sagte Tano, und alle lachten.

In dem Moment rief jemand laut: »Lucia!«

Rosetta reagierte nicht.

»Rosetta!«, rief er daraufhin.

Rosetta reckte den Hals.

»Dann ist das also dein richtiger Name!«, rief Alejandro Del Sol. »Das wird ein fantastischer Artikel!« Der Journalist hob eine ausladende schwarze Fotokamera hoch, richtete sie auf Rosetta und rief ihr zu: »Bitte lächeln!«

Dann leuchtete ein greller Magnesiumblitz auf.

45

Das Ganze währte nicht länger als einen Augenblick. Rocco würde sich jedoch daran erinnern, als hätte es eine Ewigkeit gedauert.

An dem Morgen weckte Raquel ihn viel zu früh. »Wie spät ist es?«, fragte sie aufgeregt.

»Woher verflucht soll ich das wissen?«, knurrte Rocco verschlafen.

Raquel ging nach draußen, um es herauszufinden. Nun schon zum dritten Mal. Die Sonne war erst vor kurzem aufgegangen, und noch war kaum jemand unterwegs. Sie seufzte und legte sich wieder hin. Doch sie fand keinen Schlaf und wälzte sich unruhig hin und her.

»Verdammt, was ist denn los?«, erkundigte sich Rocco immer noch ziemlich schlaftrunken.

»Ich habe Angst, dass ich nicht rechtzeitig zur Buchhandlung komme. Señor Delrío achtet sehr auf Pünktlichkeit«, erwiderte Raquel. »Ich weiß nicht, wie spät es ist …«

»Aber die Diskussion hatten wir doch gestern schon! Und vorgestern auch. Soll das jetzt jeden Morgen so gehen?« Rocco fluchte und stand unwillig auf. »Dann verschwinde doch zu dieser verfluchten Buchhandlung und warte dort vor der Tür, anstatt mir auf den Sack zu gehen.«

»Tut mir leid …«

Rocco machte schweigend Frühstück für sie beide, aber anstatt es wie sonst gemeinsam mit Raquel im Kabuff zu essen, ging er mit seiner Portion nach draußen. »Komm mir ja nicht nach«, sagte er drohend. »Ich will dich nicht um mich haben.« Er setzte sich auf Nardos Kiste und tunkte eine Scheibe dunkles Brot in seinen Kaffee. An den *mate* der Argentinier konnte er sich einfach nicht gewöhnen. Für ihn gab es am Morgen nur einen Geschmack: Kaffee. Sobald er die bittere Note auf seiner Zunge schmeckte, verschwand seine üble Laune. Lächelnd wandte er sein Gesicht der blassen Sonne zu, die gerade über dem Río de la Plata aufging und einen schimmernden orangefarbenen Teppich auf dem braunen Wasser ausbreitete.

Jedes dieser einzelnen Bilder sollte sich später unauslöschlich in seinen Kopf einbrennen.

Er sah, wie Nardo aus dem Büro der Zappacosta Oil Import-Export trat und sich gähnend streckte. Rocco hatte gar nicht gewusst, dass er dort übernachtete. Dabei hielt Tony überhaupt nichts auf ihn. Ein einsamer, nicht sonderlich schlauer Kerl. Ein räudiger Köter, der stets bereit war, für seinen Herrn zuzubeißen. Sein Herr aber würde niemals etwas für ihn tun. Nicht einmal ein freundliches Wort an ihn richten. »Den würde ich nicht mal die Ratten in meiner Lagerhalle vergiften lassen«, hatte er gesagt.

Nardo grüßte ihn mit einem Kopfnicken.

Rocco empfand Mitleid mit ihm. Offenbar war auch er allein. Er hob seine Kaffeetasse und fragte laut: »Willst du auch einen?«

Nardo zog eine Grimasse und legte sich die Hand ans Ohr.

Irgendwo weit entfernt erklang ein Geräusch, das nicht in die Stille der Morgendämmerung passen wollte. Und immer lauter wurde. Näher kam.

»Willst du einen Kaffee?«, fragte Rocco lauter.

»Was hast du gesagt?« Nardo trat einen Schritt auf ihn zu.

»Willst du …«, begann Rocco. Und verstummte abrupt.

Das war das Motorengeräusch von ein, nein von zwei Autos. Eines schien frisiert zu sein, denn der Motor röhrte übermächtig laut.

Instinktiv wie ein Tier spannte Rocco seine Muskeln an.

Die Geräusche näherten sich vom Südende des Kais, und dann bogen zwei Ford Model T mit Vollgas um die Ecke. Die Verdecke waren zurückgeschlagen, und die Männer im Fond standen aufrecht mit Madsens, leichten Maschinenpistolen, in der Hand. Die Männer auf den Vordersitzen hatten Kartons auf dem Schoß.

In dem Moment, in dem die Männer in den Autos das Feuer eröffneten, erschien Raquel in der Tür.

Die Tasse mit dem heißen Kaffee flog durch die Luft, als Rocco aufsprang. Er riss Raquel an der Hand mit sich und rannte mit ihr in die Lagerhalle. Mit einem Satz übersprangen sie eine Kistenreihe ganz hinten im Raum.

»Bleib unten!«, schrie er und warf sich auf sie.

Kurz darauf war in der Halle trotz der lauten Motorengeräusche und der Schüsse ein leises, beinahe unauffälliges Klirren zu hören, als etwas auf dem Boden aufschlug. Darauf erfolgte eine gewaltige Explosion, bei der die Kisten zerbarsten, hinter denen Rocco und Raquel lagen. Spitze Holzsplitter stoben durch den Raum und landeten prasselnd an den Blechwänden, es klang wie Trommelschläge. Raquel spürte sie wie kleine Nadelstiche auf ihren Körper niederregnen.

»Geht es dir gut?«, fragte Rocco.

Raquel nickte schweigend.

Rocco rannte zum Kabuff, dessen Wände von der Explosion geschwärzt waren, und holte seinen Revolver. Dann zerrte er Raquel, die vor Schreck wie gelähmt war, zur Rückwand der Halle und warf sich mit aller Macht dagegen. Nachdem er die Wand mehrmals mit der Schulter gerammt hatte, gab sie nach und öffnete sich einen Spaltbreit.

»Raus hier!«

Draußen sahen sie, wie die Männer aus den Autos eine Bombe auf Tonys Büro warfen und dann davonbrausten. Mitten auf dem Kai stand Nardo völlig ungeschützt und feuerte auf sie. Als er das Magazin leergeschossen hatte, schleuderte er die Waffe den Wagen hinterher.

»Idiot!«, murmelte Rocco.

Als die Bombe hochging, zerbarsten die Büros der Zappacosta Oil Import-Export buchstäblich in zwei Teile. Die Druckwelle riss Nardo zu Boden, doch er stand sofort wieder auf.

Und in diesem Moment wurde er von einem Blech, das durch die Wucht der Explosion anmutig durch die Luft segelte, so wie ein Rochen durch den Ozean gleitet, in der Mitte durchteilt.

Raquel schrie vor Entsetzen auf.

Rocco starrte auf das, was in einem Meer aus Blut von Nardo übrig war. Die Arme und Beine zuckten noch, und das fast gleichzeitig, obwohl sie nun drei Meter voneinander getrennt lagen.

»Nein!«, brüllte Rocco völlig außer sich.

Er kniete sich auf ein Bein und zielte mit seinem Revolver auf die sich entfernenden Autos, feuerte nacheinander zwei Schüsse ab. Ein Wagen fuhr weiter, doch der andere schlingerte und prallte dann mit voller Wucht gegen einen Kran. Zwei Männer wurden herausgeschleudert und blieben mit gekrümmten Körpern liegen, und ihre weißen Hemden färbten sich blutrot. Der Fahrer und der Beifahrer stemmten die verbeulten Türen auf und stiegen schwankend aus.

Rocco rannte wie von Sinnen auf sie zu.

Die beiden Männer waren stehen geblieben. Die Augen des einen waren getrübt, offenbar hatte er einen Schädelbruch erlitten. Er hielt sich noch einen Moment unsicher auf den Beinen, dann stürzte er tot zu Boden.

Der andere dagegen zog seine Pistole.

»Tu es nicht!«, schrie Rocco, nur noch wenige Meter von ihm entfernt.

Doch der Mann hob die Waffe und schoss.

Rocco warf sich zur Seite und schoss ebenfalls. Und für einen Moment war es, als stünde die Welt still.

Der Mann starrte Rocco an, schien ihn aber nicht zu sehen. Dann fiel ihm die Pistole aus der Hand. Beim Aufprall auf den Boden löste sich ein Schuss, und die Kugel zerschmetterte seinen Fuß, doch der Mann schien es nicht zu spüren. Sein Gesicht war jetzt blass, beinahe wächsern. Dann fiel er wie in Zeitlupe nach vorn, und es gab einen dumpfen Laut, als er mit dem Gesicht auf dem Boden landete. Dann herrschte wieder Stille.

Rocco stand auf, ohne jedoch den Revolver herunterzunehmen. Sein Herz schlug langsam und regelmäßig. Er war vollkommen ruhig. Kalt. Langsam wandte er sich zu den beiden Teilen von Nardo um, die voneinander entfernt auf dem Kai lagen. Er ging zu der oberen Hälfte der Leiche und schloss Nardos Lider. Da fiel sein Blick auf ein Papier, das ebenfalls sauber durchtrennt war. Er hob die beiden Hälften auf und setzte sie zusammen. Es war ein Foto, das Nardo mit einer leicht einfältig dreinschauenden Frau zeigte. Die Frau hielt ein Baby im Arm, während sich ein Kleinkind an ihrem langen schwarzen Rock festklammerte.

»Du warst doch nicht allein«, sagte Rocco leise.

Und dann schoss ihm die Frage durch den Kopf, ob Tony die Nachricht von Nardos Tod seiner Frau persönlich überbringen oder ob er einen seiner Handlanger schicken würde. Und ob er es noch heute erledigen würde oder erst am nächsten Tag.

Dann bemerkte er, dass Raquel sich an einer Blechwand des Lagers festgeklammert hielt und zitterte wie Espenlaub.

»Geht es dir gut?«, fragte er sie, sobald er neben ihr stand, schalt sich innerlich aber sogleich für die dumme Frage.

Raquel nickte und lehnte sich fest an ihn. Aber sie weinte nicht.

Rocco tätschelte ihr unbeholfen die Schulter.

Kurz darauf traf Tony mit mindestens zwanzig bis an die Zähne bewaffneten Männern ein. Und nach ihm die Polizei. Der Commandante der Polizisten sprach lange mit Tony, ohne dass einer seiner Leute Tonys Männer entwaffnet hätte. Sie wirkten beinahe wie zwei Teams, die zusammenarbeiteten. Zwei Hafenarbeiter waren von Querschlägern verletzt worden und wurden mit einem Krankenwagen nach Nueva Pompeya ins Hospital Santa Clara gefahren, das Krankenhaus für arme Leute. Nardo und die anderen vier Leichen brachte man mit einem Wagen ins Leichenschauhaus.

Tony rief Rocco zu sich und stellte ihn dem Commandante vor.

»Habt Ihr den einen der Männer in Notwehr umgebracht?«, fragte der Polizist, ohne sich darum zu kümmern, dass Rocco eine Waffe in der Hand hatte.

»Ja.«

»Gibt es dafür Zeugen?«

»Nein«, sagte Rocco. Er hatte Raquel gerade noch zuflüstern können, sie solle sich verstecken.

Der Commandante nickte. Er blickte zu Tony. »Wir versuchen herauszubekommen, wer sie waren und wer sie geschickt hat.«

Tony erwiderte seinen Blick. Er wusste genau, wer diese Leute waren, und er wusste, dass auch der Commandante es wusste. »Haltet Euch da raus«, sagte er lediglich.

Schließlich verschwanden die Polizisten.

Tony untersuchte mit Rocco an seiner Seite das Lager und die Büros.

Die Bleche an der Stirnseite der Halle waren nach außen gebogen, wie bei einer ungeschickt geöffneten Sardinendose. Das

Tor wurde nur noch von der unteren Schiene aufrecht gehalten und hing schief nach vorn. Von den Büros der Zappacosta Oil Import-Export war deutlich weniger übrig. Das Gebäude aus Holz war explodiert, fast zerborsten und hatte Feuer gefangen. Das Blechdach lag in Trümmern über den Boden verstreut.

»Der Krieg hat begonnen«, sagte Tony gedankenverloren, mehr zu sich selbst.

Doch Rocco fühlte sich angesprochen. »Ich will damit nichts zu tun haben«, sagte er.

»Du steckst doch schon bis zum Hals mit drin«, sagte Tony. »Du hast mir Treue geschworen im Gegenzug dafür, dass Rosetta Tricarico in Sicherheit ist.«

»Ich habe Euch gesagt, dass Ihr diesen Namen vergessen müsst«, erwiderte Rocco.

Tony starrte ihn gelassen an. »Du hast mir Treue geschworen«, wiederholte er leise und kalt.

»Ich führe keine Kriege, und ich töte nicht.« Rocco ballte die Fäuste.

»Du bist ja witzig«, sagte Tony, klang aber keineswegs belustigt. »Du hast doch schon getötet. Du hättest auch weglaufen können, aber du bist geblieben und hast den Mann umgebracht. Und vermutlich hat dabei nicht einmal deine Hand gezittert. Und mit den anderen hättest du es genauso gemacht, wenn sie nicht schon tot gewesen wären.«

Rocco starrte ihn schweigend an. Denn Tony hatte recht.

»Du stammst von einem Metzger ab.« In Tonys Stimme schwang sowohl Respekt als auch Verachtung mit. »Du willst dein Schicksal umschreiben. Das verstehe ich.« Seine kalten Augen blickten so durchdringend, als könnte dieses Eis wie Feuer brennen. »Aber da kannst du jede Hausfrau fragen: Blut lässt sich nicht herauswaschen. Den Fleck bekommst du nie vollständig weg.« Wieder machte er eine Pause.

Rocco fühlte sich unwohl. Als wäre er nackt.

»Und ich kann es auf deiner Haut sehen. Wie eine Tätowierung«, fuhr Tony fort. »Wehr dich nicht dagegen, Bonfiglio. Du bist der, der du bist.«

Don Mimì in Sizilien hatte ziemlich genau dasselbe zu ihm gesagt.

Tony lächelte. »Aber was ich von dir im Namen der Treue verlange, die du mir geschworen hast, ist nicht der Straßenkampf mit dem Revolver in der Hand und dem Messer zwischen den Zähnen, wie ich und meine Männer ihn führen.« Er stieß ihn in die Seite. »Ich will dir eine wichtigere Aufgabe anvertrauen: Du musst die Zukunft vorbereiten.«

Rocco hatte keine Ahnung, wovon er sprach.

»Ich verlange von dir, dass du dich mit diesen Scheißverladewagen beeilst. Aber tu dabei so, als wärst du keiner von meinen Männern. Als ob du nicht für mich arbeiten würdest. Am besten tust du so, als ob du gegen mich wärst.«

Rocco begriff immer noch nichts. Tonys Worte ergaben einfach keinen Sinn.

»Du wirst dich in einer Halle auf Kai Nummer fünf einquartieren, einer alten Reparaturwerkstatt«, sagte Tony. Er sah sich um zu seinen Männern, die ihn mit gezückten Waffen beschützten. Doch in diesem Moment kamen auch Hafenarbeiter herbei. »Die Zeit ist um«, sagte Tony geheimnisvoll und begann mit einem Mal, heftig zu gestikulierten, als wäre er sehr erregt. »Achte nicht auf das, was ich tue. Hör nur auf meine Worte«, sagte er leise zu Rocco und versetzte ihm sogleich einen Stoß gegen die Brust. »Ich werde dir Geld zukommen lassen. Aber du verschaffst mir diese Verladewagen, oder ich reiß dir die Eier ab.« Er verpasste ihm eine Ohrfeige. »Stell ein Team zusammen. Aus Leuten, die nichts mit mir oder meinen Feinden zu tun haben.« Er zog das Klappmesser aus dem Gürtel, ließ es aufschnappen und presste es ihm an die Kehle. »Rede schlecht über mich. Das dürfte dir ja nicht schwerfallen.« Er lächelte.

Dann fuhr er mit der Hand unter Roccos Gürtel und nahm ihm den Revolver ab. »Du bekommst ihn wieder«, flüsterte er, während er ihm das Messer für alle unübersehbar noch stärker gegen die Kehle drückte. »Ich werde weiter nach deinem Mädchen suchen und sie vor dem Baron retten, wenn du dich an deinen Teil der Vereinbarung hältst.« Mit diesen Worten ließ er das Klappmesser zuschnappen und drückte Rocco stattdessen den Revolver an die Stirn. »Knie dich hin, tu mir den Gefallen.«

Rocco kniete vor ihm nieder.

»Ich weiß, dass ein Junge bei dir ist. Aber mit ihm bist du nur halb so stark. Also schaff ihn von hier weg.« Er bekräftigte seine Worte mit einem Nicken. »Wir sind fertig. Jetzt muss ich die Komödie nur noch zu Ende spielen.« Tony wandte sich den Leuten zu, die allesamt angespannt warteten.

»Du bist erledigt«, brüllte Tony, sodass ihn alle hören konnten. »Von diesem Moment an bist du ganz allein! Du bist allein, merk dir das!« Er nahm den Revolver von Roccos Stirn und flüsterte: »Es tut mir leid.«

»Was?«, fragte Rocco und kam sich dabei unglaublich dumm vor.

Tony hob die Waffe, reckte sich und schlug ihm mit dem Griff fest gegen die Schläfe.

Rocco fiel der Länge nach hin, und Tony entfernte sich. Mühsam rappelte Rocco sich auf. Aus dem Augenwinkel sah er, dass Raquel ihm zu Hilfe eilen wollte. Er hob abwehrend die Hand und lief taumelnd hinter die Lagerhalle, wo sie auf ihn wartete.

»Geh arbeiten«, sagte er.

»Nein …«, erwiderte Raquel zutiefst verängstigt. Ihre Augen füllten sich mit Tränen.

»Jetzt mach dir nicht ins Hemd, du Rotznase!« Er packte sie am Kragen, zog ihr die Kapuze ihres Pullovers über den Kopf und schob sie von sich fort. »Wir sehen uns um sechs wieder hier. Los, beweg dich.«

Darauf wandte Raquel sich zögernd um und entfernte sich mit unsicheren Schritten.

Sobald sie verschwunden war, tauchte Bastiano neben ihm auf. »He, du Jammerlappen!«, schrie er, wie vorher Tony ebenfalls einen Tick zu laut. »Gib mir die Schlüssel von der Lagerhalle zurück, du Scheißkerl!« Schnell ließ er den Revolver und einen Umschlag in Roccos Hände gleiten. »Das ist der Mietvertrag für die Werkstatt von Gordo auf Kai Nummer fünf. Und tausend Pesos. Später bekommst du mehr!«, flüsterte er. Schließlich brüllte er noch, bevor er ging: »Du bist auch aus der Werkstatt entlassen! Lass dich hier nie wieder blicken, du Wichser!«

Rocco starrte ihm hinterher, noch immer völlig verwirrt. Es würde Krieg geben, das war offensichtlich. Und der würde blutig verlaufen, auch das war klar. Er war in Sizilien mit all den Machtkämpfen groß geworden, die sich die Mafiosi untereinander lieferten. In einem dieser Kriege war sein Vater umgebracht worden. Auf den Stufen der Kirche San Giovanni dei Lebbrosi in Palermo. Vor seinen Augen, und da war er gerade einmal dreizehn Jahre alt gewesen. Aber auch wenn Rocco verstand, was das Wort Krieg bedeutete, wer Tonys Feind war, das wusste er nicht. Aber Tony war offenbar sicher, dass er den Sieg davontragen würde. Und er hatte eine Art Investition in ihn getätigt. Was das Unverständlichste von allem war.

Schließlich machte Rocco sich auf zu der Werkstatt von Gordo, dem Fettwanst. Er fragte sich durch und fand auf Kai Nummer fünf eine geräumige Werkstatt vor, mit zwei gut funktionierenden Seilwinden, einer Wand voller Werkzeug und zwei riesigen Arbeitstischen aus Stahl.

Darin saß ein Mann von enormer Leibesfülle, bleich wie eine Wasserleiche. Er las Zeitung und hielt das Papier so nah vor die Augen, dass sie es fast berührten. Bei Roccos Eintreten legte er die Zeitung beiseite und starrte ihn feindselig an. Rocco händigte ihm den Vertrag aus, den der Mann sorgfältig studierte. Dann spuckte er einen Klumpen Schleim aus, stand auf und ging. »Dann kann ich ja endlich in meinem eigenen Haus schlafen«, sagte er noch, allerdings nicht gerade fröhlich, und verschwand. Beim Laufen verlagerte er sein enormes Gewicht mal nach rechts, mal nach links, wie ein schwankender Elefant.

Rocco ließ sich auf den Stuhl fallen und dachte über die Geschehnisse des Tages nach. Am meisten beschäftigte ihn, dass er einen Menschen umgebracht hatte. Ohne dass sein Herz dabei schneller geschlagen hätte. Oder sein Atem heftiger gegangen wäre.

Als ob er nicht er selbst gewesen wäre.

»Als ob ich mein Vater gewesen wäre«, flüsterte er, und nun lief ihm ein Schauer den Rücken hinunter. Blut lässt sich nicht herauswaschen, hatte Tony gesagt.

Wie von selbst schob sich das Bild von Ángel vor sein inneres Auge. Und in diesem Moment beschloss er, diesem Jungen ein anderes Schicksal zu bieten. Auch wenn sein eigener Weg unentrinnbar mit dem seines Vaters verbunden zu sein schien: Dieser Junge sollte die Chance bekommen, seinen Weg zu machen. Es war ihm nicht gelungen, Libertad zu retten. Aber er würde für Ángel kämpfen.

Und für Rosetta. Und der Gedanke daran, sie eines Tages wiederzusehen, gab ihm neue Zuversicht.

Um sechs traf er sich mit Raquel. »Ich will kein Gejammer hören«, sagte er barsch zu ihr und ging mit großen Schritten zur Werkstatt von Gordo voraus.

»Ab sofort wohnen wir hier«, verkündete er bei ihrer Ankunft und deutete auf zwei voneinander getrennte Bettrahmen mit Matratze, die er bei einem Trödler erworben hatte.

Beim Abendessen setzte Raquel an, etwas zu sagen: »Heute …«

»Ich habe doch gesagt, kein Gejammer!«, unterbrach Rocco sie brüsk.

Raquel schwieg beschämt.

Rocco hielt seinen Kopf lange über den Teller gesenkt. »Du weißt, wessen Sohn ich bin?«, fragte er plötzlich.

Raquel schüttelte den Kopf.

»Der Sohn eines Mörders. Er war ein Tier«, erklärte Rocco knapp.

Erneut breitete sich Schweigen zwischen ihnen aus. Die Luft im Raum war unerträglich stickig. Nur das Plätschern des Riachuelo war zu hören, der träge dahinfloss und mit seinen verseuchten Wassern die algenüberwucherte Kaimauer streifte. Und das Scharren von Mäusen.

»Wir gehen jetzt schlafen«, sagte Rocco schließlich und warf sich auf sein Bett.

»Übrigens, ich wollte gar nicht jammern«, stieß Raquel hervor. »Ich wollte dir bloß danken, weil du mir heute das Leben gerettet hast.«

Rocco löschte ohne ein weiteres Wort das Licht.

Raquel streckte sich auf ihrem Bett aus. Doch ihr Kopf ruhte unbequem auf dem Kissen, das unerklärlich hart war. Auf der Suche nach der Ursache schob sie eine Hand unter das Kissen. Ihre Finger stießen gegen etwas Hartes, Glattes. Hastig zog Raquel die Hand zurück, als ihr aufging, was es sein könnte. Doch gleich darauf befühlte sie es wieder. Es war kalt und rund. Zitternd vor Aufregung legte sie die Hand darum und spürte sofort ein Klicken in gleichmäßigen Abständen. Das konnte doch nicht wahr sein!

»Tick … tack«, flüsterte der Gegenstand in ihrer Hand.

Raquel presste die Kiefer aufeinander und schluckte hart, um nicht loszuheulen.

»Tick … tack … tick … tack …«

»Zieh sie am Morgen und am Abend auf, aber pass auf, dass du sie nicht überdrehst«, erklärte Rocco. »Sie ist alt und ein wenig beschädigt. Ich habe sie bei einem Trödler gefunden.«

Sie war nicht allein. Sie war nicht mehr allein. Nun konnte Raquel die Tränen nicht mehr zurückhalten und presste das Gesicht ins Kissen, damit Rocco ihr Schluchzen nicht hörte, während ihre Hand die Uhr fest umklammert hielt, die er ihr geschenkt hatte. Sie dachte, dass Liebe manchmal genauso weh tun konnte wie Schmerz. So wie in diesem Moment. »Entschuldige …«, stammelte sie. »Ich weiß ja … kein Gejammer.«

»Heute hast du *mir* das Leben gerettet«, sagte Rocco mit einer ungewohnt rauen Stimme, die mitten in ihr Herz drang. »Wenn du nicht so darauf beharrt hättest, dass du unbedingt pünktlich sein musst, wären wir beide gestorben.«

Dann entstand eine lange Pause.

Bis Raquel leise, aber nachdrücklich erklärte: »Du bist kein Mörder.«

Rocco antwortete ihr nicht, doch mit einem Mal vernahm Raquel einen kehligen Laut. Wie ein Würgen. Oder ein Schluchzen.

Das von Roccos Bett kam.

46

»Ihr müsst sie finden!«, schrie Amos.

»Wir suchen überall nach ihr«, wagte einer seiner Leute zu sagen.

»Wenn ihr wirklich *überall* nach ihr gesucht hättet, hättet ihr sie auch gefunden!«, schrie Amos nur noch lauter, sprang auf und warf den Tisch um, an dem er im Chorizo gegessen hatte. Trat nach den Tellern, die auf den Boden gefallen waren. Schließlich blieb er mit gesenktem Kopf stehen, wie ein Stier kurz vor dem Angriff. Sein Atem ging so heftig, dass er laut rasselnd zu hören war. Jeder, der jemals mit ihm zu tun gehabt hatte, wusste, wie gefährlich Amos war, wenn ihm das Blut zu Kopf stieg. Er hatte sogar schon Leute wegen einer Nichtigkeit umgebracht. Oder einfach nur aus Grausamkeit. So wie Francés. Die Vorstellung, wie dieser geschniegelte Lude im Feuer verreckte, hatte ihn in eine Art Rausch versetzt. Er empfand keinerlei Schuld. Meist jedoch konnte er sich beherrschen und spielte die Rolle des Juden, wie sie von ihm erwartet wurde. »Hol jemanden, der hier sauber macht«, sagte er finster.

Der Leibwächter verließ eilends den Raum.

Seine Leute hatten keine Ahnung von seinem Plan. Es stand viel auf dem Spiel, das hier war die größte Partie seines Lebens, und er durfte nicht riskieren, dass irgendein Schwätzer alles zunichtemachte. Und er selbst getötet wurde. Schon seit Monaten arbeitete er daran, hatte sich an Leute gewandt, die nichts mit der Welt der Prostitution und den italienischen Mafiosi zu schaffen hatten. Was er plante, war eine wahre Revolution. Während seine Zuhälterkollegen in Frauen investierten, hatte er damit begonnen, sein Geld in Waffen anzulegen. Und bereits ein kleines Heer zusammengetrommelt. Er hatte in aller Heimlichkeit Söldner angeworben, den Río de la Plata hinunter, in Montevideo in Uruguay am anderen Ufer. Die hielten sich bereit, im geeigneten Moment einzugreifen. Nur zwei Menschen wussten davon.

Doch die Flucht dieses Mädchens trieb ihn in den Wahnsinn. Eine solche Banalität konnte viel Aufmerksamkeit auf ihn lenken, zu viel. Und das zu einem Zeitpunkt, wo er möglichst wenig auffallen durfte. Er trat ans Fenster, das vergittert war wie alle anderen Fenster im Erdgeschoss. Man konnte nie vorsichtig genug sein, das bewies das Geschehene.

Man durfte niemals unterschätzen, wozu Tiere und Menschen fähig waren. Einige von ihnen gaben nie auf. Manche Füchse brachten es fertig, sich selbst eine Pfote abzubeißen, wenn sie in ein Fangeisen geraten waren, um sich zu befreien. Und dieses verdammte Mädchen war genau wie so ein Fuchs. Bei ihrem Anblick würde man keinen Pfifferling auf sie wetten, aber sie besaß eine außerordentliche Stärke.

»Das hätte ich von Anfang an erkennen müssen«, warf er sich vor.

Wie viele Menschen hätten wohl geschafft, was sie getan hatte? Sie war aus ihrem Dorf, vor ihren Leuten geflohen. Mit gerade einmal dreizehn Jahren hatte sie sich gegen den Rabbi aufgelehnt. Und sich zu seinen Wagen durchgeschlagen. Ganz allein, durch Schnee und Eis, Meile für Meile, ohne überhaupt den Weg zu kennen. Wenn Amos gläubig gewesen wäre, hätte er den Verdienst Gott angerechnet. Oder die Schuld daran. Aber Amos glaubte nicht an Gott. Und deshalb konnte er sich nicht erklären, wie es dieser Göre gelungen war zu überleben. Er hatte sie unterschätzt. Schon die ersten Anzeichen hätten ihm zu denken geben müssen. Er hätte schon da merken müssen, dass sie ein Stachel in seinem Fleisch sein würde.

»Verdammte Juden!«, brüllte er. Und anschließend lachte er.

Dieser Spruch stammte von einem alten Rabbiner aus dem Ghetto, in dem Amos zur Welt gekommen war. Jedes Mal, wenn er sah, dass einer von ihnen Schikanen, Hunger, Schläge oder Kälte überlebte, sagte er: »Diese verdammten Juden. Die sind zäher als Rindersehnen. Die gehen nie kaputt. Was für ein Pack.« Und dann lachte er zufrieden. Am Ende seines Lebens hatte er keinen Zahn mehr im Mund, was ihn aber nicht an dem Versuch hinderte, Fleisch zu kauen. Und alle im Ghetto sagten: »Dieser verdammte Rabbi. Der ist noch zäher als ein Jude.« Und lachten ebenfalls.

Darüber lacht man im Ghetto, dachte Amos. Über den Tod. Über den eigenen Tod.

Die Tür ging auf, und Adelina betrat den Raum, gefolgt von einem Mädchen, das in der Küche arbeitete. Sie machten hastig sauber, mit gesenktem Kopf, um möglichst nicht aufzufallen.

Auch das war etwas, was Juden schnell lernten. Nicht aufzufallen. Denn jedes Mal, wenn Leute die Augen auf sie richteten, war Gefahr im Anzug.

So zäh wie Rindersehnen zu werden, über den eigenen Tod zu lachen und möglichst nicht aufzufallen – genau davor war Amos geflohen.

Er betrachtete Adelina und dachte, dass Flucht immer ihren Preis hatte. Aber er hatte von Anfang an beschlossen, dass er den Preis für seine Freiheit nicht selbst bezahlen würde. Und war zäher geworden als alle anderen Juden zusammen. Für ihn würde jemand anderes bezahlen.

Er hatte es zwar nicht zum Boss der *Sociedad Israelita de Socorros Mutuos* geschafft, gehörte aber zumindest zur Führungsriege. Er war einer von denen, die etwas galten, die Befehle erteilten. Denn er war der wichtigste Anwerber für die

Huren. Der, der die Ware fand. Manchmal durch Vorspiegelung falscher Tatsachen, manchmal auch einfach, indem er dafür zahlte. Er hatte ein eigenes Bordell. Auch er lachte über den Tod wie die Juden aus seinem Ghetto. Aber nicht über seinen eigenen. Und er hatte keine Angst davor aufzufallen, im Gegenteil, er trug teure Anzüge in grellen Farben.

»Warte«, sagte Amos zu Adelina, als die beiden fertig waren.

Adelina bedeutete dem Mädchen zu gehen und sah Amos an.

Amos gefiel ihr Blick. Sie hatte Angst. Als er sie nach ihrem Fluchtversuch mit dem Messer gezeichnet hatte, war kein Laut über ihre Lippen gedrungen. Doch in ihren Augen hatte blanke Angst gelegen. So wie jetzt. Aber sie war hiergeblieben, bei ihm, und genau wie damals würde sie keinen Laut von sich geben. Auch sie war eine dieser verdammten Jüdinnen.

»Wo müssen wir sie deiner Meinung nach suchen?«, fragte er.

Adelina zuckte mit den Schultern. »Ich glaube kaum, dass sie auf den Strich geht.«

»Ja, das denke ich auch. Also … wo?«

»Unter den Bettlern?«

»Wir durchkämmen bereits die Parks, wo die Bettler nachts zusammenkommen.«

Adelina schwieg einen Moment nachdenklich. »Sie kann lesen«, sagte sie schließlich.

»Ja und?«

»Sie könnte eine Arbeit finden … für die man lesen können muss.«

»Und wo muss man lesen können?«

Adelina zuckte wieder mit den Schultern. »In Büros … bei Zeitungen … bei der Post … in Buchhandlungen …«

»Das könnte eine Idee sein«, murmelte Amos. »Du weißt,

was mit mir passieren kann, wenn sie redet und an den falschen Polizisten gerät, oder?«

»Ich glaube kaum, dass sie nach der Sache mit Capitán Ramírez der Polizei noch vertraut«, meinte Adelina.

»Dieser Mistkerl«, zischte Amos. »Ich sollte ihm weniger zahlen.« Er sah Adelina eine Weile an, dann fragte er: »Betest du nie?«

»Nein.«

»Du glaubst also nicht, dass Adonai deine Stimme hört?«

»Ich möchte, dass Adonai mich vergisst. Denn bisher hat er mich härter geprüft als Hiob.«

Amos lachte. »Ich dagegen bete.« Er umarmte sie. »Ich bete, dass ich dieses verdammte Mädchen finde, bevor mir etwas Schlimmes zustoßen kann.« Er löste die Umarmung und nahm Adelinas Gesicht in die Hände. »Hör auf mich und bete auch du«, flüsterte er. »Bete, dass mir nicht so etwas passiert wie Levi Yaacov.« Er erinnerte sie nicht zum ersten Mal daran, was diesem Zuhälter geschehen war. Dass es, auch wenn es unmöglich schien, immer noch ein paar ehrliche Leute gab, die selbst der Anzeige eines kleinen Mädchens Gehör schenken würden. »Sonst bring ich dich um«, sagte er und schickte sie weg.

Wenn man ihn wegen Mordes verhaftete, wäre die Organisation nicht ruiniert, das wusste Amos. Dann würde nur er untergehen. Und es schweigend hinnehmen müssen, wortlos, ohne Namen zu nennen, wenn er am Leben bleiben wollte. Wenn er nicht wollte, dass man ihn aufgehängt in seiner Zelle fand wie Levi Yaacov.

Das Mädchen stellte tatsächlich ein großes Problem dar. Besonders zu diesem Zeitpunkt. Sein Plan war groß, aber auch riskant. Für eine Weile musste er noch in aller Stille, im Schatten agieren. Doch dann würde er reich sein. Nein, mehr noch. Er würde ein König sein.

Am Ausgang des Chorizo beschied er den Türstehern: »Ich gehe nach Hause, komme aber später wieder.«

Mit raschen Schritten lief er die Avenida Junín entlang. Sofort begann er zu schwitzen, sein violettes Seidenhemd klebte ihm am Rücken und am Bauch. Am Ende der Straße bog er ab und schlüpfte durch eine elegante und unauffällige Haustür. Er stieg hinauf in den zweiten Stock und schloss eine Tür auf.

»Ich bin zu Hause«, verkündete Amos.

Doch niemand antwortete.

Amos betrat das kühle und luxuriös eingerichtete Wohnzimmer. Er ging auf einen Mann zu, der dort in einem Sessel saß. »*Tatínka*«, sprach er ihn an, so wie alle nichtjüdischen Kinder in Prag ihren Vater ansprachen, der Stadt, aus der sie beide stammten.

Der alte Mann wandte sich um, sein Blick war finster. Er hatte einen langen weißen Bart, der dünn war wie ein Seidenband.

»Hast du schlechte Laune, Tatínka?«, fragte Amos.

»Warum sollte ich je gute haben?«, gab sein Vater zurück.

Amos seufzte. »Ist heute wieder einer dieser Tage?«

»Es ist immer einer *dieser* Tage«, erwiderte der alte Mann.

Amos setzte sich in den Sessel gegenüber. »Was ist denn los?«, fragte er geduldig.

»Was für ein Leben ist das hier?« Sein Vater ließ seinen Blick durch den Raum schweifen. »Was nützt mir all diese Pracht, wenn ich nicht einmal beten gehen kann wie ein richtiger Jude?«

»Aber das kannst du doch«, erwiderte Amos. »Ich habe der Synagoge viele Pesos gestiftet.«

»Viele Pesos!«, rief sein Vater verächtlich. »Die Möglichkeit, beten zu gehen, kann man nicht kaufen.«

»Natürlich kann man das. Mit Geld kann man alles kaufen.«

Sein Vater verzog spöttisch das Gesicht. »Unser Gesetz fordert, dass man, um gewisse Gebete zu sprechen, wenigstens zu zehnt sein muss. Aber vielleicht hast du diesen *minjan* ja schon vergessen …«

»In der Synagoge seid ihr zehn mal zehn Männer, um zu beten«, erwiderte Amos.

»Nein«, widersprach sein Vater. »*Sie* sind hundert. Aber ich bin auch unter diesen hundert allein!« Der Blick, den er Amos zuwarf, war streng. »Weil diese hundert Männer, die du gekauft zu haben glaubst, in ihrem Herzen nicht mit mir sein wollen. Weil ich *tame* bin, unrein. Das weiß ich. Und ich kann nicht mit dem Höchsten schachern, so wie du meinst, dass du es mit deinen … Pesos kannst.«

»Tatínka …«

»Und ich an ihrer Stelle würde das Gleiche tun«, fuhr der alte Mann aufgebracht fort. »Ich verstehe sie. Ich würde niemals den Vater von jemandem wie dir in meiner Synagoge dulden. Du bist schlimmer als eine *shanda*. Viel schlimmer als eine simple Schmach. Du bist ein Satansfluch.« Der Vater spuckte auf den teuren Perserteppich aus. »Und wenn ich sterbe, werden meine Gebeine nicht einmal auf einem jüdischen Friedhof ruhen dürfen …«

»Es gibt doch einen Friedhof«, sagte Amos. »Wir haben ihn angelegt …«

»Das ist kein jüdischer Friedhof!«

»Aber sicher ist er das, du alter Starrkopf!«, schimpfte Amos.

»Nein!«, schrie der Vater. »Das ist ein Friedhof für die Juden, die nicht auf dem jüdischen Friedhof beerdigt werden dürfen.« Er spuckte wieder aus. »Da könntest du mich ja gleich auf einem christlichen Friedhof begraben lassen, so wenig ist *euer* Friedhof wert.«

Amos senkte den Kopf.

»Erinnerst du dich noch an unseren alten Friedhof in

Široká?« Der Vater lächelte, als die Bilder vor seinen Augen auftauchten.

Amos hob den Blick. Die Gesichtszüge des Vaters wurden immer weich, wenn er sich an das Leben im Ghetto von Prag erinnerte. Und Amos fragte sich jedes Mal, ob es wirklich eine gute Idee gewesen war, ihn von dort wegzuholen. Aus jenem verdammten Leben, dem sein Vater nachzutrauern schien. Aus jenem Ghetto, in dem er an Entbehrungen gestorben wäre. Während er jetzt Essen auf dem Teller zurückließ, weil es ihm zu viel war.

»Erinnerst du dich an all die alten Grabsteine, die so viele Geschichten erzählten?«, fuhr der Vater träumerisch fort. »Und weißt du, was mir am meisten gefallen hat?«

»Was?«, fragte Amos, obwohl er die Antwort kannte.

»Erinnerst du dich noch an das kleine Waschbecken beim Ausgang?« Der Vater kicherte. »Und an die Blechtasse, die mit einer Kette am Wasserhahn befestigt war? Mein Vater hat mir beigebracht, wie man sie benutzt, denk doch nur, wie lang das her ist! Damit wusch man sich die Hände, bevor man den Friedhof verließ. Um sich zu reinigen.« Er seufzte. »Danach fühlte ich mich wirklich rein.« Er sah den Sohn traurig an. »Und seit wir von dort weggegangen sind, fühle ich mich nicht mehr rein.«

»Das tut mir leid«, sagte Amos hart.

Der Vater spuckte zum dritten Mal aus. »Ich werde nur wieder ein ehrbarer Mann, wenn ich dich in meinem Herzen für tot erklären und öffentlich das *kaddisch* für dich sprechen würde«, sagte er boshaft.

»Dann tu es doch«, fuhr Amos auf. »Tu es! Such dir eine andere Wohnung!« Er zwang sich zur Ruhe, atmete mehrfach tief ein und aus. »Hör zu, ich werde dir das Geld dafür heimlich geben, niemand wird davon erfahren. Du musst mich nicht einmal sehen.« Er spürte, wie ihm das Blut erneut in den Kopf stieg. »Erklär mich für tot, dann hat das Ganze endlich ein Ende!«

Sein Vater sah ihn eine Weile schweigend an. »Das könnte ich nie«, sagte er dann ernst. »Du bist ein Mann, der all die Verachtung verdient, die ihm entgegengebracht wird. Ohne Einschränkung. Und der Allmächtige hält schon seit Jahren eine schreckliche Strafe für dich bereit. Du bist wie der Satan. Für dich gibt es nicht einmal das Recht auf die Auferstehung.« Er schüttelte kaum merklich den Kopf. »Aber du bist mein Sohn«, sagte er, und mit einem Mal klang seine Stimme warm. »Und du bist ein guter Sohn, der für seinen alten Vater sorgt.«

Amos schwieg. Manchmal hätte er seinen Vater am liebsten erwürgt. Aber der alte Mann war auch der Einzige, der seinen eisernen Panzer durchdringen konnte. Der Einzige, der durch diese harte Schale gelangte und sein Herz berührte.

Amos stand auf. »Ich muss gehen, Tatínka«, sagte er betont beiläufig.

»Und wohin gehst du? Zu deinen Huren?«, fragte der Vater mit derselben Verachtung wie zu Beginn des Besuchs.

»Nein«, antwortete Amos. »Ich mache mich auf die Suche nach einem Mädchen, das mein Leben zugrunde richten könnte, so wie ich deines zugrunde gerichtet habe.«

47

Alle warteten darauf, dass der Krieg endlich ausbrach. Und diese Erwartung schuf eine angespannte Stimmung.

Raquel kam sie vor wie die Ruhe vor dem Sturm. Vollkommen still, kein Lufthauch, der dunkle Himmel so dicht, als könnte man ihn mit dem Messer schneiden. Als hielte die Welt den Atem an.

Doch jeder wusste, dass diese Stille bald durch den Lärm der Waffen gebrochen werden und dieser Himmel Ströme von Blut ausspucken würde.

»Wie spät ist es?«, fragte Rocco.

Raquel blickte stolz auf ihre neue Uhr. »Acht Uhr zehn.« Sie stand auf. »Ich gehe jetzt.«

»Sei vorsichtig«, mahnte Rocco.

Raquel lächelte. Sie zog die Kapuze auf, die ihr Gesicht halb verbarg, zog den Kopf zwischen die Schultern und steckte die Hände in die Hosentaschen. Dann stapfte sie mit eckigen Bewegungen davon.

Als sie nach einer Weile an der alten Lagerhalle und Tonys Büros vorbeilief, fuhr ihr beim Anblick der von Bomben zerfetzten Gebäude der Schreck in die Glieder. Und doch jagte er ihr nicht so viel Angst ein wie die Vorstellung, sie könnte Amos oder Adelina über den Weg laufen.

Sie ging schneller und bog in eine mit Abfall übersäte Gasse ein, in der Ratten so groß wie junge Katzen nach Nahrung suchten.

»Wo willst du denn hin, kleiner Floh?«, sagte plötzlich jemand.

Raquel sah sich vier zerlumpten Jungen gegenüber, die bedrohlich auf sie zukamen.

»Das ist mein Gebiet. Um hier durchzugehen, brauchst du eine Erlaubnis. Und die habe ich dir nicht gegeben«, fuhr einer von ihnen fort. »Glaubst du etwa, du kannst hier einfach machen, was du willst? Du brauchst eine Lektion.«

Raquel fiel auf, dass er die Sprache der Erwachsenen nachahmte.

Die anderen drei Jungen huschten flink wie die Ratten zu ihr und packten sie bei den Armen.

Raquel versuchte sich zu befreien, aber dazu war sie zu schwach.

»Lass ihn los«, ertönte eine Stimme hinter ihr. »So eine halbe Portion fertigzumachen bringt doch gar keinen Spaß, oder, Manuel?«

Neben Raquel tauchte ein Junge auf. Er musste etwa in ihrem Alter sein und trug ein blaues Sporttrikot mit einem schrägen gelben Balken über der Brust, das Vereinsabzeichen darauf war allerdings ziemlich unleserlich. Seine Haare waren rabenschwarz, lang und glatt. Er baute sich vor dem Jungen auf, der Raquel bedrohte.

»Was geht's dich an, wenn ich ihm beibringe, wer hier das Sagen hat, Louis?«, meinte Manuel herausfordernd.

Louis warf den drei Jungen, die Raquel festhielten, einen scharfen Blick zu.

Die ließen sie sofort los, und Raquel wich ungehindert einen Schritt zurück. Doch statt zu verschwinden, blieb sie stehen und beobachtete Louis, der Manuel fest in die Augen sah, wie bei einem Duell.

»Hast du etwa gemeint, dass du hier das Sagen hast, oder habe ich mich da gerade verhört?«, fragte Louis.

»Ja, bei ihm …«, antwortete Manuel hörbar verunsichert.

»Aha! Also nicht bei mir«, sagte Louis lächelnd.

»Nein«, gab Manuel zu. Er hatte das Duell verloren.

Louis schlug ihm freundschaftlich auf die Schulter. »Sehr gut. Dann kannst du ja jetzt verschwinden.«

Manuel gab den anderen drei ein Zeichen, und sie zogen schweigend ab.

»Danke«, sagte Raquel, als sie mit Louis allein war.

»Mach dich vom Acker, halbe Portion«, sagte Louis, ohne sie anzusehen. »Es ist nicht gut, wenn ich mit dir zusammen gesehen werde.«

»Und warum hast du das dann getan?«

»Für meinen Ruf«, antwortete Louis. »Wenn ich dich nicht verdresche, darf es auch kein anderer tun.«

»Dann hättest du mich doch einfach nur verprügeln müssen, das wäre schneller gegangen«, meinte Raquel.

Louis sah sie überrascht an. »Wo zum Teufel kommst du denn her, du halbe Portion?«

»Ich? Also … jetzt lebe ich …«

»Halt, halt«, unterbrach Louis sie. »Das sagt man doch nur so.« Er schüttelte den Kopf. »Du wohnst wohl hinterm Mond. Du hast überhaupt keine Ahnung von der Straße.« Plötzlich tat er so, als wollte er sie beißen, wie ein Raubtier.

Raquel sprang ängstlich einen Schritt zurück.

»So einen wie dich fressen die hier in einem Happs auf.« Louis lachte. »Aber jetzt wird sich die Nachricht schnell verbreiten, dass du unter dem Schutz von den Boca Juniors stehst.«

»Wer sind die … Boca Juniors?«

»Meine Bande, du Dummkopf. Sie heißt wie die Fußballmannschaft aus unserem Viertel.« Louis zupfte an dem Trikot mit dem gelben Schrägbalken. »Siehst du? Das ist ein Originaltrikot. Ich habe es geklaut.«

»Was ist dieser Fußball?«

»Du lebst wirklich hinterm Mond!«, rief Louis und wandte sich zum Gehen. »Wenn du mir nachkommst, versohl ich dir den Arsch!« Er richtete drohend den Zeigefinger auf Raquel, die starr mitten auf der Gasse stand.

Eine fette dunkle Ratte mit spärlichem Fell richtete sich auf und hob die Nase witternd in ihre Richtung.

»Pass auf, halbe Portion!«, fauchte Raquel das Tier an und schnappte in die Luft, so wie Louis es getan hatte. »Ich bin einer von den Boca Juniors!«

Die Ratte rannte weg.

Beschwingt setzte Raquel ihren Weg zur Buchhandlung fort. Als sie dort ankam, war der Laden noch geschlossen, doch vor dem heruntergelassenen Rollladen wartete ungeduldig ein Mann. »Arbeitest du hier?«, fragte er Raquel. Als sie nickte, hielt er ihr einen Stapel mit Schnur zusammengebundener Zeitschriften hin. »Sag Delrío, das sind die, die er bestellt hat. Ich hab's eilig. Muss noch meine Runde beenden.«

Raquel setzte sich auf die Eingangsstufen und betrachtete das Titelblatt der obersten Zeitschrift. Es zeigte eine Henne mit einem menschlichen Kopf, die auf Dutzenden bunter Eier hockte. Die Zeitschrift hieß *Caras y Caretas*, Gesichter und Masken. Raquel zog eine Ausgabe aus dem Stapel und begann zu lesen. Die politischen Artikel verstand sie nicht. Aber der Bericht einer gewissen Alfonsina Storni sprach sie an. Besonders beeindruckte sie der einfache, aber treffende Stil, mit dem diese Frau über Kultur, Bildung und die gesellschaftliche Stellung der Frau schrieb. Der aufrührerische Geist dieser Frau sprach zu ihr, traf sie direkt ins Herz.

Als Delrío erschien, bestürmte Raquel ihn sofort mit Fragen über Alfonsina Storni.

Delrío verzog das Gesicht. »Hmm«, brummte er. »Ich glaube, sie war Lehrerin. Außerdem heißt es, dass sie Gedichte schreibt, aber bis jetzt hat sie noch keine Sammlung veröffentlicht, soweit ich weiß. Sie schreibt … Na ja, wenn du das gelesen hast, weißt du, was sie denkt.« Er grinste selbstgefällig. »Stell dir vor, sie hat einen unehelichen Sohn, und niemand weiß, wer der Vater ist.« Er schüttelte den Kopf. »Sie ist eine von diesen Frauen, die der Meinung sind, dass Männer und Frauen die gleichen Rechte haben sollen. Was für ein Unsinn!«

»Warum ist das Unsinn?«, fragte Raquel.

Delrío gab einen geringschätzenden Laut von sich. »Eine Frau ist nicht so viel wert wie ein Mann. Ein Mann ist vernünftig, er denkt. Frauen haben den Kopf voller Unsinn!«, verkündete er. »Lass dich nicht von den Ideen dieser Storni einlullen«, mahnte er. »Frauen stehen eine Stufe unter den Männern.«

»Ja«, stieß Raquel entgegen ihrer Auffassung hervor, »Frauen sind schon lästig.«

»Aber hier im Laden sind sie willkommen, vergiss das nicht«, stellte Delrío richtig. »Frauen kaufen mehr Bücher als Männer.«

»Warum?«

»Sie brauchen etwas zum Träumen, weil sie nicht arbeiten und sich langweilen.«

»Oder sie sind klüger als ihre Männer«, meinte Raquel, der es nur mit Mühe gelang, ihre Verärgerung zu verbergen.

Delrío hob die Augenbrauen. »Das ist eine äußerst absurde Annahme, Ángel.«

Am Nachmittag katalogisierte Raquel neue Bücher, notierte Autor, Titel, Verlag und Verkaufspreis in einer Liste.

»Siehst du, das könnte keine Frau«, beharrte Delrío.

Ja, weil Ihr es keiner Frau erlaubt, dachte Raquel. Und mit jedem Wort, mit dem sich Delrío an diesem Tag in Gemeinplätzen und Unsinn erging, empfand Raquel mehr Hochachtung für Alfonsina Storni.

Als sie in die Werkstatt von Gordo zurückkehrte, fiel ihr Blick sofort auf Roccos Zeichnungen, mit denen er inzwischen einen großen Teil der Wände bedeckt hatte. Sie sah darin großartige, geheimnisvolle Maschinen, die Roccos ganze Leidenschaft für die Sache zeigten.

»Wag es nicht, sie auch nur zu berühren«, warnte Rocco.

»Ich bin doch kein Weib«, erklärte Raquel.

Rocco sah sie verblüfft an. »Was soll das jetzt?«

Raquel zuckte mit den Schultern.

»Du bist noch zu jung, um etwas von Frauen zu verstehen«, meinte Rocco lächelnd, und seine Gedanken wanderten wie so oft zu Rosetta. »Frauen sind das Salz des Lebens. Und ein Mann, der eine Frau nicht zu schätzen weiß, versteht nichts vom Leben.«

Raquel blickte ihn verwundert an. Er war so ganz anders als andere Männer. Nachdenklich setzte sie sich auf ihre Matratze und rief sich den Artikel von Alfonsina Storni ins Gedächtnis. Sie musste eine außergewöhnliche Frau sein. Dann kam ihr eine Idee. Sie hatte längst für sich beschlossen, eine Geschichte zu schreiben. Oder einen Artikel, so wie Alfonsina Storni. Und jetzt war der Moment, ihr Vorhaben in die Tat umzusetzen. Sie lächelte glücklich. »Gibst du mir ein Blatt Papier?«, bat sie Rocco.

»Und was willst du damit?«

»Schreiben.«

»Und was? Ein Tagebuch? Wie ein Mädchen?« Rocco reichte ihr lachend einen Block. »Bleistifte sind da drüben in der Blechdose.«

Raquel riss ein Blatt vom Block und wählte einen Stift aus. Doch die große weiße Fläche schüchterte sie ein. Also begann sie mit einem veränderten Anfang von Pinocchio, wie sie es in der Nacht zuvor geträumt hatte.

»Es war einmal … ›Ein König!‹, werden meine kleinen Leser jetzt sicher sofort rufen. Nein, da liegt ihr falsch. Es war einmal ein Mädchen. Ein Mädchen, das frei sein wollte wie ein Junge.«

Raquel betrachtete das Blatt, das nun nicht mehr weiß war, und als sie zu Bett ging, fiel sie schon bald in einen wohligen Traum.

Am nächsten Morgen beschloss Raquel, aus Angst, Amos und Adelina in der Nähe der Zappacosta Oil Import-Export zu begegnen, durch das Labyrinth hinter der Lagerhalle und von dort aus nordwärts zur Buchhandlung zu gehen.

Als sie diesen Teil des La-Boca-Viertels betrat, musste sie feststellen, dass die Armut dort viel schlimmer war, als sie es sich bis dahin vorgestellt hatte. Diese Gegend war ein Abgrund. Die armseligen Hütten standen dicht aneinandergedrängt wie ein Kartenhaus, das gleich einstürzen würde. Die Wege dazwischen waren eng, und die Hütten mit ihren Dächern und Wänden aus Wellblech und Holzbrettern provisorisch zusammengezimmert. Raquel beobachtete einen Mann, der eilig eine Blechplatte von einer Hütte abriss und damit davonrannte. Mit diesem Teil wird er vermutlich an seiner eigenen Hütte bauen, dachte Raquel. Und eines Tages wird ihm wiederum jemand genau dieses Blech stehlen, um eine neue Hütte zu bauen.

Die Luft um Raquel herum stank ekelerregend, und überall schwirrten Fliegen umher, die unumstrittenen Herrscher über dieses Reich von Unrat und Dreck. Die Menschen blickten Raquel aus erloschenen Augen an, ihre Haut war welk, gelb wie getrocknete Feigen und ohne jeden Glanz. Der Schmutz auf ihren Körpern konnte nicht verbergen, dass der Hunger sie bis auf die Knochen ausgezehrt hatte. Es war ein Elend ohne Hoffnung, wie sie es in den Dörfern der Juden in Osteuropa gesehen hatte, wo sie aufgewachsen war.

Etwas entfernt beobachtete sie einen Mann, der einer Frau einen halben Laib Brot gab. Das schien Raquel eine schöne Geste in all diesem Elend. Die Frau griff gierig danach, brach das Brot in zwei Teile und warf einen in eine Hütte hinein.

Dann wandte sie sich um, lehnte sich über ein Fass und machte die Beine breit. Der Mann knöpfte seine Hose auf, hob ihren Rock hoch und nahm sie heftig von hinten. Die Frau stützte sich mit den Ellbogen auf das Fass und aß, unter den Stößen des Mannes schwankend, von dem Brot.

Raquel hatte der Szene mit wachsender Fassungslosigkeit beigewohnt und war nun empört.

»Was hast du hier zu suchen, halbe Portion?«, fragte plötzlich jemand hinter ihr.

Erschrocken fuhr Raquel herum. Vor ihr stand Louis, der an einem Stück Brot kaute. An dem, das die Frau in die Hütte geworfen hatte. Offenbar war diese Frau seine Mutter.

»Also? Was zum Teufel hast du hier zu suchen?«, wiederholte Louis.

Raquel wusste nicht, was sie sagen sollte. »Ich habe mich verirrt … glaube ich.«

»Das glaube ich auch«, meinte Louis. »Du bist nicht gerade der Hellste, was?«

»Wie komme ich von hier ins Viertel San Cristóbal?«, fragte sie.

»San Cristóbal?« Louis starrte sie erstaunt an. »Was zum Teufel hast du in San Cristóbal zu schaffen? Das ist ein Viertel für reiche Leute.«

»Ich arbeite in einer Buchhandlung.«

Louis brauchte offenbar einen Moment, um die Information zu verdauen. »Eine Buchhandlung …«, sagte er schließlich und betonte dabei jede einzelne Silbe dieses für ihn exotisch klingenden Wortes.

»Also, weißt du nun, wie ich dorthin komme?«, fragte Raquel.

Louis schüttelte den Kopf und wandte sich nach seiner Mutter um.

Raquel folgte seinem Blick und bemerkte, dass der Mann

inzwischen gegangen war. Die Frau wusch sich zwischen den Schenkeln mit dem Wasser aus dem Fass.

»Ma«, schrie Louis. »Weißt du, wie man von hier nach San Cristóbal kommt?«

»Was willst du da?«, fragte die Frau, ohne ihr Tun zu unterbrechen.

»Ich gar nichts«, antwortete Louis. »Der da muss dorthin.« Er deutete auf Raquel. »Er arbeitet dort in einer Buchhandlung.«

»In einer Buchhandlung?«, rief seine Mutter ebenfalls erstaunt.

Louis zuckte die Schultern. »Hat er gesagt.«

»Frag ihn, ob er lesen kann«, schrie die Mutter, und Raquel überlegte, warum die Frau sie nicht direkt ansprach.

»Kannst du lesen?«, fragte Louis.

»Ja, Señora!«, rief Raquel direkt an die Frau gewandt.

»Frag ihn, ob er auch schreiben kann!«

»Ja«, flüsterte Raquel.

»Er sagt ja, Ma!«

»Dann stimmt es wohl, dass er in einer Buchhandlung arbeitet«, meinte die Frau. »Sag ihm, er soll hier warten.« Sie verschwand in der Hütte.

»Warte hier«, wiederholte Louis.

Kurz darauf kam seine Mutter mit einem Stück Papier und einem Bleistiftstummel zu ihnen, das sie Raquel hinhielt. Zum ersten Mal seit Beginn dieser merkwürdigen Unterhaltung blickte sie Raquel direkt an. »Schreib meinen Namen.«

»Wie heißt Ihr, Señora?«

»Helena Vargas.«

Raquel schrieb es auf und gab der Frau Papier und Bleistift zurück.

Die Frau nahm das Stück Papier so ehrfürchtig wie eine Reliquie und starrte fasziniert auf die Buchstaben, die Raquel mit sicherer Hand darauf notiert hatte. »Da steht Helena?«, fragte sie und zeigte auf die erste Buchstabenfolge.

»Ja.«

»Und da Vargas?«

»Ja.«

Die Frau lächelte. Das glückliche Lächeln eines Kindes. »Ich möchte gern lernen, meinen Namen zu schreiben«, sagte sie lachend. Sie heftete den Blick wieder auf das Blatt, und Raquel erkannte, dass sie in diesem Moment trotz des Elends, in dem sie lebte, großes Glück empfand.

»Ma, wie kommt man nach …«, unterbrach Louis den Moment. Er wandte sich an Raquel. »Wohin genau?«

»An die Kreuzung Avenida Jujuy und San Juan«, sagte Raquel.

»Ma, an die Kreuzung …«

»Bist du blöd?«, unterbrach ihn seine Mutter. »Hat er doch gerade gesagt. Ich bin doch nicht taub.« Der Blick, den sie Raquel zuwarf, war voller Hochachtung. »Begleite ihn«, sagte sie zu ihrem Sohn. »Du gehst zum *Marita y sus mujeres*. Von dort ist es nicht mehr weit.«

»Danke, Ma.«

Raquel holte ihre Uhr hervor und warf einen Blick darauf, voller Angst, zu spät dran zu sein.

Flink wie eine Katze riss die Frau sie ihr aus der Hand.

Raquel sah sie entsetzt an, doch die Frau gab ihr die Uhr sofort zurück. »Steck sie gut weg, Buchhändler«, sagte sie ernst. »Hast du gesehen, wie einfach es ist, sie dir zu stehlen? Die ist kostbar.« Sie wandte sich an ihren Sohn. »Der ist ja dumm.«

»Ja sicher, Ma.« Louis schlug Raquel grinsend auf die Schulter. »Los, gehen wir.«

»Was ist dieses *Marita y sus mujeres*?«, fragte Raquel unterwegs.

»Ein Bordell, in dem meine Mutter ab und zu arbeitet,

wenn von den Mädchen dort eine krank ist.« Louis klang keineswegs verlegen.

»Wie viele Bordelle gibt es denn in Buenos Aires?«, fragte Raquel.

»Meine Mutter sagt, es sind zu viele und trotzdem nie genug«, erklärte Louis.

»Was heißt das?«

»Für die Kunden kann es nie genug davon geben«, antwortete Louis. »Aber für die Huren sind es zu viele, daher gibt es zu viel Konkurrenz, und sie leiden Hunger.«

»Kennst du ein Bordell mit dem Namen Chorizo?«, fragte Raquel.

»Nein«, beschied Louis knapp. »Ich würde nie zu Huren gehen, auch dann nicht, wenn ich ganz viel Geld hätte«, stieß Louis zornig hervor.

Den Rest des Weges durch das Wirrwar der dicht aneinandergedrängten Hütten legten sie schweigend zurück. Dann erreichten sie plötzlich ein gutbürgerliches Viertel, in dem Raquel eine der Straßen auf ihrem Weg zur Buchhandlung wiedererkannte.

»Ab hier weiß ich den Weg«, sagte sie erleichtert. »Du brauchst mich nicht weiter zu begleiten.«

»Geh ich dir etwa auf den Sack?«

»Wie?«

»Du hast doch wirklich kein bisschen Ahnung, wie man hier auf der Straße redet, was?«, stöhnte Louis. »Was ist los? Bin ich dir unangenehm?«

»Nein!« Raquel errötete. »Es ist nur … Ich dachte, du hast genug von mir und … außerdem hast du gesagt, dir ist es peinlich, wenn man dich mit einer halben Portion wie mir sieht.«

Louis lachte. »Das stimmt. Aber ich habe noch nie eine Buchhandlung gesehen.« Er ging ein paar Schritte, dann fügte er hinzu: »Hör mal, *Dingsbums* …«

»Ángel …«

»Hör mal, Ángel …« Louis schwieg einen Moment verlegen. »Meinst du, du kannst mir vielleicht Lesen und Schreiben beibringen?«, stieß er dann hastig hervor.

»Wie bitte?«, rief Raquel aus. »Ja gern!«

Louis strahlte über das ganze Gesicht. »Dann darfst du sagen, dass du zu den Boca Juniors gehörst.« Er schwieg einen Moment. »Auch wenn dir das bestimmt keiner abnimmt«, meinte er dann lachend. »Sind wir im Geschäft?«

»Wir sind im Geschäft.« Jetzt lachte auch Raquel.

»Aber erzähl nicht überall herum, dass du mein Freund bist«, meinte Louis.

»Nein … natürlich nicht.«

Louis bemerkte die Niedergeschlagenheit in ihrer Stimme. »Hör mal, Ángel, man merkt, dass du keine Ahnung von der Straße hast. Die, die Freunde haben, sind schwach. Oder schwul. Ich habe keine Freunde. Keinen einzigen. Punkt. Das geht nicht gegen dich.«

Fünf Minuten später erreichten sie die Buchhandlung.

»Was steht da?« Louis zeigte auf das Ladenschild.

»*La Gaviota*.«

»Ach, stimmt, da ist ja auch eine Möwe drauf.« Louis streckte den Finger in die Luft und deutete nacheinander auf die Buchstaben des Ladenschilds. »L … a … Ga … vi … o … ta …!« Er lachte glücklich.

»Willst du mit reinkommen?«, fragte Raquel.

Louis' Augen weiteten sich vor Überraschung. »Darf ich das denn?«

»Ja, natürlich.« Die Türklingel läutete, als Raquel den Laden betrat, Louis dicht hinter ihr.

Vor dem Verkaufstresen standen mit dem Rücken zu ihnen zwei Männer. Mit ihrer auffallend geschmacklosen Kleidung in grellem Apfelgrün beziehungsweise Senfgelb entsprachen sie nicht dem Aussehen der üblichen Kunden der Buchhandlung. Einer von beiden drehte sich um und musterte Raquel und Louis.

Raquel zuckte zusammen. Sie kannte den Mann, er war Leibwächter im Chorizo. Einer von Amos' Leuten.

»Guten Tag, Ángel«, sagte Delrío.

Raquel stand wie erstarrt, unfähig, wegzurennen, während der Leibwächter seinen Blick abwesend über sie gleiten ließ.

»Also … was wolltet Ihr mir gerade sagen, Señores?«, fragte Delrío.

»Wir suchen nach einem Mädchen«, sagte der andere.

»Raquel Baum«, ergänzte der gelbe.

Raquel fürchtete, dass ihre Beine nachgeben würden, und war dankbar, dass Louis' Hand sie in diesem Moment stützte und ein paar Schritte zur Seite führte.

»Und was wollt Ihr von mir?«, fragte Delrío verständnislos.

»Arbeitet dieses Mädchen hier?«, sagte einer der beiden Männer barsch.

»Gewiss nicht«, antwortete Delrío. »Ich stelle keine Frauen ein.« Er deutete auf Raquel. »Ángel arbeitete hier, sonst niemand.«

Die beiden Leibwächter wandten sich zu Raquel um und musterten sie gleichgültig. Dann machten sie sich auf den Weg zur Tür, um den Laden zu verlassen.

Raquel starrte ihnen mit rasendem Herzen nach.

Louis drehte sie zu einem Regal hin und gab vor, ihr dort ein Buch zu zeigen. Noch immer hielt er stützend ihren Arm.

»Aber jetzt, wo ihr es sagt, ja …«, meinte Delrío plötzlich.

Die beiden Männer hielten inne.

»Vor einiger Zeit war ein Mädchen bei mir, das Arbeit suchte ….«

Raquel fühlte sich wie gelähmt.

»Und …?«

»Nichts«, erklärte Delrío. »Ich habe euch doch gesagt, dass ich keine Frauen einstelle.«

Die beiden nickten kurz, dann gingen sie, ohne Raquel und Louis eines weiteren Blickes zu würdigen.

Kaum hatte sich die Tür geschlossen, begann Raquel am ganzen Körper zu zittern.

»Was ist los?«, fragte Louis leise.

Raquels Herz schlug wie verrückt, und sie rang nach Luft, als würde sie ersticken. »Nichts«, stöhnte sie dennoch.

»Blödsinn«, brummte Louis. »Du kennst die beiden.«

Raquel blickte ihn voller Panik an.

»Das sind Mörder«, sagte Louis.

48

Rocco steckte die Anlasskurbel in einen Motor, den er für ein paar Pesos bei einem Schrotthändler erstanden hatte und der nun in der Werkstatt an einer Seilwinde hing. »Komm schon, mein Hübscher«, flüsterte er.

Es war Morgen, und Raquel blieb noch ein Moment Zeit, bis sie sich auf den Weg zur Arbeit machen musste. Angespannt verfolgte sie, wie Rocco die Kurbel drehte und der Motor zunächst hustete und dann ansprang. Und gleich darauf mit einem Röcheln verstummte.

»Scheiße!«, fluchte Rocco wütend.

»Versuch es noch mal«, ermutigte Raquel ihn.

Rocco packte sogleich die Anlasskurbel und drehte sie noch einmal. Der Motor hustete, vibrierte, tuckerte, doch dann gab es einen dumpfen Knall, und dichter schwarzer Rauch quoll aus dem Getriebe. Es stank nach verbranntem Öl. »So eine Scheiße!«, fluchte Rocco wütend.

»Ich weiß, dass er funktionieren wird«, sagte Raquel.

»Hau ab«, fuhr Rocco sie an, ehe er mit zusammengebissenen Zähnen ein drittes Mal die Kurbel drehte. Der Motor gab einen düsteren, erstickten Laut von sich, eine Art Gurgeln, das sofort erstarb, während ein heftiger Rückstoß von der Kurbel Rocco beinahe zu Boden warf. »Den kriege ich nie zum Laufen,« schimpfte er.

»Ich weiß, dass er funktionieren wird«, wiederholte Raquel.

»Verschwinde endlich!«, schrie Rocco sie an.

Raquel zuckte zusammen. Seit der Begegnung mit Amos' Leuten hatte sie Angst, auch wenn sie sich einredete, dass die Männer keinen Grund hatten, ausgerechnet hier noch einmal nach ihr zu suchen.

Mit einem tiefen Seufzer machte Raquel sich auf den Weg zur Buchhandlung.

Rocco schlug wütend mit der Hand auf den Motor. »Ohne Hilfe schaffe ich das nie«, sagte er leise. Dann kam ihm eine Idee. Eilig rannte er aus der Halle.

»Pack deine Sachen«, raunzte er Mattia an, noch während er entschlossen die Werkstatt von Hundeschnauze betrat. »Von heute an arbeitest du für mich.«

Mattia starrte ihn verblüfft an, sein pickliges Gesicht war ein einziges Fragezeichen.

»Was für eine Scheiße erzählst du da?«, schrie Hundeschnauze. »Tony wird dir die Eier abschneiden!«

Rocco wusste nur zu gut, dass der Bandenkrieg inzwischen ausgebrochen war. Man munkelte, dass Don Lionello Ciccone, der Boss von Kai Nummer fünf, Tonys Gegner war. Doch noch war es kein offener Kampf, noch spielten beide Gegner nicht ihre geballte Kraft und Mordlust aus. Noch handelte es sich um eine Reihe von Anschlägen und Angriffen aus dem Hinterhalt, die dazu führten, dass niemand sich mehr sicher fühlte. Das war erst das Vorspiel, doch die Menschen in den Straßen von La Boca hatten Angst. In Tonys Umgebung häuften sich die Toten: Zwei seiner Männer waren mit aufgeschlitzter Kehle im Riachuelo gefunden worden, drei weitere hatte man mit Maschinengewehren erwischt. Früher oder später würde Tony mit Gewalt auf die Gewalt antworten, und dann würde es viele Tote geben. So lange, bis einer der beiden Kontrahenten seine Niederlage eingestand. Wesentlich wahrscheinlicher war allerdings, dass dann einer der beiden tot war.

Rocco wollte nicht, dass Mattia zwischen die Fronten geriet.

Der ehemalige Chef der Werkstatt dagegen ließ ihn völlig kalt. »Mach schon«, sagte er zu Mattia und stieß Hundeschnauze so heftig weg, dass der zu Boden ging.

Der Junge ließ sich das nicht zweimal sagen, holte einen Leinenbeutel aus einem kleinen Metallschrank und verließ die Werkstatt. »Danke«, waren seine ersten Worte, während er Rocco hinterherlief. »Ich werde schuften wie ein Tier, da kannst du Gift drauf nehmen.«

»Darauf kannst *du* Gift nehmen«, gab Rocco grimmig zurück. »Ich bin nicht so nett wie Hundeschnauze. Ich reiß dir den Arsch auf.«

Mattia lachte. Er war zutiefst erleichtert, aus der direkten Schusslinie dieses Krieges zu geraten.

»Erzähl ruhig herum, dass du mit Tony nichts mehr zu schaffen hast«, sagte Rocco. »Jeder soll wissen, dass du das sinkende Schiff verlassen hast.« Er schubste Mattia in die Kneipe, welche die Hafenarbeiter immer besuchten. »Und hier fängst du an. Die Nachricht, dass du nicht mehr für Tony arbeitest, wird blitzschnell im ganzen Hafen die Runde machen.«

»Und Tony … was wird der dazu sagen?«, fragte Mattia verunsichert.

»Mach dir darüber keine Gedanken«, beschied Rocco knapp und betrat nach ihm das Lokal.

Bei seinem Anblick verstummten die Hafenarbeiter sofort.

Rocco dachte an seinen ersten und einzigen Besuch dort, bei dem sie ihn am liebsten totgeprügelt hätten, so wie jeden von Tonys Männern. »Gib mir einen Kaffee«, wandte er sich an den Wirt.

Der Mann stellte eine Flasche Bier vor ihn. »Du brauchst eher das hier.« Er deutete hinter Rocco. »Dann habt ihr wenigstens die gleichen Waffen.«

Rocco fuhr angespannt herum.

Alle Hafenarbeiter waren aufgestanden und hatten einen

Kreis um ihn gebildet. Jeder von ihnen hielt eine Bierflasche in der Hand.

»Hört mal, ich bin nicht auf Ärger aus«, sagte Rocco.

Keiner antwortete.

Rocco verspürte keine Angst, wusste aber, dass er hier nicht mit heiler Haut herauskommen würde. Er zeigte auf Mattia. »Der Junge hat damit nichts zu tun.« Dann griff er die Bierflasche von der Theke, er würde sich so teuer wie möglich verkaufen. »Na gut! Bringen wir es hinter uns!«, knurrte er mit festem Griff um den Flaschenhals.

Die Hafenarbeiter starrten ihn an, dann sagte einer: »Warum zum Henker hältst du die Flasche denn so? Du verschüttest doch alles!« Und dann brachen alle in Gelächter aus.

»Gib ihm noch eins!«, sagte Javier, der Riese.

Der Wirt nahm Rocco die leere Flasche ab, die er immer noch wie eine Waffe vor sich gestreckt hielt, und reichte ihm eine neue, frisch geöffnete Flasche.

»Die hältst du jetzt aber schön mit dem Hals nach oben«, ermahnte Javier ihn grinsend. Er hob seine Flasche und stieß mit Rocco an. »*¡Salud!*«

»*¡Salud!*«, riefen die Hafenarbeiter im Chor mit erhobenen Flaschen. Dann nahmen alle einen langen Zug.

»Danke, *amigo*«, fuhr Javier fort. »Du hast mir den Arsch gerettet.«

Der Wirt schlug Rocco auf die Schulter. »Wir haben uns in dir getäuscht. Komm, wann immer du willst, du bist hier willkommen.«

»Was zum Henker …?«, stammelte Rocco immer noch verwirrt.

»Du hast dir ganz schön in die Hose gemacht, oder?« Einer der Männer lachte laut, und die anderen stimmten in sein Gelächter ein.

Rocco durchfuhr eine Welle der Erleichterung. Ich bin nicht

mehr allein, dachte er. Und mit einem Mal wusste er, dass er hier sein Team rekrutieren würde, dass er seinen Traum vom Bau eines Verladewagens tatsächlich verwirklichen konnte. Er wandte sich an Javier. »Ich brauche einen Schmied«, sagte er.

Javier breitete die Arme aus. »Du hast ihn gefunden. Zum Glück hat mein Vater mir seinen Beruf beigebracht.« Er schlug mit einer Hand auf sein Bein. »Aber Tonys Männer haben mir das Knie zerschmettert, ich kann keine großen Lasten mehr tragen. Und ich habe keine Werkstatt.«

»Die habe ich«, entgegnete Rocco. »Ich kann dir zwar nicht viel Lohn zahlen, aber dafür musst du bei mir keine *Versicherung* zahlen wie bei Tony.«

»Für dich würde ich sogar umsonst arbeiten, wenn ich könnte.« Er zuckte mit den mächtigen Schultern. »Was ich aber nicht kann«, fügte er mit einem Lachen hinzu.

»Ich brauche noch zwei Männer für alle möglichen Arbeiten«, sagte Rocco.

»Kein Problem, die finden wir sicher unter *los condenados a muerte.*«

»Den Todgeweihten?«

Javier lachte. »Ja, Leute wie ich. Hafenarbeiter, die einen Unfall hatten. Und die nicht mehr darauf hoffen können, eine Arbeit zu finden. Daher sind wir tatsächlich Todgeweihte. Aber gib uns eine Chance, und du wirst sehen, dass wir für dich auch sterben würden.« Er zeigte auf einen dicken, stämmigen Mann. »Wir nennen ihn Ratón, weil seine Zähne vorstehen wie bei einer Ratte.«

»Obwohl das nicht das Erste ist, was mir an ihm auffällt.« Rocco starrte auf den Stumpf, in dem der linke Arm auslief.

»Ratón«, rief Javier. »Mein *amigo* hier hat dich gerade herausgefordert. Er hat gesagt, dass er diese Kiste hier ganz leicht heben kann.«

»Nein, ich …«, versuchte Rocco abzuwiegeln.

»Du hast zwei gesunde Arme«, sagte Javier. »Da wirst du doch nicht etwa Angst haben, gegen einen armen Krüppel mit Rattenzähnen zu verlieren, oder?«

Rocco gelang es nur unter einigem Ächzen und Stöhnen, die Kiste hochzuheben, die er jedoch gleich wieder hinunterfallen ließ. »Zufrieden?«, fragte er Javier herausfordernd.

»Wenn da was Zerbrechliches drin gewesen wäre, hättest du jetzt nur noch Scherben«, sagte Ratón. Er umfasste eine Seite der Kiste mit seinem gesunden Arm, presste den Stummel dagegen und hob die Kiste mühelos hoch, als wäre sie leer. Anschließend setzte er sie wieder sanft auf dem Boden ab.

Rocco starrte ihn ungläubig an. »Du bist ein Elefant, keine Ratte.«

»Und dann solltest du noch Billar nehmen«, riet Javier. »Das ist der dort hinten mit dem kahlen Schädel, der wie eine Billardkugel glänzt.«

Rocco musterte den Glatzkopf. »Und was stimmt mit dem nicht?«

»He, was stimmt mit dir nicht, Billar?«, rief Javier.

»Dass ich nicht mehr rennen kann wie ein Hase«, lachte der Mann. Er krempelte die Hose hoch und zeigte ein Holzbein.

Gemeinsam machten sich die fünf auf den Weg zur Werkstatt, wo Rocco ihnen den Motor zeigte, der an der Seilwinde hing. »Wir müssen den hier zerlegen«, sagte er zu Mattia, bevor er Javier zu den Zeichnungen führte. »Und du musst den Rahmen bauen.«

»Was ist das?«, fragte Javier.

Roccos Augen leuchteten auf, und er strahlte übers ganze Gesicht. »Das ist die Zukunft! Eine Verlademaschine!«, rief er aus. »Wir beginnen mit diesem Rahmen. Dann montieren wir den Motor dort.« Er hielt kurz inne. Das größte Problem bestand darin, den Antrieb eines einzigen Motors für zwei unterschiedliche Zwecke einzusetzen, und das auch noch gleichzeitig: Die Maschine sollte vorwärts und rückwärts fahren und dazu noch Lasten heben können. »Man braucht zwei parallele Getriebe auf der Hauptantriebsachse«, erklärte er Javier, während er auf einige Punkte in der Skizze deutete. »Eins davon muss man an- und ausschalten können. Vielleicht braucht man dazu eine Wechselscheibe … damit es unabhängig vom anderen funktioniert. Man schaltet es dazu und dann wieder aus. Wahrscheinlich, wenn der Motor im Leerlauf ist …« Er kratzte sich am Kopf. »Eine wirklich knifflige Aufgabe«, knurrte er. »Aber machbar.«

»Das schaffen wir schon«, sagte Javier. »Ein Blick in deine Augen sagt mir, dass du dieses Ding bereits vor dir stehen siehst.«

»Ja.« Rocco lachte. »Ich sehe es.« Dann wandte er sich an Ratón und Billar. »Ihr unterstützt uns, je nachdem, wer gerade Hilfe benötigt.«

An dem Tag bauten Rocco und Mattia den alten Motor auseinander, während Javier und Billar verschiedene Schrotthändler abklapperten, um das nötige Material für den Bau des Rahmens für den Verladewagen zusammenzutragen. Ratón stellte mit seinem einen Arm die schweren Arbeitstische im Lager nach Roccos Anweisungen um, ohne einen einzigen Schweißtropfen zu vergießen.

Am späten Nachmittag betrat Raquel die Werkstatt. »Und, ist er angesprungen?«, fragte sie Rocco.

»Nein.«

»Das wird er schon noch. Kann ich helfen?«, fragte sie.

Rocco gab ihr einen Klaps auf den Hinterkopf. »Du tust das, was du am besten kannst. Verschwende deine Zeit nicht mit uns.« Er legte ihr einen Arm um die Schultern und erklärte den anderen feierlich: »Ángel kann lesen und schreiben. Er hat schon ein ganzes Buch gelesen, von der ersten bis zur letzten Seite.«

Die anderen staunten ehrfürchtig. Raquel aber fühlte sich unbehaglich, denn sie spürte, dass Roccos Bemerkung auch eine gewisse Distanz hervorrief.

»Allerdings kann er einem auch verdammt auf den Sack gehen«, fügte Rocco hinzu.

Lautes Gelächter schallte durch den Raum, und schon hatte Raquels Unbehagen sich verflüchtigt.

Am Abend gingen alle mit dem Versprechen auseinander, am nächsten Tag wieder zusammenzukommen.

Sobald Rocco das Licht gelöscht hatte, erschien vor seinem inneren Auge das Bild von Rosetta. Wie so häufig galt sein letzter Gedanke des Tages ihr. Er vermisste sie so sehr. Dabei waren sie ja eigentlich nie zusammen gewesen, aber vielleicht lief es mit verwandten Seelen einfach so. Er umklammerte fest den Knopf, der sie beide verband und der ihm jeden Tag aufs Neue bewies, dass sie kein Traum gewesen war, dass es Rosetta wirklich gab. Mit einem tiefen Seufzer ließ er sich in den Schlaf gleiten.

Raquel dagegen wälzte sich schlaflos von einer Seite auf die andere. Irgendwann in der Nacht hörte sie Geräusche. Zunächst dachte sie an Mäuse, doch dann erzitterte ein Blechteil der Wände stark.

Alarmiert rüttelte sie Rocco an der Schulter. »Da ist jemand«, flüsterte sie.

Rocco war sofort hellwach. »Wenn ich es dir sage, schaltest du sofort das Licht ein«, befahl er ihr leise und ging zu dem Blech, das von außen aufgestemmt wurde. In diesem Moment schlüpften drei Gestalten durch die Öffnung. »Jetzt, Ángel!«

Raquel schaltete das Licht an, während Rocco vor den Spalt in der Außenwand trat, um den Eindringlingen den Rückweg abzuschneiden.

»Bring die Lampe her!«, rief Rocco.

Raquel nahm all ihren Mut zusammen und ging zu ihm.

Im Licht der Lampe tauchten drei zerlumpte Jungen auf, die sich ängstlich nach einer Fluchtmöglichkeit umsahen.

Einer der drei zog ein Klappmesser hervor. Er war größer als die anderen und trug ein blaues Trikot mit einem gelben Balken schräg darüber.

»Louis!«, rief Raquel.

»Ángel!«, gab Louis ebenso überrascht zurück.

Rocco nutzte den Moment, um vorzuschnellen und ihn zu entwaffnen. Er verdrehte dem Jungen den Arm nach hinten und fragte Raquel erstaunt: »Wer ist das?«

»Lass mich los, du Drecksack!«, schrie Louis mit schmerzverzerrtem Gesicht.

»Lass ihn los, bitte!«, flehte Raquel.

»Wer ist das?«, fragte Rocco noch einmal.

»Er hat mich vor einer Bande gerettet«, sagte Raquel.

Rocco betrachtete Louis. Er sah genauso ausgehungert aus wie die Jungs, die in Sizilien von der Mafia rekrutiert wurden. Der gleiche Ausdruck eines tollwütigen Hundes. Die gleichen Male von Misshandlungen, mit denen das Leben sie gezeichnet hatte. Die gleichen Narben, die gleichen Ängste. Die gleichen mageren Schultern, gebeugt von der enormen Last, sich einer Welt stellen zu müssen, die so unendlich stärker und grausamer war als sie. Und auf den Lippen dieses spöttische Grinsen, das so falsch wie eine Bleimünze war.

»Was habt ihr hier gesucht?«, fragte er. »Hier gibt es nichts zu stehlen.«

»Leck mich doch, du Arschloch«, erwiderte Louis wütend. »Tony Zappacosta lässt allen freie Hand. Du bist nichts mehr wert.«

Rocco starrte ihn an. Er hatte recht, Tony hatte alle wissen lassen, dass er jetzt allein dastand. Dass er sich nicht mehr für ihn einsetzen würde. Er drehte das Messer um, nahm es an der Klinge und hielt es Louis mit dem Griff voran hin.

Louis ließ seinen Blick misstrauisch von seiner Waffe zu Rocco wandern, konnte sich aber nicht entschließen, das Messer zu nehmen, weil er überzeugt war, Rocco würde ihm eine Falle stellen.

»Hast du jemals darüber nachgedacht zu arbeiten?«, fragte Rocco ihn ruhig.

»Um so zu werden wie du?«, erwiderte Louis voller Verachtung. »Ein Hungerleider, der sich den Buckel krumm schuftet? Fick dich doch mit deiner Gardinenpredigt.«

»Louis, sprich nicht so«, flüsterte Raquel.

»Das war keine Predigt«, sagte Rocco. »Du bist doch nur eine halbe Portion. Du könntest mir doch nicht einmal meinen Schwanz zum Pissen heben.«

Louis starrte auf das Messer, regte sich aber nicht.

»Aber es gibt etwas, das du wesentlich besser kannst als ich«, sagte Rocco.

»Was?«, fragte Louis sichtlich verwirrt.

»Du weißt, wie man klaut.«

»Willst du etwa, dass er für dich klauen geht?«, fragte Raquel empört.

»Nein«, entgegnete Rocco. »Ich will, dass er verhindert, dass mir etwas geklaut wird.« Er sah Louis direkt in die Augen. »Ich will deinen Schutz.«

»Willst du mich verarschen, Drecksack?«, fragte Louis.

»Du kennst dich mit solchen Dingen aus. Und deshalb weißt du auch, wie man sie verhindern kann.« Er streckte ihm das Messer hin. »Jetzt nimm schon.«

Raquel hielt den Atem an.

Louis schnappte sein Messer und sprang zurück, die Klinge drohend nach vorn gerichtet.

Rocco blickte ihn vollkommen ruhig an. »Und, bist du dabei?«

»Kriegen wir was dafür?«, fragte Louis.

»Wer arbeitet, dem steht auch Lohn zu«, antwortete Rocco.

»Jetzt sag schon ja, Louis«, bat Raquel.

»Und woher willst du wissen, dass ich dich nicht bescheiße?«, wandte Louis sich an Rocco.

»Ich weiß es nicht.« Immer noch ruhte Roccos Blick ruhig auf ihm. »Bist du dabei?«

»Irgendwie habe ich das Gefühl, dass du auch hinterm Mond lebst, so wie der da«, sagte Louis und sah zu Raquel hinüber.

»Jetzt sag schon ja, Louis«, rief Raquel ungeduldig.

Louis baute sich vor Rocco auf. »Ich bin dabei.«

»Dann nimm das Messer runter, ehe ich es dir in den Arsch ramme«, sagte Rocco. »Wir gehen jetzt wieder schlafen. Ihr nicht.«

Louis ließ die Klinge einschnappen und schob das Messer in den Gürtel. »Ich weiß, was ich zu tun habe, das musst du mir nicht erklären«, sagte er aufmüpfig, doch seine Stimme klang rau. Er war sichtlich bewegt, schließlich war das seine erste richtige Arbeit.

Rocco antwortete nicht, sondern packte Raquel am Arm und zerrte sie zu ihrem Bett. Dort verdrehte er ihr Ohr. »Ich hatte dir gesagt, dass ich dich mit Arschtritten wegjage, wenn du dich mit Banden einlässt.«

»Er hat mich wirklich gerettet!«, jammerte Raquel.

»So einer wie der verputzt halbe Portionen wie dich zum Frühstück.« Er ließ ihr Ohr los. »Du bist nicht wie ich oder er. Du bist was Besseres. Und ich lasse nicht zu, dass du dein Leben vergeudest wie wir.«

»Das sind Diebe. Die werden sich nie ändern«, sagte Javier am nächsten Morgen, als Rocco seinem Team Louis und die beiden Jungen vorstellte.

»Du hast mich auch mal falsch eingeschätzt«, erwiderte

Rocco. Er blickte in die Runde. »Wir sind ein Team. Ich bin der Anführer. Und es wird gemacht, was ich sage.«

»Ein ziemlich harter Hund«, raunte Louis Raquel anerkennend zu. »Ist das dein Vater?«

»Nein. Wir sind Freunde.« Raquel lächelte bei der Erinnerung daran, dass Louis ihr verboten hatte, dieses Wort in Bezug auf sie beide zu benutzen. »Er hat keine Angst davor, für einen Schwächling oder einen Schwulen gehalten zu werden.« Mit diesen Worten machte sie sich auf den Weg zur Buchhandlung.

Javier, Ratón und Billar gingen auf die Suche nach Teilen für den Rahmen, während Mattia und Rocco den Motor zusammensetzten.

»Darf ich mal sehen?«, fragte Louis, der nach einer Weile mit den Händen in den Hosentaschen angeschlendert kam. Seine beiden Kumpel blieben mit Abstand hinter ihm stehen.

»Interessierst du dich für Motoren?«, fragte Rocco.

»Das da ist ein Motor?«

»Ja.«

»Ach so ...« Louis kam näher. »Und du kannst ihn zusammenbauen?«

»Ja.«

Der Junge kam noch einen Schritt näher. »Und das hier, was ist das?«

»Ein Kolben. Der gehört in ein anderes Teil, den Zylinder.«

»Aha ...«

Rocco deutete auf die beiden Jungen, die hinter Louis standen. »Sind das deine Brüder?«

»Nein, ich habe keine«, antwortete Louis. »Also, ich habe keine mehr.«

Rocco gab Mattia ein Zeichen, sie allein zu lassen. »Was ist mit deinen Brüdern passiert?«, fragte er schließlich.

»Sie sind gestorben«, sagte Louis. »Aber das interessiert doch kein Schwein.«

Auch ohne ihn anzusehen erahnte Rocco den Schmerz, der in der Seele dieses Jungen wohnte. »Ángel hat mir gesagt, dass du ihn beschützt hast«, sagte er ruhig.

»Ich musste diesen Arschlöchern klarmachen, wer das Sagen hat. Der Knirps war mir egal.«

»Dann hat er also einfach Glück gehabt«, sagte Rocco.

Louis zuckte nur mit den Schultern.

Rocco machte sich daran, den Kolben zu reinigen. »Willst du mir helfen?«, fragte er.

Louis zögerte kurz, dann fragte er: »Was soll ich tun?«

Rocco drückte ihm einen Lappen in die Hand. »Trockne den Vergaser ab.«

»Vergaser«, wiederholte Louis. »Kolben, Zylinder, Vergaser.«

Rocco rief nach Mattia und machte sich an den Zusammenbau des Motors. »Also, zunächst muss man die Dichtungen gut befestigen …«

»Dichtungen«, wiederholte Louis leise. Und so ging es während der gesamten Montage weiter, bis sie den Motor schließlich an der Seilwinde hochzogen und auf einem stabilen Gerüst fixierten. Dann kamen auch Javier, Ratón und Billar mit einem Karren voller Teile zurück, die sie sich bei verschiedenen Schrotthändlern besorgt hatten.

Am Abend hielt ein Auto vor der Werkstatt. Ein etwa dreißigjähriger Mann kam herein, die Haare mit Pomade geglättet und auch sonst herausgeputzt wie ein Zuhälter, gefolgt von zwei bewaffneten Schlägertypen.

»Scheiße, das ist Don Ciccone«, murmelte Louis.

Don Ciccone ließ seinen Blick über die Anwesenden gleiten, dann zeigte er mit einem Finger auf Rocco. »Ich wette, du bist Bonfiglio«, sagte er.

Rocco trat auf ihn zu. Ihm entging nicht, dass Ciccones Männer ihre Waffen etwas zu fest umklammerten. Ihre Nervosität war förmlich greifbar. Es herrschte Krieg, da konnte man sich nicht entspannen. Lieber einen Unschuldigen zu viel umbringen, als sich selbst umbringen zu lassen. Diese Regel war einfach und logisch.

»Was wollt Ihr«, fragte Rocco ohne die geringste Unterwürfigkeit in seiner Stimme.

Don Ciccone musterte ihn. »Man hat mir erzählt, dass du auf die Männer geschossen hast, die die Zappacosta Oil Import-Export in die Luft gejagt haben, und ich wollte dir ins Gesicht sehen.«

Rocco hielt seinem Blick stand. »Ich gehöre nicht zu Tonys Leuten.«

»Auch das hat man mir erzählt«, meinte Don Ciccone. »Aber die Leute reden viel, wenn der Tag lang ist. Wie auch immer: Du bist nicht gerade beliebt in dieser Gegend.«

»Beliebt war ich mein ganzes Leben lang nicht«, erwiderte Rocco. »Ich habe mich daran gewöhnt.«

»Vielleicht wirst du ja beliebt, wenn man dich umbringt«, sagte Don Ciccone auf jene gelassene Art, mit der grausame Menschen über den Tod sprechen.

»Nein, bei allem Respekt, das glaube ich nicht«, entgegnete Rocco. »Wen kratzt es schon, wenn einer wie ich stirbt?«

»Also, auf den Mund gefallen bist du schon mal nicht. Aber das heißt noch lange nicht, dass du Eier in der Hose hast.« Don Ciccone lächelte. »Weißt du, wie wir das herausfinden können?«

»Hm, lasst mich raten. Indem Ihr sie mir abschneidet?«

»Genau.«

»Hört zu, Don Ciccone, wenn Zappacosta stirbt, bin ich der Erste, der auf seinem Grab tanzt«, sagte Rocco eingedenk der Anweisungen von Tony. »Und das gilt genauso für meine Männer. Ohne Ausnahme. Hier findet Ihr nur Feinde von diesem Zwerg.«

»Nun ja, deine Männer sehen nicht sonderlich gefährlich aus.« Don Ciccone lachte. Als in diesem Moment Raquel auftauchte, lachte er noch mehr. »Du hast ja ein hübsches Heer beisammen! Du könntest einen Zirkus aufmachen!«

»Was ist hier los?«, fragte Raquel.

Immer noch lachend verpasste Don Ciccone ihr einen wohlwollenden Klaps auf den Hinterkopf. Dann gab er seinen Männern ein Zeichen und verschwand vor ihnen durch die Tür.

»Wann wirst du endlich lernen, den Mund zu halten?«, fuhr Rocco Raquel heftig an. Er klatschte in die Hände, um seine Leute aus der Erstarrung zu reißen und den Geist von Don Ciccone zu vertreiben, der ihnen einen gewaltigen Schrecken eingeflößt hatte. »Füll den Tank mit Benzin«, befahl er Louis.

»Ich?«, fragte Louis überrascht.

»Wer denn sonst, ich etwa? Bist du jetzt mein Gehilfe oder nicht?« Rocco klatschte erneut in die Hände. »Wollen wir doch mal sehen, ob wir einen Motor nicht doch zum Laufen bringen können!«, rief er laut.

Raquel wusste, wie viel Rocco dieser Motor bedeutete, und beobachtete mit einem Hauch von Neid Louis, der mit stolzgeschwellter Brust den Tank füllte. Sie trat zu Rocco. »Das hätte ich auch machen können«, flüsterte sie ihm zu.

»Nein«, sagte Rocco lächelnd. »Du musst mir nämlich helfen, ihn anzuwerfen.«

Raquel spürte, wie ihr das Blut in die Wangen schoss.

»Fertig«, sagte Louis und schraubte den Tankdeckel zu.

»Gib mir die Kurbel.«

Louis reichte sie ihm stolz.

Rocco steckte sie in die Öffnung. Dann nahm er Raquels Hände und legte sie auf den Holzgriff neben seine.

»Komm schon, mein Hübscher«, flüsterte Rocco. »Lass mich nicht im Stich.«

Keiner wagte zu atmen.

»Auf los geht's los, dreh so kräftig du kannst«, sagte Rocco zu Raquel.

»Ja«, flüsterte Rachel.

»LOS!«, schrie Rocco und drehte die Kurbel, während Raquel fast vom Boden abhob.

Der Motor knatterte. Dann sprang er an. Und lief. Immer weiter.

Während das Schnurren des Motors sich im Lager verbreitete, sah Rocco zu Ratón, der so breit grinste, dass seine vorstehenden Zähne noch deutlicher ins Auge fielen. Und zu Javier, der ein humpelndes Tänzchen mit Billar wagte. Und zu Mattia, der sich bis zu diesem Moment nie als Mechaniker gefühlt hatte. Und zu Louis, der mit glänzenden Augen den Motor betrachtete, bei dessen Montage er geholfen hatte. Und zu seinen beiden Gefährten, die sich gegenseitig knufften und endlich wie normale Jungen wirkten.

Dann blickte er Raquel in die Augen, die ihn bewundernd anstarrte und immer wieder sagte: »Ich hab's gewusst! Ich hab's gewusst!«

Und da kam Rocco, dessen Herz das Blut mit derselben Kraft durch die Adern presste, wie die Kolben Treibkraft in den Motor pumpten, der Gedanke, dass dieser schöne Moment erst der Anfang war. Denn rund um diesen Motor mussten sie noch einen ganzen Wagen bauen. Immer in der Hoffnung, nicht von den Kugeln getroffen zu werden, die hier durch die Luft fliegen würden. Es lag noch ein so langer Weg vor ihnen.

Aber in einem hatte Don Ciccone unrecht.

Der Hinkende, der Krüppel, der mit dem Holzbein, der picklige Junge, diese drei nicht einmal dreizehnjährigen Diebe und der dürre Junge, der mehr wie ein Mädchen aussah, waren keine Zirkusnummer.

Sie waren ein Team. Ein richtiges Team.

Es fehlt bloß noch Rosetta, schoss ihm durch den Kopf, und sogleich verspürte er wieder jene tiefe Sehnsucht nach ihrer Nähe, und seine Hand umklammerte den Knopf, den er stets in der Tasche bei sich trug.

49

Seit dem Abend, an dem sie den an Pinocchio angelehnten Anfang geschrieben hatte, war Raquel wie besessen von der Idee, eine Geschichte zu schreiben.

Doch bislang war das Blatt Papier, das Rocco ihr gegeben hatte, leer geblieben – bis auf die ersten Zeilen.

»Warum ziehst du so ein mürrisches Gesicht?«, fragte Rocco sie eines Morgens.

Raquel blickte von ihm zu Louis hinüber, der zu Roccos Helfer geworden war. »Ihr habt hier alle was zu tun«, brummte sie. »Ist Louis dir nützlich?«

»Ja, das ist er«, antwortete Rocco.

Seine Antwort versetzt Raquel einen eifersüchtigen Stich.

Rocco bemerkte das. »Möchtest du etwa Mechaniker werden?«

»Ich weiß nicht«, antwortete Raquel mit finsterer Miene.

»Oder als Mechanikergehilfe arbeiten?«

»Nein.«

»Eben. Nein.«

»Nein. Ich möchte Geschichten schreiben«, erklärte Raquel.

Rocco nickte. »Genau. Und deshalb musst du dich mit aller Kraft dahinterklemmen.«

Raquel sank in sich zusammen. »Aber ich …« Sie zögerte. »Ich … ich weiß nicht, wie man eine Geschichte erfindet«, stieß sie dann hervor.

Rocco begann aus vollem Halse zu lachen. »Wie? Du kannst

keine Geschichten erfinden?« Er lachte wieder. »Erinnerst du dich an die Geschichte, die du mir erzählt hast, als ich dich in der Lagerhalle erwischt habe? Dass du den weiten Weg aus Rosario größtenteils zu Fuß hergekommen bist! Dass dort ein Wohnhaus explodiert ist … wegen einem Sprengstoffattentat. Dass du der einzige Überlebende bist …«

»Aber das stimmt!«

»Hältst du mich etwa für blöd?« Rocco versetzte ihr einen Klaps.

»Woher willst du denn wissen, dass es nicht stimmt?«

»Ich weiß es eben«, antwortete Rocco. »Aber ich weiß auch, dass es eine gute Geschichte war. Spannend und abenteuerlich. Ich hätte so was nie erfinden können.« Er deutete auf Louis. »Und der da auch nicht.« Dann tippte er mit dem Zeigefinger auf Raquels Stirn. »Aber du schon. Du hast Talent für solchen Unsinn.«

Raquel setzte zum Protest an.

»Das war doch nur Spaß!« Rocco grinste. »Talent für Geschichten, wollte ich sagen.«

»Ich weiß aber wirklich nicht, wie man eine Geschichte schreibt.«

»Und was willst du dann von mir?«, fuhr Rocco sie scherzhaft an. »Ich kann nicht einmal meinen Namen schreiben. Was weiß ich denn schon darüber?« Als Raquels Augen sich mit Tränen füllten, zog er sie kurz an sich und strich ihr über die kurzen Haare. »Aber eines weiß ich schon: Du hast Herz und Verstand, Junge. Was zum Teufel soll ich dir sagen? Benutze sie.« Er sah Raquel einen Moment lang an. »Irgendwann kannst du mir deine richtige Geschichte erzählen«, sagte er ernst. »Und jetzt verschwinde und mach nicht so ein langes Gesicht, das geht mir gehörig auf den Sack.«

Raquel wischte sich die Tränen aus den Augen und brachte

schon wieder ein Lächeln zustande. Dann machte sie sich auf den Weg in die Buchhandlung.

Als sie abends zurückkehrte, fragte Rocco sie: »Und? Hast du mit deiner Geschichte angefangen?«

Raquel schüttelte den Kopf.

»Merkwürdig«, meinte Rocco. »Meiner Meinung nach hast du praktisch alles, was man braucht, um Schriftsteller zu werden. Du redest zu viel, steckst deine Nase überall rein und bist nur eine halbe Portion, die ohnehin keine echte Männerarbeit tun kann.«

Raquel verstand nicht, worauf er hinauswollte.

Doch Rocco schüttelte den Kopf. »Aber etwas fehlt dir noch.«

»Was denn?«, fragte Raquel.

Rocco grinste breit. »Papier und Feder!« Und wie aus dem Nichts zauberte er mit einer Hand ein schwarzes Heft mit einem festen Einband und mit der anderen einen Füllfederhalter und ein Fässchen Tinte hervor.

Raquel starrte darauf und öffnete zwei, drei Mal den Mund, ohne dass ein Wort herauskam.

»Du siehst aus wie ein Fisch, der auf dem Strand verreckt«, sagte Rocco lachend. »Der hier«, er schwang den Füllfederhalter durch die Luft, »nennt sich Waterman … kommt aus Amerika … und kostet einen Haufen Geld. Also sieh zu, dass du ihn nutzt. Sonst habe ich mein Geld zum Fenster rausgeschmissen, und das würde ich sehr bedauern. Ist das klar?«

»Ich … ich werde dich nicht enttäuschen«, stotterte Raquel.

»Das weiß ich.« Rocco zeigte auf das Heft. Auf der Vorderseite prangte ein cremefarbenes Etikett mit grünem Rand. »Hier musst du deinen Namen reinschreiben«, sagte er und fügte dann verlegen hinzu: »Tut mir leid … ich … kann das ja nicht.«

Raquels Augen füllten sich mit Tränen.

»Du liest, du schreibst, hast einen amerikanischen Füllfederhalter und eine Uhr«, sagte Rocco. »Merkst du eigentlich, dass du bei uns die Tunte vom Dienst bist?«

Als es Zeit zum Schlafen war, hatte Raquel ihren Namen auf das Etikett geschrieben und den Anfang ihrer Geschichte auf die erste Seite übertragen. Zum hundertsten Mal las sie den letzten Satz: *»Ein Mädchen, das frei sein wollte wie ein Junge«*, und unterstrich ihn. Einmal, zweimal, dreimal, viermal, bis das Papier beinahe durchlöchert war. Und plötzlich blitzte ein Gedanke in ihrem Kopf auf. Ein Tagebuch, hatte Rocco im Scherz gesagt. Ja!, dachte sie enthusiastisch. Aber ein ganz besonderes. Sie lächelte. Denn jetzt wusste sie, was sie schreiben würde. Das Tagebuch eines Mädchens unter lauter Männern. Eine Art Überlebenshandbuch.

Und von diesem Moment an schrieb Raquel einfach drauflos. Sie schrieb in jeder freien Minute, das Schreiben wurde ihr zum liebsten Zeitvertreib. Und das Leben selbst wurde zum Spaß, weil sie viel Zeit damit verbrachte, die Eigenheiten, die Sprache und das Verhalten der Männer zu beobachten, als befände sie sich in einem Schauspielkurs.

Ihr eifriges Studium der Männer führte dazu, dass sie die Welt mit anderen Augen sah. Sie war zwar noch jung, aber sie besaß einen scharfen Verstand und eine schnelle Auffassungsgabe. Beides hatte sie vor allem ihrem Vater zu verdanken, einem Mann, der die Welt und die Menschen darin ohne Vorurteile betrachtet hatte. Jedes Mal wenn Raquel an ihn dachte, überkam sie heftige Wehmut, und sie sehnte sich nach jener Geborgenheit, die sie in seiner Nähe verspürt hatte. Aber sie wusste auch, dass er in ihr fortlebte, dass sie alle seine Lehren verinnerlicht hatte, die ihr jetzt diesen geschärften Blick auf Buenos Aires und die Menschen in ihrer Umgebung ermöglichten. Mit jedem neuen Tag begann sie, auch das Leben selbst weiter zu entschlüsseln. Und dabei wuchs in ihr die Ahnung, dass ein Mann zu sein in dieser vielfältigen Stadt nur etwas für harte Kerle war. Die anderen gingen unter.

Als sie ihren Bericht abgeschlossen hatte, steckte sie die Seiten in einen Umschlag, adressierte ihn mit »*Para la Señora Alfonsina Storni*« und lief damit zum Redaktionsgebäude von *Caras y Caretas*.

»Was willst du, Bursche? Verschwinde!«, fuhr einer der Pförtner sie an, als sie suchend durch die Eingangshalle lief.

Raquel deutete wortlos auf den Umschlag, als sie vor Aufregung kein Wort herausbrachte.

Der Pförtner nahm ihr den Umschlag ab und warf ihn in einen großen Handwagen, der bis oben voll mit Briefen war.

»Sind die alle für Señora Storni?«, fragte Raquel verblüfft.

»Bist du blöd?«, fuhr der Pförtner sie an. »Die sind für die Redaktion.«

»Und wer hat die alle geschrieben?«

»Na, wer wohl?«, sagte der Pförtner. »Die Leser natürlich.«

Raquel verließ niedergeschlagen das Gebäude. Das waren zu viele Briefe mit wer weiß wie vielen Geschichten.

»Meine werden sie nicht einmal lesen«, flüsterte sie.

Einige Tage später begrüßte Delrío sie mit einem strahlenden Lächeln hinter der Brille mit den runden Gläsern. »Komm mal her, Ángel!«, rief er aufgeregt. Er hielt eine Ausgabe von *Caras y Caretas* in der Hand.

»Das musst du dir anhören«, sagte er. »*Das Mädchen, das frei sein wollte wie ein Junge.*«

Raquel blieb beinahe das Herz stehen. Sie huschte hinter ihn, und sofort sprang ihr auf der linken Seite in fetten Lettern die Überschrift ins Auge, die Delrío gerade vorgelesen hatte.

»Hör mal, was Alfonsina Storni schreibt«, sagte der Buchhändler.

»Alfonsina Storni?«, brach es aus Raquel heraus.

»Ja, Alfonsina Storni. Bist du taub? Also, hör zu: *Vor eini-*

gen Tagen erreichte mich in der Redaktion ein an mich adressierter Umschlag ohne Absender. Es dauerte kaum eine Stunde, da hatte die gesamte Redaktion den Inhalt untereinander weitergereicht, einige waren belustigt, andere gerührt. Unser Direktor, der ehrenwerte Señor Estaquio Pellicer, zögerte keinen Moment und befahl entschieden: »Das geht in Druck!« Und hier, liebe Leser, ist für Sie die Geschichte dieses außergewöhnlichen Mädchens ohne Namen, das mitten unter uns lebt.« Delrío ließ die Zeitschrift sinken und sah Raquel an.

Sie rang nach Luft. Wusste nicht, ob sie lachen oder weinen sollte. Alfonsina Storni hatte sie ein »außergewöhnliches Mädchen« genannt.

»Wer weiß, ob das wirklich ein Mädchen geschrieben hat«, sagte Delrío.

»Aber sicher!«, rief Raquel aus.

Delrío zog erstaunt die Augenbrauen hoch. »Woher willst du denn das wissen?«

Raquel wurde rot. »Alfonsina Storni … würde doch niemals lügen.«

Delrío lachte. »Journalisten lügen schon von Berufs wegen. Und Frauen von Natur aus. Und jetzt stell dir vor, wozu dann eine Frau und Journalistin fähig ist!«

»Na ja … ich meine …«, stammelte Raquel.

»Pah! Manches ist unglaubwürdig. Dieses angebliche Mädchen erzählt zum Beispiel, dass es keine ehrliche Arbeit finden konnte. Hör zu: *Ich stellte mich bei dem Besitzer einer Kerzenfabrik im Viertel Nueva Pompeya vor …*«

Raquel lächelte. Sie hatte sich beim Schreiben davor gehütet, verräterische Details zu verwenden.

»*… und der wollte mich nicht einstellen, weil ich eine Frau bin und deshalb unzuverlässig sei und unfähig, wie ein Mann zu arbeiten, und vielleicht sogar dumm*«, fuhr Delrío fort. »Aber hier hakt die Geschichte. Hör zu!« Er zeigte mit dem Zeigefinger auf sie. »*Ich war hungrig. Deshalb verkaufte ich aus Not meine langen*

Haare und fand mich anschließend mit kahlem Schädel wieder. ›Du siehst aus wie ein Junge‹, sagte jemand zu mir. Da kaufte ich mir Männerkleidung und ging noch einmal zu der Kerzenfabrik, wo der Besitzer, der mich jetzt für einen Jungen hielt, mich einstellte. Und jetzt lobt er mich ständig. Und sagt mir jeden Tag, dass keine Frau das tun könnte, was ich tue.« Delrío lachte aus vollem Hals. »So ein Riesentrottel! Wie soll er denn nicht merken, dass sie eine Frau ist, was meinst du?«

»Na ja, Ihr habt es doch gerade gesagt«, meinte Raquel.

»Das heißt?«

Raquel lächelte engelsgleich. »Weil er ein Riesentrottel ist.«

Delrío lachte noch lauter. »Ein Riesentrottel, genau!«, wiederholte er. »Aber das hier ist lustig, hör zu: *Schwierig ist es, der von Männern so geliebten Angewohnheit zu entgehen, gemeinsam gegen eine Mauer zu pissen. Es genügt nicht, einfach zu sagen, dass du gerade gepinkelt hast. Du musst ihre Männersprache benutzen und noch deftiger werden. Zum Beispiel: ›He, mein Freund, ich hab doch keinen Euter zwischen den Beinen hängen. Da kommt nichts mehr raus, selbst wenn ich ihn auspresse.‹*« Der Buchhändler lachte amüsiert. »*Männer glauben nämlich, dass sie immer übertreiben müssen. Sie sind besessen von Maßangaben. In allem. Und deshalb müssen ihre Worte so groß sein … wie ihr Ding.*«

In dem Moment bimmelte die Türglocke. Delrío sprang mit der Zeitschrift in der Hand auf, als er einen Stammkunden erkannte, und lief ihm aufgeregt entgegen.

»Don Attilio! Das müsst Ihr unbedingt lesen. Es ist zum Totlachen.«

Raquel beobachtete die beiden Männer, die lasen, was sie geschrieben hatte. Sie war noch nicht sicher, ob das alles wirklich passierte oder nur ein Traum war.

»Ich kaufe sofort zwei Ausgaben, mein lieber Gaston«, erklärte der Kunde begeistert. »Eine für mich und eine für meinen Schwiegervater.«

Delrío überreichte ihm zwei Hefte. Und den ganzen Tag über war sein einziges Gesprächsthema bei allen Kunden, ob männlich oder weiblich, die Geschichte jenes Mädchens, das sich als Mann verkleidete.

Nach Ladenschluss sagte Raquel: »Ich würde auch gern ein Heft kaufen.«

»Die sind alle weg, Ángel«, sagte Delrío zufrieden, ohne Raquels Enttäuschung zu bemerken. »Dieses Mädchen hat uns an einem Tag mehr Geld eingebracht, als wir sonst in einer Woche verdienen, was?« Er rieb sich die Hände. »Wir müssen nachbestellen.«

»Würdet Ihr mir Eure Ausgabe leihen?«, fragte Raquel schüchtern.

»Auf keinen Fall«, erklärte Delrío ernst. »Den Artikel muss ich heute Abend meinen Freunden im Café vorlesen. Das gibt ein Gelächter.«

Raquel fragte an einem Zeitungsstand, aber auch dort waren alle Hefte ausverkauft. Enttäuscht ging sie zur Werkstatt zurück. Sie wäre gern mit ihrem Artikel unter dem Kopfkissen eingeschlafen. Und sie konnte immer noch nicht glauben, dass man ihn veröffentlicht und dass Alfonsina Storni so freundliche Worte über sie gefunden hatte.

Am nächsten Tag wartete sie gespannt auf die Lieferung der neuen Hefte, die Delrío bestellt hatte. Aber der Bote des Vertriebs erklärte, die Auflage sei vergriffen, eine zweite sei in Druck.

Die neuen Hefte kamen drei Tage später. Raquel sicherte sich sofort eines davon, denn in der Zwischenzeit waren viele Kunden gekommen, um ein Exemplar zu erwerben.

Bei ihrer Rückkehr in die Werkstatt fragte Javier: »Ist das die Zeitschrift mit dem Artikel über dieses Mädchen?«

»Welches Mädchen?«, fragte Rocco.

»Ein Mädchen, das so tut, als wäre es ein Junge … oder so

ähnlich«, erklärte Javier ihm. »Das Ganze ist offenbar zum Totlachen.«

»Sie verarscht die Männer anscheinend ohne Ende«, mischte Billar sich ein.

»Steht das da drin?«, fragte Rocco Raquel.

Sie nickte.

»Liest du uns das vor?«

Raquel war mit einem Mal vollkommen aufgeregt. »J-ja.«

Sofort versammelten sich Rocco, Javier, Ratón, Billar, Mattia, Louis und seine beiden Kumpel um sie.

Raquel begann mit dem Vorwort von Alfonsina Storni. Dann räusperte sie sich und las den Anfang des Artikels: »*Ich sehe das, was die Frauen nicht sehen können. Ich sehe das, was die Männer den Frauen nicht zeigen.*«

»Was die da wohl sieht!«, sagte einer der Jungs grinsend und griff sich zwischen die Beine.

»*Damit mich alle für einen echten Kerl halten, greife auch ich mir in den Schritt, wenn die Männer mich beobachten*«, fuhr Raquel fort. »*Und um das richtig zu machen, muss man leicht in die Knie gehen und ein bisschen dämlich, aber auch herausfordernd in die Runde gucken. Es scheint, als müssten die Männer ständig etwas zurechtrücken, das nie an seinem Platz bleibt. Die jungen tun das öfter als die alten, ist mir aufgefallen. Vielleicht, um die ganze Welt davon zu überzeugen, dass sie auch einen haben.*«

Rocco lachte laut und deutete auf den Jungen, der gerade genau das getan hatte.

Der errötete. »So ein Blödsinn!«, stieß er hervor und wollte sich instinktiv wieder zwischen die Beine greifen, doch seine Hand verharrte auf halber Strecke.

Als die anderen das bemerkten, lachten sie nur noch lauter.

»*Jedenfalls gibt es nichts Wirksameres, als sich öffentlich in den Schritt zu greifen, um seine Männlichkeit zu beweisen*«, fuhr Raquel fort. »*Ich muss immer lachen, denn das ist wirklich dumm. Ich habe ein Stück zusammengerollten Stoff in meiner Unterhose platziert, damit man bei mir auch etwas ertasten kann, wenn jemand mir zum Spaß daraufklopft und beherzt hingreift, was sehr beliebt ist. Zum Glück scheint das zu genügen.*«

Rocco lachte laut: »Los, alle Hosen runter!«, sagte er.

Raquel erstarrte.

»Vor allem du!« Rocco zeigte auf Javier. »Du siehst mir wirklich wie ein verkleidetes Mädchen aus.«

Alle lachten.

»*Die Jungen machen einen wahren Kult um ihr Ding*«, las Raquel schnell weiter. »*Ich habe gehört, wie einer allen Ernstes sagte: ›Du musst ihn immer einen Tag links und einen Tag rechts tragen, sonst wird er krumm wie eine Banane.*‹«

Wieder klopften sich alle vor Lachen auf die Schenkel.

»Das stimmt aber!«, sagte einer der Jungen.

Raquel fuhr fort und sorgte noch etliche Minuten für Heiterkeit. Sie las auch die Passagen vor, die Delrío in der Buchhandlung zu Gehör gebracht hatte. Dann kam sie zum Schlussteil.

»*Aber ich verstehe diese Jungen, die oft noch Kinder sind*«, las sie nach einer kurzen Pause. »*Die Jungen in diesem Viertel streifen durch die Straßen, belästigen die Obdachlosen, spielen Karten, klauen von den Ständen der Straßenhändler und üben sich im Umgang mit dem Messer. Auf den ersten Blick wirken sie brutal, aber wenn man sie genauer ansieht, bemerkt man die Furcht in ihren Augen. Die gleiche, die man in den Augen aller Einwanderer lesen kann.*«

Nun lachte niemand mehr.

»Ich habe keine Angst«, sagte einer der Jungen.

»Halt's Maul, Blödmann«, fuhr ihn Rocco an.

»Ich habe keine Angst!«, wiederholte der Junge stur.

»Er hat dir gesagt, du sollst das Maul halten, Blödmann«, sagte Louis.

Und Raquel las weiter: »*Ich habe gehört, dass unsere Stadt ein wimmelnder Ameisenhaufen sei. Aber das stimmt nicht. In einem Ameisenhaufen arbeiten alle zusammen, sie bekämpfen sich nicht vom Morgen bis zum Abend. Buenos Aires ist eine unbarmherzige Stadt, die einem nichts schenkt.*«

»Worauf du deinen Arsch verwetten kannst«, sagte Javier leise und massierte sein kaputtes Knie.

»*Aber trotzdem*«, leitete Raquel das Ende des Artikels ein, »*gibt es mitten in all diesem Elend Männer, denen es gelungen ist, eine kleine Welt zu schaffen, in der alle solidarisch sind. Und das verschlägt mir vor Bewunderung den Atem, weil ich glaube, dass ich nie so stark sein könnte wie sie. Und genau das bedeutet es, ein richtiger Mann zu sein.*«

Alle Augen waren jetzt auf Rocco gerichtet, der sie zusammengebracht und ihnen Hoffnung gegeben hatte.

Raquel spürte einen Kloß im Hals, denn genau an ihn hatte sie gedacht, als sie den Schlussteil schrieb. Dann las sie die letzten Zeilen vor, die den Anfang aufgriffen: »*Ich sehe das, was die Frauen nicht sehen können. Ich sehe das, was die Männer den Frauen nicht zeigen. Ich bin ein Mädchen, das frei sein will wie ein Mann. Ich bin das Mädchen ohne Namen.*«

In der darauffolgenden Stille war nur das Rascheln der Seiten zu hören, als Raquel die Zeitschrift zuklappte.

Es war, als würden alle die Worte aufnehmen und verarbeiten, die sie gerade gehört hatten. Erst belustigt, dann voller Bewunderung und schließlich vielleicht sogar mit Angst. Raquel hielt den Atem an.

Schließlich brach Rocco das Schweigen. »Dieses Mädchen hat mehr in der Hose als wir alle zusammen!«, rief er.

50

»Hast du etwas von diesem Mafioso gehört?«, fragte die Fürstin.

»Nein, nichts«, maulte der Baron schlechtgelaunt.

Sie saßen Seite an Seite in einem kleinen Salon des *palacio*, der ganz in Grün gehalten war: apfelgrüne Tapete mit Arabeskenmuster an den Wänden, der große seidene Perserteppich hatte ein herbstliches Grün wie von Blättern, kurz bevor sie gelb werden; strahlend grün waren die Polster des Sofas und der beiden gleichen Sessel in Cordsamt, und im selben Apfelgrün gehalten wie die Tapete, jedoch mit Goldfäden durchwirkt, die Vorhänge aus feinem Leinen an den beiden hohen Fenstern.

Vor ihnen stand halbnackt, nur mit der knappen Schürze eines Zimmermädchens bekleidet, das Mädchen, das der Baron der Fürstin geschenkt hatte.

»Ob es wohl wahr ist, was man sich von Zwergen erzählt?«, fragte die Fürstin mit einem anzüglichen Kichern im Hinblick auf Tony Zappacosta.

»Ich habe Bernardo mit der Frage zu ihm geschickt, ob er inzwischen weiß, wer der Mann ist, der dieser Hure zur Flucht verholfen hat«, sagte der Baron. »Aber es gibt keine Neuigkeiten.«

»Deine schöne Rosetta hat dir wirklich das Herz gebrochen.« Die Fürstin lachte und lehnte kokett ihren Kopf an seine Schulter. Seit der einzige Mann gekommen war, mit dem sie ihre perversen Neigungen teilen konnte, war die Adlige wie verjüngt und immer bester Laune.

»Diese Schlampe hat mir den Schädel eingeschlagen, nicht das Herz gebrochen.« Der Baron kniff wütend in die nackten Pobacken des Mädchens.

Die stöhnte auf und griff dann nach einem Törtchen, das sie gierig verschlang. Denn jedes Mal, wenn man ihr Schmerzen bereitete, durfte sie etwas Süßes essen.

»Sie wird fett wie eine Kuh«, sagte der Baron angewidert.

»Und mich langweilt sie allmählich, die Ärmste«, meinte die Fürstin seufzend. »Ist es nicht grässlich, wenn einen ein Spielzeug nicht mehr amüsiert?«

»Wir müssen einen anderen Zeitvertreib finden«, sagte der Baron zerstreut. Er musste immerzu an Rosetta denken, die ihn inzwischen sogar bis in seine nächtlichen Träume verfolgte. Doch während er sich tagsüber in seinen Fantasien ausmalte, wie er sie foltern und schließlich umbringen würde, gewann in der Nacht sie die Oberhand. Demütigte ihn. Zwang ihn in die Knie. Besiegte ihn. Und deshalb musste sich der Baron am Morgen jeweils neue, noch grausamere Dinge ausdenken, um die Qualen der Nacht auszumerzen. Und dies befeuerte seine Besessenheit nur noch mehr.

»Bist du je in einem jüdischen Bordell gewesen?«, fragte die Fürstin.

»Was unterscheidet das von einem gewöhnlichen Bordell?«

Die Fürstin schloss die Lider leicht und fuhr in einem genießerischen Ton, der ihm einen Schauer über den Rücken jagte, fort: »Anscheinend gibt es dort … mehr Leid.«

»Was haben die denn zu leiden?«, fragte der Baron. »Das sind Huren.«

»Sie sind sehr jung«, erwiderte die Fürstin. »Ein Regierungsabgeordneter, mit dem ich zuweilen den neuesten Klatsch austausche, erzählte mir, dass sie wie Sklavinnen gehalten werden. Sie kommen aus den osteuropäischen Ghettos. Es heißt, sie seien wunderbar – wie abgerichtete kleine Haustiere.«

»Und wo gibt es die?«, fragte der Baron, dessen Laune sich sogleich besserte.

»Überall in der Gegend um die Avenida Junín. Eines der übelsten heißt Chorizo.« Die Fürstin stieß ein unheilvolles Lachen aus. »Diese Juden haben doch einen höchst eigenwilligen Sinn für Humor. Arme kleine jüdische Würstchen.«

»Das macht doch gleich Appetit«, sagte der Baron. »Wann wollen wir dorthin, *ma chère*?«

Die Fürstin schloss ihn erfreut in ihre Arme.

»Kann ich noch ein Törtchen haben?«, fragte das Mädchen.

»Verschwinde, du schwachsinnige Göre!«, fuhr der Baron auf und trat nach ihr.

»Lass dir von ihr doch nicht die Laune verderben«, erklärte die Fürstin lachend und stand auf. »Nun, ich wusste, dass meine Idee dir gefällt. Also mach dich schön, *mon cher ami*. Der Wagen steht bereit, wir können sofort losfahren.«

»Ich nehme Bernardo mit«, erklärte der Baron.

»Nein, diesmal nicht«, bettelte die Fürstin kokett. »Diesmal vergnügen wir beide uns allein.«

Der Baron grinste. Wenn er Frauen gemocht hätte – und sie Männer –, hätte die Fürstin ganz oben auf der Liste seiner Wünsche gestanden. Sie war einfach vollkommen.

Als der Chauffeur sie eine halbe Stunde später bei Anbruch der Dunkelheit vor dem Chorizo absetzte, brachen beide in Verzücken aus angesichts der Schäbigkeit der fleckig wirkenden, senfgelben Fassade des Bordells. Die geschlossenen Läden schienen zu verheißen, dass hinter ihnen etwas Schmutziges vor sich ging, das man verbergen musste. So etwas wie wimmelnde Würmer in einem Sarg, dachten beide zugleich mit einem Schauer, als hätten sie nur einen Kopf. Und die gleiche Krankheit.

Hand in Hand wie zwei Kinder gingen sie auf den Eingang zu, der von zwei grobschlächtigen Kerlen mit pomadisiertem Haar bewacht wurde. Mehr noch als die Messernarben war es der Stumpfsinn in ihrer Mimik, der sie hässlich wirken ließ, gerade jetzt, da sie sich keinen Reim darauf machen konnten, mit welch seltsamer Kundschaft sie es zu tun hatten.

»Guten Abend, die Herrschaften«, begrüßte Amos sie, der in diesem Moment in der Tür auftauchte. »Ich habe Euch aus dem Fenster meines Büros gesehen.« Er steckte die Daumen in die Aufschläge seiner Weste. »Habt Ihr Euch verirrt oder beabsichtigt Ihr, mich mit Eurem Besuch zu beehren?«

Der Baron zögerte, doch die Fürstin drückte seine Hand und zog ihn vorwärts zu Amos.

»Der Abgeordnete Dos Santos«, flüsterte die Fürstin Amos zu, »hat mit gewissen Erzählungen meine Neugier geweckt.«

Auf Amos' Gesicht breitete sich ein zufriedenes Grinsen aus. »Welche Ehre«, sagte er. »Aber der Herr Abgeordnete ist ein Mann und Ihr …«

»Ach kommt, seid doch nicht so altmodisch …«, sagte die Fürstin mit einem herausfordernden Lächeln.

»Und mit wem habe ich das Vergnügen?«

»Das werdet Ihr noch erfahren«, mischte sich der Baron arrogant in die Unterhaltung.

Amos deutete eine Verbeugung an. »Diskretion hat in diesem Haus oberste Priorität«, erklärte er glatt. »Tretet ein, verehrte Herrschaften«, sagte er und bedeutete ihnen, ihm in das Gebäude zu folgen.

Sie gingen ihm mit hungrigem Blick hinterher, nährten sich an der Schäbigkeit der Umgebung, nahmen witternden Jagdhunden gleich mit geweiteten Nasenlöchern all die üblen Gerüche in sich auf, die sich in den schummrigen Räumen mischten.

Amos führte sie in seinen Salon, doch dieser Raum wirkte

wie ein beliebiges bürgerliches Wohnzimmer und hatte nichts von dem dekadenten Reiz, den der Baron und die Fürstin sich vom Chorizo erhofft hatten.

»Was gedachtet Ihr hier vorzufinden, werte Herrschaften?«, fragte Amos. Er sah ihnen ihre Enttäuschung an und hatte ihnen daher noch keinen Platz angeboten.

»Nicht … das hier«, sagte die Fürstin.

Amos war ein guter Geschäftsmann. Und ein ausgezeichneter Verkäufer, der die Gedanken seiner Kunden zu lesen vermochte. »Die anderen Zimmer sind nicht so«, sagte er mit einem heimtückischen Grinsen. »Dort liegt etwas ganz anderes in der Luft.« Er bemerkte sogleich, dass er ins Schwarze getroffen hatte. »Vielleicht seid Ihr ja entsetzt über … all diesen Schmutz«, sagte er heuchlerisch. Und als er die Augen der beiden aufleuchten sah, wusste er, mit welcher Sorte Kunden er es zu tun hatte: reiche Perverse, die sich am Leid labten. Die Scheiße fraßen und sie genossen wie russischen Kaviar. Und genießerisch Tränen schlürften, als wären sie Champagner.

»Die Mädchen hier … woher kommen die?«, fragte die Fürstin mit einem leichten Beben in der Stimme.

Das will sie eigentlich gar nicht wissen, dachte Amos. Sie will wissen, ob diese Mädchen litten.

»Sie kommen von weit her, um den riesigen Markt der Lust in Buenos Aires zu bedienen«, begann er. »Sie werden ihren Familien entrissen.« Der Atem der beiden ging hörbar schneller. Dies war der Augenblick, ihnen zu geben, wonach sie verlangten. »In ihren Augen werdet Ihr unfassbares Leid entdecken.«

Die Fürstin ließ sich auf ein Sofa fallen.

Der Baron schien sich besser unter Kontrolle zu haben, doch auch sein Gesicht war merklich gerötet.

Der Blick, mit dem der Baron die beiden Leibwächter am Eingang des Chorizo angesehen hatte, ließ Amos vermuten, dass er sich nicht für Frauen interessierte. Er hatte nur ein Laster: das Böse.

Doch auch der Baron erkannte die Verdorbenheit in Amos' Augen. »Ihr habt bestimmt umfassende Informationen über die Frauen in Buenos Aires, nicht wahr?«, fragte er plötzlich, einer Eingebung folgend.

Amos runzelte die Augenbrauen, diese Frage hatte er nicht erwartet. »Was genau meint Ihr damit, Señor?«

Adelina betrat den Raum mit zwei Tassen heißem Mate für die wichtigen Kunden.

Während sie die Tassen auf einem Tischchen abstellte, betrachtete der Baron ganz ungeniert die Narbe auf ihrer Wange. »Euren Mädchen gelingt nie die Flucht?«, fragte er.

»Manchmal schon«, antwortete Amos. »Aber ich finde sie … und zeichne sie.« Der Fettwanst liebt also Blut, dachte Amos. Gleich, da war er sicher, würde er ihn nach Einzelheiten fragen. Denn das erregte ihn.

»Findet Ihr sie immer?«

Zu Amos' Überraschung lag keine Erregtheit in den Augen des Fettwansts. Der Mann interessierte sich gar nicht für die Details, er hatte ein anderes Ziel. Amos war sogleich auf der Hut. Welches entflohene Mädchen meinte er? Wusste er etwas über Raquel? »Was wollt Ihr wissen?«, fragte er angespannt.

»Wenn Ihr sie immer wiederfindet«, sagte der Baron, »habt Ihr dann auch die Möglichkeiten … also ich meine, seid Ihr entsprechend gerüstet … ein entflohenes Mädchen zu finden? Wisst Ihr immer, wo Ihr nach ihnen suchen müsst?«

»Wen sucht Ihr?«, fragte Amos misstrauisch.

»Ein Mädchen, dem ich aus Sizilien gefolgt bin«, sagte der Baron.

Amos begriff, dass die Frage nichts mit Raquel zu tun hatte. Er bedeutete Adelina zu gehen, und sobald sie wieder allein waren, fragte er den Baron: »Wer ist dieses Mädchen?«

»Nicht jetzt, *mon cher*«, ging die Fürstin dazwischen.

»Doch, genau jetzt«, entgegnete der Baron barsch.

Amos nahm an dem verweichlicht und abstoßend wirkenden Mann mit einem Mal eine unerwartete Härte wahr. Und ihm ging auf, dass er gefährlich war. Er hatte ihn unterschätzt. »Erzählt mir davon. Vielleicht kann ich Euch helfen.«

»Ich suche eine Verbrecherin«, begann der Baron voller Groll.

»Ich bin ganz Ohr.«

Der Baron erzählte von Rosetta und ihrer Flucht während der Prügelei im *Hotel de Inmigrantes*.

Amos erinnerte sich genau an den Tag. »Eine Brünette?«, fragte er. »Von außergewöhnlicher Schönheit?«

Der Baron war verblüfft.

»Ihr habt den Richtigen gefunden, Señor«, meinte Amos lächelnd. »Ich war zufällig dort.« Er schwieg einen Moment. »Vielleicht war es auch Schicksal. Um Euch dienlich zu sein. Aber vermutlich wird auch die Polizei nach ihr suchen.«

»Das sind alles Versager«, erklärte der Baron voller Verachtung. »Und … unter uns gesagt, ich will diese Schlampe selbst in die Finger bekommen, ganz privat.«

»Ganz privat?«, hakte Amos nach, der genau wusste, was der Baron meinte.

»Ich glaube nicht an die Gerechtigkeit von Gerichten«, erklärte der Baron kühl. »Ich will diese Verbrecherin selbst richten. Ich will sie für mich. Lebend und in gutem Zustand.«

Keine Frage, der Mann ist gefährlich, dachte Amos abermals. »Ich werde sie finden, Señor …«

»Baron Rivalta di Neroli«, stellte der Baron sich nun vor. »Die Verbrecherin heißt Rosetta Tricarico.«

»Ich werde sie finden und zu Euch bringen, Baron«, meinte Amos. »Aber … wohin?«

»In den *palacio* der Fürstin de Altamura y Madreselva.«

»Aber nächste Woche fahren wir für mehrere Tage auf mein Landgut und geben dort ein Fest«, sagte die Fürstin weltgewandt.

»Ich glaube kaum, dass er das Mädchen innerhalb einer Woche findet, *chérie*«, sagte der Baron gereizt.

Dieses Mädchen ist der Schlüssel, dachte Amos, sie wird mir bei diesem reichen Fettwanst jede Tür öffnen. Er würde jede Summe für sie fordern können. Und im Moment brauchte er Geld so dringend wie nie. »Ich weiß nicht, wie lange es dauern wird, aber ich werde sie für Euch finden«, wiederholte er.

»Ich habe auch einen gewissen Tony Zappacosta damit beauftragt«, sagte der Baron. »Der Mann, der die Schlägerei geplant hat, um der Verbrecherin zur Flucht zu verhelfen, hatte mehreren Leuten im Namen von einem Mafioso aus Palermo, dem Onkel dieses Zappacosta, einen Gefallen versprochen. Findet man den Mann, findet man auch das Mädchen, so dachte ich. Aber an dieser Front herrscht Schweigen.«

Bei der Erwähnung von Tonys Namen war Amos leicht zusammengezuckt. »Lasst Euch nicht mit diesem Mafioso ein«, sagte er dann wieder gefasst. »Seine Tage sind gezählt.« Er beugte sich zu dem Baron vor, um das, was er ihm enthüllen wollte, vertraulicher wirken zu lassen. »Hier hat gerade ein Bandenkrieg begonnen. Und es heißt, dass dieser Zappacosta ihn schon verloren hat.« Seine Gesichtszüge verhärteten sich. »Weil er nicht weiß, wer sein Fei…« Er brach ab. Die Eitelkeit hätte ihn beinahe dazu verleitet, Dinge preiszugeben, die er besser verschwieg. Vor allem einem Außenstehenden gegenüber.

»Was weiß er nicht?«, fragte der Baron nach.

»Ach, lassen wir das«, beendete Amos das Thema. »Gebt Euch nicht mit diesem Mafioso ab. Wie gesagt: Seine Tage sind gezählt.«

Die Fürstin gähnte gelangweilt.

»Aber Ihr seid ja gekommen, um Euch zu amüsieren, und nicht, um mein Geschwätz anzuhören«, rief Amos. Er musste diese beiden reichen Widerlinge unbedingt für sich einnehmen. Wenn ihm das gelang, würde ihr Geld ihm sehr nützlich für sein Vorhaben sein. Er nahm ein Päckchen aus einer Schublade seines Schreibtischs. Weiße Scheiße für die, die sich an Scheiße labten. »Wisst Ihr, was das ist?«

Das Gesicht der Fürstin leuchtete freudig auf. »Sagt mir jetzt nicht, das ist …«

»Doch, Madame«, bestätigte Amos lächelnd.

»Das habe ich ja noch nie probiert!«, rief die Fürstin erregt.

»Was ist das?«, fragte der Baron.

Amos öffnete das Päckchen und streute etwas von dem weißen Pulver auf ein Silbertablett. Dann verteilte er es mit einem kleinen Messer und schob es schließlich zu zwei weißen Linien zusammen. Nun reichte er der Fürstin ein Silberröhrchen.

»Ihr wisst, wie das geht?«, fragte er lächelnd. »Ihr steckt das Röhrchen in ein Nasenloch, haltet das andere zu, atmet vorsichtig aus und dann saugt Ihr das Pulver kraftvoll ein.«

»Was ist das?«, fragte der Baron noch einmal.

»Ein Zauberpulver«, erklärte Amos grinsend.

»Kokain!«, rief die Fürstin wie elektrisiert und schnupfte gierig ihre Linie der Droge.

Dann war die Reihe am Baron. »Ich spüre gar nichts«, sagte er.

»Und zwar im wahrsten Sinn des Wortes«, sagte Amos. »Ihr spürt Eure Nase nicht mehr. Sie ist betäubt.«

Der Baron und die Fürstin tasteten ihre Nasenlöcher ab und riefen beinahe gleichzeitig: »Es stimmt!«

Kurz darauf bemerkte der Baron, dass seine Gedanken mit zunehmender Geschwindigkeit zu kreisen begannen. Und dass alles in seiner Umgebung, Gegenstände wie Menschen, mit einem Mal messerscharfe Konturen erhielt. Alles lag ganz klar und offen vor ihm. Er hatte die Welt unter Kontrolle. Er war mächtig. Konnte sich die Welt nach seinem Belieben unterwerfen. »Mehr!«, rief er aus.

Amos bereitete zwei weitere Linien Kokain vor.

Der Baron und die Fürstin zogen sie durch die Nase.

»Und jetzt amüsieren wir uns«, sagte Amos und führte sie durch das verwinkelte Labyrinth des Chorizo in ein schmutziges Zimmer, in dem ein Doppelbett mit fadenscheinigen, fleckigen Laken stand.

Auf dem Bett saß ein blondes Mädchen. Sie hielt den Kopf gesenkt.

»Das ist Libertad«, stellte Amos sie vor. Dann sprach er die Worte, die seine Gäste erregen würde: »Ihre Eltern haben sie mir für ein paar Münzen verkauft.«

Die Fürstin stöhnte.

»Sie spricht nicht«, sagte Amos. »Aber sie wird alles tun, was Ihr von ihr verlangt.« Er sah, dass die Augen der beiden vom Kokain glühten. Sie zuckten unruhig auf ihrem Platz, barsten beinahe vor Energie. »Ist sie nicht wunderschön? Sie sieht aus wie eine Puppe, nicht wahr?«

Die Fürstin setzte sich neben Libertad und strich ihr über die blonden Haare, die wie Goldfäden glänzten. »Als ich klein war, wollte ich immer wissen, womit die Puppen gefüllt sind«, sagte sie. »In meinem Kinderzimmer stapelten sich Ärmchen und Beinchen«, fuhr sie fort. »Und Köpfe.«

Der Baron lachte. Sein Gesicht war angespannt, und seine Augen wirkten gläsern.

»Macht sie mir nicht zu sehr kaputt«, sagte Amos darauf.

Der Baron wandte sich zu ihm um, doch Amos legte ihm beruhigend eine Hand auf die Schulter. Jetzt musste er den Knoten knüpfen, der den Mann an ihn fesselte. »Ich werde diese Frau für Euch finden«, flüsterte er ihm zu. »Und nun amüsiert Euch.« Mit diesen Worten ließ er sie allein.

»Libertad«, sagte die Fürstin nun und zog sich Schuhe und Strümpfe aus. »Knie dich vor mich und leck mir die Füße.«

Wie eine seelenlose Puppe kniete Libertad sich vor sie hin und begann der Fürstin die Füße zu lecken.

Diese zog ihren Rock ein wenig hoch. »Höher, Libertad.«

Gehorsam leckte Libertad ihr die Knöchel und die Unterschenkel.

Der Baron sah mit Schweißperlen auf der Stirn zu.

Daraufhin warf ihm die Fürstin einen anzüglichen Blick zu und sagte: »Du darfst nicht zusehen.« Sie senkte ihren weiten Rock über Libertads Oberkörper. Und schenkte dem Baron, der jetzt enttäuscht wirkte, ein boshaftes Lächeln. »Aber du kannst zuhören, wie ihre Zunge über meine Haut gleitet«, sagte sie und deutete auf den Boden. »Knie dich auch hin«, befahl sie ihm.

Der Baron gehorchte, während er immer heftiger schwitzte. Und er legte sein Ohr an den Rock der Fürstin, die ihm über seine Narbe strich.

»Höher, Libertad«, befahl die Fürstin.

Das Mädchen leckte die Knie und die Oberschenkel.

Die Fürstin keuchte jetzt. »Noch höher, Libertad«, sagte sie. »Ganz oben.«

Der Rock der Adligen bauschte sich, als Libertad die Scham erreichte.

Die Fürstin drückte ihre Hände auf Libertads Kopf und zog ihn brutal an sich, sodass sie das Mädchen beinahe erstickte. Und je mehr Libertad nach Luft schnappte, desto fester hielt sie die Fürstin und keuchte dabei vor Lust.

Der Baron wollte ihr gerade helfen, Libertad zu ersticken, als er auf einmal etwas Ungewöhnliches an sich spürte: Der Stoff seiner Hose spannte auf Höhe des Schrittes. Während ihm, vom Kokain verwirrt, ein Feuerwerk an Gedanken durch den Kopf wirbelte, ließ er sich auf den Boden gleiten, öffnete hastig seinen Hosenschlitz und zog sein Glied hervor.

Verblüfft stellte er fest, dass es steif war. Oder doch beinahe. Zum ersten Mal in seinem Leben.

Er berührte es vorsichtig, als fürchtete er, es würde weh tun. Stattdessen empfand er überraschend Lust. Eine ungeheure, unverhältnismäßige Lust.

Und in dem Moment wusste er, dass er mit diesem beinahe harten Glied, dem Glied eines echten Mannes, Rosetta würde selbst demütigen können.

Und diese Vorstellung rührte ihn.

Er schluchzte auf. Wie ein Kind.

Das alles verdankte er nur Amos und seinem Zauberpulver.

Inzwischen war die Fürstin mit einem raubtierhaften Schrei zum Höhepunkt gekommen. Sie sah den Baron an und bemerkte, dass ihm Tränen über die Wangen liefen. »Was ist mit Euch, *mon cher*?«, fragte sie besorgt.

»Ich bin … glücklich«, sagte der Baron mit einem Lächeln.

51

»Was steht heute drin?«, fragte Rosetta Francés, als sie ihm die Ausgabe der *Nación* reichte, die sie jeden Morgen kaufte.

Seit Tagen wusste sie nicht, was sie sich wünschen sollte. Falls dieser Journalist wirklich einen Artikel über sie in der *Nación* veröffentlichen würde, wäre sie nicht mehr unbekannt. Und das war gut und schlecht zugleich. Zum einen war es gefährlich, weil die Polizei sie aufspüren konnte. Andererseits bestand die Möglichkeit, dass Rocco sie durch einen Artikel fand. Selbst wenn er nicht lesen konnte, würde er vielleicht jemanden darüber reden hören und verstehen, dass es um sie ging. Zumindest hoffte sie das.

Francés saß auf einem Stuhl in der Sonne. »Warum kaufst du nicht lieber eine Ausgabe von *Caras y Caretas*? Alle reden über das Mädchen, das sich als Junge ausgibt. Soll ziemlich lustig sein. Auf jeden Fall besser als die *Nación*.«

»Ich muss wissen, ob dieser Journalist seinen Artikel geschrieben hat, und er hat gesagt, der kommt in der *Nación* und nicht in der *Caras y Caretas*«, erwiderte Rosetta.

Francés nahm die Zeitung und blätterte sie aufmerksam Seite für Seite durch. »Auch heute nichts, *chica*«, sagte er.

»Gut so«, meinte Rosetta.

Und wieder hörte Francés jenes Bedauern aus ihrer Stimme heraus, dessen Grund er nicht kannte. »Bist du sicher, dass du mir nichts erzählen willst?«

»Und du, bist du sicher, dass *du* mir nichts erzählen willst?«, entgegnete Rosetta.

Doch er konnte ihr nichts von Amos erzählen. »Unsere Situationen sind völlig verschieden«, gab er zurück. »Ich kann dir vielleicht helfen, also könnte es sich für dich lohnen, wenn du mir alles erzählst. Aber du kannst mir ganz sicher nicht helfen, daher ist es besser, wenn ich dir nichts erzähle.«

Rosetta stieß ein Schnauben aus und ging wortlos.

Sie lief durch das Viertel, und die Frauen lächelten ihr zu. Die Männer verhielten sich anders. Einige grüßten sie voller Respekt. Andere starrten sie einfach an, so wie die Männer von Alcamo, als sie es gewagt hatte, sich wie ein Mann zu verhalten. Manchmal, wenn sie an diesen Grüppchen vorbeikam, dachte sie an die Taugenichtse aus ihrem Dorf, die sich in den Osterien trafen und an allem herumkritisierten. Sie hörte sie, wie sie ihr leise etwas nachriefen, das Gerede folgte ihr wie die Schleppe eines Kleides. In den Augen dieser Männer war sie im Grunde immer noch eine *bottana*, so wie die Dorfbewohner sie seinerzeit genannt hatten. Es hatte sich nichts verändert.

»Was wäre, wenn andere Frauen sich auch so benehmen würden wie du?«, hatte Pater Cecè, der Pfarrer von Alcamo, sich ereifert. Und auch hier in Buenos Aires, in dieser Neuen Welt, in der überhaupt nichts neu war, lief alles genauso.

Anfangs hatten die Männer des Viertels sie für das bewundert, was sie getan hatte. Aber dann hatten mehrere sich bedroht gefühlt. Von ihr und den anderen Frauen, die sich zu einer Gemeinschaft zusammengeschlossen hatten. Frauen, die auf einmal Begriffe verwendeten wie *Gerechtigkeit* und *Freiheit*, Worte, die aus dem Mund eines Mannes gut und richtig klangen, nicht aber aus dem einer Frau. Denn bei einer Frau konnte bei diesen Worten ein anderer Begriff mitschwingen, der weitaus gefährlicher und skandalöser war, nämlich *Gleichheit*. Gleichberechtigung. Lächerlich.

Und all das war nur ihre Schuld. Sie war der Stein des Anstoßes.

»Wenn Gott gewollt hätte, dass Mann und Frau gleich sind«, hatte eines Tages unter dem beifälligen Nicken aller ein Betrunkener gerufen, »dann hätte er den Frauen nicht den Schwanz und die Eier abgeschnitten.«

Das Problem liegt also dort zwischen den Beinen, überlegte Rosetta auf ihrem Weg zum Mercado Central de Frutos del País. Als wäre dieser lächerliche Klumpen Fleisch das sichtbare Symbol, dass Männer über sie herrschen sollten. Als hätte ein Gott die Frauen verstümmelt, um sie in diese untergeordnete Rolle zu zwingen. Wenn diese Idee nicht so vollkommen unsinnig wäre, könnte man glatt darüber lachen, dachte sie.

Sie überquerte die Brücke über den Riachuelo und ging über die Avenida General Mitre. Dann bog sie nach links ab und war kurz darauf auf dem großen Markt.

Hier kamen ihr stets aufs Neue die zerrupften Hühner in den Käfigen in den Sinn, in denen sie sich selbst wiedererkannt hatte. So merkwürdig es war, aber im Grunde hatte alles hier begonnen. Mit Hühnern und Käfigen.

Immer wenn sie traurig war, ging Rosetta zu diesem lebhaften farbenfrohen Markt. Und sammelte neue Kräfte.

Heute aber hatte sie eine Verabredung, also lief sie direkt zu dem Bereich der fahrenden Händler, wo bereits fünf Frauen auf sie warteten. Die Frauen hielten die Köpfe gesenkt, eine hatte ein blaues Auge, eine andere eine Platzwunde auf dem Jochbein.

Rosetta benötigte keine Erklärungen, um zu wissen, was vorgefallen war, fragte aber trotzdem nach.

»Mein Mann«, sagte die Frau mit dem zugeschwollenen Auge.

»Mein Mann«, sagte auch eine andere. »Er hat mich gestern Abend verprügelt, vor zwei Freunden. Sie waren betrunken und haben gesagt …« Sie blickte verlegen zu Rosetta. »Sie haben gesagt …«

»Dass du eine Hure bist«, beendete Rosetta den Satz für sie hart. »So wie ich.«

Die Frau nickte. »Es tut mir leid«, murmelte sie verlegen.

Rosetta zuckte mit den Schultern. »Wenn ihnen nichts mehr einfällt, dann beschimpfen sie uns als Huren. Dieses Wort habe ich schon so oft gehört. Aber je öfter ich es höre, desto mehr verliert es an Bedeutung.« Sie legte der Frau eine Hand auf die Schulter. »Was willst du jetzt tun?«, fragte sie mitfühlend.

»Der bringt mich um«, sagte sie verzagt.

Rosetta sah zu der Frau mit dem blauen Auge. »Und du?«

Diese schüttelte den Kopf.

Nun schaute Rosetta der Reihe nach die anderen drei an.

Alle wichen ihrem Blick aus.

»Wir schaffen das nicht«, sagte eine dann für alle. »Ich weiß nicht, was in unsere Männer gefahren ist. Aber wir gehen durch die Hölle.«

»Dein Mann ist seit Monaten arbeitslos, und inzwischen sind eure Ersparnisse aufgebraucht!«, rief Rosetta. »Dein Leben ist bereits die Hölle!«

»Du weißt vielleicht nicht, wie das ist, wenn man mit Fäusten ins Gesicht geschlagen wird und einer einem in den Bauch tritt, aber …« Die Frau, die das Wort ergriffen hatte, verstummte.

Rosetta sah sie eindringlich an. »Willst du vielleicht die Narben auf meinem Rücken sehen, vom Gürtel meines Vaters?«, fragte sie. »Mein Vater hat meine Mutter so brutal verprügelt, dass sie am Sonntag in der Kirche nicht einmal das Ave Maria beten konnte, weil ihre Lippen aufgeplatzt waren. Und mich hat er ebenfalls regelmäßig blutig geschlagen.« Sie ballte die Fäuste. »Und dann … waren da so Kerle … die mir auch noch die Ehre genommen haben. Zu dritt. Einer nach dem anderen. Und dabei haben sie gelacht.« Schwer atmend, als wäre sie gerannt, hielt sie inne. Sie presste die Lippen aufeinander. »Glaubst du wirklich, dass ich nicht weiß, wie sich so etwas anfühlt?«

Die Frauen mieden weiter ihren Blick.

»Und weil ich es weiß, genau wie ihr, habe ich euch gesagt, dass wir etwas unternehmen müssen«, sagte Rosetta leise und entschieden. »Sonst wird das niemals enden.«

Die Frauen schwiegen lange. Nachdenklich. Ab und an warf eine von ihnen einen schnellen Blick auf Rosetta. Als würde sie sie nach dem, was sie gerade gesagt hatte, mit anderen Augen sehen.

Die Frau mit der Platzwunde fuhr sich über die Blutkruste. »Ich habe Angst«, murmelte sie mit hängenden Schultern. Dann hob sie den Kopf. »Aber gut. Ich bin dabei.« Ihre Augen füllten sich mit Tränen. »Wenn es helfen kann, meiner Tochter ein solches Leben zu ersparen … dann ist es das wert.«

Wieder senkte sich Schweigen über die Gruppe.

»Wenn es helfen kann, dass mein Sohn nicht so wird wie sein Vater«, sagte eine andere Frau, »ja, du hast recht, dann ist es das wert.« Sie sah Rosetta an und seufzte tief, als ob etwas ihr die Luft abschnürte. »Ich bin dabei.«

»Ich nicht«, sagte die Frau mit dem geschwollenen Auge und errötete vor Scham. »Bitte verurteile mich nicht deswegen. Ich bin nicht so stark.«

»Ich verurteile dich doch nicht«, erwiderte Rosetta ernst. »Warum, denkst du, bin ich nach Buenos Aires gekommen? Ich war nicht so stark. Ich bin davongelaufen.« Sie hielt kurz inne. Dachte an die Angst, die Demütigung, die Gewalt, die sie erlitten hatte. »Aber dann habe ich eines begriffen«, fuhr sie leise, aber bestimmt fort. »Wenn du einmal davonläufst, dann kannst du nicht mehr anhalten.«

Die Frau mit dem blauen Auge starrte sie an. Sie presste die

Lippen zusammen, und ihr Kinn zitterte, als sie versuchte, die Tränen zu unterdrücken. Sie schüttelte den Kopf. »Ich schaffe es einfach nicht. Es tut mir leid«, sagte sie hastig und rannte davon.

Rosetta und die anderen Frauen sahen ihr nach, bis sie in der Menge verschwunden war. Und als sie sich einander wieder zuwandten, war in ihren Augen ein vertrauter Schmerz zu lesen. Denn sie alle kannten die Angst nur zu gut, die diese Frau fortgetrieben hatte. Auch sie hatten die Bürde dieser Niederlage auf ihren Schultern getragen. Aber nun blitzte ein neues, ungekanntes Gefühl in ihren Augen auf: Die Hoffnung, sie könnten es schaffen. Und ihnen war bewusst, dass es von nun an kein Zurück mehr gab. Rosetta bot ihnen eine Chance.

»Warum tust du das?«, fragte eine der Frauen.

Rosetta fuhr sich mit der Zunge über die Lippen, die ganz trocken geworden waren. Blickte über den Markt, auf dem sich die Leute drängten. Dann lächelte sie und zuckte mit den Schultern. »Weil ich Angst davor habe, es allein zu tun«, erwiderte sie.

Die Frauen betrachteten sie schweigend.

»Worauf warten wir dann noch?«, sagte eine schließlich. »Packen wir es gemeinsam an.«

Das Lächeln, das sich nun auf allen ihren Gesichtern ausbreitete, strahlte wie ein helles Licht in einer dunklen Nacht.

Und noch einmal kamen Rosetta die Worte von Pater Cecè in den Sinn: »Was wäre, wenn andere Frauen sich auch so benehmen würden wie du? Das ist gegen die Natur!« Sie blickte auf die Frauen, die sie umringten. Dieses Licht, das in ihren Augen leuchtete, war nicht gegen die Natur. Das also war es, was geschah, wenn andere Frauen sich so verhalten würden wie sie. »Gehen wir«, sagte sie fröhlich und führte sie zu einem Laden, wo sie um Arbeit baten.

»Das hier ist Männerarbeit«, sagte der alte Mann dort.

»Das schreckt uns nicht«, entgegnete Rosetta.

»Ach ja? Dann heb doch mal den Sack da.« Er deutete auf einen groben Jutesack voller getrockneter Bohnen.

Rosetta trat zu dem Sack und packte zwei von dessen Enden. Die Frau mit der Platzwunde nahm die anderen beiden Enden. »Zusammen. Auf drei«, sagte sie. »Eins, zwei … und drei!«

Die anderen Frauen lachten, als der Sack vom Boden gehoben wurde.

»Zusammen!«, rief eine. Und sprach damit für alle.

Der Alte schüttelte überrascht und ein wenig verärgert den Kopf. »Diese Arbeit ernährt nur zwei, nicht fünf.«

»Sie sind nur zu viert«, erklärte Rosetta.

»Das sind immer noch zwei zu viel«, meinte der Alte.

»Hast du es dir etwa anders überlegt?«, fragte Rosetta.

Der Mann verneinte. »Das ist eure Sache. Mir genügt es, wenn ihr mir das bezahlt, was wir vereinbart hatten.«

Jede der Frauen holte ein paar zerknitterte Geldscheine hervor. Sie legten sie zusammen und zählten sie. »Ein Anteil fehlt«, sagte eine und meinte den der Frau, die sich zurückgezogen hatte.

Rosetta kramte in ihrer Tasche und zahlte die Differenz.

»Du bekommst es zurück«, versicherte die Frau mit der Platzwunde.

»Und einen Anteil am Gewinn erhältst du auch«, sagte eine andere und gab dem alten Mann die Geldscheine. »Hundertzwanzig in der Woche«, sagte sie zu ihm. »Und jetzt erklär uns alles.«

Während der alte Mann die Frauen in die Geheimnisse seines Berufs einführte und ihnen die Besonderheiten der verschiedenen Sorten Bohnen, Linsen, Kichererbsen und getrockneten Früchte darlegte, hielt Rosetta sich abseits und beobachtete sie. Die Frauen versenkten ihre Hände in die Säcke, als wären es Kassetten voller Goldmünzen. Und wieder nahm sie diesen neuen Glanz in ihren Augen wahr. Ein Zeichen von Würde.

Im Weggehen hörte sie, wie eine der Frauen die Ware anpries: »Heute ist ein großer Tag, meine Herrschaften, heute könnt ihr viel Geld sparen! Sonderangebot, zur Feier eines besonderen Tages!«

Und wieder durchströmte Rosetta das angenehme Gefühl von Leichtigkeit, das sie zum ersten Mal gespürt hatte, nachdem sie Dolores ihre Stelle überlassen und sie damit aus ihrem Elend befreit hatte. Und sie wusste, dass sie sich einen weiteren Schritt von ihren Ängsten, von ihrer Vergangenheit entfernt hatte. Und ihr Blick sich mit frischer Kraft ihrer Zukunft zuwenden konnte.

Zuhause war sie so glücklich, dass sie am Abend zusammen mit Tano und den beiden alten Frauen vor dem Haus sang.

»Was steht heute drin?«, fragte sie am nächsten Morgen Francés, als sie ihm die Ausgabe der *Nación* reichte.

Francés schüttelte den Kopf. »Nichts, *chica*.«

»Gut so«, sagte Rosetta im Gehen.

Sie wollte sehen, wie es auf dem Markt voranging, doch als sie dort ankam, erlebte sie eine böse Überraschung. Nur drei Frauen waren gekommen.

»Ihr Mann hat ihr verboten zu arbeiten«, erklärten sie betrübt. »Und zwar nicht mit Worten.«

Rosetta spürte, wie die Wut in ihr hochkochte. Sie lief zurück zu der erbärmlichen Hütte im Barracas-Viertel, in der die Frau lebte, schräg gegenüber von ihrem eigenen Zuhause, und klopfte heftig gegen die Blechtür.

Ein Mann im Unterhemd öffnete mit dem etwas verwirrten Blick von jemandem, der noch unter dem Alkoholrausch des

Vorabends litt. »Hau ab, du Hure«, rief er, als er sie erkannte, dann packte er sie brutal bei den Haaren und schleuderte sie gegen die Hauswand.

Rosetta spürte, wie Blut aus ihrer Nase lief.

»Nein!«, schrie die Frau des Mannes, die in diesem Moment hinter ihm auftauchte. Ihr Gesicht war vollkommen geschwollen, die Lippen aufgeplatzt, die Arme voller Blutergüsse. Sie warf sich zwischen ihren Mann und Rosetta, um sie zu verteidigen. Doch der Mann prügelte mit der Faust auf sie ein. »Rein mit dir!«

In dem Moment traf ihn ein Stock am Knie, sodass er einknickte. Dann spürte er eine scharfe Klinge am Hals.

»Rühr sie noch einmal an, und ich schlitz dir die Kehle auf!«, schrie Tano.

Dann schlug Francés ein weiteres Mal mit seinem Stock zu, diesmal traf er in die Hoden des Mannes. »Und ich mach dich zum Kapaun, du Bastard!«, knurrte er grimmig.

Ein junger Kerl, dessen Gesicht Aknespuren zeigte, kam zur Tür, er hielt ein Nudelholz in der Hand. »Lasst ihn los!«, rief er Tano und Francés zu.

Rosetta sah den Jungen an und erinnerte sich, dass seine Mutter sich seinetwegen am Vortag entschieden hatte, nicht aufzugeben. Sie legte Tano beschwichtigend eine Hand auf den Arm. »Tut, was er sagt«, meinte sie leise.

Tano und Francés ließen von dem Mann ab.

Dieser lachte höhnisch auf und klopfte dem Sohn, der größer und stärker war als er selbst, auf die Schulter. »Gut gemacht, Sohn.«

Doch der Sohn stieß seine Hand weg und half seiner Mutter auf. »Wenn du sie noch einmal anrührst, bring ich dich um«, sagte er zu seinem Vater. »Und morgen begleite ich sie zur Arbeit.«

Rosetta meinte, den Stein zu hören, der der Frau vom Herzen fiel, und wusste nur zu gut, dass die Blutergüsse, die die Hand ihres Mannes ihr zugefügt hatte, sie von diesem Moment an nicht mehr schmerzten. »Wenn es helfen kann, dass mein Sohn nicht so wird wie sein Vater … dann ist es das wert«, hatte sie gesagt. Vielleicht hatte nicht einmal sie so recht daran geglaubt. Und doch geschah es gerade. Dieser Junge hatte sie verteidigt. Und er würde seine Frau später nicht schlagen oder sie behandeln, als wäre sie sein Eigentum oder ein Nutztier.

Die Nachbarn waren aus ihren Häusern gekommen und hatten das Ganze beobachtet.

Die Frauen blickten voller Mitgefühl und auch ein wenig neidisch auf die Frau. Die Mädchen schauten ohne Ausnahme bewundernd zu ihrem Sohn, der in ihren Augen gewonnen hatte, die Pickel in seinem Gesicht fielen ihnen gar nicht mehr auf. Die Männer betrachteten den Mann, der seine Frau geschlagen hatte. Viele erkannten sich selbst in ihm wieder und schämten sich nun.

»*Minchia*, du solltest Baseball spielen, Lude«, sagte Tano zu Francés, während sie nach Hause zurückkehrten. »Zwei Bälle auf einen Streich!«

Rosetta sah ihnen nach. Die beiden hätten nicht unterschiedlicher sein können, mochten einander aber mit jedem Tag mehr. Das Leben ist schon verrückt, dachte sie.

Am Abend versorgte Assunta Rosettas Nase, während Tano und Francés beim Würfelspiel stritten.

Am nächsten Morgen kaufte Rosetta wie immer die *Nación*. »Was steht drin?«, fragte sie Francés.

Francés machte sich nicht einmal die Mühe, die Zeitung durchzublättern, sondern deutete auf den Leitartikel der ersten Seite. »Es tut mir leid, *chica*. Vermutlich nichts. Denn dieser Artikel hier ist mit Alejandro Del Sol unterzeichnet. Dein Journalist denkt jetzt nicht mehr an dich. Er ist vollkommen mit dem Krieg beschäftigt.« Er betrachtete fasziniert das Foto auf der ersten Seite, das einige Leichen inmitten von Blutlachen zeigte.

»Wer sind die?«, fragte Rosetta.

»Mafiosi«, erklärte Francés.

»Und warum interessiert dich das?«

»Wer sagt dir denn, dass mich das interessiert?«

»Du bist unausstehlich, wenn du so bist.«

Francés las laut vor: »*Inzwischen ist wohl jedem klar, dass im Hafen von La Boca ein Krieg ausgebrochen ist. Gestern forderte eine blutige Schießerei drei Todesopfer. Es handelt sich um zwei vorbestrafte Männer und einen Passanten, der zufällig in die Schusslinie geriet. Zu diesen drei Opfern kommen noch zwei weitere Tote, die mit durchgeschnittenen Kehlen im Riachuelo gefunden wurden. Auf den ersten Blick mag es um die Vorherrschaft bei den Schutzgelderpressungen im Hafen gehen. Die Hauptverdächtigen sind daher zwei Mafiabosse mit italienischen Wurzeln. Einer, Tony Zappacosta, ist auf politischer Ebene mächtig und einflussreich. Der andere, Lionello Ciccone, ist eher ein Mann aus der zweiten Reihe, der einer Auseinandersetzung mit Zappacosta eigentlich nicht gewachsen ist. Was nur einen Schluss zulässt: Hinter Lionello Ciccone steht noch jemand, der die Familie Ciccone offensichtlich mit einem bewaffneten Heer unterstützt* …« Francés schüttelte den Kopf, als plötzlich alle Puzzleteile dieses Spiels an ihren Platz fielen. Denn er erinnerte sich an die Worte von André, dem alten Zuhälter. Und jetzt wusste er, wie er sich an Amos rächen konnte.

»Zappacosta?«, unterbrach Rosetta seine Überlegungen.

Francés sah sie an. »Ja. Tony Zappacosta. Warum?«

Rosetta antwortete nicht. Sie erinnerte sich, wie Rocco sie auf dem Schiff beschützt und dem Mann, der sie bedrängt hatte, genau mit diesem Namen gedroht hatte. Sie lächelte.

Francés betrachtete sie und sah einen neuen Glanz in ihren Augen. »Erinnerst du dich an unseren ersten Abend im Black

Cat? Als ich dir gesagt habe, du wärst etwas Besonderes?«, sagte er sanft.

Rosetta nickte.

»Das habe ich zu allen Mädchen gesagt, die für mich arbeiten sollten«, gestand Francés. »Und es hat jedes Mal funktioniert.« Er lachte, dann war seine Miene wieder ernst. »Aber im Grunde waren es nur leere Worte. Nur bei dir meine ich es wirklich so. Du bist etwas Besonderes.«

Rosetta spürte, dass sie errötete.

»Damals, als ich dich in meinem Wagen aufgelesen habe, an dem Tag, an dem du geflüchtet bist«, fuhr Francés behutsam fort, »hast du dich die ganze Zeit nach einem Mann umgesehen, der am Ende der Gasse mit Polizisten gekämpft hat. Ich habe dich gefragt, wer das ist, und du hast erwidert, du wüsstest es nicht.« Francés sah sie eindringlich an. »Wer war das?«

Rosetta seufzte. »Jemand, der versprochen hat, dass er mich finden wird.«

»Wartest du auf ihn?«

Rosetta zuckte mit den Schultern. »Du hast doch gesagt, dass es in Buenos Aires unmöglich ist, jemanden zu finden.«

Francés warf einen nachdenklichen Blick auf die Zeitung. »Es sei denn, dieser Jemand unternimmt alles, um bemerkt zu werden.« Er nahm ihre Hand und drückte sie. »Ich bin sicher, dass du deinen Unbekannten finden wirst«, sagte er leise.

Rosetta blickte ihn dankbar an. Sie war überzeugt, dass das Auftauchen dieses auffälligen Nachnamens kein Zufall sein konnte.

»Oder ich finde ihn.«

52

»Liebes Mädchen ohne Namen, ich wende mich nicht nur aus eigenem Interesse oder seitens der Redaktion an dich, sondern auch auf ausdrücklichen Wunsch unseres Direktors, des hochverehrten Señor Estaquio Pellicer.«

Raquel hatte die Anzeige von Alfonsina Storni auf der ersten Seite von *Caras y Caretas* so oft gelesen, dass sie sie inzwischen auswendig kannte.

»Deine Reportage hat uns alle berührt. Mich ganz besonders, weil ich eine Frau bin. Wie du. Und wie du weiß ich, wie schwer es ist, in einer von Männern dominierten Welt zu leben, die uns nicht die gleichen Fähigkeiten zugesteht. Ich weiß nicht, wie alt du bist. Aber ich weiß, dass deine Worte mitten ins Herz treffen. Hör bitte nicht auf, zu schreiben. Wir wären glücklich, weitere Reportagen von dir veröffentlichen zu dürfen, zu deiner eigenen Freude und der unserer vielen Leser, die uns begeisterte Briefe geschrieben haben, auch mit der Frage nach deiner Identität. Hör bitte auf keinen Fall auf zu schreiben.«

Raquel konnte kaum glauben, dass Alfonsina Storni sich direkt an sie gewandt hatte. Sie hatte längst bemerkt, dass die Leute einen weiteren Artikel erwarteten, das sagten Señor Delrío und seine Kunden, die Leute auf der Straße, und auch hier in der Werkstatt war ständig davon die Rede.

Also machte sie sich voller Freude ans Werk.

Sie hatte in der Zwischenzeit nicht aufgehört, Männer zu beobachten, und weitere lustige Verhaltensweisen ausgemacht.

Beispielsweise die Gesten, mit denen Männer zeigten, wie lang ihr *bestes Stück* war, um das ihr ganzes Leben kreiste. Die Art, in der sie über Frauen sprachen und dabei seltsame Umschreibungen verwendeten, wie *eine bürsten* oder *striegeln*, wie Pferde. Die Angebereien, die meilenweit gegen den Wind stanken. Die Rülpswettbewerbe. Der Wettstreit, wer die meisten Narben hatte. Eine ganze Welt, die sie mit Leichtigkeit der Lächerlichkeit preisgeben konnte.

Nicht verständlich war Raquel allerdings, wieso die Jungs und die Arbeiter in der Werkstatt ständig Stellen aus ihrem Artikel zitierten und sich darüber amüsierten, obwohl man sich doch über sie lustig machte. Vielleicht sind Männer doch weniger dumm, als sie aussehen, überlegte sie. Oder noch wesentlich dümmer. Bei dem Gedanken musste sie lachen.

Der Einzige, der kaum lachte, war Rocco.

»Hat dir der Artikel von diesem Mädchen nicht gefallen?«, fragte sie ihn.

»Im Gegenteil. Er hat mir sehr gefallen«, erwiderte Rocco.

»Und musstest du lachen?«

»Ja, sehr sogar.« Jetzt lächelte er.

»Aber …?«, fragte Raquel.

»Aber das ist nichts von Bedeutung, nichts, was hängenbleibt, oder?«

»Keine Ahnung …«

»Ángel, hör zu. Du bist doch ein kluger Junge. Ich sehe, dass ihr immer lacht. Und ich habe auch gelacht. Aber worüber eigentlich? Dass sich jemand in den Schritt greift?« Rocco ereiferte sich. »Aber der Teil … ich weiß nicht, wie ich es ausdrücken soll, ich kann mit Worten nicht so gut umgehen wie dieses Mädchen … der Teil, der vom wahren Leben erzählt … also, davon kann ich nie genug bekommen. Der bleibt hängen, bringt einen zum Nachdenken. Dass das gerecht ist. So gerecht, verflucht noch mal!« Er tippte ihr an die Brust und an den Kopf. »Dieses Mädchen hat Herz und Hirn.« Er gab ihr einen Klaps. »So wie du«, sagte er und meinte es ernst. Dann tat er so, als wollte er ihr zwischen die Beine schlagen. »Aber du hast außerdem noch einen Pimmel!!« Er lachte und drehte sich dann zu den anderen um. »Los, bewegt eure Ärsche!«, forderte er sie auf. »Wollen wir doch mal sehen, ob dieser beschissene Verladewagen auch funktioniert.«

Raquel schaute zu ihm auf. Rocco war ihr Vorbild. Er konnte zwar nicht lesen, ja nicht einmal seinen Namen schreiben, aber schon zum zweiten Mal hatte er sie etwas Wichtiges gelehrt. Und zum zweiten Mal hatte er ihr gezeigt, worüber sie schreiben musste. Es war sinnlos, nur witzig zu sein und sich über Männer lustig zu machen.

Sie konnte besser vom Leben selbst berichten. Und in diesem Moment wurde ihr bewusst, dass sie lange nicht mehr an Tamar gedacht hatte. Eine Welle der Scham durchfuhr sie. Plötzlich sah sie alles wieder vor sich, so lebendig, als wäre es erst gestern gewesen. Das höhnische Grinsen, mit dem Amos auf sie zukam, um sie zu töten. Der Schmerz in Tamars Gesicht, die sich für sie hatte abstechen lassen. »Hau ab, Stachelschwein«, hatte sie im Sterben gemurmelt. »Flieh … für mich.«

»Du bist ein Stück Dreck«, sagte Raquel voller Verachtung zu sich selbst.

Und dann erinnerte sie sich an den Blick von Libertad. Eines der Mädchen hatte einmal gesagt, Libertad hätte Glück gehabt, weil sie einmal zu einem Freier nach Hause geschickt worden war. Weil sie die Stadt gesehen hatte, anstatt die ganze Zeit im Chorizo eingesperrt zu sein wie all die anderen. Weil sie in einem Zimmer gefickt worden war, das nicht nach hundert Männern roch, sondern nur nach einem. In einem derart erbärmlichen Leben war selbst so ein Elend ein Glück.

Raquel wurde von unendlicher Traurigkeit ergriffen.

Libertad hatte ihr Schweigen gebrochen, um sie zu warnen, dass sie eine Chance, nur eine einzige Chance hatte, die sie nicht vergeuden durfte.

Tamar und Libertad hatten ihr dieses neue Leben erst ermöglicht. Und Raquel hatte nicht einmal mehr an sie gedacht! Stattdessen hatte sie witzig sein wollen, sich lustig gemacht und sich über ihr neues Dasein als verkleideter Junge gefreut. Nun, mit den Bildern von Tamar und Libertad vor Augen, schämte sie sich zutiefst. Und dann tauchte auch noch das engelsgleiche Gesicht von Kailah vor ihr auf, die sich auf dem Schiff umgebracht hatte.

»Du widerst mich an«, schalt sie sich. »Du hast diesen ganzen Dreck gesehen und schaffst nicht mehr, als die Leute zum Lachen zu bringen? Rocco hat recht.«

Entschlossen nahm sie ihren Waterman zur Hand und schrieb. Nach einer Weile bekam sie so schreckliche Unterleibsschmerzen, dass sie sich zusammenkrümmen musste. Der ungewöhnliche Schmerz quälte sie die ganze Nacht hindurch, vermutlich als Reaktion ihres Körpers auf ihre Angst oder Wut. Und auf die Beschämung, die Augen verschlossen zu haben. Doch sie hörte nicht auf zu schreiben.

Als sie am nächsten Tag das Redaktionsgebäude von *Caras y Caretas* mit dem fertigen Artikel erreichte, sah sie eine elegante Frau die Treppen zur Redaktion hinaufgehen. Sie trug ein Seidenkleid, das die Kurven ihres schlanken Körpers perfekt betonte, und hatte ein smaragdgrünes Krokodilledertäschchen unter den Arm geklemmt. Ihr Haar war lang und blond, und unter dem Gesichtsschleier ihres Hütchens hoben sich zwei scharlachrote Lippen ab. »Das ist Señora Alfonsina Storni, nicht wahr?«, sagte sie zum Pförtner.

»Nein, das ist die Geliebte des Chefredakteurs«, erwiderte der Pförtner, der dem sinnlichen Hüftschwung der Frau mit dem Blick folgte.

Raquel legte ihren Artikel in den Postkorb für die Redaktion.

»Das da drüben ist Alfonsina Storni«, erklärte der Pförtner und deutete auf eine Frau, die mit dem Rücken zu ihnen energisch die Treppenstufen hinaufstapfte. Sie war nicht besonders groß und von eher gedrungener Statur und trug ein dunkelgraues Baumwollkleid, dicke Strümpfe und Halbschuhe. Ihre leicht gewellten kastanienbraunen Haare waren zu einem Pferdeschwanz zusammengefasst. Am ersten Treppenabsatz drehte sie sich um und offenbarte kantige, eher grobe Gesichtszüge, nicht besonders hübsch, aber ausdrucksstark und charaktervoll. Und noch während Raquel sie betrachtete, wurde ihr klar, dass sie selbst in ihrer Beurteilung nicht besser war als alle anderen und vor allem nicht immun gegenüber Vorurteilen. Sie bewunderte Alfonsina Storni und hatte deshalb gedacht, sie müsse schön sein. Wie dumm von ihr! Sie fing schon an, wie ein Mann zu denken, und zwar im negativen Sinn.

»Aber … die ist ja jung!«, rief sie überrascht aus, denn Alfonsina Storni war etwa knapp über zwanzig.

»Warum sollte sie denn alt sein?«, fragte der Pförtner zurück.

Alfonsina Storni ließ den Blick über die Eingangshalle schweifen und begegnete dabei Raquels Blick, der voller Bewunderung war.

Raquel lächelte ihr zu.

Alfonsina Storni erwiderte das Lächeln, wobei leicht auseinanderstehende Schneidezähne aufblitzten, und setzte ihren Weg die Treppe hinauf fort. Oben angekommen, blieb sie plötzlich stehen, als wäre ihr ein Gedanke gekommen, und drehte sich dann ruckartig zu Raquel um.

Die stand immer noch da und sah sie an.

»Warte«, rief Alfonsina Storni ihr zu.

Raquel bekam es mit der Angst zu tun, rannte schnell davon und versteckte sich im Eingang eines nahegelegenen Hauses.

Von dort aus beobachtete sie, wie Alfonsina Storni den Pförtner fragte: »Wohin ist sie verschwunden?«

»*Sie*? Das war ein Junge, Señorita«, antwortete der Pförtner. »Sicher ein kleiner Dieb.«

Alfonsina Storni blickte durch die großen Glastüren, dann schüttelte sie leicht den Kopf. »Nein«, sagte sie. »Das war kein kleiner Dieb.«

Raquel lief zutiefst beglückt zurück in die Buchhandlung von Señor Delrío. Sie hatte ihre Heldin, ihr Vorbild, gesehen. Und sie hatte ihr sogar zugelächelt! Es war, als wäre ein Traum in Erfüllung gegangen. Und obwohl sie Alfonsina Storni nur ganz kurz gesehen hatte, kam es ihr vor, als wüsste sie alles über sie. Jede Einzelheit stand klar in Raquels Kopf. Am deutlichsten sah sie Alfonsinas Augen mit dem eindringlichen Blick vor sich. So als könnte sie hinter die Dinge schauen.

In den folgenden zwei Tagen, in denen die Schmerzen im Unterleib kamen und gingen, war Raquel bei der Arbeit unaufmerksam und lauerte darauf, ob ihr Artikel veröffentlicht würde. Trotzdem konnte sie sich der fiebrigen Stimmung in der Werkstatt nicht entziehen, wo Tag und Nacht mal jauchzend, mal fluchend an der Fertigstellung des Verladewagens gearbeitet wurde, den Rocco entworfen hatte. Rocco selbst war nervöser als sonst, schließlich würde sich jetzt herausstellen, ob seine Mühen, seine Pläne und seine Träume sich verwirklichen ließen.

»Seid ihr bereit?«, rief Rocco am zweiten Tag laut, um den Motorlärm zu übertönen. »Haltet euch fest!«

»Los, nun mach schon!«, trieb Javier ihn an, der noch aufgeregter als Rocco war.

»Haltet euch fest!«, wiederholte Rocco und betätigte einen Hebel. Ein Getriebe rastete ein, dann beschleunigte der Motor, zwei Zinken fuhren langsam in die Höhe und hievten eine Holzplattform nach oben, auf der alle Beteiligten dicht gedrängt saßen.

»Lass uns ja nicht fallen, sonst brech ich mir auch noch das andere Bein«, schrie Javier, grinste aber dabei.

»Es geht los!«, verkündete Rocco. Er betätigte einen weiteren Hebel, und die zwei Zinken blieben auf etwa zwei Meter Höhe stehen. Dann legte er den Vorwärtsgang ein, und das merkwürdige Fahrzeug setzte sich auf vier kleinen dicken Rädern in Bewegung.

Die Jungs schrien vor Begeisterung.

Rocco fuhr mit dem Gerät aus der Halle zu einem Gerüst. Er manövrierte ein wenig vor und zurück, bis sich die beiden Zinken genau über den beiden Pfeilern des Gerüsts befanden. Dann betätigte er einen Hebel und ließ sie sanft ab, sodass die Holzplattform auf den Pfeilern abgesetzt wurde. Jetzt stoppte er die Zinken, legte den Rückwärtsgang ein und fuhr weg. Die Plattform blieb auf dem Gerüst stehen.

»Ladung erfolgreich abgeliefert!«, rief er glücklich und senkte die Zinken bis zur Ruheposition knapp über dem Boden ab. Er schaltete den Motor aus und sprang vom Verladewagen.

Nacheinander kletterten alle vom Gerüst und liefen zu Rocco und gratulierten ihm.

»Gute Arbeit, Sizilianer!«, sagte Javier.

»Ohne euch alle hätte ich es nie geschafft«, erklärte Rocco erleichtert.

Dann wandte er sich Raquel zu: »Schreib die Namen von allen hier auf die Maschine.«

»Meinen auch?«, fragte Raquel.

»Deinen zuerst«, antwortete Rocco.

»Nein, zuerst kommt dein Name«, sagte Raquel. »Größer als die anderen.«

»Ganz genau, so soll es sein!«, riefen alle.

Später feierten sie bis tief in die Nacht. Der Wagen war zwar nur ein Prototyp, aber Rocco hatte bewiesen, dass er recht hatte. Sein Traum war Wirklichkeit geworden. Jetzt ging es nur noch darum, ihn zu perfektionieren.

Und dann kam endlich der Tag, an dem die neue Ausgabe von *Caras y Caretas* erschien. Als Raquel die Buchhandlung von Delrío betrat, traf sie fast der Schlag. Die Titelseite der Zeitschrift zeigte das Porträt eines Jungen, der dem Leser lächelnd zuzwinkerte.

Der Junge sieht aus wie ich, dachte Raquel.

Als sie Delrío fragte, ob sie ein Exemplar haben könne, überreichte der Buchhändler es ihr mit ernstem Gesicht. »Wenn all das hier stimmt … und ich glaube, dass es stimmt … dann …«, stammelte er, führte den Satz aber nicht zu Ende, sondern schüttelte nur den Kopf. »Nein«, murmelte er. »Da gibt es überhaupt nichts zu lachen.«

»Ist der Artikel so schlecht?«, fragte Raquel besorgt.

»Nein, Ángel. Er ist eine Sensation«, sagte Delrío ernst. »Eine Sensation«, wiederholte er. »Dieses Mädchen könnte mich dazu bewegen, dass ich meine Meinung über Frauen ändere.«

Am Abend lief Raquel nur sehr schleppend zurück zur Werkstatt, weil ihre Schmerzen mittlerweile deutlich zugenommen hatten.

»Ist wieder ein Artikel erschienen?«, fragte Rocco, als er die Zeitschrift unter ihrem Arm sah.

Raquel nickte. »Soll ich ihn dir vorlesen?«

»Frag die anderen«, erwiderte Rocco zerstreut. »Ich bin hier noch nicht fertig. Aber ihr könnt schon mal anfangen.«

Raquel war gekränkt. »Dieser Artikel ist anders als die anderen«, sagte sie.

»Gut«, meinte Rocco, der sich auf das Getriebe vor ihm konzentrierte.

Inzwischen hatten sich Mattia, Javier, Ratón, Billar, Louis und seine beiden Gefährten im Kreis um Raquel versammelt und warteten, dass sie den Artikel vorlas.

»*Ich sehe das, was die Frauen nicht sehen können. Ich sehe das, was die Männer den Frauen nicht zeigen*«, wiederholten die Jungs lachend und griffen sich in den Schritt.

»Nein«, sagte Raquel. »So beginnt der Artikel nicht.«

»Nein?«, fragten die Jungs.

»Nein«, wiederholte Raquel.

»Jetzt lasst ihn doch vorlesen, ihr kleinen Arschgeigen«, knurrte Javier.

Raquel räusperte sich. »*Ich bin das Mädchen ohne Namen*«, begann sie. »*Ich bin die Augen aller, die keine haben. Ich sehe das, vor dem die anderen die Augen verschließen.*«

»Was meint die denn damit?«, fragte einer der Jungs.

»Halt den Mund!«, fuhr Louis ihn an.

»*Es heißt, dass jeder Einwanderer hier in Buenos Aires ankommt wie ein Wrack, das der Strom der anderen Einwanderer hierher getrieben hat*«, fuhr Raquel fort. »*Und wie alle Wracks hat er nichts zu verlieren. Und kaum etwas zu bieten. Er wird aus einem nach Erbrochenem stinkenden Schiff ausgespuckt, um in einem nach Abfall und Scheiße stinkenden Vorort zu landen.*«

»Das hört sich aber nicht lustig an«, meinte ein Junge.

»Nein«, sagte Rocco und trat heran. »Aber interessant.« Er setzte sich auf den Boden. »Lies weiter.«

Raquel war stolz, seine Aufmerksamkeit gewonnen zu haben. »*Buenos Aires ist eine wunderschöne, reiche Stadt. Unermesslich reich. Doch die Einwanderer können an diesem Reichtum nicht teilhaben. Sie leben in den Vierteln mit den Blechhütten und streiten sich dort um jeden abgenagten Knochen, den die Reichen übrig lassen. Sie leben dort weggesperrt in ihren erbärmlichen Käfigen in den Tag hinein, denn keiner von ihnen kann sicher sein, eine längere Zukunft vor sich zu haben.*«

Im Büro der Werkstatt herrschte plötzlich eine beklemmende Stille. Als wäre die Luft knapp geworden. Jeder von ihnen kannte, was dieses Mädchen beschrieb. Sie alle hatten es am eigenen Leib erfahren. Aber es nun zu hören, machte es für sie noch greifbarer. Traf sie noch tiefer. Denn nun konnten sie es nicht mehr ignorieren. In der angespannten Stille sahen alle zu Raquel in Erwartung darauf, dass sie weiterlas.

»*Am schutzlosesten sind die Kinder. Sie müssen alles tun, was von ihnen verlangt wird, ohne zu widersprechen. Es ist, als wüssten sie, dass sie nur Marionetten sind und keinen eigenen Willen haben dürfen*«, las Raquel. »*In den Vierteln, vor allem in der Hafengegend, kreisen die Geier. Man erkennt sie an ihrer eleganten Kleidung, die allerdings zerknittert ist wie ein alter Schlafanzug. Das sind die Mafiosi, Verbrecher, Abschaum. Sie rekrutieren Kinder. Vor allem, um Kokain zu verkaufen. Diese Kinder handeln mit Drogen, und noch ehe sie es merken, bestimmen die Drogen ihr Leben.*« Raquel legte eine Pause ein. Aus dem Augenwinkel beobachtete sie Louis und hoffte, dass er nicht zu verletzt sein würde, wenn sie jetzt weiterlas. »*Die Mütter prostituieren sich, damit ihre Kinder etwas zu essen haben. Und um dieses Brot essen zu können, müssen die Kinder so tun, als wäre das normal, als wäre das im Leben eben so, und basta. Und so laugt dieses Elend sie Tag für Tag aus, die Demütigung, von der sie vorgeben müssen, sie nicht zu spüren, bis schließlich jeder von ihnen … nein, jeder von uns … darauf verzichtet, für ein besseres Leben zu kämpfen. Auf seine Würde verzichtet.*« Ein Blick aus dem Augenwinkel zeigte ihr, dass Louis wie gelähmt war. »*Obwohl sie vorgeben, hart zu sein, bluten ihre Herzen vor Wut. Und Ohnmacht.*« Sie blickte zu Rocco. Gleich würde sie etwas aufgreifen, das er zu ihr gesagt hatte. Eine einfache, aber absolute Wahrheit. »*Und das ist nicht gerecht.*«

»Sehr gut«, sagte Rocco bewegt. »Lies weiter.«

Raquel nickte und holte tief Luft. Sie war nicht sicher, ob sie das Folgende vorlesen konnte, ohne dabei zu weinen. »*Aber hier in Buenos Aires gibt es auch Einwanderer, die noch ärmer dran sind als diese Pechvögel, die mehr oder weniger selbst entschieden haben, hierherzukommen und ihr Glück zu versuchen.*« Sie ließ ihren Blick über jeden einzelnen ihrer Zuhörer gleiten. Keiner rührte sich. »*Denn Buenos Aires handelt mit Fleisch. Nicht nur mit dem von Rindern. Auch mit dem von Frauen. Mit derselben Gier und Gleichgültigkeit wie auf einem Schlachthof. Und es verschlingt das Fleisch von Rindern und von Frauen und besudelt seine Straßen mit ihrem Blut.*« Dann las sie vor, was ihr und all den anderen Mädchen zugestoßen war, und versuchte so gut wie möglich, ihre Gefühle, die sie innerlich erschütterten, nicht zu zeigen. Nicht zu zeigen, dass diese Mädchen, die sie kannte, geraubt, vergewaltigt, weggesperrt, geschlagen und unter Drogen gesetzt worden waren. Gezwungen wurden, Männer zu befriedigen, die vorgaben, die Gewalt nicht zu sehen, die sie erlebten. Und dass sie schließlich von den Zuhältern ermordet worden waren. »*Eine von ihnen hieß Tamar Anielewicz. Sie kam aus einem kleinen Dorf in der Nähe von Sorotschinzy im Gouvernement Poltawa des russischen Zarenreichs. Ein schöneres Mädchen habt Ihr nie gesehen. Und doch habt Ihr viel über sie geredet. Sie war diese ›liederliche Person‹, die im Riachuelo gefunden wurde, von Säure zerfressen, und die ohne Bestattungsritual auf dem Friedhof jener Juden beerdigt wurde, welche die wohlanständigen Juden nicht neben ihren Verstorbenen dulden. Und kein Polizist hat sich je ernsthaft mit diesem Fall befasst. Denn in Buenos Aires wird mit Fleisch gehandelt, das wissen alle. Was also ist so besonders an Tamars Schicksal? Sie wurde wie eine beliebige Kuh in den Riachuelo geworfen, damit sie dort verrottet. Und so wie wir die Kadaver der Kühe nicht sehen, die dort verrotten, wird auch niemand Tamar Anielewicz sehen, da wir die Augen verschließen, wenn wir am stinkenden Ufer des Riachuelo vorübergehen.*«

Im Raum herrschte eine ohrenbetäubende Stille. Alle waren wie gelähmt.

»*Aber wir alle müssen lernen, mit einer Stimme zu sagen: Das ist nicht gerecht*«, beendete Raquel den Artikel.

Die Stille hielt an. Als ob ein jeder aufgehört hätte zu atmen.

»Verfluchte Scheiße«, sagte schließlich Javier und stand auf. Er sah sich um. »Verfluchte Scheiße«, wiederholte er und schüttelte den Kopf. »Los, lasst uns anstoßen … auf … auf … auf dieses tote Mädchen«, sagte er.

»Tamar«, half Raquel. »Tamar Anielewicz.«

»Genau … Tamar.« Javier nickte. »Wenigstens einen Trinkspruch sind wir ihr schuldig. Aus Respekt. Wie bei einer Beerdigung.« Dann trat er hinaus vor die Lagerhalle.

Ratón und Billar folgten ihm nach kurzem Zögern. Gleich darauf auch Mattia, Louis und die beiden Jungen.

»Willst du nicht auch hinausgehen?«, fragte Rocco Raquel.

»Nein. Ich habe keine Lust.«

»Ich auch nicht«, sagte Rocco. »Sie werden sich betrinken und dann alles vergessen.« Er lächelte melancholisch. »Es ist nicht gerecht. Aber es ist genauso, wie das Mädchen es beschreibt, nur so kann man in einer Gegend wie dieser hier überleben. Wenn man überall genau hinschaut … verflucht, dann verbrennt man sich die Augen.«

Raquel lächelte ihn an, ebenso traurig wie er.

»Aber es ist nicht gerecht«, sagte Rocco, und es klang mehr wie ein wütendes Knurren.

»Nein, es ist nicht gerecht«, wiederholte Raquel.

»Dieses Mädchen bringt die Dinge wirklich auf den Punkt«, sagte Rocco beeindruckt und ging dann zu Bett.

Raquel war ebenfalls müde. Sie legte sich auf ihre Matratze und wandte Rocco den Rücken zu, damit er nicht mitbekam, wie sie sich mehrfach krümmte, weil ihre Schmerzen im Unterleib immer schlimmer wurden.

Nach einer Weile hörte sie, dass er eingeschlafen war, doch er hatte das Licht angelassen.

Raquel wollte sich umdrehen, aber in diesem Moment durchfuhr sie ein unerträglicher Schmerz. Ihr wurde furchtbar heiß. Sie stöhnte und krümmte sich abermals fest zusammen. Es war, als würde ihr jemand ein glühendes Messer in den Bauch rammen. Dann, als die Muskeln im Unterleib sich wieder entkrampften, folgte eine beinahe angenehme Wärme, und die innere Anspannung verschwand.

»Wieso bist du denn noch auf?«, fragte Rocco, der aufgewacht war. »Kannst du nicht schlafen?«

»Doch … Moment …«

Doch Rocco war nicht so leicht zu täuschen. »Was ist los? Geht es dir nicht gut?«, fragte er.

»Doch«, rief Raquel verängstigt, als sie spürte, dass in diesem Moment etwas Warmes an ihrem linken Schenkel hinablief.

»Unsinn, dir geht es doch nicht gut«, sagte Rocco und setzte sich auf.

»Doch, doch«, wiederholte Raquel und presste die Beine zusammen.

»Scheiße, du blutest ja!«, rief Rocco, sprang auf und sah besorgt auf den Schritt ihrer Hose.

»Nein!«, schrie Raquel beinahe und wich zurück.

»Hast du dich verletzt?«, fragte Rocco besorgt und beugte sich zu ihr vor.

»Rühr mich nicht an!«

»Ach verdammt, nun lass schon sehen.«

»Nein!«, schrie Raquel und begann zu weinen. Denn nun wusste sie, was ihr gerade geschah, sie hatte es schon oft bei anderen Mädchen gesehen. Doch ihr hatte man immer wieder gesagt, dass sie wie ein Junge wäre, und so hatte sie schließlich selbst geglaubt, dass ihr das nie widerfahren würde.

»Jetzt lass mich schon sehen, verflucht noch mal!« Rocco packte sie am Arm.

»Lass mich in Ruhe!«, schrie Raquel. Tränen der Scham füllten ihre Augen. »Lass mich in Ruhe! Ich habe gesagt, du sollst mich in Ruhe lassen!«, schrie sie hysterisch.

Rocco ließ sie unvermittelt los und wich einen Schritt zurück, während eine Idee in seinem Kopf Gestalt annahm.

Raquels Gesicht war tränenüberströmt. Sie spürte, dass er es wusste. Es war vorbei. Alles war vorbei. »Es tut mir leid«, flüsterte sie.

Rocco öffnete den Mund und schloss ihn wieder, ohne ein Wort herauszubringen. Und während sich in seinem Gesicht abzeichnete, wie sein Verdacht zur Gewissheit wurde, sagte er verblüfft: »Du bist … du bist ein Mädchen!«

»Entschuldige bitte«, schluchzte Raquel mit gesenktem Kopf, dann gaben ihre Beine nach, und sie sank auf die Knie, am Ende ihrer Kräfte.

»Du bist …«, sagte Rocco, der sich nun auch den Rest zusammenreimte, »du bist … sie!«

Raquel hob langsam den Blick und fand den Mut, ihm in die Augen zu schauen. »Entschuldige bitte …«, wiederholte sie. Ihre Stimme klang aufrichtig. »Ich wollte dich nicht hintergehen …«

Ungläubig schüttelte Rocco den Kopf. »Ich habe immer gewusst, dass du einen Haufen Blödsinn erzählt hast«, murmelte er. »Aber das …« Er verstummte und schüttelte wieder und wieder den Kopf. »Das …« Er schien keine Worte zu finden. »Das … ist wirklich ein starkes Stück!«

Und dann fing er zu ihrer Überraschung an, aus vollem Hals zu lachen.

53

Amos verließ den Wagen, in dem einer seiner Männer ihn hergefahren hatte, und betrachtete Tonys Anwesen. Er kannte es von einem längere Zeit zurückliegenden Besuch in der Gegend, allerdings nur von außen. Nun kam ihm das Gebäude imposanter vor, als er es in Erinnerung hatte.

Tony Zappacosta hatte drei Häuser gekauft und abreißen lassen und auf dem Grundstück seinen *palacio* gebaut. Das Gebäude befand sich im äußersten Osten des Viertels La Boca am *Antepuerto*, der breiten Wasserfläche, die sich zwischen der künstlichen Mündung des Riachuelo in den Río de la Plata und dem Beginn der Süddocks gebildet hatte, genau dort, wo der Canal Sud de Entrada in den Hafen führte. Es war ein ehrfurchtgebietendes Bauwerk mit einer schlichten geraden Linienführung, das auf den ersten Blick äußerst streng wirkte und nichts gemein hatte mit dem pompösen Stil der Residenzen, in denen die reichen Argentinier im Norden von Buenos Aires lebten.

Und an diesem Tag hatte Amos mehr denn je den Eindruck, vor einer uneinnehmbaren Festung zu stehen. Sein Selbstvertrauen geriet kurz ins Wanken. Doch er hatte den ersten Schritt bereits gemacht.

Als er fünf Meter vom Eingang entfernt war, zogen die beiden Wachen dort ihre Revolver und bedeuteten ihm stehen zu bleiben. Einer zielte auf ihn, und sein Gesichtsausdruck ließ keinen Zweifel, dass er die Waffe gegebenfalls benutzen würde.

Der andere richtete das Wort an ihn: »Was willst du, Jude?«

Amos kannte ihn als Kunden im Chorizo. »Wie geht es dir? Ich habe dich lange nicht mehr bei uns gesehen.«

»Was willst du?«, fragte der Mann unbeirrt unfreundlich. Hier herrschte Krieg, da plauderte man nicht oder machte witzige Bemerkungen. Jede falsche Einschätzung der Lage konnte einen das Leben kosten.

»Ich muss Tony sehen«, antwortete Amos gelassen.

»Weiß Señor Zappacosta davon?«

»Nein.«

»In diesen Zeiten mag er keine Überraschungen. Verschwinde.«

»Ich weiß selbst, dass Tony keine Überraschungen mag«, sagte Amos unbeeindruckt. »Aber noch weniger mag er es, wenn ihm ein gutes Geschäft entgeht.« Er musterte den Mann mit einem bedrohlichen Schweigen.

»Geh auf die andere Straßenseite«, sagte der Leibwächter. »Und schick den Wagen weg.«

Amos ging zu seinem Fahrer und befahl ihm, sich zu entfernen. Während der Wagen um die Ecke hinter Tonys Festung verschwand, wartete Amos auf dem Bürgersteig gegenüber, die Hände in den Taschen.

Die Leibwächter gaben die Nachricht durch ein kleines Fenster in der Tür weiter und beobachteten ihn dann wieder mit der Hand an der Waffe.

Mindestens fünf Minuten stand Amos dort in der prallen Sonne und schwitzte. Doch er zeigte keinerlei Anzeichen von Ungeduld, regte keinen Muskel. Er dachte an den Artikel, den er gestern in *Caras y Caretas* gelesen hatte. Jetzt könnten ihn viele Menschen für den Mörder halten, von dem dort die Rede war. Für den Mörder von Tamar Anielewicz. Er hatte den Nachnamen des Mädchens nie erfahren, das er noch auf ihrer Reise durch Europa in seiner Kutsche entjungfert und dann in

Hamburg dem Kapitän des Schiffes überlassen hatte. Er erinnerte sich nur, dass sie eine Schönheit gewesen war und er mit ihr einen Haufen Geld hatte verdienen wollen. Stattdessen hatte diese blöde Hure sich umbringen lassen, um die andere kleine Schlampe zu retten, der die Flucht gelungen war. Am Abend zuvor hatte Amos Capitán Ramírez getroffen, seinen Mann bei der Polizei, und der hatte ihm versichert, dass die Untersuchung auf jeden Fall im Sande verlaufen würde. Aber er hatte ihm auch bestätigt, dass dieses flüchtige Mädchen weiterhin eine Gefahr für Amos darstellte.

Amos lächelte. Denn jetzt wusste er, wo er suchen musste. Er würde jemanden von der Redaktion bei *Caras y Caretas* erpressen, der ihm die nötigen Informationen beschaffte. Vorsichtshalber hatte er bereits einen seiner Männer vor dem Haus postiert. Dieses Mädchen war eine zähe Jüdin. Sie hatte gewusst, dass nach ihr gesucht wurde. Dass man nach einem Mädchen suchte. Und deshalb war sie zu einem Jungen geworden. Ein beeindruckender Plan, wie er anerkennen musste. Doch nun würde er sie eiskalt umbringen. Denn sie hatte einen folgenschweren Fehler gemacht: Sie hatte sich von ihren Gefühlen fortreißen lassen. Mit diesem Artikel, den alle so bewegend fanden, hatte sie in Wahrheit ihr Testament geschrieben. Jetzt wusste Amos endlich, nach *wem* er suchen musste.

Endlich wurde das Fensterchen in der Tür zu Tonys Festung wieder geöffnet. Die beiden Leibwächter sahen sich sorgfältig um. Die Straße war menschenleer, also gaben sie nach innen das Zeichen, das alles okay war, worauf sich einer der Türflügel ein Stück aufschwang.

»Beeil dich, Jude«, sagte der Leibwächter, der für das Reden zuständig war.

Amos ging über die Straße und wurde durchsucht. Aber er war sauber. Er hatte nicht einmal sein Klappmesser dabei, das ihm schon oft treue Dienste geleistet hatte.

Man ließ ihn eintreten, und Amos kniff sofort die Augen zusammen, die sich nach dem gleißenden Sonnenlicht erst an die Dunkelheit im Inneren gewöhnen mussten.

»Los, beweg dich«, sagte ein Mann mit einer Maschinenpistole.

Der dunkle, kühle Flur mündete in einen Hof, in dem üppig tragende Orangenbäume wuchsen. Um diesen herum verlief ein schattiger Weg mit Säulen und Bögen, wie ein riesiger Kreuzgang italienischer Bauweise. In der Mitte dieses Hofes stand ein Brunnen aus reinstem Marmor, dessen Wasserfontänen schon beim Anblick ein angenehmes Gefühl von Kühle vermittelten.

Tony saß unter einem weißgestrichenen Holzpavillon, um dessen zierliche Säulen sich Glyzinien rankten. Und dennoch war die Szene, die sich Amos beim Nähertreten bot, keineswegs idyllisch. Ganz im Gegenteil, es ging gerade dramatisch zu.

An einem runden Tischchen aus weißlackiertem Holz saß neben Tony ein Mann, der vollkommen verstört wirkte. Sein Gesicht war schweißüberströmt. Eine seiner Hände lag geöffnet auf dem Tisch, und unter ihr breitete sich ein roter Fleck aus, der noch mehr glänzte als der weiße Lack der Tischplatte. Die Hand war auf dem Holz mit einem Messer festgenagelt, das sie komplett durchbohrte. Nur der Horngriff ragte heraus.

Tony fixierte den Mann mit seinem eiskalten Blick. Er hob den Arm in Amos' Richtung, ohne ihn anzusehen.

Amos blieb stehen. Er kannte den Mann. Er stand im Dienst von Don Lionello Ciccone.

»Wer steckt hinter deinem Boss?«, fragte Tony, ohne den Mann aus den Augen zu lassen. »Ich frage dich das jetzt zum letzten Mal.«

»Ich weiß es nicht, Señor, das schwöre ich!«, antwortete der Mann mit schmerzverzerrtem Gesicht.

Amos bemerkte, dass man ihm an der auf dem Tisch festgenagelten Hand auch die Fingernägel ausgerissen hatte.

Tony packte das Messer und zog es aus der Hand und dem Tisch.

Der Mann stöhnte auf, presste die verletzte Hand an die Brust und umfasste deren Gelenk mit der anderen Hand, als könne er so den Schmerz lindern.

Tony lächelte unheilvoll. »Bald wirst du nichts mehr spüren«, sagte er leise in dem beruhigenden Ton eines Narkosearztes. Auch wenn er ihm gerade seinen Tod verkündet hatte.

Die beiden Leibwächter zerrten den Mann hoch und schleiften ihn weg.

Erst dann wandte Tony sich Amos zu und bedeutete ihm, näher zu kommen und sich auf den nun freien Platz neben ihm zu setzen.

Amos gehorchte und legte die Hände auf dem Tisch übereinander, nur ein paar Zentimeter von dem Blutfleck entfernt. Er sah Tony an. »Da musst du das Holz ausspachteln lassen. Du hast ein ordentliches Loch hineingetrieben.«

»Über was für ein Geschäft willst du mit mir reden, Lude?«, fragte Tony.

Es herrscht Krieg, dachte Amos. Also kein Geplauder, keine Witze. »Ich brauche eine große Menge Kokain. Deine Männer haben mir gesagt, dass das im Moment nicht geht … und das verstehe ich natürlich.«

Tony fixierte ihn schweigend.

Amos wusste, dass der richtige Moment für seinen Schachzug gekommen war. Er musste versuchen, Verwirrung zu stiften und vom eigentlichen Problem abzulenken. »Gib mir deine Kontakte, dann organisiere ich alles selbst. Dafür machst du mir einen guten Preis.«

Tony blickte Amos weiterhin an, ohne zu antworten.

Seine Augen waren so kalt und starr, als wären sie aus Glas.

In ihnen war nichts zu lesen, es gab keinen Grund, optimistisch oder pessimistisch zu sein. Amos konnte nur abwarten. Nur hoffen, dass Tony nicht nach dem Grund für seine Anfrage forschte. Dass er keinen Hintergedanken vermutete. Er musste nur auf dem Seil bleiben und weitertanzen.

»Du bist Zuhälter«, sagte Tony schließlich.

Amos wusste, das er abwarten musste.

»Mit Mädchen kennst du dich aus«, fuhr Tony fort. »Aber das Geschäft mit Kokain ist riskanter als das mit Mädchen.«

Amos wartete weiter.

»Kokain bringt deutlich mehr ein als Huren«, erklärte Tony. »Und du könntest auf den Geschmack kommen, die Branche zu wechseln.« Er stand auf. »Das Gespräch ist beendet.«

»Willst du nicht einmal wissen, über welche Menge wir reden?«, spielte Amos seinen letzten Trumpf aus.

»Wie heißt auf Hebräisch ›das Gespräch ist beendet‹?«

Nun stand Amos ebenfalls auf. Er war fast zwei Handbreit größer als Tony. Er konnte allein einen Zentner Gewicht heben. Und er war flink mit dem Messer. Er hatte im Ghetto von Prag überlebt. Fürchtete sich vor niemandem. Nicht einmal vor Tony. Aber er wusste auch, dass man stets auf der Hut sein musste, wenn man mit Giftschlangen spielte.

»In Ordnung. Schade.« Er wandte sich zum Gehen, doch dann rückte er mit dem Anliegen heraus, das der eigentliche Grund seines Besuchs war: »Niemand glaubt, dass dieser Wichser Ciccone allein einen Krieg gegen dich angezettelt hat.«

»Wenn das niemand glaubt, stimmt es vielleicht«, erwiderte Tony.

»Soweit ich weiß, hast du noch nicht herausgefunden, wer dahintersteht.«

»Weißt du etwas darüber?«

»Willst du, dass ich mich für dich umhöre?«

Tony starrte ihn schweigend an.

Amos hielt seinem Blick stand.

»Señor, da fragt ein Mädchen nach Euch«, unterbrach in dem Moment einer von Tonys Männern das Gespräch.

»Was will sie?«, fragte Tony, ohne den Blick von Amos zu wenden.

»Sie sagt, dass sie einen Mann sucht und dass Ihr vielleicht wisst, wo er ist«, antwortete der Leibwächter.

»Heute ist wohl dein Audienztag«, frotzelte Amos.

»Ich habe schon lange keine Frau mehr gesehen. Wenn sie hübsch ist, lass sie rein«, meinte Tony grinsend.

»Die ist mehr als hübsch«, gab der Leibwächter lachend zurück. »Soll ich sie durchsuchen?«

»Wenn nötig, übernehme ich das selbst«, antwortete Tony. Er wandte sich an Amos. »Ich verabschiede mich, Lude.«

»Viel Vergnügen«, sagte Amos lächelnd. Dann ging er begleitet von zwei Leibwächtern zum Ausgang.

Er hatte beinahe den im Halbdunkel liegenden Flur erreicht, als ihm die Frau entgegenkam, welche der Leibwächter angekündigt hatte. Um ihn herum war es gleißend hell, und so konnte er zunächst nur ihre Umrisse erkennen. Er blieb im Hof stehen, um sie vorbeizulassen, und betrachtete sie bewundernd im Sonnenlicht. Sie trug ein himmelblaues Kleid mit einem Muster aus Jacarandablüten. Die langen tiefschwarzen Haare fielen offen über ihre Schultern. Ihre Augen blickten eindringlich und waren so dunkel wie der Boden eines Tintenfasses.

Amos hatte sie sofort erkannt. So eine Frau vergaß man nicht.

Die Frau ging an ihm vorbei und wurde zu Tony geleitet, doch Amos blieb noch einen Augenblick stehen.

»Guten Tag, Señor«, hörte er sie sagen.

»Was kann ich für dich tun?«, fragte Tony.

»Ich suche einen Mann, den Ihr vielleicht kennt. Zumindest hoffe ich das. Seinen Nachnamen weiß ich nicht. Nur, dass er Rocco heißt und aus Palermo kommt. Er …«

»Und er sucht nach dir«, unterbrach Tony sie lachend.

»Los, beweg dich, Jude«, sagte einer der Leibwächter zu Amos. Und stieß ihn in Richtung Ausgang.

Amos setzte sich in Bewegung und hatte nur einen Gedanken: Ich habe Glück. Ich habe enormes Glück. Durch die Launen des Lebens ist es tatsächlich möglich, dass zwei Menschen einander begegnen, als wäre dieser Moloch von beinahe zwei Millionen Einwohnern ein Hundert-Seelen-Dorf.

Er verließ das Gebäude und entfernte sich lächelnd bis zu der Straßenecke, an der sein Fahrer mit dem Wagen auf ihn wartete. »Fahr einmal um den *palacio* herum und halt an einer Stelle, von der aus man den Eingang beobachten kann«, sagte er zu ihm.

Der Wagen fuhr über die engen Straßen, die das Gebäude umgaben, und hielt dann an der Ecke auf der Uferseite des Süddocks.

Nach wenigen Minuten sah Amos die Frau wieder herauskommen. Sie ging sehr rasch in ihre Richtung, rannte beinahe. Ihre Wangen waren vor Aufregung gerötet, die dunklen Augen leuchteten in der Sonne, und ihr Mund war zu einem glücklichen Lächeln geöffnet. So wirkte sie noch schöner.

Als sie auf der Höhe von Amos' Wagen war, öffnete er eine Tür und verbeugte sich leicht. »Guten Tag, *chica*«, begrüßte er sie. »Tony hat mir gesagt, ich soll dich fahren.«

Rosetta musterte ihn überrascht.

»Wir sind uns vor fünf Minuten bei Tony im Hof begegnet, erinnerst du dich nicht mehr?«, fragte Amos mit seinem vertrauenswürdigsten Lächeln.

Rosetta nickte.

Amos machte einen Schritt auf sie zu. »Wie heißt du noch mal, *chica*?«, fragte er lächelnd.

»Lucia Ebbasta.«

Das war nicht der Name, den der Baron ihm genannt hatte. Sie hatte ihn also geändert. Schlaues Mädchen. »Fahren wir … Lucia.« Ja, sie war schlau, aber sie hatte Pech. Er packte sie am Arm und zog sie zum Wagen.

Rosetta kam sein Griff etwas zu fest vor.

Kaum saßen sie im Wagen, verriegelte Amos die Türen, und der Fahrer fuhr los.

»Hat Señor Zappacosta Euch gesagt, wo wir hinmüssen?«, fragte Rosetta.

»Mach dir keine Sorgen«, erwiderte Amos. Doch seine Stimme und sein Gesichtsausdruck waren jetzt weniger freundlich.

Der Wagen bog um eine Ecke und entfernte sich vom Hafen.

»Hier geht es aber nicht in die Stadt.« Rosetta spürte, dass etwas Merkwürdiges vorging. »Wohin fahren wir?«

»Halt den Mund«, sagte Amos leise.

»Wohin bringt Ihr mich?«, rief Rosetta beunruhigt.

Amos schlug sie brutal ins Gesicht. »Sei still, Schlampe!« Und auf seinem Gesicht breitete sich ein triumphierendes Lächeln aus.

Er brauchte Geld. Viel Geld. Und jetzt kannte er den Weg, wie er herankam.

54

Nach dem Schlag des großen, kräftigen Mannes spürte Rosetta, wie ihr das Blut aus der Nase in den Mund lief.

Und innerhalb eines Augenblicks war ihre grenzenlose Freude darüber, Rocco in Kürze wiederzufinden, in blanke Panik umgeschlagen angesichts einer Situation, die sie nicht verstand. Dennoch sagte sie kein Wort. Sie stellte keine Fragen mehr. Dieser Mann war gefährlich. Ein Tier.

Sie ließ sich in den Ledersitz des Wagens zurücksinken, der durch die Straßen von Buenos Aires raste. Sie war unfähig, einen klaren Gedanken zu fassen, der Kopf wie betäubt.

Dann hielt der Wagen vor einem senffarbenen Gebäude, dessen Fensterläden geschlossen waren. Man schleppte sie ohne ein Wort hinein.

Schon in der Tür überfiel Rosetta ein widerlicher Gestank, der sich aus vielen Gerüchen zusammensetzte. Die säuerlichen Ausdünstungen von Alkohol. Der abgestandene Geruch nach Zigarettenrauch, der sich überall festklammerte wie eine unsichtbare Kletterpflanze. Dann der Geruch nach Essen. Und nach Menschen: Schweiß, schlechter Atem, billige Parfüms, Fürze, Urin und Kot. Und schließlich trat unter all diesem Gestank einer hervor, der Rosetta Angst einjagte und ihr den Magen umdrehte, weil sie ihn in dieser Intensität nur einmal, an einem glühend heißen Tag in Alcamo, wahrgenommen hatte. Der Geruch nach körperlicher Vereinigung. Der gleiche Übelkeit erregende Geruch ihrer Vergewaltigung. Die dumpfe, modrige Note des Mannes, der erdige Ton der Frauen, metallen das Blut.

Jetzt wusste sie, wo sie sich befand.

»Nein …«, flüsterte sie verzweifelt. »Nein …«

»Los, beweg dich«, herrschte Amos sie an und schob sie einen dunklen Flur entlang.

Auf ihrem Weg begegnete Rosetta den Blicken schlecht rasierter, schwitzender Männer mit unreiner, glänzender Haut und denen junger Mädchen mit alten Augen, die schon zu viel gesehen hatten, und welkenden Körpern, wie Blumen, die man verdursten ließ.

Es gab keinen Zweifel. Dies hier war ein Bordell.

»Nein, bitte …«, sagte Rosetta leise.

Amos öffnete die Tür eines etwas abseits gelegenen Zimmers und stieß sie hinein. Es roch nach Tabak. Nach Brandy. Und nach dem Staub auf den Tapeten.

Das Zimmer wurde nur vom matten Licht einer Lampe auf dem Schreibtisch beleuchtet.

Rosetta bemerkte, dass die Läden geschlossen waren. Und dass Eisenstreben vor den Fenstern waren. Wie in einem Gefängnis.

Zwei Leibwächter betraten hinter ihr den Raum, schlossen die Tür und schalteten weitere Lampen an.

Doch selbst im warmen gelblichen Licht empfand Rosetta den Raum als beängstigend. »Was wollt Ihr von mir?«, fragte sie.

Amos versetzte ihr eine Ohrfeige. »Jedes Mal wenn du den Mund aufmachst, schlage ich zu«, sagte er kalt. »Ist das klar?«

Rosetta nickte.

Amos wandte sich an einen Leibwächter. »Hol Adelina. Sie soll sofort herkommen«, befahl er.

Der Mann verließ den Raum.

»Du bleibst vor der Tür stehen«, sagte Amos zu dem anderen. »Niemand außer Adelina darf herein.«

Der Mann verließ ebenfalls den Raum.

Kurz darauf klopfte es.

»Herein«, sagte Amos.

Die Tür öffnete sich, und eine ganz in Schwarz gekleidete Frau trat ein. Eine hässliche Narbe verunstaltete ihre rechte Wange, und am oberen Teil eines Ohrs fehlte ein Stück. Sie hätte ebenso gut dreißig wie fünfzig Jahre alt sein können und wirkte genauso verschlissen wie ihr abgetragenes Kleid. Ihre Bewegungen waren schnell und kontrolliert. Sie wich Amos' Blick aus und hatte sichtlich Angst vor ihm.

»Du bist für sie verantwortlich. Hier darf außer dir niemand rein«, sagte Amos.

»Und wenn ich ein Mädchen brauche, das mir hilft?«

»Mach das, wie du willst, aber denk daran: Du bist für sie verantwortlich.«

»Darf ich ihr etwas von meiner Droge geben? Dann macht sie keine Schwierigkeiten.«

»Tu, was du willst, habe ich gesagt.« Amos deutete auf Rosetta. »Sie soll sich ausziehen.«

»Nein …«, stöhnte Rosetta auf.

Amos hob die Hand zum Schlag, und Rosetta kauerte sich zusammen und bedeckte ihr Gesicht mit den Händen.

Doch Amos schlug nicht zu, und so richtete Rosetta sich bald wieder auf.

Kaum war ihr Gesicht wieder ungeschützt, versetzte Amos ihr eine schallende Ohrfeige. Dann ging er zur Tür. »Sie muss unversehrt bleiben«, sagte er und verließ den Raum.

»Zieh dich aus«, sagte Adelina.

Rosetta schüttelte den Kopf.

»Entweder machst du es selbst, oder ich muss Amos rufen«, sagte Adelina gefühllos. »Aber wenn er es tut, ist deine schöne weiße Haut gleich voller blauer Flecken.«

»Warum bin ich hier?«, fragte Rosetta.

»Ich weiß es nicht, und es ist mir auch egal.«

Rosetta sah zu Boden. »Ich bitte Euch, Señora … helft mir«, flüsterte sie.

Adelina lachte heiser auf, doch es klang nicht fröhlich, es lagen nur Hass und Verachtung darin. »Was meinst du wohl, wer mir das angetan hat?« Sie strich über die Wangennarbe. »Und das?« Sie deutete auf ihr angebissenes Ohr. »*Helft mir*«, äffte sie Rosetta nach. »Soll ich mich deinetwegen etwa mit dem Teufel anlegen?« Wieder lachte sie dieses verächtliche Lachen. »Fick dich.« In ihrem Blick lag Hass.

Rosetta musste an einen Welpen in Alcamo denken, den ein grober, barbarischer Bauer kurz nach der Geburt seiner Mutter entrissen hatte. Der Bauer hatte ihm ein Halsband angelegt und ihn an einer Kette festgebunden. Darauf vergaß er ihn mehr oder weniger, nur ab und zu kam er zu ihm und trat und hieb ohne jeden Grund auf ihn ein. Anfangs hatte Rosetta heimlich, wenn es niemand sah, dem Welpen etwas zu fressen gebracht. Und ihn gestreichelt. Doch als der Hund größer geworden war und das Halsband, das der Bauer nicht wechselte, ihn fast erwürgte, hatte er plötzlich auch sie angeknurrt. Und eines Tages hatte er sie sogar gebissen. Seine Augen waren blutunterlaufen gewesen, er hatte Schaum vor dem Maul, sein Körper war mit Wunden übersät, die Rippen unzählige Male gebrochen. Niemand hatte mehr den Mut gehabt, sich ihm zu nähern. Er war zu einem wilden Tier geworden. Nur der Bauer konnte mit ihm umgehen. Und wenn er kam, wartete der Hund mit gesenktem Kopf auf seine Portion Fußtritte und Stockhiebe, ohne sich je zu wehren.

Rosetta schaute Adelina an und sah in ihr ein Abbild dieses Hundes.

»Also los, zieh dich aus«, sagte Adelina.

Zögernd begann Rosetta, das himmelblaue Kleid mit den Jacarandablüten aufzuknöpfen. Sie zog die gleichfarbigen

Schuhe mit den violetten Troddeln aus, die Tano als Weihnachtsgeschenk für sie angefertigt hatte.

»Alles«, sagte Adelina.

Rosetta spürte, wie ihr die Tränen in die Augen stiegen. Doch vor dieser Frau würde sie nicht weinen. Sie legte Unterhose und Unterhemd ab und setzte sich rasch auf das schwarze Ledersofa neben dem Schreibtisch.

Adelina sammelte Rosettas Kleidung auf und legte sie neben der Tür ab. Dann ging sie zu einem Barschrank, den sie mit einem Schlüssel aus ihrer Tasche öffnete, nahm eine Flasche mit einer bernsteinfarbenen Flüssigkeit heraus, tränkte ein ziemlich schmutziges Taschentuch damit, stellte die Flasche zurück und schloss den Schrank wieder. Das Taschentuch hielt sie Rosetta hin. »Wisch dir damit das Blut ab.«

Rosetta fuhr sich mit dem Tuch über Nase und Oberlippe. Es brannte. Dann gab sie das rotbefleckte Taschentuch zurück.

Adelina steckte es ein und ging zur Tür.

»Sagt mir wenigstens, warum«, wagte Rosetta einen weiteren Versuch.

Adelina zuckte nur mit den Schultern. »Du kannst nicht von hier fliehen«, erwiderte sie. »Und selbst wenn, wie weit kommst du wohl, nackt wie du bist?« Sie lachte. Dann nahm sie das Kleiderbündel und die Schuhe und öffnete die Tür.

»Nein. Wartet …«, hielt Rosetta sie auf. »Warum bin ich hier?«

»Ich hab dir doch schon gesagt, dass ich es nicht weiß und dass es mir auch egal ist.«

Rosetta zog die Knie an die Brust und schlang die Arme herum, um sich weniger nackt zu fühlen.

»Hast du nicht gehört, was Amos gesagt hat? *Unversehrt*. Weißt du, was das bedeutet?«

Rosetta schüttelte den Kopf.

»Dass keiner dich ficken darf«, erklärte Adelina und lachte

wieder auf diese verächtliche Art. Als würde sie Gift spucken. Und damit ging sie.

Rosetta hörte, wie der Schlüssel sich zweimal im Schloss drehte.

Doch kurz darauf kam Adelina mit einem Glas in der Hand zurück. »Trink«, sagte sie.

»Was ist das?«

»Wasser.«

»Ich habe keinen Durst.«

»Trink das, oder ich hole zwei Männer, die dir das Zeug mit einem Trichter einflößen.«

Rosetta trank und bemerkte einen bitteren Nachgeschmack. Adelina verließ den Raum.

Rosetta blieb reglos sitzen, gedemütigt durch die ihr aufgezwungene Nacktheit. Dann spürte sie mit einem Mal eine leichte Übelkeit, und kurz darauf stellte sie fest, dass sie ein wenig vor und zurück schwankte, als könne sie sich nicht aufrecht halten. Und ihre Muskeln waren schwach, sehnten sich danach, nachzugeben und sich zu entspannen. Dann überkam sie ein merkwürdiges Gefühl, eine Art Raunen in ihrem Kopf, nicht in den Ohren. Es klang wie der sanfte Gesang einer Mutter, die ihr Kind in den Schlaf wiegt. »Sch … sch … sch …« Und ganz allmählich ließ Rosetta sich treiben.

»Ich suche einen Mann … er heißt Rocco …«, klang es in ihren Ohren. Und dann sah sie wieder diesen Mann vor sich, der so klein war wie ein Zwerg. Er saß an einem weißen Tisch mit einem Fleck … Was war das? Tomatensoße? Nein, sie wusste genau, dass es Blut war. Aber der Zwerg hatte gelacht und zu ihr gesagt: »Und er sucht nach dir.« Rocco suchte nach ihr. »Wusstest du das?«, hatte Señor Zappacosta sie gefragt, von dem es hieß, dass er grausam und gefährlich sein konnte. Aber über Rocco hatte er geredet, als ob … Es fiel ihr immer schwerer, Gedanken und Erinnerungen nachzugehen.

»Ja, ich habe gewusst, dass Rocco nach mir suchen würde«, stammelte Rosetta mühsam. Selbst die Muskeln ihres Mundes versagten ihr jetzt den Dienst. Alle Muskeln wollten sich ausruhen. Als wäre sie zu schnell gerannt. Hätte zu viel gesagt und gedacht. Und zu viel gesehen.

Rosetta versuchte, sich gegen dieses Gefühl zu wehren. Sie wollte sich erinnern, was der Zwerg gesagt hatte, wo sie Rocco finden konnte. Kai Nummer fünf. Die alte Werkstatt von Gordo. Rosetta hatte nicht wusste, ob sie lachen oder weinen sollte. Und dann … Was war dann geschehen? Warum war sie hier? Warum wollte man nicht, dass sie Rocco wiederfand?

Das waren schwierige Fragen. Und ihr Verstand versagte langsam den Dienst.

Mit der wenigen Kraft, die ihr verblieb, zwickte sich Rosetta in die Armbeuge, in dem Versuch, dieser Betäubung zu widerstehen, die sie von jeglicher Angst befreien würde.

Und in dem Moment war es, als würde ihr Verstand einen Wimpernschlag lang wieder funktionieren. Sie wusste, dass sie an diesem Abend nicht nach Hause kommen würde. Und für diesen Augenblick packte sie eine so reale Angst, dass es ihren ganzen Körper durchschüttelte, obwohl ihr nicht kalt war. Sie sah Tano und Assunta vor sich, wie die beiden auf sie warteten, und der einzige Gedanke, der ihr in den Sinn kam, war, dass sie schon eine Tochter verloren hatten und es nicht gerecht war, dass ihnen so etwas noch einmal zustieß. Und dann dachte sie daran, dass sie nur noch einen, einen winzigen Schritt von Rocco entfernt gewesen war – und ihn schon einmal verloren hatte. Schließlich dachte sie an sich selbst. Und sie sagte sich, dass es nicht gerecht war, sich zu verlieren, wenn man gerade dabei war, sich wiederzufinden.

Und als würden diese Gedanken sie allzu sehr belasten, herrschte auf einmal absolute Leere in ihrem Kopf. Sie konnte sich nicht einmal mehr selbst darin wahrnehmen.

Nach langer Zeit – Rosetta wusste nicht wie lange – kehrte Adelina mit einem Tablett zurück. Darauf lag Fleisch. »Iss«, sagte sie. Sie verließ kurz den Raum und kehrte mit einem emaillierten Nachttopf zurück. »Falls du pissen oder scheißen musst.« Sie reichte ihr ein Glas. »Trink.«

Rosetta wusste, dass sie nicht trinken sollte, weil sie das weiter in jene dumpfe Welt zurückwerfen würde, in der sie aufhörte zu existieren. Aber ihr fehlte die Kraft, sich zu widersetzen. Und sie trank.

Adelina nahm das Tablett mit sich, als sie den Raum verließ.

Rosetta hörte Männer und Frauen lachen, Musik. Der Gestank dieses lasterhaften Lebens drang unter der Tür zu ihr vor. Und wieder breitete sich jene Stille in ihrem Kopf aus. Dann schlief sie nackt und gedemütigt auf dem weichen Ledersofa ein.

Adelina weckte sie. Wieder ein Tablett. Heißer Mate und Kekse. Vielleicht war es der nächste Morgen, aber Rosetta hatte ihr Zeitgefühl verloren.

Bei Adelina war ein Mädchen. Blond. Jung. Ein Engel mit leeren Augen, als wären sie ihr herausgerissen und durch zwei bunte, wunderschöne Murmeln ersetzt worden, die allerdings vollkommen nutzlos waren. Und noch während sich das Mädchen hinunterbeugte, um den Nachttopf zu nehmen, streichelte sie Rosetta mit ihrer zarten, beinahe durchscheinenden Hand über das Knie.

»Mach schon, Libertad«, mahnte Adelina grob.

Libertad leerte den Nachttopf und ging aus dem Raum wie eine Traumwandlerin.

Und wieder blieb Rosetta allein. Und wieder glitt die Zeit dahin, ohne dass Rosetta ihr Ausmaß ermessen konnte. Und wieder war da diese Stille in ihrem Kopf, die schrecklich und tröstlich zugleich war.

Dann, später, hörte sie Stimmen auf der anderen Seite der

Tür. Männerstimmen. Eine gehörte Amos, die erkannte sie wieder. Auch die andere Stimme kam ihr vertraut vor. Ohne dass sie wusste, wer da sprach.

»Gleich habt Ihr den Beweis«, sagte Amos. »Aber dann müssen wir übers Geschäft sprechen. Jedes Ding hat seinen Wert und seinen Preis.«

»Öffnet«, sagte diese andere Stimme.

Sie war schrill und hoch, beinahe wie die einer Frau. Rosetta drehte sich der Magen um. Und selbst durch den Nebel in ihrem Inneren wuchs ihre Angst.

Das Schloss schnappte auf. Die Klinke senkte sich langsam. Dann wurde die Tür geöffnet.

Rosetta kauerte sich in einer Ecke zusammen.

Auf der Schwelle erschien Baron Rivalta di Neroli. »Ich werde Euch bezahlen«, sagte er zu Amos hinter ihm, ohne den Blick von Rosetta abzuwenden. »Aber ihr dürft sie nicht einmal mit dem kleinen Finger berühren.«

Dann lächelte er, ein schmieriges, lüsternes Lächeln, und ein Speichelfaden rann ihm am Kinn entlang.

»Sie gehört mir.«

Rosetta stockte der Atem. Keine Droge der Welt konnte diesen Schrecken mildern.

»Sie gehört mir«, sagte der Baron noch einmal.

55

»Bist du ein Geist?«

»Manchmal glaube ich das.«

Tony betrachtete die Spuren des Feuers, die Francés' regelmäßige Gesichtszüge für immer verwüstet hatten, und ließ seinen Blick zu dem Stock wandern, auf den er sich stützte, um sich auf den Beinen zu halten. »Es hieß, du bist tot«, meinte er schließlich.

»Ich habe es versucht, aber es ist mir nicht gelungen«, antwortete Francés, eingekeilt zwischen den beiden Leibwächtern, die ihn zu ihrem Boss in den Hof des Anwesens begleitet hatten.

Tony bot ihm keinen Stuhl an. Er war übelster Laune. Zwei weitere seiner Männer waren in einen Hinterhalt gelockt und getötet worden. Dieser Krieg lief mitnichten so, wie er sich das vorgestellt hatte. Er war viel komplizierter. Er wurde auf unüblichem Terrain und nicht in direkter Auseinandersetzung geführt. Ständig gab es Hinterhalte. Als wüsste jemand im Voraus, wie sein nächster Schritt aussah. Und er selbst fühlte sich immer weniger sicher. Vielleicht hatte er ja einen Verräter in den eigenen Reihen. Doch er konnte sich nicht vorstellen, wer das sein sollte. Bastiano arbeitete Tag und Nacht, doch er fand weder heraus, wer ihn verriet, noch wer der Mann hinter Lionello Ciccone war. »Was willst du?«, knurrte er jetzt.

Francés hatte sich entschieden, mit Tony zu reden, als dieser Krieg begonnen hatte, über den die Zeitungen berichteten.

Doch seit dem vergangenen Abend hatte er einen weiteren Grund. Einen wesentlich dringenderen.

»War zufällig ein Mädchen bei dir und hat nach einem Mann gesucht?«, fragte er Tony.

»Was geht dich das an?«

Rosetta hatte vor einigen Tagen Tonys Namen genannt und dann so seltsam gelächelt, mit einem neuen Glanz in ihren Augen. Vielleicht hatte das nichts zu bedeuten. Aber es konnte auch ein Hinweis sein.

»Sie ist nicht nach Hause gekommen«, sagte er.

Tony zuckte nur die Schultern. »Sie wird den Mann gefunden haben, den sie gesucht hat, und jetzt ihren Spaß mit ihm haben.«

»So eine ist sie nicht«, entgegnete Francés.

»Noch einmal – was zum Henker geht dich das an?«, wiederholte Tony mit Nachdruck.

»Ich schulde ihr einen Gefallen.«

Tony sah ihn aus eiskalten Augen an. Seine Miene war ausdruckslos.

Und Francés fügte hinzu: »Einen großen.«

»Wie groß?«

»Mein Leben«, antwortete Francés, ohnc zu zögern.

Da regte sich kaum merklich etwas in Tonys Augen.

»Ist das groß genug?«, fragte Francés ihn.

Tony nickte. »Ja, sie war hier. Ich habe ihr gesagt, wer der Mann ist und wo sie ihn finden kann. Ich wusste, dass auch der Mann nach ihr gesucht hat. Alle suchen dieses Mädchen. Sogar ein sizilianischer Baron war bei mir. Er hat mir Geld geboten. Und ganz sicher sucht die Polizei nach ihr.«

»Und warum hast du sie zu diesem Mann geschickt, statt dich vom Baron bezahlen zu lassen?«

»Das geht dich nichts an.«

»Wo finde ich ihn?«, bedrängte Francés ihn.

Tony fixierte ihn schweigend.

»Als ich dir vorhin gesagt habe, dass sich das Mädchen wahrscheinlich mit dem Mann vergnügt, hast du mir geantwortet ›So eine ist sie nicht‹«, sagte er. »Und ich versichere dir, dass er kein Mann ist, der ihr etwas antun würde.«

»Ich weiß.«

»Woher weißt du das?«

»Weil er ihr im *Hotel de Inmigrantes* zur Flucht verholfen hat«, antwortete Francés. Jetzt hieß es mit offenen Karten spielen.

Tony nickte. Aber er war noch nicht bereit zu reden.

Doch Francés hatte noch einen Trumpf in der Hand, den er Tony sogar ohne Gegenleistung hatte geben wollen. Deswegen war er gekommen. Doch vielleicht konnte er ihn jetzt gegen etwas eintauschen.

»Hast du herausgefunden, wer der Mann hinter Ciccone ist?«, fragte er ihn unvermittelt.

Tony war sofort interessiert. »Weißt du es?«

»Ja.«

»Rede.«

»Sag mir, wo ich diesen Mann finde.«

Tony stand auf und kam auf Francés zu. Und trat ihm ohne Vorwarnung plötzlich den Stock weg, auf den Francés sich stützte. Der drohte zu stürzen, doch Tony packte ihn am Arm, sodass er nicht hinfiel. Er sah ihm direkt in die Augen. »Glaubst du etwa, du kannst mit mir verhandeln?« Seine Stimme war eisig wie ein Gletscherhauch. »Glaubst du, ich kann dich nicht auch so zum Reden bringen?«

Francés lief ein Schauer über den Rücken. Alles, was Tony ihm antun konnte, las er in dessen furchterregendem Blick, der nicht einen Moment von ihm abließ. Doch die größte Furcht überkam ihn, als er begriff, dass es Tony kein Vergnügen bereiten würde. Er würde absolut nichts dabei empfinden.

»Amos«, stieß er rasch hervor.

Tony runzelte die Augenbrauen und verstärkte den Griff. Natürlich hatte er von dieser Sache zwischen den Zuhältern gehört. Und dass Amos als Sieger daraus hervorgegangen war. »Glaubst du etwa, du kannst mich benutzen, um dich zu rächen, du Schwanzlutscher?«, zischte er.

»Das hoffe ich von ganzem Herzen«, antwortete Francés.

Tony musterte ihn noch einmal aufmerksam, dann hob er den Stock auf und reichte ihn Francés. »Das war die beste Antwort, die du mir geben konntest.« Er setzte sich wieder und bedeutete auch Francés, Platz zu nehmen. »Aber jetzt musst du mich überzeugen.«

»Amos hat in den vergangenen Monaten ein riesiges Waffenarsenal zusammengestellt«, sagte Francés, nachdem er sich gesetzt hatte. »Ein Zuhälter hat keine Verwendung für so viele Waffen. Außer, wenn er einen Krieg anfangen will.«

»Wenn er Waffen gekauft hätte, hätte ich davon erfahren«, sagte Tony.

»Warum? Hast du etwa auch Verbindungen nach Montevideo?«, entgegnete Francés.

Tony verschränkte die Hände und legte sie auf den Tisch. Er beugte sich vor. »Sprich weiter.«

Francés bemerkte ein Loch in der makellosen weißen Tischplatte. Innen war es dunkelrot gefärbt. »Ich habe zufällig davon erfahren. Und vielleicht bin ich der Einzige, der es weiß«, fuhr er fort. Dann schwieg er einen Moment. Er durfte den alten André nicht mit hineinziehen, das war er ihm schuldig. Also musste er so tun, als hätte er das Ganze selbst erlebt, auch wenn es riskant war. »Ich war in Montevideo, weil ich dort zwei Mädchen kaufen wollte, und … da habe ich ihn gesehen. Er hat mit Söldnern verhandelt.«

»Woher weißt du, dass es Söldner waren?«

»Weil der Mann, von dem ich die Mädchen kaufen wollte,

es mir erzählt hat. Amos war dort in seinem Bordell. Und die Söldner waren seine Kunden, sie mochten seine Huren. Er hat mir erzählt, dass er gehört hat, wie sie mit Amos über den Preis für Waffen und Männer verhandelt haben.«

Tony schien wie erstarrt. Kein Muskel zuckte. Er schien nicht einmal zu atmen. Doch in seinem Kopf tobte ein Sturm. Nun hatte er alles durchschaut. Er stand auf.

»Bastiano!«, schrie er so laut, dass die Adern an seinem Hals hervortraten. »Bastiano!«

Als der Buchhalter kam, winkte Tony ihn zu sich heran. Dann holte er seinen Revolver hervor, packte ihn am Lauf und schlug Bastiano mit dem Perlmuttgriff mitten auf die Stirn und hörte auch nicht damit auf, als der Mann schon zu Boden gegangen war. »Ich muss herausfinden, wie es sich mit einem gewissen Zuhälter verhält«, keuchte er. Und dieses Keuchen klang wie das unterdrückte Brodeln eines Vulkans.

Bastiano stöhnte und setzte sich langsam auf. Sein Gesicht war blutüberströmt, eingerissene Hautfetzen hingen wie grausige Strähnen von seiner Stirn. Seine Brille lag mit zerbrochenen Gläsern auf dem Boden.

Tony hielt noch immer den Lauf des Revolvers umklammert. »Warum?«, fragte er und klang dabei beinahe verletzt, naiv, ja kindlich. »Wegen Geld? Was hat er dir bezahlt?«

»Wer?«, stammelte Bastiano. »Wovon redet Ihr …« Aber seine Augen mieden Tonys forschenden Blick, sprangen wild nach rechts und nach links, wie zwei Bälle, die endlos von einer unsichtbaren Wand zurückprallten.

Geschickt wie ein Jongleur warf Tony seinen Revolver in die Luft und packte ihn am Griff. Er nahm ein Kissen von seinem Stuhl, presste es auf Bastianos Gesicht, versenkte den Lauf des Revolvers darin und drückte ab. Das Kissen dämpfte das Geräusch des Schusses, doch durch die Wucht der Kugel wurde Bastianos Körper nach hinten geschleudert. Tony richtete sich auf, in einer Hand die rauchende Waffe, in der anderen das Kissen. Auf dem Terrakottaboden bildete sich eine große Lache aus dunklem Blut und weißlichem Hirngewebe. Bastianos Gesicht war vollkommen zerschmettert. Und dann schwebten sanft die Federn aus dem Kissen nach unten und legten sich wie eine barmherzige Schneedecke über alles.

Tony sah seine Leute an. »Wer auf der Gehaltsliste von Ciccone oder diesem Juden steht, sollte verschwinden, ehe ich es herausfinde. Aber wer bleibt, muss bereit sein, für mich durchs Feuer zu gehen.« Er sah sie der Reihe nach an.

Alle Männer hielten seinem Blick stand.

»Ausgezeichnet. Von jetzt an wird es weniger unerklärliche Hinterhalte geben.« Tony spuckte auf Bastianos Leiche.

Seine Leute taten es ihm nach.

Tony wandte sich an Francés. »Ich schulde dir einen Gefallen, Lude. Komm zu mir, sobald es Zeit ist, ihn einzulösen. Du darfst beim Tod dieses Juden dabei sein. Und wenn du willst, kannst du seine Eier rösten.«

Francés hatte befürchtet, Tony würde auch ihn töten, um sich eines möglichen Zeugen zu entledigen. Nun war er zutiefst erleichtert und dankbar. »Wo finde ich den Mann, der dieses Mädchen suchte?«, fragte er. Er blickte zu Bastiano, der dort auf dem Boden lag. Die Blutlache hatte inzwischen seine eigenen Schuhe erreicht, aber er zog sie nicht zurück. Seit dem Tag, an dem er Lepke hatte sterben sehen, war etwas in ihm zerbrochen. Als würde er den Tod nicht mehr fürchten.

»Rocco Bonfiglio. Hier in La Boca. Kai Nummer fünf. Die alte Werkstatt von Gordo«, antwortete Tony abwesend. Auch er betrachtete Bastiano, während sein Verstand fieberhaft arbeitete. »Jetzt kennen wir den Grund für diesen Krieg«, sagte er laut. »Der Hafen und Ciccone haben einen Scheißdreck damit zu tun, das waren Nebelkerzen. Deshalb kam Amos zu mir und wollte die Kontakte zum Kokainhandel. Darum geht es ihm.

Und er wusste, dass ich nicht den leisesten Verdacht hatte.« Tony spuckte noch einmal auf Bastianos Leiche. »Aber diese Kontakte kanntest nicht einmal du dreckiger Wichser.« Er trat ihn mit aller Kraft. Ein dumpfes Knacken war zu hören, wie von brechenden Knochen. »Ich habe wie ein Idiot dagestanden! Von Anfang an!«, schrie er. Er wandte sich an seine Leute. »Schneidet ihm den Kopf ab und werft ihn vor die Tür des Chorizo, wenn dort am meisten Betrieb ist«, befahl er. »Und den Rest legt ihr vor Ciccones Haus ab.« Er lächelte grausam »Dann können sie ihre Teile zusammenfügen, wenn sie wollen.«

Einer seiner Männer verließ den Raum.

»Warum hast du ihn getötet, ohne alles aus ihm herauszupressen?«, fragte Francés.

Tony setzte sich. »Ich hätte dem, was er mir gesagt hätte, nicht vertrauen können. Und man baut ein Haus nicht auf Treibsand.«

»Aber er hätte alles gestanden, um sich zu retten!«, warf Francés ein.

Tony sah ihn mit ernstem Blick an. »Nein«, sagte er. »Er hätte eine Wahrheit gestanden, mit der er gehofft hätte, seinen Arsch zu retten. Das sind zwei verschiedene Dinge, meinst du nicht auch?«

Francés nickte.

»Es ist besser, von etwas auszugehen, das man sicher weiß … in diesem Fall, dass dieses Stück Scheiße der Verräter ist, nach dem ich gesucht habe«, fuhr Tony fort. »Das ist viel besser, als sich mit den Zweifeln herumzuschlagen, die er gesät hätte.« Tony bedeutete seinen Leuten, sich zurückzuziehen. »Jetzt wissen meine Männer genau, was es heißt, sich im Krieg zu befinden. Jetzt haben auch sie keine Zweifel mehr«, sagte er leiser.

Francés war fasziniert von der Bannkraft dieses zwergenhaften Mannes, der die Ausstrahlung eines Riesen hatte. »Dieser Rocco ist einer von deinen Männern?«, fragte er.

»Schön wär's!« Tony lachte. »Nein. Er ist nur mein Plan B, falls alles hier den Bach runtergeht. Er hat eine großartige Idee.«

Sie schwiegen einen Moment.

»Sie ist ein Mädchen, nach dem man sich alle zehn Finger leckt«, sagte Tony schließlich abwesend. Francés saß wie gebannt auf seinem Platz. »Als sie mich aufsuchte, ist mir aufgefallen, dass Amos plötzlich stehen blieb und sie genau betrachtete«, fuhr er nachdenklich fort. Dann schüttelte er den Kopf. »Aber andererseits gehört das zu eurem Job, oder?«

»An deiner Stelle würde ich ihn jetzt nicht mehr als Zuhälter betrachten«, sagte Francés.

»Und damit würdest du falschliegen«, erwiderte Tony immer noch abwesend, als würde er laut überlegen. »Die Menschen sind, was sie sind, und das bleiben sie auch. In jeder Situation. Er ist ein Zuhälter, der einen Krieg führt. Also wird er ihn auch führen wie ein Zuhälter.« Er starrte auf einen bestimmten Punkt auf dem Tisch.

»Er wird Ciccone benutzen. Und Söldner zur Verfügung haben, aber keine Männer. Er wird sie bezahlen und dabei glauben, dass sie, wie seine Huren, für ein paar Pesos die Beine breitmachen. Und das wird denen nicht gefallen. Auch Verbrecher möchten angemessen behandelt werden. Selbst Söldner. Wenn du sie aber wie Huren behandelst, werden sie sehr leicht darauf kommen, dass es auch noch andere Zuhälter gibt.« Er lächelte und sah wieder zu Francés. »Ihr Zuhälter seid doch immer nur dann mutig, wenn andere den Arsch dafür hinhalten müssen, oder?« Tony schlug mit der flachen Hand auf den Tisch, dann ballte er sie zur Faust. »Und das wird Amos' Ruin sein!« Leise und ernst fügte er hinzu: »Das bedeutet nicht, dass ich ihn unterschätze. Ganz im Gegenteil. Es ist nicht so leicht, so zu denken wie ein Zuhälter. Ihr seid weder Mann noch Frau und das ganz unabhängig von euren sexuellen Vorlieben. Irgendwie seid ihr Zwitterwesen.«

Tony blickte Francés an, und mit einem Mal war sein Blick wieder klar und stechend. »Du willst dich rächen, nicht wahr?«, fragte er.

»Das habe ich dir gesagt. Von ganzem Herzen.«

Tony nickte. »Willst du in diesem Krieg mein *consigliori* sein?«

»Was bedeutet das?«

»Dass du mein Stratege bist.«

»Ich habe keine Ahnung vom Krieg.«

Tony lachte. »Aber du bist ein Zuhälter. Du denkst wie ein Zuhälter.« Er beugte sich über den Tisch, und seine beiden Zwergenarme packten Francés bei den Schultern. »Ich will von dir, dass du überlegst, wie du einen Krieg gegen mich führen würdest. Stell dir vor, du wärst reich, hättest Waffen, ein Söldnerheer und einen Mafioso als Verbündeten, dem du die Kontrolle über den Hafen im Ausgleich für den Kokainhandel versprochen hast. Beobachte mich, finde meine Schwachpunkte heraus, entwickle Pläne, um mich dranzukriegen.« Er lächelte. »Keine Sorge. Du musst nicht selbst deinen Arsch riskieren. Und du musst auch keine Waffe halten. Du musst nur planen, wo und wie *ich* meinen Arsch riskieren soll.« Tony ließ Francés' Schultern los und setzte sich wieder. »In die Schlacht werfen kann ich ihn dann schon selbst. Bist du dabei?«

Francés verspürte einen leichten Schwindel. Vielleicht ist das Angst, dachte er. Oder doch Erregung? Er fühlte sich nämlich mit einem Mal stärker. »Unter einer Bedingung.«

»Welcher?«

»Wir müssen Rosetta finden.«

Tony schüttelte den Kopf. »Ein sentimentaler Lude. Das hat mir gerade noch gefehlt.« Er schwieg einen Moment. »Wir gehen zu dem Jungen«, sagte er schließlich und stand entschieden auf. »Der arme Kerl glaubt, er sei in Sicherheit, aber Bastiano hat ihn sicher verraten.« Und auf seinem Gesicht breitete sich ein Lächeln aus, ein neues, ein warmes Lächeln, als könnte auch er menschliche Gefühle empfinden. »Verdammte Scheiße, jetzt werde auch ich noch sentimental.«

In diesem Moment kam der Leibwächter, der sich entfernt hatte, mit einem langen Fleischmesser und einem riesigen Beil zurück, mit dem man sonst Rinderknochen durchhackte. Er machte sich daran, Bastianos Kopf abzutrennen.

»Leg ihn auf Eis«, sagte Francés zu Tony. »Und bewahr ihn noch etwas auf.«

Tony musterte ihn neugierig.

»Du musst ihnen doch nicht gleich auf die Nase binden, dass du sie entlarvt hast, und ihnen damit einen Vorteil verschaffen«, sagte Francés.

Tony lachte laut. »Du wirst ein ausgezeichneter *consigliori* sein.«

56

Es war unklar, wen das Geschehen mehr beeindruckt hatte, Rocco oder Raquel.

Nicht genug damit, dass Rocco herausgefunden hatte, dass der Junge, dessen er sich angenommen hatte, in Wirklichkeit ein Mädchen war. Sie war auch ausgerechnet noch diejenige, die diese außergewöhnlichen Artikel schrieb, über die ganz Buenos Aires sprach.

Nicht minder groß war Raquels Überraschung gewesen, weil Rocco nicht etwa wütend geworden war oder sich betrogen gefühlt hatte, sondern nur laut gelacht hatte. So groß waren seine Freude und sein Stolz gewesen, dass Ángel jenes Mädchen war, auf das er so große Stücke hielt. Und nachdem Rocco das ganze Ausmaß ihrer tragischen Geschichte erkannt hatte, hatte er sie – und dies hatte Raquel zutiefst gerührt – einfach umarmt und lange ganz fest gehalten, ohne ein einziges Wort zu sprechen. Aber sein Schweigen hatte mehr gesagt als tausend Worte.

Während der ganzen Nacht gaben sie beide vor zu schlafen, doch sie mussten das Ganze erst einmal verarbeiten. Und die Verlegenheit zwischen ihnen überwinden. Nun waren sie aufgewacht und standen einander wieder gegenüber.

Rocco lächelte voller Mitgefühl, und Raquel erwiderte sein Lächeln, auch wenn ihre Augen noch vom Weinen verquollen waren. Denn trotz aller Probleme, die sie mit sich herumtrug, fühlte sie sich jetzt beschützt.

»Ich weiß leider nicht, was man da tun kann«, sagte Rocco in diesem Moment verlegen. Er deutete auf ihre blutbefleckte Hose. »Ich«, flüsterte er schüchtern, »kenne mich mit so was nicht aus.«

Raquel spürte, dass sie errötete. »Ich schon … also ich hab es bei anderen mitgekriegt.«

Sie schwiegen. Keinem von ihnen fiel es leicht, das Thema anzusprechen, doch sie konnten auch nicht so tun, als wäre nichts geschehen.

»Was hast du jetzt vor?«, fragte Raquel schließlich direkt. »Sagst du es den anderen?«

»Hat dir jemand ins Gehirn geschissen?«, platzte Rocco heraus. »Äh … Entschuldigung, ich muss mich erst noch daran gewöhnen, vor dir nicht zu fluchen, als wärst du ein Junge … also, na klar bist du ein Mädchen, aber ich … für mich bist du ….« Er unterbrach sich. »Ach so … Wie heißt du eigentlich?«

»Raechel Bücherbaum. Aber hier bin ich als Raquel Baum registriert.«

»Aha.«

Wieder Schweigen.

»Hör mal, Raquel«, fuhr Rocco unbeholfen fort. »Hättest du was dagegen, wenn ich dich immer noch Ángel nenne?«

»Nein. Und auch nicht, wenn du halbe Portion zu mir sagst.« Sie lachte.

Auch Rocco lachte erleichtert. »Nun, das werden wir sehen … vielleicht noch vor den anderen, damit sie nichts merken.« Dann sah er sie ernst an. Er atmete mit einem Mal heftig.

Raquel sah, dass Tränen in seinen Augen standen.

»Sag mal«, Rocco brachte die Worte nur mühsam heraus. »Der Name von dieser … Tamar … Stimmt der oder hast du den erfunden?«

»Der stimmt«, antwortete Raquel traurig.

Rocco biss die Zähne fest aufeinander. »Wenn du ein Junge wärst«, zischte er plötzlich, »würde ich dir sagen, dass du einfach bescheuert bist!«, schimpfte er. »Ist dir klar, was du angerichtet hast? Der Mörder dieses armen Mädchens weiß doch jetzt, wer du bist! Oder zumindest weiß er, wo er suchen muss. Was zum Henker hast du dir dabei gedacht?«

Raquel konnte seine Wut nicht nachvollziehen. »Es war richtig, das zu tun«, protestierte sie.

»Dann kannst du doch gleich überall rumerzählen, dass du dieses Mädchen bist, das die Artikel schreibt!«, schrie Rocco sie an. »Also, ich schwöre dir, wenn du ein Junge wärst, würde ich dir jetzt so was von in den Arsch treten!«

»Es war richtig«, wiederholte Raquel trotzig.

Rocco betrachtete sie, während er versuchte, seinen Zorn zu bezähmen. Denn dahinter verbarg sich vor allem tiefe Besorgnis. »Also deshalb bist du neulich davongelaufen, als du Amos gesehen hattest«, überlegte er laut, während er sich langsam alles zusammenreimte. »Er ist der Mörder.«

»Ja.« Raquels Stimme war nicht mehr als ein Hauch.

»Und diese andere, die mit der Narbe …«

»Das ist die rechte Hand des Teufels.«

»Manchmal finde ich die Handlanger widerlicher als die Herren«, knurrte Rocco.

»Ich auch.«

»Ich erinnere mich, dass diese Schlampe dich angesehen hat. Wahrscheinlich hat sie damals nicht begriffen, wer du warst … aber im Nachhinein könnte sie eins und eins zusammengezählt haben.« Rocco schwieg nachdenklich. »Zum Glück haben sie dich nicht mit mir zusammen gesehen. Aber sie könnte …« Er ging zu Raquels Bett, nahm die letzte Ausgabe von *Caras y Caretas* in die Hand und klopfte mit dem Finger auf das Titelblatt. »Der da sieht dir ähnlich! Warum? Kennen sie dich dort?«

Raquel war verwirrt. »Nein, aber beim letzten Mal hat Alfonsina Storni mich gesehen, und vielleicht hat sie sich gedacht, dass ich es war und …«

»Daher konnte sie dich dem Zeichner beschreiben!« Rocco warf die Zeitung wütend auf den Boden. »Du darfst da nie mehr hin.«

»Aber …«

»Ich scheiß auf dein Aber! Wenn du weitere Artikel schreiben willst, werde ich sie hinbringen … Du darfst dort nie mehr auftauchen, hast du das verstanden?« Er packte Raquel an den Schultern und schüttelte sie. »Hast du das verstanden?«

Raquel nickte widerstrebend. Sie hätte Alfonsina Storni zu gern kennengelernt.

Rocco spürte ihren Widerstand. »Hör gut zu: Amos ist gefährlich. Das weißt du besser als jeder andere. Du hast gesehen, wozu er fähig ist. Der ist ein wildes Tier. Du musst vorsichtig sein, Junge … Mädchen … Junge.« Er stöhnte. »Hör mal, auch wenn wir unter uns sind, sollten wir so tun, als wärst du ein Junge, denn sonst verplappere ich mich noch irgendwann.«

»Also willst du es den anderen wirklich nicht sagen?«

»Wir dürfen es niemandem sagen … Ángel. Wir können niemandem trauen. Sonst rutscht es irgendjemandem noch heraus, vielleicht wenn er etwas getrunken hat … Und dann sind wir alle dran.« Rocco packte sie wieder bei den Schultern. »Schwör mir, dass du es niemandem sagen wirst.«

»Ich schwöre …«

»Und jetzt versuchen wir, alles in Ordnung zu bringen«, sagte Rocco.

»Wie denn?«

»Das weiß ich noch nicht«, erwiderte Rocco. »Aber danach könntest du wieder ein Mädchen sein …«

»Ich bin gern ein Junge«, meinte Raquel.

»Aber du bist ein Mädchen.«

»Das ist nicht gerecht.«

»Was hat es denn jetzt damit zu tun, ob es gerecht ist oder nicht?«

»Mädchen können nicht alle Dinge tun, die Jungs tun. Aber genau das will ich.«

Rocco lief vor Wut rot an. »Ja klar! Weißt du, was ich dazu sage? Das ist toll!« Er packte sie am Arm und zerrte sie in eine Ecke der Lagerhalle. »Los, dann pissen wir jetzt mal ordentlich gegen die Wand!« Er tat so, als wollte er sich die Hose aufknöpfen.

Raquel drehte sich weg.

»He«, sagte Rocco nun auf einmal ganz sanft. »Du bist ein Mädchen. Und das … das ist was Schönes.«

»Das stimmt nicht.«

»Doch, das tut es«, entgegnete Rocco. »Glaubst du etwa, ein Junge hätte das schreiben können, was du geschrieben hast?« Er blickte sie ernst an. »Kein Junge oder Mann hätte das tun können, was du getan hast.«

»Aber …«

»Aber du kannst nicht das tun, was Jungs tun, ich hab's kapiert«, unterbrach Rocco sie. »Willst du unbedingt gegen die Wand pissen? Ich glaube nicht. Außerdem würdest du das sowieso nicht hinbekommen. Also, was für Jungssachen würdest du gern tun können?«

»Frei sein, selbst zu entscheiden«, antwortete Raquel ohne zu zögern.

»Gut. Dann kämpf dafür«, sagte Rocco. »Schreib das in deinen verdammten Artikeln.«

»Das sind keine verdammten Artikel«, protestierte Raquel.

»Doch, meine Liebe … also mein Lieber.« Rocco lachte. »Das sind verdammte Artikel mit Eiern in der Hose.«

»Siehst du?«, fragte Raquel. »Ihr denkt immer nur an das Eine, wenn ihr was Wichtiges sagen wollt.«

Rocco starrte sie an. »Heilige Hurenkacke, du hast recht …

Du hast vollkommen recht.« Er nickte langsam. »In Ordnung. Ich kann nicht so gut reden wie du … aber dann bring du uns doch bei, wie man anders darüber denken und reden kann.«

»Ich bin doch bloß ein Mädchen …«

»Nein. Du bist ein verf… also, du bist ein besonderes Mädchen, vergiss das nie«, sagte Rocco. »Wie hat diese Frau von der Zeitung dich noch genannt? ›Außergewöhnliches Mädchen‹. Genau das bist du. Ich kenne niemanden, der das kann … so denken, wie du denkst. Also, von denen, die ich kenne, macht sich eigentlich niemand die Mühe, überhaupt zu denken. Und auf jeden Fall nicht mit so viel Herz. Verdammt noch mal … ganz Buenos Aires liest deine Artikel, ist dir das überhaupt klar? Und weißt du auch, warum? Weil du direkt zu den Herzen der Menschen sprichst. Du sprichst für sie. Für uns. Na ja … du hast Worte drauf, die wir nicht mal kennen.«

Raquel errötete.

»Die Kinder müssen besser werden als ihre Väter«, erklärte Rocco. »Äh, damit meine ich nicht, dass ich dein Vater bin, also …«, fügte er verlegen hinzu.

»Ich finde es schön, dass du das gesagt hast«, flüsterte Raquel mit gesenktem Kopf.

»Na ja, hm«, stammelte Rocco. »Du … Nein, ich … also ich, ich bin … ich bin stolz … Mehr als stolz … wie heißt das? Na ja, ganz unheimlich stolz …«

In diesem Moment hörten sie Javier und die anderen Männer laut scherzend auf die Werkstatt zukommen.

»Hör zu«, sagte Rocco leise. »Rempel einen von Louis' Jungs an, den kleineren. Und dann brüllst du ihn an, dass er aufpassen soll. Aber so richtig böse, wie ein tollwütiger Hund. Der wird dir antworten, und dann fackelst du nicht lange und haust ihm mit der Faust eine rein.« Er deutete eine Bewegung an. »So. Schnell und auf den Punkt. Von unten nach oben, genau gegen das Kinn … hierhin …«

»Aber wieso?«

»Hör mir verdammt noch mal zu!« Rocco schüttelte sie wütend. »Du wirkst so weich wie ein Schwuler. Früher oder später wird sich jemand die richtigen Fragen stellen. Also, willst du ein Junge sein oder nicht? Dann musst du aber ab und zu auch irgendwelchen Jungsscheiß machen. Glaub mir. Das wird dir das Leben für lange Zeit erleichtern. Sich an ausgestopfte Unterhosen zu greifen reicht nicht.«

»Aber ich will mich nicht prügeln. Und wenn er dann …«

»Der wird dir gar nichts tun«, fuhr Rocco ihr über den Mund. »Mach einfach, was ich gesagt habe. Dann gehe ich dazwischen.«

»Ich weiß ja nicht …«

»Bitte, Ángel. Vertrau mir einfach dieses eine beschissene Mal.«

»*¡Hola!*«, rief in diesem Moment Javier und betrat die Halle.

»*¡Hola, amigo!*«, erwiderte Rocco. »Ich habe endlich eine Lösung, wie wir dem Verladewagen das Ruckeln austreiben können. Heute kriegen wir das hin.«

Jetzt traten auch die anderen ein. Rocco sah Raquel durchdringend an. Sie setzte sich mit klopfendem Herzen in Bewegung und ging auf den Jungen zu. »Vertrau mir!«, hatte Rocco gesagt. Aber sie hatte Angst und wollte schon aufgeben, als der Junge sie im Vorbeilaufen tatsächlich zufällig streifte. Nur ein wenig, aber dieser leichte Kontakt fuhr durch Raquels angespannten Körper wie ein elektrischer Schlag.

»Pass doch auf, wo du hinläufst, du Arschloch!«, polterte sie los.

Der Junge drehte sich überrascht um. »Was soll der Scheiß?«

Raquel ballte die Hand zur Faust. Sog tief die Luft ein und hielt sie an, bis sie meinte, gleich zu ersticken und tot umzufallen. Dann schwang sie den Arm und schlug mit geschlossenen Augen zu, in der Hoffnung, zu treffen. Der Aufprall ihrer Knöchel auf dem Kinn des Jungen ließ sie vor Schmerz aufstöhnen. Denn ihre Faust hatte ins Schwarze getroffen.

Der Junge stolperte überrascht nach hinten und machte sich daran, zurückzuschlagen.

»Stopp!«, schrie Rocco, warf sich zwischen die beiden und erstickte damit den Gegenangriff im Keim. »Was zum Henker tut ihr da?« Er packte Raquel am Kragen. »Was hat er dir getan?«

»Der schaut nicht, wo er hinläuft«, antwortete Raquel, doch ihre Stimme klang dabei so zaghaft und dünn, dass sie sicher war, entdeckt worden zu sein.

Rocco schüttelte sie. »Idiot! Dämlicher Schläger!«

»Ich reiß dir den Arsch auf!«, knurrte der Junge.

Rocco stieß ihn vor die Brust, sodass er nach hinten fiel. »Hier reißt niemand irgendwem den Arsch auf!« Er bedeutete dem Jungen, wieder aufzustehen. Raquel hielt er immer noch am Kragen gepackt. »Entschuldige dich bei ihm!«, befahl er.

»Entschuldigung«, sagte Raquel viel zu hastig.

»Komm her«, sagte Rocco zu ihrem Kontrahenten. »Was ist? Er hat sich bei dir entschuldigt.«

Der Junge war immer noch wütend. Die Entschuldigung zählte für ihn nicht.

»Dann gib ihm eben auch einen Kinnhaken!«, sagte Rocco.

»Nein!«, rief Raquel entsetzt und trat einen Schritt zurück.

»Hiergeblieben!« Rocco hielt sie fest. Dann sah er den Jungen auffordernd an. »Los, hau ihm schon eine rein! Und zwar ein bisschen plötzlich!«

Das ließ der Junge sich nicht zweimal sagen. Er traf Raquel am Jochbein.

Raquel stöhnte auf. Sie hatte nicht gewusst, dass Fausthiebe auszuteilen und zu empfangen so weh tat. Eigentlich hätte sie am liebsten losgeheult, aber sie wusste, dass sie sich zusammenreißen musste.

»Jetzt seid ihr quitt!«, sagte Rocco. »Gebt euch die Hand.«

Weder Raquel noch der Junge rührten sich.

»Gebt euch die Hand!«, schrie Rocco.

Die beiden schüttelten einander unwillig die Hände.

»So etwas lasse ich keinem mehr durchgehen«, erklärte Rocco. »Den Nächsten, der hier zuschlägt, jage ich höchstpersönlich mit Fußtritten zur Tür hinaus.« Er richtete drohend den Zeigefinger auf Raquel. »Hast du kapiert, Ángel? Spiel dich hier nicht auf! Und verarsch mich nicht!« Dann sah er auch die anderen Jungs an. »Geht das denn nicht in euren Kopf, dass ihr hier die Chance habt, etwas Besseres zu werden als der Abschaum um euch herum? Habt ihr denn gar nichts von dem kapiert, was dieses Mädchen geschrieben hat? Arme gegen Arme. Schwache gegen Schwache. Wie die Tiere!« Er drehte sich wieder zu Raquel um. »Und du bist noch schlimmer als sie. Was nützt es dir, wenn du lesen und schreiben kannst, wenn du dich ansonsten wie ein Scheißkerl aufführst?«

»Entschuldigung«, murmelte Raquel.

»Ich habe dich nicht verstanden, was hast du gesagt?«

»Entschuldigung«, sagte Raquel lauter.

»Sag das nicht zu mir«, meinte Rocco. »Sondern zu allen. Los, sag es!«

»Entschuldigung«, wiederholte Raquel an alle gewandt.

»Ich bin ein dreckiger Scheißkerl. Los, wiederhol das«, forderte Rocco sie auf.

»Ich bin ein … dreckiger Scheißkerl«, stammelte Raquel.

»Ganz genau. Ein richtig dreckiger Scheißkerl«, wiederholte Rocco noch einmal und betonte dabei jede Silbe. »Damit ist die Sache vom Tisch. Alle an die Arbeit.«

Raquel betastete ihr Jochbein, das höllisch schmerzte, und machte sich fertig für die Arbeit im Buchladen. Louis trat zu ihr.

»Also, für eine halbe Portion hast du einen ordentlichen Aufwärtshaken«, sagte er.

Raquel zuckte mit den Schultern.

Louis lächelte. »Ich habe dich unterschätzt. Du bist gar nicht so schwul, wie du aussiehst.«

»Du hast einen echt harten Schlag«, bestätigte nun auch der Junge.

»Du aber auch, verflucht noch mal«, gab Raquel zurück.

»Ab jetzt gehörst du wirklich zu den Boca Juniors«, sagte Louis. »Es ist gut, jemanden mit Eiern in der Hose im Team zu haben.«

Raquel zog sich die Kapuze über den Kopf. Sie war so stolz wie noch nie in ihrem Leben, nicht einmal nach den Artikeln in *Caras y Caretas*. Aber jetzt musste sie schnell von hier weg, denn die Schmerzen in ihrer Hand nahmen ständig zu. Sie war sicher, dass sie sich etwas gebrochen hatte, und wollte nicht, dass jemand sie beim Weinen ertappte. Als sie mit gesenktem Kopf zum Ausgang lief, stieß sie dort gegen einen kleinen Mann, den sie nur zu gut kannte.

»Los, verschwinde«, sagte Tony und schob sie weg.

Sofort gaben auch Louis und die anderen Jungs den Weg frei.

Tony betrat die Lagerhalle. »Bonfiglio«, rief er laut. »Hat dich dein Mädchen gefunden?«

Rocco drehte sich überrascht um. »Was meint Ihr?«

»Ist Rosetta Tricarico hier gewesen?«, fragte Tony nach.

Rocco erstarrte. »Nein.«

»Dann haben sie sie vor uns gefunden.«

57

Rocco rührte sich nicht. Er war wie versteinert.

Als Tony im Lager aufgetaucht war, mit Leibwächtern, die mit gezückten Waffen am Eingangstor Wache standen, hatte ihn sein Anblick unangenehm berührt. Und daher hatte er seine erste Frage beinahe nicht gehört. Aber als Rosettas Name fiel, jagte ihm ein kalter Hauch durch die Adern, und er war zu keinem klaren Gedanken mehr fähig.

Während Tonys letzter Satz langsam in sein Bewusstsein drang, betrachtete Rocco die beiden Männer, die ihn begleiteten.

Einer hatte ein verbranntes Gesicht. Und er war jung.

Der andere musste um die sechzig sein. Seine Augen waren von einem intensiven Blau und schienen fast in Blut zu ertrinken, das Weiß war unter einem dichten Geflecht winziger Äderchen verschwunden. Der Mann musste heftig geweint haben. Er war ein Abbild des Kummers.

»Wer seid Ihr?«, fragte Rocco immer noch wie betäubt.

»*Minchia*, ich bin ich«, knurrte der Alte.

»Tano«, sagte der Mann mit dem verbrannten Gesicht, ohne dass klar war, ob er damit Rocco den Namen des alten Mannes verriet oder den Alten beruhigen wollte.

»Das ist Rosettas Vater«, stellte Tony klar.

»Entschuldige, Junge«, sagte Tano. Seine Stimme klang spröde.

Rocco sah ihm an, dass er sich bemühte, nicht vor Schmerz

in sich zusammenzufallen. »Und wer bist du?«, fragte er den Mann mit dem verbrannten Gesicht. Er kam ihm irgendwie bekannt vor. Aber würde er sich an ein derart vom Feuer zerfressenes Gesicht nicht besser erinnern?

»Ich bin ein Lude«, antwortete Francés ruhig.

Und da erkannte Rocco ihn wieder. »Rosetta ist in deinen Wagen gestiegen …«

»Ja, ich habe sie gerettet, als die Polizisten in der Gasse auf dich eingeknüppelt haben«, bestätigte Francés. »Ich hatte gesehen, dass sie auf der Flucht war …«

Rocco ballte die Fäuste. Der da war ein Zuhälter.

»Aber Rosetta ist keine Hure«, sagte Tano ohne Umschweife.

»Und warum bist du dann hier?«, fragte Rocco Francés misstrauisch.

»Weil Rosetta mir das Leben gerettet hat«, erwiderte Francés.

»Warum sollte sie das tun?« Diese ganze Geschichte ergab für Rocco keinen Sinn.

»Weil Rosetta nun mal so ist«, sagte Tano ruhig.

Rocco sah ihn an. Er wusste genau, dass dieser Mann nicht Rosettas Vater war. Und doch konnte nur ein Vater so etwas sagen.

Als er sich umdrehte, um die einzige Frage zu stellen, die ihn wirklich interessierte, sah er, dass Raquel die Kapuze tief ins Gesicht gezogen und sich in eine Ecke zurückgezogen hatte, von der aus sie den Zuhälter misstrauisch beobachtete. Sie schien ihn zu kennen, aber anders als bei Amos hatte sie offenbar keine Angst vor ihm. Aber vielleicht wollte sie nicht, dass er sie erkannte.

»Was meint Ihr mit ›Dann haben sie sie vor uns gefunden‹?«, brachte er schließlich mühsam in Richtung Tony hervor.

»Das Mädchen war bei mir, weil sie nach dir gesucht hat.

Sie hat sich daran erinnert, dass du einen Zappacosta erwähnt hattest, um einen aufdringlichen Kerl zurechtzustutzen. Ich habe ihr gesagt, wo sie dich finden kann«, fasste Tony zusammen, und seine Stimme klang keineswegs so kalt wie sonst. »Ich hatte dir versprochen, sie zu beschützen, aber das habe ich nicht. Ich habe ihr nur gesagt, wo du bist, aber ich habe sie nicht begleitet. Und sie ist nie bei dir angekommen.« Er machte eine kurze Pause. »Und sie ist auch nie nach Hause zurückgekehrt.«

Tano schluchzte auf. »Wer könnte sie dann gefunden haben?«, fragte Rocco.

»Ich weiß es nicht«, erwiderte Tony. »Die Polizei. Oder der Baron. Oder beide.«

Als die Bedeutung seiner Worte zu Roccos Verstand durchdrang, begann sich alles um ihn herum zu drehen. »Kannst du mit deinen Kontakten nicht herausfinden, ob die Polizei sie hat?«, fragte er schließlich.

»Ich kann es versuchen«, sagte Tony. »Aber ich bin nicht sicher, ob meine Kontakte noch verlässlich sind. Ich habe gerade erst entdeckt, dass einer meiner Männer ein Verräterschwein war. Bastiano. Dieses Leck habe ich für alle Ewigkeit gestopft, aber ich weiß nicht, welche Informationen er bereits an Amos verkauft hat.«

»Amos … der Zuhälter?«, fragte Rocco. Die Geschichte wurde immer verrückter.

»Und das würde bedeuten, dass sowohl Ciccone als auch Amos wissen, dass du für mich arbeitest«, fuhr Tony fort. »Sie wissen, dass alles nur Theater war.«

Javier und die anderen aus Roccos Team begannen aufgeregt zu flüstern.

»Das interessiert mich alles überhaupt nicht!«, rief Rocco herausfordernd.

»Das sollte es aber«, meinte Tony ruhig. »Wenn sie dich kriegen, dann findest du deine Rosetta nie wieder.«

Javier flüsterte Ratón etwas ins Ohr.

Tony sah zu ihnen hinüber, er wusste genau, was diesen Männern gerade durch den Kopf ging. »Ja, es stimmt. Ihr arbeitet mit meinem Geld. Aber«, er deutete auf Rocco, »dank diesem Mann verwirklicht ihr einen Traum! Er hat euch nicht verraten. Es ist nur so, dass ich ihn bei den Eiern habe. Aber das auch nur, weil er im Gegensatz zu mir ein aufrichtiger Kerl ist. Er macht das nicht aus Eigennutz. Ganz im Gegenteil, er ist dabei sogar der Gefickte.« Er bedachte die Männer mit einem langen Blick. »Er macht das bloß für das Mädchen.«

Rocco nickte und wandte sich an seine Männer. »Wer bleiben will, ist willkommen. Wer gehen will, erhält seinen Lohn bis zum letzten Peso.« Mehr sagte er nicht. Erklärte nicht, dass es ihm leidtat. Rechtfertigte sich nicht. Und das machte den Unterschied.

Javier ergriff als Erster das Wort. Er warf Tony, der ihm das Knie zerschlagen hatte, einen langen Blick zu, dann erklärte er: »Wo du hingehst, da gehe auch ich hin.«

»Und was mich betrifft: Mich kriegen keine zehn Pferde zu Hundeschnauze zurück«, meinte Mattia.

Ratón und Billar nickten nur wortlos.

Louis sah erst zu Raquel, dann zu seinen Jungs, dann sagte er: »Die Boca Juniors sind weiter dabei, Chef.«

»Ich auch«, ließ Raquel sich, immer noch unter der Kapuze versteckt, vernehmen.

Tony lachte. »Auf den ersten Blick seht ihr wie eine beschissene Gurkentruppe aus. Aber ihr habt Eier in der Hose.«

»Ihr bleibt hier und haltet die Stellung«, sagte Rocco. »Ich hole Rosetta.« Er nahm seinen Revolver und schob ihn sich in den Gürtel. Dann trat er zu Tony. »Wo finde ich diesen Baron? Wie erkenne ich ihn?«

»Der Baron Rivalta di Neroli ist ein schmieriger Fettwanst.

Er ist bei der Fürstin de Altamura y Madreselva untergekommen, einer Frau, die mindestens ebenso widerlich ist wie er.«

»Und wo wohnt die?«

Tony starrte ihn kurz an. »Fahren wir mit meinem Wagen. Wir müssen uns eben etwas zusammenquetschen.«

Ein Leibwächter klemmte sich hinters Steuer, neben ihm nahmen Francés und ein weiterer Leibwächter Platz. Tony, Rocco und Tano setzten sich auf die Rückbank. Zwei weitere von Tonys Leuten stellten sich zu beiden Seiten des Mercedes aufs Trittbrett und hielten sich am Dach fest.

Mit Vollgas fuhren sie ins Belgrano-Viertel, wo sie vor einem dreistöckigen *palacio* anhielten.

Die beiden Männer sprangen ab, noch ehe der Wagen zum Stillstand gekommen war. Sie klopften an der Haustür und rissen dem Diener, als er öffnete, die Tür aus der Hand und hielten sie für die anderen auf.

Tony betrat das Haus als Erster. »Niemand darf hier raus«, befahl er seinen beiden Wächtern. Dann presste er dem Diener vollkommen ruhig den Lauf seines Revolvers an die Stirn. »Wo ist der Baron?«

Der verdrehte ängstlich die Augen und deutete auf eine zweiflügelige Tür aus Wurzelholz, hinter der gedämpftes Gelächter zu hören war.

Rocco öffnete die Tür mit einem Fußtritt. Der eine Flügel prallte gegen die Stuckverzierungen des kostbaren Rahmens und zerschmetterte ihn, sodass er in kleinen Teilen auf dem Boden zerschellte.

»Wer seid Ihr?«, schrie der Baron mit schriller Stimme. Er kniete vor einem kleinen Tischchen über ein Silbertablett gebeugt, in seiner Nase steckte ein Röhrchen, über sein ganzes Gesicht war ein weißes Pulver verteilt. »Wie könnt Ihr es wagen!«

Neben ihm sprang die Fürstin auf, auch ihre Nase war mit Kokain bestäubt, ihre schlaffen Brüste waren entblößt.

»Bernardo, so tu doch etwas!«, krähte der Baron.

Der Diener stellte sich ihnen in den Weg, doch Roccos Revolver traf ihn am Jochbein und schlug eine klaffende Wunde.

»So sieht man sich wieder, Baron«, sagte Tony im Plauderton.

»Was wollt Ihr?«, fragte die Fürstin und bedeckte ihre Brüste.

»Reg dich nicht auf, altes Huhn«, fuhr Tony sie an. »Keine Sorge, dich will niemand hier ficken.«

»Du elender Mistzwerg …«, begann die Fürstin.

Tony schlug ihr das Kokaintablett ins Gesicht. »Ich habe nicht gesagt, dass dich keiner totschlagen wird. Also, halt's Maul.«

Plötzlich herrschte Stille, und die Blicke aller richteten sich auf ein Mädchen, das nicht einmal zehn Jahre alt sein mochte. Sie saß mit tränennassen Augen auf einem Sofa, verschlossen in ihrer eigenen Welt aus Angst und Schmerzen, und schien niemanden wahrzunehmen. Sie trug ein weißes Kleid mit einem fast wadenlangen Rock. Und der war blutbefleckt. Zwei rote Rinnsale liefen an ihren mageren Unterschenkeln entlang zu den weißen Baumwollsöckchen. Ihre kleinen schwarzen Schuhe lagen auf dem kostbaren Teppich. Einer war umgedreht und offenbarte ein Loch in der Sohle.

»Guadalupe …«

Alle wandten sich überrascht zu Tano um.

»Bist du das, Guadalupe?« Tano ging behutsam auf sie zu.

Das kleine Mädchen kauerte sich auf dem Sofa zusammen.

»Hab keine Angst«, flüsterte Tano in dem verzweifelten Bemühen, seine Tränen und die Wut zurückzuhalten angesichts dessen, was er hier sah, und der Bilder, die es in seinem Kopf erzeugte. Allen anderen im Raum ging es genauso. »Ich bin der Schuhmacher, kennst du mich noch?«, fuhr er sanft fort. »Ich wohne in dem blauen Haus nicht weit von dir.« Er zog ihr die Schuhe an. »Ich werde sie dir in Ordnung bringen, sobald wir bei deiner Mama sind«, sagte er. Aber er wusste, dass sich nichts mehr in Ordnung bringen ließ.

Während alle entsetzt auf das Mädchen sahen, riss Bernardo plötzlich ein Fenster auf und sprang hinaus. Er landete auf dem Bürgersteig, und ehe jemand reagieren konnte, war er schon um die Ecke verschwunden.

»Feige Sau!«, schrie der Baron hysterisch, der immer noch neben dem Tischchen kniete, von dem er das Kokain geschnupft hatte.

Tony trat vor und spuckte ihm ins Gesicht. »Der ist nicht wie du, du Stück Dreck!«, zischte er drohend. »Du wärst einfach davongelaufen. Er dagegen holt Hilfe. Für dich, dreckiger Fettwanst.« Er trat zu, und der Baron fiel zu Boden. Dann presste er ihm den Schuh in den Magen. »Das bedeutet, wir haben keine Zeit für Höflichkeiten. Sag uns lieber schnell, was wir wissen wollen.« Er packte das fettige Gesicht mit einer Hand und presste die Wangen nach innen gegen die Zähne. »Wo ist Rosetta?«

»Ich weiß es nicht«, antwortete der Baron.

»Hast du sie oder die Polizei?«, fragte Tony nach.

»Ich habe keine Ahnung«, rief der Baron.

Tony ließ ihn los. »Er lügt«, sagte er zu Rocco. »Aber er ist so zugedröhnt mit Kokain, dass er keinen Schmerz fühlt.« Er versetzte dem Baron einen Fußtritt. »Wer hat dir das Kokain gegeben? Amos?«

Der Baron riss verblüfft die Augen auf.

»Also Amos«, knurrte Tony. »Hurensohn.« Er packte den Baron am Ohr und presste ihm den Revolver ins Gesicht. »Sag mir, wo du das Mädchen festhältst, oder ich brenn dir ein Loch in deine feiste Fresse!«

»Ich weiß es nicht«, schrie der Baron mit schreckgeweiteten Augen.

»Schafft das Mädchen raus!«, sagte Rocco.

»Bring sie ins Auto«, befahl Tony einem seiner Männer. Er sah zu Tano. »Wollt Ihr sie begleiten?«

Tano schüttelte den Kopf, während das Kind wie betäubt mit dem Leibwächter das Zimmer verließ, dann sagte er: »Ich kümmere mich später um Guadalupe. Möge Gott mir verzeihen. Aber erst muss ich wissen, was mit meiner Rosetta ist.«

Rocco sah erst den Baron und dann Tony an. »Überlasst ihn mir.«

Tony erwiderte seinen Blick und trat dann beiseite.

Rocco kniete sich vor den Baron, packte eine seiner Hände und legte sie auf das Tischchen, auf dem das Tablett mit dem Kokain gestanden hatte. Er hielt den kleinen Finger hoch, an dem der Adlige einen Ring aus Rotgold mit dem Familienwappen trug. »Den solltest du besser abnehmen, denn gleich wird das nicht mehr gehen. Und wenn die Wirkung des Kokains nachlässt, wird dich der Anblick erschrecken, wie der Ring ins Fleisch einschneidet, denn dein Finger wird dann so dick sein wie eine Wurst.«

»Was willst du mir schon antun, du armseliger Wicht?«, schrie der Baron empört. »Ich werde dich aufhängen lassen! Ich werde dich …«

»Gut, dann eben nicht. Wie du willst.« Rocco presste die Hand des Barons fest auf den Tisch, packte seinen Revolver am Lauf und ließ dann den Griff der Waffe wie einen Hammer auf das erste Glied des kleinen Fingers niedersausen.

Der Baron schrie auf, als er sah, wie seine Fingerspitze zerquetscht wurde.

»Du kannst den Ring immer noch abnehmen«, sagte Rocco. »Oder mir sagen, was ich wissen will. Wo ist Rosetta?«

»Ich weiß es nicht«, jammerte der Baron.

Tony hielt die Fürstin am Boden in Schach, die sich zusammengekrümmt und dann auf den kostbaren Aubusson-Teppich erbrochen hatte.

Rocco schlug noch mehrfach mit voller Wut auf den Finger des Barons ein. Dieser wurde immer mehr zu einer breiigen Masse, die Knochen brachen mit lautem Knacken, auch das Tischchen knirschte, als das Furnier sich unter der Wucht der Schläge löste.

»Noch einmal, und sie müssen dir den Finger absägen«, sagte Rocco. »Willst du jetzt den Ring abnehmen?«

Der Baron nickte schwach.

Doch Rocco kam ihm zuvor, er packte den Ring und zog ihn grob ab. Er legte ihn neben den zerquetschten Finger. »Eine sehr gute Entscheidung«, sagte er. »Jetzt kannst du eine noch bessere treffen: Sag mir, wo Rosetta steckt.«

»Ich habe sie nicht«, stöhnte der Baron.

Rocco hämmerte noch einmal auf den Finger ein.

»Amos hat sie!«, rief der Baron schließlich verzweifelt.

»Amos?«, fragte Tony nach.

»Amos!«, wiederholte der Baron.

»Warum?« Aber noch während er die Frage aussprach, sah Tony noch einmal die Szene im Innenhof seines Anwesens vor sich, wie Amos kurz stehen blieb, um Rosetta zu betrachten. Er wusste offenbar, wer sie war, aus einem für Tony nicht ersichtlichen Grund. Und er wusste, dass der Baron sie suchte. Und vor allem wusste er, wie viel sie diesem bedeutete.

»Weil …«, versuchte der Baron zu antworten.

»Wie viel hat er verlangt?«

»Zwei … Millionen.«

»Und du hast sie ihm gegeben?«, brüllte Tony.

»Nein … das geht nicht so schnell … ich …«

»Er braucht Geld für seinen Krieg«, erklärte Francés.

»Wo hält er sie fest?«, schrie Rocco.

»Im … Chorizo.« Der Baron stand kurz vor einer Ohnmacht. Er starrte auf seinen zerquetschten Finger, der sicher nicht mehr zu retten war.

Rocco sprang auf. »Ich hol sie da raus!«, sagte er und wollte schon aus dem Zimmer rennen.

Doch Tony hielt ihn zurück. »Nein, damit erreichst du nur, dass man dich umbringt.«

»Der Mafioso hat recht«, sagte Tano.

»Wenn du dich umbringen lässt, dann ist sie auch im Arsch«, beharrte Tony. »Das hier ist mein Krieg. Überlass das mir.«

»Jetzt ist es auch mein Krieg«, knurrte Rocco grimmig.

»Junge«, sagte Tano eindringlich. Er fasste Rocco mit seinen starken Händen fest bei den Schultern. Er wirkte wie ein alter Krieger, als er mit fester Stimme sagte: »Seit du Rosetta gerettet hast, wartet sie auf dich. Und das wird sie weiter tun. Da kannst du sicher sein. Sie ist zäher als du und ich zusammen.« Er zeigte auf Tony. »Ich bin aus Sizilien fortgegangen, um nicht mit solchen Mafiosi wie dem da zu schaffen zu haben. Aber er hat recht. Über den Krieg weiß er mehr als wir beide. Du musst Vertrauen haben.« Er schwieg kurz. »Wir müssen Vertrauen haben.«

Rocco befreite sich aus seinem Griff und lief heftig keuchend hin und her. Er knurrte wie ein wildes Tier. Presste die Zähne so fest aufeinander, dass sie knirschten. Er war wie ein Raubtier in einem Käfig.

Tony beobachtete ihn und sah mit einem Mal, was Rocco von seinem Vater, Carmine Bonfiglio, dem Henker, geerbt hatte. Der einzige Unterschied zwischen den beiden war, dass sein Vater niemals einen Grund gebraucht hatte, um zu töten. Aber Rocco hatte jetzt einen. Von diesem Moment an würde er töten, ohne zu zögern. Tony blickte auf den Grund seiner Seele, hinab in jenen dunklen Bereich, wo die Bestie lauerte. Und beglückwünschte sich, dass er nicht Roccos Feind war.

Denn jetzt musste man Rocco fürchten.

Vierter Teil

Der Tango der Neuen Welt

1913

58

Der Mann war nicht einfach ein Mörder. Er war Berufskiller.

Sein Name war Jaime. Niemand kannte seinen Nachnamen. Nicht einmal Amos, der ihn und sein Söldnerheer angeworben hatte, um gemeinsam mit den Männern von Don Lionello Ciccone den Krieg zu führen, den er gegen Tony Zappacosta begonnen hatte.

»Hast du inzwischen herausgefunden, warum der Maulwurf dir keine Tipps mehr gibt?«, fragte Jaime.

Sie saßen einander in einem Séparée des Café Eden gegenüber, einem eleganten Lokal, das von den wohlhabenden Leuten des Belgrano-Viertels besucht wurde, allesamt reiche Müßiggänger und nicht allzu fleißige Geschäftsleute. Die beiden fielen hier auf wie Kuhmist auf einer Tischdecke aus flandrischem Tuch, konnten aber sicher sein, niemandem aus ihren Kreisen zu begegnen.

Die Stammgäste des Café Eden hielten sich mit Bedacht fern von diesen beiden so andersartigen, halbseidenen Fremden. Amos und Jaime hatten die Ellenbogen auf den Tisch im Séparée aufgestützt und sich einander zugewandt.

»Nein«, erwiderte Amos leise, »ich habe nicht die geringste Ahnung, warum er nichts mehr von sich hören lässt.«

»Ich schon«, sagte Jaime sofort. »Die haben ihn erwischt. Eine andere Erklärung gibt es nicht. Und jetzt liegt er vermutlich auf dem Grund irgendeines Kanals.«

»Na, dann Friede seiner Seele.«

»Du bist ganz schön abgebrüht, Amos, selbst für einen Zuhälter, das muss ich dir lassen«, meinte Jaime. »Aber du bist immer noch ein Zuhälter und hast keine Ahnung vom Krieg. Wenn sie ihn erwischt haben … und, glaub mir, das haben sie … dann haben sie ihn zum Reden gebracht. Du bist enttarnt. Zappacosta weiß inzwischen, dass du ihn fickst. Und er wird versuchen, dich zu ficken.«

»Ich habe rund um ihn verbrannte Erde hinterlassen«, sagte Amos vollkommen gelassen. »Die Polizei steht auf meiner Seite, wenn auch nicht offiziell. Sie mussten sich entscheiden – entweder mit ihm oder mit mir.«

»Ein korrupter Polizist ist und bleibt korrupt. Verlass dich nicht auf ihn«, erklärte Jaime. »Du betrachtest das immer noch wie irgendeinen Zoff zwischen Zuhältern, aber das hier ist ein Krieg. Die Polizei wird sich auf die Seite des Siegers schlagen.«

»Du hast offensichtlich keine Ahnung, wie mächtig die *Sociedad Israelita de Socorros Mutuos* ist. Sie hat mehr Arme als ein Krake, mehr Zähne als ein Piranha und mehr Gift als eine Kobra«, sagte Amos herablassend. »Zu uns gehören Abgeordnete, Senatoren …«

»Du bist aber nicht der Boss dieser verdammten *Sociedad* von Juden«, unterbrach Jaime ihn. »Ich habe mich erkundigt. Dich können sie einfach opfern.« Er beugte sich noch weiter zu ihm vor. »Du sprichst in ihrem Namen … aber du bist nicht ihre Stimme.«

Amos ließ die beleidigende Bemerkung unkommentiert. Jaime hatte recht. Die Bosse der *Sociedad* hatten beschlossen, ihm keine Steine in den Weg zu legen, aber sie würden ihm auch nicht helfen. Wenn er Erfolg hatte, würde man den Gewinn teilen, aber wenn nicht, würden sie erklären, von nichts gewusst zu haben, und ihn allein untergehen lassen.

»Zappacosta ist ein Kämpfer. Jemand, der weiß, was Krieg bedeutet«, fuhr Jaime fort. »Wir haben ihm einige ordentliche

Schläge zugefügt, konnten ihn aber nie in die Knie zwingen. Er hat sich gehalten, obwohl wir im Vorteil waren, weil wir diesen Maulwurf bei ihm hatten. Das ist ein harter Brocken. Er hat sich eingeigelt. Hat all die Schläge weggesteckt und gewartet, bis er wusste, was los war. Und jetzt haben wir keinen Vorteil mehr. Er weiß, wer hinter diesem Strohmann Ciccone steckt. Und wahrscheinlich wird er auch bald von mir wissen.«

»Ja und?«

»Du bist weit davon entfernt, diesen Krieg zu gewinnen«, sagte Jaime.

»Ja und?«

»Ja und – hast du mir zugehört, du Idiot?« Jaime war jetzt lauter geworden, und seine Gesichtszüge verhärteten sich. »Ich habe gesagt, *du* bist weit davon entfernt, diesen Krieg zu gewinnen. Nicht *wir*. Und du weißt auch warum, nicht wahr?«

»Gib mir noch eine Woche«, bat Amos.

»Ich und meine Männer kämpfen keinen einzigen Tag umsonst«, sagte Jaime. »Wir sind bereit zu sterben. Aber nicht gratis.« Er sah ihn hart und unergründlich an, wie jemand, der die Hölle von innen gesehen hat. »Ist das klar?«

»Was willst du?«, fragte Amos, dem durchaus klar war, dass er jetzt verhandeln musste.

»Neben dem, was du uns schuldest, fünf Prozent vom Kokainhandel eines Jahres.«

»Das ist Diebstahl!«

»Glaubst du wirklich, einen Mörder kratzt es, wenn man ihn Dieb nennt?«

»Höchstens zwei Prozent.«

»Ich verhandele nicht. Wir könnten diesen Krieg verlieren. Und dann verlieren wir auch das Geld vom Kokain.« Jaime neigte sich weiter vor. »Wir sind gewöhnt, Geld zu verdienen, egal ob wir gewinnen oder verlieren. So läuft das bei Söldnern.«

»Das ist zu viel!«

»Wir sind nicht wie deine Huren, wir lutschen niemandem den Schwanz.«

»Aber ihr seid doch nichts anderes!«, fuhr Amos auf.

Jaime ließ sich langsam gegen die gepolsterte Rückwand des Séparées sinken. »Fünf Prozent, wenn du uns willst. Sonst spielst du ab jetzt allein.« Er hatte die Augen zu schmalen Schlitzen zusammengekniffen. »Und wenn du mich schon Hure genannt hast, du jüdischer Lude: Wer sagt dir eigentlich, dass ich nicht losziehe und Tony Zappacosta den Schwanz lutsche?«

Amos erstarrte. Er musste lernen, sich zu beherrschen. Soeben hatte er einen großen Fehler begangen. Dieser Mann war keiner von seinen Leibwächtern. »Das war doch nur Spaß«, sagte er.

»Ich habe mir vor Lachen in die Hose gemacht.«

Amos nickte. »Also gut, fünf.«

Jaime spuckte sich in die Handfläche und schlug dann in Amos' Hand ein. »Der Handel gilt.«

»Schließt man bei euch so Geschäfte ab?«, fragte Amos lachend.

»Nein.« Jaime stand auf. »Ich wollte nur auf dich spucken.« Er wandte sich um, verließ das Café Eden und wischte sich im Gehen die Hand am Frack eines Gastes ab, der nicht zu protestieren wagte.

Amos atmete heftig ein und aus und versuchte, sich zu beruhigen. Ohne die Söldner würde er den Krieg verlieren. Und das wäre sein Untergang, selbst wenn er überleben würde. Er musste zum Baron gehen und ihm Druck wegen des Geldes machen. Wenigstens einen Vorschuss brauchte er. Sollte er sich den doch bei dieser vertrockneten Fürstin leihen.

Immer noch wütend sprang er so abrupt auf, dass die Wände des Séparées ächzten. Er ging zum Tresen, bestellte einen Whisky, trank ihn in einem Zug aus, bezahlte und ging hinaus. Dort stieg er in seinen Wagen und gab dem Fahrer als Ziel die Adresse der Fürstin an.

Als sie den *palacio* erreichten, wimmelte es am Eingang nur so von Polizisten. Amos ließ den Fahrer etwa fünfzig Meter entfernt anhalten und beobachtete die Szenerie.

Kurz darauf hielt ein Krankenwagen. Ein Arzt und drei Krankenpfleger sprangen mit einer Trage heraus.

Dieser Trottel von Baron hat sich mit dem Kokain das Herz durchgeknallt, dachte Amos. Doch er wollte es genau wissen, also verließ er den Wagen und ging auf das Haus zu. »Ich bin ein Freund«, sagte er zu dem Polizisten vor dem Eingang.

»Von wem?«, fragte der Polizist skeptisch.

»Vom Bürgermeister und von Capitán Augustín Ramírez.« Der Polizist ließ ihn passieren, und Amos begab sich direkt in den Salon. Der Arzt und die Krankenpfleger umringten den Baron, der leise jammernd auf einer Chaiselongue lag. Kokain war über den Teppich verstreut.

»Das Herz?«, fragte Amos leise einen Krankenpfleger.

Der hob die Augenbrauen. »Nein. Der kleine Finger.«

»Was für einen Scheiß erzählst du da?«, fuhr Amos laut auf.

Ein Polizist wandte sich zu ihm um, ebenso ein Diener und die Fürstin. Letztere trat zu ihm. »Er hat große Schmerzen«, sagte sie leise. »Habt Ihr Kokain dabei?«

»Was ist passiert?«, fragte Amos.

»Ich bitte Euch. Ihr hört doch, wie er leidet«, meinte die Fürstin.

»Alle sollen gehen«, sagte Amos zu ihr.

»Raus hier!«, schrie die Fürstin.

Die Anwesenden tauschten verwunderte Blicke.

»Raus hier!«, befahl sie. Und dann fügte sie ein wenig versöhnlicher hinzu: »Es wird nicht lange dauern.«

Nacheinander verließen alle den Raum, und die Fürstin schloss die Tür.

Amos trat zu dem Baron. Dieser war bleich und sein Gesicht vor Schmerzen verzerrt, was ihn noch abstoßender wirken ließ. Die eine Hand war blutig, und bei genauerem Hinsehen bemerkte Amos, dass ihr kleiner Finger buchstäblich zerschmettert war. Er war nur noch ein Klumpen Hackfleisch.

»Was ist passiert?«

»Gebt ihm das Kokain«, bat die Fürstin.

»Er wird Morphium bekommen«, erwiderte Amos.

»Kokain«, jammerte der Baron mit weit aufgerissenen Augen.

Amos fuhr mit der Hand in die Tasche. Fast schien ihm, als sei der Mann wahnsinnig geworden. Verdammtes Adelspack. So weich wie der Samt, den sie trugen. Er zeigte dem Baron das Kokain, das er aus der Tasche zog. »Was ist passiert?«, fragte er noch einmal.

»Dieser Mafioso … Zappacosta … der Zwerg …«, stammelte der Baron.

»Ja?«

»Er wollte wissen, ob ich mir Rosetta Tricarico geschnappt habe.«

»Und?«

Der Baron brach in Tränen aus und schwenkte die Hand durch die Luft, von der der kleine Finger als blutige Masse herabhing. »Ich habe ihm gesagt, dass sie im Chorizo ist! Dass Ihr sie habt!«

Das war die schlimmste aller möglichen Nachrichten. Tony wusste inzwischen viel zu viel über ihn. Amos überlegte fieberhaft, wie er nun am besten vorgehen sollte.

»Kokain …«, bettelte der Baron wieder. Und Amos traf eine Entscheidung.

»Wollt Ihr das Mädchen noch?«, fragte er.

»Ja. Mehr als je zuvor!«

Amos warf ihm ein Päckchen Kokain zu. »Dann müsst Ihr

bezahlen. Und zwar sofort.« Er wandte sich an die Fürstin. »Ich bin überzeugt, dass Ihr hier einen Tresor habt. Und dass er gut mit Bargeld gefüllt ist. Holt es. Er wird es Euch zurückerstatten.«

Die Fürstin zögerte.

»Sonst schneide ich das schöne Mädchen in tausend Stücke«, sagte Amos kalt.

»Nein«, hauchte der Baron.

»Und danach Euch.«

Die Fürstin verließ den Raum.

Der Baron machte sich daran, den Inhalt des Päckchens auf dem Tablett zu verteilen. Er zitterte wie Espenlaub, also nahm Amos ihm das Tablett aus der Hand und zog zwei schnurgerade weiße Linien. Der Baron sog das Kokain gierig ein. Dann warf er sich wieder auf die Chaiselongue und betrachtete jammernd seinen kleinen Finger.

Die Fürstin kehrte zurück. In der Hand hielt sie einen Kissenbezug, den sie wie einen Beutel gefüllt hatte. »Zweihunderttausend«, sagte sie.

Amos packte den Bezug und ging zur Tür.

»Ihr dürft sie nicht anrühren«, rief der Baron, dessen Stimme nun entschiedener klang, als mit der Wirkung des Kokains auch seine Arroganz zurückkehrte. »Sie gehört mir.«

Amos deutete auf den Bezug. »Noch nicht«, sagte er und ging.

»Sie gehört mir!«, schrie der Baron wie von Sinnen.

59

»Weißt du, was ein Tango ist?«

»Ein Tanz.«

Rocco und Tano standen sich in der Werkstatt gegenüber.

»Denkst du, ich bin ein Idiot, dass ich eine solche Antwort verdient habe?«, fragte Tano.

»Na schön.« Rocco gab nach, zumindest vorerst, obwohl er es hasste, wenn man ihn belehren wollte. »Was ist ein Tango?«

»In dieser Welt sind wir armen Schlucker wie die Flöhe. Wir sind einen Scheißdreck wert«, sagte Tano leise und irgendwie melodisch, als würde er das Lied aller Armen und Unglücklichen singen. »Der Tango ist ein Weg, sich hinzustellen und zu sagen: ›Schau mich an. Ich bin da. Ich bin kein Floh. Wenn ich will, kann ich dich ficken. Aber ich kann dir auch ein Messer in den Bauch rammen.‹«

»Ja und?«

»Na, wenn du den Tango nicht tanzen kannst, kannst du hier in dieser verdammten Partie auch nicht mitspielen«, sagte Tano. »Von jetzt an muss jeder Schritt bewusst gesetzt werden wie ein Tanzschritt.«

»Wohin soll dieser ganze Unsinn führen?«, fragte Rocco, am Ende seiner Geduld.

»Zu Rosetta, verdammt noch mal«, brüllte Tano. Er legte ihm eine Hand auf die Schulter. Doch nicht, um ihn zu bedrohen, sondern um ihm begreiflich zu machen, dass er auf seiner Seite stand. »Jetzt hör endlich auf so zu tun, als wärst du besser als wir. Du glaubst, du könntest allein tanzen. Aber das stimmt nicht. Tango tanzt man nicht allein.«

Zu seinem eigenen Erstaunen empfand Rocco den festen Griff des alten Mannes nicht als unangenehm und bedrängend. »Einverstanden«, sagte er. »Ich höre Euch zu.«

»Nein.« Tano nahm die Hand weg und drehte sich zu Tony um. »Ich hab's dir schon gesagt. Wir hören jetzt dem Mafioso zu.«

So, wie Tony den alten Schuhmacher ansah, war Rocco klar, dass er ihn respektierte. Und jeder, er und alle anderen aus seinem Team, von Raquel bis zu Louis und seiner Bande, von Javier bis Mattia, Ratón, Billar und Francés, konnte dessen Stärke erkennen.

»Wenn man einen Raubzug durchführen will, muss man sich erst mal den Ort genau ansehen«, begann Tony. Er zeigte auf seine Leute, die mit geladenen Waffen bereitstanden. »Wenn wir dort reingehen und einfach auf alles schießen, was sich bewegt, werden wir einen Haufen Unschuldiger töten.« Er zuckte mit den Schultern. »Das würde mir bestimmt nicht den Schlaf rauben, euch vermutlich schon. Doch vor allem würden wir damit riskieren, die Ware zu beschädigen, die wir stehlen wollen. Also in dem Fall euer Mädchen.« Er ließ seinen Blick über die Leute um ihn herum gleiten. Bis auf seine eigenen Männer hatte er sie alle nur benutzt, betrogen und unterdrückt. Er konnte ihr Misstrauen beinahe körperlich spüren. Und er konnte es nachvollziehen. »Und wenn ihr euch fragt, warum ich das tue, dann ist die Antwort darauf ganz einfach. Es gibt zwei Millionen Gründe. Wer dabei war, hat gehört, was der Baron gesagt hat. Amos braucht Geld. Und das Mädchen ist der Gegenwert dafür. Ich hätte sie einfach töten können. Aber ich habe Rocco mein Wort gegeben. Und ich habe die Angewohnheit, mein Wort zu halten.« Er sah die Männer an und lächelte. »Ich habe keinem von euch mein Wort gegeben, dass ich ihn nicht in den Arsch ficke, stimmt's?« Er lachte, doch niemand lachte mit. »Jedenfalls bedeutet das für mich, dass ich Amos mitten ins Herz treffe. Ich bin mir sicher, dass die *Sociedad*, zu der er gehört, wenig oder gar nichts von der Sache weiß. Ich bin sicher, dass sie nicht an diesem Krieg beteiligt sind. Sie machen jedes Jahr beinahe fünfzig Millionen Dollar Umsatz. Zwei Millionen Pesos sind Kleingeld für die. Nein. Amos ist auf sich allein gestellt.«

»Was schlagt Ihr also vor?«, fragte Rocco.

»Einer meiner Männer war beim Chorizo. Da sind mehr Leibwächter als sonst. Einige von denen sehen nicht ganz so bescheuert aus wie die üblichen Hohlköpfe dort. Das müssen die Söldner aus Montevideo sein. Und da ist viel Polizei. Trotzdem bleibt das Chorizo für Kunden geöffnet.«

»Das ist sonderbar«, meinte Tano.

»Und das bestätigt, dass die *Sociedad* nichts oder kaum etwas über die Sache weiß. Sonst hätte Amos sich aus Sicherheitsgründen dort verschanzt. Für uns ist das gut, denn so können wir dort reingehen, uns umsehen und planen. Allerdings sind alle meine Männer dort bekannt. Wenn sie da reingehen, kommen sie nicht mehr raus.«

Es wurde still im Raum. Alle warteten darauf, dass Tony weitersprach.

Dann aber sagte Louis: »Ich komme überall rein.«

Raquel sah ihn bewundernd an, alle anderen wirkten eher skeptisch. »Glaubst du, die erkennen eine Kanalratte wie dich nicht?«, fragte Tony.

»Ich bin schnell«, erwiderte Louis.

»Schneller als eine Kugel?«, fragte Tony lachend.

»Ich habe dich erwischt«, warf Rocco ein.

Louis' Miene verfinsterte sich.

Tony wandte sich an Tano: »Neben Bonfiglio bist du der Einzige hier im Raum, der wirklich Eier in der Hose hat.« Er zeigte auf Louis. »Und die Kanalratte da.«

»Wenn man von einem Mafioso etwas Nettes hört, dann ist das nie ein Kompliment«, erwiderte Tano. »Aber ich höre dir zu, weil es um Rosetta geht.«

Rocco sah ihn an. Tano war genauso wie er ohne zu zögern bereit, über den eigenen Schatten zu springen, wenn er damit zu Rosettas Rettung beitragen konnte.

»Also gut«, begann Tony mit der Erläuterung seines Plans. Er zeigte auf Louis. »Sein Vater ist vor kurzem gestorben. Und in der Familie habt ihr zu ihm gesagt: ›Jetzt bist du der Mann im Haus.‹ Aber ein richtiger Mann ist man erst, wenn man gevögelt hat. Also wirst du, sein Großvater«, dabei zeigte er auf Tano, »ihm eine Hure zahlen, damit er ein Mann wird. Und da du schon mal da bist, kannst du dir auch gleich einen blasen lassen.«

Auf Tanos faltigem Gesicht zeichnete sich ein verächtliches Lächeln ab. »Läuft das so bei euch Mafiosi?«

»Nein«, antwortete Tony ernst und betonte danach jedes Wort. »Um bei uns aus einem Jungen einen Mann zu machen, bringen wir ihm bei, wie man jemandem die Kehle durchschneidet, nicht, wie man sich die Hose aufknöpft.«

Darauf herrschte angespanntes Schweigen, jetzt hatten alle verstanden, was ein Krieg bedeutete. Und sie begriffen mehr denn je, warum Tony es zum Boss gebracht hatte.

»Ist gut«, sagte Tano schließlich. Er sah Louis an: »Na, machst du dir schon in die Hose, Enkelsöhnchen?«

»Ich bin bereit, mir die Hose aufzuknöpfen und jemandem die Kehle durchzuschneiden, Großväterchen«, erwiderte Louis frech.

Er hatte die Worte kaum ausgesprochen, da schlug Rocco ihm so heftig mit dem Handrücken ins Gesicht, dass seine Nase blutete. Dann reichte er Louis ein Taschentuch. »Wisch dir das ab«, sagte er streng. »Angeber sterben immer als Erste. Und uns nützt du nur, wenn du mit den Informationen zurückkommst, die wir brauchen.«

Tony nickte zufrieden. »Du gehst also mit deinem Großvater durch den Haupteingang«, sagte er zu Louis, der sich die Nase abtupfte. »Sieh zu, dass deine Hände so schmutzig sind wie seine. Du bist ein Schuhmacherlehrling, keine Kanalratte. Vergiss das nicht.« Dann lächelte er ihm zu. »Das ist die Prüfung, auf die du dich vorbereitest, seit du auf der Straße bist. Und ich werde dich genau beobachten.«

»Nein!«, fuhr Rocco auf. Er packte Louis beim Kragen. »Du tust das, weil es richtig ist und weil du Mut hast. Du bist keine Kanalratte. Du bist Mechaniker. *Mein* Mechaniker.« Wütend funkelte er Tony an. »Und Ihr versucht nicht, ihn abzuwerben.«

Tony sah Louis an. »Willst du das?«

»Ich bin Mechaniker«, sagte Louis stolz.

Tony nickte Rocco zu. »Dein Talent ist verschwendet, Bonfiglio. Wenn du nur ein bisschen kriminelle Energie im Blut hättest … könntest du es weit bringen. Und du, kleiner Mechaniker, hast dich für einen guten Boss entschieden.« Er zog eine Rolle Geldscheine aus der Tasche und reichte Tano einige davon. »Seid vorsichtig. Die werden misstrauisch sein. Und denkt daran: Die Huren müssen auch leben, sie werden Euch nichts schenken. Und wenn es ums Überleben geht, werden sie Euch an Amos verraten.«

Tano nahm das Geld. »Wo ist dieses Chorizo?«, fragte er.

»Das weiß ich«, sagte Raquel instinktiv. Doch als sie Francés' Blick auf sich spürte, wandte sie sich sofort ab.

»Avenida Junín«, vermeldete Rocco. »Ich bringe Euch hin.«

»Pass auf, dass sie dich nicht sehen«, schärfte Tony ihm ein.

»Brechen wir auf!«, sagte Rocco.

»Nein«, erwiderte Tano. »Erst gehe ich nach Hause, um mich von meiner Frau zu verabschieden.«

Alle Blicke waren auf ihn gerichtet, als ihnen eine weitere Seite des Krieges bewusst wurde. Vielleicht würde der alte

Mann nicht zurückkehren. Weil auch er das wusste, wollte er erst seine Angelegenheiten regeln.

»Louis und ich kommen mit Euch«, erklärte Rocco. »Wir werden draußen warten.« Dann wandte er sich an seine Leute. »Geht auch ihr zu euren Familien.«

Javier beobachtete die beiden Jungen aus Louis' Bande, die offenbar nicht wussten, wohin sie gehen sollten. Vermutlich waren sie Waisen. »Und ihr zwei kleinen Scheißer kommt mit mir«, sagte er zu ihnen. »Ihr müsst mir helfen, das Fleisch zu braten.«

Die Gesichter der Jungen strahlten vor Freude, als sie mit Javier, Mattia, Ratón und Billar die Werkstatt verließen.

Tony gab seinen Leuten das Zeichen zum Aufbruch, für ihn ging es zurück in die Festung. Er war schon zu lange draußen gewesen. »Beweg deinen Arsch, *consigliori*!«, forderte er Francés auf. »Wir müssen uns einen Schlachtplan ausdenken.«

»Du gehst in die Buchhandlung«, sagte Rocco zu Raquel, als Tano und Louis sich schon auf den Weg gemacht hatten.

»Nein, ich will mit dir kommen«, widersprach Raquel. »Ich kenne das Chorizo am besten und …«

Rocco packte sie am Kragen ihres Pullovers. »Der Zuhälter hätte dich fast erkannt, das hast du doch gemerkt, oder, Mäd… Junge?« Er klopfte ihr mit den Fingerknöcheln gegen die Stirn. »Hör mal zu, halbe Portion. Du tust jetzt, was ich dir sage. Also, ab mit dir in die Buchhandlung.« Dann ging er hinaus.

Sie waren wenige Minuten unterwegs, da holte Raquel sie ein. Rocco blitzte sie wütend an, doch sie bedeutete ihm, dass sie ihn kurz allein sprechen müsse. Sobald die anderen außer Hörweite waren, drückte sie ihm ein Stück Papier in die Hand. »Das ist ein Plan vom Chorizo.«

Rocco schüttelte verblüfft den Kopf. »Du bist wirklich nicht auf den Kopf gefallen. Und jetzt verschwinde.«

Er holte Tano und Louis ein und gab Ersterem das Stück

Papier. »Ángel sagt, Tony hat einen von seinen Männern mit diesem Plan vom Chorizo zu uns geschickt.«

Danach schwiegen alle, bis sie Tanos Haus erreichten.

»Ich brauche nicht lange«, sagte er und verschwand in seinem Heim. Doch Rocco hörte ihn kaum. Er starrte mit aufgerissenen Augen auf das himmelblaue Haus, in dem Rosetta noch vor kurzem gelebt hatte. Er erinnerte sich, auf seiner Suche schon hier vorbeigekommen zu sein, es war ihm wegen seiner gelben Fensterrahmen aufgefallen. Er spürte, wie sein Herz klopfte. Ich war nur einen Schritt von ihr entfernt und habe sie nicht *gespürt*, warf er sich vor. Ich hätte sie retten können. Alles hätte ganz anders verlaufen können.

Eine rundliche Frau trat aus dem Haus, ganz in Schwarz gekleidet, die Haare zu einem Knoten zusammengefasst. Sie ging mit ernstem Blick auf sie zu, der zeigte, wie sehr sie sich um Rosetta ängstigte. Doch als die Frau schließlich vor ihm stand, breitete sich ein Lächeln auf ihrem Gesicht aus.

»Du hast ihr versprochen, dass du sie findest«, sagte die Frau herzlich zu Rocco. »Und sie hat nie aufgehört, daran zu glauben.« Zärtlich wie eine Mutter strich sie ihm mit ihren weichen Fingern über die Wange. »Geh und finde sie.« Dann umarmte sie ihn, wie einen eigenen Sohn, und flüsterte ihm leise, damit es die beiden anderen nicht hörten, zu: »Pass auch auf meinen Mann auf. Bring ihn mir zurück.«

Als sie sich von ihm löste, bemerkte Rocco Tränen in ihren Augen. »Wie heißt Ihr, Señora?«

»Assunta.«

»Das verspreche ich Euch, Señora Assunta«, sagte Rocco.

»Und ich glaube es dir«, erwiderte sie. Dann sagte sie mit nicht ganz ernst gemeinter Strenge zu ihrem Mann: »Und du, mach dieses Mal nicht deinen üblichen Blödsinn, du Ziegenbock«, doch man hörte, dass ihre Stimme gleich brechen würde. Die beiden gaben sich einer vertrauten Umarmung hin, dann drehte sie sich abrupt um und verschwand eilig im Haus.

Rocco war sicher, dass sie in Tränen ausbrechen würde. Und beten würde sie auch.

»Bist du bereit, Enkelsohn?«, fragte Tano.

»Bereit, Großvater«, antwortete Louis ohne jede Ironie.

Tano legte ihm einen Arm um die Schultern. »*Vamos a bailar nuestro tango*.«

»Ja, tanzen wir unseren Tango«, wiederholte Louis mit dem Gefühl, wichtig zu sein.

60

Rosetta hatte sich auf dem Ledersofa zusammengekauert und ihre demütigende Nacktheit unter einer Decke versteckt. Immer wieder fielen ihr die Augen zu. Dann erschien stets das widerliche Gesicht des Barons vor ihr, der sie anstarrte, sie begrapschte, sie vergewaltigte. Sie versuchte, die Augen zu öffnen, aber ihre Lider waren zu schwer. Und so explodierten wieder und wieder diese beängstigenden Bilder in ihrem Kopf, in dieser künstlichen Dunkelheit durch die Droge, die Adelina ihr verabreichte.

Sie wusste nicht, wie lange sie schon dort war. Zwei Tage? Einen Monat? Ihr ganzes Leben lang? Sie wusste nur eins: Sie war eingesperrt wie ein Tier im Käfig. Die Droge betäubte sie. Hielt alles von ihr fern. Aber doch nicht fern genug, als dass sie es nicht sehen und erleiden könnte.

In manchen Augenblicken erinnerte sie sich an ihr Leben. Aber es schien schon ewig lange her zu sein. Vielleicht hatte es ja niemals stattgefunden. Vielleicht hatte sie alles geträumt. Die Bilder verzerrten und vermischten sich. Der Blutgestank aus dem Matadero vereinte sich mit dem süßen Duft der Jacarandablüten auf einem himmelblauen Kleid, das ihr vielleicht gehört hatte oder auch nicht. Sie hatte den Geruch nach Schuhwachs in der Nase und sah Tano vor sich, ohne dass sie einen Zusammenhang zwischen den beiden Eindrücken herstellen konnte. Manchmal, wenn sie ihre Wange auf die Lehne des Sofas legte, meinte sie sogar, Assuntas weichen Bauch zu spüren. Und dann sah sie Frauen. Viele Frauen. Junge, alte, traurige, fröhliche, schöne Frauen oder Frauen voller blauer Flecke, mit dunklen Ringen unter den Augen und aufgeplatzten Lippen.

Doch nichts von alledem kam ihr nahe genug, als dass es zu ihrem Leben gehören konnte.

Plötzlich erschütterte etwas diese Welt.

Rosetta öffnete mühsam die Augen. Jemand stand vor ihr, aber es fiel ihr schwer, die Gestalt zu erkennen. Sie hörte ein unverständliches Raunen, das aus einer Folge von Lauten bestand, da war sie sich sicher. Aber es gelang ihr nicht, sie zu verbinden. Worte. Das mussten Worte sein. Und eine Stimme.

»Ich bin Libertad … hör mir zu … hör mir zu …«

»Hör mir zu«, wiederholte Rosetta nuschelnd. Sie sah eine brüske Bewegung, welche die Luft durchteilte. Vielleicht von einer Hand. Oder einem Arm. Und dann spürte sie ein Brennen auf ihrer Wange. Allerdings nur leicht.

»Hör mir zu!«, flüsterte Libertad eindringlich und versetzte ihr noch eine Ohrfeige.

Nun war das Brennen deutlicher zu spüren. »Libertad«, wiederholte Rosetta. Und sie erinnerte sich an die Bedeutung dieses Wortes. Das war ein Name. Der Name eines Mädchens. Das sie kannte. »Ja … Libertad …«

»Kannst du verstehen, was ich dir sage?«, fragte Libertad.

Rosetta bemühte sich, ihren Blick zu fokussieren, und konnte sie nun klar vor sich sehen. Sie wirkte wie ein Engel. Ein Engel mit zwei Löchern als Augen. Jemand hatte ihr die Augen herausgerissen. Dort, wo sie hingehörten, waren zwei schwarze Abgründe. »Das ist der Schmerz … Das Schwarz ist … der Schmerz, richtig?«

»Rosetta, bitte, wir haben keine Zeit«, flüsterte Libertad und ohrfeigte sie noch einmal kräftig.

Rosetta stöhnte. Und dann musste sie lachen, denn es war

schön, den Schmerz dieser Ohrfeige zu spüren. Es bedeutete zu spüren, dass dieser Schmerz wirklich zu ihr gehörte, dort war, ganz nah, in ihrem Körper und nicht irgendwo in einer Welt, die nicht existierte. »Ja … ich höre dich …«, stammelte sie.

»Wie heißt du?«

»Rosetta … Ebbasta …«

»Wie alt bist du?«

»Tausend Jahre …«

Wieder eine Ohrfeige. »Wie alt bist du?«

»Zwanzig Jahre … vielleicht einundzwanzig …«

»Wer bin ich?«

»Ein Engel mit zwei Löchern anstatt Augen …«

Noch eine Ohrfeige. »Wer bin ich?«

»Du tust mir weh …«

»Ich weiß. Verzeih mir. Wer bin ich?«

»Libertad.« Rosetta lächelte und streckte eine Hand nach dem Gesicht des Mädchens aus. »Du bist die kleine Libertad.«

»Sehr gut, Rosetta. Gleich kommt Adelina. Erinnerst du dich? Du weißt doch, wer Adelina ist, stimmt's?«

»Ja … sie ist der böse Hund … der … an der Kette …«

»Und sie will dir wieder eine Dosis von ihrer Droge verabreichen«, erklärte Libertad. »Öffne die Augen! Nein, nicht wieder schließen!« Sie packte Rosetta bei den Schultern und schüttelte sie. »Hast du begriffen? Adelina kommt, um dir noch eine Dosis zu verabreichen.«

»Adelina kommt, um … mich zu beißen …«

Libertad seufzte laut. Sie kniete sich vor Rosetta und strich ihr über das Gesicht. Ihre Stimme verriet eine ungeheure Qual. »Du verstehst mich überhaupt nicht.« Und das schmerzte sie so, dass sie zu weinen begann. »Ich weiß nicht, wie ich dir helfen soll. Es tut mir leid.«

Doch dann geschah etwas vollkommen Unerwartetes. Mit einem Mal war Rosetta wieder klar bei Verstand. Vielleicht hatte sie ja die Gabe, den Schmerz anderer stärker zu spüren als ihren eigenen. Oder es geschah, weil Libertads Schmerz der Schmerz aller Frauen war. »Verzeih mir, Libertad«, sagte sie ernst. »Verzeih mir. Ich wollte dir nicht weh tun …«

»Du tust mir nicht weh …«

»Doch, ich, ich spüre … deinen Schmerz.« Rosetta fuhr ihr mit der Hand durch die feinen blonden Haare. »Entschuldige.« Sie kniff die Augen zusammen und schüttelte energisch den Kopf. Dann ballte sie die Hände zu Fäusten. »Jetzt höre ich dir zu.« Sie schenkte Libertad ein sanftes Lächeln. »Aber beeil dich. Denn ich weiß nicht, wie lange ich das schaffe.«

Libertad spürte, wie ihre Augen sich mit Tränen füllten. »Ich habe noch niemanden wie dich kennengelernt …«, sagte sie.

»Beeil dich.«

»Gleich kommt Adelina.«

»Ja.«

»Sie wird dir ein Glas mit der Droge geben.«

»Ja.«

»Trink das, und sobald sie aus dem Zimmer ist, steck dir zwei Finger in den Hals und brich das Zeug aus, hier hinein.« Sie zeigte auf einen Blumenkübel mit einer Aloe vera. »Sag mir, ob du das verstanden hast.«

»Ja.«

»Was?«

»Ich muss die Droge sofort erbrechen.«

»Sehr gut!«, sagte Libertad lächelnd und umarmte Rosetta. »Dann wird die Droge nicht wirken, aber du musst trotzdem so tun, als wärst du unter Drogen.«

»Als wäre ich blöd, ja.«

»Ja.«

»Aber es wird weh tun … stimmt's?«

»Ohne die Droge?« Libertad sah zu Boden. »Ja. Das wird weh tun. Sehr weh. Aber es wird sich wie die Wirklichkeit anfühlen. Und sobald du eine Chance zur Flucht bekommst, wird sie dir auch gelingen. Vergiss das nicht.«

»Libertad?«

»Ja?«

»Ich kann dir nicht mehr folgen.« Rosettas Stimme schien wieder in der dunklen Höhle zu verschwinden, aus der sie sich kurz befreit hatte. »Es tut mir leid …«

»Aber du wirst dich an das erinnern, was du tun sollst?«

»Vielleicht …«

»Schwöre, dass du dich daran erinnern wirst.«

Rosetta keuchte erschöpft.

»Schwör es!«

Rosetta nickte. Während ihre Lider schwer herabsanken. »Ich schwöre …«

In dem Moment öffnete Adelina die Tür. Sie trug ein Tablett mit Essen und einem Glas von der mit Wasser vermischten Droge. »Hast du den Nachttopf immer noch nicht geleert?«, herrschte sie Libertad so barsch wie üblich an.

»Ich war gerade dabei«, antwortete Libertad.

»Warum kniest du da?«, fragte Adelina.

»Die da … ist hingefallen. Ich habe ihr aufgeholfen.«

»Und was zum Teufel geht es dich an, wenn sie auf dem Boden liegt?«

»Ich dachte, Amos wäre sie wichtig.«

»Ihm ist wichtig, dass niemand sie vögelt, nicht ob sie sich ein paar blaue Flecke holt«, sagte Adelina mit einem Lachen, das klang wie das Röcheln eines Sterbenden oder einer Ausgeburt der Hölle. Sie stellte das Tablett mit dem Essen neben dem Sofa ab und hielt Rosetta das Glas mit der Droge hin.

»Trink das!«, befahl sie ihr.

»Was ist das?«, stammelte Rosetta und schlug die Lider auf.

»Trink das oder ich lasse dir das mit dem Trichter verpassen.«

»Trichter«, sagte Rosetta mit schwerer Zunge. Und trank das Glas auf einen Zug aus.

Libertad sah sie besorgt an.

Adelina nahm das Glas und ging zur Tür. »Bring sie dazu, dass sie etwas isst, und leere den verdammten Nachttopf«, sagte sie zu Libertad. »Ich muss runter. Ein Kunde hat eins der Mädchen schlimm zusammengeschlagen.«

Kaum hatte Adelina die Tür hinter sich geschlossen, bewegte Rosetta sich kriechend zu dem Blumenkübel mit der Aloe vera, steckte sich zwei Finger in den Hals und erbrach einen Wasserschwall. Dann, als hätte sie eine übermenschliche Anstrengung hinter sich gebracht, ließ sie sich kraftlos zu Boden fallen.

»Sehr gut, Rosetta!«, flüsterte Libertad ihr erleichtert ins Ohr, während sie ihr dabei half, aufzustehen und sich wieder auf das Sofa zu legen. »Jetzt iss«, sagte sie zu ihr. »Das Essen nimmt der Droge ein wenig von der Wirkung.«

Rosetta ließ sich füttern. Sie wusste nicht, was sie hinunterschlang, vielleicht war es Fleisch oder Gemüse. Süß oder salzig, sie schmeckte es nicht. Aber das war auch nicht wichtig. Sie versuchte nur zu spüren, ob der unerträgliche Schmerz, der kommen würde, ihre Seele schon erreichte. Aber es war noch zu früh.

Libertad gab ihr Wasser. »Trink viel davon. Die Droge verlässt den Körper auch, wenn du pisst.«

»Libertad«, flüsterte Rosetta.

»Ja …«

»Ich schaffe es nicht mehr, dir zuzuhören. Sei still …«

»Verzeih mir«, bat Libertad.

»Nein, … danke, mein kleiner Engel …«

Und nachdem Rosetta ein Glas Wasser bis auf den letzten Tropfen ausgetrunken hatte, verließ Libertad den Raum.

Rosetta rollte sich unter der Decke zusammen und zog sie

sich über den Kopf. Sie wartete darauf, etwas zu spüren. Und fürchtete sich zugleich davor.

Sie musste nicht lange warten, tauchte allmählich aus diesem Sumpf auf. Fand wieder an die Oberfläche der Gegenwart zurück. Und dann traf sie der Schmerz schneidend, unvorbereitet und so anhaltend, dass es ihr den Atem und jede Hoffnung raubte.

Jetzt musste sie nicht mehr die Augen schließen, um den Baron vor sich zu sehen, sein schmieriges Lächeln. Seine Stimme war kein fernes Echo mehr, sondern hier in diesem Raum, in dem es nach Brandy und Zigarren roch. »Sie gehört mir«, sagte er geifernd.

Sie musste nicht mehr über die Bilder aus ihrer nahen Vergangenheit rätseln. Sie wusste wieder, wer Tano und Assunta waren. Wie weh es tat, nicht bei ihnen zu sein, und wie sehr es erst die beiden schmerzen musste, sie verloren zu haben. Sie wusste, dass alle Frauen im Barracas-Viertel jetzt ohne sie waren. Und sie ohne diese Frauen.

Sie wusste, dass sie zu lange und vergeblich auf Rocco gewartet hatte. Sie hatten einander nicht gefunden. Und nun hatten sie einander vielleicht für immer verloren.

Und während der Schmerz an ihr schabte wie Schleifpapier auf einer offenen Wunde, gestand sie ein, was sie tief in ihrem Inneren verborgen hatte, obwohl es so offensichtlich war. Und sie sagte etwas, von dem sie sich selbst vorgemacht hatte, es niemals auch nur zu denken.

»Ich liebe dich …«

Denn nun, da ihr nicht ein Funke Hoffnung geblieben war, konnte sie annehmen, was sie sonst niemals zugelassen hätte. Aus einem ihr unverständlichen Grund, aufgrund eines Plans, der ihr noch verborgen war, wusste Rosetta jetzt, dass sie zu Rocco gehörte, dass sie füreinander bestimmt waren, noch bevor sie einander überhaupt begegnet waren. Sie mochten sich nur ein einziges Mal geküsst, nur ein einziges Stück Torte geteilt und höchstens ein Dutzend Sätze gewechselt haben. Doch ihre Stimmen hatten sich gefunden, ihre Lippen hatten sich erkannt, ihre Augen hatten sich im Blick des anderen gespiegelt, ihre Hände hatten sich in der Berührung des anderen verloren.

Einen Moment empfand Rosetta eine solche Freude, als könnte dies das höchste Glück sein.

Dann hatte die Droge ihre Wirkung verloren.

Der Schmerz war so unerträglich, dass sie laut aufschrie.

Sie hatte die Droge bereits zweimal erbrochen, als Adelina mit Libertad den Raum betrat. Sie brachten das himmelblaue Kleid mit den Jacarandablüten und ihre Schuhe mit den violetten Troddeln.

»Zieh dich an«, befahl Adelina.

Rosetta drückte sich noch weiter ins Sofa und tat so, als würden ihr die Augen zufallen. »Zieh dich an«, wiederholte sie wie betäubt.

Adelina hieb ihr die Faust mitten auf den Oberschenkelmuskel.

Der Schmerz war stark und traf sie unerwartet. Und es gelang Rosetta kaum, so zu tun, als spürte sie ihn nur dumpf, wie aus der Ferne. Doch kein Laut entwand sich ihr, sie rührte sich nicht, blieb einfach liegen.

Adelina packte sie an den Haaren und zog sie hoch, bis sie saß.

»Zieh dich an«, stammelte Rosetta wieder.

»Kümmer du dich darum, sonst prügel ich sie noch tot«, sagte Adelina zu Libertad und hielt sich im Hintergrund.

Das Mädchen zog Rosetta das Kleid über den Kopf und führte ihre Arme in die Ärmel.

Rosetta ließ sich wie eine Puppe widerstandslos anziehen.

Libertad umarmte sie von hinten und zog sie auf die Füße,

doch Rosetta tat so, als könnte sie sich nicht auf den Beinen halten.

»Sehr gut«, flüsterte Libertad ihr zu, während sie ihr den Rock richtete. Und als sie auf dem Boden kniete, um Rosetta die Schuhe anzuziehen, fragte sie Adelina so, dass Rosetta es mitbekam: »Warum soll sie denn auf einmal angezogen werden?«

»Was geht dich das an?«

»Was geht … dich … was geht dich das …«, stammelte Rosetta.

»Nichts.«

»Amos will sie von hier wegbringen«, sagte Adelina.

»Wann?«

»Was willst du eigentlich, Libertad?«, fragte Adelina misstrauisch. »Als du nicht geredet hast, warst du mir wesentlich angenehmer.«

»Wenn er sie wegbringt, muss ich ihren Nachttopf nicht mehr saubermachen«, meinte Libertad.

»Morgen Nacht, glaube ich«, antwortete Adelina. »Oder heute Nacht schon.«

»Wurde ja auch Zeit«, sagte Libertad.

Adelina reichte Rosetta ein Glas mit der mit Wasser vermischten Droge.

Rosetta trank es wie mechanisch aus.

Adelina und Libertad verließen den Raum, woraufhin Rosetta sich sofort in den Blumenkübel erbrach.

Dann richtete sie sich auf und strich zärtlich über das Kleid. Doch das Kleid schenkte ihr nach der langen Zeit nackt unter der Decke nicht die ersehnte Geborgenheit, nein, es brachte sie vielmehr noch eindringlicher in die grausame Wirklichkeit zurück.

Es fühlte sich an, als würde es auf ihr brennen, als wäre sie gehäutet und das Kleid mit Brennnesselsaft getränkt. Dieses

Kleid machte ihr begreiflich, dass alles, was gewesen war, nicht mehr existierte.

Dann hörte sie auf der anderen Seite der Tür eine Stimme. Und sie war sicher, nun endgültig den Verstand zu verlieren.

»Habt ihr hier etwa nur Judenhuren?«

Ein schneller Satz, in einem fast unverständlichen Kauderwelsch dahingefeuert.

»Gibt es hier keine Italienerinnen?«

»Verschwinde, Alter.«

Rosetta zitterte am ganzen Leib. Ihr Herz klopfte wie verrückt.

»Italienerinnen sind die schönsten Frauen auf der ganzen Welt.«

Da redete jemand, als hätte er Nägel im Mund.

Und wenn Libertad sie nicht dazu gebracht hätte, die Droge zu erbrechen, hätte Rosetta ihn nicht einmal gehört.

Sie warf sich wild gegen die Tür und hämmerte mit Fäusten dagegen, während sie glücklich und aus Leibeskräften schrie: »Tano! Ich bin hier! Tano!«

61

»In diesem Bordell ist keine einzige vernünftige Hure zu finden«, sagte Tano, während er nach Kräften versuchte, seinen Schmerz darüber zu verbergen, Rosettas Stimme hinter dieser Tür zu hören. Mit schnellen Schritten machte er sich zum Ausgang des Chorizo auf. »Komm Louis, wir gehen!«

»He, alter Mann!«, rief einer der beiden Leibwächter, die Rosetta bewachten.

In diesem Moment klammerte Libertad sich an Tanos Arm. Auch Louis stieß zu ihnen.

»Haltet den alten Mann auf!«, schrie der Leibwächter.

»Hallo, Großväterchen. Wollen wir uns ein wenig zusammen amüsieren?«, fragte Libertad.

»Jetzt nicht«, sagte Tano barsch.

»Sie bringen sie heute Nacht oder morgen Nacht weg«, flüsterte Libertad atemlos, während sie so tat, als wollte sie ihn küssen. »Aber ich weiß nicht, wohin.«

Tano erstarrte.

»Lass uns gehen!«, rief Louis.

»Wo willst du denn hin, du kleine Filzlaus?«, fragte ein Leibwächter bei der Tür und packte ihn am Kragen.

In diesem Moment schnellte Tano vor. Der Leibwächter schrie auf, ließ Louis los und hielt sich den blutenden Unterarm.

»Lauf!«, rief Tano und steckte das Messer weg. Während er die Eingangsstufen hinunterlief, warf er einen schnellen Blick zurück auf Libertad. Er wusste nicht, wer sie war, noch hatte er Zeit, ihr zu danken.

Libertad schwankte, als wäre sie betrunken, und versperrte den Leibwächtern torkelnd den Weg.

Tano rannte hinaus auf die Avenida Junín, wo er einige Polizisten bemerkte. »Schnell, zu Hilfe, dort hinein!«, schrie er ihnen zu. »Da drin ist ein Verrückter, der ein Blutbad anrichtet!«

Die Polizisten eilten ins Chorizo, aus dem die Leibwächter auf die Straße stürmten und die Verfolgung aufnahmen.

»Du bist großartig, Opa!«, rief Louis begeistert und bog in die erstbeste Gasse ein. Tanos Gesicht war vor Anstrengung verzerrt. Sein Mund stand weit offen, und er presste sich eine Hand in die Seite. Seine Beine wurden immer langsamer. An der nächsten Ecke blieb er stehen, vornübergebeugt, die Hände auf die Knie gestützt.

»Lauf weiter, Opa!«, schrie Louis, der etwa zwanzig Meter vor ihm war. Die Leibwächter würden jeden Moment am anderen Ende der Gasse auftauchen. Das Leben auf der Straße hatte Louis gelehrt wegzulaufen. Die Schwächsten zurückzulassen. Denn nur so konnte man überleben. Aber nun hielt ihn etwas dort fest, ließ seine Füße sich weigern, wegzurennen. Er blieb stehen. »Scheiße!«, fluchte er und lief in Richtung Tano zurück.

Tano öffnete den Mund, um etwas zu sagen, aber er bekam keine Luft. »Hau ab!«, brachte er schließlich heraus. »Los! Lauf!«

In dem Moment hörte Louis ein Geräusch hinter sich und drehte sich um.

»So ist das!«, schrie Raquel, die auf ihn zurannte. »Die Boca Juniors lassen niemanden zurück!«

Kaum hatten die beiden Jugendlichen Tano erreicht, erschienen die Leibwächter am Ende der Gasse.

»Haut ab, ihr dummen Hosenscheißer!«, fuhr Tano Raquel und Louis an.

In diesem Moment ertönte ein Schuss. Eine Kugel zischte durch die Luft, aber nicht aus der Richtung, aus der sie sie erwarteten.

Die Leibwächter suchten hinter der Straßenecke Deckung.

»Bewegt euch!«, schrie Rocco mit dem Revolver in der Hand. »Jetzt helft ihm schon!«, fauchte er Louis und Raquel an und zeigte auf Tano. »Los, Alter, mach! Ich habe deiner Frau versprochen, dich heil nach Hause zu bringen!«

Tano war inzwischen wieder zu Atem gekommen und lief mit Unterstützung der beiden Jugendlichen weiter, während Rocco aus dem Schutz einer Mülltonne heraus auf die Leibwächter schoss, um sie aufzuhalten. Als er sah, dass Tano mit den beiden das Ende der Gasse erreicht hatte, feuerte er noch zwei Schüsse ab und rannte aus seinem Versteck.

In diesem Moment trat Jaime mit einem Gewehr hinter einer Straßenecke hervor. Er kniete sich hin, legte den Gewehrkolben an die Schulter, zielte und drückte ab.

Tano und Raquel waren um die Ecke gebogen, und auch Rocco hatte das Ende der Gasse erreicht, wo Louis auf ihn wartete.

Als der Schuss ertönte, lief Rocco gerade an Louis vorbei und bog um die Ecke. Und mit einem Mal stimmte etwas nicht. Der Nachhall von Louis' Schritten war verstummt. Rocco drehte sich um, doch Louis war nicht zu sehen. Rocco blieb stehen.

Auch Raquel und Tano hielten an.

Und mit einem Mal schien die ganze Welt verstummt zu sein. Nur ein leises Schlurfen war zu hören. Dann bog Louis um die Ecke. Er war blass. Setzte unsicher ein Bein vor das andere. Dann blieb er stehen, schaute Raquel mit großen Augen an und senkte den Blick auf seine Brust. Das Trikot der Boca Juniors war auf der Vorderseite zerfetzt, genau auf dem gelben Balken klaffte ein Loch. Louis steckte einen Finger hindurch und sah wieder zu Raquel, als wollte er sagen: »Siehst du das auch?« Dann gaben seine Beine nach. Und das Loch füllte sich mit Blut.

»Nein!«, schrie Raquel entsetzt.

Rocco hob Louis hoch und lud ihn sich auf die Schultern. »Los! Weg! Weg hier!«, schrie er.

Jaime befahl seinen Männern den Rückzug. Sie mussten das Chorizo absichern, durften nicht riskieren, sich auf der Straße umbringen zu lassen.

Im Laufen spürte Rocco, wie der Körper von Louis schlaffer und schwerer wurde. »Halt durch, Junge!«

»Zum Krankenhaus Santa Clara!«, gab Tano vor. »Folgt mir!« Für Louis' Rettung gewann er die Kräfte zurück, die er für sich selbst nicht hatte mobilisieren können.

Das Krankenhaus Santa Clara war ein grauer, trister, würfelförmiger Bau. Schon vor der Tür roch es nach Desinfektionsmitteln.

Die Empfangshalle war groß, wirkte aber erdrückend. Zum Geruch nach Desinfektionsmitteln gesellte sich der nach Schweiß und verfaulten Zwiebeln. Einige der armen Leute beteten einen Rosenkranz, andere saßen in einer Ecke und weinten leise, andere fluchten wütend.

Rocco kämpfte sich zum Empfangstresen am Ende des Saales durch. »Ein Arzt, schnell!«

Die Krankenschwester schaute mit müden, geröteten Augen zu ihm hoch. Als sie bemerkte, dass Louis heftig blutete, sprang sie auf. »Kommt mit!«, rief sie und lief einen Gang entlang. »Doktor! Doktor!«

Wie aus dem Nichts erschien ein junger Arzt in einem zerknitterten, schmutzigen Kittel. »Eine Trage!«, rief er.

Gleich darauf war auch eine Trage bereit.

Ein großer, kräftiger Pfleger half Rocco, Louis darauf abzulegen.

»Das sieht schlimm aus«, stellte der Arzt leise fest.

Der bewusstlose Louis hustete und spuckte Blut.

»Eine Kugel, nicht wahr? Das muss ich der Polizei melden«, sagte der Arzt, während die Trage im Laufschritt zum Operationssaal geschoben wurde.

Rocco packte ihn beim Arm. »In der Stadt herrscht Krieg«, sagte er leise mit rauer Stimme. »Dieser Junge ist ein Opfer. Die Polizisten sind korrupt. Wenn du ihn meldest, brauchst du gar nicht erst zu versuchen, ihn zu retten. Bring ihn lieber gleich um, dann hat er es wenigstens hinter sich.«

Der Arzt musterte ihn schweigend. Dann nickte er und sagte mit einer Stimme, die deutlich reifer klang als für einen Mann seines Alters angemessen: »Ich rette Menschenleben. Ich werde die Polizei nicht rufen. Weder ich noch sonst jemand.« Damit wandte er sich ab und verschwand im Operationssaal.

Tano legte Rocco eine Hand auf den Arm. »Rosetta ist in dem Zimmer hinten links«, sagte er. »Eine Hure hat mir verraten, dass sie heute oder morgen Nacht weggebracht werden soll.«

»In Ordnung«, erwiderte Rocco düster. »Ich werde mich darum kümmern. Geht jetzt nach Hause zu Eurer Frau.« Dann blickte er zu Raquel. Sie war blass und hatte geweint, die Tränen hatten glänzende Spuren auf ihren Wangen hinterlassen.

»Hier könnt ihr nicht bleiben«, sagte ein Pfleger. »Wenn ihr warten wollt, geht nach da hinten in den Saal, dort gibt es Stühle.«

Tano machte sich auf den Heimweg zu Assunta, und Rocco und Raquel betraten den Wartesaal, von dessen in blassem Grün gestrichenen Wänden bereits die Farbe abblätterte. »Guten Abend«, begrüßte sie eine etwa fünfzigjährige Frau von zerlumptem Äußeren.

»Guten Abend«, antwortete Rocco mechanisch.

Die beiden nahmen auf zwei Stühlen nebeneinander Platz.

Und warteten eine schier endlose Weile. Als der Arzt schließlich mit Papieren und einem Stift kam, sprangen beide sofort auf.

»Ich muss die Unterlagen ausfüllen«, sagte der Arzt. Sein Kittel war blutbespritzt, und er wirkte erschöpft. »Wie heißt der Junge?«

»Louis«, erwiderte Rocco.

»Louis und weiter?«

»Ich weiß es nicht« Rocco kniff die Augen zusammen. »Kann er Euch das nicht sagen?«

Der Arzt schüttelte den Kopf.

Das versetzte Rocco einen schmerzhaften Stich. »Ist er etwa …?«

»Nein«, sagte der Arzt. »Nein. Aber …«

»Vargas«, meldete sich Raquel kaum hörbar. »Louis Vargas.«

Der Arzt notierte den Namen. »Wir werden sehen, wie er die Nacht übersteht.«

»Wird er es schaffen?«, mischte sich die zerlumpte Frau ein und fragte damit, was weder Rocco noch Raquel zu fragen wagten.

»Es ist sehr ernst. Eher nein als ja«, seufzte der Arzt und ging.

Raquel begann zu weinen.

»Ist er dein Sohn?«, fragte die Frau Rocco.

»Nein.«

Raquel schluchzte weiter.

»Willst du darüber reden?«, fragte die Frau Rocco.

»Nein.«

Die Frau setzte sich neben Raquel. »Und du?«

Raquel schüttelte den Kopf. Die Frau stank. Nach einer Mischung aus Rauch, Schweiß und Alkohol.

Die Frau kehrte an ihren Platz zurück und wühlte in einer abgetragenen Ledertasche, die sie unter den Stuhl geschoben hatte. Schließlich zog sie einen Satz Karten hervor und mischte sie, geduldig und langsam, als wäre es eine alte Gewohnheit.

Rocco beobachtete sie. Sicher hatte auch sie jemanden in diesem Krankenhaus, dem es nicht gut ging. »Weshalb seid Ihr hier?«, erkundigte er sich.

Die Frau mischte weiter die Karten. »Welche Version willst du hören?« fragte sie. »Die für Dumme oder die richtige?«

Raquel betrachtete sie neugierig.

Die Frau lächelte ihr zu.

»Wer ist denn so blöd und wählt die Version für Dumme?«, überlegte Rocco.

»Ich lasse nicht jedem die Wahl.« Die Frau klang ruhig und selbstsicher.

»Und was ist so Besonderes an mir, dass ich das Angebot erhalte?«, fragte Rocco sarkastisch.

Die Frau lächelte freundlich. »An dir ist gar nichts Besonderes«, gab sie zurück. »Ich finde dich einfach sympathisch.«

»Ich will die Version für Dumme«, sagte Rocco.

»Ich bin hier, um den Leuten zu helfen, denn ich spreche mit den Engeln.«

Rocco schüttelte den Kopf. »Und wie lautet die andere Version?«

»Die richtige?«

»Ja.«

»Ich bin hier, weil ich eine Herumtreiberin bin und keinen Ort habe, an dem ich bleiben kann. Aber wenn ich schon mal hier bin, helfe ich den Leuten, weil ich mit den Engeln spreche.«

Rocco war überzeugt, dass sie komplett verrückt war.

»Also?«, fragte die Frau. »Soll ich dir mit den Engeln helfen?«

»Ich glaube nicht an so einen Blödsinn«, erwiderte Rocco.

»Wunder passieren nur Leuten, die daran glauben«, sagte die Frau.

»Ich habe dir doch gesagt, dass ich nicht daran glaube«, gab Rocco zurück.

»Ich schon«, sagte die Frau immer noch lächelnd. Sie legte die Karten ab und sagte: »Gute Nacht, Erzengel Michael.«

Raquel sah sie an.

Die Frau zwinkerte ihr zu. »Ich mag alle Engel, aber Michael ist mein ganz besonderer Liebling.« Danach verstummte sie und begann kurz darauf zu schnarchen.

»Was hattest du dort zu suchen?«, zischte Rocco leise.

Raquel zuckte zusammen, denn Rocco hatte bis dahin kein einziges Wort zu ihr gesagt. »Ich …«, stotterte sie.

»Hast du gesehen, was Kugeln anrichten können?«, unterbrach Rocco sie grob. Er bohrte ihr einen Zeigefinger so fest in die Brust, dass es schmerzte. »Hast du gesehen, was für ein Loch Louis dort hat?« Er zitterte vor unterdrückter Wut. »Er wird sterben.«

»Nein … er wird nicht sterben«, jammerte Raquel.

»Und du, willst du etwa sterben?«, fuhr Rocco sie an.

»Ich wollte dir bloß helfen.«

»Du hilfst mir, indem du ein besseres Leben führst als das, was ich je haben werde, du Dummkopf«, knurrte Rocco. »Und als das, was Louis vielleicht hätte haben können. Du musst besser sein als wir!«

Danach sprachen beide kein Wort mehr, und dieses Schweigen lastete schwer auf ihnen.

»Was wirst du jetzt tun?«, fragte Raquel nach einer Weile.

»Ich werde versuchen, Rosetta wiederzuholen.«

»Allein?«

Rocco antwortete nicht.

»Señor Tano hat gesagt, dass der Tango …«

»Tano ist ein alter Schuhmacher. Was zum Teufel weiß der schon?«

»Und Tony?«

»Tony ist ein Mafioso. Weißt du, was das bedeutet? Dass Gott ihm keine Seele mitgegeben hat. Und wenn doch, dann hat er sie dem Teufel verkauft.«

»Aber er hat viele Männer, und er hat gesagt …«

»Mal sehen«, beendete Rocco das Gespräch.

Raquel knetete ihre Finger und verschränkte sie immer wieder neu. »Ich weiß, wo Louis' Mutter wohnt … jedenfalls so ungefähr.«

»Lauf zu Javier nach Hause. Die Jungs von der Bande wohnen bei ihm. Es ist nur fair, dass sie es auch erfahren, schließlich ist Louis ihr Anführer«, sagte Rocco. »Und dann sollen sie dich zu seiner Mutter begleiten, und ihr bringt sie dann her.«

Raquel stand auf. »Wenn ich zurückkomme, bist du dann noch hier?«

»Nein.«

Raquel zog die Uhr, die Rocco ihr geschenkt hatte, aus ihrer Jacke. »Nimm du sie. Sie bringt Glück.«

Rocco schaute sie an, und sein Blick verlor etwas von seiner Härte. Er nahm die Uhr. »Und jetzt verschwinde«, sagte er.

Nach einer halben Stunde erschien der Arzt erneut. »Er ist ins Koma gefallen«, sagte er ohne Umschweife.

»Was heißt das?«, fragte Rocco.

»Das ist so, als würde er ganz tief schlafen«, erklärte der Arzt.

»Und wann wird er wieder aufwachen?«

»Es besteht wenig Hoffnung, dass es dazu kommt.« Der Arzt sah zu Boden. »Es tut mir leid.« Er wandte sich ab, um zu gehen.

»Kann ich ihn sehen?«, fragte Rocco.

»Nein«, erwiderte der Arzt sofort, hielt dann jedoch inne. »Also gut. Eigentlich ist es verboten. Zwei Minuten. Nur zwei Minuten.«

Als Rocco in den großen Raum kam, in dem Louis lag, spürte er den Hauch des Todes. In dem Zimmer standen zwölf

Betten, und alle waren belegt. Die Patienten, Männer wie Frauen, Alte und Junge, lagen reglos mit geschlossenen Augen da, nur ihr Brustkorb hob und senkte sich beinahe unmerklich. Rocco lief auf Zehenspitzen vorwärts, um diese schreckliche, unnatürliche Stille nicht zu stören. An Louis' Bett blieb er stehen. Es sah aus, als schliefe er. Aber er war blass, so blass, als wäre kein Tropfen Blut mehr in seinem Körper.

Rocco verharrte starr und betrachtete ihn, ohne zu wissen, was er tun sollte.

Dann drehte er sich um und verließ den Raum.

»Gib mir zehn Männer«, sagte er wenig später zu Tony.

»Wie lautet dein Plan?«, fragte Tony.

»Wir gehen rein und schießen uns den Weg zum letzten Zimmer auf der linken Seite frei. Dort wird Rosetta gefangen gehalten.«

»Blödsinn.«

»Dann warten wir eben draußen auf der Straße. Wenn sie Rosetta fortschaffen, greifen wir an.«

»Das ist nicht so einfach«, sagte Tony.

»Nichts ist mehr einfach«, erwiderte Rocco mit grimmiger Miene.

»Meine Männer könnten dabei draufgehen.«

»Einer von meinen ist praktisch schon tot! Ein dreizehnjähriger Junge!«, rief Rocco. »Und das war dein Plan!«

Tony sah ihn an. »Bis heute Morgen hast du noch ›Ihr‹ zu mir gesagt.«

Rocco starrte ihn an. »Gib mir zehn Männer.«

»Ich werde dir ein Hemd geben. Deins ist voller Blut«, sagte Tony. »Aber Männer kannst du nur vier bekommen.«

Am Abend postierten sich Rocco und die vier Männer in einer Seitenstraße, von der aus sie den Eingang des Chorizo im Blick hatten.

Wenig später hielt Amos' Wagen vor dem Bordell. Ein Dutzend bewaffneter Männer stellten sich schützend vor den Eingang und das Auto. Dann erst kam Amos aus dem Chorizo, er zerrte Rosetta am Arm hinter sich her.

»Jetzt!«, rief Rocco.

»Das schaffen wir nie!«, protestierte einer von Tonys Männern.

»Was für eine Scheiße redest du da?«

»Es sind zu viele. Und außerdem erwarten sie uns«, antwortete der Mann. »Das ist Selbstmord.«

Rocco merkte, wie ihm das Blut zu Kopf stieg. Als er sah, wie Amos Rosetta zum Wagen stieß, verlor er vollkommen die Kontrolle. »Rosetta!«, schrie er und stürmte allein auf die Straße.

Rosetta drehte sich um und riss den Mund auf, als sie ihn erkannte. »Nein!«, schrie sie, während die ersten Schüsse fielen.

Amos stieß sie brutal ins Auto, das mit quietschenden Reifen losfuhr. Der Wagen bog nach links in eine Seitenstraße ab und beschleunigte.

»Rosetta!«, schrie Rocco erneut. Er folgte dem Wagen, suchte aber beständig Schutz hinter Autos und Kutschen. Um ihn herum gingen im Kugelhagel Fensterscheiben zu Bruch, und Holz zersplitterte, aber Rocco blieb nicht stehen. Als er die Seitenstraße erreichte, rannte er los, so schnell er konnte. »Rosetta!«

Rosetta sah ihn durch das Rückfenster des Wagens, der sie immer weiter von ihm fortbrachte. Sie bogen wieder ab, und Rocco verschwand aus dem Blickfeld, tauchte aber nach einer Weile wieder auf. Es war unmöglich, sie einzuholen, doch er würde nicht aufgeben. Wieder bog der Wagen ab. Und wieder erschien irgendwann Rocco, ganz klein in der Ferne. Nun ging es eine gerade Straße entlang, und der Wagen beschleunigte. Rocco wurde zu einem winzigen Punkt, der unbeholfen vorwärtsrannte.

Schließlich sah Rosetta noch, wie er auf die Knie sank.

Roccos Kopf fühlte sich an, als würde er gleich platzen. Seine Lungen brannten. Seine Sicht war getrübt. Und er keuchte so laut, dass er fast jedes andere Geräusch übertönte. Er hatte aufgegeben.

»Rosetta«, keuchte er.

Aber es klang wie ein Lebewohl.

Dann spürte er den kalten Lauf eines Revolvers in seinem Rücken.

»Und jetzt stirbst du, du Schwanzlutscher.«

62

Der Mann hinter ihm hob mit sadistischer Langsamkeit die Waffe gegen seinen Nacken.

Und diese Langsamkeit war sein Fehler.

Rocco warf sich blitzschnell zur Seite. Eine Sekunde später hallte der Schuss dröhnend laut in Roccos Ohren. Er spürte einen brennenden Kratzer auf der Kopfhaut, knapp hinter dem Ohr, sprang aber auf, packte das Handgelenk des Mannes und verdrehte es so, dass die Waffe nun auf dessen Bauch zielte. Mit der anderen Hand zog er seinen Gegner zu sich heran, als wollte er ihn küssen. Dann legte er seinen Zeigefinger auf den des Mannes, drückte den Abzug durch und schoss. Die erste Kugel ließ den Mann nach hinten taumeln, aber Rocco hielt ihn fest. Er dachte nicht, überlegte nicht, handelte instinktiv. Wie ein wildes Tier. Er schoss wieder und wieder, jagte eine Kugel nach der anderen in den Körper des Mannes. Als er ihn losließ, war der Mann bereits tot. Er sackte in einem dumpfen Laut in sich zusammen wie eine Marionette, der man die Fäden gekappt hatte. Auf seinem Gesicht lag ein dümmlicher Ausdruck, und aus seinem offenen Mund tropfte ein Speichelfaden.

Roccos Hemd war mit dem Blut des Mannes getränkt. Aber auch am Hals spürte er etwas Feuchtes. Er ließ seine Finger darübergleiten. Da war auch Blut. Sein eigenes. Der erste Schuss hatte ihn gestreift.

Schon hallten die Pfiffe von Polizisten durch die Straßen, und Rocco rannte los. Ziellos, er wollte nur weg von dort.

Als er das nächste Mal stehen blieb, wusste er nicht, wo er war. Es war Nacht geworden. Die Straßen waren menschenleer. Gaslaternen warfen gelbliche Lichtflecken aufs Pflaster. Der Rest war Dunkelheit.

Rocco blickte zum Himmel und dachte an die zerlumpte Frau im Krankenhaus. Die sagte, sie würde mit Engeln sprechen. Er schüttelte den Kopf. Nein, er würde sich nicht auf die Suche nach Engeln machen. Und auch nicht nach Gott.

Ein Stück entfernt fiel ihm ein sehr hohes, modernes Gebäude ins Auge, das sich noch im Bau befand. Es zog ihn unwiderstehlich an, und so ging er auf die Bleche zu, mit denen die Baustelle absperrt war. Fand einen Spalt und schlüpfte hindurch. Das Licht der Gaslaternen reichte nicht bis hierhin. Daher blieb er kurz stehen, bis seine Augen sich an die Dunkelheit gewöhnt hatten.

Er drang weiter auf das Gelände vor, vorbei an zwei großen Sandhaufen. Passierte einen Stapel langer Eisenstangen und einen Berg Ziegelsteine. Dann hatte er endlich das erreicht, was einmal der Eingang des Gebäudes sein würde. Noch stand nur der nackte Rahmen, aber man konnte schon erahnen, wie imposant er sein würde.

Rocco betrat das Gebäude. Innen war es noch finsterer, aber seine Augen waren inzwischen an die Dunkelheit gewöhnt und konnten kleinste Schattierungen erkennen. Als er vor sich provisorische Stufen erblickte, lief er nach oben. Im ersten Stock standen bisher nur die Außenwände und die Stützpfeiler, der Rest war ein einziges offenes Areal. Rocco lief weiter die Treppen hinauf. Der zweite Stock sah genauso aus wie der erste. Dritter Stock, vierter, fünfter Stock. Noch nie hatte er ein so hohes Gebäude gesehen. Sechster Stock, siebter, achter, neunter Stock. Und auf dem neunten ein Flachdach, wie eine riesige Aussichtsterrasse, wie ein zehnter Stock.

Der rohe Beton knirschte unter seinen Schuhen.

Hier oben war es überhaupt nicht mehr finster. Das Mondlicht kam ihm nach all den dunklen Räumen fast unnatürlich hell vor. Auf dem Dach zeichnete sich jedes Detail ab. Jede kleinste Unebenheit. Eine graue Welt. In grauen Schattierungen.

Er stellte sich an den Rand des Daches und blickte hinaus.

Der Anblick war überwältigend.

Ganz Buenos Aires lag ihm zu Füßen.

Eine riesige Fläche. Lichter bis zum Horizont. Er drehte sich um: zur anderen Seite derselbe Anblick. Lichter und Schatten, Gebäude, Straßen, so weit das Auge reichte. Er drehte sich noch ein Stück weiter. Nur im Osten, zum Rio de la Plata hin, erloschen die Lichter, und die endlose Welt versank in den dunklen Fluten des Riachuelo. Noch einmal wandte er sich nach Süden, Westen, Norden.

Lichter. Kleine Häuser. Große Häuser. Straßen. Kais. Fabriken. Märkte.

Diese Welt war so unendlich viel größer, als er es sich auf dem Weg durch sein Viertel je hätte vorstellen können.

Und in diesem Moment wurde ihm bewusst, dass er Rosetta für immer verloren hatte. Die Erkenntnis versetzte seinem Herzen einen schmerzhaften Stich. Zweimal hatte er sie beinahe erreicht. Und zweimal war er nicht schnell genug gerannt. Aber jetzt, als er sah, wie riesig Buenos Aires wirklich war, wusste er, dass er sie niemals finden würde. Er hatte sie dort unter den zwei Millionen Einwohnern verloren.

Für immer.

Er sah noch einmal hinunter auf diese glitzernde, endlose Welt. Und verspürte mit einem Mal einen abgrundtiefen Hass. Am liebsten hätte er Rosettas Namen laut hinausgeschrien. Aber er war sprachlos. Hoffnungslos. Und auch kraftlos.

Langsam stieg er die zehn Stockwerke hinab, stützte sich an den Wänden ab und achtete auf nichts anderes als seine

Schritte. Unzählige Stufen waren zu nehmen, bis seine Füße irgendwann wieder festen Boden berührten. Und er wieder mitten in der Hölle war.

Wie von selbst lief er zum Krankenhaus Santa Clara zurück, suchte und fand den Weg. Betrat die Eingangshalle. Wieder drang ihm der Geruch nach Desinfektionsmitteln in die Nase, vermischt mit dem nach ranzigem Schweiß. Er hörte seine Schritte im Gang hallen, in den er einbog, ohne dass die Schwester am Empfangstresen auch nur aufgeschaut hätte. Und schließlich war er wieder in dem blassgrün gestrichenen Raum mit den Stühlen.

Er sah die zerlumpte Frau, die mit offenem Mund schlief. In ihrem Schoß lagen noch immer die Karten. Die Jungen aus Louis' Bande schliefen aneinandergekuschelt wie Hundewelpen. Und Raquel saß so einsam in einer Ecke, dass es Rocco fast das Herz brach. Und dann war da noch eine Frau unbestimmten Alters, die verlebt aussah, zerschlissen wie ein alter Pullover. Sicher Louis' Mutter. Ihr Rock war hochgerutscht und gab den Blick auf wohlgeformte Beine preis. Sie trug löchrige rote Strümpfe, die knapp über dem Knie endeten. Nach Pariser Art. Hurenart. Auch sie schlief.

Aber niemand schläft so tief wie Louis, dachte Rocco.

Im Gang erklang ein Geräusch, und als Rocco aus dem Raum trat, sah er dort eine Krankenschwester, die rauchte. Er ging zu ihr. »Ist der Arzt da?«

Die Krankenschwester betrachtete sein blutverschmiertes Hemd. »Seid Ihr verletzt?«, fragte sie sachlich.

»Nein«, erwiderte Rocco schlicht.

»Welchen Arzt sucht Ihr?«, erkundigte sich die Schwester weiter.

»Den jungen … Ich weiß nicht, wie er heißt. Er hat den Jungen operiert … Louis Vargas.«

»Ach den«, meinte die Schwester. »Nein, der hat Feierabend.«

»Und wie geht es dem Jungen?«

Die Krankenschwester sog heftig an ihrer Zigarette. Sie hatte tiefe Schatten unter den Augen. Diese Frage hatte sie schon viele Hunderte Male gehört. Und doch hatte sie sich nie an die Grausamkeit der Antworten gewöhnt, die sie geben musste. Beinahe wütend stieß sie den Rauch aus. »Je mehr Zeit vergeht, desto geringer stehen die Chancen, dass er aufwacht«, sagte sie. »Ihr solltet Euch allmählich …«

»Ja«, unterbrach Rocco sie brüsk. »Damit abfinden« wollte er nicht hören.

»Es tut mir leid«, sagte die Krankenschwester.

»Ja, sicher …« Rocco wollte zurück in den Warteraum, doch in der Tür fiel sein Blick auf die zerlumpte Frau. »Wer ist das?«, fragte er die Krankenschwester.

»Carmen? Hat sie Euch belästigt?«

»Nein, nein …«

Die Krankenschwester lächelte gütig. »Sie schläft seit beinahe drei Jahren hier.«

»Sie ist verrückt«, sagte Rocco. »Sie glaubt, sie kann mit Engeln sprechen.«

Die Krankenschwester zuckte mit den Schultern. »Sie stört niemanden. Ganz im Gegenteil. Sie schenkt den Menschen Trost. Ihr wisst doch, was ich meine? So etwas wie Hoffnung … das beruhigt sie. Und wir geben ihr dafür gern ein Abendessen. Dank ihr müssen wir fast nie hierher in den Wartesaal kommen, um die Angehörigen zu trösten.« Sie lachte. »Darum kümmert sie sich. Sie arbeitet sozusagen für uns.«

»Das ist verrückt.«

Die Krankenschwester zuckte mit den Schultern. »Aber es funktioniert«, sagte sie. Sie trat die Zigarettenkippe mit der Schuhsohle aus und ging.

Rocco betrat den Wartesaal und setzte sich auf den Platz neben Raquel. Nun war sie nicht mehr so allein, genauso wenig wie er. Er starrte die zerlumpte Frau an. Da bemerkte er, dass eine ihrer Karten zu Boden gefallen war. Rocco stand auf, hob sie auf und steckte sie zu den anderen.

Die Frau öffnete die Augen. Dann musste sie so heftig husten, dass alle im Raum davon wach wurden. »Willst du, dass ich mit den Engeln spreche?«, fragte sie.

»Ich habe dir schon gesagt, dass ich an solchen Quatsch nicht glaube«, erwiderte Rocco grob.

»Na schön, dann gute Nacht«, sagte sie, und kurz darauf schnarchte sie schon wieder.

Rocco wandte sich um und bemerkte, dass Raquel auf sein blutgetränktes Hemd starrte. »Mir geht es gut«, sagte er. »Schlaft weiter«, wandte er sich an die Jungs. Er zwang sich, Louis' Mutter ins Gesicht zu sehen. »Guten Abend, Señora. Es tut mir leid wegen Ihrem Sohn, ich …« Er verstummte, ohne zu sagen, dass es seine Schuld war. Dass er sich dafür verantwortlich fühlte. Dass Louis sterben würde, weil er nicht in der Lage gewesen war, Rosetta allein zu finden. Denn in diesem Moment wurde ihm klar, dass er nicht mehr aufhören würde zu reden, wenn er jetzt begann, und dann hätte er auch erzählt, dass Louis' Tod sinnlos war, da er auch dieses Mal versagt hatte. Er hatte Rosetta nicht nur nicht gerettet, er hatte sie für immer verloren.

Die Frau sah ihn verständnisvoll an. Sie hatte sich schon die beschissensten Beichten von Männern angehört, die sie für ein paar Münzen fickten. »Ich hatte noch zwei Söhne. Der erste hieß auch Louis. Ich mag diesen Namen. Er wurde von einer Kutsche überfahren, als er versucht hat, einen Koffer zu klauen. Der zweite wurde Grillo gerufen. An seinen richtigen Namen erinnere ich mich nicht mehr. Auch er hat nicht lange gelebt. Ich habe ihn so genannt, weil er so lebhaft und dünn wie eine Grille war. Er ist an einer Darmkrankheit gestorben. Hat ständig auf der Müllkippe nach etwas zu essen gesucht.« Sie lächelte. »Eine Grille, die sich mit Ratten um Überreste gestritten hat. Irgendwie komisch, oder? Aber anscheinend hatte er keinen so starken Magen wie Ratten.« Sie schwieg einen Moment, dann sagte sie nur noch: »Und nun Louis.« Ihre Worte gingen Rocco durch und durch.

Es wurde gespenstisch still. Die Frau zog sich den Rock über die Beine und schlief wieder ein.

Raquel schluchzte leise vor sich. Rocco zog sie an sich und streichelte ihr über den Kopf.

»Hast du Rosetta gefunden?«, fragte Raquel dann flüsternd.

Rocco gab keine Antwort, und Raquel verstand.

Den ganzen nächsten Tag blieb Rocco im Wartesaal sitzen. Irgendwann fiel ihm auf, dass er noch Raquels Uhr in seiner Tasche hatte. Er zog sie heraus und beobachtete, wie die Zeiger auf dem Zifferblatt und mit ihnen die Zeit sich quälend langsam dahinschleppten. Und doch hat ein kurzer Augenblick gereicht, um Rosetta zu verlieren, dachte er. Nun verging die so langsame, lästige, sinnlos gewordene Zeit ohne sie. Die Zeiger würden mit jeder Umdrehung, Minute für Minute, Stunde um Stunde, quälend vermerken, dass er sie verloren hatte. Rocco starrte die Uhr an, die ihm entgegen Raquels Worten kein Glück gebracht hatte. Er steckte sie wieder ein und nahm Rosettas Knopf in die Hand, das Einzige, was ihm von ihr geblieben war.

Am Abend fand sich einer nach dem anderen seines Teams im Wartesaal ein. Raquel kam aus der Buchhandlung und brachte Rocco ein Brötchen mit. Die zwei Jungs erschienen zusammen mit Louis' Mutter, deren Strümpfe ein neues Loch zierte. Und schließlich auch Tano und Assunta.

»Danke«, sagte Assunta zu Rocco.

»Kann ich den Jungen sehen?«, fragte Tano.

»Das bringt doch nichts«, knurrte Rocco.

»Mir schon«, entgegnete Tano. »Es ist mir wichtig. Er ist meinetwegen umgedreht.«

Rocco stand auf und geleitete Tano in den Krankensaal. Die Pfleger und Schwestern kannten ihn inzwischen und ließen ihn passieren.

Tano trat an Louis' Bett. »Was für eine Scheiße hast du da bloß gemacht, du dummer Junge«, sagte er mit rauer Stimme. Er betrachtete ihn eine Weile, und sein Blick war voller Mitgefühl und Sorge. Dann ging er in den Wartesaal zurück und setzte sich schweigend neben Assunta.

Rocco fühlte sich von der Gegenwart der beiden erdrückt. »Es tut mir leid«, sagte er plötzlich. »Ich habe es nicht geschafft.«

Tano hob den Blick und schlug ihm unvermittelt kräftig mit dem Handrücken gegen die Brust. »Tu was«, sagte er. Dann holte er ein Taschentuch hervor und wischte sich das Blut von der Hand. »Zieh dir ein frisches Hemd an. Und tu was.«

Alle anderen im Raum schwiegen und starrten weiter auf den Boden.

Dann kam die zerlumpte Frau herein. Sie stank nach Alkohol, verstaute ihre große Tasche unter ihrem Stuhl, holte ihre Karten hervor und fing an zu mischen.

Nach einer Weile stand Rocco auf und ging auf den Gang. Die Frau machte ihn nervös.

»Glaubt Ihr wirklich an Wunder?«, hörte er Raquel fragen.

»Was für eine Frage. Das ist doch sonnenklar«, antwortete die Frau.

»Könnt Ihr für Louis mit den Engeln sprechen?«

»Ja, das könnte ich, Liebes«, erwiderte die Frau. »Aber darum muss schon er mich bitten, der Kerl, der gerade rausgegangen ist.«

»Warum?«

»Weil es nur so geht«, erwiderte die Frau schlicht.

»Und wenn ich Euch darum bitte? Ich bin seine Mutter …«, war die Stimme von Louis' Mutter zu hören.

Diese Bitte berührte Rocco zutiefst. Da sprach nicht mehr die gleichgültige Stimme einer Hure, die schon so viel Dreck in ihrem Leben gesehen hatte, dass sie ihn gar nicht mehr wahrnahm. Sondern die einer Mutter, die von ganzem Herzen für ihren Sohn flehte. Den letzten, der ihr geblieben war.

»Nein, Señora. Es tut mir leid«, sagte die Frau. »Ich weiß nicht, warum die Dinge nur so gehen. Aber so ist es eben. Die Engel wollen, dass er darum bittet.«

»Aber warum?« Raquel wollte sich nicht damit abfinden.

»Vielleicht, weil auch er das braucht. Mehr als ihr alle. Oder weil er stärker ist als ihr alle zusammen und seine Stimme dort oben besser zu hören ist. Fragt mich nicht nach Dingen, die ich nicht weiß.«

Wieder breitete sich Stille aus.

»Was für ein Scheißdreck«, fluchte Tano nach einer Weile. »Aber du da draußen, tu endlich was.«

Da gab Rocco sich einen Ruck. Er ging zu Louis und nahm nach einem kurzen Zögern seine Hand und drückte sie fest. Dass sie warm war, erschreckte ihn kurz, so sicher war er sich gewesen, sie müsste eiskalt sein. »Komm schon, Junge«, sagte er. Und dann blieb er lange neben ihm sitzen, seine Hand fest um die von Louis gelegt.

Als er in den Wartesaal zurückkehrte, waren Tano und Assunta gegangen. Raquel, die beiden Jungen und Louis' Mutter schliefen. Die zerlumpte Frau dagegen war noch wach. Rocco hatte den Eindruck, sie hätte auf ihn gewartet. »Du heißt Carmen, nicht wahr?«

»Ja.«

Rocco blickte sie lange an. »Dann sprich mit deinen Engeln«, sagte er schließlich.

Carmen nickte ernst und mischte die Karten.

»Das ist alles?«, fragte Rocco überrascht.

»Wenn die Engel beschließen, sich darum zu kümmern,

wirst du irgendwo einen Knoten finden«, sagte Carmen, ohne von ihren Karten aufzusehen.

»Einen Knoten?«

»Ja genau, einen Knoten.«

Rocco schwieg eine Weile. »Na gut«, murmelte er dann.

Carmen kicherte.

»Was gibt es da zu lachen?«

»Du«, antwortete Carmen. »Du bringst mich zum Lachen.«

»Warum?«

Carmen kicherte wieder, dann legte sie die Karten in die Tasche unter ihrem Stuhl, wünschte dem Erzengel Michael eine gute Nacht und war innerhalb weniger Minuten eingeschlafen.

Rocco rutschte unruhig auf seinem Stuhl hin und her. Er konnte nicht glauben, was er gerade getan hatte. Denn Tano hatte recht mit seiner Einschätzung: Das war doch alles nur Scheißdreck. Er stand auf und verließ das Krankenhaus, suchte und fand den Rohbau des hohen Gebäudes wieder. Wieder stieg er bis zum zehnten Stockwerk hinauf und schaute von dort auf die endlose Stadt, in Gedanken bei Rosetta.

Er hatte für sie getötet. Mit der Wut seines Vaters.

»Wo bist du?«, murmelte er.

Rocco blieb bis zur Morgendämmerung auf dem Dach. Er sah zu, wie die Sonne über dem Río de la Plata aufging und alles in Rot tauchte. Ganz allmählich tauschte die Stadt das alles beherrschende Schwarz gegen ihre grellen Farben ein, als würde sie zu neuem Leben erwachen. Und im warmen Licht der aufgehenden Sonne kam sie ihm gar nicht mehr so verstörend riesig vor.

Als er das Krankenhaus betrat, lief Raquel ihm aufgeregt entgegen. »Wo warst du denn?«, fragte sie ihn beinahe vorwurfsvoll.

»Was ist passiert?«, fragte Rocco, der das Schlimmste fürchtete.

»Er ist aufgewacht!«, rief Raquel außer sich vor Freude. »Komm mit!«

Sie liefen den Gang entlang bis zum Krankenzimmer.

»Ihr könnt hier nicht alle rein!«, schimpfte ein Pfleger.

»Verschwinde, verdammt noch mal!« Rocco stieß ihn beiseite und lief zu Louis' Bett.

Dort standen bereits seine Mutter, die beiden Jungen, Tano und Assunta versammelt.

Bei Roccos Anblick verzog Louis das Gesicht zu einem schwachen Lächeln. »Ich bin … zurück …«

»Ja, du bist immer noch in der Hölle«, rief Rocco erfreut. »Mit deiner Heldentat hast du dir noch keinen Einlass ins Paradies erkauft, du halbe Portion.«

Louis' Mutter schluchzte laut.

»Und was ist mit dir?«, brachte Louis mühsam heraus. »Habe ich dir … geholfen?«

Rocco betrachtete den blassen Kerl, der ihn jetzt erwartungsvoll ansah. Er zögerte. »Ja, hast du«, sagte er schließlich. In seiner Tasche schloss sich die Hand wie so oft zuvor um den Knopf. »Ja, ich werde sie finden«, sagte er dann mit fester Stimme. Und noch während er die Worte aussprach, spürte er, wie eine Welle neuer Zuversicht ihn durchdrang. Nichts auf der Welt wollte er lieber. Nichts, als Rosetta endlich wiederzusehen. Er schloss seine andere Hand um Raquels Uhr. Vielleicht brachte sie ja wirklich Glück.

»Jetzt müsst Ihr aber gehen«, sagte ein Arzt hinter ihnen. »Ich muss mir die Wunde ansehen und sie neu verbinden, also bitte.«

Rocco riss sich als Letzter von Louis' Bett los. Etwas war anders an dem Jungen. Aber vielleicht kam es ihm auch nur so vor, weil er nun die Augen geöffnet hatte.

»Welcher Idiot war das denn?«, schimpfte der Arzt plötzlich.

Rocco drehte sich um und sah, dass der Arzt sich über Louis beugte.

»Wir sind hier in einem Krankenhaus, verdammt noch mal!«, rief der Arzt.

Rocco spürte, wie ihm ein Schauer den Rücken hinablief. Und er fast keine Luft bekam. Und im gleichen Moment ging ihm auf, was der Arzt meinte.

»Welcher Idiot hat dem armen Kerl hier Knoten in die Haare gemacht?«, zeterte der Arzt.

»Ja«, sagte Rocco nun voller Überzeugung. »Ich werde dich finden, Rosetta.«

63

Der Baron war außer sich vor Wut. »Wie konnten sie es wagen?«, schrie er empört. Das Kokain, das in seinen Adern pulsierte, hatte seine Muskeln bis zum Äußersten angespannt. Sein Gesicht wirkte nun dämonenhaft, wie eine verzerrte Clownsmaske. Er fuchtelte mit seiner verbundenen Hand, an der man den kleinen Finger hatte amputieren müssen, durch die Luft. Um die Blutung zu stoppen, waren die Ärzte gezwungen gewesen, die Wunde zu kauterisieren. Nun waren die Verbände gelblich verfärbt von der austretenden Wundflüssigkeit.

Vizekonsul Mariani, der vor ihm stand, war peinlich berührt. Wegen der Nachricht, die er dem Baron gerade überbringen musste. Aber auch wegen des Zustands, in dem er ihn vorfand.

»Wie konnten sie es wagen?«, schrie der Baron noch einmal.

»Es war ein kleines Mädchen …«, stammelte der Vizekonsul, der sich in seinem Doppelreiher so steif aufrecht hielt, als hätte er ein Lineal verschluckt. »Ihr habt sie …« Doch er brach ab, das konnte er nicht wiederholen. Ihm drehte sich der Magen um bei dem Gedanken an das, was der kleinen Guadalupe Ortiz angetan worden war. Man hatte sie entführt und vergewaltigt, und die Eltern hatten die Tat bei der Polizei angezeigt. Nun mussten die Behörden, darunter auch die italienischen, große Anstrengungen unternehmen, um den Fall unter den Teppich zu kehren, damit der Baron nicht dafür bestraft würde.

»Und nur deswegen soll ich Buenos Aires verlassen?«, knurrte der Baron, als wäre das Ganze vollkommen absurd. Plötzlich zwinkerte er ein paar Mal schnell hintereinander, dann öffnete er die Augen wieder weit. In seinen Mundwinkeln stand weißlicher Schaum.

»Ihr tätet gut daran«, erwiderte der Vizekonsul. »Dieser Ansicht sind sowohl der Botschafter als auch der Staatsanwalt, der sich mit dem Fall …« Wieder verstummte er. Denn auch dies wollte ihm nicht über die Lippen. Dass ein Staatsanwalt dafür sorgte, dass die Untersuchungen für eine so schändliche Tat im Sande verliefen.

»Diese Leute täten gut daran, sich irgendwo zu verstecken, wo ich sie nicht finde«, steigerte der Baron sich in seine Wut hinein. »Sonst ziehe ich los und bringe diese dumme Göre vor ihren Augen um. Und dann werde ich ihnen ins Gesicht lachen.« Er richtete den Zeigefinger auf den Vizekonsul. »Ich habe hier in Buenos Aires noch Wichtigeres zu erledigen. Und das ist Eure Schuld, weil Ihr diese Hure von Bäuerin habt entkommen lassen. Ich gehe nicht, bevor ich nicht ihren Kopf habe. Vor allem jetzt nicht, wo ich schon so weit gekommen bin.« Er verzog seine Lippen zu einem teuflischen Grinsen. »Ich bin Baron Rivalta di Neroli. Ruft das dem Botschafter und diesem Staatsanwalt in Erinnerung.«

Der Vizekonsul verbeugte sich flüchtig vor der Fürstin, die die ganze Szene mit einem starren Lächeln in ihrem faltigen Gesicht verfolgt hatte. Auch sie war deutlich gezeichnet vom übermäßigen Kokainkonsum. Beide hatten sich nicht einmal die Mühe gemacht, ihr Laster zu verbergen, das Rauschgift lag offen auf einem glänzenden Silbertablett. Der Vizekonsul drehte sich um und eilte mit zusammengekniffenen Pobacken zur Tür.

Sobald sie allein waren, konnte die Fürstin nicht mehr an sich halten und lachte schallend. »Du warst fantastisch, *mon cher*. Einfach wunderbar!«

Doch der Baron sonnte sich nicht wie üblich in dem Lob

seiner Bewunderin. An seinem Auftritt war nichts gespielt gewesen, wie es die Fürstin vermutete. In seinem Kopf brodelte es förmlich, weil darin so viele Gedanken durcheinanderwirbelten. Und doch war der Baron überzeugt, jeden einzelnen unter Kontrolle zu haben. Er fühlte sich wie ein Musiker mit absolutem Gehör, meinte, jeden einzelnen von ihnen heraushören zu können. Er liebte das Kokain. Es machte ihn unbezwingbar. Allmächtig. Und es schenkte ihm einen prallen Penis. Steif und hart, so wie es sein sollte.

»Bernardo!«, schrie er, während er seine Hose aufknöpfte und der Fürstin seinen halbsteifen Penis zeigte. »Bring Rosetta her!«

Die Fürstin kicherte amüsiert und bediente sich an einer weiteren Linie Kokain.

Auch der Baron gönnte sich etwas von der Droge.

Bernardo kam mit dem schwachsinnigen Mädchen herein, das sie von ihrer Schiffsreise mitgebracht hatten.

»Dreh sie um und fick sie im Stehen!«, befahl der Baron.

Bernardo stieß das Mädchen rücksichtslos gegen den Vorsprung eines Trumeau aus Wurzelholz aus dem achtzehnten Jahrhundert, schob ihr den Rock hoch und streifte die Unterhose nach unten.

Die Fürstin langweilte sich bei diesem Anblick, der ihr inzwischen einfach nur abgeschmackt erschien, und setzte sich wieder.

Der Baron dagegen näherte sich Bernardo und beobachtete ihn dabei, wie er in das Mädchen stieß. Er knetete seinen immer härter werdenden Penis und schob ihn schließlich Bernardo zwischen die Pobacken.

Der Diener wich mit hochrotem Kopf zurück. »Nein«, sagte er. »Das kann ich Euch nicht erlauben.«

»Auch du gehörst mir«, sagte der Baron mit bebender Stimme.

»So sehr nicht, Euer Gnaden«, erwiderte Bernardo.

Der Baron war sofort außer sich vor Wut, sein Gesicht verzerrte sich zu einer hässlichen Fratze. Er wandte sich abrupt um und ging zu dem Silbertablett, um hastig eine weitere Linie Kokain zu inhalieren. »Na los, fick sie schon!«, schrie er, während er sich die Nase säuberte.

Bernardo stieß wieder in das Mädchen, welches die ganze Zeit mit den Ellenbogen auf dem Vorsprung des Trumeau verharrt hatte.

Die Fürstin lachte. »Du schlimmer Finger«, sagte sie kokett zum Baron.

Der packte einen silbernen Brieföffner mit einem fein geschnitzten Elfenbeingriff, näherte sich damit von hinten Bernardo und rammte ihm diesen mit der Wut des Besessenen in den Rücken.

Der Diener stöhnte auf und drehte sich mit schmerzverzerrtem Blick zu ihm um. Er versuchte, sich den Brieföffner, der bis zum Griff in seinem Rücken steckte, herauszuziehen, während seine Beine nachgaben und er wie ein leerer Sack in sich zusammenfiel.

»Du gehörst mir«, keuchte der Baron und kniete sich neben ihn. Und während er ihm beim Sterben zusah, hielt er das Glied in seiner Hand, das nun so hart war, wie er es immer begehrt hatte.

Die Fürstin war wie gelähmt. Ihr Lachen war nur noch eine starre Grimasse.

»Ka-kann ich jetzt ein Tö-törtchen haben?«, fragte das Mädchen mit seiner kehligen, ausdruckslosen Stimme.

Der Baron zog wütend den Brieföffner aus Bernardos Rücken und stieß ihn dem Mädchen in den Hals, in die Brust und zuletzt zweimal in den Unterleib.

Erst dann hielt er inne. Sein Atem ging heftig. Überall war Blut. Auch in seinem Gesicht. Und auf seinem Mund. Er sah aus wie ein Raubtier, das gerade seine Mahlzeit verzehrt hatte.

»Du bist vollkommen wahnsinnig«, sagte die Fürstin in kühlem Tonfall, der nicht zu diesem grauenhaften Schauspiel passte. »Mach, dass du aus meinem Haus verschwindest. Sofort!«

Der Baron drehte sich um, sah sie an und trat einen Schritt auf sie zu.

»Komm ja nicht näher!«, rief die Fürstin deutlich weniger beherrscht.

Mit raschen Schritten war der Baron bei ihr und stieß ihr den Brieföffner mitten ins Herz. Und sah gleichgültig zu, wie sie in sich zusammensackte und das Sofa mit dem grünen Cordsamtbezug sich rot färbte. Dann ließ er den Brieföffner auf den seidenen Perserteppich fallen, wandte sich wieder dem Tablett mit dem Kokain zu, wischte sich die Hände ab, zog eine weitere Linie und inhalierte sie. Ein Tropfen Blut fiel auf das weiße Häufchen. Der Baron schüttete den Rest Kokain vom Tablett in einen Beutel, in dem noch viel mehr von der Droge war, band ihn zu und schob ihn sich in die Tasche.

»Niemand darf diesen Raum betreten!«, wies er die Diener an, nachdem er ihn verlassen und die Tür schnell hinter sich geschlossen hatte. Er lief zu seinen Gemächern, wusch sich und wechselte die Kleidung. Nur den mittlerweile blutgetränkten Verband an seinem Finger wagte er nicht abzunehmen. Dann betrat er das Schlafzimmer der Fürstin und holte alles Bargeld aus dem Tresor. Er brach die Schmuckkassette auf dem Toilettentisch auf, raffte wie ein ganz gewöhnlicher Dieb Ketten, Ringe, Ohrringe und Armreifen zusammen und stopfte sie in seine Taschen.

Schließlich ging er die Treppe hinunter ins Erdgeschoss und befahl dem Chauffeur, der dort mit den anderen Bediensteten versammelt stand, den Wagen zu holen.

Der Mann rannte davon. Einen Moment später waren auch die anderen Diener verschwunden.

»Kommt sofort zurück!«, schrie der Baron.

Aber niemand antwortete ihm. Und keiner wagte es, seinem Befehl Folge zu leisten.

Der Baron sah zu der Tür des kleinen Salons, hinter der das Gemetzel stattgefunden hatte. Neben dem Türgriff bemerkte er einen blutigen Fingerabdruck, der ihn störte. Er holte sein seidenes Einstecktuch mit seinem Monogramm hervor, wischte den Fleck weg und steckte das Tuch zurück. Dann trat er auf die Straße, hielt eine Droschke an und nannte dem Kutscher die Adresse: »Zum Chorizo, Avenida Junín.«

Auf seinem Weg durch Buenos Aires dachte der Baron an Rosetta. »Und du gehörst mir mehr als alle anderen«, murmelte er. »Ich kann mit dir alles tun, was ich will.«

Als der Kutscher die Tür öffnete, bezahlte der Baron ihn, betrat das Chorizo und befahl einem der Leibwächter, Amos zu holen.

»Der ist nicht da.«

Der Baron deutete auf die Tür am Ende des Ganges, wo seines Wissens nach Rosetta gefangen gehalten wurde. »Dann bring du mich zu ihr.«

Der Leibwächter, der genau wusste, wen er vor sich hatte, und der wie alle anderen präzise Anweisungen erhalten hatte, erwiderte: »Sie ist auch nicht da. Amos hat sie woanders hingeschafft.«

»Was erlaubt er sich? Wohin?«, schrie der Baron laut.

»Nun regt Euch nicht auf«, sagte der Leibwächter.

Der Baron versetzte ihm eine Ohrfeige.

Daraufhin packte der Leibwächter ihn mit einer Hand an der Kehle und drückte zu. »Mach das nie wieder«, sagte er, bevor er ihn losließ.

Der Baron hustete.

»Amos hat gesagt, sobald du hier auftauchst, soll ich dich daran erinnern, dass du erst deine Schulden bezahlen musst, wenn du das Mädchen haben willst«, sagte der Leibwächter.

Der Baron fuhr mit den Händen in die Taschen, holte Geld und Schmuck heraus und warf es ihm vor die Füße. »Hier, sag ihm, dass ich bezahlt habe!«

Der Leibwächter starrte ihn einen Moment an, dann bückte er sich und sammelte die Scheine und Schmuckstücke auf. »Ich werde es ihm ausrichten.«

64

Rocco hatte Assunta und Tano gebeten, Raquel bei sich aufzunehmen. Er musste Rosetta suchen und würde von nun an wenig in der Werkstatt sein. Jetzt, da der Krieg tobte, war es dort gefährlich.

Raquel sträubte sich zunächst, denn sie war überzeugt, dass Francés sie wiedererkennen würde. Als sie jedoch erfuhr, dass er sich in Tonys Festung aufhielt, stimmte sie zu.

So fand sich Tano am Spätnachmittag vor der Buchhandlung ein, kurz bevor sie schloss, ohne sie jedoch zu betreten. Raquel beobachtete ihn durch das Schaufenster. Er stand dort auf dem Bürgersteig und wartete, sichtlich beeindruckt von den vielen Büchern.

»Wer ist das? Dein Großvater?«, fragte Delrío.

»So was in der Art«, antwortete Raquel. Sie sah auf die Uhr, die Rocco ihr wiedergegeben hatte, nachdem Louis aufgewacht war. »Darf ich heute fünf Minuten früher gehen?«

Delrío nickte. »Bis Montag.« Denn der nächste Tag war ein Sonntag.

Raquel verließ die Buchhandlung und ging auf Tano zu. Sie mochte den kleinen Mann mit seinen stecknadelgroßen Augen, die leuchteten wie himmelblaues Kristall. Nicht immer verstand sie, was er sagte, denn er redete sehr schnell und mit diesem starken sizilianischen Akzent.

»Assunta ist zu Hause und kocht das Abendessen«, sagte Tano zu ihr.

Raquel lächelte schweigend.

Doch Tano bewegte sich nicht von dem Schaufenster fort und betrachtete die vielen Bücher, die dort ausgestellt waren. »Rocco hat mir erzählt, du kannst lesen.« Er sah sie an. »Also wenn du irgendeins von diesen Büchern dort nimmst … weißt du, worum es darin geht?«

Raquel nickte, auch wenn sie die Frage eigenartig fand.

»Irgendeins … *minchia*!«

Manchmal schämte Raquel sich dafür, lesen zu können, weil sie das so sehr von anderen Menschen unterschied.

»Wir müssen los, sonst macht Assunta einen Riesenaufstand, weil das Abendessen kalt wird«, sagte Tano. Und legte Raquel einen Arm um die Schulter.

»Wie ist Rosetta eigentlich?«, fragte Raquel auf dem Heimweg.

»Später«, beschied Tano sie unwirsch. »Präg dir lieber den Weg gut ein. Am Montag musst du ihn andersrum gehen, um hierherzukommen.«

»Ja, *Signore*«, meinte Raquel.

Tano kicherte. »Ein *Signore* bin ich mein Lebtag nie gewesen. Ich bin Schuhmacher, kein *Signore*. Und Gitarrist.«

»Und was spielt Ihr?«

»Rocco hat mich schon gewarnt, dass du nicht still sein kannst.« Er versetzte Raquel einen leichten Klaps. »Du musst dir den Weg einprägen.« Tano ging ein paar Schritte, dann fuhr er fort: »Na, ich spiele Tango und Milonga. Was sollte ich sonst spielen? Das ist die schönste Musik auf der Welt.«

Raquel öffnete den Mund, um etwas zu sagen.

Tano versetzte ihr noch einen Klaps. »Still!«

Nach fünfzehn Minuten hatten sie Barracas erreicht. Tano deutete auf das himmelblaue Haus mit den gelben Fensterläden. »Da ist es«, sagte er.

»Wie schön«, flüsterte Raquel.

Tano stieß einen langen Pfiff aus, worauf Assunta an der Tür erschien. »Das Essen ist fast fertig«, sagte sie.

»Komm her.« Tanos Hand lag immer noch auf Raquels Schulter. Assunta trat zu ihnen.

Raquel fiel sofort ihr Lächeln auf. Es war so herzlich, dass sie sich gleich wie umarmt fühlte.

»Das hier … ist Ángel. Auch Ángel Plappermaul genannt«, sagte Tano mit einem Augenzwinkern in Raquels Richtung. Doch mit einem Mal war sein Gesichtsausdruck ernst. »Ángel wollte wissen, wie Rosetta ist«, sagte er leise.

Ein sorgenvoller Schleier zog über Assuntas Blick wie eine rasch aufziehende Wolke. »Um zu wissen, wie Rosetta ist, brauchst du nur irgendeine Frau zu fragen, die hier vorüberkommt«, sagte sie mit ihrer warmherzigen Stimme.

»Weißt du, wie sie sie nennen?« In Tanos Stimme schwang väterlicher Stolz mit. »*La alcaldesa de las mujeres*.«

Assunta nickte. »Ja, die Bürgermeisterin der Frauen.«

Nach dem Abendessen hörte Raquel, wie Tano draußen auf der Straße spielte und sang. Und sie verstand sofort, warum er es die schönste Musik auf der Welt nannte. Weil sie eine Seele hatte. Und vom Leben und von Leuten wie ihr erzählte.

Die Nachbarn tanzten auf der Straße. Und doch war die Stimmung traurig und angespannt. Niemand fragte Tano und Assunta nach Rosetta, aber Raquel konnte spüren, dass alle an sie dachten. Und dadurch schien sie überall zu sein, der Gedanke an sie war wie ein lebendiges Wesen, das über dem Viertel wachte.

Der Gedanke einer ganzen Gemeinschaft.

»Rosetta hat den Frauen, die du hier siehst, ihre Würde zurückgegeben«, sagte Assunta zu ihr, als hätte sie Raquels Gedanken gelesen. »Sie hat ihnen Arbeit, Hoffnung und Kraft gegeben. Die Freiheit, zu versuchen, so viel wert zu sein wie ein Mann. Sie hat ihnen gezeigt, dass sie Männerarbeit verrichten können. Und vor allem, respektiert zu werden.«

Als Raquel später in dem kleinen Zimmer mit den Blechwänden im oberen Stockwerk des Hauses ins Bett schlüpfte, dachte sie darüber nach, dass sie und Rosetta die gleichen Ideen verfolgten. Aber während sie nur an sich gedacht und sich als Mann verkleidet hatte, kämpfte Rosetta für andere Frauen, nicht nur für sich selbst. Und in ihr wuchs die Bewunderung für diese Frau, die Rocco so leidenschaftlich liebte.

Sie hätte ihm so gern geholfen, wusste aber nicht, wie. Was Louis zugestoßen war, hatte sie verängstigt. Sie träumte immer wieder von dem Loch im Trikot der Boca Juniors. Von dem Blut. Dem Krankenhausgeruch. Und dann von Louis, der reglos dort im Bett gelegen hatte. Nur einen Schritt vom Tod entfernt.

Am folgenden Tag, während sie durch die staubigen Straßen von Barracas schlenderte, lernte sie ein Mädchen namens Dolores kennen, die ihr erzählte, was Rosetta für sie getan hatte. Und sie plauderte mit Señora Chichizola, die ihr ein süßes Teilchen schenkte und sie dann herumführte und mit all den Frauen bekannt machte, denen Rosetta half. Auch mit denen vom Mercado Central de Frutos del País, die dort ein Geschäft führten, von dem alle geglaubt hatten, es sei Männern vorbehalten. Als sie schließlich nach Hause kam, setzte sie sich in den Hinterhof, wo zwei alte Frauen sich um zehn ziemlich zerrupfte Hennen kümmerten. Die eine von beiden erzählte ihr, was Rosetta ihr bedeutete. Und was sie an jenem Abend zu ihr gesagt hatte, als sie ihr das Ei schenkte. »Wir müssen nicht gegeneinander kämpfen. Wir leiden alle Hunger. Wir müssen uns gegenseitig unterstützen, nicht wie wütende Hunde aufeinander losgehen.« Und dann erzählte sie, wie die Leute Beifall geklatscht hatten.

»Aber jetzt«, stöhnte die alte Frau auf und schüttelte den Kopf, »was wird nun aus uns, wenn sie nicht zurückkommt?«

Da begriff Raquel, dass Rosetta etwas ganz Besonderes war.

Eine Frau wie Alfonsina Storni. Der Zusammenhalt für sie alle. Und ihre Stärke.

Aber Amos hatte sie entführt und würde sie an den Baron verkaufen. Amos. Immer wieder Amos. Seinetwegen hatte Kailah sich umgebracht. Tamar war durch seine Hand gestorben. Libertad ging zugrunde. Jedes der Mädchen im Chorizo war ein Opfer dieses Mannes.

Und mit einem Mal nahm ein Gedanke in Raquel Form an. Jetzt wusste sie, wie sie Rocco, Tano, Assunta und den Frauen in Barracas helfen konnte, Rosetta zu finden. Auf die einzige Art, die sie kannte. Und wie immer war es Rocco gewesen, der sie darauf gebracht hatte. »Dann kämpf dafür«, hatte er gesagt. »Schreib das in deinen verdammten Artikel.«

Sie ging in Rosettas Zimmer hinauf, setzte sich auf den Boden, schlug ihr Heft auf, schraubte die Kappe des Waterman ab und füllte ihn mit Tinte.

»Jetzt wird das zu deiner verdammten Angelegenheit, Amos Fein«, flüsterte sie.

Bis zum Abend saß sie dort und schrieb, den Kopf tief über das Papier gebeugt.

Am nächsten Tag steckte sie ihren Artikel in einen Umschlag, adressierte ihn an Alfonsina Storni, betete im Stillen, dass wegen des Bandenkrieges keiner von Amos' Leuten die Redaktion von *Caras y Caretas* bewachte, und warf den Umschlag wie immer in den Wagen mit den Briefen an die Redaktion.

Dann lief sie mit klopfendem Herzen zur Buchhandlung.

Jetzt konnte sie nur noch abwarten. Die Zeitschrift erschien immer dienstags. Aber die Redaktion würde es niemals schaffen, den Artikel schon morgen zu veröffentlichen. Also würde er erst in der kommenden Woche erscheinen.

Doch zu ihrer großen Überraschung war Señor Delrío am nächsten Tag, als sie die Buchhandlung betrat, vollkommen aus dem Häuschen.

»Mir fehlen die Worte!«, rief der alte Buchhändler aus und schwenkte ein zweimal gefaltetes Blatt durch die Luft. »Schau dir mal das an! Eine Extrabeilage!«

»*La alcaldesa de las mujeres*«, las sie in fetten Lettern.

»Hör zu: ›*Wir veröffentlichen gratis eine Extrabeilage für unsere Leser, wegen einer Angelegenheit, die uns alle bewegen wird, denn: ‚Das ist nicht gerecht!', wie unser Mädchen ohne Namen sagt.*‹ Hast du verstanden? Das ist unglaublich!«, rief Delrío aus. »Man hat eine Frau entführt, und das Mädchen weiß, wer es getan hat. Sie nennt seinen vollen Namen, also …« Er überflog den Artikel. »Hier steht es, Amos Fein! Ihm gehört ein Bordell namens …« Wieder suchte er im Artikel. »Chorizo! In der Avenida Junín.« Er schüttelte den Kopf. »Doch das Mädchen weiß nicht, wo er sie versteckt hält. Und sie fordert alle anständigen Leute in Buenos Aires auf, nach ihr zu suchen und sie zu retten!«

»Glaubt Ihr, dass man sie finden wird?«, fragte Raquel leise.

»Darauf verwette ich meinen runzligen alten Hintern, Ángel!«

»Hoffen wir es …«

»Soll ich dir mal was sagen?«, fuhr Delrío fort. »Die Polizei ist korrupt. Die Politiker sind korrupt. Buenos Aires ist von Grund auf verdorben.« Er hielt kurz inne und hob begeistert einen Finger. »Aber dieses Mädchen hat sie in die Enge getrieben!«, erklärte er lachend. »Selbst die größten Heuchler werden jetzt den Kopf fordern von diesem …«

»Amos Fein«, sagte Raquel.

»Ausgezeichnet. Du hast ein gutes Gedächtnis.« Delrío lächelte. »Sie hat sie drangekriegt. Jetzt können sie nicht mehr so tun, als wüssten sie von nichts.« Er seufzte. »Zu schade, dass das Mädchen Jüdin ist.«

»Warum?«

»Es wäre doch schöner, wenn jemand wie wir sich den Verdienst zuschreiben könnte, findest du nicht?« Delrío zuckte mit den Schultern. »Naja, zumindest wird das auch die Juden in üblem Licht darstellen. Sowohl die Leute, die die Prostitution organisieren, als auch die Gemeinde.«

Raquel nickte. Sie hatte Amos offen angegriffen. Und auch nicht mit schweren Vorwürfen gegen die Gemeinde gespart. Denn während sie den Artikel schrieb, hatte sie bemerkt, dass sie nicht nur Amos und seine Grausamkeiten abgrundtief hasste, sondern auch eine tiefe Verachtung für die empfand, die nichts dagegen unternahmen. Besonders für ihre Schwestern im Glauben.

»Wo ist der Absatz noch mal?« Delrío fuhr mit dem Finger über das Papier. »Ach ja, hier. *Wie man in einem Interview in* La Nación *lesen konnte, sagt die jüdische Gemeinde, dass sie keineswegs weggeschaut hat, als ich über den Mord an Tamar Anielewicz berichtet habe, den derselbe Amos Fein begangen hat*. Diese Missgeburt«, fluchte Delrío. »Sogar ein Mörder ist er. Hör weiter: *Sie hängen kleine Plakate in den Straßen des Viertels auf. Darauf steht, dass die Mädchen zu ihnen kommen und sich helfen lassen können. Aber das ist pure Heuchelei. Diese Mädchen sind Gefangene in den Bordellen, sie kommen da nie raus. Und neun Mädchen von zehn, wenn nicht alle zehn, können nicht lesen und schreiben. Und das ist auch eine Folge unserer Kultur, da bei uns eine Frau nicht lesen, nicht denken, nicht singen darf, sie darf nur eine gute Ehefrau sein in einer Ehe, die von ihrer Familie arrangiert wurde.* Das sind schwere Anschuldigungen, was? *Ich bin als Jüdin geboren und aufgewachsen. Mein Blut ist jüdisch. Aber in meinem Herzen bin ich keine Jüdin mehr. Ich will nicht mehr Jüdin, Christin oder Muslima sein. Ich möchte nur noch Mensch sein. Nur das. Ein Mensch, der genau wie die* alcaldesa de las mujeres *für Freiheit, Respekt und Würde der Frauen kämpft. Ich habe das Gebetbuch verloren, das meinem innig geliebten Vater gehört hat. Von da an habe ich nicht mehr gebetet.*« Delrío verstummte kurz. Dann las er leidenschaftlich das Ende: »*Ich bin das Mädchen ohne Namen. Ich bin die Augen aller, die keine haben. Ich sehe das, vor dem die anderen die Augen verschließen.*«

Das Glöckchen über der Tür der Buchhandlung bimmelte.

Ein Kunde kam herein und schwenkte die Beilage. »Habt Ihr das gelesen? Dieser Verbrecher muss gefunden und die Frau gerettet werden!«

»Wir werden sie finden«, meinte Delrío ebenso erregt. »So wahr es einen Gott gibt!«

Als Raquel an jenem Abend mit Tano und Assunta draußen auf der Straße saß, las sie allen Nachbarn die Beilage vor. Und da immer neue hinzukamen, las sie sie mehrmals. Und je öfter sie sie vorlas, sprachen die, die den Artikel schon gehört hatten, Teile daraus mit, die sie besonders bewegt hatten. Bis es ihr bei der letzten Lektüre vorkam, als stimmten diese Menschen ein Chorgebet an. Oder sängen ein Lied. Oder war es etwa ein Protestschrei, der sich von Barracas in ganz Buenos Aires ausbreitete?

Am folgenden Tag, als Delrío schon schließen wollte, betrat ein Paar den Laden.

»Juden«, flüsterte Delrío Raquel zu. »Die sollten das besser nicht sehen.« Er versteckte die Beilage in einem Buch.

»Ihr müsst das nicht verstecken, Señor Delrío«, sagte der Mann und zog eine Augenbraue hoch. »Das ist doch in aller Munde.«

»Ich wollte Euer Zartgefühl nicht beleidigen, Señor Pontecorvo«, rechtfertigte Delrío sich.

»Wir in der Gemeinde wünschen uns mehr als alle anderen, dass dieser Verbrecher, der den guten Namen der Juden beschmutzt, gefunden wird«, sagte Señor Pontecorvo. »Wir sehen eher ein Problem darin, dass dieses Mädchen vollkommen unnütz den guten Namen der Juden in den Dreck zieht.«

»Aber sie ist ja auch keine richtige Jüdin«, erklärte seine Frau würdevoll.

»Ich bin deiner Meinung, Liebes. Sie weiß nichts davon, was es heißt, ein wahrhaftiger Jude zu sein«, erklärte Señor Pontecorvo und strich seinen Kinnbart glatt.

»Vielleicht hat ja auch das Verhalten der Gemeinde sie dazu gebracht, noch einmal zu überdenken, was es heißt, Jude zu sein«, mischte sich Raquel jetzt ins Gespräch, die sich nicht mehr zurückhalten konnte. Sie spürte nur zu gut, dass sie all diese Wut über die Ungerechtigkeiten dieser Welt, die in ihr schwelte, nicht länger bezähmen konnte. Die Wut darüber, dass Menschen ungerechterweise gestorben waren, die Wut über diese ungerechte Not, die die Armenviertel fest im Griff hatte. Die Ungerechtigkeit, dass man Mädchen wie sie, Tamar, die kleine Kailah oder Libertad durch Vorspiegelung falscher Tatsachen ihren Familien entriss. Die Ungerechtigkeit der Gewalt, der sie täglich ausgesetzt waren. Und die Ungerechtigkeit dieses Ehepaars, das so würdevoll und distanziert, ja mit Herablassung über diesen Schmerz sprach. Mit Heuchelei. »Vielleicht ist sie ja Leuten wie Euch begegnet, die nichts für diese Mädchen tun, und wollte dann nicht mehr in der Synagoge neben Euch sitzen.«

»Ángel!«, rief Delrío entrüstet aus. »Verzeihen Sie bitte ...«

»Was erlaubst du dir, frecher Junge?«, empörte sich Señor Pontecorvo. »Was weißt du denn davon, was wir tun?«

»Ich weiß, dass Ihr diesen Mädchen ein würdiges Begräbnis verweigert.«

»Jetzt reicht es, Ángel!«, sagte Delrío.

»Das sind Prostituierte«, sagte Señora Pontecorvo leise, als würde allein die Erwähnung des Wortes sie beschmutzen.

»Es sind Sklavinnen!«, ereiferte Raquel sich, die jetzt alle Wut herausschreien musste, die sich seit jenem Tag, als sie sich für diese Hölle in Hamburg eingeschifft hatte, in ihr angesammelt hatte. Als wäre durch den inneren Druck der Deckel gehoben worden. Sie erkannte sich selbst nicht wieder, doch sie konnte nicht aufhören. »Warum nehmt Ihr sie nicht als Dienstmädchen bei Euch auf? Das haben sie nämlich geglaubt, als sie herkamen. Warum holt Ihr sie nicht aus diesen widerlichen Bordellen heraus, gebt ihnen zu essen und einen Platz zum Schlafen und vielleicht noch ein wenig Geld, damit sie sich ein buntes Band für die Haare kaufen können wie jedes andere junge Mädchen? Warum holt ihr sie nicht aus dieser Hölle heraus, wo sie am Tag für fünfzig Männer die Beine breitmachen müssen?«

Delrío stand sprachlos mit offenem Mund da. Er konnte nicht glauben, was gerade geschah.

»Du weißt ja nicht, was du da sagst, du frecher Bursche«, erklärte Señora Pontecorvo pikiert.

Raquel ballte die Hände zu Fäusten. Nein, nun würde sie nicht mehr aufhören. Und es war nicht nur ihre Stimme, die da sprach, sondern die all jener Mädchen, die sie gesehen hatte, ihrem gemeinsamen Schmerz verlieh sie eine Stimme. »Señora, wie wäre Euer Leben, wenn Euer Ehemann Euch fünfzig Mal am Tag beiliegen wollte? Und zwar Tag für Tag. Sieben Tage die Woche. Wie?« Sie presste wütend die Lippen zusammen. »Und ich habe gesagt, Euer Ehemann, nicht fünfzig Fremde, die betrunken, schmutzig und gewalttätig sind …«

»Schweig!«, rief Señora Pontecorvo.

»Fünfzig Mal am Tag!«, schrie Raquel ihr ins Gesicht.

»Wag es nicht, so mit meiner Frau zu reden!«

»Fünfzig Mal am Tag!«, schrie Raquel noch lauter. Und sie wollte es noch einmal schreien, doch dann hielt sie inne.

Señora Pontecorvo hatte eine bebende Hand auf den Arm ihres Ehemannes gelegt. Sie war blass geworden und eine Träne rann ihr über die Wange.

»Señor Delrío, dieser unverschämte Kerl darf nicht so mit meiner Frau reden«, erklärte Señor Pontecorvo. »Ich verlange, dass ihr ihn entlasst!«

»Sei still«, flüsterte Señora Pontecorvo tonlos. »Hast du gehört, was er gesagt hat?«

»Abscheulichkeiten!«, rief ihr Mann empört.

Nun strömten der Señora die Tränen über die Wangen. »Ja, Abscheulichkeiten«, sagte sie ernst und voller Mitleid, während sie Raquel ansah. »Abscheulichkeiten … die wir zulassen.«

Darauf herrschte plötzlich Stille.

Delrío und Señor Pontecorvo sahen einander hilflos an.

Raquel hingegen blickte auf die Frau und sagte schlicht: »Danke, Señora.«

Die nickte und hakte sich bei ihrem Mann unter. »Wir gehen jetzt in die Synagoge. Wir müssen mit dem Rabbi sprechen.«

Als die beiden den Laden verlassen hatten, blieb Raquel kurz mit gesenktem Kopf stehen, dann sagte sie: »Ja, ich weiß schon. Ich bin entlassen.«

Delrío setzte sich auf seinen Stuhl hinter den Schreibtisch.

»Ich habe gern für Euch gearbeitet.« Raquel ging zur Tür und öffnete sie.

»Mach sie zu!«, herrschte Delrío sie an. »Und komm her!«

Raquel schloss die Tür und ging zurück zum Schreibtisch.

»Wie heißt du?«, fragte Delrío sie.

»Ángel …«

»Weder du noch ich heißen, wie wir alle glauben lassen«, sagte Delrío mit einem bedeutungsschweren Lächeln. »Ich zum Beispiel habe gerade meinen richtigen Namen herausgefunden. Willst du wissen, wie der lautet?«

Raquel sah ihn schweigend an.

»Ich heiße ›Riesentrottel‹«, erklärte Delrío lachend. Dann beugte er sich zu ihr hinüber, und als er weitersprach, klang seine Stimme ungewohnt warmherzig, vielleicht sogar gerührt. »Und wie heißt du … ›Mädchen ohne Namen‹? … Die du die Augen aller bist, die keine haben. Und das siehst, vor dem die anderen die Augen verschließen?«

65

»Rocco«, flüsterte Rosetta.

Schon zum zweiten Mal hatte sie mitansehen müssen, wie er am Boden lag, während sie in einem Wagen davonfuhr. Doch am meisten ängstigte sie, dass sie beobachtet hatte, wie ein bewaffneter Mann auf ihn zugekommen war und ihm einen Revolver in den Rücken gehalten hatte.

»Rocco«, flüsterte sie wieder.

Nun betäubte man sie nicht mehr mit Drogen, stattdessen hatte man sie an irgendwelchen Metallrohren festgebunden. Sie saß mit hinter dem Rücken gefesselten Händen auf dem Boden. Und sie war auch nicht mehr nackt. Aber ihr Kleid war nass. Und es stank. Sie hatte vor Amos und seinen Männern, die sie anstarrten, in einen Nachttopf pinkeln müssen. Die Männer hatten ihr die Unterhose heruntergezogen und den Rock hochgestreift. Hatten sie gedrängt, sich zu beeilen, ihr dann die Unterhose wieder hochgezogen und den Rock heruntergestreift. Doch der Inhalt des Nachttopfs hatte sich auf den Boden ergossen, dort, wo sie sich hinsetzen musste. Und deshalb stank sie jetzt. Als hätte sie in die Hose gemacht.

»Rocco«, wiederholte sie. So leise, dass die anderen sie nicht hörten, aber doch laut genug für sie selbst. Sie hatte gesehen, wie Rocco ihretwegen den Kugeln trotzte. Er hatte sein Versprechen gehalten und die ganze Zeit nach ihr gesucht. Und sie schließlich gefunden. Sie wusste, er würde nicht aufgeben, auch wenn er sie nun erneut verloren hatte.

Seit Stunden flüsterte sie immer wieder seinen Namen. Ihn auszusprechen verlieh ihr Kraft. Und Hoffnung. Er gab ihr die Gewissheit, dass er sie retten würde.

»Rocco …«

Amos und seine Männer saßen ein paar Meter von ihr entfernt. Sie spielten Karten. Rauchten. Wirkten angespannt und auf der Hut. Ab und zu war Gelächter zu hören, doch es klang finster. Ein Lachen, dass keine Heiterkeit zuließ und nur dazu diente, die Anspannung zu lösen. Beim kleinsten Geräusch sprangen sie von den abgenutzten Stühlen auf, traten an die schmutzigen Fenster und spähten besorgt hinaus. Wegen jeder Banalität stritten sie untereinander. Ihre Stimmen hallten laut in dem großen, schmutzigen, verlassenen Raum wider. Es musste sich um eine ehemalige Fabrik oder ein Lager handeln. Überall standen Flaschenkästen aufeinandergestapelt. Und auf dem Boden lagen Glasscherben, die aufblinkten, wenn Licht auf sie fiel.

Dann war das Geräusch eines herannahenden Wagens zu hören.

Als er zum Stehen kam, griffen alle Männer zu ihren Revolvern.

Jemand klopfte an das Schiebetor aus Metall. Zwei Schläge. Pause. Zwei Schläge. Pause und dann drei. Daraufhin öffnete sich das Tor.

Die Männer hielten ihre Waffen gezückt, als ein Mann hereinkam. Er trug einen Beutel bei sich, den er vor Amos auf den Tisch stellte.

»Der widerliche Kerl hat das vorbeigebracht«, sagte er.

Amos sah in den Beutel und holte Geldscheine hervor.

»Einhundertfünfzigtausend«, sagte der Mann, der den Beutel mitgebracht hatte.

Amos zog Schmuck aus dem Beutel. Diamanten, Rubine, Topase, Smaragde, Perlen, Gold. »Und was zum Teufel soll ich damit anfangen, Esteban?«, fragte er aufgebracht.

»Das Zeug ist eine Menge Geld wert.«

Vor Amos auf dem Tisch lagen zwei Zeitungen. Eine bestand aus einem großen, zweimal gefalteten Blatt. Rosetta hatte beobachtet, wie Amos beim Lesen rot angelaufen war und laut geflucht hatte. Die andere war eine Tageszeitung. Er nahm sie und zeigte auf einen Artikel mit einem Foto. »Weißt du, was hier steht?«

Esteban sah sich das Foto an. »Das ist der *palacio* von der Fürstin.«

»Er hat sie umgebracht«, sagte Amos. »Sie, ein Mädchen und den Diener. Weißt du, was das bedeutet? Wegen diesem verdammten Blutbad wird jetzt nach dem Baron gefahndet. Geldscheine wird keiner mit der Fürstin in Zusammenhang bringen. Aber den Schmuck schon. Würdest du wollen, dass man den bei dir findet?«

»Nein.«

»Ganz genau.«

»Scheiße.« Esteban wirkte besorgt.

»Was denn?«

»Der Baron ist im Chorizo.«

Amos sprang auf. »Was zum Teufel sagst du da?«

»Er ist gekommen, um dir dieses ganze Zeug hier zu bringen. Er hat gesagt, er würde dort auf dich warten … und er ist komplett durchgedreht«, erklärte Esteban.

Amos blieb reglos stehen, während er fieberhaft nachdachte.

»Ich jage ihn einfach auf die Straße«, schlug Esteban vor.

»Nein, du Idiot«, sagte Amos. »Wenn die Polizei ihn findet, kommt er ins Gefängnis – und dann sehen wir kein Geld mehr. Und wenn die Polizei ihn nicht findet, wie sollte uns das dann gelingen? Was habt ihr alle eigentlich im Kopf, nur Scheiße? Geh sofort zurück und bring ihn an einen sicheren Ort.«

»Aber … wohin?«

Amos sah ihn streng an. »Zu dir nach Hause.«

Esteban lachte.

»Das ist kein Witz.« Amos' Stimme klang schneidend wie ein Messer.

Esteban lachte nicht mehr und sagte: »Da ist meine Frau …«

»Deine Frau ist mir scheißegal«, unterbrach Amos ihn. »Schick sie weg. Aber bring den Baron zu dir, bleib bei ihm und nimm eine ordentliche Menge Kokain mit, damit er abgelenkt ist.«

Esteban nickte ergeben.

»Und gib ihm beim Essen ja kein Messer in die Hand«, fügte Amos mit einem spöttischen Lachen hinzu.

Während Esteban den Raum verließ, brach Rosetta unvermittelt in Tränen aus. Sie zitterte wie Espenlaub, ohne dass sie etwas dagegen tun konnte.

Amos sah sie mit musterndem Blick an. »Auch wenn du eine echte Schönheit bist – ich würde ganz bestimmt nicht so viel Geld ausgeben, nur um dich dann umzubringen.« Er gab einem seiner Männer ein Zeichen. »Sag Esteban, er soll warten. Er muss ein kleines Geschenk für den Baron mitnehmen.« Dann holte er das Klappmesser aus dem Gürtel, ließ es aufschnappen und kam auf Rosetta zu.

Die kauerte sich voller Angst so klein wie möglich zusammen.

Amos fuhr ihr mit der Messerspitze über das Gesicht. »Ein Auge?«, sagte er mit seinem unheilvollen Grinsen. »Oder ein Ohr?« Er lachte und fuhr mit der Klinge in ihre Haare. Dann packte er eine Strähne und schnitt sie ab.

Rosetta schrie auf.

»Lügnerin, das tut nicht weh.« Amos nahm ihre Hand und ritzte sie ein wenig. »Das schon eher.« Er wartete, bis Blut austrat, und tränkte damit das Ende der Haarsträhne.

Als Esteban wieder hereingekommen war, reichte Amos ihm die Strähne. »Gib die dem Baron. Und sag ihm, dass das nur der Anfang ist. Wenn er nicht bald die restliche Summe zusammenhat, werde ich ihm jeden Tag ein kleines Stück von ihr schicken. Sieh zu, dass er dir glaubt.«

Rosetta hatte sich in ihre Ecke verkrochen und weinte vor Angst. Es gelang ihr nicht einmal mehr, Roccos Namen auszusprechen.

»Holt Jaime her«, befahl Amos.

Einer seiner Männer verließ rasch den Raum.

Amos setzte sich wieder an den Tisch. Er nahm das große, zweimal gefaltete Blatt in die Hand, betrachtete es zum tausendsten Mal und fluchte laut.

Keine halbe Stunde später erschien Jaime in Begleitung von vier bis an die Zähne bewaffneten Männern. Man musste keinen geschulten Blick haben, um zu erkennen, dass sie um einiges gefährlicher waren als Amos' Leibwächter. Sie hielten keine Huren in Schach. Oder bedrohten andere Zuhälter. Diese Männer waren perfekt ausgebildete Mörder.

»Was willst du, Zuhälter?«, fragte Jaime. »Hast du das Geld?«

»Ich habe etwas Besseres«, antwortete Amos.

»Ich hoffe für dich, du bietest mir jetzt keinen Fick an«, sagte Jaime mit einem Seitenblick auf Rosetta.

Amos schüttelte den Kopf. Er öffnete den Beutel mit dem Schmuck und schüttete ihn auf dem Tisch aus. Das Geld hatte er versteckt. »Was sagst du? Hast du schon je so ein Vermögen gesehen?«

Jaime kam näher und begutachtete den Schmuck. »Und woher stammt das?«

»Ist das wichtig?«

»Wenn es aus der Quelle kommt, die ich vermute …«, er klopfte mit dem Finger auf die Ausgabe der *Nación* mit dem Bild des Hauses, in dem der Mehrfachmord stattgefunden hatte, »hm, wenn es zum Beispiel daher kommt, wäre das Zeug heißer als glühende Kohlen, meinst du nicht?«

Amos zuckte mit den Schultern. »Du lebst in Montevideo und nicht in Buenos Aires. Wer liest dort schon die *Nación*?«

»Selbst wenn es so wäre, wie du sagst, muss man erst mal nach Montevideo kommen.«

»Hast du damit etwa Probleme?« Amos lachte. »Ich habe deine Motorboote gesehen. Die von der Polizei sind längst nicht so schnell.«

Jaime starrte ihn unergründlich an.

Amos war grausam. Sadistisch. Aber Jaime kannte gar keine Gefühle. Amos hatte ein Herz so schwarz wie ein bodenloser Abgrund. Jaime besaß keines. Überhaupt nichts Menschliches. Und Amos fürchtete ihn. Genau wie alle seine Männer.

»Was ist das wert?«, fragte Jaime schließlich und spielte mit dem Schmuck.

»Eine Million!«, rief Amos aus.

»Eine Million sagst du?«

»Mindestens.«

Jaime nahm eine Kette aus Diamanten und Smaragden mit einem tropfenförmigen Rubinanhänger. Er trat hinter Amos, legte sie ihm um und schloss sie vorsichtig. Dann stellte er sich wieder vor ihn hin und betrachtete ihn. »Die steht dir ausgezeichnet«, sagte er. Nun wählte er ein mit Brillanten besetztes Diadem aus Weißgold aus und setzte es ihm auf die Stirn. Er wühlte wieder unter den Schmuckstücken, nahm zwei lange schwere Ohrgehänge mit Clips und befestigte sie an Amos' Ohrläppchen.

Amos rührte sich nicht.

Jaimes Männer hatten ohne einen Befehl von ihrem Boss ihre Maschinengewehre angelegt.

Rosetta spürte förmlich, wie sich Angst in diesem Raum ausbreitete.

Jaime betrachtete Amos. »Noch ein wenig Lippenstift, und du wärst vollkommen.«

Amos war wie gelähmt. Er wagte es nicht, den Schmuck abzunehmen, obwohl er wusste, wie lächerlich er damit aussah.

»Bargeld«, sagte Jaime dann. »Ich nehme nur Bargeld.« Er beugte sich über Amos. »Und ich reize die Motoren meiner Schiffe nicht gern bis zum Äußersten aus. Sie verbrauchen dabei zu viel Benzin.« Er wandte sich ab und ging auf das Tor der Fabrik zu.

Seine Söldner folgten ihm, ohne Amos' Leibwächter dabei aus den Augen zu lassen.

In der Tür stieß Jaime auf zwei vulgär wirkende Männer von gedrungener Statur, deren Anzüge ein Vermögen gekostet haben mussten, an ihnen aber wie Lumpen aussahen.

Die beiden Männer würdigten ihn und seine Gefolgsmänner keines Blickes und gingen mit schweren Schritten auf Amos zu.

»Guten Abend, Noah«, grüßte Amos einen von ihnen.

Der Mann namens Noah hatte ein rundes, pockennarbiges Gesicht und einen Schnurrbart, der zu beiden Seiten seines Mundes herunterhing. Rosetta spürte, dass Amos auch diesen Mann fürchtete, jedoch anders als den Söldner zuvor.

Noah musterte Amos streng, der sich den Schmuck abnehmen wollte. »Nicht doch! Das steht dir gut. Du siehst damit aus wie der verdammte Idiot, der du auch bist. Ich an deiner Stelle würde das alles zusammen mit einem Stein in einen Sack tun und in den Riachuelo werfen, wenn wir wieder weg sind.«

»Ja, Noah.« Amos wandte sich an den anderen Mann. »Guten Abend, Simón.«

Der zeigte keine Regung.

Noah nahm das zweimal gefaltete Blatt vom Tisch. Dann sah er Rosetta an. »Ist das hier die berühmte *alcaldesa de las mujeres*?«

Rosetta machte sich so klein wie möglich. Was hatte dieses Blatt Papier mit ihr zu tun?

Amos nickte.

»Und dieses Mädchen, das da über dich und sie schreibt«, sagte Noah, »warum läuft die immer noch frei herum? Glaubst du nicht, dass die zu viel weiß?«

»Ich habe es noch nicht geschafft …«

»Dass du es noch nicht geschafft hast, ist nur allzu offensichtlich«, unterbrach Noah ihn verächtlich. »Genauso wie die Tatsache, dass wir dich überschätzt haben. Du bist ein guter Anwerber. Findest die besten Mädchen, weißt, wie man das macht, aber …«

»Aber wie schon gesagt, du bist ein Idiot.« Simón mischte sich zum ersten Mal in das Gespräch. Seine Stimme war so tief, als käme sie direkt aus einer Gruft.

Das ganze Geschehen kam Rosetta vollkommen unwirklich vor. Und mit all dem Schmuck behängt, wirkte Amos wie eine Karikatur seiner selbst.

»Wem gehört das Chorizo?«, fragte Noah. »Das ist mir nicht so klar.«

»Euch …«

»Ach, dann hatte ich es doch richtig im Kopf«, sagte Noah mit einem Nicken. Er nahm das zweimal gefaltete Blatt in die Hand. »*Amos Fein*«, las er, »*gehört das Chorizo, ein Bordell in der Avenida Junín, und dort wird auch die entführte Frau versteckt. Aber jetzt* … und so weiter …«

»Weißt du, was gerade im Moment im Chorizo geschieht?« Simóns tiefe Stimme ließ die Luft erzittern. »Es wird geräumt.«

Amos wollte etwas sagen, aber Noah gebot ihm zu schweigen. »Wir sind nicht hier, um dir zuzuhören«, sagte er. »Wir sind hier, um dir etwas zu sagen.«

Amos nickte. Das Diadem auf seiner Stirn verrutschte leicht, aber er wagte nicht, es anzufassen.

»Die Mädchen kommen woandershin«, fuhr Noah fort. »Wir bringen sie in anderen Häusern unter, bis wir etwas

Neues eröffnen. Alles Inventar, das man mitnehmen und noch gebrauchen kann, wird weggebracht. Vom Chorizo bleibt nur die äußere Hülle stehen. Und das Ganze passiert innerhalb einer Nacht. Denn ab morgen wird die Polizei so tun müssen, als würde sie eingreifen.«

»All das hat seinen Preis«, fuhr Noah fort. »Einen sehr hohen Preis. Du weißt, wie wichtig uns Geschäfte sind und dass wir nicht gern Geld verlieren. Diese Kosten wirst du übernehmen. Mit Zinsen. Deshalb streng dich an, deinen Krieg zu gewinnen, denn wenn nicht, setze ich dich mit nacktem Arsch in einen Raum voller Sodomiten, und du wirst am eigenen Leib erfahren, was es heißt, eine Hure zu sein.«

»Sind wir fertig?«, fragte Noah Simón.

»Nein«, antwortete der. »Wir haben es mit einem Idioten zu tun. Dem muss man alles haargenau erklären.«

»Ach, stimmt«, meinte Noah. Er sah zu Rosetta hinüber. »Dieses schöne Mädchen darf natürlich nicht am Leben bleiben.«

Rosetta unterdrückte nur mit Mühe einen Schrei.

»Dieser Mann, der Baron, ist bereit, zwei Millionen für sie zu zahlen«, meldete sich Amos zum ersten Mal zu Wort. »Und ich … ich brauche …«

»Ja, *du* brauchst das«, meinte Noah lachend.

»Na dann, du Idiot, lass dich bezahlen, und danach bringst du beide um«, sagte Simón. Er wandte sich um und ging dem großen Boss der *Sociedad Israelita de Socorros Mutuos Varsovia* voraus.

Sie hatten das Tor kaum passiert, als Amos sich wütend den Schmuck vom Leib riss. Dann drehte er sich zu Rosetta um.

Die wand sich, aber die Fesseln an den Rohren waren zu fest.

Amos kam auf sie zu. Seinen Augen waren vor Hass blutunterlaufen. Er biss die Zähne zusammen, dass sie knirschten. Und dann trat er auf Rosetta ein.

»Es tut nicht weh … es tut nicht weh …«, murmelte Rosetta, als sie spürte, wie ihre Haut aufplatzte und Knochen brachen, genauso wie damals in Alcamo, wenn ihr Vater sie mit dem Gürtel schlug. »Es tut nicht weh …«

66

»Deine Männer sind Feiglinge.« Rocco war in die Festung gekommen, er hatte sich nicht einmal gesetzt. Vor ihm saßen Tony und Francés. »Mit Feiglingen kann ich keinen Krieg gewinnen.«

»Komm zur Sache«, sagte Tony. »Was willst du?«

»Ich will einen Krieg führen«, antwortete Rocco. »Nach meinem Kommando.«

Tony lachte. »Vergiss es.«

Rocco setzte sich. »Hast du gehört, was heute Morgen passiert ist?«

»Ein Scheißdreck ist passiert«, sagte Tony.

Die Frauen aus Barracas hatten, angespornt durch Raquels Artikel, einen kleinen Protestzug gebildet, der langsam und unaufhaltsam durch die Straßen des Viertels gezogen war, unter düsterem Raunen, ohne dass jemand die Stimme erhob. Ihr Ziel war das Chorizo in der Avenida Junín.

Als die Behörden Kenntnis von der Aktion erhielten, war ihnen sofort klar, dass sie bei dieser Gelegenheit nicht abseits stehen konnten. Man hatte Polizisten entsandt, aber entgegen der Befürchtung der Frauen nicht etwa, um den Zug aufzuhalten: Die Beamten hatten sich vielmehr an seine Spitze gestellt, als würden sie ihn aus eigenem Antrieb anführen.

Doch als die Polizei die Tür des senfgelben Gebäudes aufbrach, erlebten sie eine Enttäuschung.

Das Chorizo lag verlassen da. Nicht nur die Mädchen, sogar Möbel, Betten, Laken, Matratzen, das Geschirr, alles war in einer einzigen Nacht fortgeschafft worden.

Und damit war auch der Auslöser für den Protestzug verschwunden.

Stille hatte sich ausgebreitet, dann ging eine Frau nach der anderen ihres Weges, und der Zug löste sich nach und nach auf.

»Ein Scheißdreck ist passiert«, wiederholte Tony und lächelte zynisch.

»Wenn du ein Heer wie die hättest, würdest du den Krieg gewinnen.«

»Was erzählst du da für einen Unsinn? Ein Heer von Frauen?«

»Ein Heer von Herzen«, antwortete Rocco ernst. »Deine Feinde wie auch deine eigenen Männer sind doch nur wütende, abgerichtete Hunde. Keine Wölfe.«

»Auch Hunde beißen.«

»Wer Mut hat, reißt ihnen ganz leicht die fauligen Zähne aus.«

Tony bereiten diese Gespräche offensichtlich Spaß, dachte Francés, er hat ganz offensichtlich eine Schwäche für Rocco. Das konnte Francés nachvollziehen.

»Mut hin oder her, mit dem Pack richtest du nicht viel aus, Bonfiglio«, sagte Tony.

»Dieses Pack ist das Herzblut dieser Stadt«, ereiferte Rocco sich. Je ironischer Tony wurde, desto ernster wurde er selbst. »Wie sollten Blutsauger wie du und all die anderen reichen Säcke sonst leben? Ihr nährt Euch doch vom Blut des Volkes.«

Tony lachte. »Du solltest Politiker oder Revolutionär werden.«

»Und Ihr solltet lernen, was das Wort Gerechtigkeit bedeutet.«

»Jetzt wirst du albern und langweilst mich. Hältst du auch Amos' Söldner für Hunde?«

»Nein. Das sind Piranhas«, erwiderte Rocco. »Aber sie greifen nur an, wenn es auch Fleisch zu fressen gibt. Und Amos muss aufpassen, denn wenn er nichts anderes zu bieten hat, wird er es sein, den sie mit Haut und Haaren verschlingen. Du dagegen sitzt auf einem Riesenhaufen Geld. Ich an deiner Stelle würde den Söldnern einen ordentlichen Brocken Fleisch kaufen und es ihnen in den Rachen werfen.«

»Er hat recht«, meldete sich Francés zum ersten Mal zu Wort.

Tony blickte ihn an.

»Amos ist allein«, fuhr Francés fort. »Seit Tagen greift niemand mehr deine Männer an. Sein Heer wartet auf den Lohn … auf das Fleisch.« Er nahm die aktuelle Ausgabe der *Nación* und deutete auf einen weiteren Artikel über die Morde im *palacio* der Fürstin de Altamura y Madreselva. Ein Foto zeigte den Baron während eines früheren Empfangs. »Jetzt ist herausgekommen, dass er ein kleines Mädchen vergewaltigt hat. Ich wette, dass man schon dabei war, alles zu vertuschen, aber jetzt ist das nicht mehr möglich. Amos wird kaum Geld vom Baron bekommen.«

Tony blickte zu Rocco. »Das bedeutet, dein Mädchen verliert mit jedem Tag an Wert«, sagte er ganz ernst.

Rocco presste die Kiefer aufeinander. »Hilf mir, sie zu finden!«, schrie er dann fast.

Tony wandte sich Francés zu. »Wir denken schon darüber nach.«

»Uns Zuhälter eint nur der Kampf gegen die Polizei«, erklärte Francés. »Ansonsten sind wir Konkurrenten. Und wir sind feige. Tony hat allen angemessen gedroht, und sie werden Amos für ihn finden. Und sich seiner entledigen. Irgendein Junge wird eine Nachricht bringen, bestimmt keiner von denen. Aber dann wissen wir, wo sie ist.«

»Wann?«, fragte Rocco.

Doch er erhielt keine Antwort.

Rocco stand kurz davor, den Kopf zu verlieren. Was, wenn sie es zu spät herausfanden?

In diesem Moment kam Tonys Tochter Catalina herein, strahlend schön wie die Sonne. Sie umarmte ihren Vater und küsste ihn auf die Wange. »Der Wagen ist endlich repariert«, sagte sie mit einem seligen Lächeln. »Ich hatte es satt, zu Hause zu bleiben.«

Bei ihrem Anblick leuchtete auch Tonys Gesicht auf. Er zog sie dicht an sich und nötigte sie dann, sich auf seinen Schoß zu setzen, als wäre sie immer noch ein kleines Mädchen.

»Lass mich mit meinen Freunden ausgehen«, bettelte Catalina. »Sie warten auf mich.«

»Bleib noch einen Moment«, meinte Tony lächelnd.

»Aber sie warten …«

Tony nahm ihr Gesicht in seine Hände und küsste sie auf die Stirn. »Du bist mein Sonnenschein! Das schönste Mädchen auf der ganzen Welt!«

Catalina blickte ihn schelmisch an und stand auf.

Tony hielt sie noch einen Moment an der Hand und betrachtete sie voller Bewunderung. »Und natürlich bist du auch die verwöhnteste Göre auf der ganzen Welt.« Catalina kicherte.

»Pedro, bleib bei ihr«, befahl Tony einem seiner Männer.

»Ach, Papa …«, murrte Catalina.

Tony umarmte sie noch einmal und küsste sie. »Jetzt sei nicht bockig.«

Catalinas Blick fiel auf Rocco. »Oh, der böse Mann!«, rief sie lachend, als sie ihn wiedererkannte.

Rocco nickte ihr zu.

»Hundeschnauze hat den Wagen in Ordnung gebracht, aber er hat gesagt, dass er die Werkstatt schließen muss«, sagte Pedro. »Seine Frau ist krank.«

Tony nickte zerstreut.

Pedro sah zu Rocco. »Hundeschnauze. Ein hübscher Spitzname.«

Rocco betrachtete ihn kalt. Pedro war einer der Männer, die mit ihm im Chorizo gewesen waren und nichts unternommen hatten. Es war auch Pedros Schuld, dass er Rosetta nicht hatte retten können. »Ich habe auch einen für dich«, sagte er zu ihm. »Hasenherz.«

Pedro trat mit geballten Fäusten auf ihn zu.

»Na los, komm schon her«, forderte Rocco ihn heraus und sprang so heftig auf, dass der Stuhl umfiel. Er verspürte so viel Wut und Enttäuschung, dass er von ganzem Herzen hoffte, dieser feige Dreckskerl würde auf ihn losgehen. Dann würde er ihm seine Seele aus dem Leib prügeln.

»Hör auf, du Idiot!«, mischte Tony sich ein. Der Blick, den er Pedro zuwarf, war vernichtend.

»Wenn dieser Krieg vorbei ist«, knurrte Pedro Rocco zu, »dann wirst du das bereuen, das schwöre dir.«

»Ja, ich weiß«, erwiderte Rocco. »Ganz bestimmt in dem Moment, wenn ich dir den Rücken zukehre.«

Catalina schnaubte ungeduldig und lief zur Tür. Pedro folgte ihr.

Tony sah ihr lächelnd nach, als gäbe es nur sie auf der Welt. »Ich habe nie begriffen, ob du eher mutig oder dumm bist«, sagte er schließlich zu Rocco.

»Weder noch.« Rocco stellte den Stuhl wieder hin. »Ich habe einen Grund, einen wahren Grund, so zu sein, wie ich bin. Ich will die Frau retten, die ich liebe. Ich bin nicht wie du und Amos. Ihr habt nur Geld im Kopf.«

Tony musterte ihn eine Weile, dann fragte er Francés: »Und? Was wird Amos jetzt tun?«

Francés deutete auf Rocco. »Das, was er eben Pedro unterstellt hat. Er wird dich hinterrücks angreifen.«

»Was meinst du?«

»Er wird dich da treffen, wo es am meisten weh tut«, sagte Francés. »Wo du es nicht vermutest. Wo nur ein Feigling zuschlagen würde.«

Tony erblasste. »Hundeschnauze hat gar keine Frau«, flüsterte er und sprang auf. »Catalina!«, schrie er und rannte auf die Tür zu, die sich gerade erst geschlossen hatte. »Haltet Catalina auf!«

Er erreichte die Tür, die einer seiner Männer öffnete.

Die Explosion riss einen Türflügel ab, als wäre er aus Sperrholz. Eine enorme Hitzewelle breitete sich aus, dass der Lack auf dem Holz sofort kochte und Blasen schlug. Tony und seine Männer wurden von der Wucht der Detonation zu Boden geschleudert.

Doch Tony sprang sofort auf. »Catalina!«, schrie er wieder und stürzte nach draußen, Rocco und Francés auf den Fersen.

Draußen lagen zwei Leichen. Einer der Leibwächter lehnte zerfetzt an der Hauswand, Pedro war auf den Bürgersteig der anderen Straßenseite geschleudert worden, wo er in einer großen Blutlache lag.

»Catalina!« Tonys Stimme brach beim Anblick des Wagens.

Der Wagen ähnelte einer riesigen, zerquetschten Konservendose. Die Flammen stiegen inmitten einer dichten schwarzen Rauchsäule zum Himmel auf.

Doch der schlimmste Anblick war die erkennbare Gestalt von Catalina, die sich am Steuerrad festklammerte. Schwarz. Verkohlt.

»Catalina!«, hallte Tonys Stimme unheilvoll hinweg über den Lärm der alles verzehrenden Flammen, hinweg über das Stöhnen, mit dem das Blech sich wellte, als wäre es das einzig Lebendige dort. »Catalina!«

Rocco hielt ihn fest.

Schließlich begann der Asphalt um den Wagen zu kochen.

Und Tony wandte sich seinen Männern zu, die von dieser

feigen Tat wie gelähmt dastanden. »Findet Hundeschnauze und bringt ihn um«, befahl er kalt. »Keine Kugeln. Keine Messer. Ich will, dass ihr ihn steinigt. Er soll unter einem Steinhagel sterben.« Er warf einen letzten Blick auf die Flammen, in denen Catalina verschwunden war. Dann nahm er sein Messer, das mit dem Horngriff, ließ die Klinge herausspringen und ging die Straße hinunter. Nach ein paar Schritten drehte er sich um und richtete das Messer auf seine Männer. »Wagt es ja nicht, mir zu folgen!«, schrie er. Schon immer hatten ihn alle gefürchtet, aber noch nie hatte seine Stimme so wild und grausam geklungen.

»Wo will er hin?«, fragte Rocco Francés.

»Er wird Amos den Schmerz mit gleicher Münze heimzahlen.«

»Aber wenn er doch gar nicht weiß, wo er steckt …«

»Er kennt den einzigen Ort, an dem Amos' Herz sich erwärmt.«

»Und woher weiß er davon?«, fragte Rocco.

»Weil ich es ihm erzählt habe.«

»Und woher weißt du davon?«

»Weil keiner Amos mehr hasst als ich«, sagte Francés. »Und weil ich genau wie Amos ein Feigling bin.«

Am Ende der Straße war Tony nur noch als kleiner Punkt zu erkennen, der sich beständig entfernte. Niemand konnte ihn mehr aufhalten.

Von der Avenida Junín schließlich bog Tony in eine ruhige Seitenstraße ein, schlüpfte durch eine elegante, unauffällige Tür und schlich hinauf in den zweiten Stock.

Wie erwartet stand ein Mann vor der Wohnungstür Wache.

Tony nahm die letzten Stufen in einem Satz und warf sein Messer, noch bevor der Mann ihn bemerkte. Die Klinge durchbohrte dessen Brustkorb in Höhe des Herzens. Tony war sofort bei ihm, zog das Messer heraus und stieß es ihm seitlich in den Hals. Blut spritzte, während der Mann in einem stummen Schrei seinen Mund öffnete und schließlich schloss.

Tony durchsuchte seine Taschen nach dem Wohnungsschlüssel. Damit öffnete er die Tür und zog die Leiche hinter sich in die Wohnung.

Ein alter Mann mit einem langen weißen Bart trat aus einem Zimmer. »Wer seid Ihr?«, fragte er.

Tony warf die Tür mit einem Fuß zu. »Der Henker«, antwortete er.

Der alte Mann wich ins Wohnzimmer zurück. Obwohl sein Besucher von kleinem Wuchs war, ging eine ehrfurchtgebietende Kraft von ihm aus.

Tony bemerkte einen Sessel mit einer Decke darüber.

»Was habe ich Euch getan?«, fragte der alte Mann.

»Nichts«, sagte Tony. »Aber Ihr werdet für die Sünden Eures Sohnes bezahlen. Und danach kommt er dran.«

Der alte Mann setzte sich auf die Lehne des Sessels. »Könnt Ihr Euch nicht mit mir begnügen?«

Tony musterte ihn. »Nein«, antwortete er. »Ich kann mich nicht mit Euch begnügen.«

Der alte Mann nickte. Sein schneeweißer Bart raschelte wie ein Seidenband im Wind. Für einen Mann, der dem Tod entgegensah, war er erstaunlich ruhig. »Ich weiß, dass mein Sohn ein Verbrecher ist«, erklärte er mit einem tiefen Seufzen. »Aber er ist immer noch mein Sohn, und es ist nur natürlich, dass ich versuche ihn zu schützen. Das versteht Ihr doch, oder?«

»Ja.«

Der Mann lächelte. »Also habt Ihr auch Kinder.«

»Nein. Nicht mehr …« Tony spürte, wie der Schmerz in ihm an die Oberfläche drängte. Es tat ihm gut zu reden. »Amos hat meine Tochter umgebracht.«

Der alte Mann senkte den Kopf und nickte dann einige Male. »Dann wird Euch niemand mehr aufhalten.«

»Nein.«

»Nein.« Der Mann hob den Blick. »Aber danach werdet Ihr Euch fühlen, als wärt auch Ihr tot. Wisst Ihr das?«

»Ohne meine Tochter ist mir schon jetzt, als wäre ich tot«, sagte Tony. Denn genauso fühlte er sich, seit Catalina nicht mehr lebte. Durch sie hatte er sich lebendig gefühlt. Sie war sein Leben gewesen. Alles Übrige zählte nicht.

»Ja, Ihr habt recht«, meinte der alte Mann. »Ich rede Unsinn.« Er sah Tony an. »Ihr wollt Rache und werdet sie bekommen. Und falls Euch das tröstet: Mein Sohn liebt mich. Wenn es also Eure Absicht ist, ihn leiden zu lassen, habt Ihr den einzig möglichen Weg gewählt.«

Tony kam der Gedanke, dass er diesem Mann gern bei einer anderen Gelegenheit begegnet wäre. »Ich bewundere Euch«, gab er offen zu. »Ihr habt Euren Sohn nicht verdient.«

Der andere lächelte. Ein Lächeln, in dem die ganze Weisheit des Alters lag und das sich mehr in seinen Augen zeigte, als dass es seine Lippen erreichte. »Was ist mit Eurer Tochter … Hat sie Euch verdient?«

»Nein. Wäre ich ein anderer Mann gewesen, würde sie jetzt noch leben.«

»Wenn Ihr ein anderer Mann gewesen wärt, hätte sie höchstwahrscheinlich nie das Licht der Welt erblickt.« Wieder lächelte der alte Mann. »Wir sind, was wir sind. Das ist alles. Das Gleiche, glaubt mir, gilt auch für mich.« Er erhob sich von der Sessellehne. »Ich habe nicht oft die Gelegenheit zu solch tiefsinnigen Gesprächen. Ihr habt meinen letzten Augenblicken Würde verliehen und dafür danke ich Euch. Würdet Ihr mir eine letzte Gunst erweisen? Lasst Ihr mir Zeit für ein Gebet?«

»Natürlich.«

Der alte Mann ging zu einer Kommode, die etwa zehn Schritte von Tony entfernt stand. Dort öffnete er eine Schublade und entnahm ihr eine Gebetsmütze. »Für die meisten Juden ist das eine *kippa*«, erklärte er und setzte sie auf. »Doch auf Jiddisch nennen wir sie *jarmulke.*« Er griff noch einmal in die Schublade, fuhr herum und hielt plötzlich eine Pistole in der Hand.

Tony war sofort klar, dass er selbst zu weit von ihm entfernt stand, als dass sein Messer gegen diese Waffe etwas hätte ausrichten können.

Dieser Alte hatte ihn mit seinem Geschwätz ausgetrickst.

In diesem Moment ertönte ein Schuss.

Der alte Mann riss die Augen auf und öffnete den Mund. Dann fiel er auf die Knie.

Rocco betrat das Zimmer und trat dem Mann die Pistole aus der Hand, die er immer noch mit schwachen Fingern festhielt.

Der alte Mann sah zu Tony. »Ich musste es versuchen«, sagte er kaum hörbar. »Nicht meinetwegen, aber … als Vater … für meinen Sohn. Das versteht ihr … oder?« Er sank auf dem Teppich zusammen, dabei verrutschte die Mütze auf seinem Kopf.

»Ich verstehe Euch.«

»Würdet Ihr mir die … *jarmulke* aufsetzen …«, bat der alte Mann.

»Was?«

»Die … kleine Mütze …«

»Sicher.« Tony kniete sich neben den Mann, richtete ihm die Mütze und betrachtete ihn. »Die Bonfiglio haben die Angewohnheit, meiner Familie das Leben zu retten«, sagte er nach einer ganzen Weile.

Rocco schwieg.

»Willst du immer noch Krieg an meiner Stelle führen?«, fragte Tony mit brüchiger Stimme, ohne den Blick von dem alten Mann zu wenden.

»Ja.«

Da drehte Tony sich zu ihm um. Und Rocco sah, dass er weinte wie ein kleines Kind. In diesen Augen, die nie eine Gefühlsregung gezeigt hatten, brannte jetzt Schmerz. Ein Schmerz, den seine Tränen niemals würden löschen können.

»Es ist jetzt dein Krieg, Bonfiglio«, flüsterte er schluchzend. »Ich habe keine Kraft mehr dazu.«

67

»Wie geht es Louis?«

»Dem geht es mit jedem Tag besser, er ist kaum noch im Bett zu halten«, erwiderte Louis' Mutter. »Er ist sehr stark.«

»Er ist ein anständiger Junge.« Rocco betrachtete sie ernst. »Señora, ich muss Sie um etwas bitten. Ich und meine Männer, wir brauchen Euch.«

Die Frau sah ihn überrascht an. Sie war eine Prostituierte, von ihr wollten Männer immer nur das Eine. »Ja?«

»Könnt Ihr kochen?«

»Wenn ich was habe, woraus ich was kochen kann, schon«, erwiderte die Frau.

Rocco wusste nur zu gut, dass das nicht häufig der Fall war. »Wir brauchen jemanden, der bereit ist, für viele Menschen zu kochen. Rund um die Uhr. Selbstverständlich werdet Ihr dafür bezahlt.«

Die Frau hätte vor Freude am liebsten geweint. »Einverstanden«, sagte sie.

»Wir befinden uns im Krieg«, fuhr Rocco fort. »Möglicherweise wird es Verletzte geben. Könnt Ihr Wunden versorgen?«

»Señor, wir haben hier überlebt, wo jeden Tag Krieg ist«, sagte die Frau mit erhobenem Kopf. »Wir können alles.«

Rocco lächelte ihr zu. »Genau so jemanden brauche ich.« Er nahm ein Bündel Pesos, die Tony ihm gegeben hatte, und reichte sie der Frau. »Geht einkaufen. Und besorgt auch Verbände und Desinfektionsmittel.«

Die Frau blickte auf die Scheine. Noch nie in ihrem Leben hatte sie so viel Geld auf einmal gesehen. »Ihr vertraut mir, Señor?«, fragte sie überrascht.

»Ja, ich vertraue Euch.«

Die Frau blickte ihn dankbar an. Louis hatte ihr im Krankenhaus mehrfach von Rocco erzählt, der ihn von der Straße geholt und ihn einen richtigen Beruf hatte lernen lassen. Mechaniker. Nicht Dieb oder Betrüger. »*Gracias*«, sagte sie, mehr brachte sie nicht heraus, bevor sie sich auf den Weg zum Markt machte.

Rocco betrachtete den Leibwächter, der ihn begleitete. Er wartete auf Befehle. Weil Tony ihm das aufgetragen hatte, und Tony schlug man nichts ab. Der Mann hier war einer von denen, die sich geweigert hatten, Amos' Männer vor dem Chorizo anzugreifen, als man Rosetta in der Nacht fortgeschafft hatte. Er wusste nicht, was er mit einem wie ihm anfangen sollte. Ein Mafioso. Männer, die nur gegenüber Schwächeren stark auftreten konnten. Das allein machte sie stark. Diese Typen kannte Rocco von klein auf. »Bring mich zu Tony«, sagte er.

Vor Tonys Festung war der Asphalt geschmolzen. Die Straße sah nun aus wie ein erstarrter schwarzer Lavastrom. Die Überreste von Catalinas Wagen waren weggeschafft worden, sie hatten tiefe Spuren auf dem Bürgersteig hinterlassen.

Die Wachen traten beiseite, um Rocco einzulassen.

Tony saß im Hof. Er starrte ins Nichts. In seinen Augen war nichts mehr von den Tränen zu sehen, die er am Tag zuvor geweint hatte. Auf den ersten Blick wirkten sie wie immer, aber als Rocco ihm gegenüber Platz nahm, sah er, dass sie leer waren. Nicht kalt.

»Ich traue deinen Männern nicht«, erklärte Rocco.

»Das verstehe ich. Du zählst für sie nicht.« Seine Stimme klang distanziert.

»Wenn du ihnen etwas befiehlst, werden sie es dann tun?«

Tony fixierte ihn. »Sie können sicher sein, dass ich sie umbringe, wenn sie es nicht tun. Jetzt mehr denn je. Aber sie wissen nicht, was du weißt.«

»Was weiß ich denn?«

»Du hast gesehen, dass ich vollkommen leer bin.«

Rocco sah verlegen zu Boden. Er hatte Tony verachtet wie alle Mafiosi. Sie waren der Dreck, dem er schon sein ganzes Leben lang entfliehen wollte. Und doch machte es ihm etwas aus, diesen Mann so zu sehen. Zum ersten Mal, seit er ihn kennengelernt hatte, wirkte er wirklich so klein wie ein Zwerg.

»Jetzt werd nicht sentimental, Bonfiglio.« Tony lachte.

»Sie sollen den ersten Angriff durchführen«, sagte Rocco.

»Das ist ihr Beruf.«

»Aber sie sollen sich von mir fernhalten«, meinte Rocco. »Sie werden hierbleiben, und du wirst ihnen die Befehle erteilen.«

»Und wer wird mir Befehle erteilen?« Tony lächelte abwesend.

»Ich.«

»Gut. Genau das wollte ich von dir hören«, sagte Tony. »Ich schlage ein.«

»Wenn es so ist, wie Francés sagt«, fuhr Rocco fort, »wird der Baron Amos nie bezahlen können. Die Söldner werden ihn verlassen.«

»Ja, das sagt Francés.«

Rocco schauderte. Ihm lief die Zeit davon.

»Und wo ist er jetzt?«

Tony schüttelte den Kopf. »Die Priester sind davon überzeugt, dass die Liebe die Welt antreibt. Menschen wie ich glauben, dass es der Hass ist. Aber in Wahrheit braucht es eine Mischung aus beidem, Liebe und Hass, um sie zu bewegen. Francés wird nicht müde zu betonen, dass er ein Feigling ist.

Doch er hasst Amos so sehr und liebt deine Rosetta so sehr, dass er Mut geschöpft hat.«

»Wo steckt er?«, fragte Rocco ungeduldig.

»Bei einem Kerl namens Jaime, dem Anführer der Söldner«, erwiderte Tony. »Und er hat einen Sack voller Geld bei sich. Er will ihn auffordern, Amos den Rücken zu kehren und ihm dessen Aufenthaltsort zu verraten. Es ist sehr wahrscheinlich, dass dieser Jaime ihm die Gurgel durchschneidet und zudem das Geld einsackt.« Er schüttelte den Kopf. »Und das weiß Francés. Trotzdem ist er zu Jaime gegangen, nachdem ihm klar geworden war, dass seine Zuhälterfreunde zu lange brauchen würden, um Amos' Versteck zu finden.«

Rocco gefiel die Vorstellung ganz und gar nicht, einem Zuhälter ausgeliefert zu sein. Aber so war es nun einmal. »Wann will er wieder hier sein?«

Tony zuckte nur mit den Schultern.

Rocco versuchte, sich auf den Krieg zu konzentrieren, denn er durfte jetzt nicht darüber nachdenken, dass mit jeder Minute, die verstrich, Rosetta dem Tod näher kam. »Wir sollten Wachen und Munition in die Werkstatt schaffen. Und dann müssen deine Männer mit voller Wucht Ciccone angreifen und ihm einen verflucht heftigen Schlag verpassen. Ich gebe dir Bescheid, wann das sein wird. Anschließend können sie verschwinden.«

»So wie im Wilden Westen?« Tony lachte spöttisch. »Cowboys gegen Indianer?« Er sah Rocco in die Augen. »Und wer sind die Guten?«

»Niemand.«

»Was hast du vor? Allein zu kämpfen? Der einsame Reiter?«

»Bald werde ich ein ganzes Heer haben«, erwiderte Rocco.

Tony lachte. »Du hast mir immer gefallen, Bonfiglio. Ein bisschen Clown, ein bisschen Träumer.«

Rocco beugte sich vor. »Reden wir übers Geschäft«, sagte

er. »Du wirst einen hohen Preis zahlen müssen, wenn wir es auf meine Art machen.«

»Ich habe eine Menge Geld«, antwortete Tony. »Und ich habe niemanden, dem ich es vererben kann«, fügte er tonlos hinzu.

»Dann nimm es mit ins Grab«, meinte Rocco. »Denn du wirst nicht mit Geld bezahlen. Sondern mit Gerechtigkeit.«

»Du nimmst immer so hochtrabende Worte in den Mund, die einen Scheißdreck wert sind«, sagte Tony.

»Für dich vielleicht.« Rocco beugte sich noch weiter vor. »Damit mein Heer gewinnen kann, muss ich ihm etwas anbieten, für das es sich zu kämpfen lohnt. Schau mich an.«

Tony folgte seiner Aufforderung.

»Wenn dieser Krieg vorbei ist, werden die Hafenarbeiter frei sein. Kein Schutzgeld, keine Versicherung, keine Schwarzarbeit mehr. Sie werden die Regeln selbst bestimmen können. Wenn sie die Kraft dazu haben, werden sie eine Gewerkschaft gründen. Und du hältst dich da raus. Der Hafen wird nicht länger dir gehören.«

»Das ist der Preis?«

»Der Hafen ist der Preis, ja.«

»Wenn ich darauf eingehe, meinst du dann, dass du ein gutes Geschäft gemacht hast?«

»Ja.«

»Mir ist alles scheißegal. Es reizt mich nicht einmal, Amos umzubringen. Du hättest mich um meinen Arsch bitten können, und ich hätte ihn dir gegeben.«

»Deinen Arsch will ich nicht. Ich will den Hafen.«

»Stell dein Heer auf«, sagte Tony und starrte wieder ins Leere.

»Wenn Francés zurückkommt, schick ihn zu mir.« Rocco stand auf.

»Zu Befehl.« Tonys Stimme klang wie aus weiter Ferne.

Rocco ließ sich zur Kneipe der Hafenarbeiter fahren, wo er mit Javier, Billar und Ratón verabredet war. An Javiers Fersen klebten wie immer die beiden Jungen. Auch die anderen Hafenarbeiter waren da.

Als Rocco eintrat, verstummten alle.

Rocco fing Javiers Blick auf und nickte.

»Ja?«, fragte Javier leise.

»Ja«, sagte Rocco.

Javier wandte sich an die anderen Hafenarbeiter. »Ja.«

»Ja«, wiederholten sie begeistert.

»Kein Schutzgeld?«, fragte einer.

»Kein Schutzgeld.«

»Wer entscheidet …?«

»Gründet eine Gewerkschaft. Stellt Regeln auf. Verschafft euch bei Politikern Gehör. Bildet Kooperativen. Gesellschaften.« Die Männer standen vor Rocco und starrten ihn mit offenem Mund an. Wie Kinder, riesengroße Kinder mit staunenden Augen. Und ohne jemanden wie Tony würden sie bald zu denen werden, die sie doch schon die ganze Zeit gewesen waren: erwachsene Männer. Aber selbstbestimmt. »Ihr werdet frei sein und über euer Schicksal selbst bestimmen können. Aber das werden wir nur erreichen, wenn wir dafür kämpfen. Zuerst müssen wir den Krieg gewinnen.«

Der älteste der Hafenarbeiter, dessen Rücken so gekrümmt wie ein Fragezeichen war, zog den Haken aus seinem Gürtel, mit dem er sonst Kisten verschob. Wortlos hob er ihn hoch.

Und die anderen taten es ihm gleich.

Jetzt hatte Rocco sein Heer. Er nickte ihnen zu und verließ das Lokal.

Die Hafenarbeiter folgten ihm bis zur Werkstatt von Gordo.

»Helft jedem, der Hilfe braucht. So ist der Plan«, sagte Rocco laut in die Runde, damit alle ihn hören konnten. Er deutete auf Louis' Mutter, die sich schon ans Kochen gemacht hatte. »Die Señora macht uns etwas zu essen. Und zwar jederzeit, rund um die Uhr.«

»Und ich helfe ihr dabei«, war eine Stimme zu hören.

Rocco drehte sich um. Vor ihm stand Assunta in Begleitung von Tano und Raquel.

Und hinter ihnen mindestens zwanzig Frauen.

Raquel lief zu Rocco.

»Ich will nicht, dass du hier bleibst«, sagte Rocco leise zu ihr.

»Du kannst mich mal«, erwiderte Raquel. »Ich lass dich doch nicht im Stich.«

Rocco ging auf, dass er ihr das niemals ausreden könnte, und eigentlich wollte er es auch nicht.

»Das hier sind die Frauen aus Barracas«, sagte Assunta. »Sie alle sind wegen Rosetta hier.«

Rocco ließ seinen Blick über sie gleiten. Unter ihnen waren junge ebenso wie ältere. Eine leicht mit Mehl bestäubte Frau hatte eine Schubkarre voller Brotlaibe dabei. Andere hielten Messer in der Hand.

»Wollt Ihr die etwa alle in die Küche stecken?«, fragte einer der Männer im Scherz.

»Wenn auch du eine solche Wut und Entschlossenheit in dir spürst, wie ich sie jetzt in ihren Augen sehe«, gab Rocco zurück, »dann wäre ich sicher, den Krieg zu gewinnen.«

Der Mann wand sich verlegen. »War doch bloß Spaß.«

»Jetzt ist keine Zeit für Späße«, mahnte Rocco.

Der einzig schmächtige Mann unter den Hafenarbeitern meldete sich zu Wort: »Ich bin Fermin Ortiz, Guadalupes Vater … Ihr wisst schon, das kleine Mädchen … das Ihr aus den Klauen dieses Monsters befreit habt …« Er stieß hörbar die Luft aus. »Wenn Ihr sie nicht gerettet hättet … Ihr und Señor Tano … ich weiß nicht, was noch geschehen wäre. Ich bin nur ein Stoffzuschneider … aber ich bin bereit.«

Rocco hätte ihm gern eine Hand auf die Schulter gelegt, war

aber sicher, dass der Mann dann in Tränen ausbrechen würde. Und jetzt war keine Zeit – weder für Scherze noch für Tränen. »Vielen Dank. Aber geht nach Hause zu Eurer Tochter.«

Der Mann schüttelte langsam den Kopf. »Nein …«

Doch seine Schwäche war für die anderen eine Gefahr, daher wiederholte Rocco hart und nachdrücklich: »Geht nach Hause.«

Der Mann nickte und ging.

In diesem Moment hielt ein Lieferwagen vor der Werkstatt, aus dem vier von Tonys Männern stiegen. »Wir bringen, was Ihr verlangt habt.«

Beim Anblick der Mafiosi mischte sich Feindseligkeit in die Blicke der Hafenarbeiter.

»Wir dachten, wir kämpfen allein«, sagte einer von ihnen.

»Die Männer da erledigen andere Dinge. Wir sind wir und die sind die«, erklärte Rocco. »Sie haben Waffen und Munition gebracht. Falls du es immer noch nicht kapiert hast: Es herrscht Krieg. Du hast doch nicht allen Ernstes geglaubt, dass du den mit einem Haken gewinnen kannst, oder?«

»Und wer sagt uns, dass sie am Ende wirklich verschwinden?«, fragte der Mann zurück.

»Ich.« Rocco sah ihn eindringlich an. »*Ich* sage es dir.«

»Und ich glaube ihm, verfluchte Scheiße!«, schrie Javier. »Verdammt, schaut doch nur, wem er Arbeit gegeben hat. Mir, Ratón, Billar … Todgeweihten. So haben wir uns selbst genannt, bevor er kam. Schaut«, er zeigte auf den inzwischen voll funktionsfähigen Verladewagen. »Er hat die Zukunft erfunden. Eine Zukunft für uns alle, verflucht! Und auch wenn ich hinke, kann ich dank ihm und dieser verdammten Maschine wieder im Hafen arbeiten, wenn diese ganze Scheiße vorbei ist. Ich werde meine Familie ernähren können.« Er schlug mit seiner großen Hand auf den Verladewagen, genau an die Stelle, wo auch sein Name stand. Das Metall erzitterte unter seinem Schlag. »Das hier ist kein Traum. Das ist eine verflucht wirkliche Erfindung. Ich habe das da selbst zusammengeschweißt. Und all die, die hier draufstehen, haben etwas daran gemacht. Aber der größte Name, der da ganz oben, das ist der einzige, der wirklich zählt. Und verfickte Hurenkacke, verflucht soll ich sein, wenn ich nicht an das Wort von einem solchen Mann glaube!«

Die Hafenarbeiter nickten schweigend.

Tonys Männer dagegen grinsten und zwinkerten den Frauen zu.

»Verdammte Scheißkerle«, sagte Rocco. »Macht, dass ihr zurück in eure Jauchegrube kommt, wie Tony es euch befohlen hat, wenn euch eure Eier lieb sind.«

»Erst laden wir ab. Wir müssen den Laster wieder mitnehmen«, sagte einer der Leibwächter.

»Glaubst du etwa, du kriegst diese Kisten schneller abgeladen als irgendwer hier drinnen?«

Die Arbeiter lachten.

»Verschwinde«, befahl Rocco dem Mafioso. »Ich brauche den Laster noch.«

Wortlos verließen die vier Männer den Raum.

Und zum ersten Mal sahen die Hafenarbeiter, dass diese sich verhielten wie sie selbst.

Tano trat zu Rocco. »Ich bin bereit. Wenn du jemanden brauchst, um Messer zu schärfen, Revolver zu ölen … Ärsche aufzureißen.«

»Ärsche aufzureißen?« Rocco zog grinsend eine Augenbraue hoch.

»Wenn du Gefangene machst und sie befragen musst«, antwortete Tano ruhig. »Wenn du keine Zeit hast, dann reiß ich denen den Arsch für dich auf.«

Dafür erntete er allgemeines Gelächter.

Die Arbeiter luden die Kisten mit Waffen ab, als Francés in die Werkstatt gerannt kam.

Sofort herrschte eine angespannte Ruhe, denn alle spürten, dass er etwas Wichtiges zu sagen hatte, und unterbrachen ihre Arbeit. Sogar Louis' Mutter hörte einen Moment lang auf, die Suppe in dem großen Kochtopf umzurühren.

»Ich weiß, wo sie ist«, rief Francés. »Ich weiß, wo Rosetta ist.«

»Rosetta«, flüsterte Rocco, dem mit einem Mal das Blut mit wilder Kraft durch den gesamten Körper strömte wie bei einem reißenden Fluss. Er fühlte sich stark. Unbesiegbar. Zu allem bereit. »Ich komme, Rosetta«, murmelte er, und seine Augen füllten sich mit Tränen.

68

Der Mann, dem Amos befohlen hatte, den Baron bei sich zu Hause zu verstecken, hieß Esteban.

Esteban war ein brutaler Kerl. Schon von Kindesbeinen an. Er prügelte gern, Männer wie Frauen. Deswegen arbeitete er als Leibwächter für Amos, er war der geeignete Mann für ein Bordell. Er schlug Huren wie Freier gleichermaßen.

Am Vorabend hatte Esteban auch seine Frau verprügelt, weil sie ihr Zuhause nicht verlassen wollte. Anstatt ihr zu erklären, dass es gefährlich war, mit diesem schmierigen, fetten Irren unter einem Dach zu leben, anstatt ihr zu sagen, dass es nur zu ihrem Besten geschah, hatte er sie geschlagen, bis sie weinend aus dem Haus rannte.

Sobald Esteban an irgendetwas einen Zweifel hegte, griff er zu Gewalt. Dann verschwand jeder Zweifel. Das machte sein Leben einfach.

»Du bist ein Tier«, sagte der Baron zu ihm.

Und Esteban begriff mit seinem kleinen Hirn, dass der Fettwanst ihm gerade ein Kompliment gemacht hatte.

Der Baron lachte. Manchmal machte ihn das Kokain wütend. Aber ab und zu bekam er davon auch gute Laune. Wie jetzt.

»Weißt du eigentlich, dass ich steinreich bin?«, fragte der Baron.

»Amos ist davon überzeugt«, antwortete Esteban. »Aber ich sehe, dass Ihr das Geld nicht habt, das Ihr ihm schuldet. Also seid Ihr vielleicht doch nicht so reich, wie Ihr sagt.«

»Du gefällst mir, Esteban«, sagte der Baron. »Du bist klug.«

Keiner hatte je zu Esteban gesagt, er sei klug. Daher schaute er nicht nur verblüfft drein, sondern fühlte sich auch überaus geschmeichelt.

Der Baron wusste das. Er wusste alles. Sein Kopf formte Gedanken schneller, als ein Maschinengewehr feuern konnte. Und jeder Schuss, jeder Gedanke war ein Treffer. Dank des Kokains.

»Da du so klug bist, muss ich dir nicht groß erklären, weshalb ich Schwierigkeiten habe, mir Geld zu beschaffen, oder?«

Esteban nickte.

Aber der Baron wusste, dass er es nicht verstanden hatte, und setzte zu einer Erklärung an. »Das Geld kommt aus Italien, aus Übersee. Ich habe wie alle reichen Leute mein Geld auf einer Bank. Und meine Bank muss eine Zahlungsanweisung für eine andere Bank hier in Buenos Aires ausstellen. Aber da es sich um riesige Summen handelt, müssen auch enorme Vorsichtsmaßnahmen getroffen werden.«

»Und außerdem habt Ihr ein paar Leute ermordet«, meinte Esteban spöttisch. »Ich glaube nicht, dass es für Euch so einfach ist, eine Bank zu betreten.«

»Siehst du: Wenn ich nur mit dir zu tun hätte, wäre alles ganz einfach!«, rief der Baron aus. »Amos dagegen versteht das nicht.« Er tippte sich mit dem Zeigefinger an die Stirn. »Ich bin mächtig. Sobald ich wieder in Italien bin, lasse ich meine Beziehungen spielen, und dann sind diese … dummen Kleinigkeiten im Handumdrehen aus der Welt. Aber wir sind nicht in Italien.«

»Nein«, bestätigte Esteban.

»Weißt du, wie reich du werden könntest, wenn ich die Möglichkeit hätte, nach Italien zurückzukehren?«, fragte der Baron.

Esteban runzelte misstrauisch die Stirn. »Worauf wollt Ihr hinaus?«

»Ich rede doch bloß. Ich will auf gar nichts hinaus.«

»Denkt Ihr, ich lasse Euch laufen, nur weil Ihr mir versprecht, dass Ihr mich reich machen könnt?« Esteban schüttelte den Kopf. »Ihr denkt gar nicht, dass ich klug bin, sondern dass ich ein Idiot bin. Wenn Ihr verschwindet, habe ich höchstens fünf Minuten zu leben. Dann schneidet Amos mir höchstpersönlich die Kehle durch. Bei allem Respekt, Señor, schert Euch zum Teufel!«

»Das habe ich doch gar nicht gemeint«, warf der Baron beschwichtigend ein. »Absolut nicht. Aber lass uns das Gespräch hier einfach beenden.« Mit einem kleinen Buttermesser, das keine Klinge und nur eine abgerundete Spitze besaß und das einzige war, das Esteban ihm zugestand, zog er eine lange, dünne Linie Kokain. Er rollte ein halbes Blatt Papier zusammen und sog es in die Nase ein.

»Und was wolltet Ihr eigentlich sagen?«

»Italien ist ein wunderbares Land«, sagte der Baron.

»Was hat das jetzt damit zu tun?«

Der Baron lächelte. »Du und ich. In Italien.«

»Ich und Ihr? Wie meint Ihr das?«

»Wir fliehen beide gemeinsam nach Italien«, flüsterte der Baron schmeichelnd. »Ich schenke dir einen meiner Palazzi. Ich werde dich mit Gold überschütten. Oder glaubst du etwa, dass Amos uns dort finden kann? In Italien bin ich Gott. Und du wärst es auch.«

Esteban sah ihn verwirrt an. Dann schüttelte er entschieden den Kopf. »Nein, nein. Denkt nicht einmal daran.«

»So ist es recht«, pflichtete der Baron ihm bei. »Es ist richtig, dass du dich frei entscheidest.« Er sah sich um. Die Wohnung roch feucht. Auf dem Boden lag eine Strohmatte statt eines Teppichs. Das einzige Sofa im Raum hatte Löcher im Bezug. Die Federn bohrten sich in den Hintern, wenn man sich daraufsetzte. Und ansonsten gab es nur noch das kleine dunkle Schlafzimmer. »Keiner von meinen Dienern wohnt so erbärmlich wie du. Was ist das denn hier? Ein Rattenloch?«

»Señor, ich brauch nur eine Minute, um Euch auseinanderzunehmen!«

»Weißt du, was für einen Wagen ich fahre? Einen Rolls-Royce Silver Ghost.«

Esteban kannte dieses Modell. Einige der reichen Männer im Zentrum besaßen so eines. Aber nur diejenigen, die so viel Land hatten, dass man es nicht einmal in einer Woche von einem Ende zum anderen durchschreiten konnte.

»Hättest du ihn gern?«

Esteban hielt sich die Ohren zu. Wie ein Kind. »Seid still oder ich stopf Euch das Maul!«

»Du musst mir nur sagen, wo er diese Hure gefangen hält. Sag es mir, und ich schenke dir meinen Rolls-Royce Silver Ghost.«

»Jetzt reicht es mir. Ich habe Euch gewarnt.«

Der Baron bereitete eine weitere Linie Kokain vor. »Ich hatte unrecht. Du bist doch nicht klug. Sondern feige.«

Esteban sprang auf und ging mit erhobener Faust auf ihn zu.

Der Baron sah ihn schweigend an, dann beugte er sich über das Kokain und sog es ein.

Esteban ließ die Faust sinken und wollte an seinen Platz zurückkehren.

»Warte.« Der Baron griff an seine Weste, öffnete den Verschluss der Goldkette, nahm die Uhr und hielt sie Esteban hin. »Siehst du. Das auf dem Gehäuse ist ein Diamant. Der allein ist mehr wert als die Kette und die Uhr zusammen. Da, nimm, ich schenke sie dir.«

»Warum?«, fragte Esteban misstrauisch.

»Ach, für mich ist sie bedeutungslos.« Der Baron streckte ihm weiter die Uhr hin. »Für mich hat sie einen so geringen Wert, dass ich sie dir einfach schenken kann. Ganz ohne Grund. Einfach aus einer Laune heraus.«

Esteban konnte sich noch immer nicht dazu durchringen, sie anzunehmen.

Daraufhin warf der Baron die Uhr auf den Boden und hob den Fuß, als wollte er sie mit dem Absatz seines Schuhs zertreten. »Wenn du sie nicht nimmst, dann zerstöre ich sie eben. Weil ich sie nicht mehr sehen kann. Einfach so. Weil ich ihrer überdrüssig bin.«

Esteban hob eilig die Uhr auf. Er war verwirrt, vollkommen verwirrt. Am liebsten hätte er diesen ekligen Fettwanst verprügelt, dann würde er sich bestimmt besser fühlen. Er rieb sich die Schläfen.

»Wer von uns beiden ist jetzt stärker?«, fragte der Baron.

Esteban lachte. Diese Frage konnte er leicht beantworten. »Ihr könnt noch nicht einmal aufstehen, da seid Ihr schon tot.«

Der Baron lächelte. »Das glaube ich auch.«

Esteban nickte selbstgefällig.

»Meinst du, ich könnte von hier entkommen?«

Esteban lachte noch lauter. »Erzählt doch keinen Blödsinn!«

Auch der Baron lachte. »Unmöglich, nicht wahr?«

»Ja, vollkommen unmöglich.« Esteban musste immer noch lachen.

»Dann kannst du mir doch genauso gut sagen, wo Amos die Hure gefangen hält«, meinte der Baron.

Esteban blieb das Lachen im Halse stecken.

»Ich habe dir eine wertvolle Uhr geschenkt«, sagte der Baron. »Ohne etwas von dir zu verlangen. Ich könnte dir noch nicht einmal eine Ohrfeige geben. Nicht einmal kitzeln könnte ich dich, so stark bist du. Und bestimmt hast du einen Revolver und …«, er schaute auf Estebans Hose, als suchte er etwas, »… todsicher ein Messer. Ein richtig großes.«

Esteban lachte, fuhr mit der Hand in seine Hosentasche und holte ein Klappmesser hervor. Ließ es aufschnappen. Die Klinge blitzte in dem erbärmlichen Zimmer auf, gleißend und scharf.

»Dann kannst du mir doch sagen, wo Amos sie gefangen hält«, fuhr der Baron fort. »Was riskierst du schon dabei?«

»Warum wollt Ihr das wissen?«

»Aus demselben Grund, weshalb ich dir die Uhr geschenkt habe. Einfach nur so. Aus einer Laune heraus. Ich … wüsste es eben gern.«

Esteban musterte den Baron. In einer Hand hielt er sein Messer, in der anderen die Uhr. Er versuchte, zu einem Entschluss zu kommen. Das war eine sinnlose Frage. Der ganze Mann war merkwürdig. Er begriff das alles nicht.

»Es wäre eine Geste … unter Freunden«, fuhr der Baron fort.

»Ich bin nicht Euer Freund.«

»Schade«, sagte der Baron und ließ Enttäuschung heuchelnd den Kopf hängen. »Für einen wie mich … wäre es schön, einen Freund wie dich zu haben.« Er hielt weiter den Kopf gesenkt.

»In einer verlassenen Brauerei«, murmelte Esteban. »Avenida Neuquén, in der Nähe vom Cricket Club von Caballito.«

Nun hob der Baron den Kopf. »Danke, mein Freund.« Dann bewegte er sich. »Wie spät ist es?«, fragte er.

Esteban wollte die Uhr aufschnappen lassen. »Es ist …«

Im selben Moment packte der Baron das Messer an der Klinge und riss es Esteban, vollkommen unempfindlich gegen den Schmerz, aus der Hand, drehte es blitzschnell um und rammte es ihm in den Unterleib.

Esteban war stark und antwortete mit einem Fausthieb.

Aber durch das viele Kokain empfand der Baron keinen Schmerz. Die Wucht des Schlages ließ ihn nur leicht zurücktaumeln, dann stieß er erneut zu. Immer wieder. Bis der Leibwächter schließlich zu Boden ging. Da stürzte sich der Baron auf ihn und stach weiter auf ihn ein. Er stach ihm die Augen aus. Und schlitzte die Wangen vom Mund bis beinahe zu den Ohren auf. Schnitt die Nase ab. Danach riss er Estebans blutdurchtränkte Kleidung auf, setzte einen tiefen Schnitt quer über den Bauch, rammte seine Hand in die Wunde, zerrte die Eingeweide heraus und verteilte sie in dem schäbigen Zimmer.

»Wer ist jetzt der Stärkere von uns beiden?«, schrie er wie ein wild gewordenes Tier.

Als er sich schließlich beruhigte, ging er ins Bad und wusch sich. Er fand ein paar Kleidungsstücke von Esteban und zog sie an. An einigen Stellen, zum Beispiel über dem Bauch, waren sie ihm zu eng. An anderen, wie den Schultern, füllte er sie nicht aus. Und die Ärmel waren ihm zu lang. Doch als er sich im Spiegel betrachtete, gefiel er sich. Er wirkte wie ein Verbrecher.

Der Baron kehrte in das Zimmer zurück und nahm die Uhr, die Esteban immer noch umklammert hielt. Dann durchwühlte er dessen Taschen. Er fand etwas Geld und nahm auch den Revolver und das Klappmesser an sich, mit dem er ihn wie ein Schwein abgeschlachtet hatte.

Dann gönnte er sich noch eine Nase Kokain und schüttete den Rest in den Beutel zurück.

Schließlich verließ er das Haus und ließ sich mit einer Kutsche in die Avenida Neuquén im Caballito-Viertel zu der verlassenen Brauerei fahren.

Er wollte sich erst ein Bild verschaffen, ehe er etwas unternahm, also umrundete er den roten Ziegelbau einmal und spähte durch die stark verschmutzten Fenster.

Innerlich lachte er. Er war unbesiegbar.

Plötzlich bemerkte er aus dem Augenwinkel flüchtige Bewegungen. Der Baron versteckte sich hinter einer Mülltonne.

Kurz darauf konnte er mehrere Männer ausmachen. Sie waren groß und stark. Und schließlich entdeckte er unter ihnen den Mann, der ihm den kleinen Finger zerschmettert hatte. Auch er suchte nach Rosetta.

Aber er, der Baron Rivalta di Neroli, würde nicht zulassen, dass er sie von hier wegbrachte.

Zumindest nicht lebendig.

69

Rosetta hatte Schmerzen am ganzen Körper.

Ihr war, als durchlebte sie wieder den Albtraum ihres früheren Lebens. Nur dass Amos stärker war als ihr Vater.

Und dass sie sich nicht schützen konnte, weil ihre Arme nach hinten an einem Metallrohr gefesselt waren.

Amos hatte all seine Wut und Enttäuschung an ihr ausgelassen.

Inzwischen wusste Rosetta, was sie erwartete. Sie würde nicht am Leben bleiben. Das hier war ihr Ende.

Sie bekam kaum Luft. Amos hatte ihr sicher ein paar Rippen gebrochen. Sie hatte Blut gespuckt und wusste nicht, ob es von den aufgeplatzten Lippen kam oder etwas tiefer aus den Lungen.

Einer von Amos' Leibwächtern stürmte in die Brauerei. »Tony hat Ciccone angegriffen!«, rief er.

Amos sprang sofort auf. »Was ist mit Jaime?«

»Von ihm keine Spur. Auch von seinen Männern nicht.«

Amos ballte die Fäuste. »Verdammt«, murmelte er. »Am Ende hat er wirklich Tony den Schwanz gelutscht.«

»Was ist?«, fragte einer seiner Männer.

»Der Krieg ist zu Ende«, sagte Amos kaum hörbar. Hundeschnauze hatte Tony verraten und Catalinas Auto wie vereinbart in die Luft gejagt. Das war nun Tonys Antwort. Genau wie Amos es erwartet hatte. Er hatte Tony aus der Deckung locken wollen, um ihn noch tiefer treffen zu können. Aber das wäre ihm nur mit Jaimes Söldnern gelungen. Nun lagen die Dinge anders und ließen nur einen möglichen Schluss zu. Ciccone würde Tonys geballtem Angriff nicht lange standhalten können. Und Amos hatte nicht die geringste Absicht, in einem inzwischen verlorenen Krieg zu sterben. Er zeigte auf Rosetta. »Lassen wir sie verschwinden, und dann nichts wie weg von hier. Und zwar schnell.«

»Lass mich die vorher noch mal ordentlich vögeln!«, sagte einer seiner Männer lachend.

Amos versetzte ihm einen Kinnhaken. »Tony macht Hackfleisch aus deinem Schwanz, du dämlicher Wichser!« Er holte sein Klappmesser hervor, ließ die Klinge hervorschnellen und ging damit auf Rosetta zu. »Macht euch fertig, damit wir sofort von hier verschwinden können!«

In diesem Moment ertönte ein gewaltiger Schlag, als das Fabriktor aufgebrochen wurde. Gleich darauf stürmten etwa zwanzig bewaffnete Männer die Fabrik. Allen voran Rocco.

Amos zog seinen Revolver und schoss. Die Hafenarbeiter erwiderten das Feuer, und Amos' Männer suchten hinter den Backsteinsäulen Schutz. Rote Steinsplitter spritzten durch die Luft, als die Kugeln darin eindrangen. Doch keiner von Amos' Leuten wurde getroffen, dagegen gingen zwei Hafenarbeiter zu Boden.

»In Deckung!«, rief Rocco, der fürchtete, die Arbeiter würden wie die Fliegen wegsterben, da sie keine Kampferfahrung hatten.

Doch dann gelang es ihnen, Ordnung in ihre Reihen zu bringen und für einen kurzen Moment ein Gleichgewicht herzustellen. Die Schießerei tobte ununterbrochen.

Plötzlich explodierten die Fenster auf der Rückseite der Fabrik, genau wie Rocco es geplant hatte. Weitere Arbeiter stürmten herein, die sofort von hinten das Feuer auf die Leibwächter eröffneten. Dann zerplatzten die Seitenfenster, und auch von dort nahmen Arbeiter Amos' Männer unter Beschuss. Sie waren von allen Seiten eingekesselt. Viele von Amos' Männern lagen auf dem Boden, verletzt oder gar tot. Es würde nicht mehr lange dauern, dann wäre alles vorbei.

»Rocco!«, schrie Rosetta, für die mit einem Mal nichts anderes mehr existierte als dieser Mann.

»Rosetta!«, schrie nun auch Rocco. Aber die Leibwächter feuerten von allen Seiten auf ihn ein, sodass er nicht zu ihr durchdringen konnte.

In dem Moment ging Amos auf, dass noch nicht alles verloren war. Sein feiger Zuhälterverstand gab ihm den einzigen Schachzug ein, der ihm noch blieb. Eilig rannte er zu Rosetta und hielt ihr den Lauf seiner Waffe an die Schläfe. »Ich bringe sie um!«, schrie er. »Sag ihnen, dass sie das Feuer einstellen sollen, oder die Frau ist tot!«

»Halt!«, schrie Rocco, so laut er konnte. »Halt! Hört auf zu schießen!«

Langsam ließen die Männer beider Seiten ihre Waffen sinken.

Die darauffolgende Stille war beängstigend.

Dann brüllte Amos: »Lasst uns hier raus, ihr Wichser!«

Rocco ging der Anblick von Rosettas geschwollenem Gesicht zutiefst nah.

»Bei Gott dem Allmächtigen, ich blas ihr das Hirn weg!«, rief Amos.

Rocco trat hinter der Säule hervor und lief entschlossen weiter in die Mitte des Raumes. Er atmete langsam ein und aus, doch es klang wie ein unterdrücktes Knurren. Sein Revolver blieb auf Amos gerichtet, dabei ließ er Rosetta keinen Moment aus den Augen.

Rosetta erwiderte seinen Blick und weinte, doch nicht aus Angst. Nicht vor Schmerz. Sondern weil er gekommen war – ihretwegen.

»Und wenn du sie umgebracht hast, was willst du dann tun, du mieses Schwein?«, fragte Rocco ruhig.

»Danach sehe ich mir an, wie dir die Tränen über das Gesicht fließen«, erwiderte Amos.

Rocco ließ den Revolver sinken.

»Wirf ihn auf den Boden!«, sagte Amos. »Und sag deinen Männern, sie sollen das auch tun.«

»Lass sie frei und dann verschwindet. Keiner wird euch etwas tun«, sagte Rocco. »Du hast mein Wort.«

Amos presste den Lauf seiner Waffe nur noch fester an Rosettas Schläfe, bis sie aufstöhnte. »Hältst du mich wirklich für so einen beschissenen Idioten? Weißt du, was du mit deinem Wort machen kannst? Fick dich. Sie kommt mit. Sie ist meine Versicherung.«

Rocco warf den Revolver auf den Boden.

Amos richtete seine Waffe auf Rocco. »Und jetzt die anderen.«

Rocco blickte zu den Hafenarbeitern. Zwei von ihnen lagen tot auf dem Boden, die beiden, die am Anfang getroffen worden waren. Doch alle anderen lebten. Von Amos' Leibwächtern dagegen lagen mehr als zehn verletzt oder tot auf der Erde. Nur fünf standen noch. Fünf gegen vierzig.

»Runter mit den Waffen«, sagte Rocco.

Die Hafenarbeiter blickten ihn unsicher an.

»Sie bringen uns um«, sagte einer von ihnen.

»Ihr an den Fenstern«, ordnete Rocco an, »zieht euch zurück und wartet. Sobald ihr Schüsse hört, kommt ihr her. Aber wenn sie nicht schießen, sondern verschwinden, dann lasst sie ziehen.«

Die Männer an den Fenstern zogen sich zurück.

»Entscheide dich«, sagte Rocco zu Amos. »Lass sie gehen.«

»Den Teufel werde ich tun.«

»Lass sie und nimm mich dafür.«

Rosetta unterdrückte ein Schluchzen.

»Ich kenne Abschaum wie dich: Wenn du sie fortschaffst, bringst du sie um, da bin ich mir sicher«, sagte Rocco. »Dann kannst du sie auch gleich hier vor meinen Augen umbringen, und ich kann dich töten, wie ich es mit deinem Vater gemacht habe.«

Amos zuckte zusammen. »Was zum Henker redest du da?«

»Eine Querstraße der Avenida Junín, zweiter Stock, einer von deinen Männern war vor der Tür postiert. Da war ein alter Mann mit einem langen, weißen Bart.« Roccos Stimme klang hart, metallisch. »Er hatte einen Revolver in einer schwarzen Kommode versteckt. Als er starb, hat er sich Euer Scheißkäppchen auf den Kopf gesetzt. Ein mutiger Mann, ganz im Gegensatz zu seinem Sohn.«

Amos starrte Rocco an und wusste, dass Rocco die Wahrheit sagte. Ihm fuhr ein so schmerzhafter Stich ins Herz, dass er aufschrie. »Nein!«, brüllte er und hob die Waffe.

»Tu's nicht! Nimm mich.« In Roccos Stimme lag nicht der geringste Hauch von Unsicherheit. »Wenn du mich tötest, stirbst auch du. Und deine Männer. Wenn du aber tust, was ich dir sage, wenn du das Mädchen freilässt, verschwindest und mich mitnimmst … dann kannst du mich in aller Ruhe umbringen. Du kannst dich rächen und trotzdem am Leben bleiben. Das ist doch ein gutes Geschäft, oder?«

Amos war nicht auf diesen grausamen Schmerz vorbereitet, der ihm gerade die Brust zerriss. Er konnte weder atmen noch denken. »*Tatínka*«, murmelte er. Und plötzlich bedeutete das alles um ihn herum nichts mehr. Alles war dunkel geworden. Sein Blick war auf Rocco gerichtet, aber er sah ihn nicht.

»Komm her!«, keuchte er. »Komm her.«

Rocco trat heran, bis er vor Amos stand.

Amos starrte ihm in die Augen, als suche er etwas. Diese

Augen waren vermutlich das Letzte gewesen, das sein Vater gesehen hatte. *Tatínka*.

»Du wirst leiden wie ein Hund«, sagte Amos. Doch er ahnte, dass es ihm nicht gelingen würde, Rocco so leiden zu lassen, wie er selbst gerade litt.

Rocco nickte. Ernst. Ohne ein weiteres Wort. Sie hatten einen Pakt geschlossen. Und er war bereit, sich daran zu halten. »Gehen wir«, sagte er.

»Dreh dich um«, befahl Amos. Er bohrte ihm den Revolver in die Rippen und stieß ihn zum Ausgang.

»Halt! Polizei!«, schallte es draußen durch ein Megafon, und gleich darauf stürmte ein Polizeitrupp mit gezückten Waffen die Brauerei.

»Amos Fein, nimm die Waffe runter!«, befahl Capitán Ramírez.

»Nein, Capitán. Ihr habt Euch in der Zeit vertan«, knurrte Amos. »Ich verschwinde jetzt und töte diesen Bastard.«

»Amos«, rief Capitán Ramírez, während er unbeirrt auf ihn zuschritt. »Du bist verhaftet. Und du bleibst in meiner Obhut, denn so wurde es mir befohlen. Es gibt nichts zu besprechen.«

Amos verstand, was der Capitán ihm gerade zu verstehen gab: Er führte einen Befehl aus, der nicht von seinen offiziellen Vorgesetzten kam, sondern von Noah, dem Chef der *Sociedad de Socorros Mutuos*. Und damit war klar, dass der Capitán ihm gerade mitteilte, dass er ihn hier rausholen würde. Dass die *Sociedad* einen Weg finden würde, ihm den Arsch zu retten.

Sein Gehirn funktionierte wieder, denn ihm wurde noch etwas anderes klar: Wenn sie ihn aus einer solchen Lage retten konnten – und das konnten sie –, wenn sie wussten, dass er mindestens eine Hure umgebracht hatte, dann würden sie ihn auch retten, wenn er einen weiteren Menschen umbrachte. Er würde seine Rache bekommen. Er würde seinen Vater rächen.

»Leb wohl, du Stück Scheiße«, flüsterte er Rocco ins Ohr.

Er stellte sich hinter ihn und zielte auf seinen Rücken in Höhe seines Herzens.

Klick

erklang es in der Stille der Brauerei.

Klick.

Das Geräusch einer leeren Waffe.

»Nein!«, schrie Amos.

Rocco drehte sich unvermittelt um und begann, in blinder Wut auf ihn einzuschlagen.

Die Polizisten konnten ihn kaum bändigen, bis Capitán Ramírez ihn an der Kehle packte. »Es reicht«, zischte er. Dann zeigte er auf Rosetta. »Nach dieser Frau wird gefahndet.«

Und in diesem Augenblick begriff Rocco, dass er einen korrupten Polizisten vor sich hatte. »Wie könnt Ihr das wissen?«, fragte er.

»Nach ihr wird gefahndet«, wiederholte Capitán Ramírez.

»Falls Ihr versuchen solltet, sie zu verhaften, kann ich meine Männer wahrscheinlich nicht mehr zurückhalten«, drohte Rocco.

Capitán Ramírez schien gänzlich unbeeindruckt. »Dann komme ich eben zurück, und hole sie mir«, sagte er mit einem boshaften Grinsen. »Ich sollte euch alle verhaften.« Er sah Rocco in die Augen, bevor er Amos eine Hand auf die Schulter legte. »Aber ich nehm nur ihn hier mit.«

Rocco hätte ihn gern gefragt, wie viel man ihm zahlte, hielt sich aber zurück. Weil das Richtige nicht immer das Beste war. Nun war es an der Zeit, mit dem Leben Kompromisse zu schließen. Zeit, seinem Schicksal zu danken, anstatt es immer nur zu verfluchen. Wie durch ein Wunder war er noch am Leben. Kurz kam ihm in den Sinn, nach Knoten zu suchen, nach den Knoten von Carmens Engeln, so wie sie im Krankenhaus in den Haaren von Louis gefunden worden waren. Aber das war natürlich Unsinn. Das alles war Zufall. Ein Revolver hatte sechs Kugeln. Und Amos hatte sie alle schon verschossen. Es gab keine Engel. Und keine Knoten.

»Rocco!«, rief Rosetta hinter ihm.

Sein Blick fiel auf Tano, der gerade die Seile löste, mit denen sie an das Metallrohr gefesselt war. Er löste die Knoten.

Nein, ich habe nicht nur Glück, dachte Rocco. Ich bin auch ein Riesendummkopf.

Es gab Knoten.

»Rosetta!«, rief er und lief zu ihr.

70

Rosetta und Rocco sahen einander an.

Sie sprachen kein Wort, doch all ihre Worte standen in ihren Augen geschrieben. Und so redeten sie sich alles von der Seele, ohne etwas in sich zurückzuhalten, ohne etwas vor dem anderen zu verbergen. Frei und ohne Scheu.

Ohne den Blick von ihr zu wenden, streckte Rocco den Arm aus und suchte Rosettas Hand. Und sie überließ sie ihm ohne Widerstreben, drückte seine Hand sogar fester als er ihre.

Und dann begannen beide zu lachen. Und mitten im Lachen begannen sie zu weinen. Ungläubig, glücklich und unfähig, ihr Glück zu ermessen. Endlich standen sie sich gegenüber. Nachdem sie vergebens nacheinander gesucht hatten. Nachdem sie einander gefunden und wieder verloren hatten. Nachdem sie gefürchtet hatten, es würde das schlimmste Ende nehmen. Doch nun standen sie hier, waren beide am Leben und sahen einander an.

Tano neben ihnen wandte sich verlegen ab.

Rocco beugte sich zu Rosetta vor. »Ich will dich küssen«, flüsterte er.

»Ich will dich küssen«, sagte auch sie.

Rocco beugte sich noch weiter vor.

»Aber ganz vorsichtig«, mahnte Rosetta lachend.

Rocco legte seine Lippen sanft auf Rosettas. Sie fühlten sich warm an, rau und schmeckten nach Blut. Nur ein Moment, dann zog er sich wieder zurück.

Rosetta senkte den Blick und errötete.

»Ich habe dich gefunden«, sagte Rocco.

»Ich hatte dich zuerst gefunden, du Angeber«, erwiderte Rosetta.

Rocco lachte. »Du hast dich nicht verändert.«

Rosetta sah ihn an. Ernst und mit einem Lächeln im Gesicht. »Doch, ich habe mich verändert. Sogar sehr.«

Rocco nickte. »Die Frauen von Barracas haben in den Straßen von Buenos Aires für dich demonstriert. Bis zum Chorizo sind sie gezogen, um dich zu befreien. Sie warten in meiner Werkstatt auf dich, weil ich ihnen verboten haben, sich von diesen Dreckskerlen umbringen zu lassen. Sonst wären sie jetzt auch hier.«

»Ist das wahr?«, fragte Rosetta.

»*Minchia*, hast du denn immer noch nicht kapiert, wer zum Henker du bist?«, mischte Tano sich ein. »Und was du verflucht noch mal geschafft hast?«

Rocco und Rosetta sahen ihn an, überrascht, dass sie nicht allein waren, so sehr hatten sie die Welt um sie herum vergessen. Und der Blick genügte, um sie in die Wirklichkeit zurückzubringen.

Einer von Amos' Männern lag stöhnend am Boden, während einer der Hafenarbeiter ihn ins Gesicht trat.

»Nein!«, rief Rocco. »Werd nicht wie sie.«

Der Hafenarbeiter hielt inne. »Leute wie der haben meinen Vater umgebracht«, sagte er trotzig.

»Und du hast dir heute zurückgeholt, weswegen er getötet wurde«, erklärte Rocco. »Den Hafen. Wenn du wirst wie sie, war das alles sinnlos.«

Rosetta beobachtete ihn und hatte dabei sich selbst in den Gesprächen mit den Leuten in Barracas vor Augen. Und sie verstand immer mehr, warum er und kein anderer der Mann in ihrem Leben war.

Rocco schien ihren Blick zu spüren und wandte sich ihr zu. »Wir müssen von hier weg. Und …« Er unterbrach sich. »Ich weiß, dass wir uns gerade erst wiedergefunden haben, aber … aber ich muss diese Sache zu Ende bringen. Für sie … und für uns beide.«

»Ja.« Rosetta war stolz auf ihn.

»Wir gehen zur Werkstatt von Gordo zurück«, befahl Rocco den Hafenarbeitern. »Nehmt unsere beiden Toten mit, wir werden sie ihren Familien übergeben.«

»Und was ist mit dem da?«, fragte ein Hafenarbeiter und deutete auf den verletzten Mann.

»Ich habe gesagt, dass ich nicht werden will wie sie, aber nicht, dass ich jetzt Priester werde«, antwortete Rocco.

Sie ließen den Mann liegen und machten sich auf den Weg durch die dunklen Gassen.

Niemand von ihnen bemerkte den Baron, der sich aus dem Schatten löste und ihnen mit dem Messer und dem Revolver Estebans in Händen – und von Zeit zu Zeit die Nase hochziehend, als hätte er Schnupfen – mit Abstand folgte.

Als die Frauen in der Werkstatt die Männer hörten, liefen sie nach draußen. Beim Anblick Rosettas jubelten sie laut vor Freude und umringten sie. Señora Chichizola, Dolores, Encarnación und die Frauen vom Mercado Central.

Assunta blieb etwas abseits stehen und brach in Tränen aus, bis Rosetta zu ihr kam und sie umarmte.

Raquel, die neben ihr stand, erkannte Rosetta auf den ersten Blick. Sie war die schöne Frau gewesen, die am Tag ihrer Ankunft zwischen zwei Wachleuten im *Hotel de Inmigrantes* gestanden hatte. »Was ist mit Amos? Hast du ihn getötet?«, wollte sie von Rocco wissen.

Rocco schüttelte den Kopf. »Ich fürchte, dieser Dreckskerl kommt ungeschoren davon.«

Raquels Gesicht verfinsterte sich.

»Das Leben ist nicht immer gerecht«, sagte Rocco zu ihr.

»Nein.«

»Aber er wird dir nichts mehr tun, das weiß ich genau.«

»Er hätte dafür büßen müssen!«

Rocco sah sie nur schweigend an. Was hätte er ihr auch sagen sollen? Sie hatte vollkommen recht. Er legte ihr eine Hand auf die Schulter. »Ich hätte ihn töten können«, gab er zu. »Aber ich musste mich zwischen ihm und Rosetta entscheiden.«

Raquel nickte langsam. »Dann hast du das Richtige getan.«

Und wieder gab es nichts weiter zu sagen.

»Hört zu«, rief Rocco gleich darauf. »Ich weiß, wir sind alle erschöpft. Aber jetzt müssen wir die Partie zu Ende spielen. Bald wird es hell. Tonys Männer haben Ciccones Männern hart zugesetzt, während wir Rosetta zurückgeholt haben. Und dass wir das geschafft haben, verdanke ich euch, meine Freunde! Aber jetzt müssen wir selbst zu Ciccone und ihm sagen, dass er seine Koffer packen und uns den Hafen überlassen soll. Der Krieg ist noch nicht ganz vorbei! Ihr müsst noch einmal mit eurem ganzen Herzblut kämpfen. Das ist es, was ich von euch brauche.«

Lauter Jubel brandete auf, darunter auch Hochrufe auf Rocco. Die Schlacht, die sie geschlagen und gewonnen hatten, hatte ihnen Selbstvertrauen gegeben. Einige, die, wenn auch nur leicht, verletzt worden waren, weigerten sich sogar, ihre Wunden versorgen zu lassen, so erpicht waren sie darauf, das Ganze zum Ende zu bringen.

Tano trat zu Rocco: »Ich komme nicht mit. Ich muss Rosetta nach Hause bringen.« Er deutete auf Raquel. »Der Junge kann auf dem Boden in meiner Werkstatt schlafen.«

»Nein«, widersprach Rocco. »Ich begleite sie und treffe mich dann wieder hier mit meinen Leuten. Aber Rosetta sollte besser nicht bei Euch bleiben. Vielleicht weiß dieser Capitán ja, wo sie einmal gewohnt hat. Außerdem ist bis jetzt nicht bekannt, was aus dem Baron geworden ist.«

»Und wo soll sie dann schlafen?«, fragte Tano.

»Wisst Ihr, wo der Vater von dem Mädchen wohnt, das …«

»Guadalupe?«

»Ja, der Zuschneider«, bestätigte Rocco.

»Natürlich weiß ich das«, antwortete Tano.

»Ich habe ihn etwas unhöflich weggeschickt«, erklärte Rocco. »Aber er hat mir Hilfe angeboten. Bestimmt wird er Rosetta aufnehmen.«

Tano bestätigte durch sein Nicken, dass er Roccos Plan für gut befand. »Los, gehen wir.«

»Esst jetzt«, sagte Rocco zu seinen Männern. »Und dann ladet eure Waffen.«

Helena Vargas machte sich daran, die Teller zu füllen.

Die Frauen aus dem Barracas-Viertel begleiteten Rosetta. Sie waren ihretwegen gekommen, und jetzt kehrten sie mit ihr nach Hause zurück.

Am Ende des Zuges gingen mit leichtem Abstand Rocco und Rosetta. Er legte ihr einen Arm um die Taille, doch Rosetta stöhnte auf.

»Verzeih …«

Rosetta lächelte.

»Ich weiß gar nicht, wie ich dich anfassen soll, ohne dir weh zu tun«, erklärte er ebenfalls mit einem Lächeln.

»He, Hände weg, junger Mann!«, knurrte Tano, der das Ganze gehört hatte.

»Es tut mir leid, *Signore*«, antwortete Rocco zerknirscht. »Aber in dieser Hinsicht kann ich Euch nicht gehorchen.«

Tano reckte mit harter Miene die Faust, doch dann lachte er. »Gute Antwort, verdammt noch mal!« Er schloss zu Assunta auf, und während sie weitergingen, tätschelte er ihr verstohlen den Hintern.

Rosetta zeigte auf Tano und Assunta. »Sie sind meine Familie.«

»Komm her«, sagte Rocco zu Raquel.

Raquel glaubte erst, sie hätte sich verhört. Dann rannte sie zu den beiden.

»Der hier«, sagte Rocco verlegen. »Also, dieser kritzelnde Stachel im Fleisch der Gesellschaft ... ist, also ... der ist meine Familie. Ángel, sag guten Tag.«

Raquel wurde rot wie eine Chilischote. »Guten Abend ... Señora«, stammelte sie.

»Was für eine Señora? Du kannst ruhig du sagen«, sagte Rosetta mit einem breiten Lächeln. »Außerdem würde das sonst Señorita heißen«, fügte sie hinzu und sah Rocco bedeutungsvoll an.

»Bittest du mich etwa schon, dich zu heiraten?«, fragte Rocco lachend.

»Keine Sorge«, wehrte Rosetta ab. »Ich weiß ja, dass du keinen Klotz am Bein willst.«

Rocco konnte sich genau an seine Worte auf dem Schiff erinnern. Ihm kam es so vor, als wäre das in einem anderen Leben gewesen. »Ich habe mich auch verändert«, sagte er. »Und zwar mindestens so sehr wie du.«

Rosetta betrachtete ihn zärtlich. »Bis vor einer Stunde habe ich noch geglaubt, mein Leben wäre ein einziges Unglück. Und jetzt bin ich die glücklichste Frau der Welt.«

Alle schwiegen bewegt, bis sie kurz darauf in Barracas ankamen. Tano führte sie zu einer orangefarbigen Hütte mit erbsengrünen Fensterläden und Türen. Er klopfte an die Blechtür. Die Frauen aus dem Barracas-Viertel warteten im Hintergrund, bis Rosetta sicher untergebracht wäre, dann würden auch sie selbst schlafen gehen.

Kurz darauf öffnete sich die Tür, und eine abgezehrte Frau erschien.

Vielleicht schien sie nur durch das Licht der Kerze, die sie trug, totenblass, doch ihre Augen blickten leer.

»Wir brauchen Hilfe«, sagte Tano direkt.

Die Frau wandte sich zum Inneren der Hütte und rief: »Fermin!«

Man hörte eine Matratze ächzen. Und danach schlurfende Schritte in Richtung der Tür. Ein schmächtiger Mann erschien, der sich beim Anblick von Rocco und Tano lächelnd verneigte.

»Sie brauchen Hilfe«, wiederholte seine Frau. In ihren Augen lag immer noch jene abgrundtiefe Leere, auch wenn sie jetzt wacher wirkte.

»Was kann ich tun?«, fragte der Zuschneider interessiert.

»Ihr müsstet Rosetta für einige Tage aufnehmen«, sagte Tano.

»Das ist uns eine Ehre!«

»Aus Vorsicht …«

»Das ist uns eine Ehre!«, wiederholte der Mann.

Im gleichen Moment erschien ein Mädchen in der Tür, das sich mit einer zur Faust geschlossenen Hand den Schlaf aus den Augen rieb. In der anderen hielt sie eine Lumpenpuppe, die schon so oft geflickt worden war, dass nicht mehr zu erkennen war, welche Farbe ihr Kleidchen ursprünglich gehabt hatte.

»Sag Guten Tag, Guadalupe«, forderte die Mutter sie auf.

Das Mädchen betrachtete die Leute, die vor ihr standen. Als sie Tano erkannte, klammerte sie sich am Morgenrock der Mutter fest, und ihre Augen füllten sich mit Tränen. Tano hatte sie gerettet, aber mit ihm kam auch die Erinnerung daran, was man ihr angetan hatte.

Die Mutter strich ihr beruhigend über den Kopf. »Komm herein«, sagte sie zu Rosetta.

»Hier wird sie in Sicherheit sein«, sagte der Zuschneider.

Tano nickte dankbar.

Rocco verschränkte seine Finger mit denen von Rosetta.

Die beiden lächelten einander an und hätten sich gern geküsst, aber nicht vor all den Leuten.

»Warte auf mich«, sagte Rocco.

»Und du, brauch nicht zu lange«, antwortete Rosetta und wandte sich zum Gehen.

Doch Rocco hielt sie fest. Lächelnd griff er mit der anderen Hand in eine Tasche und holte den Knopf hervor, der ihn so lange Zeit mit ihr verbunden hatte, der die Hoffnung in ihm lebendig gehalten hatte, und legte ihn ihr auf die Handfläche. »Den hattest du verloren«, sagte er.

Rosettas Augen trübten sich vor Tränen. »Wirklich dumm, wegen einem Knopf zu weinen«, sagte sie. Sie löste sich aus seinem Griff und betrat die Hütte, dann schloss sich die erbsengrüne Tür hinter ihr.

Tano, Assunta und Raquel machten sich auf den Heimweg, und die Frauen von Barracas verloren sich in den verlassenen Straßen des Viertels. Die *acaldesa de las mujeres* war zurück.

Rocco starrte noch einen Moment auf das Haus des Zuschneiders, bevor er mit großen Schritten zurück zur Werkstatt lief.

Hinter einer Hütte ganz in der Nähe trat eine bedrohliche Gestalt aus dem Schatten hervor.

Der Baron versenkte die Spitze des Messers, mit dem er Esteban getötet hatte, in den Beutel mit Kokain, führte eine kleine Menge an ein Nasenloch und sog das Pulver gierig ein. Das Ganze wiederholte er mit dem anderen Nasenloch. Er legte eine Hand an seinen Gürtel und packte den Griff von Estebans Revolver. Und kicherte.

Endlich hatte er dieses nutzlose kleine Gör gefunden, den Grund für all seine Probleme in Buenos Aires. Und Rosetta, die der Grund für alles war, seit den Geschehnissen in Alcamo.

Und jetzt waren die beiden zusammen. Hier vor ihm in einer armseligen Hütte.

Ihm vollkommen ausgeliefert.

Jetzt würde es das Einfachste auf der Welt sein, sich Gerechtigkeit zu verschaffen.

»Was verdammt hätte ich mir mehr von dir wünschen können, oh Herr?«, rief er.

71

Raquel schlüpfte aus dem Haus, ohne dass Tano und Assunta es bemerkten. Sie hatte Rocco nicht begleiten dürfen, um Rosetta zu retten. Aber sie würde sich das Ende dieses Krieges nicht entgehen lassen, der so heldenhaft, so einzigartig war.

Ihre mageren Beine flogen durch die verlassenen Straßen von Barracas, bis sie die Grenze zum La-Boca-Viertel erreichte. Erst kurz vor der Werkstatt von Gordo drosselte sie das Tempo. Sie durfte auf keinen Fall gesehen werden, sonst würde Rocco höchstpersönlich sie mit Tritten in den Hintern nach Hause schicken.

Raquel schlich vorsichtig eine Runde um die Werkstatt und spähte durch ein kleines Fenster.

»Was machst du denn hier, halbe Portion?«, fragte jemand hinter ihr.

Raquel fuhr herum.

Louis.

»Und was machst du hier?«, flüsterte Raquel erstaunt.

»Im Krankenhaus kam es mir so vor wie im *collegio*«, meinte Louis.

»Was ist ein *collegio*?«

Louis kicherte. »Ich vergesse immer, dass du verdammt noch mal keine Ahnung hast, wie man auf der Straße redet. »*Collegio* ist der Knast für Minderjährige.«

»Aha.« Raquel sah ihn an. Er hatte ein wenig zugelegt, weil er jetzt regelmäßig zu essen bekam. Aber seine Haut wirkte fahl, und er hatte dunkle Ringe unter den Augen. Nach jedem Satz schnappte er mühsam nach Luft. »Du solltest nicht hier sein, das weißt du doch! Das ist der reinste Wahnsinn!«

»Du solltest auch nicht hier sein.« Louis grinste. »Aber du bist hier.«

»Bei mir ist das was anderes, Idiot!«, ereiferte Raquel sich. »Auf mich … hat niemand geschossen!« Wieder hatte sie dieses Loch mitten in seiner Brust vor Augen, das sich mit Blut füllte.

»Sei leise, halbe Portion.« Louis deutete auf das Fenster. »Die Frau da drinnen, die für alle das Essen kocht, ist meine Mutter.«

Raquel konnte an seiner Stimme hören, wie stolz er war.

»Was meinst du, wie froh sie ist«, fügte er hinzu, und Raquel ging auf, dass Louis so stolz auf seine Mutter war, weil er wusste, wer sie wirklich war. Keine Hure.

»Sie kommen raus!« Louis packte Raquel am Arm und zog sie hinter einen Stapel Balken, wo sie sich zusammenkauerten. Louis keuchte.

»Ich gehe zurück nach Hause«, sagte Raquel daraufhin. »Was wir hier machen, ist dumm und unvernünftig.«

»Ja, du hast recht. Aber sag mir nicht, dass es keinen Spaß macht!«

In diesem Moment verließ Rocco die Werkstatt, gefolgt von vierzig Hafenarbeitern. Alle waren bewaffnet.

»Im Krankenhaus war so ein Typ«, flüsterte Louis, »wahrscheinlich ein halber Mafioso … Er lag da, weil auch er sich eine Kugel eingefangen hatte. Der hat mir erzählt, dass sein Vater immer zu ihm gesagt hat: ›Wenn geschossen wird, sieh zu, dass du auf der richtigen Seite der Pistole stehst.‹« Louis kicherte. »Ich habe meine Lektion gelernt. Merk du dir das auch.« Er nahm sie bei der Hand, und sie folgten Rocco und seinen Leuten.

Raquel gefiel, dass er ihre Hand hielt, doch sie zog sie sofort zurück. Als hätte sie sich verbrannt.

Ciccones Stützpunkt war nicht weit entfernt. Als sie dort ankamen, sahen sie die Folgen des Angriffs von Tonys Männern: von Schüssen durchsiebte Mauern, zerbrochene Fensterscheiben, Glasscherben. Ein Teil des Gebäudes war durch eine Bombe weggerissen worden. Überall loderten noch kleine Feuer und lagen Verwundete oder Leichen auf dem Boden.

Die Polizei hatte noch nicht eingegriffen.

So unglaublich das schien, sie würde abwarten, bis alles vorüber war, und dann wieder Ordnung schaffen. Sonst nichts.

Raquel und Louis versteckten sich hinter dem Wellblechzaun einer nahen Hütte, von wo aus sie alles im Auge behalten konnten.

»Ciccone!«, rief Rocco laut.

Aus dem Gebäude hallte ein Schuss, der wenige Meter vor Rocco einschlug und Staub vom Boden aufwirbelte.

Rocco rührte sich nicht. »Wenn du meinst, wir sollen reinkommen, machen wir das, ist doch klar!«, schrie er. »Aber wenn wir reinkommen, beißt ihr alle ins Gras.«

Louis lachte. »Da hörst du, wie jemand redet, der auf der Straße zu Hause ist!«

»Also kommt besser mit brav erhobenen Pfoten raus«, fuhr Rocco fort, »dann können wir vielleicht reden.«

Aus dem Gebäude war nichts zu hören.

»Ihr seid gefangen wie Kakerlaken in einer Schachtel. Soll ich Tony zum Ausräuchern schicken?«

»Der hat's einfach drauf«, schwärmte Louis.

Raquel betrachtete ihn von der Seite. Er war immer noch blass, aber er strahlte.

»Ich zähle bis drei!«, brüllte Rocco.

Er hatte noch nicht einmal angefangen zu zählen, da kamen schon die ersten Männer mit erhobenen Händen aus dem Gebäude, insgesamt etwa zwanzig. Ihre gestreiften Anzüge, die hier jeder Gangster trug, waren mit Putzbröckchen übersät. Einige von ihnen waren verwundet. Alle zogen finstere Mienen, aber hinter dieser Maske war zu erkennen, dass sie ihre Niederlage längst eingestanden hatten. Die Hafenarbeiter zwangen sie, sich in einer Reihe aufzustellen, und hielten sie in Schach.

Als Letzter kam Lionello Ciccone.

Raquel erinnerte sich genau an ihren ersten Eindruck von ihm, bei ihrer Begegnung in der Werkstatt. Ein arroganter Kerl, geschniegelt wie ein Zuhälter mit seinen pomadisierten Haaren, die jetzt vollkommen zerzaust waren. Wie er da auf unsicheren Beinen vorwärtslief, wirkte er zehn Jahre älter als seine dreißig.

Ciccone war ein junger Boss, der versucht hatte, gewaltsam die Macht zu übernehmen. Damit war er gescheitert. Nun konnte er nur noch hoffen, seinen Arsch zu retten.

Als er endlich vor Rocco stand, deutete Rocco auf die Männer hinter sich. »Du hast mir gesagt, ich könnte mit diesem miesen Haufen einen Zirkus aufmachen, erinnerst du dich?«

Ciccone antwortete nicht. Wie seine Leute versuchte auch er, Haltung zu bewahren.

»Okay, den Zirkus habe ich aufgemacht«, sagte Rocco. »Fehlt bloß noch der Clown.«

Ciccone ballte die Fäuste, schwieg aber.

Rocco winkte zwei Hafenarbeiter heran. »Hebt ihn hoch. Du packst ihn an den Armen«, sagte er zu dem einen. »Und du an den Beinen«, befahl er dem zweiten. Dann wandte er sich an die anderen Arbeiter. »Wenn einer von diesen Affen sich auch nur an der Nase kratzt, erschießt ihn.«

Die beiden Hafenarbeiter hatten Ciccone inzwischen an Armen und Beinen gepackt und hochgehoben.

»Kommt mit«, wies Rocco sie an und ging zum Kai. Die beiden Arbeiter folgten ihm mit Ciccone.

Es herrschte absolute Stille, alle Augen waren auf Rocco gerichtet.

Man hörte nur das Wasser des Riachuelo träge gegen den Kai schwappen.

»Und jetzt mit ordentlich Schwung!«, forderte Rocco die beiden auf. »Mal sehen, ob er als Clown was taugt.«

Die Arbeiter schwangen Ciccone vor und zurück.

»Eins … zwei … drei!«

Und dann warfen sie ihn mit aller Kraft in Richtung Wasser.

Ciccone ruderte sinnlos mit Armen und Beinen in der Luft. Er flog zwei Meter weit, ehe er mit dem Geräusch einer höllischen Ohrfeige auf der Wasseroberfläche aufprallte. Das Wasser spritzte bis auf den Kai.

»Ich kann nicht schwimmen! Hilfe! Ich ertrinke!«, keuchte Ciccone. Mehrmals verschwand sein Kopf unter Wasser, und in seiner Angst wirbelte er noch mehr Spritzer auf. »Ich ertrinke!«, brüllte er wieder und spuckte einen Schwall fauliges Wasser aus.

»Du weißt schon, dass man dort stehen kann!«, schrie einer der Hafenarbeiter, und nach einem Moment der Stille erhob sich tosendes Gelächter. Sogar einige von Ciccones Leuten lachten.

Ciccone hörte auf zu strampeln, setzte die Füße auf den schlammigen Grund des Flusses und richtete sich auf. Das Wasser reichte ihm gerade mal über den Gürtel, und die triefenden pomadisierten Strähnen klebten ihm jetzt noch tiefer in der Stirn.

»Ja, du bist ein großartiger Clown!«, sagte Rocco und klatschte in die Hände.

Wieder lachten alle.

Ciccone gelangte mühsam ans Ufer. Niemand half ihm auf. Der gedemütigte Boss musste beinahe auf den Kai kriechen.

»Der Hafen gehört jetzt uns. Anständigen Leuten«, sagte Rocco.

Als den Arbeitern das ganze Ausmaß dieses Satzes bewusst

wurde, wurden sie von ihren Gefühlen überwältigt. Nicht wenige der großen starken Kerle bekamen feuchte Augen. Denn jeder von ihnen dachte an die Schikanen, unter denen sie und ihre Eltern gelitten hatten. An all die Toten. Die Gewalt. Die Angst.

»Roc-co … Roc-co«, rief jemand rhythmisch, »Roc-co … Roc-co … Roc-co«, verwandelte sich diese einzelne Stimme sogleich in einen Chor.

»Roc-co … Roc-co …Roc-co … Roc-co.«

Ein Chor, der die Luft erzittern ließ, während die Morgendämmerung allmählich die Nacht ablöste. Wie ein hoffnungsvolles Zeichen für die Zukunft.

»Roc-co … Roc-co«, riefen auch Raquel und Louis leise in ihrem Versteck. »Roc-co … Roc-co …«

»Verschwinde, Ciccone«, schrie Rocco und übertönte damit den Stimmenchor. »Und lass dich hier nie wieder blicken!« Er wandte sich an die anderen Gangster. »Das gilt auch für euch!«

Raquel sah Louis an, während dieses Heer arroganter Feiglinge sich mit gesenkten Köpfen davonschlich. Und bemerkte, dass ihm Tränen die Wangen hinunterliefen.

Louis' Blick begegnete ihrem, und während der Rotz, der ihm aus der Nase lief, sich mit seinen Tränen mischte, sagte er mit einem schiefen Lächeln: »Und du wolltest das verpassen! Verdammt, du bist wirklich 'ne halbe Portion!«

72

Der Baron war die ganze Nacht über wach geblieben und hatte nachgedacht.

Dabei hatte er mal gelacht, mal die Zähne knirschend zusammengebissen, mal geknurrt oder vor Wut gezittert. Bisweilen hatte die Anspannung ihn auch gelähmt. In einigen wenigen Momenten war er nicht mehr als ein Tier, das geduckt im Versteck auf seine Beute lauerte.

Seine Gedanken hatten sich immer mehr verwirrt, ebenso wie seine Gefühle. Das musste am Kokain liegen. Zum Beispiel dachte er, er hätte schon als Kind seine Mutter töten sollen, dann hätte ihr Tod ihr sofort die ganze Schönheit genommen. Dann wieder hatte er die Klitoris der Fürstin vor Augen, so prall wie ein kleiner Penis, und sah vor sich, wie er sie während ihres Todeskampfes in der Hand gehalten hatte, dabei war es der Penis von Bernardo gewesen, den er in seinem Kopf mit seinem Vater verwechselte. Seinem Vater, der eine Livree trug. Mit goldenen Tressen.

Als die Sonne allmählich über den schäbigen Straßen des Barracas-Viertels aufging, blendete ihr Licht schmerzhaft seine Augen. Er suchte nach Schatten, aber den schien es nirgendwo zu geben.

Die Hände des Barons zitterten, als er in dem Beutel mit dem Kokain wühlte. Er war so gut wie leer.

»Zeit zu handeln«, dachte er laut.

Er nahm etwas Kokain zwischen die Finger und sog es in

die Nase ein wie Staub. So wie er es bei seinem Vater gesehen hatte, wenn er aus der kleinen Schachtel aus Knochenbein den mit Minze aromatisierten Tabak schnupfte. Aber vielleicht war es ja auch Staub, weil es ihn in der Nase juckte. Er kratzte sich an den Nasenlöchern und bohrte mit den Fingernägeln hinein. Er spürte nichts außer dem Jucken des Staubs. Als er die Finger wieder herauszog, sah er, dass sie blutig waren.

»Zeit zu handeln«, wiederholte er.

Er betrachtete das orangefarbene Haus mit der Tür und den Fensterläden in Erbsengrün. Ich muss meine Gedanken unter Kontrolle bringen, dachte er. Besonders die an meine Mutter. Sie verwirren mich, schwächen mich. Doch es gelang ihm nicht, sie abzuschütteln, sie hingen an ihm wie eine Seuche.

Der Baron beobachtete, wie der schmächtige Mann, der Vater dieses verdammten Görs, das Haus verließ und zur Arbeit ging. Gut, dachte der Baron lächelnd, bei seiner Rückkehr wird ihn eine hübsche Überraschung erwarten.

Dann trat auch die bleiche Frau, die Mutter, aus dem Haus. Wahrscheinlich ging sie einkaufen, sie würde bald zurück sein. Und die schöne Überraschung also noch vor ihrem Mann erleben. Und da er dies für einen guten Witz hielt, lachte er.

Nun waren nur noch die beiden Schlampen im Haus. Allein, schutzlos. Und erwarteten ihre gerechte Strafe.

»Zeit zu handeln«, wiederholte der Baron noch einmal.

Er steckte noch einmal die Hand in den Beutel, doch er war leer. Wütend stülpte er ihn um und fand in den Falten des Stoffes noch allerletzte weiße Krümel. Er drückte die Nase, die immer noch blutete, fest in den Stoff, sog gewaltsam daran, leckte schließlich die letzten Reste aus dem Beutel, sie schmeckten nach Blut. Wieder lachte er.

Sollte er das Messer nehmen oder den Revolver? Darüber hatte er noch nicht nachgedacht.

In diesem Moment kam das kleine Mädchen aus dem Haus.

Der Baron wurde nervös. An diesen Fall hatte er ebenfalls nicht gedacht.

Sie trug ein weißes Kleidchen, trällerte ein Lied und bog hüpfend in eine enge Gasse ein.

War das also das große Leid, über das die Zeitungen schrieben?

Das Mädchen ging weiter in die Gasse hinein, dann war sie verschwunden.

Dem Baron stockte der Atem. Er durfte sie nicht verlieren! Eilig überquerte er die Straße und lief in die Gasse, folgte der Stimme des Mädchens, die ein Kinderlied sang.

»Rot, rot, rot sind alle meine Kleider …«

Sie war nicht mehr weit entfernt vor ihm, direkt hinter der nächsten Straßenecke.

»Rot, rot, rot ist alles, was ich hab …«

Der Baron bog um diese Ecke. Und da war sie. »Darum liebst du alles, was so rot ist …«, sang er für sie weiter, »weil dein Schatz ein Mörder, Mörder ist!«

Guadalupe blieb wie erstarrt stehen, dann versagten ihre Beine den Dienst. Sie öffnete den Mund, aber kein Laut drang über ihre Lippen.

Mit einem Satz war der Baron über ihr. Er hatte sich entschieden: weder Messer noch Revolver, sondern die bloßen Hände.

»Mama«, wimmerte Guadalupe schließlich.

Doch die Hände des Barons hatten sich schon um ihren Hals geschlossen.

Guadalupe schrie. Ein einziges Mal. Ein einziger schriller Schrei.

Der Baron drückte ihr weiter den Hals zu, der so dünn und zart war wie von einem Spatz, bis er spürte, dass er brach.

Darauf hallte ein weiterer Schrei durch die Gasse.

Er drehte sich um und erblickte eine alte Frau, die ihn beobachtet hatte. »Mörder!«, schrie sie jetzt.

Von Panik erfasst, rannte der Baron die Gasse zurück. Kaum hatte er deren Ende erreicht, sah er, dass immer mehr Leute zusammenliefen.

»Mörder!«, schrie die Alte wieder. »Mörder! Er hat Guadalupe ermordet!«

Der Baron lief auf die Straße.

»Mörder!«, schrie noch jemand. Diese Stimme kannte er.

Er wandte sich um. Das war Rosetta! Und sie floh nicht etwa vor ihm, sie stürzte auf ihn zu. Er zog den Revolver, zielte – und schoss.

Rosetta verharrte mitten in der Bewegung. Drehte sich einmal um sich selbst, während ihre Füße den Kontakt mit dem Boden verloren und sie kraftlos mit dem Gesicht in den Straßenstaub fiel.

»*Bottana!*«, schrie der Baron und hob erneut seine Waffe.

Doch da stellte sich ein Mann zwischen ihn und Rosetta. Dann noch einer. Weitere zehn. Zwanzig. Dreißig. Sie kamen schweigend auf ihn zu.

Der Baron richtete seine Waffe auf sie.

»Wir sind zehn mal mehr Leute, als du Kugeln hast«, sagte ein Mann.

Der Baron zögerte.

Den Moment nutzte ein junger Mann hinter ihm und schlug ihm den Revolver aus der Hand. Unmittelbar darauf war der Baron von Männern umzingelt.

»Rührt mich nicht an, Abschaum! Ich bin Baron Rivalta di Neroli!«, schrie er verächtlich.

Sie jedoch sahen ihn nur wortlos an.

Dann trat einer nach dem anderen beiseite.

Guadalupes Mutter kam hinzu. Sie starrte den Baron mit glühendem Blick an, als wolle sie ihn verbrennen.

Sie trug ihr kleines Mädchen im Arm. Das er wie eine Lumpenpuppe hatte liegen lassen. Guadalupes Gesicht war violett verfärbt, die Zunge hing geschwollen aus ihrem Mund. Das weiße Kleidchen war mit Erde beschmutzt und hatte einen Fleck, der sich nicht herauswaschen ließ. Ein blassroter Schatten in Höhe der Scham, den nur der bemerken würde, der wusste, dass dort vorher ein auffallender blutroter Fleck gewesen war.

»Was habt ihr mit mir vor?«, fragte der Baron, nun weitaus weniger herablassend. Seine Stimme zitterte.

Die Männer traten noch ein Stück beiseite, ohne dass sie es abgesprochen hätten. Sie spürten schlicht, dass da etwas um sie, hinter ihnen war, das die staubigen Straßen von Barracas füllte.

Der Baron wich zurück. Denn der Anblick war erschreckend.

Die Frauen waren gekommen. Einige hielten Küchenmesser in der Hand, andere Spieße, Scheren und Sicheln.

»Was habt ihr mit mir vor?«, fragte der Baron noch einmal.

Die Frauen bildeten einen Kreis um ihn und blieben schließlich stehen. Fast schien es, als stimmten sie ihren Atem aufeinander ab, damit er zu einem einzigen Ganzen würde.

Guadalupes Mutter stand hinter ihnen, wie erstarrt, mit ihrem Kind im Arm. Furchterregend.

Und dann stürzten sich die Frauen plötzlich alle auf den Baron.

Er schrie und fuchtelte mit den Armen, bis er in diesem einzigartigen grausamen Organismus verschwand.

Als die Frauen den Kreis wieder öffneten, waren sie alle blutbefleckt. Blut an den Kleidern, den Händen, unter den Nägeln. Blut in den Haaren. Und doch wirkte keine von ihnen schmutzig.

Dann zogen sich die Frauen schweigend zurück, als wären

sie Schattengeister, damit das Ende dieser Tragödie mit dem Blut des Barons geschrieben würde, das sich mit dem Staub der Straßen von Barracas zu rotem Schlamm vermengte.

Guadalupes Mutter wandte sich um, sie hielt ihr totes Kind immer noch im Arm. Und als ob sie sie rufen würde, läutete nun die Glocke der nahen Kirche Nuestra Señora de Guadalupe. Sie ging auf die kleine Kirche zu, denn sie würde ihr, der Madonna von Guadalupe, ihre Tochter zurückgeben und sie ihrem Schutz anvertrauen.

Die Frauen bedeckten ihre Köpfe mit Tüchern und Schals und folgten ihr in einem Trauerzug.

Rosetta erhob sich mit der Hilfe von Dolores und Señora Chichizola. Sie stöhnte auf. Das himmelblaue Kleid mit den Jacarandablüten war an der Schulter blutdurchtränkt.

Tano und Assunta eilten zu ihr.

»Du gehörst ins Krankenhaus«, sagte Tano.

»Später«, antwortete Rosetta mit einer Stimme, die keinen Widerspruch duldete, und schloss sich dem Zug der Frauen an.

Hinter ihnen gingen die Männer, mit gesenkten Häuptern, sie nahmen die Hüte ab zum Zeichen der Trauer.

Auch Assunta und Tano schlossen sich an. Sie war die letzte der Frauen, er der erste der Männer.

Während Tano darüber nachdachte, was die Frauen in wenigen Monaten erreicht hatten, sagte er: »Ich bin stolz auf diese Frauen. Auch wenn ich ein Mann bin.«

»Du bist stolz auf diese Frauen, obwohl du *nur* ein Mann bist«, verbesserte Assunta ihn.

Tano nickte ernst. »Ja. Obwohl ich *nur* ein Mann bin«, wiederholte er.

Als sie die Kirche erreichten, stieß Tano einen Seufzer aus. »Es ist vorbei.«

Assunta antwortete nicht. Der Preis, den sie gezahlt hatten, war zu hoch, um Erleichterung zu empfinden.

Ganz oben auf den Stufen zur Kirche wandte Tano sich noch einmal um.

Niemand nahm sich der Überreste des Barons an. Und niemand würde es tun. Selbst die streunenden Hunde nicht.

Als wäre das Fleisch vergiftet.

73

In der Werkstatt von Gordo wimmelte es von Hafenarbeitern, die unablässig über die Geschehnisse der letzten Stunden redeten.

Louis' Mutter tischte ein Gericht nach dem anderen auf. Sie strahlte übers ganze Gesicht. Sie konnte sich kaum erinnern, wann sie sich zum letzten Mal so wohl gefühlt hatte. Immer wieder schaute sie zu Louis und lächelte ihm zu.

Louis wirkte müde, aber auch er war glücklich. Nachdem alle mit ihm geschimpft hatten, weil er sich aus dem Krankenhaus davongestohlen hatte – und er klargestellt hatte, dass er dorthin nicht einmal halbtot zurückkehren würde –, hatte er seiner Mutter gleich den voll funktionsfähigen Verladewagen vorgeführt.

»Den habe ich gebaut«, hatte er zu ihr gesagt und ihr eine Aufschrift gezeigt. »Und hier steht mein Name. L-o-u-i-s.«

Neben ihm saß Raquel, die ihren Blick nicht von Rocco wenden konnte. Sie hatte seine starke Veränderung während der letzten Tage beobachtet und etwas verstanden, was ihr vorher nicht bewusst gewesen war: Die Liebe konnte Menschen verändern. Und zwar grundlegend. Sie machte sie stärker. Schöner. Zu besseren Menschen. Und zum ersten Mal in ihrem Leben dachte sie, dass sie sich auch irgendwann verlieben würde. Aber kaum hatte sie diesen Gedanken zu Ende gedacht, erschrak sie und rückte ein Stück von Louis ab.

»Wo sind denn die beiden Wichser?«, fragte Louis in Bezug auf seine beiden Freunde. »Hast du sie gesehen?«

»Nein.« Raquel wich seinem Blick aus.

»Die stellen bestimmt wieder irgendwo was an. Verfluchte Scheißkerle!« Aber seiner Stimme war anzuhören, wie sehr er bedauerte, dass sie nicht bei ihm waren.

»Da sind sie doch!«, rief Raquel, als die beiden zum Tor hereinkamen.

Sie schlenderten zu ihnen herüber.

»*Hola* Chef«, sagte der Kleinere, dessen Trikot sich über dem Bauch wölbte.

»Was hast du denn da drunter?«, fragte Louis.

Der Junge sah sich misstrauisch um.

»Jetzt mach schon«, sagte der andere. »Gib es ihm!«

Da zog der Kleine ein neues Fußballtrikot der Boca Juniors hervor. »Die hätten uns fast beim Klauen erwischt.« Er lachte. »Aber wir konnten dich ja nicht ohne rumrennen lassen.«

Louis war sprachlos.

»Was habe ich euch gesagt, ihr beiden Dummköpfe?« Javier, der hinter ihnen aufgetaucht war, gab dem Rothaarigen einen Klaps auf den Hinterkopf.

»Ach, lass doch … sie haben es doch nur gut gemeint«, verteidigte sie Louis.

»Natürlich haben sie es nur gut gemeint«, sagte Javier. »Aber sie haben es gekauft. Und zwar von dem Geld, das sie verdient haben.«

Louis sah die beiden Jungs an, die nun feuerrot waren.

»Man muss sich verdammt noch mal nicht dafür schämen, dass man nicht geklaut hat«, erklärte Javier. »Ich habe euch gewarnt. Ändert euch, wenn ihr bei mir und meiner Frau leben wollt. Ihr sollt meiner Tochter kein schlechtes Beispiel sein, kapiert!«

Louis prustete los. »Sie wohnen jetzt immer bei dir?«

»Was ist denn dabei?«, fragte Javier. »Passt dir daran irgendwas nicht?«

Louis betrachtete seine Freunde. Er konnte sich gut vorstellen, wie froh sie waren, keine Streuner mehr zu sein. »Solange ihr nicht zu schwul werdet«, markierte er den harten Kerl.

»Hm, der einzige Schwule hier bist ja wohl du, mit deinem schicken neuen Trikot«, sagte Javier. »Jetzt zieh es endlich an, zum Henker!«

Louis zog das Krankenhausleibchen aus, doch als sein Oberkörper frei war, richteten sich alle Blicke erschreckt auf das große Loch mitten auf seiner Brust, das nur allmählich verheilte. Verlegen drehte sich Louis um. Aber hinten zeigte sich das gleiche schwarz-rote Loch, das zusammengeflickt worden war. Schnell zog er sich das Trikot über, dann drehte er sich stolz um. Er klopfte auf das Vereinsabzeichen über dem Herzen.

»Du hast ein Riesenschwein gehabt, dass du noch lebst«, sagte Javier. »Ein Riesenschwein, das weißt du doch, oder?«

»Nur echte Glückspilze kommen durch«, erklärte Rocco.

Raquel befand insgeheim, dass Louis in diesem neuen Trikot richtig gut aussah. Als ihr klar wurde, was in diesem Gedanken alles mitschwang, rückte sie noch weiter von ihm ab.

»Hört mal alle her!«, rief Rocco in dem Moment über das ausgelassene Stimmengewirr hinweg. Er war auf eine Kiste geklettert und klatschte jetzt in die Hände. »Hört zu!«

Die Gespräche verstummten.

»Der Krieg, der wirklich zählt, beginnt erst jetzt. Das wisst ihr doch, nicht wahr?« Rocco betrachtete die Männer, die von nun an ihr Schicksal selbst in der Hand hatten. »Jetzt erst wird sich herausstellen, aus welchem Holz wir geschnitzt sind. Nun müssen wir Zentimeter für Zentimeter das bisschen Leben verteidigen, das wir uns erobert haben.« Er schwieg eine Weile. »Und nun müssen wir beweisen, dass wir besser sind als die, die hier vorher das Sagen hatten.« Er nickte und lächelte. »Aber ich habe Vertrauen in euch … in uns. Ich weiß, wofür ich kämpfe.«

Er zeigte auf den Prototyp des Verladewagens. »Ich werde noch einen bauen, einen besseren. Und dann wieder einen. Ich werde so viele bauen, dass ihr euch den Verkehr und den Benzingestank hier im Hafen gar nicht ausmalen könnt …«

»Immer noch besser als der Gestank nach Ochsendung!«, grölte Javier.

Alle lachten.

Rocco zeigte wieder auf den Verladewagen. »Diese Maschine wird euch keine Arbeit wegnehmen. Ihr seid nicht ersetzbar. Aber ihr werdet damit einfacher und schneller arbeiten. Ihr werdet mehr Schiffe ausladen, bessere Preise anbieten können und mehr Geld verdienen.«

»Und du, willst du denn arm bleiben?«, fragte einer der Arbeiter scherzhaft.

»Nein, mein Lieber.« Rocco lachte. »Ich will reich werden. Reich und ehrlich. Denn ehe ich hierherkam, habe ich geschworen, nie ein Mafioso zu werden. Ich habe es meinem Vater geschworen. Der ein Mafioso war. Ich habe es auf sein Grab geschworen. Und so wahr mir Gott helfe, werde ich diesen Schwur auch halten.«

Die Hafenarbeiter schwiegen. Sie hätten natürlich ihre Freude herausschreien können, jubeln oder vielleicht auch singen. Aber es würde nicht leicht werden. Bald würde ein anderer Ciccone kommen und versuchen, ihnen das wegzunehmen, was sie sich erobert hatten. Vielleicht kein Mafioso, sondern ein Politiker. Oder einer von der Gewerkschaft, die sie noch gründen mussten, und der sich von irgendjemandem bestechen ließ. Nein, es gab nichts zu feiern oder zu bejubeln. Rocco hatte recht: Der Krieg, der wirklich zählte, begann erst jetzt.

»Ich gehe zu Tony«, fuhr Rocco fort. »Er hat uns etwas versprochen, und das werde ich nun einlösen.« Er zeigte auf Javier, Billar, Ratón, Mattia und Louis. »Und ihr erscheint morgen wieder hier in der Werkstatt zur Arbeit. Habt ihr verstanden?

Denn was sollen wir mit einem einzigen Verladewagen anfangen? Wir müssen Schiffe entladen, keine Boote.«

Jetzt endlich applaudierten die Leute.

Rocco sprang von der Kiste und winkte Raquel zu sich. »Komm, ich will erst zu Tony, danach gehen wir nach Barracas und schauen, was Rosetta macht.«

»Kann ich auch mitkommen?«, fragte Louis.

»Du bist vielleicht eine Nervensäge.« Rocco grinste. »Kannst du denn laufen oder muss ich dich wie ein Baby auf dem Arm tragen, du halbe Portion?«

»Ich schaff das locker«, erwiderte Louis.

»Gib nicht so an«, sagte Raquel leise.

Rocco lief langsam und tat so, als gäbe es alle naselang etwas zu betrachten, damit Louis mit ihnen Schritt halten konnte und sich nicht überanstrengte. Schließlich erreichten sie Tonys Festung.

Zwei bewaffnete Männer standen am Tor, obwohl der Krieg vorüber war.

»Wartet hier«, sagte Rocco zu Raquel und Louis. Dann ging er hinein.

Tony saß unter dem Pavillon im Innenhof. Er hatte sich in eine Decke gehüllt. »Ich ertrage es nicht mehr, in geschlossenen Räumen zu sein«, erklärte er. »Ich bekomme dort keine Luft. Aber mir ist immerzu kalt.«

Rocco sah ihn an. Und zum ersten Mal war es nicht Tonys zwergenhafte Gestalt, die als Erstes ins Auge fiel, sondern die aschgraue Farbe seiner Haut. Als ob er in seinem Inneren erloschen wäre. Und wie schon vor einigen Tagen spürte er Mitleid, wenn nicht gar Zuneigung für ihn. Und wie vor einigen Tagen schämte er sich, dass er so für einen Mafioso empfand. Aber Tony war etwas Besonderes.

»Ich bin gekommen, um dein Versprechen einzulösen«,

sagte er deshalb hart. »Der Hafen gehört jetzt uns. Den anständigen Menschen.«

Tony sah ihn an und nickte bloß.

»Der Verladewagen wird eine Sensation für die Arbeit im Hafen«, fuhr Rocco fort.

»Ja, dasselbe ging mir durch den Kopf, als ich damals deine Zeichnungen im Büro von Hundeschnauze gesehen habe.«

»Um ehrlich zu sein«, meinte Rocco barsch, »hätte ich es ohne dich niemals geschafft. Ich gebe dir fünfzig Prozent, wenn du als mein Partner einsteigen willst. Aber wir arbeiten nur ehrlich.«

Tony lächelte. Ein einfaches, unschuldiges Lächeln, dem die Freude über das Gehörte anzumerken war. »Dir fehlt wirklich jegliche kriminelle Energie. Du bist der geborene Trottel. Aber ich mag dich.« Dann schüttelte er den Kopf. »Das Geschäft mit dem Verladewagen gehört dir. Ich überlasse es dir.« Sein Blick wurde traurig, und er wickelte sich enger in seine Decke. »Ich bin tot. Geh du deinen Weg, Bonfiglio.«

Rocco wusste nicht, was er tun oder sagen sollte.

»Aber sei vorsichtig«, fuhr Tony fort. »Du hast auch diesen Juden verärgert. Vergiss nie, dass die stärker als das Gesetz sind. Die haben Tentakeln, die kann kein Schwert kappen. Wollen wir wetten, dass Amos auf geheimnisvolle Weise verschwindet?«

»Ja, da bin ich sicher«, sagte Rocco düster.

»Also gib gut auf dich acht. Leute, die sich gegen sie stellen und alt werden, sind so selten wie ein wohlriechendes Arschloch.«

»Und du?«, wagte Rocco zu fragen. »Was wirst du tun?«

»Mach dir um mich keine Sorgen, sei nicht immer so sentimental«, knurrte Tony. »Ich bin mit Catalina gestorben.« Er schien sich in einem Labyrinth aus Gedanken und Schmerz verirrt zu haben, aus dem er niemals mehr hinausfinden würde.

Doch er gab sich noch einmal einen Ruck, denn er mochte diesen Jungen. Fest in die Decke gewickelt, beugte er sich zu Rocco vor und sah ihn direkt an. »Jedes Tier im Dschungel lebt, weil es überleben will. Ab dem Tag, an dem es aufhört, überleben zu wollen, ist es verdammt. Eine Minute, eine Stunde, einen Tag später … Zeit ist nur eine Illusion … wird dieses Tier, egal ob es der König des Urwalds oder ein Floh ist, sterben. Und es würde selbst dann sterben, wenn es keine Feinde hätte. Denn sein Jäger lauert hier drinnen.« Er klopfte sich mit dem Finger auf das Herz. »Es ist sein eigener Tod.«

Rocco dachte an all die seltsamen Wege, die man wählte oder die man gezwungen war zu gehen. Und dass wahrscheinlich niemand Tony je so gesehen hatte wie er jetzt. Niemand war je bis zu dieser tiefen Menschlichkeit vorgedrungen, die er so gut zu verbergen wusste. Und deshalb wagte er die Frage zu stellen, die ihn quälte, seit dieser Krieg ausgebrochen war. »Bin ich wirklich ein Killer wie mein Vater?«

Tony musterte ihn lange. Dann schüttelte er langsam den Kopf. »Nein, *ich* bin ein Killer. Du bist ein Krieger. Ich hätte Ciccone abgeschlachtet wie einen Hund. Du dagegen hast ihn besiegt.«

Und in diesem Moment spürte Rocco, wie sich in seinem Inneren etwas löste. Ein Knoten, der genauso alt war wie er selbst. Und das verdankte er ausgerechnet einem Mafioso! Denn nur ein Killer kann dir sagen, dass du kein Killer bist. Und nur ein Mafioso kann dir sagen, dass du kein Mafioso bist.

»Geh deinen Weg und schau nicht zurück«, sagte Tony. »Eines Tages wird man im Riachuelo einen Zwerg mit durchgeschnittener Kehle finden. Aber verschwende dann bloß kein Gebet an mich.«

Rocco wollte etwas sagen, aber Tony bedeutete ihm zu schweigen. »Warum willst du diesen Moment zerstören, indem du irgendeinen Blödsinn von dir gibst, Junge?«

Rocco sah zu Boden.

»Jetzt geh, Bonfiglio«, sagte Tony leise, geradezu schleppend, als wäre er am Ende seiner Kräfte. Er atmete schwer und wirkte erschöpft. Die Decke glitt zu Boden, als er sich noch ein Stück vorbeugte. »Du bist mir lange genug auf den Sack gegangen.« Und dann gab er ihm eine Ohrfeige. Stark genug, dass sich Roccos Wange rötlich verfärbte. Stark genug, um ihn seine ganze Zuneigung spüren zu lassen.

Rocco verharrte einen Moment reglos. Dann hob er die Decke auf und legte sie Tony um die Schultern. Und zum ersten Mal in seinem Leben sagte er ehrlich gemeint jenen Satz, den er immer gehasst hatte: »*Baciamo le mani!*«

Aber Tony hörte ihn nicht mehr, er hatte sich bereits in seinen Schmerz zurückgezogen.

Rocco verließ die Festung und bedeutete Raquel und Louis, ihm zu folgen.

Auf ihrem Weg nach Barracas sah Rocco an einer Straßenecke plötzlich ein Mädchen mit hellem, fast durchscheinendem Teint und langen blonden, seidigen Haaren. Ein Mann zog sie gerade hinter einen Zaun, doch das Mädchen wehrte sich nicht. Nicht weit davon entfernt stand eine Frau mit einer Narbe auf der Wange und einem abgebissenen Ohr mit einem Fünf-Pesos-Schein in der Hand.

»Libertad«, flüsterte Rocco.

»Libertad!«, rief Raquel laut. Und dann fügte sie finster und leise hinzu: »Adelina!«

Rocco rannte zu Libertad und riss sie von dem Mann fort.

»He!«, protestierte dieser. »Ich habe schon fürs Ficken bezahlt!«

Rocco schnappte sich den Schein, den Adelina gerade in ihren Ausschnitt stecken wollte, knüllte ihn zusammen und warf ihn dem Mann vor die Füße. »Hau ab!«, schrie er ihn an.

Der Mann klaubte den Schein auf und rannte davon.

Adelina wusste nicht, wie ihr geschah, sie erkannte ihn nicht. »Wer zum Henker bist du?«

Rocco antwortete nicht. »Libertad, komm mit uns«, sagte er.

Doch Libertads Augen blickten leer.

»Du hast ihr etwas gegeben, was?«, fragte Raquel wütend.

»Sie gehört mir!«, sagte Adelina. »Sie gehört mir …«

Und Raquel sah die Verzweiflung in ihren Augen.

»Libertad, hör zu«, sagte Rocco.

Raquel trat hinzu. »Lass sie«, bat sie Rocco und wandte sich dann an Libertad. »Libertad … es stimmt nicht, dass es nur eine einzige Chance gibt.«

Ein Ruck ging durch Libertad.

»Jetzt hast du eine neue Chance …«

Libertad kämpfte gegen die Wirkung der Droge.

»Du hast mir gesagt, ich soll für dich schwimmen …«

Libertad lächelte. Wunderbar, wie ein Engel. »Du bist es …«, flüsterte sie.

»Ich bin geschwommen«, fuhr Raquel fort. »Und das kannst du jetzt auch.«

»Ich weiß, wer ihr seid!«, schrie Adelina.

»Schnauze, du Schlampe!«, fuhr Raquel sie an. All der Hass, den sie in den vergangenen Monaten angesammelt hatte, brach auf einen Schlag aus ihr hervor.

»Das ist deine Schuld! Ich weiß, wer du bist!« schrie Adelina. »Das ist alles bloß deine Schuld«, rief sie. Sie wollte sich auf Raquel stürzen, aber Rocco hielt sie zurück.

Louis stand sichtlich verwirrt daneben.

Raquels Blick fiel auf den Revolver in Roccos Gürtel. Ihr kam kurz der Gedanke, Adelina damit ins Gesicht zu schießen. Für Tamar und all die anderen Mädchen, die sie gequält hatte.

Adelina schien ihre Gedanken zu lesen und sank in sich zusammen. Jetzt war sie die Schwächere. »Amos hat mich dazu gezwungen. Und jetzt haben sie mich wegen ihm rausgeschmissen. Sie wollen mich nicht mehr«, jammerte sie. »Ich brauche sie doch«, sie zeigte auf Libertad. »Um etwas Geld zu verdienen. Ich brauche sie, damit ich etwas zu essen kaufen kann …«

»Du widerst mich an!« Raquels Stimme bebte vor Wut. Und im gleichen Augenblick wurde ihr klar, dass sie Roccos Waffe niemals nehmen würde, denn sie würde es nicht über sich bringen, Adelina zu töten. Sie war nicht wie Adelina. »Scher dich zum Teufel!«, sagte sie zu Adelina. Dann nahm sie Libertads Hand. »Komm mit uns.«

»Was wird aus mir?«, fragte Adelina verzweifelt. »Ich werde sterben!«

»Es gibt Schlimmeres als den Tod«, erwiderte Raquel voller Verachtung. »Erinnerst du dich an das Erste, was du zu mir gesagt hast? *Este es el infierno.* Du hattest recht. Für dich wird es die Hölle. Buenos Aires wird dich bestrafen. Nicht ich.«

Als Adelina niedergerungen davonschlich, drückte Raquel Libertads Hand. Sie sah zu Rocco. »Jetzt wissen alle, wer ich bin.«

»Das zählt jetzt nicht mehr.« Rocco lächelte sie an.

»Was soll das heißen?«, fragte Louis vollkommen verdattert. »Wer bist du denn?«

»Ich bin ein Mädchen, du Idiot.«

74

Capitán Ramírez hielt den Gefangenentransporter, der Amos vom Polizeirevier in der Avenida de la Plata zum Militärgefängnis im Norden der Stadt bringen sollte, im Wohnviertel Nuñez an, einer kaum belebten Gegend.

Ramírez stieg aus, öffnete die hintere Tür und befahl der Wache, dem Gefangenen die Handschellen abzunehmen. Dann winkte er Amos, aus dem Wagen zu steigen.

Sie entfernten sich ein Stück, um ungestört reden zu können.

»Du läufst bis zum Río de la Plata«, sagte Capitán Ramírez. »Dann wende dich nach Norden. Irgendwann siehst du einen gelb gestrichenen Pfahlbau, wie ihn Fischer benutzen. In der Nähe ist ein großes Netz über dem Wasser gespannt. Das Boot wartet dort auf dich.«

Amos war niedergeschlagen. Ja, er hatte sich retten können, aber er würde wieder ganz von vorn beginnen müssen. Und das ohne jede Unterstützung.

»Was ist mit meinem Vater passiert?«, fragte er besorgt.

»Es wurde nach Eurem Ritus beerdigt«, erklärte Capitán Ramírez. »Die *Sociedad* hat für alles gesorgt.«

Sein Vater hatte immer gesagt, er wolle nicht auf diesem Friedhof liegen, den er nicht als echten jüdischen Friedhof empfand. Amos hatte ihm nie erzählt, dass er bereits alles geplant hatte. Gleich nach dem Tod des Vaters hatte er ihn nach Prag schaffen und dort begraben lassen wollen, auf dem alten

Friedhof, den der alte Mann so gemocht hatte. Und dann, nachdem er den Stein auf sein Grab gelegt hätte, bevor er gehen würde nach der Zeremonie, hätte er sich die Hände in jenem kleinen Waschbecken gewaschen, von dem sein Vater immer erzählt hatte. Um herauszufinden, ob man sich danach wirklich sauber fühlen konnte.

Aber das war jetzt alles nicht mehr möglich.

»Jetzt geh«, sagte Capitán Ramírez.

Er klang anders als sonst. Vorher, als er ihn bezahlt hatte, als er ihn jede Nacht im *Chorizo* eine Hure vögeln ließ und ein Auge zudrückte, wenn er sie verprügelte, hatte Ramírez immer freundlich geklungen. Und gleichzeitig voller Respekt. Nun sprach er im Namen von jemand anderem mit ihm. Und es klang, als wäre er nicht den Dreck unter den Fingernägeln wert. Und so war es ja auch.

»Ich habe kein Geld«, sagte er zu Ramírez.

»Wozu? Willst du etwa eine Kutsche nehmen?«, fragte Ramírez.

»Ein korrupter Polizist ist und bleibt korrupt«, hatte Jaime gesagt. Und er hatte recht. Ramírez war verdorben bis ins Mark. Aber wer war das nicht? Konnte er sich selbst ausnehmen? Nein, das konnte er nicht. Er hatte die Würfel geworfen, und sie hatten die falsche Zahl gezeigt. Das war alles. Das Leben war weniger kompliziert, als man es sich im Allgemeinen vorstellte.

»Ich sollte dir ausrichten, du sollst zum Pfahlbau gehen«, sagte Ramírez. »Jetzt geh einfach zu diesem beschissenen Pfahlbau.« Dann drehte er sich um, schloss die Tür des Transportwagens und stieg vorn neben dem Fahrer ein.

Gleich darauf hatte sich der Gefangenentransporter schon weit entfernt. Und Amos war allein.

Er wandte sich nach Osten. In seinem Rücken ging die Sonne allmählich unter. Amos nahm in der Luft den Salzgeruch wahr, der vom Río de la Plata herüberwehte. Er durchquerte einen gut gepflegten Park und lief danach immer geradeaus. Nach knapp zehn Minuten hatte er das argentinische Ufer dieses großen, schlammigen Flusses erreicht.

Er blieb stehen. Wohin würde das Boot ihn bringen? Wahrscheinlich zunächst nach Montevideo. Von dort würde seine Reise per Schiff entweder nach Río de Janeiro in Brasilien oder nach New York in die Vereinigten Staaten von Amerika gehen. In beiden Städten betrieb die *Sociedad* Geschäfte. Die üblichen Geschäfte – Huren.

Welche Aufgabe würde man ihm geben? Ganz sicher würde er kein Bordell mehr führen, das konnte er vergessen. Er würde wieder ganz unten anfangen. Als Leibwächter. Und doch, so sagte er sich, hatte er Glück gehabt.

Vielleicht war sein größtes Glück, tief in die Geschäfte der *Sociedad* eingeweiht zu sein. Er war keiner von denen, die man im Gefängnis verschmoren ließ. Entweder man tötete ihn gleich oder man ließ ihn verschwinden.

Der Gedanke brachte ihn zum Lachen.

»Fickt euch doch!«, schrie er. »Ich verabschiede mich! Ich verschwinde!«

Er würde es schaffen. Es würde nicht leicht werden, in seinem Alter noch mal von vorn anzufangen. Aber er war ein Jude. Zäher als eine Rindersehne, wie der Rabbi von Prag immer sagte. Er bedauerte nichts. Er hatte seine Karten ausgespielt und hatte verloren.

Nein, eines bedauerte er: die Sache mit diesem verdammten Mädchen. Das hatte ihm Unglück gebracht. Er hätte sie einfach dort in Russland erfrieren lassen sollen. Alles hatte mit ihr begonnen. Vielleicht war sie ja verflucht. Erst die Flucht, dann diese Artikel. Durch diese Artikel hatten sich alle Augen der Stadt auf ihn gerichtet. Noah und die *Sociedad* waren gezwungen gewesen, nicht direkt einzugreifen, um nicht selbst aufzufliegen. Dieses Mädchen hatte ihn zu einem Aussätzigen gemacht. Wenn er die Möglichkeit gehabt hätte, sie zu finden, hätte er ihr liebend gern noch einen Besuch abgestattet.

Ich hätte sie aufgeschlitzt wie einen Fisch, dachte er wütend.

Aber nun war es Zeit, ein neues Kapitel aufzuschlagen. Amos lief etwas schneller am Ufer des Río de la Plata entlang. In der Ferne war ein Pfahlbau zu erkennen und ein großes viereckiges Netz, das über dem Wasser gespannt war.

Als er die Stelle erreichte, war allerdings nirgendwo ein wartendes Boot zu sehen. Doch hinter dem Pfahlbau drang Rauch hervor. Und der Duft einer Zigarre.

Er trat auf den Steg und lief bis zur Seilwinde für das Netz. Die Bretter waren trocken und knackten unter seinen Füßen.

»Du bist pünktlich«, sagte jemand.

Amos erkannte ihn nicht sofort, denn das Gesicht des Mannes war durch Verbrennungen entstellt.

»Guten Tag, Amos«, sagte Francés und warf seine Zigarre ins Meer.

Amos sah sich um.

»Glaubst du, du bist schneller als der hier?«, fragte Francés lächelnd und wedelte mit seinem Revolver.

»Wie hast du überlebt?«, fragte Amos. Es war eine dumme Frage, aber es war die erste, die ihm in den Sinn kam.

»Setz dich.« Francés deutete auf die Bank neben sich, und Amos gehorchte.

»Es freut mich, ein wenig mit dir plaudern zu können«, sagte Francés. »Du warst schon immer ein feinsinniger Gesprächspartner.«

»In Ordnung. Bringen wir es hinter uns«, sagte Amos brüsk. »Was willst du? Gleich kommt ein Boot. Mit Geld.«

»Du meinst wirklich, dass ein Boot kommt?«, fragte Francés lächelnd.

Amos erstarrte.

»Ach ja«, seufzte Francés. »Capitán Ramírez ist ja so ein gieriger Mensch. Und so gemein. Tony musste ihm bloß einen von seinen Männern vorbeischicken. Er hat sich nicht einmal selbst zu ihm bemühen müssen. Ist dir klar, wie wenig du wert bist?«

Amos ballte die Fäuste. Er hatte nur eine Chance: Er musste Francés angreifen, sobald dessen Aufmerksamkeit nachließ.

»Für mich dagegen bist du sehr viel wert«, fuhr Francés fort. »Nachdem ich überlebt habe, bin ich nur deinetwegen hiergeblieben. Ich habe Tony gesteckt, dass du der Mann hinter Ciccone warst.«

Amos erschauerte. »Wie hast du davon erfahren?«

»Pures Glück.« Francés zuckte mit den Schultern. »Und nach Catalinas Tod habe ich ihm gesagt, wo er deinen Vater finden würde.«

Amos spürte, wie ihm das Blut in den Kopf stieg.

»Ich habe ihm gesagt, dass du leiden würdest wie ein Hund, wenn er ihn umbringt.«

Amos stürzte sich mit einem Schrei auf ihn.

Und genau das hatte Francés erwartet. Er schoss Amos in den Bauch, dann wich er ihm elegant aus, wie ein Torero.

Amos lief taumelnd ein paar Schritte und wurde langsamer. Schließlich blieb er stehen und drehte sich um. Mit einer Hand hielt er sich den dicken Bauch, doch er konnte nicht all das Blut zurückhalten, das seine Weste befleckte. Er stürzte sich noch einmal nach vorn.

Francés schoss ihm in das eine Knie.

Amos stöhnte und fiel zu Boden.

Francés stellte sich über ihn. Setzte den Revolver auf seiner Stirn auf. »Das hier ist von Lepke.« Dann drückte er ab.

Amos' Stirn explodierte. Er bewegte den Kopf ruckartig hin und her, wie eine Aufziehpuppe, deren Mechanismus außer

Kontrolle geraten war. Riss die Augen weit auf und presste die Lippen aufeinander. Dann bewegte er sich nicht mehr. Doch seine Augen blieben offen.

»Es sieht so aus, als hättest du bekommen, was du wolltest«, sagte eine tiefe Stimme hinter Francés.

Dieser fuhr herum. Und sah sich zwei untersetzten Männern gegenüber, die trotz ihrer eleganten Kleidung vulgär wirkten.

Francés kannte sie. Jeder in Buenos Aires kannte sie. Vom Gouverneur bis zur kleinsten Sackratte auf dem Hurenmarkt. Einer hieß Noah und war der Kopf der *Sociedad Israelita de Soccorros Mutuos Varsovia*. Der andere, der mit der Grabesstimme, war Simón, seine rechte Hand.

Francés richtete den Revolver auf sie. »Ihr seid zu spät gekommen.«

Noah lachte. »Nein, wir sind genau zur richtigen Zeit gekommen.« Er breitete die Arme aus. »Capitán Ramírez hatte die Freundlichkeit, uns über jeden Schritt auf dem Laufenden zu halten.«

»Warum habt ihr dann zugelassen, dass ich ihn getötet habe?«

»Die Frage muss anders lauten, junger Mann«, erwiderte Noah. »Warum hätten wir nicht zulassen sollen, dass du ihn tötest?«

Da endlich verstand Francés: Amos wäre auf jeden Fall erledigt gewesen.

Und damit war auch klar, wie diese Geschichte enden würde. Es gab nur einen möglichen Schluss. Sich dagegen zu wehren war sinnlos. Und er wunderte sich, dass er keine Angst hatte.

Er senkte den Revolver.

Dann hallte ein Schuss durch die Stille, und Francés spürte ein heftiges Brennen in der Brust. Und dass seine Beine ihn nicht mehr trugen. Aber was er dabei empfand, war merkwürdig. Als wäre es bedeutungslos. Was zählte, war nur, dass er sich zumindest kurz vor dem Tod endlich wie ein Mann verhalten hatte.

Er sackte neben Amos in sich zusammen, und wenig später hauchte er sein Leben aus.

»Nun, das wäre auch erledigt«, sagte Simón.

»Ja«, bestätigte Noah. »Wir können gehen. Die Jungs werden hier aufräumen. Und keiner wird erfahren, was passiert ist.«

»Aber alle werden denken, dass wir sehr mächtig sind, wenn wir einem von uns die Flucht aus dem Gewahrsam ermöglichen können«, sagte Simón mit seiner tiefen Stimme und lachte. »Die dagegen, die gleich zum Aufräumen kommen, werden annehmen, dass wir uns bis zum Schluss um unsere Leute kümmern. Und dass Amos gerächt wurde.«

»Und alle werden glauben, dass es besser ist, uns zum Freund zu haben, mein Lieber.« Auch Noah lachte. »Denn wir sind die *Sociedad*, nicht irgendwelche billigen Luden.«

»Was für eine schöne Geschichte«, meinte Simón zufrieden. »Wir sollten Schriftsteller werden.«

»Meinst du, dass Schriftsteller mehr verdienen als wir Fleischhändler?«

»Nein, wahrscheinlich nicht, du hast recht«, erwiderte Simón.

Sie lachten weiter, und als sie gingen, knackten die Bretter des Stegs unter ihren eleganten Schuhen, die in Handarbeit in einer Fabrik in New England gefertigt worden waren.

75

Tano zeigte auf Raquel. »Ich habe das Ganze sofort durchschaut!«, sagte er.

Die Menschen, die hinter dem himmelblauen Haus zusammengekommen waren, lachten ausgelassen.

»*Minchia*«, fuhr Tano unbeirrt fort, »für einen Jungen hat sie viel zu viel geredet. Ich habe sie Ángel Plappermaul genannt. Aber abgesehen davon, dass sie sich nie am Sack gekratzt hat – wollt ihr wissen, woran man erkennt, dass sie kein Junge ist? Also, Erstens, sie bohrt nie in der Nase! Zweitens, sie spielt nie mit den Popeln … Und dann kratzt sie sich auch nie am Arsch.«

Wieder lachten alle schallend.

»Igitt! Das also erwartet mich mit dir?«, fragte Rosetta Rocco.

Und abermals folgte allgemeines Gelächter.

Sie feierten ein Fest. Die Frauen aus dem Barracas-Viertel waren gekommen, mit ihren Männern und Kindern. Und die Hafenarbeiter von La Boca mit ihren Familien. Javier war da mit seiner Frau, seiner neugeborenen Tochter und den beiden Jungs aus Louis' Bande. Auch Mattia, Billar und Ratón. Louis mit seiner Mutter. Dolores mit der Señora Chichizola, Encarnación mit ihrer Mutter, das Lehrmädchen beim Schneider, die Frauen vom Mercado Central. Und auch Libertad, in einem Kleid mit einem weißen Kragen, in dem sie einfach nur wie ein Mädchen aussah. Helena Vargas, die jetzt die offizielle Köchin der Gruppe war, hatte sie zu sich genommen. »Denn ich weiß, was es heißt, eine Hure zu sein«, hatte sie zu Rocco gesagt. Und dann waren da noch die beiden alten Frauen, die sich bemühten, die Kinder von den Hühnern fernzuhalten, um die sie sich kümmerten.

Alle waren sie gekommen.

Tano hatte zwei Tage zuvor – nachdem der Vizekonsul Maraini im Namen der Botschaft und des Königreichs Italien offiziell verkündet hatte, dass der »Fall Rosetta Tricarico« abgeschlossen und jeder Anklagepunkt fallen gelassen worden war und es keinen Prozess geben würde – Rocco beiseitegenommen und ihn gefragt: »Was für Absichten hast du bei meiner Rosetta? Ernsthafte? Wenn du bei ihr irgendwelchen Scheiß versuchst, reiß ich dir den Arsch auf.«

Und so hatten sich nun alle zur Verlobungsfeier von Rocco und Rosetta versammelt.

Sogar Señor Delrío war gekommen. Seit dem Tag, an dem er erkannt hatte, wer Raquel wirklich war, stellte er sich stets so vor: »Ich bin der Riesentrottel. Das ist alles, was ich mit Gewissheit sagen kann, seit ich eine Frau in meinem Laden angestellt habe.« Der alte Buchhändler setzte sich neben Raquel und reichte ihr ein Päckchen.

Raquel packte es aus. Es enthielt das erste Buch, das sie außer Gebetbüchern gelesen hatte: die Geschichte von Pinocchio.

»Da ist noch etwas, das ich dir sagen muss«, fuhr Delrío fort. »Inzwischen kennst du mich. Ich bin ein alleinstehender Mann. Ziemlich verwelkt. Der sich von Papier und dem Staub, der sich darauf absetzt, ernährt.« Ein ernster Ausdruck trat in seine Augen. »Eines Tages werde ich sterben …«

Raquel wollte protestieren, doch Delrío brachte sie mit einem Blick zum Schweigen. »So spät wie möglich, aber irgendwann wird es geschehen«, fuhr er fort. »Und von dem Tag an wird meine Buchhandlung … dir gehören.«

Vor Raquels Augen drehte sich alles, und sie war froh, dass sie saß. Sie sog die Luft tief ein und wagte nicht, sie auszuatmen aus Angst, in Tränen auszubrechen.

»Aber eines musst du mir versprechen«, sagte Delrío.

Raquel nickte, sie brachte kein Wort heraus.

»Du darfst nur Frauen einstellen!« Der Buchhändler lachte zufrieden.

»Nein, Señor Delrío«, erwiderte Raquel. »Das kann ich Ihnen nicht versprechen.«

»Wieso denn nicht?«

»Wenn die Buchhandlung eines Tages mir gehört«, erklärte Raquel, »werde ich jemanden einstellen, der Bücher liebt und Grips hat. Und ob das ein Mann oder eine Frau ist, ist mir egal.«

Delrío seufzte. »Du bist verwirrend, Mädchen«, sagte er. »Oder einfach nur alt und weise in deinem Herzen. Aber du hast wie immer recht.«

Nur einer fehlte, um das Fest vollkommen zu machen. Rosetta hatte sich bei allen erkundigt, doch niemand hatte ihn gesehen oder wusste etwas. Rocco war noch einmal zu Tony gegangen und hatte ihn gefragt.

»Er hatte ein Treffen mit Amos«, hatte Tony gesagt. »Ist er nicht zurückgekehrt?«

Diese Antwort hatte Rocco Rosetta überbracht.

Er hätte seinen Spaß gehabt, dachte Rosetta lächelnd, als sie die vielen fröhlich schwatzenden Menschen betrachtete. Doch sie war auch ein wenig traurig. Denn, wie hatte Tano so schön gesagt: Francés war für einen Luden ein anständiger Mensch.

»Seid mal still!«, rief Tano.

Keiner achtete auf ihn.

»*Minchia*, wollt ihr wohl still sein?«, schrie Tano noch einmal so laut, dass die Adern am Hals hervortraten.

Da endlich verstummten alle und richteten ihre Blicke auf ihn.

Tano winkte Rosetta und Rocco zu sich.

Rosetta trug das Kleid von Ninnina. Assunta hatte ihr eine Mantilla aus einem Stoff in der gleichen Farbe mit aufgedruckten Jacarandablüten genäht. Die verdeckte das Loch an der Schulter, das die Kugel des Barons hineingerissen, und den Blutfleck, der sich dort gebildet hatte. Glücklicherweise war es nur eine oberflächliche Wunde gewesen. Assunta hatte auch versucht, ihr die Haare zu einem hübschen Knoten zusammenzufassen, in den sie Blüten hineinflechten wollte. Aber Rosetta hatte sich energisch geweigert. Sie trug ihr Haar offen. Und sah wunderschön aus.

Rocco hatte sich von einem Hafenarbeiter, der ungefähr die gleiche Figur hatte wie er, für diesen besonderen Anlass einen Anzug geliehen. Der war nicht besonders festlich, aber dafür verlieh ihm das blütenweiße, gebügelte und gestärkte Hemd ein strahlendes Aussehen, zu dem auch die ununterbrochen blitzenden weißen Zähne beitrugen, weil Rocco gar nicht mehr aufhören konnte zu lächeln. Eine blonde Strähne fiel ihm in die Stirn und gab ihm dieses leicht Verwegene, das Rosetta so gefiel.

»Was für ein schönes Paar!«, rief eine der zahnlosen Alten.

Und dann stellte Tano sich zwischen Rosetta und Rocco. Er nahm eine Ein-Peso-Münze, zeigte sie allen und legte sie dann Rosetta in die Hand. Danach nahm er eine weitere Münze, zeigte auch diese allen und legte sie in Roccos Hand. Schließlich nahm er beider Hände und legte sie ineinander. Hielt die verschränkten Hände für alle sichtbar hoch und sagte: »Von diesem Moment an seid ihr zwei, aber unzertrennlich!«

Rocco und Rosetta öffneten die Hände und zeigten allen, was darin lag: Plötzlich waren da keine zwei Ein-Peso-Münzen mehr, sondern nur eine einzige im Wert von zwei Pesos.

Die Leute klatschten begeistert.

»Los, du darfst sie jetzt küssen!«, sagte Tano zu Rocco.

Rosettas Lippen waren immer noch nicht ganz verheilt, aber sie beugte sich vor und ließ zu, dass Rocco ihre Lippen berührte.

Alle Gäste applaudierten begeistert.

»Und jetzt esst, trinkt und tanzt!«, forderte Tano sie auf.

Assunta saß im Schatten auf einer langen Bank und winkte ihn zu sich. »Komm her, leg dich kurz hin, du musst müde sein.«

Tano streckte sich auf der Bank aus und legte seinen Kopf in ihren Schoß. Er seufzte zufrieden. »Ich weiß nicht, ob ich alles wiederholen würde, was ich in meinem Leben gemacht habe«, murmelte er. »Aber eines würde ich jederzeit noch mal tun, ohne auch nur einen Moment drüber nachzudenken.«

»Was denn?«, fragte Assunta.

»Dir den Hof machen und dich heiraten«, antwortete Tano.

Assunta errötete vor Freude.

»Schließlich gibt es nichts Bequemeres als deinen weichen Bauch zum Schlafen.«

Assunta gab ihm einen Klaps. »Du kannst nie etwas Nettes sagen, ohne einen Witz zu reißen, was?«

Tano grinste.

»Na ja, ich würde deine Werbung auch noch einmal annehmen und dich wieder heiraten«, sagte Assunta. »Selbst wenn ich dafür hundert Mal umkehren müsste.«

Tano zog ein zufriedenes Gesicht.

»Denn ich finde nirgendwo einen so leeren und leichten Kopf, den ich mir auf den Bauch legen könnte«, schloss Assunta.

Tano lachte laut.

»Du bist bloß ein hässlicher, sturer Ziegenbock«, sagte Assunta und fuhr ihm mit der Hand durch die Haare.

»Und du bist … meine große Liebe«, flüsterte Tano.

Assunta fühlte, wie ihr Tränen in die Augen stiegen. »Das hast du mir noch nie gesagt«, murmelte sie gerührt.

»Na ja, du solltest auch besser nicht damit rechnen, dass ich es noch einmal sage«, brummte Tano.

»Nein, keine Angst«, sagte Assunta und fuhr ihm glücklich über das Gesicht, das so hart war wie gegerbtes Leder.

»Esst und trinkt!«, rief Rocco.

»Einen Moment bitte«, sagte da eine Frau laut.

Alle drehten sich zu der Stimme um. Sie gehörte einer Frau, die etwas über zwanzig sein musste. Sie war nicht besonders groß, trug ein cremefarbenes Baumwollkleid und Halbschuhe. Ihre kastanienbraunen Haare kräuselten sich leicht und waren über der Stirn zu einer Welle gelegt. Sie hatte ein viereckiges Gesicht, nicht schön, aber ausdrucksstark und charaktervoll.

Niemand wusste, wer sie war.

»Alfonsina Storni!«, rief Raquel überrascht. Vor Aufregung war sie ganz rot geworden.

»Señor Delrío hat mich eingeladen«, sagte die Frau. Sie lächelte und offenbarte eine kleine Lücke zwischen den Schneidezähnen. »Und zu diesem ganz besonderen Fest wollte ich ein Geschenk mitbringen.«

Raquels Herz klopfte wie wild. Sie zitterte vor Aufregung und wäre am liebsten zu ihr gelaufen und hätte sie umarmt.

Doch stattdessen kam Alfonsina Storni zu ihr und musterte sie eingehend. Dann drehte sie sich zu den anderen um. »Man braucht immer jemanden, der eine andere Geschichte erzählen kann«, sagte sie. »Nur so entdecken Menschen, dass man sich wirklich ändern kann. Die Zukunft braucht Geschichten.« Sie lächelte. »Wir menschlichen Wesen haben sonst keine Träume.« Sie wandte sich wieder Raquel zu und zog eine zusammengerollte Zeitschrift aus ihrer Handtasche. »Das ist die Ausgabe von *Caras y Caretas*, die morgen erscheinen wird. Sie kommt frisch aus der Presse. Aber dort steht etwas, das nicht bis morgen warten kann.« Sie lachte auf ihre ganz eigene, etwas melancholische Art. »Schließlich findet das Fest ja heute statt, oder?« Sie übergab Raquel die Zeitschrift. »Lies, Mädchen, die du für uns alle die Augen bist.«

Raquel hatte das Gefühl, keine Luft mehr zu bekommen, und krümmte sich zusammen. Alle starrten sie an. Jetzt wussten alle, dass sie diese Worte geschrieben hatte. Nun wussten sie, wer sie war.

»Jetzt aber los, sonst werde ich sauer!«, schrie Tano beinahe.

Assunta stieß ihn in die Rippen.

»Vorlesen! Vorlesen!«, erscholl es im Chor.

Rocco ging zu Raquel, zog sie hoch und flüsterte ihr ins Ohr: »Die Raupe kann sich nicht zurückziehen. Sie ist dazu bestimmt, ein Schmetterling zu werden.«

»Aber ich …«, wollte Raquel protestieren.

»Warum kannst du nicht einmal still sein?«, unterbrach Rocco sie leise. »Ich bin nicht so gut im Reden wie du. Aber hör zu: Ich … du hast es immer noch nicht begriffen, was? Ich … bin stolz auf dich. Du kannst dir gar nicht vorstellen, wie sehr … ich kann es dir nicht erklären … aber … aber so ist das eben, verdammt noch mal.« Dann hob er sie auf einen Tisch, sodass alle sie sehen konnten.

Raquel spürte einen Kloß im Hals. Er hatte das zu ihr gesagt, was sie gern von ihrem Vater gehört hätte, der sie hier nicht mehr sehen konnte. Oder vielleicht doch?

Rocco sah sie an und lächelte ihr aufmunternd zu. Dann legte er eine Hand um ihren Knöchel. »Lies!«, sagte er mit seiner warmen Stimme.

Raquel zog die Nase hoch und öffnete die Ausgabe von *Caras y Caretas*.

»*Warum heißt die Neue Welt Neue Welt?*«, begann sie unsicher zu lesen. »*Weil es eine Welt ist, die uns eine zweite Chance gibt. Eine Welt, in der ich es schaffen kann. Wo Rosetta die Bürgermeisterin der Frauen wird. Wo man sich vorstellen kann, dass eine Frau die Frauen verteidigt. Wo Rocco eine Revolution im Hafen auslösen kann und es schafft, dass die Todgeweihten ein Schiff auch dann entladen können, wenn sie nur noch einen Arm oder ein Bein haben.*« Ihre Stimme wurde mit jedem Wort sicherer. »*In der Neuen Welt sind Dinge möglich, die wir uns niemals hätten träumen lassen. Die Prostituierten sind auf einmal wieder Frauen und keine Dinge, die man benutzt. Und ihre Söhne, so banal das klingen mag, sind buchstäblich keine Hurensöhne mehr.*«

Jemand lachte. Aber leise und respektvoll. Denn viele von ihnen waren Hurensöhne.

»*Eine Welt ist neu, wenn bestimmte alte Regeln nicht mehr gelten*«, fuhr Raquel fort. »*Wenn man darüber nachdenkt, neue aufzustellen. Denn das ist es, was wirklich zählt. Die Freiheit zu haben, von der Freiheit zu träumen und sie sich vorzustellen. Genau, das ist die Neue Welt. Eine Welt, die die Knoten mit der Vergangenheit löst. Ob sich dann andere bilden werden, wissen wir nicht. Aber auch das sind dann zumindest … neue Knoten!*«

Alle lauschten ihr schweigend. Es waren kluge, aber keineswegs unverständliche Worte. Denn sie sprachen von ihnen. Davon, wie sie waren. Oder wie sie sein wollten. Und von dem, wovon sie träumten.

»*Um in die Neue Welt zu gelangen, haben wir einen Ozean überquert. Ein Meer aus Blut. Wir werden ihn niemals vergessen können. Wir alle werden von dieser enormen Last niedergedrückt. Ich habe schreckliche Dinge gesehen. So wie jeder von uns. Und etwas davon wird uns unser ganzes Leben begleiten. Deshalb verbirgt sich tief in unserem Lächeln immer ein wenig Traurigkeit. Wegen allem, was wir durchgemacht haben. Wegen der Menschen, die wir unterwegs verloren haben. Und unsere Kinder werden sich an all das erinnern, weil sie es in unserem Blick erkennen. Aber vielleicht werden unsere Enkel diese Last abwerfen. Sie werden nur wissen, dass das Blut, das durch ihre Adern fließt, mit einem Schiff gekommen ist.* Descendemos de los barcos, *werden sie sagen.* Wir kommen von den Schiffen. *Als ob es nur eine Geschichte wäre. Aber zum Glück werden sie nicht den Geruch dieser Schiffe in der Nase haben. Den Geruch der Viehtransporte.*«

Alle wussten, wovon Raquel sprach. Sie hatten diesen Geruch immer noch in der Nase, manchmal wachten sie sogar mitten in der Nacht davon auf.

»*Unsere Enkel werden … eine einzige Nation sein. Nur ein Volk. Und dann werden unsere langen Reisen, um hierher zu gelangen, unsere Auflehnung gegen das Schicksal, das uns in unseren Ländern erwartete, endlich einen Sinn ergeben.*« Raquels Stimme wurde ernst. »*Wer niemals etwas vergessen muss, hat nur die Augen vor etwas verschlossen, was er nicht sehen will.*« Sie hob den Blick und betrachtete die Menschen um sich herum. Sie kamen ihr wie viele Spiegel vor, in denen sich das immergleiche Bild spiegelte. Dass sie alle eins wären. Dass sie alle Brüder und Schwestern wären. Ihre Brüder und Schwestern. Alle gleich. Und sie glaubte, sie alle zu hören. »*Ich weiß nicht, ob Gott unseren Schmerz spürt*«, sagte sie leise, »*aber wenn er ihn spürt, frage ich mich, wie er das aushalten kann, ohne verrückt zu werden.*«

Eine alte Frau bekreuzigte sich.

»*Ich bin ein junges Mädchen*«, schloss Raquel. »*Und darüber bin ich froh. Denn ich werde noch viel Zeit haben, um zu sehen, ob wir es wirklich schaffen. Und zwar alle gemeinsam.*«

Vielen der Anwesenden liefen Tränen übers Gesicht. Warme, leidenschaftliche Tränen. Schmerzvolle und erleichterte. Denn endlich hatten sie eine Stimme.

»Ich habe mich immer gefragt, ob Worte Flügel haben können«, sagte Alfonsina Storni, die genauso gerührt war wie die anderen. »Du, Raquel, hast mir gezeigt, dass das möglich ist.«

Rocco holte Raquel vom Tisch und hielt sie in einer Umarmung fest, die mehr sagte als alle Worte.

»Jetzt esst, trinkt, tanzt und singt!«, verkündete Tano und griff zu seiner Gitarre. Rosetta kam zu ihm und flüsterte ihm etwas ins Ohr. Tano zog eine Grimasse, wie immer, wenn ihn etwas bewegte, und sah auf den Rosenstrauch, den seine Ninnina vor ihrem Tod gepflanzt hatte und der nun wieder üppig blühte.

»*Mein Schmerz vermischt sich mit meinem Lachen*«, begann er zusammen mit Rosetta zu singen.

»*Ich bin eine Blüte im Schlamm … Ich verkaufe Traurigkeit und ich verkaufe die Liebe …*«, fielen alle mit ein.

Raquel setzte sich auf eine Bank und verschnaufte. Louis schlenderte verlegen und unbeholfen zu ihr und setzte sich neben sie. »Stark«, stammelte er bloß. »Ja, wirklich. Das waren echt starke Worte.«

Rosetta ging zu Rocco, und Hand in Hand suchten sie sich eine ruhige Ecke. Sie betrachteten die Zwei-Pesos-Münze von Tanos Zaubertrick.

»Zwei und unzertrennlich«, sagten sie im Chor.

Louis und Raquel, die ganz in der Nähe saßen, hörten das.

»Die sind schon ein bisschen bescheuert, oder?«, kicherte Louis.

»Das sind alle Verliebten«, meinte Raquel.

Louis zupfte an dem Vereinsabzeichen der Boca Juniors auf seinem Trikot herum. »Vielleicht sagen irgendwann auch wir uns so ein dummes Zeug«, nuschelte er verlegen.

Raquel wurde knallrot. »Wenn du versuchst, mich zu begrapschen, haue ich dir eine rein!«, rief sie.

Rocco und Rosetta mussten laut lachen. Dann verschwanden sie, immer noch Hand in Hand, und suchten sich einen Ort, an dem keiner sie beobachten oder belauschen konnte. Dort zog Rocco Rosetta an sich und küsste sie. Und Rosetta erwiderte den Kuss voller Leidenschaft.

»Niemand wird uns je wieder trennen«, flüsterte Rocco ihr zu und küsste ihr Ohrläppchen. »Das verspreche ich dir.«

»Und ich verspreche es dir«, erwiderte Rosetta, die den Hals nach hinten bog und die lustvollen Schauer genoss, die Roccos Küsse durch ihren Körper jagten.

»Ich liebe dich«, sagte Rocco.

»Ich liebe dich«, gab Rosetta errötend zurück.

»Gehörst du mir?«, fragte Rocco, während er über ihren Rücken streichelte.

Rosetta löste sich mit gespielter Empörung aus seiner Umarmung. Sie warf ihm einen strengen Blick zu und drohte mit dem Zeigefinger. »Nein. Ich gehöre dir nicht und ich werde dir niemals gehören«, sagte sie. »Ich bin keine Kuh.«

Rocco grinste. »Das wird eine höllische Ehe, ich weiß«, spottete er und wollte sie wieder küssen.

Rosetta lachte. »Du musst behutsam mit mir sein«, flüsterte sie. »Ich bin nicht so stark, wie ich aussehe. Und ich habe ein bisschen Angst.«

Plötzlich war ein dumpfes Grollen zu hören. Dann gab es einen Blitz und gleich darauf einen so lauten Donner, dass die Luft erzitterte. Unmittelbar darauf ergossen sich Regenströme aus einem tiefschwarzen Himmel über die feiernden Menschen.

Alle liefen rasch unter das Vordach und drängten ins Haus, waren aber bereits durchnässt.

Der heftige Regen spülte die letzten Blätter von den Blüten, die noch an den Zweigen des Jacarandabaums hingen. Aber der Wind war so stark, dass sie nicht zu Boden fielen, sondern hochwirbelten und den anthrazitfarbenen Himmel mit violetten Farbtupfern färbten.

Und genauso plötzlich, wie er begonnen hatte, hörte der Regen wieder auf. Am Horizont rissen die Wolken auf und ließen die warmen Strahlen der untergehenden Sonne durch.

Fast verwundert, vielleicht zum ersten Mal bewusst, traten die Menschen aus den Vierteln Barracas und La Boca, die sich bei Tano zu Hause versammelt hatten, hinaus auf die

Straße und sahen sich um. Das Wasser hatte den Staub von ihren Blechhäusern gewaschen und die Farben zum Strahlen gebracht, als wäre der Lack noch ganz frisch. Und jedem von ihnen, der diese leuchtenden Farben, Gelb, Blau, Orange, Violett, Grün, Blau, Lila und Türkis sah, kam Raquels Artikel in den Sinn und jeder begriff, dass es wirklich eine Neue Welt geben konnte.

In der verblüfften Stille zündete eine Frau einen kleinen Kerzenstummel an, setzte ihn auf ein Stück Holz und ließ es auf dem Riachuelo treiben. Eine andere Frau machte es ihr nach, dann noch eine, bis schließlich fast alle eine kleine Kerze entzündet hatten und sie in der heraufziehenden Dunkelheit auf die Reise schickten.

Der Riachuelo füllte sich mit schwimmenden Lichtern, wie ein riesiger, sich fortbewegender Spiegel für das Sternenzelt. Als ob der Himmel dank der Frauen beschlossen hätte, sich unter die Menschen zu mischen.

Es war wie eine Hoffnung. Und ein Versprechen.

»Das ist so schön«, flüsterte Rosetta und schmiegte sich an Rocco.

»Ja«, erwiderte Rocco leise und spürte in dem Moment die enorme Kraft, die von diesem stolzen Volk von Hungerleidern ausging, das mit dem eigenen Blut zur Geburt einer neuen Nation beitrug. Er nickte noch einmal, drückte Rosettas Hand fester und sagte zu ihr: »Hab keine Angst. Wir schaffen das.«

Rosetta sah ihn an und fand ihn unwiderstehlich. »Meinst du, irgendjemand würde merken, wenn wir einfach heimlich in mein Zimmer verschwinden?«

»Ich glaube … ich glaube … ach egal.«

»Bin ich zu forsch?«, sagte Rosetta errötend. »So einen Satz erwartet man wohl nur von einem Mann.«

»Ja«, erwiderte Rocco. »Und genau deswegen habe ich mich sofort in dich verliebt.«

So verharrten sie ohne ein Wort und verloren sich in den Augen des anderen, ohne dass sie hätten sagen können, wie viel Zeit verging.

Dann suchten sich ihre Hände. Und die Lust trieb sie hinauf in das kleine Zimmer mit den Blechwänden.

Sie zogen sich aus, ganz langsam, um sich auch das geringste Detail des anderen einprägen zu können.

Rocco öffnete einen nach dem anderen die Knöpfe an dem Kleid mit den Jacarandablüten.

Rosetta tat dasselbe mit den Knöpfen des weißen Hemdes.

Bis sie schließlich nackt voreinander standen.

Ihr Atem ging schneller. Ihre Münder öffneten sich. Ihre Blicke verschmolzen.

Als sie dem Zauber dieses Momentes nicht länger widerstehen konnten, umarmten sie sich und ließen sich eng umschlungen auf das kleine Bett fallen.

Und ihre Körper wurden eins.

Zwei Familien, zwei Kriege
und ein schrecklicher Fluch

Rafel Nadal
DAS VERMÄCHTNIS DER
FAMILIE PALMISANO
Roman
Aus dem Katalanischen
von Ursula Bachhausen
384 Seiten
ISBN 978-3-404-17539-0

Einundzwanzig Tote, alle im Ersten Weltkrieg gefallen. Das ist die traurige Bilanz der Familie Palmisano, die seitdem als verflucht gilt. Als die Witwe Donata Palmisano kurz nach Kriegsende einen Sohn zur Welt bringt, fasst sie einen folgenschweren Entschluss: Sie gibt Vitantonio als Sohn ihrer Cousine aus, um ihn zu schützen. Bei Ausbruch des Zweiten Weltkriegs ist Vitantonio ein kräftiger junger Mann, der in die Schlacht ziehen soll, genau wie seine Vorfahren. Kann er sein Schicksal besiegen und dem Fluch der Familie entrinnen?
Ein Dorf in Süditalien wird zum Schauplatz eines halben Jahrhunderts europäischer Geschichte.

Bastei Lübbe

Lesejury